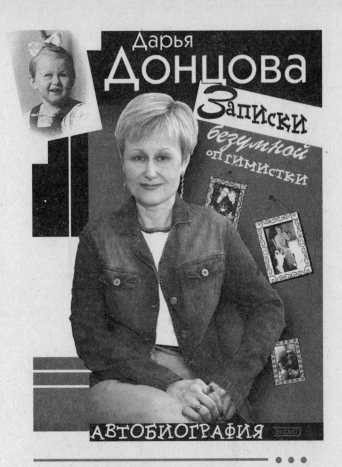

Дарья
ДОНЦОВА

Записки
безумной
оптимистки

АВТОБИОГРАФИЯ

ЭКСМО

• • •

"Записки безумной оптимистки"

«Прочитав огромное количество печатных изданий, я, Дарья Донцова, узнала о себе много интересного. Например, что я была замужем десять раз, что у меня искусственная нога... Но более всего меня возмутило сообщение, будто меня и в природе-то нет, просто несколько предприимчивых людей пишут иронические детективы под именем «Дарья Донцова».
Так вот, дорогие мои читатели, чаша моего терпения лопнула, и я решила написать о себе сама».

Дарья Донцова открывает свои секреты!

Дорогой читатель!
Если вы держите в руках эту замечательную книгу,
значит, вам полюбились легкие, запутанные,
веселые истории признанной звезды иронического
детектива — Дарьи Донцовой!
Звезда Донцовой стала путеводной для многих талантливых
писательниц! Однако повторить ее успех до сих пор не удавалось
никому! Действительно, стать «второй Донцовой» невозможно!
Каждый по-настоящему талантливый автор выбирает свой путь
к признанию читателей.
...Когда начинающий автор, ГАЛИНА КУЛИКОВА,
принесла свои рукописи к нам, в издательство «ЭКСМО»,
трудно описать, какое впечатление произвели ее искрометные,
феерические детективы на редакторов! «Да это настоящее
ШОУ!» — сказали они и попали, что называется, в точку!
Донцова, познакомившись с книгами Куликовой,
хохотала безудержно! «Это не просто иронический детектив! —
воскликнула она. — Это действительно **ШОУ-детектив!**»
Дарья решила подарить талантливой писательнице талисман,
который должен привести ее к успеху, — вот он, на фотографии.
Одобрение звезды иронического детектива окрылило Галину.
Она считает, что теперь именно этот забавный талисман
помогает ей писать по-настоящему смешные детективные
истории!

Станет ли Галина Куликова мега-звездой?
Время покажет, но что-то подсказывает, что так оно и будет!!!

В этой книге мы рады представить вам
сразу два уморительных детектива:
«Жаба с кошельком» Дарьи Донцовой и
«Правила вождения за нос» Галины Куликовой!
Читайте, наслаждайтесь и ждите новых историй
от самых веселых российских писательниц!

Всегда ваше
издательство «ЭКСМО»

Дарья Донцова

Жаба с кошельком

Галина Куликова

Правила вождения за нос

Москва

ЭКСМО

2004

ИРОНИЧЕСКИЙ ДЕТЕКТИВ

УДК 882
ББК 84(2Рос-Рус)6-4
Д 67

Разработка серийного оформления
художника *В. Щербакова*

Ранее повесть Галины Куликовой «Правила вождения за нос»
выходила под названием «Фамильное проклятье»

Д 67   **Донцова Д. А.** Жаба с кошельком: Роман. Куликова Г. М. Правила вождения за нос: Повесть. — М.: Изд-во
Эксмо, 2004. — 432 с. (Серия «Иронический детектив»).

ISBN 5-699-04517-1

Сколько раз Даша Васильева попадала в переделки, но эта была по-
чище других. Не думая о плохом, она со всем семейством приехала в
гости к своим друзьям — Андрею Литвинскому и его новой жене Вике.
Хотя ее Даша тоже знала тысячу лет. Марта, прежняя жена Андрея, не
так давно погибла в горах. А теперь, попив чаю из нового серебряного
сервиза, приобретенного Викой, чуть не погибли Даша и ее невестка.
Андрей же умер от отравления неизвестным ядом. Вику арестовали, об-
винив в убийстве мужа. Но Даша не верит в ее вину — ведь подруга так
долго ждала счастья и только-только его обрела. Любительница частного сыска решила найти человека, у которого был куплен сервиз. Но
как только она выходила на участника этой драмы — он становился трупом. И не к чему придраться — все погибали в результате несчастных
случаев. Или это искусная инсценировка?..

УДК 882
ББК 84(2Рос-Рус)6-4

Дарья Донцова

Жаба с кошельком

ИРОНИЧЕСКИЙ ДЕТЕКТИВ

Читайте романы
примадонны иронического детектива
Дарьи Донцовой

Глава 1

Найти мужа — это искусство, удержать его — профессия. Ей-богу, мне непонятно, отчего некоторые женщины стонут: «Мы не можем выйти замуж!» Бабоньки, плевое дело заставить парня пойти с вами в загс, но вот потом, когда отгремел марш Мендельсона и вы вернулись домой из свадебного путешествия из солнечной Турции или подмосковного санатория... Вот тут-то все и начнется. По большей части вас ждут не слишком приятные открытия: муженек-то, оказывается, храпит, требует горячей еды и глаженых сорочек. Еще хорошо, если живете отдельно от свекрови и она приходит в гости лишь по выходным. А если вынуждены делить с ней кухню! Это аут, мой вам совет: используйте любую возможность и убегайте от горячо любящей всех мамы. Со своим мужем вы как-нибудь разберетесь, а вот с его маменькой, желающей вам только добра, будет справиться намного трудней. Одна из моих свекровей, не стану тут говорить, которая по счету, постоянно громогласно заявляла:

— Я всегда на стороне Даши, обожаю эту девочку, она мое солнышко, радость, рыбка. И мне наплевать, что она абсолютно не умеет готовить, гладить, стирать и протирает антикварную мебель мокрой тряпкой, «убивая» бесценную полировку. Ей-богу, я совершенно не волнуюсь, когда она разбивает статуэтки китайского фарфора и роняет чашечку с кофейной гущей на бежевый персидский ковер стоимостью... ах, не надо о деньгах! Ведь не они главное, а человек. Дашеньку обожаю, — чмок, чмок, чмок!

Вы можете считать меня неблагодарной сволочью, но на третьем чмоке у меня начиналась тошнота и нервная почесуха. Чувствуя себя последней гадиной, через пару месяцев жизни рядом с любящей свекровью я начала покрываться большими прыщами при виде ее. Вы, конечно, ни за что не поверите, но у меня открылась аллергия на свекровь. Находиться около нее я могла, лишь наевшись по горло супрастином.

Потом последовал развод, во время которого мать мужа вела себя просто идеально, нещадно ругая своего сына и изо всех сил поддерживая невестку. В конце концов мы с сыном Кешей снова оказались в Медведкове. А бывшая свекровь незамедлительно трансформировалась в мою подружку... Не могу сказать о ней ничего плохого, я получила от нее кучу советов и набралась житейской мудрости, люблю ее совершенно искренне, она была дорогой гостьей на всех моих следующих свадьбах и сейчас наезжает в Ложкино. Но... стоит услышать из прихожей ее высокий, абсолютно девичий, томно присюсюкивающий голосок, как у меня начинается отек Квинке.

Впрочем, иногда и жизнь без родственников не гарантирует вам счастья. Очень многие женщины примерно через два, три года после свадьбы с тоской констатируют: ну какого черта я поторопилась? Может, следовало подождать, повыбирать еще?

Впрочем, особо затягивать процесс выбора не стоит, иначе получится как с моей подругой Викой Столяровой. В те годы, когда мы учились в институте, она демонстративно морщила нос при виде любого молодого человека.

— Фу, — бормотала она, — урод!

Мы все выходили замуж, разводились, рожали детей, Викуля же искала своего «принца». Когда ей сильно зашкалило, ну, скажем, кхм, за тридцать, стало понятно, что она самая настоящая классическая старая дева. То, что она наконец выйдет замуж, к тому же за очень обеспеченного, приятного во всех отношениях Андрюшу Литвинского, не мог предположить никто. Случилось это год назад. Причем познакомила их я. Андрюша не очень давно похоронил свою жену Марту и сильно загрустил. Мы изо всех сил старались развлечь его и постоянно приглашали в гости. В один из своих приездов он и столкнулся с Викой. Кто бы мог подумать, что у них начнется безумный роман? Двое взрослых людей абсолютно потеряли голову и вели себя, словно ошалевшие подростки. Завершилось все пышной свадьбой. Вика переехала к Андрюшке в загородный особняк и стала самозабвенно заниматься хозяйством: посадила во дворе цветы, а в доме сделала капитальный ремонт, с переносом стен. И сегодня мы все: я, Зайка, Кеша, Александр Михайлович и Маня — едем к ним в гости, так сказать, на новоселье. Хотя по-настоящему считать это новосельем нельзя, скорей пирушка по случаю завершения ремонта.

До местечка под названием «Волшебный лес» мы добрались без особых приключений. Андрюша возвел тут особняк лет семь, восемь назад, когда его бизнес неожиданно пошел в гору и начал приносить стабильно высокий доход.

Марта тогда была категорически против переселения за город.

— Ну и за фигом это надо? — ныла она, сидя у меня в гостиной. — Стройка, грязь, сплошной геморрой. Только из нищеты голову высунули.

— Зато потом столько удовольствия, — я попыталась убедить ее, — свежий воздух, тишина, никаких соседей и с собаками гулять не надо, вытолкнешь их в сад и все!

— У меня нет собак! — отрезала Марта. — Неужели нельзя было деньги по-другому потратить!

— А летом за городом чудо как хорошо! — влезла Маня. — Воздух упоительный! Не сравнить с Москвой.

— Летом хорошо в горах, — мечтательно протянула Марта, — на лыжах кататься.

Машка скривилась:

— Ну, тетя Марта, вы и сказали! Летом охота покупаться, по лесу побегать босиком.

— Каждому свое, — объяснила та, — мне на лыжи встать хочется или с альпинистами пойти, вот это мое!

Что правда, то правда, Марта с юных лет любила таскаться с рюкзаком по горам, петь песни под гитару и ночевать в палатке. Лично меня это не привлекает. Вокруг вьются комары, туалет — под елкой, а умываться приходится из железной кружки. К тому же спать нужно в мешке, в тесноте, а я люблю устроиться на двуспальной кровати, на ней просторно.

Но Марта не обращала внимания на трудности и вечно норовила удрать в поход. Ругались с Андрюшкой они по-страшному. Литвинский-то рассчитывал, что жена станет сидеть дома, рожать детей. Но она предпочитала горы, а наследник у них так и не появился.

— Может, и хорошо, что нет детей, — вздохнул один раз Андрюшка, придя ко мне в гости, — Марта-то опять на какую-то вершину полезла, прикинь, какая бы из нее мать получилась, чистые слезы.

Я промолчала, иногда появление младенца творит с женщиной чудеса, но что попусту рассуждать? Детей у Литвинских нет и, учитывая их возраст, уже и не будет.

Потом на Андрюшку рухнуло богатство, Марта мигом бросила работу и осела дома. Сначала муж был рад, потом начал жаловаться.

— Понимаешь, — объяснял он мне, — приползаю

домой ни жив, ни мертв. Весь божий день с клиентами кувыркаюсь, туристический бизнес — дело нервное. Доползу до койки и упаду, даже поесть сил не остается, а Марта обижается, дескать, не общаюсь с ней, не замечаю, разлюбил... А у меня весь запал кончился. Эх, все-таки плохо, что ребенка нет, занималась бы сейчас его воспитанием. Может, ей собаку купить, как полагаешь?

Я опять промолчала, не желая осуждать Марту. На мой взгляд, ей категорически нельзя было бросать службу. Ладно, я согласна, школа, в которой она всю свою жизнь преподавала немецкий язык, место нервное, но, оказавшись дома, она затосковала и принялась ради развлечения закатывать Андрюшке истерики.

Через некоторое время положение стабилизировалось. Литвинские пришли к консенсусу. Андрей два раза в год отпускал супругу в горы, а она в остальное время мирно варила суп и пропадала у телевизора.

Новый всплеск скандалов начался со строительством дома. Марта категорически отказалась переезжать, как она выразилась, в деревню. Аргументы она выдвигала самые разные, подчас нелепые.

— «Волшебный лес», — возмущалась Марта, нервно ломая сигарету, — ну и дурацкое названьице! Да кому ни скажу, все моментально ржать начинают: «Ой, умора, а где же Белоснежка и семь гномов!»

— Ну название дело десятое, — попыталась я ее вразумить, — наше Ложкино тоже звучит не ахти! Его народ Вилкино называет, Кастрюлькино и Кофемолкино. Не обращай внимания.

— И что, мне там безвыездно сидеть? — злилась Марта.

— Почему? — удивилась я.

— Так метро рядом нет и электрички, между прочим, тоже! — шипела она.

— Андрюшка тебе машину купит, — парировала я.

— Водить не умею!

— Научишься.

— Не хочу! — рявкнула Марта.

— Но почему?

И тут она назвала, наконец, истинную причину:

— Не желаю жить в колхозе.

Все! Никакие аргументы, что коттеджный поселок — это вовсе не фермерское хозяйство, на нее не действовали. Марта полностью саботировала строительство особняка, не принимала участия в планировке комнат, которую ей с невероятным энтузиазмом подсовывал муж, ни разу не посетила участок и на все Андрюшкины заигрывания типа: «Марточка, какую мебель поставим в гостиной», — мрачно отвечала:

— Любую, мне однофигственно.

Наконец вилла была готова, и Андрюшка затеял переезд. Марта, бледная от злобы, категорично заявила:

— Нет, я останусь тут, в городской квартире.

Разразилась такая война, что «Буря в пустыне» покажется детскими играми в казаков-разбойников. Андрюшка хлопнул дверью и заорал:

— Развод!

Более того, он с мстительным огнем в глазах заявил:

— Ладно, дорогая жена, если ты так твердо стоишь на своем, будь по-твоему. Живи здесь одна, а я поеду за город. Меня Москва убивает, плющит и колбасит. Значит, развод! Но, имей в виду, никаких алиментов тебе платить не стану, ступай снова в школу, учи Митрофанов!

Вот тут Марта перепугалась и с кислой физиомордией перебралась в «Волшебный лес». Оказавшись в коттеджном поселке, она палец о палец не ударила, чтобы хоть как-то украсить быт. Десятки женщин не в силах справиться с собой, покупают милые, совершенно не нужные, но так греющие душу пустячки: всякие керамические фигурки, забавные чашечки, свечки, эстампы, покрывала, салфетки. Марта не приобрела ничего подобного. Она не посадила ни одного цветочка, не купила ни одной подушечки, только морщилась, когда Андрюшка вечером, открывая окно, восклицал:

— Марта! Какой воздух! Его пить можно!

Литвинский все же чувствовал некий дискомфорт от того, что «сломал» жену, поэтому он не спорил, когда Марта намыливалась в горы. Она после переезда в загородный особняк принялась гонять на «тропу» четыре, а то и пять раз в год. Андрюшка только кивал:

— Съезди, дорогая, развлекись, нечего у телика гнить.

Как-то раз, приехав к нам и выпив малую толику коньяка, приятель разоткровенничился.

— Да уж, — произнес он, опрокидывая в себя содержимое пятого по счету фужера, — пусть она в свои горы катается, хотя, что в них хорошего?

Я молча налила ему шестую порцию «Хеннесси». Андрюшке надо было жениться на тихой тетке, любительнице возиться с клумбами и грядками, а Марте бы в мужья сгодился завсегдатай Грушинских фестивалей авторской песни. Такой бородатый мужик, в грязных джинсах, с гитарой за спиной и с блокнотом собственных стихов в кармане. Вот тогда бы Литвинские и были счастливы, поодиночке, им не следовало жениться, они просто мучили друг друга. Что держало Марту около Андрея, было понятно: деньги. Впрочем, она и не скрывала этого.

— Андрей невозможен, — сердито говорила она мне, — чем старше становится, тем дуреe, но, увы, я должна признать: мне без него не прожить, а о поездках в горы, в случае развода, придется забыть, раз и навсегда. На зарплату учительницы не поедешь на горный курорт, одни лыжные ботинки стоят годовую зарплату.

Почему Андрей терпел все выкрутасы Марты, отчего он не развелся с ней — вначале я не понимала. Между нами говоря, Марта отнюдь не красавица, денег зарабатывать не умела, хозяйкой была безобразной. У нее вечно подгорала еда, и, пока в их семье не появилась кухарка, Андрюшка питался в основном яичницей и бутербродами. Что привязывало его к супруге? Ведь и дети у них не сидели по лавкам. Супруги грызлись, как кошка с собакой, хотя наши Фифа и Клепа намного любезней с Банди, Снапом, Черри и прочими, чем Марта с Андреем. Но чужая жизнь потемки, я, естественно, никогда не заговаривала ни с ним, ни с ней на эту тему. В их семье мне больше импонировал мужчина, но я никогда не дала Марте этого понять. Впрочем, потом я узнала, что держит Андрюшку около жены, но об этом позже.

Чуть больше двух лет назад Марта отправилась в горы, как всегда, покататься на лыжах. Как сейчас помню, стоял первый месяц весны. Проводили мы ее второго марта, восьмого Андрюшка решил поздравить жену с праздником и начал звонить ей на мобильный. К вечеру забеспокоился, трубка монотонно талдычила: «Абонент недоступен или находится вне зоны действия сети».

Правда, сначала он подумал, что Марта просто забыла зарядить мобильник, но утром, когда из телефона вновь понесся равнодушный голос автомата, Андрей забеспокоился по-настоящему. Где-то в районе обеда ему позвонили из местечка, название которого словно сошло со страниц литературной энциклопедии, — «Грозовой перевал»[1], так

---

[1] «Грозовой перевал» — название романа английской писательницы Эмилии Бронте.

называлась деревенька в горах, где Марта каталась на лыжах. Запинающийся женский голос сообщил, что госпожа Литвинская попала в лавину седьмого марта около часу дня. Сейчас ее поисками занимаются специалисты, но с гор сошло много тонн снега, подмявшего под себя все. Толщина покрова огромна, надеяться на то, что Марта жива, практически невозможно.

Естественно, Андрюшка мгновенно улетел в горы. Целую неделю он со спасателями пытался что-то сделать, потом вернулся в Москву. Тело Марты не нашли, она навсегда осталась там, в любимых горах. Думается, знай она, где ждет ее смерть, была бы счастлива.

Первое время Андрюшка бродил словно тень, совершенно потерянный, но потом ему встретилась Вика.

Вот уж кто был полной противоположностью Марты. Во-первых, Викуля обожала природу, цветы, птичек и животных. Она самозабвенно занялась ландшафтными работами на участке, поселила в особняке двух собак и завела аквариум. Во-вторых, мечтой всей ее жизни было жить за городом. А еще она, засучив рукава, переделала дом на свой лад. Андрюшка расцвел, помолодел и выглядит до неприличия счастливым. Они с женой ходят на прогулки, держась за руки, и любуются красотами природы. Вика бросила трудовую деятельность, раньше она преподавала в медицинском вузе английский и латынь, переквалифицировалась в секретаря и теперь помогает Андрюшке в бизнесе, сидит в его турагентстве, работает с клиентами.

Плавный поток моих мыслей прервал голосок Зайки:

— Смотри-ка, у них и въезд новый.

Заюшка притормозила у ярко-зеленых железных ворот и стала жать на клаксон. Они медленно, словно нехотя, распахнулись, мы вкатились во двор, и я не сумела сдержать возглас восхищения: повсюду, насколько хватал глаз, были цветы.

Через пару минут весело улыбающийся Андрюшка потащил нас по обновленному дому.

— Вот, смотрите, — бойко частил он, — сначала такой тамбурчик, тут можно сбросить уличную обувь, затем прихожая. Красивое зеркало, да? А это гардероб. Так, двинем дальше, холл, следом гостиная, не споткнитесь, мы ее «утопили», теперь сюда ведут три ступеньки. Кухня-столовая! Клевые аквариумы? Моя идея! Не захотел ставить стену, а разграничить пространство надо.

— Ой, какие рыбки! — пришла в восторг Зайка. — Особенно вон та, желтенькая! Ну прикольная! Губастенькая!

Андрюшка счастливо засмеялся и поволок нас сначала в баню, которая была тут же, затем на второй этаж.

Вика, пока муж демонстрировал спальни, кабинет, библиотеку и мансарду, возилась на кухне. Судя по умопомрачительным запахам, нас ждал лукуллов пир.

Громко выражая восторг, все сели за стол и принялись за еду. Следует признать: дом стал лучше, раньше мне было тут неуютно, особенно давили на психику темно-синие обои, которые в недобрый час посоветовал Андрюшке дизайнер.

Сейчас же их содрали, стенки выкрасили в светло-бежевый цвет, на окна повесили портьеры им в тон, и сразу стало радостно, весело, солнечно.

— Викуся! — спохватился хозяин. — А твой лук? Он где? Ну тот, сладкий! Что на стол не подала?

— Забыла! — подхватилась хозяйка. — Сейчас в кладовку сбегаю.

Вымолвив последнюю фразу, Вика вскочила и унеслась. Мужчины выпили раз, другой. Зайка тоже тяпнула коньяку.

— Викуся, — крикнул Андрюшка, — ты где? Давай скорей!

Я встала.

— Она не слышит, где у вас кладовка?

— Сиди, сам позову, — отмахнулся он и, тяжело ступая, пошел по коридору.

— Красиво у них теперь, как-то спокойно, — пробормотал Кеша.

— Ага, — согласилась Зайка, — истерика ушла. Вика правильно сделала, покрасив все в светлый цвет.

— Мне кажется, она нарочно это сделала, — протянула Маня.

— Тонкое наблюдение, — засмеялся Кеша. — Если человек делает ремонт, он специально выбирает краску.

— Да я не об этом, — надулась Машка.

— А о чем? — ехидно спросила Зайка. — Сделай милость, объясни.

— Мне кажется, — заявила Маня, — что Вика решила изгнать отсюда дух тети Марты!

Зайка уронила вилку, а я удивилась, похоже, Маруська права, дом стал совершенно другой, будто нарочито другой.

— Господи, — послышался вопль Андрея, — нет! Помогите!

Мы переглянулись и кинулись на зов.

Хозяин стоял на пороге небольшой комнаты.

— Что случилось? — воскликнул Кеша.

Андрюшка молча ткнул пальцем. Я невольно глянула в том направлении и взвизгнула. В воздухе болтались две женские ноги в разноцветных колготках, именуемых в народе «дольчики».

Глава 2

— Господи, — пробормотал Кеша, отступив в коридор, — что это?

Зайка заорала и прижалась к стене.

— Вика, — прошептала Маня, становясь зеленой, — это ее дольчики, она в них только что была, а теперь висит.

У меня возникло ощущение, что вокруг вязкое болото. Звуки практически исчезли, но глаза отчего-то не переставали четко воспринимать окружающий мир, они были прикованы к безвольно свисающим с потолка конечностям, неправдоподобно длинным и каким-то шишковатым. Ноги выглядели странно, через секунду я поняла, в чем дело, — у них отсутствовали ступни, внизу дольчики заканчивались культяпками.

— Прекрати визжать! — рявкнул Александр Михайлович и встряхнул Зайку.

Она поперхнулась криком и прижалась к полковнику.

— Там... висит, — прошептала она.

— Ну висит, — как-то равнодушно подтвердил Дегтярев, — пусть себе качается.

От такого безразличия я чуть не потеряла сознание. Конечно, полковник каждый день сталкивается на работе с трупами, он приобрел иммунитет к подобному зрелищу, но мы-то нет! И потом, как он может быть таким, стоя возле повесившейся Вики?

— Чего вы орете? — поинтересовался Дегтярев.

— В-в-вика, — прозаикался Андрюша, — она...

— Небось не слышит вас, — пожал плечами полковник, — пошли в столовую, я еще не наелся как следует.

Это было уже слишком! Я подскочила к Александру Михайловичу и с гневом заявила:

— Как ты можешь! О еде! Рядом с трупом!

— Чьим? — хмыкнул Дегтярев.

Зая подняла дрожащую руку и ткнула пальцем в дольчики:

— Ты не видишь? Вот!

— Что?

— Там!

— И чего?

Мое терпение лопнуло:

— Надо немедленно вызвать милицию!

— Зачем? — подскочил полковник.

— Дегтярев! — взвыл Кеша. — Сейчас же прекрати юродствовать! Не видишь, Андрею плохо!

Литвинский и впрямь навалился всем телом на косяк.

— Никак не пойму, — наморщился полковник, — о чем речь-то?

— Вика повесилась, — ляпнула Маня, — вон висит!

— Где? — вытаращил глаза Александр Михайлович.

— На крюке, — прошептала Зайка, — вон ноги.

— Ноги?

— Да.

— Чьи?

— Викины, — рявкнула я, — в цветных колготках!

Внезапно полковник расхохотался, вошел в кладовку и дернул за одну ногу, покачивавшуюся в полумраке.

Я зажмурилась. Нет, не зря говорят, что профессия накладывает несмываемый отпечаток на человека. Многие дантисты становятся садистами, а менты — преступниками... Ну полковник! Как он может так себя вести!

— Мама! — взвизгнула Маня. — Лук!!!

Я открыла глаза и ахнула. Под потолком болтались пустые колготки, на полу высилась гора из головок репчатого лука.

— Вы чего тут стоите? — раздался за спиной голос Вики.

— Там, — забормотал Андрюшка, медленно розовея, — там твои чулки!

— Ну да, — спокойно подтвердила Вика и всплеснула руками. — Кто же из вас весь лук рассыпал? Отвечайте, ироды! Зачем связки дергали!

— Лучше ты нам сообщи, — умирающим голосом пробормотала Ольга, — за каким чертом набила свои колготки луковыми головками?

— В журнале прочитала, есть такое издание, называется «Ваш огород», — объяснила Вика, — там было написано: если хотите сохранить урожай лука, положите его в плотные колготки, сто ден, подвесьте к потолку, и можете не сомневаться, весь год провисят. А у меня необыкновенный сорт, сеешь зимой, в мае уже головки, да такие сочные, сладкие, как яблоко. Вот я и решила последовать совету. Вчера весь день колготки набивала и подвешивала, а вы все разорвали, теперь собирайте, а я пойду принесу новые колготки. Вас тут много, вот и запихнете лук, да смотрите, аккуратно, по одной головке в ряд кладите, ясно?

С этими словами она ушла.

— Лук, — пробормотал Андрюшка, хватаясь за сердце, — хорошо, что на улице день и вы рядом. А пошел бы я вечером сюда один, точно бы умер.

— Кошмар, — подхватила Зайка.

— Я мигом понял, что-то не так, — заявил Кеша.

— И я, — влезла Маня, — слишком длинные ноги были.

Я хотела сказать, что сразу обратила внимание на непонятное отсутствие ступней, но тут Александр Михайлович противно захихикал:

— Ну вы даете! От Дарьи заразились? Ладно бы она завопила: висельник, висельник! Вполне в ее духе! Но ты, Кеша! Ей-богу, удивил!

Аркадий стал оправдываться:

— Тут полумрак, Зайка орет, мать рыдает, вот я и не разобрался сразу.

— И не думала рыдать! — возмутилась я. — Хотела как раз сказать, что висят ноги без ступней.

— Держите! — выкрикнула Вика, размахивая упаковкой шуршащей бумаги. — Да что у вас такой вид? Что случилось-то?

Андрюшка молча обнял жену.

— Я тебя люблю.

— Может, тебе температуру померить? — насторожилась Вика. — Похоже, заболевать начинаешь! Давайте не стойте, собирайте лук...

Мы сели на корточки и принялись за работу, слушая безостановочные указания Викули:

— Ровней, не так туго, не мните лук.

Потом Кеша подвесил связку, и все отправились в столовую пить кофе.

Торт, который подали к чаю, описать невозможно. Три этажа бисквита, прослоенного вареньем, взбитыми сливками и тертым орехом. Верх шедевра украшали фрукты, уложенные в затейливый орнамент.

— И в какой кондитерской берут такое чудо? — воскликнула я, проглотив огромный кусище.

— Обижаешь, начальник, — засмеялась Вика и положила мне на тарелку еще добрый ломоть, — такого не купить!

— Ты хочешь сказать, что сама испекла торт? — поразилась я, быстро расправляясь со второй порцией.

— Ничего хитрого, — пожала плечами искусная кулинарка, — сначала печешь коржи, каждый по отдельности, потом делаешь начинку. Хочешь, рецепт дам?

— Нет, — быстро ответила я, — спасибо, не надо, лучше уж у тебя полакомлюсь.

— Лентяйка, — хмыкнула Вика, — всего-то три часа уйдет на готовку.

Я молча потянулась еще за одним куском. Вот поэтому я и не люблю скакать вокруг плиты с кастрюлями. Топчешься весь божий день, а съедается приготовленное за десять минут, и никакого эффекта. Слопали вкусный обед, через пару часов снова голодные.

— Я вам сейчас чай налью в потрясающие чашки, — засуетилась Вика, — купила сегодня утром.

— Да? — удивился Андрюшка. — Ты мне ничего не говорила!

— Сюрприз, — протянула Вика, — тебе понравится, вот! Жестом фокусника она открыла дверцы буфета.

Сервиз был сделан из серебра с позолотой. Изящные чашечки, масленка — все с орнаментом.

— Похоже, он не новый, — сказала Зайка.

— Антиквариат, — гордо заявила хозяйка, — восемнадцатый век, а может, еще раньше сделали.

— Где ты его только достала! — покачал головой Андрюшка. — Очень изящная работа, глаз радует, дай-ка!

И он принялся вертеть в руках молочник.

— Узор на всех чашках разный! — воскликнула Маня. — Смотрите, у меня охота, у Зайки рыбная ловля, а у тебя, мусик, что?

— У меня дамы с кавалерами пляшут, — сообщила я.

— Наверное, чашечки от разных сервизов, — не успокаивалась Маня.

— Нет, — улыбнулась Вика, — раньше так часто делали. Этот сервиз называется «Отдых в деревне». Видите, на сахарнице карета с лошадьми, а на масленке домик с садом? И орнамент по краям, везде, на всех предметах листочки.

— Дорогая вещичка, — с видом знатока заявил Кеша.

— Мне почти даром досталась, — радостно ответила Вика, — всего за триста долларов.

— Да не может быть! — подскочила Зайка. — Тут одного серебра килограмма два, а еще работа.

— Мне просто повезло, — пояснила Вика, — знаете, как я люблю посуду, в особенности старинную! Но ты, Зая, права, цены на аукционах просто ломовые, я пару раз ходила, только без толку, всегда находился кто-то побогаче. А в магазинах одна дрянь выставлена, антиквары — хитрецы, что получше — на торги отправляют или постоянным покупателям звонят... Так вот, поехала сегодня утром на наш рынок, тут недалеко, возле МКАД, мы там творог берем у крестьян, сметану, масло. Хожу по рядам, вижу — бабулька стоит, с чашкой.

Вика, в самом деле страстная любительница посуды, заинтересовалась, подошла поближе и ахнула. Бабулька держала в руках изящную вещичку из серебра, явно раритетную и очень дорогую.

— Сколько хотите за безделушку? — прикинувшись равнодушной, поинтересовалась Викуша.

— А сколько дашь! — прокашлял божий одуванчик. — Полтысячи не жалко?

Викуша чуть было не сказала, что пятьсот баксов все-таки дороговато за одну чашечку, отдайте, мол, за триста. Но тут до нее дошло, что бабуля хочет пять сотен в рублях.

— Дорого тебе? — по-своему поняла молчание потенциальной покупательницы старушка. — Так и быть, за четыреста уступлю. Ты не сомневайся, видишь пробу? Хочешь, возьми блюдечко и сходи вон туда, в ювелирный магазин, они подтвердят: серебро это, без обмана. Это наша семейная реликвия, да нищета заела, вот и продаю.

Викуша с радостью протянула бабульке деньги. Та, аккуратно спрятав ассигнации, спросила:

— А может, весь сервиз захочешь?

— Какой? — спросила Вика.

— Так чашка из набора, — пояснила старушка, — дома еще пять стоят.

Обрадованная неожиданной удачей, Вика сунула пенсионерку к себе в машину, отвезла ее по указанному адресу в деревню и увидела в буфете красоту писаную. Плохо понимавшая ценность сервиза старуха запросила за него триста баксов, и Вика с превеликой радостью их отдала.

— Ну что, попробуем чай из этих чашек? — потирала руки Вика. — В первый раз я такой сервиз видела недавно в антикварном, но он стоит десять тысяч баксов, вот и не купила. А тут такая феерическая удача. Эх, жаль, совочка для сахара нет, потерялся, похоже.

— И чего хорошего в старой посуде, — скривилась Маня, — не понимаю я этого! Лучше новую купить, зачем пить из плошек, которыми пользовались посторонние люди? Фу, по-моему, это негигиенично.

— Я их тщательно вымыла, — рассердилась Вика.

— Все равно, — уперлась Маня.

Чтобы загладить бестактность девочки, я быстро сказала:

— Викуля, налей мне чайку или кофейку.

— Кофе не в эти чашки, — бормотнула Вика.

— Почему? — удивилась Зая.

— А бабушка предупредила: они только под чай, от кофе портятся.

И она загремела в буфете посудой, на свет появились фарфоровые изящные чашечки.

— Кофе сюда налью, — сообщила Вика, — так, кому что?

— Мне, естественно, чай, — плотоядно потер руки Андрюшка, — терпеть не могу кофе.

— И мне чаю, — хором ответили мы с Зайкой.

— Хочу кофе, — быстро сказала Маня.

Я подавила улыбку. Маруська никогда не употребляет этот напиток, он ей активно не нравится, просто она не хочет прикасаться к антиквариату.

— Я тоже, пожалуй, кофейку, — протянул Кеша.

Мне стало совсем смешно. Брезгливый до болезненности, Аркашка избрал ту же тактику, что и Манюня.

Дегтярев же отказался и от того, и от другого.

— Позже, — сказал полковник, — я так объелся, что в меня ничего не вольется.

Домой мы поехали около полуночи. Кавалькада машин вырулила на шоссе. Кеша, посадив около себя Маню, как всегда, нажал на газ и унесся далеко вперед. Александр Михайлович, обладатель черного «Запорожца», безнадежно отстал, он не слишком уверенно чувствует себя за баранкой. Зайка молча рулила по Ново-Рижской трассе. Я сидела около нее, зевая и борясь со сном.

Вдруг Зая притормозила.

— Ты чего? — очнулась я.

— Меня тошнит, — пробормотала она и рванулась из машины.

В ту же секунду я почувствовала резь в желудке, потом к

горлу подступило что-то мутное, тяжелое. Пришлось бежать за Зайкой.

Минут через десять мы кое-как пришли в себя, умылись, поливая друг другу на руки воду из бутылки, утерлись бумажными носовыми платками и вернулись в машину.

— Интересное дело, — пробормотала Ольга, — с чего это нас прихватило?

— Не знаю, — прошептала я, чувствуя, как к горлу снова подкатывает что-то отвратительное.

Зайка глянула на меня, я на нее, и в ту же секунду мы снова понеслись к канаве. Если честно, давно мне не было столь плохо. Голова кружилась, ноги дрожали, по спине тек холодный пот, в желудке ворочался раскаленный еж с торчащими в разные стороны иглами.

— Боже, — простонала Зайка, рухнув на сиденье, — умираю!

У меня было то же ощущение. В сумочке ожил мобильный.

— Мусик, — заорала Маня, — вы где?

— Еще на Новой Риге, — прошептала я, — на тридцать пятом километре.

— Что случилось, вы сломались?

— Да, — еле слышно ответила я и навалилась на Зайку.

Она откинулась в кресле и попыталась натянуть на себя плед, которым мы укрываем в машине Банди.

— Холодно мне, холодно, — лепетала она, — прямо трясет всю.

Меня тоже начал колотить озноб, и я решила включить печку, но вместо рычажка обогревателя ткнула пальцем в радио. «Это любовь, — понеслось из динамика, — что без денег делает тебя богатым, это любовь, о которой в книжках ты читал когда-то».

— Выключи, — прохрипела Зайка, — умоляю.

Но я не смогла пошевелить рукой, пальцы весили по сто кило каждый.

— Дай пакет, — еле слышно попросила Зайка, — из бардачка вынь.

— Не могу.

— Меня тошнит, скорей, дай.

— Не могу.

— Сейчас салон испачкаю.

— Ерунда.

Зайка попыталась наклониться и не сумела. Я в полном отчаянии поняла, что не могу ей помочь, меня словно парализовало. Перед глазами затряслась мелкая черная сетка, в ушах тоненько-тоненько запели комары. Последнее, что я увидела, перед тем как потерять сознание, было лицо Александра Михайловича с широко раскрытым ртом. Полковник рванул дверцы машины, Зая стала падать к его ногам, и тут свет померк.

Глава 3

Очнулась я в больнице, в Институте Склифосовского, в двухместной палате. На второй койке лежала синяя Зайка, рядом с ней стояла капельница. Впрочем, от моей руки тоже тянулась резиновая трубка к штативу с бутылкой.

— Эй, — достаточно бодро сказала Ольга, — ты как?

— Пока не пойму, — ответила я, — голова кружится.

— А у меня уже нет, — сообщила она.

— Что с нами приключилось?

— Мы отравились, — ответила она, — скорей всего, тортом. Наверное, взбитые сливки были несвежими.

— Господи, — простонала я, — мне дико плохо! Разве так бывает при отравлении?

— Еще скажи спасибо, что Александр Михайлович мигом вызвал «Скорую», — вздохнула Ольга, — пролежи мы там часок-другой, могли бы и умереть!

Я испугалась:

— Да ну!

— Запросто, — «успокоила» меня Зайка, — нам просто повезло, что Дегтярев ездит со скоростью сорок километров в час, он увидел нашу машину и мигом сориентировался.

— Муся, — завопила Маня, врываясь в палату, — ты такая страшная!

Зайка фыркнула и отвернулась к стенке.

— Как ты себя чувствуешь? — спросила я.

Маруська радостно ответила:

— Нормально!

— Но ты же тоже ела торт!

— И ничего, — бодро констатировала Манюня, — ни я, ни Кеша, ни Дегтярев не заболели.

Ну в отношении мужчин ничего удивительного, ни тот, ни другой не любят сладкое и едва прикоснулись к кремово-бисквитному безумию. Но Машка! Она на моих глазах без всяких угрызений совести и стонов по поводу калорийности продукта схавала треть тортика.

— Зараза к заразе не пристает, — ожила Зайка, — тебя, Маня, ничто не берет!

— Так бывает, — принялась отбиваться девочка, — нам тут доктор объяснил, случается порой: оба ели творог, так один умер, а второй даже не чихнул, просто краешек испорченный был. Мне достался кусок со свежими сливками, а вам с тухлыми. Скажите спасибо, что живы остались, вот...

И она осеклась.

— Что «вот»? — насторожилась я, чувствуя, как к спине снова подкрадывается озноб. — Ты о чем?

— Ерунда, — слишком быстро и весело затарахтела Манюня, — просто я имела в виду, хорошо, что вы не умерли...

— Маня, — велела Зайка, — а ну говори, что стряслось.

— Ничего!

— Не ври.

— Ей-богу.

— Лжешь!

Маруська покраснела.

— Ну... Андрюша... дядя Андрей.

— Что с ним? — подскочила я.

— Того...

— Чего?

— Того самого...

— Марья, — обозлилась Ольга, — а ну хватит кота за хвост тянуть. Что с Литвинским?

— Он умер, — брякнула девочка.

— Как? — заорали мы.

— Отравился, — со вздохом пояснила она, — как и вы, тортом. Только Вика сразу не поняла, в чем дело, решила — сердечный приступ, дала ему нитроглицерин, уложила в кровать, ну а когда Андрюше совсем плохо стало, вызвала «Скорую». Но машина застряла на МКАД, там авария приключилась, вот она и задержалась, приехала поздно, Андрюша уже умер.

— Не может быть, — прошептала я, — не может быть.

Машка удрученно замолчала.

— Как же так? — пролепетала Зайка. — Как — умер?

Манюня зашмыгала носом, и тут в палату вошел молодой, очень серьезный доктор и приказал:

— Посторонних прошу удалиться, у нас тихий час.

— Это моя дочь, — сказала я.

— Все равно посторонняя, — не дрогнул врач, — завтра поболтаете.

Через неделю нам с Зайкой стало совсем хорошо, и Кеша привез нас в Ложкино.

— Одно радует, — констатировала Зайка, оглядывая себя в большом зеркале, которое украшает холл в Ложкине, — я наконец-то потеряла те три кило, которые мешали мне жить спокойно.

— Тьфу! — сплюнула домработница Ирка и ушла.

Конечно, ее реакция слишком резкая, но в общем правильная. Заюшку просто заклинило на диете, это становится похоже на фобию. Согласитесь, если девушка при росте метр шестьдесят пять и весе сорок четыре килограмма без конца талдычит о своем ожирении, это выглядит не совсем нормально.

— А вот ты, похоже, потолстела, — с радостью констатировала Ольга.

Я кинула взгляд в зеркало, даже если это и так, то меня сей факт совершенно не волнует.

— Чай будете? — спросила Ирка.

— Только без торта, — заорали мы с Зайкой, не сговариваясь.

Интересно, сколько времени должно пройти, чтобы мы смогли спокойно смотреть на бисквит со взбитыми сливками? Лично у меня при слове «торт» моментально начинаются спазмы в желудке.

— Мусик, — заорала Маня, — тебе Вика почему-то на мой сотовый позвонила!

Я испугалась. Господи, что же ей сказать? Прими мои соболезнования? Очень глупая фраза, мне всегда неудобно ее произносить, но делать нечего. Я схватила трубку и не дрогнувшим голосом сказала:

— Викуля?

Я ожидала услышать плач или крик, но раздался спокойный, даже слишком спокойный голос Вики:

— Даша, мне разрешили сделать один звонок, произошло ужасное недоразумение.

Я удивилась. Странно называть смерть мужа недоразумением, не правда ли?

— Сейчас меня увезут...

— Куда? — не выдержала я. — Кто? Зачем?

— Меня арестовали.

— Тебя? — подскочила я. — За что?

— За убийство Андрея, — тоном, лишенным всяких эмоций, сообщила Вика, — очень прошу, найми мне адвоката. Спасибо. Извини, но больше мне обратиться не к кому.

Из трубки полетели частые гудки.

— Ну, как самочувствие? — прогудел, входя в дом, полковник. — Думается, теперь вас не скоро потянет на сладкое!

Но мне было не до собственного состояния здоровья.

— Вику арестовали, — налетела я на Александра Михайловича.

Тот вздернул брови:

— Какое обвинение ей предъявили?

— Убийство Андрея. Немедленно узнай подробности.

— Главное, не вопи! — рявкнул Дегтярев.

Я послушно замолчала и пошла в ванную. Вот уж бред так бред! Вика последний человек в этом мире, которому бы пришла в голову идея убить Андрея. Она совсем недавно обрела семейное счастье, дом и очень ценила то, что получила устойчивое материальное положение и статус замужней дамы. Произошла чудовищная ошибка, но, скорей всего, уже завтра Викулю с извинениями отпустят.

— Ты что там делаешь? — спросил полковник.

Я распахнула дверь:

— Умываюсь, а что?

Александр Михайлович молча посмотрел на меня, потом сказал:

— Ты сядь.

Было в его голосе что-то такое, мрачно-серьезное, от чего я обрушилась на унитаз и покорно ответила:

— Уже сижу.

— Лучше, если ты пройдешь в спальню и устроишься в кресле, — велел Дегтярев, — мне не нравится общаться с человеком на толчке!

Я быстро переместилась в указанном направлении.

— Ситуация не простая, — заявил приятель, — сама посуди: люди пили чай и кофе, ели торт. Двое из них отравились до такой степени, что оказались в больнице, а третий умер. Но с остальными-то ничего не случилось: ни со мной, ни с Маней, ни с Кешей, а тортиком лакомилась вся компания.

— Ну, случается такое, — тихо сказала я, — мы ели с одного бока, вы с другого. Наша часть оказалась испорченной.

— А вот у сотрудников правоохранительных органов возникло иное предположение.

— Какое?

— Те, кто остался здоров, вкушали кофе из фарфоровых чашек, заболевшие напились чаю из нового серебряного сервиза.

— И что? — не поняла я. — Какая связь между кофе, чаем и тортом с сальмонеллезом?

— Никакой!

— Тогда в чем дело?

— Чашки из нового сервиза были тщательно проверены, и...

— Ну, — поторопила его я, — говори скорей.

— И в каждой нашли следы яда.

— С ума сойти! — заорала я.

— Ага, — кивнул Дегтярев, — если бы Машка, Кешка и я решили откушать чаю, мигом бы попали в лучшем случае в реанимацию, ну а в худшем — на кладбище.

— Но при чем тут Вика?

— Похоже, это она положила отраву в чашки.

— Но зачем?

— Хотела убить Андрея.

— А мы при чем?

— Ни при чем, — мрачно ухмыльнулся Дегтярев, — она думала представить дело как несчастный случай: поели несвежий тортик и все. Когда один травится — подозрительно, а если это происходит с компанией, то больше похоже на банальный несчастный случай.

Я заморгала глазами. Вот уж бред!

— Есть еще один момент, — протянул полковник и замолчал.

— Какой?

— Я тоже сидел за столом, помнишь сей факт?

— Конечно, у меня с памятью полный порядок.

— Так вот, — продолжил Дегтярев, — отчего Вика подчеркнула, что из нового сервиза нельзя пить кофе?

— Она же объяснила: чашки могут от этого напитка испортиться!

— Каким же образом? — поморщился полковник.

— Ну, — растерялась я, — потемнеть слишком сильно или... не знаю. Ей так старушка сказала, продававшая сервиз.

— Не о старушке речь, — отмахнулся приятель, — ты мне про чашечки растолкуй, отчего в них нельзя налить кофе?

— Понятия не имею, — покачала я головой. — Мне вообще-то больше хотелось в тот вечер кофе, но я решила выпить чаю, чтобы Викушу не расстраивать, уж очень ей не терпелось обновить посуду.

— Да, — кивнул полковник, — сразу было видно, что Виктория Сергеевна страстно желает подать в серебряных чашках чай, именно чай и ничего, кроме чая!

Я уставилась на полковника. Дело плохо! Если Александр Михайлович начал величать кого из близких знакомых по имени-отчеству, значит, он считает его человеком, преступившим закон.

— Так почему именно этот напиток? — вопрошал Дегтярев.

— Говори, — мрачно потребовала я, — ведь ты знаешь ответ!

— Вроде, — кивнул он, — ну-ка скажи, что тебе известно о чае, а?

Я слегка растерялась.

— Растет в Индии, на Цейлоне, в Китае, Грузии, может, еще где. Многолетний кустарник, листья которого собирают руками, из-за чего резко повышается стоимость чая. Срывают лишь верхние, то ли два, то ли три листка, только из них получается настоящий чай. Затем сушат, скручивают...

— Не об этом речь, — покачал головой полковник.

— А о чем?

— Чай отнюдь не такой невинный напиток, как принято считать, — начал рассказывать Дегтярев, — отчего-то люди полагают, что кофе бодрит, а чай успокаивает, и спокойно пьют его на ночь, а потом вертятся до утра в кровати, не понимая, почему от них ушел сон. В чае содержится танин, вещество, по своим возбуждающим качествам более сильное, чем кофеин. И если в продаже имеются декофеинизированные зерна, то бестаниновой заварки пока не существует. Чай намного сильнее кофе, и им категорически запрещается запивать лекарства. Знаешь почему?

— Нет.

— Танин очень быстро вступает в реакцию с разными веществами. Засунешь в ротик таблеточку аспирина, запьешь ее чаем и получишь совсем не тот эффект, на который надеешься. Танин ослабляет действие анальгина, плохо сочетается с антибиотиками и большинством сердечных препаратов. Кстати, вот ты любишь всем рассказывать, что изобрела замечательное средство от головной боли!

— Да, — кивнула я, — берешь три куска сахара, посыпаешь чайной заваркой, побольше, ложки две, кладешь в ситечко, обливаешь крутым кипятком и мгновенно пьешь. Гарантированно мигрень отступает, но только, если у вас пониженное давление. Гипертоникам использовать это средство никак нельзя, может начаться криз.

— Правильно, — одобрил Дегтярев, — танин плюс сахар, и вы летаете, как на реактивной тяге. Людям с нарушениями сердечного ритма тоже не посоветую пить крепкий чай, этот напиток более коварный, чем кофе, а в модном ныне зеленом чае танина больше, чем в традиционном.

— Ну и к чему ты прочитал мне эту лекцию? — поинтересовалась я.

Дегтярев крякнул:

— Серебряные чашки изнутри были покрыты ровным слоем очень хитрого яда, настолько редкого, что наш эксперт сначала стал в тупик, но потом все же разобрался. Отрава активизируется только тогда, когда на нее попадает чай. К воде, кофе, соку, компоту она безразлична. Все дело в танине. Вступая в реакцию в общем-то с безобидным веществом, он мгновенно трансформируется в смертельную отраву. Названия у этого яда нет, это, так сказать, эксклюзив!

— Разве можно сложить два не опасных для жизни ингредиента и получить яд? — недоверчиво спросила я.

— Элементарно, — кивнул Александр Михайлович, — у тебя в школе что было по химии?

— Слабая тройка, поставленная учителем по фамилии Трякин из чистой жалости.

— Оно и видно, — усмехнулся Дегтярев. — Если взять, к примеру, самую обычную марганцовку, очень полезное обеззараживающее средство, и смешать с... не буду говорить тебе с чем, а то еще попробуешь. Ну еще с одним очень полезным, копеечным лекарством, то раздастся такой взрыв! Никакого пластида не надо, разнесет полдома в Ложкине. У вас что, на уроках учитель химии никаких фокусов не показывал? Наш так без конца. Возьмет одну пробирку с прозрачной жидкостью, потом другую с желтой, смешает, получается ярко-красный раствор, и дым начинает валить. Очень мне эти превращения нравились!

Я промолчала. В школе на уроках химии, сообразив, что никогда, даже под страхом смертной казни не сумею разобраться в этом предмете, я спокойно читала на самой последней парте Дюма и Вальтера Скотта.

— Концентрация яда, его сила, — закончил полковник, — зависит от количества танина, грубо говоря, от крепости чая. Вы с Зайкой не любите «густой» напиток, поэтому долили в чашки кипяток, что в конкретном случае и спасло вас, дело обошлось реанимацией. А Андрюша всегда пил только неразбавленную заварку, почти черного цвета, это его и убило. Вика отлично знала, что муж на дух не переносит кофе, он всегда употреблял только чай, разве нет?

Я молча переваривала информацию. Это правда. Андрей не терпел ничего, содержащего даже намек на кофе. Он никогда не пил ликер соответствующего вкуса, не лакомился конфетами с кофейной начинкой, его передергивало от кофейного мороженого.

— Ну и что? — пробормотала я.

— А то, — сердито заявил Дегтярев, — Вика покрыла чашки ядом и налила туда чай, надеясь на то, что отравление спишут на торт.

— Но почему же она остальным подала кофе в другой посуде? Логично было бы использовать остальные серебряные чашки.

— А вот и нет, — рявкнул полковник, — чашек шесть! Убийца перестраховалась, подумала, что яд может и не подействовать, придется повторить «угощенье» — взять чистую чашечку и еще разок поднести чай мужу. Ей нужна была «чистая» посуда с ядом!

— А если бы все выпили чай? — не успокаивалась я.

— Если бы да кабы, — обозлился Дегтярев, — Кеша предпочитает кофе! Вика же это знает.

Глава 4

Ночью мне не спалось. Повертевшись под одеялом, я встала, открыла окно, навалилась на подоконник и стала курить, старательно выпуская дым наружу. Было тепло, непривычно тепло для московского июня. Сирень буйно цвела, распространяя замечательный аромат.

Вика отравила Андрюшку, а заодно, для вящей убедительности, чтобы ни у кого не возникло ни малейшего сомнения в случайности произошедшего, чуть было не отправила на тот свет и меня с Зайкой. Разум отказывался этому верить.

После того как Дегтярев изложил цепь событий, я задала совершенно разумный вопрос:

— Зачем Вике убивать своего мужа? Жили они хорошо,

Андрюшка ни в чем не отказывал любимой жене. Она свободно распоряжалась его деньгами, получила наконец возможность возиться в собственном саду. А Вика обожает грядки, клумбы. В ее крохотной московской квартирке каждый свободный сантиметр пространства мигом занимался горшком, из которого торчали либо колючие кактусы, либо какие-нибудь метелки. Викуля даже отрезала верхушку ананаса и посадила.

Дегтярев выслушал мою пламенную речь и ответил:

— Знаешь, очень часто мы абсолютно не знаем наших друзей. Что ты можешь сказать о Вике?

Я призадумалась:

— Ну... жила вместе с мамой, в отличие от нас всех не торопилась замуж, работала преподавательницей.

— У нее были любовники?

Я покачала головой:

— Нет. Вика все время проводила с матерью. Мы с Галкой Мамлеевой сто раз пытались познакомить ее с женихами, но Столярова отказывалась, усмехаясь, говорила: «Мне и так хорошо». А потом, когда ее мать умерла, Викуля вообще осталась одна!

Тут я внезапно сообразила, что на самом деле ничего не слышала о личной жизни пусть не подруги, но близкой приятельницы. Похоже, Дегтярев прав, что мне известно о Вике? Она любит цветы, предпочитает жить на свежем воздухе, ранее избегала мужчин... ну и все.

— И как ты отнесешься к тому, если я скажу, что у Виктории имелся любовник? — спросил Дегтярев. — Женатый мужчина, Сергей Прокофьев? Этим отношениям много лет, и они были совершенно бесперспективны.

Я обомлела:

— Любовник? У Вики? Женатый мужик?

Дегтярев кивнул:

— Да, они скрывали свою связь весьма успешно. Виктория после нескольких лет тайных свиданий поняла, что ничего хорошего ее с Сергеем не ждет, и разорвала отношения. Она вышла замуж за Андрея, прожила с ним год и тут...

— Что еще? — безнадежно спросила я.

Перед глазами неожиданно возникла странная картина. Смущенно улыбающаяся Вика сидит на берегу озера, а Александр Михайлович, сопя от напряжения, привязывает к ее ногам огромные булыжники, на которых аршинными буквами написано: «Неопровержимые доказательства».

Сейчас он толкнет мою добрую знакомую в спину, и она без вскрика утонет.

— Жена Сергея скоропостижно умирает, — медленно продолжил Дегтярев, — и он становится свободным, но теперь занята Вика. Парочка возобновила отношения, и Виктория принимает решение отравить Андрея.

— Она могла просто уйти от него!

— Нет.

— Почему?

— А деньги? Сергей беден. Уйти к нему, значит, жить в нищете. Виктория стояла перед вечной проблемой: остаться с любимым в хижине или с постылым во дворце. И она сообразила, каким образом совместить приятное с полезным. Жена является наследницей мужа. А если учесть, что у несчастного Андрея в целом свете никого, кроме супруги, не имелось, то понятно, что бизнес, деньги, дом, машины, квартира — все досталось бы безутешной вдовушке. Спустя год после похорон она спокойно бы вышла замуж за Сергея, но не получилось. Осуществлению коварного плана помешал наш слишком въедливый эксперт.

Вот это информация! То, что у Вики имелся любовник, не могло прийти мне в голову, она никогда и словом не обмолвилась об этом. Никогда не откровенничала, не жаловалась на то, как тяжело любить человека, который не свободен. Удивительная, совершенно не женская скрытность!

— А откуда вы узнали про любовника? — спросила я.

Дегтярев без всякой улыбки ответил:

— Как ни скрывайся, как ни прячься, а обязательно найдется человек, который что-то видел, кое-что слышал, обо всем догадался. Нина Супровкина сказала.

Я обомлела:

— Нинка? Она знала?

Было чему удивиться. Супровкина отчаянная сплетница, мне не нравится, когда она приходит в гости, потому что с самой сладкой улыбкой на лице Нинка сует нос во все ваши шкафы, а потом самозабвенно начинает рассказывать на всех углах, какой там царит бардак! Просто немыслимое дело! Если Нинка разнюхала про Вику такие жареные факты, то почему молчала?

— Знала, — кивнул Дегтярев, — более того, помогала любовникам, пускала к себе. У Сергея жена, у Вики мама, где им встречаться? Вот Нина и отдала им ключи от своей дачи.

Челюсть у меня отвисла почти до пояса. Нина вручила Вике ключи от дачи? С ума сойти! Умереть не встать! Супровкина славится редкостной жадностью и полным нежеланием помогать кому-либо, я и не подозревала, что она способна на альтруизм — принять участие в судьбе несчастных влюбленных. На Супровкину это совсем не похоже, скорей уж крокодил нежно обнимет тучного щенка, чем Нинка поможет вам.

— Когда Андрей умер, — сухо излагал факты Дегтярев, — Супровкина сразу пришла в органы и все рассказала, проявила гражданскую сознательность, помогла следствию.

От злости я сломала сигарету. «Проявила гражданскую сознательность, помогла следствию!» Читай — утопила Вику, спихнула ее с берега в озеро, с камнем на ногах.

В комнату неожиданно вползла сырость, я захлопнула окно. Адвоката Вике я найду. Или не надо? Все-таки она для достижения своей цели спокойно решила пожертвовать мной и Ольгой. Ведь мы могли и покрепче чаек плеснуть в чашки. И где бы были сейчас Дашутка и Зайка? Правильно, в тихом, уютном, зеленом местечке под названием «кладбище»! Я, конечно, устаю от сумасшедшей жизни в нашем доме, постоянных гостей и криков, но погост слишком радикальное решение этой проблемы.

Я вздрогнула, села на кровать и обняла Хучика. Мопс сонно засопел и прижался ко мне толстым боком, покрытым нежной шерсткой. Нет уж, никакого защитника приглашать не стану, пусть Вике помогает государство.

Я легла в кровать, поворочалась еще минут десять, поняла, что не засну, села, запихнув себе под спину подушку, зажгла лампу и взяла книгу. Лучше уж почитаю, вместо того чтобы изводиться, вертясь без сна.

И тут ожил мобильный. Не знаю, как у вас, а у меня ночной звонок вызывает ужас. Случилась беда! Согласитесь, редко кто станет беспокоить после полуночи, чтобы сообщить радостную весть, типа: «Дашутка, сдал экзамен на пятерку».

Я машинально глянула на дисплей. «Нет номера», — виднелась в окошечке надпись. У человека на другом конце провода стоял антиопределитель.

— Алло, — прошептала я, — что случилось? Говорите!

— Даша, — тоже шепотом сказала Вика, — ты меня слышишь? Громче не могу.

Первым моим позывом было мгновенно отключить мобильник, но потом я обрадовалась. Раз Вика набрала мой номер, да еще в столь неурочный час, следовательно, ее освободили. Значит, она не хотела отравить нас с Зайкой и не убивала Андрея. Следователь во всем разобрался!

— Викуся! — заверещала я, роняя на пол заснувшего Хуча. — Ты где?

— В следственном изоляторе, — еле слышно прошелестело из трубки.

Радость мгновенно погасла.

— Там есть телефон? В камере?

Вика кашлянула:

— За деньги тут все имеется, извини, времени мало, хочу лишь сказать, никому не верь.

— В каком смысле?

— Ну, следователь уверен, что я отравила Андрея и пыталась отправить на тот свет тебя и Зайку. Это неправда. Понимаешь, неправда! Я не виновата! Клянусь памятью мамы!

Ее голос, тихий, словно шорох упавшей листвы, полнился таким отчаянием, такой горькой безысходностью, что я моментально ответила:

— Конечно, такая ерунда. Не волнуйся, все будет хорошо.

— Я люблю тебя, — вдруг сказала Вика.

— И я тебя.

Послышался треск, сопение, потом Вика сдавленно прошептала:

— Ты третья, кому я звоню сегодня. Еще пыталась поговорить с Нинкой Супровкиной и Аней Батуриной, но они не захотели иметь со мной дело. Нинка пообещала утром пойти в милицию и рассказать, что в моей камере есть сотовый телефон. Даша, не верь! Я никогда... лучше мне... самой... туда...

Шепот пропал.

— Вика! — заорала я. — Стой, погоди, не вздумай! Адвокат придет завтра! Я сама попытаюсь разобраться в этом деле, я...

Но из трубки понеслись короткие, монотонные гудки.

— Вика! — заорала я. — Вика!

Хуч возмущенно залаял. Тут же ожили и остальные собаки.

— Что случилось? — сунулся ко мне Кеша.

Я быстро засунула трубку под одеяло.

— Кошмар приснился!

— Ну-ну, — недоверчиво ответил сын и исчез.

Я упала на подушку и мгновенно заснула.

На лицо закапала вода. У нас потекла крыша! Я села в кровати, тут же сообразила, что над моей комнатой не черепица, а мансардное помещение, куда год назад перебралась Манюня, и открыла глаза.

Около моей постели с опухшим красным лицом стояла Марго Вяземская. Вообще-то она Рита Иванова, во всяком случае, такие имя и фамилию она носила, когда мы учились в одном классе, в школе, расположенной за станцией метро «Кировская», нынче «Чистые пруды».

В восемнадцать лет Ритка выскочила замуж за Глеба Вяземского, сменила свою простенькую фамилию на аристократическую и велела всем величать ее Марго. На Риту она даже не откликается, более того, лет десять назад она официально взяла это имя, и теперь у нее в паспорте написано — Марго Юрьевна Вяземская. Звучит ужасно, не правда ли?

Когда Марго играла свадьбу, я, приглашенная со стороны невесты свидетельницей, полагала, что сей союз ненадолго, но Вяземские живут вместе уже много лет, у них есть взрослая дочь, в данное время работающая в Америке. Марго так и не получила высшее образование, да оно ей и не нужно. Она замечательный парикмахер, мы все бегаем к ней причесываться, она третье десятилетие работает в крохотном салоне возле метро «Семеновская», и мне не лень мотаться из Ложкина туда, потому что никто, кроме Маргоши, не умеет соорудить из моих трех торчащих дыбом волосин шикарную прическу, радующую взор густотой и красотой локонов. Как у нее это получается, ей-богу, не понимаю.

Глеб в отличие от жены получил все дипломы, которые только возможно. Он — доктор наук, профессор, академик, страшно важный, дико умный и чрезвычайно авторитетный в мире истории человек. Глеб — член многих ученых советов, председатель разнообразных комиссий, обладатель кучи почетных званий; одна беда — денег ему это не приносит. Получив полной охапкой почет и уважение, он имеет зарплату около трех тысяч рублей в месяц. При этом Глеб разъезжает на иномарке, хорошо одевается и курит «Парламент». Средства на безбедную жизнь себе и всей семье зарабатывает пэтэушница Марго. Она стоит у кресла по пятнадцать часов в сутки. Глеб выглядит великолепно, он подтянут, занимается на тренажерах, Марго оплачивает его абонемент в фитнес-клубе, следит за правильным питанием. Он не пьет. Маргоша же сильно располнела, у нее сейчас пятьдесят восьмой размер. Хорошенькая девушка Риточка Иванова, тоненькая, словно тростиночка, в которую безоглядно влюбился студент первого курса истфака Глеб Вяземский, теперь погребена под горами жира, прежними у Маргоши остались лишь глаза: большие, лучистые, смотрящие на мир с детским восторгом.

На фоне Глеба Маргоша выглядит еще старше. Загорелый, стройный мужчина и оплывшая, потерявшая всякие формы бабища. Один раз ее приняли за... маму Вяземского.

— Что случилось? — заморгала я, вытирая со своего лица слезы Марго пододеяльником. — Глеб заболел?

— Лучше бы он умер, — мрачно заявила старинная подруга и разрыдалась.

Я накинула халат.

— Вы поругались?

— Он сунул шарф и косметичку в духовку! — хлюпая носом, сообщила Марго.

— Кто?

— Глеб!

— Зачем?! Вот бред!

Марго всхлипнула, тоже вытерлась моим пододеяльником и завела рассказ.

Позавчера она поехала в подмосковный санаторий. Намечался очень выгодный заказ. Одна из ее постоянных клиенток, богатая дама, решила отпраздновать день рождения, откупив пансионат. Гулять предполагалось с размахом. Вечером заезд и праздничный ужин, потом танцы до упаду, сон, утром, вернее, следующим днем, продолжение банкета. Поскольку дамы встанут с взлохмаченными головами, а уложить самостоятельно волосы феном способна отнюдь не каждая, на тусовку была приглашена Марго. Клиентка, правда, вежливо сказала, что рада видеть цирюльницу гостьей, но на самом деле Марго заплатили нехилую сумму за то, чтобы она утром причесала загулявшихся дам. Естественно, Маргоша согласилась, она постоянно озабочена добычей денег. Глеб любит хорошо покушать и красиво одеться, еще он предпочитает французский парфюм отечественному, а обувь носит только английскую. Сами понимаете, что его зарплаты хватит лишь на шнурки.

Маргоша честно отработала гонорар. Клиентка, страшно довольная, стала радушно предлагать:

— Останься еще, больше работать не придется, просто отдохни.

Марго позвонила мужу и предупредила:

— Задержусь до утра.

— Как хочешь, дорогая, — ответил неконфликтный Глеб, — я над книгой корплю.

Где-то около десяти вечера Марго совершенно разонравилась компания. Все перепились, и свободные мужчины начали приставать к ней и маникюрше Танечке, тоже приглашенной в санаторий. У Тани имелась машина, она довезла Марго до метро.

Таким образом Маргоша оказалась около полуночи под родной дверью. Но открыть ее она не смогла, та с внутренней стороны была заперта на щеколду. Марго принялась звонить, потом бить ногой в филенку, наконец догадалась вытащить сотовый.

— Маргоша, — прочирикал Глеб, — ну, как веселишься? А я тут в ванной лежу, в пене.

— Я на лестнице, — сказала жена.

— Где? — удивился муж.

— У нас под дверью, внутрь попасть не могу!

— Господи! — воскликнул Глеб. — Извини, бога ради, я думал, ты ночевать осталась! Ща, выскакиваю, только голову смою, весь в мыле сижу.

— Домывайся спокойно, — ответила повеселевшая Марго, с облегчением понявшая, что с дорогим муженьком не приключилось никакого несчастья, — я покурю пока.

Минут через пятнадцать дверь распахнулась. На пороге замаячил Глеб в халате, с мокрой головой. Он обнял жену и попросил:

— Высуши мне волосы!

Ничего странного в этой просьбе не было, Маргоша всегда «укладывает» голову Глеба.

Они прошли в ванную, Марго наладила фен и услышала легкий стук двери.

— Кто там? — крикнула она.

— Слушай, я так простужусь! — воскликнул Глеб. — Никого там нет.

— Наверное, дверь не закрыта, вот и хлопает.

— Все заперто!

Но Маргоша существо тревожное, поэтому она пошла в

прихожую и увидела, что брелок, украшающий ключ в замочной скважине, мерно покачивается на цепочке. Недоуменно пожав плечами, Маргоша причесала мужа и пошла на кухню. Здесь ее ждал новый сюрприз: в помойном ведре валялась бутылка из-под шампанского.

— Ты пил Абрау-Дюрсо? — удивилась Маргоша. — Один?

— Нет, конечно, — улыбнулся Глеб, — Павлик приходил, мой аспирант. У него сегодня статья вышла, вот, решил отметить первую публикацию с научным руководителем. Он так радовался, пришлось выпить с ним.

— А что вы ели? — спросила Маргоша, которая никогда не подозревает мужа ни в чем плохом.

— Сыр порезали, — грустно ответил Глеб, — колбаску.

— Ах ты мой несчастненький, голодненький бегемотик, — захлопотала Марго, — сейчас курочку подам, вот только духовку нагрею.

Повернув ручку, она пошла к холодильнику, намереваясь вытащить курицу, завернуть в фольгу...

Короче, она занялась ужином, но тут из включенной духовки понеслась такая вонь! Испугавшись, что забыла там сковородку с пластмассовой ручкой, которая от высокой температуры стала плавиться, Маргоша, натянув на руки толстые простеганные варежки, распахнула дверцу и ахнула. На решетке лежали чужая косметичка и шарф.

Глава 5

— Что это? — прошептала Марго, выуживая наружу найденное.

— Пудра, губная помада и прочая дрянь, — буркнул Глеб.

— Но как они сюда попали? — недоумевала наивная Маргоша. — Я не пользуюсь такими дорогими вещами, тут сплошной Диор!

Любая другая жена мигом бы сообразила, в чем дело, и налетела на неверного муженька с кулаками. Даже мне в процессе рассказа стало понятно, что Глеб, воспользовавшись отсутствием законной супруги, привел любовницу, а когда нежданно-негаданно женушка заявилась домой, проявил недюжинную смекалку, запихнул пассию в шкаф, намочил себе голову и сунул Марго в руки фен. Пока моя глупая подружка хлопотала вокруг изменника, девица выскользнула наружу. Вот только она забыла на кухне косметичку с шарфиком, а Глеб в страшной спешке засунул улики, как ему показалось, в самое укромное местечко, в духовку. Да уж, коли изменяешь жене и прячешь в плите вещи любовницы, не требуй тогда вкусного ужина.

— Правильно, — затопал вдруг ногами Глеб, — ты вообще ничем не пользуешься! Погляди на себя, просто бочка с салом! Отвратительная, жирная, бесформенная. Да с тобой стыдно куда-нибудь пойти! Что за одежда? Где ты откопала эту юбку! А сапоги! Говнодавы! Такие носили во времена Наполеона! Отчего ты не оденешься нормально? Просто позор! С тобой поговорить стало не о чем, клуша! Да, у меня есть другая, но в том, что она появилась, виновата только ты, ты, ты и больше никто.

Как все мужчины, Глеб моментально нашел козла, вернее, козу отпущения — жену. Впрочем, посмотрите вокруг, такое поведение свойственно сильной половине человечества.

Если бы я оказалась в подобной ситуации, то ни за что бы не стала радовать неверного муженька своими слезами. Сначала доходчиво объяснила бы ему: плохо одета от того, что трачу последние заработанные деньги на его костюмы, преспокойно сложила бы все шмотки развратника в сумку и пинком отправила поклажу на лестницу со словами: «Вот бог, вот порог, ступай к своей любви, желаю счастья, мой ангел».

И не надо бояться, что он уйдет навсегда. Мужчины терпеть не могут радикально изменять свою жизнь. Еще больше им не по вкусу, когда подобные решения принимают за них другие. Девоньки, зарубите себе на носу: правильно и вовремя брошенный муж подобен бумерангу, он обязательно прилетит назад.

Но Маргоша только рыдала, чем довела Глеба до белого каления. Много чего «хорошего» сообщил он ей в ту ночь. Потом, как ни в чем не бывало, слопал купленные женой йогурты и отправился спать на выстиранных ею простынях.

Бедная Марго лила слезы до семи утра, а потом поехала в Ложкино. Еще один дурацкий поступок. Никогда нельзя самой покидать семейную территорию, пусть уходит тот, кто выказывает недовольство другой половиной.

— Делать что? — причитала подруга, превращая кружевной пододеяльник в засопливленную тряпку.

Я вырвала у нее из рук вконец испорченный угол и сунула ей носовой платок.

— Во-первых, успокойся!

— Да, — заныла Марго, — хорошо тебе...

— Очень, — кивнула я, — убежала от четырех мужей, может, поступала каждый раз опрометчиво, была нетерпима и слишком прямолинейна, но не позволила себя унижать!

— Ага, — причитала Марго, — когда это было! В молодости!

— У нас и сейчас еще не старость. — Я начала злиться. — Вот лучше скажи, ты чего хочешь?

— В каком смысле? — Она перестала рыдать.

— В смысле дальнейшей жизни, — усмехнулась я, — Вернешься к Глебу или ну его на фиг?

— Ох ты какая, — заскулила Марго, — злая! Я в него всю жизнь вложила, ухаживала, заботилась, а теперь другой отдать? Доктора наук и профессора! Готовенького!

— Ну и что? Хоть поживешь спокойно, без докуки.

— Я не могу одна! — взвыла подруга.

На мой взгляд, существовать самой по себе намного комфортней, чем в паре, но спорить с Марго не стану.

— Значит, надеешься на мир с Глебом?

— У него любовь, — вновь залилась она слезами, — страстная, с девчонкой-аспиранткой, ей всего двадцать пять.

— Прекрати, — пнула я ее пяткой, — хорош выть, слезами горю не поможешь. Ладно, так и быть, научу, как поступить, но имей в виду, слушаться меня должна беспрекословно, ясно? Через три месяца, а то и раньше, Глеб приползет на коленях. А ну иди умываться!

Сгорбившись и всхлипывая, Марго поплелась в ванную. Я быстро влезла в джинсы.

— Какая ты худенькая, — завела Маргоша, выныривая из санузла. — Хорошо тебе!

Я усмехнулась. А еще встречаются люди, которые говорят мне с плохо прикрытой завистью ту же фразу, только заканчивают они ее по-иному.

— Хорошо тебе, два языка знаешь!

А кто, спрашивается, мешает вам их выучить? Я-то не родилась с нужным знанием в голове, корпела над грамматикой, когда остальные носились по танцулькам.

— Ты тоже можешь так выглядеть, — сообщила я Марго.

— Никогда, — занудила та, — куда мне.

— Есть план! — воскликнула я. — Ты худеешь, сильно... м... сколько сейчас весишь?

— Девяносто, — плаксиво протянула Маргоша, — утром, голая.

— А когда замуж выходила?

— Пятьдесят весила.

— Значит, надо потерять сорок кило, — резюмировала я, — отлично. Сначала приводим в порядок фигуру, потом меняем гардероб, макияж и прическу. Прости, но у тебя овин на голове.

— Руки до себя не доходят, — попыталась оправдаться Марго.

Вот еще одна распространенная ошибка замужних баб: думают, раз заполучили супруга, то все! Никуда он, родимый, не денется.

— Марго, — обозлилась я вконец, — ну-ка, сделай одолжение, покажи мне, какой у тебя лифчик.

— Что? — изумилась подруга.

— Сними кофточку, — велела я.

— Зачем? — отмахнулась Маргоша.

— Стаскивай!

Она медленно расстегнула блузочку. Я прищелкнула языком. Так и есть. Мощную грудь Маргоши, похоже, размера пятого, не меньше, стягивал чехол из грязновато-серого, застиранного атласа. Одна бретелька прикреплялась к чашечке при помощи английской булавки. Да у любого мужика при взгляде на этакую красотищу мигом случится полный и окончательный паралич нижней части тела.

— И ты в таком виде разгуливала перед Глебом! — вырвалось у меня.

— А что, — принялась оправдываться Марго, — он же чистый, просто я постирала его случайно с синей футболкой, вот и закрасился!

— Почему тут булавка?

— Ну оторвалась лямочка, никак не пришью!

— Сейчас полно красивого белья, — рявкнула я, — даже на твой размер!

— Прикинь, сколько оно стоит! — взвизгнула Маргоша. — Сто баксов бюстик! Откуда у меня такие деньги.

— Между прочим, когда Глеб приехал к нам, — прошипела я, — он щеголял в бане в трусах «Ферре», стоимостью в ту же сотню долларов.

— Ну, я ему купила, — вякнула Марго, — семь штук, Глебушка любит красивое белье.

— А о себе не позаботилась?

— Зачем оно мне, — равнодушно пожала жирными плечами Марго, — и так хорошо, чистое и ладно!

Испытывая сильнейшее желание надавать ей пощечин, я заявила:

— Все, хватит, я больше не могу слушать эти глупости! Значит, так! Остаешься у нас! Глебу звонить не смей, он хотел свободы, пусть получит ее полной ложкой, желательно, даже половником.

— Он с голоду умрет!

— Вовсе нет.

— Он без меня погибнет!

— Ошибаешься.

— А... а... он эту приведет, молодую!

— Пусть!

— Дашка!!!

— Хочешь вернуть любовь мужа?

Маргоша медленно кивнула, ее прекрасные лучистые глаза стали наполняться слезами.

— Тогда слушай! Живешь у нас! Худеешь на сорок килограмм, меняешь имидж, заводишь любовника.

— Что?! — подскочила Марго. — Я?! Ты с ума сошла!

— Ладно, — согласилась я, — давай решать проблемы по мере их поступления, — сначала фигура, сядешь на диету.

— А толку? — скривилась подруга. — Когда меня нести в разные стороны начало, я чего только не перепробовала: молочную, белковую, углеводную, очковую, бессолевую, банановую, фруктовую, арбузную.

— Ну, моя совсем особая, — ухмыльнулась я, — есть можно все!

— Да? — насторожилась Марго. — Ты врешь, такого не бывает!

— Нет, точно, — захихикала я, — все: пирожные, масло, булки, котлеты, но при одном маленьком условии.

— Каком? — мигом купилась Марго. — Раздельное потребление белков и углеводов?

— Нет, — с самой серьезной мордой заявила я, — ты можешь потратить в день на продукты питания не больше пятидесяти копеек!

Пару минут Маргоша молчала, потом укоризненно заявила:

— С тобой просто невозможно иметь дело! Как была несерьезной, так и осталась! Ветер в голове свищет.

— Сквозняк в мозгу — верный признак молодости, —

ухмыльнулась я, — как только под черепной коробкой установились тишина и покой — пора умирать.

— Иди ты на фиг, — рассердилась Марго.

— Уже лучше, — одобрила я, — значит, останешься у нас. Вот что, предлагаю поспорить: через месяц, если станешь меня во всем слушаться, Глеб на коленях начнет умолять тебя о прощении!

— Нет, — заспорила Маргоша.

— Да.

— Нет.

— Да.

— Нет!!!

— Да!!!! Вот что: если я выигрываю спор, ты всю жизнь будешь меня бесплатно причесывать.

— А если проиграешь? — прищурилась Марго.

— Тогда... ну... куплю тебе двухкомнатную квартиру, чтобы было куда от Глеба уйти.

— Я ее не возьму! С ума сошла!

— Вовсе нет, я ничем не рискую, потому что очень хорошо знаю мужчин и получу навсегда бесплатного парикмахера!

В столовую мы спустились вместе. Чтобы пресечь любые вопросы, я сразу заявила:

— У Маргоши дома ремонт, она пока поживет у нас.

Новость вызвала невероятный энтузиазм у женской части семьи.

— Во, классно, — заорала Манюня, — вот кто нас утром причесывать станет! Маргоша, сделай мне вечером мелирование, а? Зеленую прядку!

— Без проблем, — грустно согласилась та, — все, что пожелаешь!

— Мне бы не помешало слегка изменить прическу, — оживилась Зайка, — принесу вечером журнал, повыбираем!

— После ужина будут красить меня! — возмутилась Машка. — Я первая!

— Мне для работы нужен безупречный внешний вид, — пошла в атаку Зайка, — я мордой деньги зарабатываю!

Домработница Ирка, расставлявшая чашки, на секунду глянула в зеркало, молча поправила челку и сказала Марго:

— Только сами свои вещи не стирайте и не гладьте. Оставьте в ванной, мне в радость вам помочь.

Даже няня Серафима Ивановна, всегда сидящая за столом тише воды, ниже травы, и та рискнула высказаться:

— Хорошо, когда у человека есть талант!

— Я первая, — подскакивала Машка, — все остальные потом!

— Нет, я, — злилась Зайка.

— Не спорьте, — вздохнула Маргоша и стала сыпать в кофе сахар: одну ложку, вторую, третью, четвертую, пятую... — всех обслужу!

Я, как завороженная, следила за процессом превращения кофе в сироп, потом встряхнулась, выхватила у подруги из-под носа кружку, поставила другую, отодвинула сахарницу и строго сказала:

— Ты забыла про свою аллергию на сахар!

В глазах Маргоши заплескалось разочарование, но она промолчала.

Александр Михайлович похлопал себя по лысине.

— В одном, Марго, можешь быть уверена: я рад тебе совершенно бескорыстно. Ну отполируешь мне голову воском и все!

Маня захихикала. Зайка продолжала злиться:

— Кому-то в школе охота пофорсить, но у меня ведь работа.

Я подмигнула Кеше и указала глазами на дверь. Сын моментально встал и вышел в коридор. Я потрусила за ним.

— Что случилось? — спросил Аркадий. — Говори быстро!

Вот так всегда! С клиентами он готов болтать часами, а мне: «Живей, я тороплюсь».

— Хочу нанять тебя!

Кеша нахмурился:

— Нет!

— Но ты не дослушал и не знаешь, в чем суть дела!

— Ошибаешься, я великолепно понимаю, кому понадобился защитник — Виктории Столяровой. Нет!

— Почему?

— Она хотела убить тебя и Зайку. Извини, в данном случае ничем не смогу помочь.

— Вовсе нет. Вика не виновата!

— Я занят.

— Но мы отравились случайно!

— Ага, ядом, которым она покрыла изнутри чашки.

— Это не она!

— А кто?

Хороший вопрос! Мне предстоит узнать на него ответ.

— Не знаю, но не Вика.

Аркашка скривился, потом сказал:

— Ладно, спорить с тобой — бесполезное занятие. Если желаешь помогать человеку, который лишь по чистой случайности не убил тебя, флаг в руки. Найми любого адвоката, их сейчас, как грязи.

С этими словами Аркадий развернулся и пошел наверх. Я топнула ногой, любой мне не подходит.

Перепрыгивая через ступеньки, я взлетела к себе в спальню, отыскала в телефонной книжке номер Ваньки Плотникова и потыкала пальцем в кнопки.

— Адвокатская контора «Плотников и Краснова», — раздался мелодичный голосок.

— Позовите Ваню, пожалуйста.

— Кого?!

— Ивана Петровича!

В трубке заиграла заунывная музыка, и через секунду я услышала бодрое:

— Плотников!

— Это Даша.

— Привет, — обрадовался Ванька, — надеюсь, ничего не случилось! Впрочем, я сглупил, у тебя же свой Плевако[1] есть дома.

— Дело возьмешь?

— Конечно, — посерьезнел Ваня, — в двух словах: о чем речь?

— Вика Столярова...

— Нет! — перебил меня Ванька.

— Что — нет? — оселась я.

— Не хочу иметь с ней дело.

— Но почему?!

— Видишь ли, — медленно протянул он, — мы с Андрюшкой дружили долгие годы, я у него в доме частенько проводил выходные.

— Но...

— Нет!

— Она...

— Извини, Дашутка, я тебя люблю, но не согласен. И компаньонка моя, Ленка Краснова, не возьмется.

— Послушай, — выдвинула я последний аргумент, — ведь я не о благотворительной акции прошу! Гонорар вам заплатят полностью.

---

[1] Ф.Н. Плевако — один из известнейших в добольшевистской России адвокатов.

— Мы с Ленкой, — отчеканил Ванька, — достигли такого положения и материального благополучия, что можем теперь выбирать дела!

Я зашвырнула трубку в кресло и принялась налистывать телефонную книгу. Сталкивались ли вы когда-нибудь с проблемой: приходите в магазин, ну, допустим, за люстрой. Бродите по огромному залу, набитому электроосветительными приборами, час, другой, а потом с тоской констатируете: светильников полным-полно, но все они отвратительного качества и уродливые, ни один нельзя купить. Выбор, на первый взгляд, огромен, но на второй — его вовсе нет.

Та же ситуация и с адвокатами. Сколько их в Москве, понятия не имею, похоже, просто тучи, но реально вытащить из беды обвиняемого способны единицы. Например, Михаил Барщевский, он вообще не проигрывает дела. Но Миша сейчас уехал отдыхать, его нет в Москве. Пальцы листали странички. Вот! Леня Райзман! Надеюсь, он в столице. Леня способен оправдать любого, а уж невинного человека совершенно точно.

— Слушаю, — бархатным голосом ответил Ленька.

— Привет.

— О, сколько лет, сколько зим! Дашута! Ты кого-то убила и хочешь выползти сухой из воды? — загрохотал Леня.

— Нет, возьмешь дело?

— О чем речь? Кто же откажется от работы?

— Виктория Столярова...

— Нет! Ее защищать не стану!

— Вы сговорились, что ли! — закричала я. — Сначала Ванька Плотников, потом ты, даже Аркашка отказал!

— Мы же дружили с Андреем, — тихо пояснил Райзман, — извини, не могу.

— Вика не виновата, ее оговорили!

— Пусть так, но она мне никто, а с Андрюшкой полжизни рядом прошло.

Я вышвырнула трубку в сад. Потом, испытывая угрызения совести, пошла вниз, собирать то, во что превратился верно служивший мне «Нокиа». Ну и черт с вами, ребята! Сейчас поеду в юридическую консультацию, зарулю в любую, которая попадется под руку, найму томящегося от безделья законника, пусть таскает в СИЗО для Вики сигареты и жареные куриные окорочка, пусть сидит на допросах, одним своим видом призывая милиционеров к порядку! Конечно, на суде от такого проку чистый ноль. Только суда-то не будет, потому что я за время следствия сама найду убийцу, того, кто задумал и поставил спектакль! И тогда посмотрим, как Ванька, Ленька и Аркашка станут трясти хвостами! Я абсолютно уверена, что Вика не виновна. Почему? Не спрашивайте, не знаю! Внутренний голос подсказал, а он меня никогда не подводит.

Глава 6

Сев в «Пежо», я отъехала от Ложкина и дорулила до кафе под названием «Сладкий кусочек», расположенного на Волоколамском шоссе. Дома у нас все равно не дадут спокойно поразмышлять над создавшейся ситуацией. Стоит мне уединиться в спальне, как туда начинают ломиться домашние. Задав какой-нибудь идиотский вопрос типа: «У нас есть сливочное масло?», они потом незамедлительно вопрошают: «Ты заболела? Отчего сидишь с таким видом?»

Бесполезно объяснять им, что просто я погружена в раздумья и такое выражение на моем лице вызвано не предсмертной судорогой или почечной коликой. Ну-ка вспомните скульптуру Родена «Мыслитель», вот уж у кого совершенно безумный вид, так это у голого дядьки, который подпер голову рукой. Однако ни у кого не возникает вопроса: ну почему он без одежды и отчего замер в столь неудобной позе? Нет, всем якобы сразу становится понятно: мужик задумался, небось озабочен судьбой человечества, от этого и забыл нацепить брюки. Я же, как правило, всегда сижу в джинсах, и тем не менее домашним и в голову не приходит, что обдумываю сложную проблему. Уж лучше посидеть в кафе, там никто не станет привязываться!

Я села у окна и уставилась на поток несущихся по дороге машин. На чем базируются обвинения против Вики? На том, что она, решив воссоединиться с любовником, убила богатого мужа, желая заграбастать его состояние. Значит, нужно разбить эту версию. Сначала зададим вопрос: а был ли любовник? Кто такой этот Сергей Прокофьев, таинственная личность, о которой за долгие годы знакомства Столярова ни разу не упомянула в моем присутствии. И потом, я помню, как произошла первая встреча Вики и Андрея.

Перед глазами мигом возникла картина. Вот мы все сидим в столовой и поглощаем удивительно вкусные пирожки, испеченные Катериной. Справа от меня наслаждается выпечкой приехавшая в гости Вика. Ирка вносит чайник, а за ней входит Андрей и говорит:

— Надеюсь, не помешал? Простите, ребята, заявился без звонка, ехал к себе в «Волшебный лес», мимо вас, вот и зарулил от тоски. Меня-то дома никто не ждет!

— Садись, — начинаю хлопотать я, — вон туда, кстати, это Вика.

Столярова, отчего-то покрасневшая, роняет, к огромной радости Банди, пирожок и бормочет:

— Добрый вечер.

Андрюша восклицает с жаром:

— Очень рад!

В районе десяти, уезжая, Литвинский шепнул мне:

— Вика — красавица.

А Столярова, оставшаяся у нас ночевать, вошла в мою спальню и, конфузясь, спросила:

— Он женат?

— Андрей вдовец, а что?

— Очень интересный мужчина, — покраснела она, — и внешне, и внутренне, столько всего знает! Но я бы никогда не стала иметь дело с семейным человеком. Уводить мужа от жены считаю отвратительным. А вдовец... Это мне подходит.

Так что симпатия возникла у них с первого взгляда, и роман протекал просто стремительно: через пару недель после знакомства они подали заявление в загс. На свадьбе Вика казалась такой счастливой! Хотя почему казалась? Она и была счастлива сверх меры, подобное сыграть невозможно. По логике Дегтярева и его коллег выходит, что она пошла под венец с постылым человеком, чтобы сделать больно любимому, который никак не хотел развестись с женой, но я-то была на праздничной церемонии и помню, каким восторгом сияли глаза невесты, какой нежный румянец заливал ее щеки, когда подвыпившие гости хором начинали голосить:

— Горько! Горько! Горько!

Ладно, согласна, пусть Вика изображала счастье, но каким образом она ухитрялась краснеть? Это изобразить крайне сложно. Не всем актрисам, даже очень хорошим, удается заплакать в кадре, и им приходится закапывать в глаза всякую дрянь! А тут — румянец! Нет, Вика была на самом деле счастлива.

Меня позвали свидетельницей из-за того, что судьбоносная встреча будущей супружеской пары состоялась в нашем доме. После бала, когда я усаживала Вику в машину, где уже находился слегка пьяноватый и усталый Андрюшка, Столярова обняла меня, уткнулась в шею и с совершенно несвойственной ей эмоциональностью шепнула:

— Господи, дождалась! Наконец-то! Я замужем за Андреем!

У меня из глаз чуть не хлынули слезы, лишь в тот момент до меня дошло, что Вика, как все бабы, давно мечтала о счастливой семейной жизни. Нет, абсолютно не было похоже, что невеста прикидывается, любит другого, а за этого выходит лишь из глупой мести.

— Простите, — робко спросила симпатичная официантка, — вам плохо?

Я вздохнула, вот еще одна, кому не понравилось выражение моего лица.

— Нет, мне очень хорошо!

— Извините, но у вас такая гримаса... я подумала, может, желудок болит или сердце!

— Ерунда, просто ногу натерла.

— Простите, — улыбнулась подавальщица.

— Ничего, — кивнула я, — очень хорошо вас понимаю, кому охота иметь дело со скончавшимся в кафе клиентом. Объясняй потом всем, что у вас чашки изнутри не покрыты ядом.

Девушка растерянно захлопала нагуталиненными ресницами, а я пошла к двери. Поеду к Нинке Супровкиной и попытаюсь вытрясти из сплетницы всю информацию об этом Сергее Прокофьеве. Впрочем, сначала позвоню ей.

Нинка отозвалась мгновенно:

— Алле!

— Ты где? На городской квартире?

— Господи! В такую чудесную погоду? Нет, конечно, на даче.

— Я нахожусь недалеко от тебя, не будешь возражать, если заеду?

— Давай, — воскликнула Супровкина, — прикинь, у меня теперь растут розовые ландыши!

Я включила мотор. Насчет того, что я нахожусь вблизи фазенды Нинки, — чистая ложь. Супровкина обитает на Минском шоссе, а я — в начале Волоколамского, ладно, сейчас главное — попасть на МКАД.

Избушка Нинки расположена в садово-огородном товариществе с поэтическим названием «Бор». Одно время я считала, что люди, получившие тут по шесть соток, называя поселок, имели в виду лес, сосновый бор, еловый бор, зеленый бор... Но потом Супровкина объяснила мне, что кооператив создали стоматологи, и под словом «бор» они подразумевают не лес, а такую омерзительную железную штучку, при помощи которой вам сверлят зубы. Лучше бы Нинка мне этого не рассказывала, потому что каждый раз, когда я подъезжаю к ее дачке, у меня начинает сводить челюсти.

К слову сказать, в настоящее время поселок выглядит самым идиотским образом. Разбогатевший народ начал возводить на шести сотках особняки площадью в невероятное количество квадратных метров. «Дворцы» стоят так густо, что хозяева вынуждены днем и ночью держать шторы закрытыми, иначе их личная жизнь станет всеобщим достоянием. Подобное поведение остается для меня загадкой. Если уж ты заработал на двухэтажный дом, так собери еще немного деньжат и приобрети нормальный участок. Так нет же! Лепят «замки» вплотную друг к другу. Впрочем, можно и без кавычек. Вот это здание, с круглой башенкой, просто цитадель!

Я притормозила у знакомых ворот и ахнула. А где Нинкина халабуда? Куда подевался покосившийся на один бок домишко?

Ворота распахнулись, и появилась Нинка.

— Давай входи, только машину придется на дороге бросить, места на участке нет.

— Это твой дом? — глупо спросила я.

— Ну! — гордо воскликнула Супровкина. — Каков?

«Чудовищное зрелище», — чуть было не брякнула я правду, но вовремя прикусила язык.

— Ну? — настаивала Нинка. — Чего молчишь?

— Потрясающе, — ожила я, оглядывая варварское великолепие.

На самом деле здание невелико, оно одноэтажное, большим кажется из-за идиотской башни, похожей на лагерную вышку с охранником. Я еще могу понять, когда подобные терема возводят «новые русские», они в основном люди бывалые, не раз сидевшие, вышка для них привычная, родная часть пейзажа, без нее им как-то голо. Но Нинка! Ей с чего в голову взбрело выбрать такой проект?

— Когда же ты успела построиться?

— А за полгода. Быстро возвели, — тарахтела Супровкина, — ты ко мне в последний раз приезжала...

— В марте прошлого года!

— Ну вот! Я тебе советую, если захочешь строиться, обращайся только в «Инком», там есть такая Лада, настоящий крокодил!

— В каком смысле? — машинально поинтересовалась я, разглядывая почти пустую гостиную.

— В хорошем, — зачастила Нинка, — деловая очень. За три месяца дачу поставили, за три ее отделали! У этой Лады не забалуешь, знаешь, как она с работягами разговаривает, они ее как огня боятся. И счета все в порядке, ни копеечки не сперла, уж ты меня знаешь! Я каждую бумажонку сквозь лупу разглядывала. Ничего! На каждый гвоздик, на любую пружинку есть квитанция. А еще на дизайнере сэкономила, ну за фигом он мне, если Лада лучше его придумала. Вот смотри, здесь ступеньки, а тут вместо стены аквариум будет. Нет, только «Инком», все дело в деньгах, заплатил им и все, дальнейшая головная боль их! И ведь ни в чем не обманули!

Нинушка принялась таскать меня по комнатам, воспевая незнакомую Ладу. Я машинально ахала, кивала, восторгалась, но в глубине души недоумевала: откуда у нее деньги? Конечно, здание не такое большое и шикарное, как наше, но все же, думается, тысяч сто долларов оно стоит. Впрочем, возведенные по так называемой канадской технологии дома получаются недорогими.

— И еще оно мне встало всего в восемьдесят тысяч баксов, — завершила рассказ Нина, — потому что «Инком» скидку сделал, они себе такое могут позволить, крупная компания, не плевок какой-то.

— Где же ты их взяла? — не вытерпела я.

— Кредит оформила в банке, под залог квартиры, — захихикала Нинка, — в долг поставила домишко, расплачусь как-нибудь! А еще мы с этой Ладой на цветах сошлись, она их тоже обожает! Пошли, покажу невиданную вещь — розовые ландыши!

— У Вики Столяровой тоже весь участок в растениях, — я решила начать нужный разговор.

Нинка нахмурилась:

— Там сад, наверное, с гектар, у меня же все скромное, маленькое.

— Небось зарастет сорняками, пока Вика в тюрьме.

— Да уж, — поджала губы Нинка, — за десять лет крапива и лопухи забьют цветочки.

— Почему десять лет?

— А сколько за убийство дают? Уж не меньше, а то и пожизненное вломят, — скривилась Нинка, — и потом, не видать ей особнячка с садом, если живой на волю выйдет. Убийца не может наследовать имущество убитого им человека. Отжилась Викуля за городом, отвалялась на ортопедических матрасах, пожалуйте на нары!

Откровенное злорадство Нинки покоробило меня, и я напрямую поинтересовалась:

— Правда, что у нее имелся любовник?

— Ага, — кивнула Нинка, — Серега Прокофьев, я отлично его знала. Нормальный мужик. Жалко мне их было!

— Тебе? Жалко?

— Ну да, — понеслась она, размахивая руками, — Вика-то убогая, старая дева, сохла на корню. А у Сереги жена была — чистый Квазимодо.

— Такая страшная внешне?

— Не, снаружи ничего, только пила она сильно, потом заболела, бросила, принялась Серегу изводить. Он прямо весь исхудал, ну а вскоре с Викой познакомился, и все. Я им ключи от дачи давала, не веришь?

— Ну... в общем... насколько я знаю, ты не очень любишь посторонних в доме.

— Терпеть не могу, — подтвердила Супровкина.

— Тогда почему Вике помогала?

Нинка замолчала, потом нехотя сказала:

— Они мне платили за дачку тысячу баксов в месяц.

— Так много? — изумилась я.

— Ну... пять сотен за постой, а остальное за молчание. Сережка не хотел, чтобы жена узнала.

— Почему, если та алкоголичка?

— Светка зашилась. Она бизнесом ворочала, хорошо зарабатывала, — пустилась в объяснения Нина, — содержала и себя, и Сережку. Он отличный мужик, но пентюх, сидит в своем НИИ за медные копейки и доволен. Светка бы никакой любовницы не потерпела, вытурила бы парня мигом, и все. Куда ему идти?

— Так к Вике.

— А у той мама, история-то много лет тянулась. Сама знаешь, какая Галина Ивановна была, она бы Серегу не приняла ни за что!

— Сколько же лет их отношениям?

— Ну, не помню, восемь, девять.

— И все это время они платили по тысяче долларов в месяц?!

— Сначала меньше, потом накинули.

— И ты никому ни гугу?

— Я могила. — Она гордо стукнула себя в грудь кулаком. — Это только кажется, что люблю поболтать, но, если надо, ни за что не проговорюсь.

Я вздохнула. Как ни странно, но приходится признать, что это правда.

— Ну а потом они поругались, — продолжала Супровкина, — видно, надоело Вике по щелям прятаться, захотелось Серегу целиком получить.

Это верно. Женщина, связавшая свою судьбу с женатым мужчиной, рано или поздно начинает испытывать дискомфорт. Хочется, чтобы любовник не смотрел постоянно на часы и не уезжал вечером домой. Я никогда не охотилась на чужих мужей, считаю такое поведение подлостью, но очень хорошо понимаю, как любовницу должен злить звонок мобильника и возлюбленный, бодро восклицающий: «Все, все, уже заканчиваю работу, грей ужин, дорогая».

А еще, наверное, мучает ревность. Конечно, кавалер уверяет, что давно не спит с женой, переехал ночевать на диван в гостиной, но проверить-то это никак нельзя!

И праздники не твои, и отпуск, и субботы с воскресеньями.

В общем, большинство любовниц не выдерживают и ставят вопрос ребром: «Или я, или она!»

Ох, милые мои, не советую вам заострять проблему, потому что мужчины, несмотря на то, что регулярно, при вас, кляли опостылевшую, толстую, сварливую, истеричную, глупую супругу, отчего-то в таком случае мгновенно бросают молодую, красивую, стройную, умную, роскошную любовницу и пугливо трусят в привычное семейное стойло. Мой вам совет: если в течение полугода любовник не принял кардинального решения, не развелся с женой и не предложил вам руку и сердце, как бы ни было больно, опустите острый топор на нить ваших отношений. Практика показывает, что после года тайной любви шанса на трансформацию из любовницы в законную жену у вас попросту нет. Рискуете зря потратить долгие годы и состариться у разбитого корыта.

Вот Вика классический пример такой ошибки. Несколько лет проводила время с любовником, а потом разозлилась и заявила: «Пора, наконец, тебе сделать выбор».

И Сергей выбрал Светлану, законную супругу, обеспеченную женщину, а не нищую Вику. Прокофьева можно понять: с женой у него не было никаких материальных проблем, а Вику нужно содержать.

Узнав о коварстве любовника, Вика впала в депрессуху, и тут судьба подкинула ей Андрея. Решив, что одним махом убьет двух зайцев: станет женой обеспеченного человека и отомстит Сергею, Вика пошла в загс. Но фортуна решила пошутить со Столяровой. Не прошло и нескольких месяцев после того, как она хозяйкой воцарилась в особняке на Ново-Рижской трассе, и Светлана умерла от инфаркта. Сергей мигом вспомнил про любовницу, страсть вспыхнула с новой силой, и Вика решила разрубить гордиев узел.

— Ты хорошо знаешь этого Сергея?

Нинка кивнула:

— Ага.

— Откуда?

— Он мой сосед, в одном доме живем, я — на пятом, Серега — на восьмом. Да что мы все о ерунде толкуем, — рассердилась Нинка, — пошли на ландыши смотреть!

Я провела у нее еще часа два, попила чаю, повосторгалась цветами и, уже уходя, не вытерпела:

— Нина, зачем же ты рассказала об этой истории в милиции? Ведь именно из-за тебя Вику арестовали!

Глаза Супровкиной превратились в щелочки, губы сжались, потом она отчеканила:

— Я никогда не стану покрывать убийцу, даже если когда-то считала ее своей доброй знакомой! Нет, преступник должен понести наказание. Кстати, если бы все придерживались этой позиции, в нашей стране наблюдалась бы иная криминальная картина.

Глава 7

Не знаю почему, но всякий раз, уходя от Супровкиной, мне хочется принять душ и тщательно помыться с мылом и.мочалкой.

Я вскочила в «Пежо», выехала на Минское шоссе и понеслась в сторону Москвы. Пока все плохо, все просто ужасно, но сдаваться рано. Теперь очередь покалякать с этим Сергеем Прокофьевым, об истинном положении вещей следует узнавать из первых рук.

Дом Супровкиной находится в двух шагах от метро «Белорусская», на Лесной улице. Шумное, грязное, некомфортное место. Рядом грохочет и воняет бензиновыми парами никогда не засыпающая Тверская, да еще прибавьте к ней площадь Белорусского вокзала, вечно забитую машинами, пьяными бомжами и растерянными приезжими, постоянную пробку на Брестской улице и ломовые цены в магазинах. Впрочем, купить продукты в центре Москвы огромная проблема: здесь открыты лишь бутики, набитые шмотками и обувью. Понятно теперь, отчего Супровкина сбежала жить за город.

Я вошла в знакомый подъезд, доехала до восьмого этажа и ткнула пальцем в звонок одной из квартир.

— Вам кого? — пропищал тоненький детский голосок.

— Сергея Прокофьева.

— Вы ошиблись, — вежливо ответил ребенок, — дядя Сережа в соседней живет, в сто двадцатой.

Я переместилась к другой двери, по ее внешнему виду и не скажешь, что за ней обитала хорошо зарабатывающая женщина. Простая деревянная филенка, не менявшаяся с момента постройки здания, а возвели его, похоже, в конце пятидесятых годов прошлого века.

Звонок хрипло тренькал, но никто не спешил на зов, очевидно, Сергей был на работе. Я посмотрела на часы — пять. Наверное, к восьми явится, надо где-то с пользой провести время. Итак, куда податься?

Поразмыслив немного, я решила просто пошляться по магазинам, благо их в этом районе немереное количество.

Оставив «Пежо» во дворе, я вышла на Тверскую и увидела маленькую лавчонку, забитую шмотками.

Ноги внесли меня в крохотный зал. Честно говоря, я слегка удивилась. Кронштейны с одеждой тут тянулись не только по бокам, но и посередине помещения, каждая вещичка была аккуратнейшим образом упакована в прозрачный пакет, сверху болтались ценники. Продавщица сидела за столом, прямо у входа. Обычно это место занимают охранники.

Отложив в сторону книгу, девушка улыбнулась мне, я ей. Я ожидала, что сейчас она спросит: чем могу помочь? Но она лишь вопросительно смотрела на меня, наконец, когда пауза стала томительной, девица коротко сказала:

— Давайте.

Удивленная ее поведением, я решила все же не показывать этого.

— Хочу посмотреть вещи.

— Сейчас принесу, давайте.

— Но лучше я сама!

— Ни в коем случае, что у вас?

Я вгляделась в ряды с вешалками, глаз выхватил нечто нежно-розовое.

— Вон там висит, такой розовенький.

Девица встала, прошлась вдоль ряда, выдернула вешалку и швырнула передо мной пакет. Я посмотрела на ценник: «Пиджак летний, производство Германии, 29375».

Ну и цены тут у них! Пиджачок-то совершенно непрезентабельный, ничего из себя не представляющий, а стоит около тысячи баксов! Ну и ну!

— Другого нет?

— Чего? — вытаращилась девица.

— Этот пиджак мне не нравится, покажите вон тот, зеленый.

— Офигеть можно, — хлопнула себя руками по бокам торговка, — ну народ, на всю голову больной прямо!

— Почему вы мне грубите?

— А чего ты идиотничаешь? То розовый пиджак ей, то зеленый! А ну, давай! Какой номер?

Волна возмущения накрыла меня с головой. Между прочим, сейчас не прежние времена, чтобы хамить покупателям!

— Позовите хозяина!

— Ага! Совсем того, да! Я здесь одна.

— Дайте жалобную книгу.

— Вали отсюдова.

— А вот не уйду, покажите зеленый пиджак.

— Катись вон, идиотка! Ты что, из психушки сбежала? — завизжала девица.

Я открыла было рот, чтобы дать достойный отпор хамке, но тут дверь распахнулась, и вошла женщина примерно моих лет с большой сумкой в руках.

— Привет, Катюша, — пропела она, — меня Галина Сергеевна за брюками прислала, только не говори, что их нет, хозяйка убьет!

— Хорошо, Лена, что ты пришла, — оживилась наглая девица, — покарауль вещи, а я побегу в милицию звонить.

— Что случилось? — напряглась Лена.

Катя ткнула в мою сторону пальцем, который заканчивался длинным, загибающимся книзу, интенсивно зеленым ногтем.

— Вот, хулиганка!

— Сама вы хамка, — парировала я, — вызывайте милицию, специально не уйду и расскажу, как вы обращаетесь с клиентами, да вас к прилавку на пушечный выстрел подпускать нельзя.

— Да что произошло? — вопрошала Лена.

Я повернулась к покупательнице:

— Пришла в эту лавку с несуразными ценами, хотела посмотреть пиджаки. Глянула на розовый, он мне не понравился, попросила зеленый, а эта Катя не показывает и обзывается.

— Вы хотели приобрести здесь пиджак? — в один голос воскликнули Катя с Леной.

— Нет, — окончательно обозлилась я, — напрокат взять! Естественно, купить, хотя местные цены отвратительны, так же, как и продавщица. Почти тысяча баксов за розовую тряпку сомнительного производства!

Катя рухнула на стул и принялась хохотать, как безумная.

— Это не цена, — давясь от смеха, еле выговорила она.

— А что? — растерялась я.

— Номер квитанции. Здесь не бутик, а химчистка.

Я обомлела:

— Химчистка?

Катя вытерла глаза платком:

— Ага.

— Простите, — пролепетала я.

— Ничего, — весело ответила девчонка.

— Я обозвала вас хамкой.

— Ерунда, я посчитала вас психопаткой.

— Извините, — переживала я.

— Бывает!

Я быстро повернулась и пошла вон, широкая стеклянная дверь выпустила меня на крылечко, далее шли четыре ступеньки, прикрытые зеленым ковриком. Стараясь побыстрей оказаться подальше от химчистки, я побежала было вниз, зацепилась за загнувшийся край дорожки и рухнула. Сила тяжести протащила меня до тротуара, я скатилась на грязный асфальт и сшибла мужчину с пакетом. Он замахал руками, не удержался и шлепнулся рядом, из его кулька выпала стеклянная бутылка подсолнечного масла, вмиг превратившаяся в груду осколков и скользкую лужицу.

— Вот, блин! — заорал прохожий, собираясь встать.

Я тоже попыталась сгрести ноги в кучу, но не тут-то было, невесть откуда появилась девушка в одежде, больше смахивающей на широкий пояс, чем на юбку. Ноги ее, длинные, стройные, обутые в красивые белые босоножки на невероятно тонкой шпильке наступили в масло. В ту же секунду несчастная свалилась по левую руку от мужика. Юбчонка сползла ей буквально на шею, обнажились крохотные трусики стринги. Голая попка засверкала под солнцем.

Упавший мужик уставился на обнаженную филейную часть с выражением радостного восторга. Девушка завизжала, ее сумочка отлетела к шоссе.

С дороги послышался свист, я подняла голову и увидела, что около нас притормозил джип «Лексус», за рулем которого сидит парень лет тридцати.

— Эй, кукла, — завопил он, — ножки-то у тебя класс!..

Договорить фразу он не успел, потому что в багажник его внедорожника со всего размаху влетел «Мерседес», водитель которого тоже загляделся на полуголую девчонку.

От удара «Лексус» подался вперед и покатился прямо на расположенную тут же остановку. Человек шесть пешеходов, мирно поджидавших троллейбус, завизжали и кинулись врассыпную. Отчего-то большая часть перепуганных людей бросилась в нашу сторону, естественно, все они, споткнувшись кто о дядьку, кто о девицу, а кто об меня, рухнули на тротуар. Последней обрушилась толстуха в цветастом сарафане с сумкой с клубникой. Через секунду все вокруг было усеяно давлеными ягодами.

«Лексус» влетел на остановку и протаранил стеклянную стену навеса. Послышался громкий звук «бах», и водопад осколков рухнул наземь. Движение на Тверской остановилось в обе стороны.

— Чеченцы! — заорал кто-то. — Взорвали! Вон, глядите! Машины покореженные, и люди в крови валяются! Помогите! Вызывайте скорей МЧС!

Мгновенно скопилась толпа. Несчастные, свалившиеся на тротуар, пытались встать. Водитель «Лексуса» безостановочно матерился, шофер «Мерседеса» тоже загибал такие коленца, что впору было записывать. Девушка рыдала, дядька, перемазанный подсолнечным маслом, охал, толстуха причитала, остальные орали что-то невразумительное.

Наконец все кое-как встали на ноги, и тут, воя сиреной и сверкая мигалками, словно черти в ступе, появились милиция, «Скорая помощь» и микроавтобус с надписью «Дежурная часть».

— Всем оставаться на местах, — загремело из громкоговорителя.

Несколько милиционеров выскочили на тротуар и ловко оцепили место происшествия красно-белой лентой.

— Тяжелораненые есть? — вопрошал доктор.

Народ поплелся к врачу показывать ушибы. Я, тихо радуясь, что в общей суматохе непонятно, кто вызвал переполох, попыталась удрать, но не тут-то было. В плечо вцепились крепкие пальцы, перед носом оказался микрофон.

— Несколько слов для телевидения, — потребовал корреспондент.

— Не надо, — пискнула я, но парень уже подволок меня к камере и затарахтел.

— Мы находимся на Тверской, где только что произошел террористический акт. Около меня свидетельница случившегося... э...

— Даша, — обреченно сказала я, — Дарья Васильева.

— Расскажите нам подробности.

— Ну... Шла и упала, больше ничего.

— Вы слышали взрыв?

— Нет.

— Вас оглушило ударной волной?

— Ну... э... не совсем, я просто упала, понимаете...

Я хотела было сказать, что никакого взрыва не было, но журналист прервал меня.

— Ведь это ужасно, что простой человек, коренной москвич, должен теперь пробираться по родному городу в бронежилете и каске, не так ли?

— Ну... в общем, вы правы, — осторожно согласилась я, — в бронежилете и каске очень неудобно, да и жарко небось.

Корреспондент потерял ко мне всякий интерес. Он повернулся лицом к объективу и затараторил:

— Мы ведем прямой репортаж с Тверской, где только что произошел террористический акт. Вокруг меня кровь и раненые люди. Кто виноват в том, что Москва стала небезопасной...

— Это клубника. — Я попыталась внести ясность.

Но парень с микрофоном не обратил на меня никакого внимания, он разливался соловьем, страшно довольный собой.

— Отчего простому человеку стало не выйти на улицу. Почему Лужков...

— Это клубника валяется, — я снова решила остановить его, — раздавленная, издали и правда на кровь похоже.

Чья-то рука выпихнула меня из кадра.

— Ступайте к доктору, — велела девчонка в джинсах и в майке с надписью «Телевидение».

— Но на тротуаре не кровь, а ягоды.

— Идите, идите, вам нальют успокоительное.

Поняв, что ситуация теперь развивается без моего участия, я бочком прошмыгнула в подземный переход, перешла на другую сторону Тверской и оказалась в центре нервно гудящей толпы, живо обсуждающей происшествие.

— Чеченцы, сволочи!

— Ща еще как бабахнет!

— Не, это ФСБ подстроило, чтобы всех кавказцев из Москвы выселить.

— Фу, ерунда, Лужков придумал, очки перед выборами собирает.

— Чего чушь несете! Обещал же Басаев всем тут смерть и своих предупредил: бегите из Москвы, пока живы!

Я молча оглядела пейзаж: окончательный паралич Тверской, поток машин стоит, как в сторону Кремля, так и в направлении Ленинградского проспекта, разбитый павильончик троллейбусной остановки, покореженный «Лексус» и смятый «Мерседес», перемазанные маслом и клубникой люди, кстати издали они и впрямь смахивали на окровавленных жертв взрыва, суетящиеся милиционеры, бодро снующие журналисты... Вот прибыл еще один микроавтобус, набитый камерами, промчался по тротуару и замер у входа в химчистку, куда в недобрый час забрела Дашутка, устроившая весь переполох. Интересно, что скажет милиция, когда, наконец, поймет, в чем дело? Может, пойти, отыскать главного и постараться объяснить ему суть произошедшего?

В ту же секунду я испугалась и изгнала глупую мысль из головы: меня небось арестуют. Хотя я ей-богу ни в чем не виновата, просто шлепнулась, остальное произошло само собой! Да уж, сходила, полюбовалась на шмотки! И что самое интересное, лично на меня не упало ни одной капли масла и ни одной клубнички.

Глава 8

Встряхнувшись так, как это делает Хучик, когда вылезает из ванной, я пошла по Лесной улице. Нет уж, больше не стану развлекать себя походами по бутикам, сегодня не мой день, лучше найду маленькое уютное кафе, желательно с деревянной посудой, чтобы чашка с чаем, которую я уроню на пол, не разбилась, посижу там...

И вдруг глаза натолкнулись на вывеску «Юридическая консультация». Я пришла в полный восторг, на ловца и зверь бежит!

Дверь в помещение, где роились адвокаты, оказалась каменно-тяжелой. Я изо всех сил тянула ее на себя, потом покрепче уперлась ногами, дернула ручку, раз, другой, третий, вспотела, но не добилась результата. Устав, я уставилась на створку. Может, она заперта? Маловероятно, слева висит табличка «Мы работаем круглосуточно, чтобы вытащить вас из беды», ниже — наклейка со словом «Толкай». Кто такой Толкай? Хозяин консультации? Ведущий адвокат?

Я снова потянула дверь и в ту же секунду сообразила! Толкай! Ее следовало открывать не на себя, а совсем даже наоборот.

Обозлившись на собственную непонятливость, я изо всей силы пнула преграду ногой. Дверь легко, словно она сделана из картона, распахнулась, я влетела в темную прихожую. Удерживаемая сильной пружиной створка понеслась назад, чуть зазеваешься на пороге, и она даст тебе в лоб. Я шарахнулась к стене и незамедлительно сшибла деревянную вешалку, сиротливо стоявшую в углу.

Та стала падать прямо на стеклянный журнальный столик, где кучей громоздились газеты. Очевидно, это помещение предназначалось для клиентов, которые должны ожидать своей очереди к адвокату. Но сейчас в холле никого не было. Я ухитрилась поймать вешалку и без особых потерь поставить ее на место. Потом, глянув в большое зеркало, попыталась привести в порядок торчащие дыбом волосы. Ей-богу, сегодня звезды встали не в ту позицию. Может, бросить машину на стоянке и пойти домой пешком?

Слегка успокоившись, я вошла в зал и увидела двух мужчин, сидевших в противоположных его концах. Один, пожилой, седой, похожий на старый трухлявый гриб мухомор, спокойно читал газету; другой, молодой, по виду чуть старше Мани, пялился в компьютер.

— Здравствуйте, — кашлянула я.

Парочка обратила взоры на меня.

— Я нуждаюсь в адвокате, кто из вас свободен?

— Я, — хором ответили юристы.

Повисло молчание, потом «мухомор» просипел:

— Выбирайте, кто вам больше по вкусу, чему вы доверяете: опыту, уверенности или молодой глупой бесшабашности?

Я замерла, изучая «ассортимент». Честно говоря, мне не нравился ни один из предлагаемых вариантов. «Гриб» слишком старый, дышит с трудом, и с голосом у него беда, похоже, совсем связки от старости истерлись. А молодой небось ничего не умеет. Да, не зря они тут сидят, вдвоем, остальные их коллеги, приличные адвокаты, занимаются сейчас делом.

— Так я вас слушаю, — прокашлял старик, — идите сюда!

Парнишка сердито сверкнул глазами и опять впился взглядом в монитор.

— Что у вас? — настаивал божий одуванчик. — Спор о наследстве? Развод? Все могу, без проблем, лучше меня нет!

Ага, именно эту фразу «мы лучшие» слышу каждый день из радиоприемника, таким образом «Русское радио» нахваливает себя. Но я очень хорошо помню, как один раз поехала по делам в местечко под Коломной и с огромным удивлением обнаружила, что на расстоянии пятидесяти километров от Москвы «Русское радио» исчезло из моей автомагнитолы. Вот вам и лучше! Нельзя доверять тому, кто бахвалится!

Решительным шагом я приблизилась к парнишке, села около его стола на стул и спросила:

— Тебя как зовут?

— Дима, — растерянно ответил тот и тут же поправился: — Дмитрий Павлович.

— Диплом имеешь?

— Могу показать, — оскорбился «зеленый» адвокат.

— Не надо, — улыбнулась я, — что заканчивал?

— Юрфак МГУ.

— Хорошо, — кивнула я, — нанимаю тебя защитником, речь идет об убийстве.

— Ошибку делаете, милейшая, — проскрипел «гриб», — опыт — это главное!

Но я пропустила мимо ушей брюзжание старичка. Лично мне комфортней иметь дело с молодым парнем, чем с шатающимся от слабости дедулькой.

Целый час мы с Димой обсуждали дело, потом он выписал мне квитанцию и сказал:

— Вам скидка, как моему первому клиенту.

Я улыбнулась:

— Говорят, я приношу удачу, вот увидишь, после меня клиенты к тебе толпой пойдут!

Дима хихикнул, я встала, запуталась ногой в свисающем с его стола шнуре, пошатнулась и упала в проходе. Мне на спину шлепнулся телефонный аппарат.

— Не разбился?! — воскликнул Дима.

— Вроде нет, — ответила я, кряхтя и пытаясь встать на ноги, — отлично себя чувствую.

— Я про телефон, — радовался паренек, — целехонек!

«Гриб» зашелся в кашле.

— Ну-ну, — прохрипел он, — ну-ну, спаси господь вашего клиента.

— Вы бы, Альберт Валентинович, лучше вспомнили, как утопили Каранышева, которого судили за мошенничество в особо крупных, — дрожащим голосом отбивался Дмитрий Павлович, — прокурор потребовал шесть лет, а после вашей замечательной речи мужику десятку вломили, такое вы впечатление на судью произвели!

«Мухомор» побагровел и стал издавать такие жуткие звуки, то ли крик, то ли кашель, что я вылетела в ужасе в коридор. Не хватало только стать свидетельницей его кончины на рабочем месте!

Решив больше сегодня не испытывать судьбу, я пошла к Прокофьеву и принялась звонить в дверь.

— Кто там? — пропищали изнутри.

— Сергей дома?

— Какой?

Вопрос меня слегка удивил.

— Прокофьев! А что, их тут несколько?

— Нет, — гремя замками, ответил кто-то, — для порядка интересуюсь!

Дверь распахнулась, перед глазами открылся длинный коридор, увешанный тазами. На пороге стояла крохотная бабулька, обутая, несмотря на теплый июнь, в валеночки.

— Чего тебе, деточка? — тоненьким голосочком осведомилась она.

И тут до меня дошло, квартира-то коммунальная!

— Мне нужен Сергей Прокофьев.

Бабуся поморгала выцветшими глазками:

— А ну пошли ко мне.

Мы протиснулись в довольно просторную комнату, обставленную допотопной мебелью.

— Садись-ка, — велела старушка, — рассказывай про себя все, без утайки, муж есть? Пьяница?

— Нет, — обалдело ответила я.

— А дети?

— Двое.

— Эхма, — вздохнула старушонка, — надеюсь, собак не держишь?

— Пять их у меня, еще две кошки, хомяки, жаба... Да в чем дело? Какая вам разница, кто у меня живет?

— Ишь ты, — обозлилась бабуся, — когда сюда въедешь и в соседках окажешься, поздно будет локти кусать. Хватит с меня и так всю жизнь с алкоголиками прожила, имею право хоть на старости лет спокойно деньки скоротать, а тут ты с зоопарком!

— Так вы решили, что я здесь комнату купить хочу!

— Ну да, Серега свои хоромы продает, у него две залы, и у меня тут одна. Деньгами где-то разжился и решил отдельно жить. Прямо удивительно, откуда только средства взял!

— Ну жена умерла, наверное, ее бизнес продал!

Старушонка визгливо рассмеялась:

— Кто бизнес продал?

— Сергей!

— Чей?

— Так Светы, жены своей покойной.

— Хи-хи-хи, — развеселилась бабуська, — бизнес! У Светки! Ну уморила, пьяница она была, алкоголичка запойная, бутылки у вокзала собирала, вот и весь ее доход. Да сколько раз она ко мне приходила и ныла: «Зинаида Власьевна, дайте десяточку. Серега получку принесет, тогда и верну!» Я-то сначала кошелек расстегивала, а потом перестала, никогда она долги не возвращала!

— А мне говорили, что Светлана зашилась!

— Нет, так и умерла. Выпила на улице и в сугробе заснула, а ведь и не такая старая была.

— Вот бедняга!

— Так ей и надо, — отмахнулась Зинаида Власьевна, — какой толк от пьяницы! Хорошо, детей не настрогала, а то вот у нас, в семьдесят второй, Ныкины проживают, глушат водку, а ребятки оборванные да голодные шляются. Старший тоже к рюмашке прикладываться стал. Вчера иду из магазина, а он мне навстречу, бредет, спотыкается, это в тринадцать-то лет!

— Что же Сергей жену не лечил?

— Сам хорош, — отмахнулась старушка, — тоже употребляет, но, правда, не до такой степени, как Светка, он все-таки из приличной семьи. Работает нормально, чего-то изучает, объяснял мне, а я забыла!

Тут из коридора послышался грохот.

— О, — оживилась Зинаида Власьевна, — Сергей пришел, он всегда таз роняет! Эй, Сережа, иди сюда, покупательница заявилась!

В комнату заглянул худой дядечка с болезненно-бледным лицом.

— Вы по поводу жилья?

Я кивнула.

— Тогда пошли ко мне, — оживился Сергей.

Мы оказались в коридоре, а потом в просторном помещении с огромными окнами.

— У меня тут две комнаты, — словоохотливо принялся объяснять дядька, — все просторные, по двадцать метров, окна во двор, шума никакого. Соседка одна, да она на ладан дышит, помрет — вся квартирка вашей будет.

— Что же вы съезжаете? — медленно спросила я.

— Центр надоел, — быстро ответил Сергей, — он для богатых людей, тут цены чудовищные. Я в Марьино собрался или в Братеево.

— И вы с женой вдвоем жили в этих комнатах? — удивилась я.

— Так раньше здесь куча народа была, — охотно пояснил Сергей, — отец, мать, два моих брата, бабушка с дедом, тетка с дядькой. На головах друг у друга сидели, а потом умирать начали, один я и остался, словно перст, никого вокруг.

И он уныло уставился в грязное окно. Я внимательно разглядывала мужика. Грязные редкие волосы прилипли к яйцеобразному черепу, длинный нос свисает почти до подбородка, маленькие, близко посаженные глазки мечутся под неожиданно широкими бровями, узкие губы кривит ухмылка, плечи покрыты перхотью, костюм заношенный, грязный, и пахнет от Ромео немытым телом.

Перед глазами встал Андрюшка: красивый, статный, великолепно одетый, благоухающий дорогим одеколоном, веселый, с белозубой улыбкой, богатый.

И Вика решила бросить такого мужа, чтобы соединить свою судьбу с этим обмылком? Ну, простите, в это я не поверю никогда!

— А жена ваша где? — Я решила начать издалека.

— Умерла, царствие ей небесное, — широко перекрестился Сергей, — пила очень, вот до пятидесяти и не дожила.

— Значит, она не была удачливой бизнес-леди?

— Кто? — вскинул вверх брови Сергей.

— Ну ваша супруга, Светлана.

Прокофьев хмыкнул:

— Бизнес-леди! Алкоголичка горькая, побирушка. Похоронить не на что было и не в чем, спасибо Зинаида Власьевна чистое платье дала, а то бы пришлось в грязной куртке в гроб класть!

Что же ты, милый человек, не заработал несчастной на саван, чуть было не спросила я. Сергей, словно услышав мой невысказанный вопрос, слегка порозовел и стал оправдываться:

— Я-то в НИИ сижу, зарплаты еле-еле хватает на макароны, да еще Светка все пропивала.

— Надо же, — покачала я головой, — а мне вот рассказывали, будто она жутко богатая, вас содержала.

— Чего только люди не придумают, — вздохнул Прокофьев, — кто ж наврал такое?

— А Нина Супровкина.

Сергей быстро глянул на меня:

— Я такую не знаю.

— Ну как же, — заулыбалась я, — она хозяйка дачи, где вы много лет весело проводили время с Викой Столяровой, да и живете вы в одном подъезде.

Прокофьев попятился.

— А, точно, забыл, что она Супровкина. А вы кто?

— Частный детектив.

— Кто? — обомлел дядька и забегал по мне противными крысиными глазками.

— Частный детектив, — повторила я, — такой человек, который, не жалея себя и не считаясь со временем, копается в навозе, дабы отрыть жемчужины истины.

Сергей сел и устало сказал:

— Простите, не понимаю.

Преодолевая брезгливость, я осторожно устроилась на краешке стула с засаленным сиденьем и резко спросила:

— Вы знаете, что Вика в тюрьме?

— Да.

— Вас вызывали на допрос?

— Да.

— И что вы рассказали?

— Правду.

— Какую?

Неожиданно Сергей прижал к груди кулаки и зачастил:

— А что делать было? Да, встречались, но потом разошлись, я с женой решил остаться.

— С алкоголичкой? С пьяницей?

— Любил я ее, поймите, любил!

— И ходил к Вике на свидания?

Над верхней губой Сергея выступила цепочка мелких капель.

— Я же мужчина, — сообщил он.

— И что?

— Мне нужна женщина, — заявил обмылок, — а Светлана, увы, совсем ни на что не была годна. Вот так и жили, Вика для тела, жена для души. Тянулось все это, тянулось, а потом и разорвалось, я остался со Светкой, а Вика назло мне замуж выскочила, за богатого. Ну а после жена померла, я Вике-то и позвонил. Она, конечно, с радостью снова встречаться стала. Только я в убийстве ее мужа не участвовал, это она сама придумала.

Мне стало противно, но до истины докопаться надо.

— И вы платили Нине Супровкиной по тысяче долларов в месяц за дачу? Откуда деньги-то взяли?

— Я? Что вы! Мне такую сумму и за год не заработать!

— Но на дачу вы ездили?

— Да, довольно часто, раз в неделю точно! Так себе домик, на один бочок скособоченный, да и от электрички далеко, только надо же было где-то устроиться. Вика сказала, что ее подруга бесплатно пускает.

Я принялась рыться в сумке, отыскивая сигареты. От этого мужика так воняет, что единственный способ избавиться от тошноты — воспользоваться «Голуазом».

— Значит, дачу Нина предоставила вам бесплатно?

— Ага, — кивнул Сергей, — кто бы мог подумать, что так получится, страсть господняя. Ну зачем Вика пошла на преступление! Теперь ведь посадят!

— С вашей легкой руки, — рявкнула я.

— И чего, — прищурился Прокофьев, — мне, по-вашему, следовало соврать? Сказать, что знать не знаю Вику?

Когда я выскочила из пропахшей потом берлоги на улицу, воздух Тверской, наполненный бензиновым смогом, показался мне упоительным. Нет, что-то здесь не так! Я все-таки достаточно хорошо знаю Вику, она не могла иметь никаких дел с этой потной жабой! Да от него на расстоянии ста метров противно сидеть, не то что... ну, сами понимаете, о чем я толкую!

И потом, Нинка говорила одно, Сергей другое, кому

верить? Ладно, сейчас нужно катить домой, а завтра с утра я вновь отправлюсь к Нинке, поговорю с ней по-другому, похоже, она наврала мне с три короба!

В Ложкино я прилетела голодная, злая и обнаружила, что моя ванная превращена в парикмахерский салон. Повсюду были расставлены бутылочки с шампунями и валялись пустые тюбики из-под краски. Маруська, укутанная в полотенце, сидела на моей кровати, поджав ноги, голова ее была похожа на шлем инопланетянина, волосы прослоены фольгой, и из них торчало нечто, похожее на спицы.

— И чего вы у меня устроились? — устало спросила я, стягивая льняные брючки.

— А где? — пожала плечами Маня.

— Внизу, в гостиной.

— Ну, не знаю, — протянула девочка, — Зайка тут решила, сейчас Ирка все уберет.

Не успела Маня закрыть рот, как в спальню ворвалась домработница. Я ойкнула, голова ее была выкрашена в цвет взбесившегося баклажана, пряди стояли под углом в девяносто градусов и были какие-то ребристые, странные, словно изломанные. Ирка из вполне симпатичной особы превратилась в персонаж фильма «Звездные войны».

— Ну как? — радостно воскликнула она. — Впечатляет?

— Просто слов нет, — промямлила я, но, оказалось, что основное испытание ждет меня впереди.

В комнату, словно торнадо, влетела Зайка. Я онемела. Ее белокурые прядки, еще сегодня утром красиво подстриженные, прикрывающие маленькие ушки и точеную шею, сейчас приобрели цвет, вернее, оттенок, нет, цвет... Простите, никак не могу подобрать слова. Видели ли вы когда-нибудь перья павлина? Если да, то можете представить, что творилось у Ольги на башке. Во-первых, она постриглась самым идиотским образом: на макушке «ежик», по бокам более длинные прядки, на лоб падает асимметричная челка, прикрывающая левый глаз. Но даже эта стрижка была бы вполне приемлема, если бы не колер. Каждая волосинка у корня была нежно-розовой, потом делалась красной, бордовой, лиловой и темно-синей.

Я в ужасе повернулась к Мане.

— Ты тоже такой станешь?

— Нет, — бодро воскликнула она, — у меня основной тон зеленый!

— Классно вышло, — удовлетворенно заявила Зайка,

щупая свою макушку, — завтра съемочную бригаду столбняк хватит. Пошли ужинать.

В столовой уже сидел Кеша, слава богу, его волосы выглядели привычно.

— Слышь, Зая, — сказал наш адвокат, — ты на ночь свет-то не выключай.

— Почему? — спросила женушка, кладя себе на тарелку половинку отварной морковки и три зеленые горошинки.

— Кровать у окна стоит, — меланхолично пояснил Аркадий, — луна сейчас ярко светит, проснусь ненароком, увижу тебя и испугаюсь.

— Дурак, — прошипела Зайка.

— Да и не один я за сердце схвачусь, — как ни в чем не бывало вещал Кеша, — любой забьется в припадке!

— А вот и нет! — рявкнула Ольга.

Тут в столовую с двумя бутылками пива в руках вдвинулся Александр Михайлович. Он на секунду замер на пороге, потом уронил «Гинес» и взвизгнул:

— Елки-палки! Это что такое!

— Говорил же, — ухмыльнулся Кеша.

Дегтярев перекрестился.

— Оля! Бог мой! Ну и прическа!

— Молчи, — процедила Зайка, — ничего не понимаешь!

Но полковник все никак не мог успокоиться.

— Ира! А у тебя! Мама родная! Ты лохмы в вафельницу засовывала?

Домработница скорчила гримаску:

— Ну, Александр Михайлович! Вы же совсем в моде не разбираетесь. Теперь мне осколки собирать! Ну отчего бутылки-то уронили?

— От восторга, — захихикал Кеша.

Зайка треснула мужа по затылку и ушла. Маня, прихватив пару пирожков, кинулась за ней. Ирка, ворча, подбирала то, что осталось от пивных бутылок. Одна Маргоша преспокойно сидела над полной тарелкой. Я посмотрела на ее ужин и ахнула: четыре котлеты, гора макарон с куском сливочного масла, граммов сто, не меньше, полбатона и тазик с салатом оливье, щедро сдобренным майонезом.

Я схватила всю эту красоту, переставила на буфет и спросила:

— Ты похудеть решила?

— Да, — грустно ответила Маргоша, — только очень уж кушать хочется!

— Терпи, это потом пройдет!

— Не могу, умираю прямо.

— Тебе до голодной смерти с таким весом далеко.

— Ой, тяжело, — заныла она, — силы воли у меня нету, может, закодироваться? Говорят, помогает!

Я встала.

— Ты куда? — спросила Марго.

— За телефонной книжкой, — вздохнула я, — позвоню Соне Балуевой, она от ожирения кодировалась, двадцать кило потеряла. Узнаю адрес, и завтра поедем.

Глава 9

Утром я строго-настрого велела Марго:

— Не смей ничего есть до трех часов дня.

— Почему? — вскинулась та.

— Кодироваться поедем, в академию космоэнергетики, к профессору Попову Федору Евгеньевичу, Соня Балуева телефон дала, я тебя записала. Прием ровно в пятнадцать ноль-ноль, но приходить надо на голодный желудок.

— Ничего нельзя? — заскулила Марго.

— Нет!

— Даже йогурт? Правда, я их не ем.

— Зачем тогда спрашиваешь?

— Ну... интересно.

— Ничего, — отрезала я, наблюдая, как два чудовища, одно с розово-красно-синей, а другое с зелено-оранжево-коричневой головой шагают к гаражу, — ни овощи, ни фрукты, ни кефир, только воду можно пить, без газа, минеральную.

— Фу, — скривилась Маргоша.

— Красота требует жертв, — отчеканила я, — будь готова к двум, заеду за тобой на работу.

— Может, мне не стоит худеть? — безнадежно поинтересовалась подруга.

— Надо, — заявила я железным тоном. — Ты хочешь получить Глеба назад?

— Да, — плаксиво протянула она.

— Тогда забудь про жратву. — Я топнула ногой и понеслась к «Пежо».

Времени мало, мне надо успеть съездить к Нинке и как следует поговорить с ней.

Оказавшись у ее ворот, я стала гудеть. Но Супровкина

не спешила высовываться наружу, по телефону она тоже не отвечала. Я поглядела на часы — десять утра, может, спит еще? Хотя, насколько я помню, Нина ярко выраженный жаворонок, она легко вскакивает в шесть, а вот улечься норовит сразу после программы «Время».

— Ну чего бибикаешь? — донеслось с соседнего участка. — Совсем ополоумела?

— Вы не знаете, где Нина?

— Нинка?

— Да.

— Соседка, что ль?

— Она самая.

— Супровкина?

— Да!!!

— Нет, не знаю, — ответил дядька и захлопнул окно.

— Вам Нину? — долетело с других шести соток.

— Да.

— Она уехала.

Я вылезла из машины, навстречу мне из калитки вышла тетка в калошах, с тяпкой в руках.

— Нина в город подалась, — сообщила она, — понесло ее в самую жару. Вон, мне ключи оставила, попросила после обеда полив включить.

— В город? — удивилась я. — Зачем?

Женщина оперлась на тяпку.

— Цветы забрать хотела, в горшках. Около девяти вечера вчера и отбыла.

Я удивилась еще больше:

— Разве автобус до станции ходит в это время?

— А она на машине.

— На какой?

Баба пожала плечами:

— Не разбираюсь я в них, огромная такая, импортная, намного больше вашей. Сказала, подружка за ней приехала.

Я быстро перечислила в уме наших общих знакомых. Может, Соня Балуева? У нее «Лендкрузер». Хотя нет, я же вчера с ней разговаривала, и она сообщила, что уже неделю сидит безвылазно дома, потому что, несмотря на жару, сильно простудилась, поспала под кондиционером и готово!

Кинув взгляд на часы, я понеслась на Лесную улицу. Но здесь меня ждала полная неудача. Дверь квартиры Нины была плотно заперта, телефон она не снимала, мобильный талдычил: «Абонент отключен или находится вне зоны действия сети».

Тяжело вздыхая, я спустилась на первый этаж и наткнулась на старушку Зинаиду Власьевну, пытавшуюся втащить в подъезд туго набитую сумку на колесах.

— Давайте помогу, — предложила я.

— Ну спасибо, — пропыхтела бабушка, — тяжелая зараза, прямо руки вывернулись. Чтой-то мне лицо твое знакомо. Уж извини, старую, запамятовала, на каком ты этаже?

— Я здесь не живу, вчера приходила к вашему соседу, Сергею Прокофьеву, насчет комнат, вспомнили?

Зинаида Власьевна всплеснула руками:

— Чудны дела твои, господи, небось не знаешь ничего?

— А что? — насторожилась я.

— Так помер он.

— Кто?

— Да Сергей!

Я чуть не упала на ступеньки.

— Когда?

— А вчера.

— Не может быть! Я от него ушла поздно, и он был жив-здоров.

— Ага, — кивнула бабушка, — жив — точно, вот насчет здоровья не совсем верно, язва у него имелась, да только теперь уж все равно, чем он страдал!

Сергей около полуночи за хлебом побежал, крикнул: «Баба Зина, на щеколду не запирай, скоро вернусь, батон только схвачу».

Зинаида Власьевна бросила соседу вдогонку: «Да не носись по улицам, возьми у меня», — но Сергей то ли не услышал, то ли не захотел одалживаться.

Дверь хлопнула, Прокофьев ушел. Зинаида Власьевна очень не любит, когда щеколда не задвинута, поэтому она целый час пялилась в телевизор, но потом ее сморил сон.

Утром она увидела, что щеколда открыта, и рассердилась на непутевого соседа. Лег спать и забыл про запор, не дело это, живут ведь не в тихом районе, а на Лесной, в самом центре. Тут такие бандиты ходят.

Бормоча себе под нос, баба Зина бродила по квартире, встает она всегда в шесть, а Сергей выползает из комнаты не раньше десяти, ему в НИИ к часу дня. Ровно в десять раздался звонок, Зинаида Власьевна глянула в глазок, увидела участкового Семена Михайловича и мигом распахнула дверь.

— Слышь, бабуля, — сообщил милиционер, — сосед твой помер, Сергей Прокофьев. Не знаешь, есть у него кто из близких? По документам вроде одинокий, но, может, баба у него какая имеется, чтобы тело забрать?

— Как помер? — ошалело переспросила Зинаида Власьевна. — Напутал ты, милый. Сергей-то молодой, какие его годы!

— Под машину попал, — пояснил участковый, — вчера, вернее, сегодня, около часу, тут рядом, у церкви. Чего его понесло в такое время к вокзалу? Или к метро шел?

— За хлебом он поскакал, — растерянно объяснила Зинаида Власьевна.

— Покушал бутербродов, — вздохнул милиционер.

Я молча выслушала рассказ и спросила:

— А кто сбил Сергея?

— Уехал он, — покачала головой старуха, — убил человека и утек, разве ж поймают! Вот оно как! Вчера жив был, комнаты продавать хотел, а сегодня помер, все под богом ходим, он один нами распоряжается! И что теперь с его жилплощадью будет? Кого мне подселят?

Я вышла во двор и села в «Пежо». К сожалению, на дороге много пьяных, наркоманов, да и просто плохих шоферов. Может, водитель, убивший Сергея, выпил водки или по дури превысил скоростной режим. Ночь, тусклое освещение, внезапно выскочивший на дорогу в неположенном месте человек... Захочешь остановиться и не успеешь... И Нинка куда-то подевалась. Хотя, может, она, прихватив горшки с цветами, катит сейчас на дачу? Небось мы с ней просто разминулись. Ладно, мне пора к Марго, иначе опоздаем на сеанс кодирования, а потом доставлю подругу в Ложкино и снова поеду к Супровкиной.

Марго втиснулась в «Пежо» и пробормотала:

— Тесно у тебя.

— Похудеешь, широко покажется, — хмыкнула я.

Она обиженно засопела:

— Уж не такая я жирная!

— Просто катастрофа, — подначила ее я, — на сиденье не умещаешься!

Маргоша собралась заплакать, зашмыгала было носом, но потом, передумав, отвернулась от меня и уставилась в окно. Я не испытывала ни малейших уколов совести. Будь Маргоша больна, ну, допустим, сердце, щитовидная железа или, не дай бог, онкология, я бы, естественно, никогда не стала вести себя подобным образом. Более того, принялась бы делать ей комплименты, мол, прекрасно выглядишь, чуть полноватая, приятная пампушечка, смотрится намного моложе тощих селедок. Но Маргоша приобрела свои горы сала только из-за того, что обладает непомерным аппетитом. Если не остановится, станет еще жирней, и тогда у нее и впрямь начнутся проблемы, не морального плана, как с Глебом, а физического: начнется атеросклероз, потом, как следствие, ишемия и так далее. Если бы люди знали, какие неприятные последствия ждут их в результате излишнего веса, они бы мигом выбросили сладкие булки с маслом. У французов есть пословица: «Мы роем себе могилу зубами». Ей-богу, она справедлива. Поэтому мой долг без конца шпынять Маргошу, может, одумается!

— Ты ничего не ела? — сурово спросила я, паркуясь возле здания, очень похожего на детский сад.

— Нет, — процедила та, — у меня теперь голова кружится, и ноги подкашиваются.

— Человек может прожить без еды девяносто дней, — сообщила я, — так что еще восемьдесят девять суток тебе не о чем волноваться!

Марго, ничего не ответив, сопя, полезла из «Пежо». Да уж, дамы таких габаритов должны ездить на машинах американского производства, огромных, словно рейсовые автобусы.

Мы вошли в здание и отправились искать профессора. Дом словно вымер, вообще никого нет, все двери закрыты, полнейшая тишина.

— Может, ты перепутала адрес? — предположила Марго.

— Вроде здесь, — ответила я.

Тут послышалось странное звяканье, и из-за угла вынырнул дядька самой невероятной внешности.

Тощий мужик, вернее, просто скелет, был облачен в просторный светло-оранжевый костюм. Моя лучшая подруга, хирург, Оксана натягивает нечто подобное перед тем, как войти в операционную: свободные штанишки на резинке и распашонку, завязывающуюся сзади. Правда, форменная одежка Ксюши нежно-голубого цвета, а на волосах у нее нечто вроде берета, одноразовая стерильная шапочка. Дядька же был с непокрытой головой. На шее у него болталась железная цепочка. При одном взгляде на нее меня мигом охватили воспоминания.

Вот я, пятилетняя девочка, вхожу в туалет в нашей коммунальной квартире на улице Кирова. Огромный чугунный унитаз стоит на деревянном помосте, бачок вознесен под потолок, и оттуда свисает железная цепочка из кваратных, плоских звеньев, заканчивающаяся внизу белой фарфоровой «бомбочкой», украшенной синими буквами «Мосводопровод». Коренные москвичи, чье детство и юность прошли в домах постройки начала двадцатого века, мигом вспомнят этот шедевр сантехнического оборудования.

Так вот, цепочка, охватывающая шею незнакомца, была явно оторвана от этого бачка, а в качестве медальона на ней болталась крышка от кастрюли, испещренная непонятными знаками, то ли иероглифами, то ли рунами.

— Будьте любезны, — вежливо осведомилась я, — где можно найти Федора Евгеньевича Попова, профессора?

Дядька, звеня цепью, приблизился, и я увидела, что, несмотря на июнь, у него на ногах тяжелые зимние сапоги.

— Федор Евгеньевич не профессор, — поправил он меня неожиданно густым басом.

— А кто?

— Академик.

— Да, да, нам к нему.

— И зачем?

— Кодироваться от ожирения.

— Правильно, — оживился дядька, — дьявол сидит внутри. Он поможет!

— Дьявол? — испугалась я.

Маргоша попыталась спрятаться за меня, что, согласитесь, глупо, ну разве может носорог укрыться за лыжной палкой?

— Федор Евгеньевич, — ответил дядька, — гений, великий человек, светоч разума, каждый день его благодарю. Знаете, какой я впервые сюда пришел?

— Нет, — прошептала Маргоша.

— Сто восемьдесят кило, — сообщил скелет, — и вот с тех пор я не ем.

— Вообще? — испугалась Марго.

— Воду пью, с медом, кефир, — принялся охотно растолковывать доходяга, — по снегу босиком хожу, в проруби купаюсь...

Я уставилась на его меховые сапоги. Интересно, однако, значит, зимой у него купальный сезон, а летом он настолько мерзнет, что влез в унты?

— Полностью изменился, — с горящими глазами религиозного фаната вещал незнакомец, — исповедую теперь русский буддизм, полностью здоров! Главное, моча!

— Что? — не поняла я. — Чача? Вы пьете водку?

Мужик возмутился:

— Сказал же, я русский буддист, алкоголь не приемлю, это яд, разрушающий нашу ауру, пробой идет на уровне чакры седьмой жизни. Мочу надо пить, по утрам.

— Чью? — оторопела я.

— Свою, да вам все объяснят, — вздохнул скелет, — желаю здоровья и счастья, пусть на вас снизойдет благодать.

Вымолвив последнюю фразу, он, звеня цепочкой от сливного бачка и шаркая разношенными сапогами, удалился.

— Я не хочу стать такой, как он, — в ужасе прошептала Марго, — не желаю пить мочу, ой, меня тошнит. И потом, кто такой русский буддист?

— Понятия не имею, пошли.

— Куда? Мы же забыли у него спросить дорогу!

— Думаю, это сюда, — вздохнула я и свернула влево.

Крохотный коридорчик уперся в дверь с табличкой «Академик международной академии космоэнергетики, гипнотизер, магистр ордена русского буддизма, диетолог, рароэнтолог Ф. Е. Попов».

— Кто такой рароэнтолог? — шепотом спросила Маргоша, мигом вспотев.

— Не знаю, — прошептала в ответ я, — насколько помню из курса латыни «га-га» — это «редкий», что-то редко встречающееся. Пошли, он тебе поможет, смотри, сколько у него титулов: академик, магистр, да еще и диетолог! Явились по самому нужному адресу.

С этими словами я толкнула дверь, предполагая увидеть за ней еще один скелет в оранжевых тряпках с ершиком для туалета на письменном столе, но Федор Евгеньевич выглядел до противности обычно: мужчина лет пятидесяти, в достаточно дорогом, сильно мятом льняном костюме.

Оглядев Маргошу, он усадил ее перед собой и начал задавать вопросы. Я решила тихонько уйти, но Попов сказал:

— А вы куда, сядьте на кушетку.

Пришлось опуститься на белую простыню, покрытую прозрачной, шуршащей пленкой. Заполнив карточку, Федор Евгеньевич приступил к собственно процедуре кодирования. Он встал посреди комнаты, поднял руки над головой и велел:

— Смотреть сюда!

Маргоша уставилась на его ладони, в которых сверкало

что-то похожее на стеклянный теннисный мячик. Я невольно тоже смотрела на академика.

— Рао-вао-сао-мао, — воскликнул Федор Евгеньевич, — рао-вао-сао-мао, рао-вао-сао-мао! Все.

Он опустил руки.

— С вас триста долларов, следующая встреча контрольная, через три недели, чтобы вы не потеряли слишком много веса, коррекцию сделаем, а то некоторые сразу восемьдесят кило сбрасывают.

— Как — все? — удивилась я. — Рао-вао-сао-мао и триста баксов? За две секунды?

Академик нахмурился.

— А иголки? — влезла Марго. — В уши!

Федор Евгеньевич скривился:

— Уважаемая... э... Марго Юрьевна, вы же пришли не к шарлатану, не к обманщику, который тычет в вас швейной иголкой и рассказывает об открытии чакр. Мой метод космоэнергетического гипноза основан на тысячах, повторяю, тысячах пациентов, потерявших вместе с лишним весом болезни, неудачи и злую карму! Вот полюбуйтесь!

Перед нами оказался альбомчик.

— Вот такой она пришла, а такой стала спустя короткое время, — ткнул академик пальцем в раскрытую страницу.

Маргоша засопела, я постаралась сдержать ухмылку. Да уж, впечатляет. Справа снимок тетки, габаритами смахивающей на транспортный самолет, слева девушка, чьей фигуре позавидует любая манекенщица.

— Это одна и та же особа? — решила я уточнить.

— Да, — кивнул академик, — фотографии сделаны с разницей в месяц. Это тот случай, когда пришлось делать коррекцию, иначе вес мог уйти вообще в минус.

Я молча разглядывала снимки.

— Я тоже так хочу! — пролепетала Марго. — И со мной подобное будет, да?

— Обязательно, просто во время каждой еды у вас в мозгу будет мелькать: «рао-вао-сао-мао», и аппетит мигом испарится, ничего в рот взять не сможете!

Маргоша с восторгом уставилась на академика. Я же решала сложную проблему: сказать ли подруге, что на снимках разные женщины? Одна блондинка, другая брюнетка? Впрочем, это легко объяснить простым перекрашиванием волос, но почему у той, что слева, голубые глаза, а у той, что справа — карие? Вставила цветные линзы? Хорошо, сочтем это ответом. Но нос! Справа — длинный, с горбинкой, слева — курносый, коротенький, как у нашего Хучика!

— Спасибо, доктор, — с жаром произнесла Маргоша, — величайшее спасибо! Прямо восторг! Вот какой стану!

Я тяжело вздохнула, нет, ничего говорить нельзя.

Глава 10

Я высадила Марго у подземного перехода, проехала чуть вперед, развернулась и покатила было в сторону Минского шоссе, но тут неожиданно мне захотелось пить. Я подала назад, притормозила у метро и пошла к ларькам.

Над площадью висело раскаленное марево. С проспекта на тротуар наползало удушливо-серое облако бензиновой вони. Над киосками колыхались разнообразные запахи. Из одного несло дешевой парфюмерией, из другого — свежими пирожками. Потные торговки, все, как на подбор, в одинаковых серых бейсболках, пытались спрятаться в тени. Я невольно пожалела бабу, стоявшую в железном вагончике с надписью «Булочки от бабушки». Вот уж кому не позавидуешь: печка шпарит вовсю, небось тетка сама испеклась. Неужели кто-нибудь по такой жарище рискнет купить раскаленные пирожки? Мне бы такое и в голову не пришло!

Тут к ларьку с плюшками подскочила толстуха и хорошо знакомым голосом завела:

— Значит, так: два с мясом, два с рисом, два с вареньем и бутылочку «Пепси», большую!

Получив все это, она мигом заглотила два пирожка. Я мрачно наблюдала за ней, стоя за газетным киоском. Вот ведь какая, не поленилась перейти на другую сторону. Там, где я ее высадила, булками не торговали. Марго проглотила в мгновение ока выпечку, залпом осушила баллон со сладкой, отвратительно калорийной газировкой, удовлетворенно улыбнулась и потопала в метро.

Я стукнула кулаком о ларек. Триста баксов потрачено зря! Впрочем, чего же ты хотела, а? С первого взгляда было понятно: академик шарлатан! Рао-вао-сао-мао!

Внезапно мне пить расхотелось, к горлу подступила тошнота. Проклиная собственную глупость, жару, духоту, Марго и тех, кто придумал торговать на улице горячими булками, я вернулась к «Пежо» и поехала к Супровкиной.

Ладно, мухи в одну сторону, котлеты в другую. Разберусь с Марго вечером!

Над поселком «Бор» тоже висела плотная жара, но дышалось тут не в пример лучше, чем в столице, почти так же легко, как у нас в Ложкине. Я снова побибикала у ворот — никого. Спустя пару минут на дорогу вышла та же соседка, на этот раз с лопатой. И как только у людей хватает сил целыми днями ковыряться на грядках?

— Нина еще не приехала, — сообщила она.

— Попросите ее позвонить Даше Васильевой, срочно!

— Хорошо, — кивнула та, — сделаю.

Я влезла в «Пежо» и вознесла благодарственную молитву создателям кондиционеров, в машине царила приятная прохлада. Следующие десять минут я безуспешно пыталась дозвониться до Нинки, но ни городской, ни мобильный телефоны не отвечали. Я отложила аппарат на сиденье, взялась за руль, и тут сотовый «запел». Я схватила «Нокиа», наверное, Нинка наконец добралась до мобильного.

— Алло.

— Это я, — произнес незнакомый голос.

— Кто?

— Дима.

— Какой?

— Адвокат.

— А, — разочарованно протянула я, — и что?

— Был сегодня у Виктории, поговорить надо.

— Ладно, где и когда?

— Через час, в конторе, успеете?

— Никогда, это через весь город пилить, в то время как народ с работы поедет!

— На Кутузовском, кафе «Трактирчик», пойдет?

— Да, туда запросто.

— Ну и хорошо, — заявил Дима, бросая трубку.

До сих пор судьба ни разу не заносила меня в кафе «Трактирчик». Маленькое, уютное помещенье было оформлено в русском стиле, официантки щеголяли в сарафанах. Дима уже сидел за столиком, в укромном углу, под большой пальмой.

— Ужинать будете? — галантно предложил он. — Тут вкусно.

Я ощутила легкую тошноту и неприятное головокружение.

— Спасибо, но очень жарко.

— А я, с вашего разрешения, подкреплюсь.

— Конечно, — ответила я, стараясь не смотреть на огромную отбивную, лежащую перед ним.

Как только парень может есть мясо, когда на улице тридцать градусов выше ноля!

Но жара никак не повлияла на аппетит юноши, он слопал свинину с гарниром, выпил кофе и начал рассказ.

Вика полностью отрицает знакомство с Прокофьевым, более того, упорно говорит, что никогда не ездила к Супровкиной на дачу для любовных свиданий.

Следователь собирается на днях провести очную ставку, после которой многое прояснится, во всяком случае, мент поймет, кто врет. Это только кажется, что говорить неправду легко, но, столкнув людей лицом к лицу, специалист хорошо видит, кто лукавит!

— Не получится, — перебила я адвоката.

— Почему? — удивился мальчишка.

— Прокофьев погиб, попал ночью под машину.

Дима присвистнул:

— Это плохо! Удача повернулась к нам спиной. Теперь следак начнет ломать Вику. Впрочем, есть еще владелица дачи, Нина...

— Супровкина!

— Ага, ее тоже вызовут для очной ставки, на днях. Мы еще поборемся, посопротивляемся. Кстати, Вика тут кой-чего просила. Если купите, я ей завтра принесу: шоколадку, зажигалку... так, по мелочи. Еще хорошо бы телевизор и передачу. Вот вам списочек продуктов. У вас есть координаты этой Супровкиной?

— Да.

— Давайте.

— Зачем?

— Схожу, потолкую с ней, может, денег ей предложить? Ну, типа, пусть говорит: Сергей брал ключи, говорил, что с Викой встречается. Но сама, мол, точно не знаю, с кем на дачу ездил, только с его слов.

— Да она... — начала было я и тут же услышала плач мобильного.

Не договорив фразу, я схватила трубку.

— Дашка, — зачастила моя подруга Лиза Клокова, — ты уже слышала про этот ужас?

— Какой? — насторожилась я.

— Супровкина...

— Что с ней, — заорала я, — что?

— Кошмар, — запричитала Лизка, — в уме не укладывается.

— Да говори скорей!

— Вечером под электричку попала, недалеко от «Лесного городка», у нее там дача! Небось в Москву торопилась, с холма побежала, споткнулась, упала, покатилась вниз, ударилась головой о камни, попала прямо на рельсы, а тут поезд! Вот горе! Вот беда! Мы на похороны собираем, ты, конечно, отстегнешь денег? Привези мне, сколько можешь!

— Естественно, — прошептала я, — привезу, обязательно.

— Ну и отлично, — перестала причитать Лиза, — извини, мне еще полно народа обзванивать, по телефонной книжке иду.

Я положила пищащий «Нокиа» на стол перед собой. На плечи словно опустили бетонную плиту, а воздух в кафе отчего-то превратился в кисель, густой, вязкий, он окутал меня и начал медленно душить.

— Вам плохо? — насторожился Дима. — Хотите кофе?

— Нет, — еле слышно сказала я, — нет, Супровкина не сможет принять участия в очной ставке.

— Почему?

— Она попала под электричку, вчера вечером. Возле «Лесного городка».

— Ох, не фига себе! — подскочил Дима. — Значит, у нас никого нет? Дали показания и умерли? Один под машиной, другая под электричкой?

— Выходит так. — Я медленно приходила в себя.

— Вам это не кажется странным? — прищурился Дима.

Я кивнула:

— Да, просто невероятно.

— Их убили! — заявил Дима. — Зуб даю! Кто-то решил «утопить» Вику, заплатил киллерам, а те и постарались.

— Зачем же уничтожать Нинку и Сергея? — вяло спросила я, чувствуя себя гаже некуда.

Голова кружилась, ноги дрожали, в мозгу отчего-то вертелось: рао-вао-сао-мао, рао-вао-сао-мао...

— Неужели не понятно? — зашептал Дима, наваливаясь на стол и приближая ко мне лицо. — Очень же просто. Они соврали!

Я отшатнулась, от него одуряюще противно пахло мясом.

— Кто соврал?

— Господи, — зашипел Дима, — экая вы тупоголовая!

Нина и Сергей соврали следователю. Скорей всего, им заплатили хорошую сумму, вот они и пошли на лжесвидетельство, между прочим, это распространенная тактика. Многие адвокаты таким образом своих клиентов за волосы и вытаскивают, изучат тщательно дело: ага! Говорят, что Иван Иванович в роковой день был с потерпевшим! Прекрасно, наймем Петра Петровича, который с самой честной мордой подтвердит, что он сидел с ним в бане. Ясно? Нужно отыскать того, кому ваша Вика соли на хвост насыпала!

Я молча складировала информацию. Что ж, похоже, он прав, только с чего начать?

— Если мы примем за аксиому, что она никого не убивала, — продолжал рассуждать Дима, — посчитаем ее невиновной, тогда возникает следующий вопрос!

— Какой?

— А кто покрыл чашки хитрым, редко встречающимся ядом?

— Не знаю!

— То-то и оно! Он и есть убийца. Знаете, где его искать?

Я покачала головой:

— Понятия не имею!

— Есть только два предположения. Первое, некто из бывавших в доме людей ухитрился, и...

— Нет, — быстро перебила его я, — Вика купила сервиз буквально накануне нашего прихода.

— Домработница?

Я вспомнила угрюмую, резкую на язык Валентину, привезенную Мартой из провинции.

— Нет, она у них служит много лет, обожала хозяев, Андрюшу любила, к Вике хорошо относилась, невозможно представить ее убийцей.

— Есть многое на свете, друг Гораций, что недоступно нашим мудрецам, — с умным видом сообщил Дима, — это из «Гамлета», не сам придумал.

— Я читала Шекспира, — рявкнула я, — и не только его, еще Золя, Бальзака и Гюго. Много книг в руках держала, не о литературе сейчас речь! Валентина тут ни при чем, она после смерти Андрея и ареста Вики оказалась нищей, без денег и жилья, ясно? Смысла не было от хозяина избавляться! Тем более от такого, как Андрей!

— Ладно, — согласился Дима, — тогда старушка!

Я совсем его не поняла:

— Кто?

— Бабуська с серебряной чашкой, выползшая на рынок торговать раритетами, — пояснил Дима, — может, это она продала сервизик уже с ядом?

— Ну ты загнул! — подскочила я.

— Других-то ниточек нет, — не сдался Дима, — вы найдите бабуську и порасспрашивайте.

— Хорошо, — кивнула я, — попытаюсь.

— Эх, — вздохнул Дима, — всю жизнь мечтал следователем стать, преступления распутывать! Только мама велела в адвокаты идти: якобы они хорошо зарабатывают.

Я улыбнулась:

— Я тоже обожаю преследовать преступника.

— Мы с вами похожи! — с жаром воскликнул парень. — Ладно, вы ищите старушку. Давайте деньги, сам куплю все по списку и Вике принесу!

Я протянула Диме купюры. Парень сунул их в кошелек.

— Чеки вам покажу.

— Не надо, — отмахнулась я, — на них «Мерседес» не приобретешь, только зажигалку и копченую курицу.

— Ага, — кивнул Дима, — и я такой же, всегда всем верю.

Он встал, сделал шаг, споткнулся о ножку стула и упал на четвереньки.

Я посмотрела на чертыхающегося парня, медленно принимавшего вертикальное положение. Да уж, мы с ним словно близнецы, страшно похожи, даже больше, чем он полагает.

Вечером дома я с трудом заставила себя сесть к столу. При виде еды у меня начиналось головокружение, очевидно, жара начисто отбила всякий аппетит. Впрочем, и в январе я ем, как кошка. Хотя многие кошатники знают, что Мурки питаются крошечными порциями, но очень часто, и в результате поглощают безумное количество еды, я же безболезненно обхожусь одним йогуртом в день.

В отличие от меня Марго не потеряла аппетита. Ловко орудуя вилкой, она принялась наматывать на нее сноп макарон, потом полила их сливочным жирным соусом, посыпала тертым сыром, разинула рот...

— Положи назад, — рявкнула я, — ты на диете! Вон там стоит кефир «Данон» нулевой жирности, это твой ужин, один стакан.

— Есть хочется!

— Перехочется.

— Ненавижу кефир!

— Полюбишь, он твой лучший друг на данном этапе жизни.

— Неужели даже не попробуешь макарон, — заныла Маргоша, — чего сидишь над пустой тарелкой?

«Рао-вао-сао-мао», — мелькнуло в голове, к горлу подступила тошнота.

— Не хочу, лучше просто чаю выпью, без сахара.

— Но тебе разрешено все, что угодно, даже пирожные, — завистливо протянула Марго.

— Не желаю!

— Как это можно не хотеть есть, — с тяжелым вздохом произнесла подруга и с брезгливым выражением на лице потянулась к бутылке. Я уставилась на белую тягучую массу, которую Марго принялась вытряхивать в чашку. Рао-ваосао-мао! Ну и мерзко же выглядит этот кефир. Впрочем, и остальное не лучше. Масло противно блестит на тарелочке, макароны, похоже, скользкие, сыр какой-то дырявый, выпью просто чаю. Фу, он пахнет веником!

— Катерина, ты что заварила? — закричала я, нюхая содержимое чашки. — Признавайся, где купила заварку?

— Так ваш любимый, — ответила кухарка, всовывая голову в столовую, — «Роял Липтон», цейлонский из красной железной банки.

— А ну покажи!

— Пожалуйста, — пожала плечами Катерина, и через мгновение передо мной оказалась хорошо знакомая коробка.

Я поковыряла ее содержимое.

— Немедленно выкини, это подделка!

— Во народ! — покачала головой Катерина. — В «Седьмом континенте» брала, вроде приличный магазин, а туда же, покупателей обманывать! Больше к ним ни за что не поеду, хватит! Банка-то дорогая.

— А по мне вкусный чай, — заявила Марго.

— Тебе все по вкусу, — рассердилась я и отняла у подруги чашку, куда та только что насыпала шесть ложечек сахара. — Пей минералку, без газа.

— Ужинать дают? — завопила Маруська, влетая в столовую.

Я удивилась. На дочери было незнакомое мне платье, довольно странного вида, темно-синего цвета, сшитое из чего-то, смахивающего на сатин, и украшенное простыми белыми пуговицами. По бокам топорщились несуразно большие карманы.

— Откуда у тебя эта одежда? — спросила я. — Купила сегодня?

Манюня прищурила левый глаз:

— Не нравится?

— Очень даже ничего. — Я мгновенно покривила душой, разглядывая жуткий балахон. — Тебе идет.

Многим из вас мое поведение покажется лицемерным, но я предпочитаю никого не обижать. Маруська выглядит довольной, небось, после занятий в Ветеринарной академии пронеслась по магазинам и купила супермодное платье. Цвет у него отвратительный, фасон еще гаже, пуговицы абсолютно сюда не годятся, а уж о карманах и не говорю. Но сейчас такая одежда на пике моды, Машке нравится. И что, прикажете сказать правду: детка, ты в этом прикиде напоминаешь уборщицу? Ни за что.

— Очень красивое платьице, — заливалась я соловьем, — сама бы такое приобрела, жаль, не встретилось!

Манюня захихикала:

— Ладно, сейчас перекушу и подарю тебе, носи на здоровье, если так по вкусу пришлось.

Я испугалась, вот черт дернул за язык! Еще заставит меня это надеть!

— Нет, нет, не хочу, зачем же отнимать у тебя красивую шмотку.

— Мне не жаль, — ответила Маня.

— Нет, нет, носи сама, небось она дорогая!

— Понятия не имею.

— Как? Разве ты ее не купила?

— Нет.

— А где же взяла?

— Андрей Владимирович дал, руководитель нашего кружка.

Я изумилась до глубины души:

— Он купил тебе платье? С ума сойти!

— Мусик, — вздохнула Машка, — ты просто невозможна! Это никакое не платье.

— А что?

— Лабораторный халат, причем довольно старый.

Я на секунду онемела, но потом снова обрела способность разговаривать.

— С какой стати ты разгуливаешь в халате?

— Яшка взбесился, — пояснила Маня, потряхивая

своей ужасной зеленой головой, — обезьян. Такой всегда ласковый, приветливый, я его бананами угощаю, а он меня обнимает, очень милый. Но сегодня — небывалое дело!

Отложив вилку, Манюня охотно принялась рассказывать о произошедшем. Когда утром она появилась возле клетки Яши и хотела дать ему купленный по дороге банан, тот повел себя более чем странно. Обычно Яша, увидав девочку, начинает улыбаться, радостно ухать и тянет к ней руки, чтобы обнять. Но сейчас он забился в угол и зашипел.

— Ты заболел? — удивилась Маруся и вошла в клетку.

Яша нервное существо, пугливое, посторонних он боится до дрожи, не доверяет им и ни за что не возьмет у них из рук еду, какой бы вкусной она ни казалась с виду. Маруське в свое время пришлось потратить много усилий, чтобы приручить обезьяну, и вот сейчас Яша снова сердито скалится в углу клетки.

— Яшенька, — завела Маня, — смотри, бананчик.

Обезьяна мгновенно схватила миску со своим завтраком и ловко метнула в Машку. Девочка не успела увернуться, ее белый сарафан моментально покрылся липкими комочками геркулесовой каши, сдобренной фруктами. Маня попыталась кое-как оттереть льняную ткань, но сделала только хуже, одежда была окончательно испорчена, поэтому Андрей Владимирович и дал ей лабораторный халат.

— И что случилось с Яшей? — недоумевала Машка. — Уму непостижимо! Он весь день вел себя так, словно не знает меня! Вот дичь!

— Кругом одни идиоты! — донеслось из коридора.

Марго поперхнулась кефиром и закашлялась. В столовую влетела Зайка на струе гнева, как ведьма на помеле.

— Идиоты, — повторила она, — идиоты!

— Что случилось? — робко осведомилась я.

Если Заюшка кипит от негодования, следует держаться подальше, иначе невольно можешь стать жертвой, когда она начнет плеваться огнем.

— Стала вести передачу, — задыхаясь от злости, объясняла Зайка, — и все бы ничего, но у нас викторина, в прямом эфире. Я задаю вопрос, а телезрители кидаются к телефонам, чтобы дать ответ. Задания до смешного легкие, поэтому просто требуется быстрота реакции, ответить желают тысячи, но в эфир попадает только один человек.

— Да знаем мы, — вякнула Маня.

— Не перебивай меня, — гаркнула Зайка.

Уж на что Машка терпеть не может, когда на нее рявкают, как она моментально бросается в ответную атаку, я великолепно знаю, но сегодня глаза Ольги пылали таким гневом, на щеках играл такой лихорадочный румянец, что Манюня предпочла молча уткнуться носом в макароны.

— Так вот, — гремела Ольга, — режиссер мне на «ухо» сообщает: есть правильный ответ — и выводит мужика в эфир. Тот и впрямь верно отвечает, я уже собралась задавать следующий вопрос, как этот идиот, кретин, негодяй вдруг на весь эфир интересуется: «Скажите, пожалуйста, где же наша любимая Ольга Воронцова, ради которой мы все и смотрим вашу глупую передачу? Отчего ее сегодня ведет не она, а какая-то крашеная обезьяна!!!»

Я попыталась не расхохотаться, крепко сжала зубы, опустила глаза и стала считать про себя: раз, два, три... Крашеная обезьяна! Ой, не могу! Ясно теперь, отчего несчастный Яша начал швырять в свою любимую Машку комки каши. Он просто не узнал девочку, и его трудно за это осуждать. Я сама вздрогнула, когда увидела ее немыслимо зеленую голову!

— Идиоты, — метала молнии Ольга, — слышь, Марго, это можно перекрасить?

— Без проблем, — меланхолично ответила подруга и быстро запихнула в рот пирожок, — желание клиента закон.

Утром я не сумела выпить кофе, потому что его запах вызвал у меня резкий приступ тошноты. Потом, пересилив себя, я сунула в рот кусочек омлета, попыталась проглотить его и ринулась в туалет. Расстраиваться не стала, значит, на меня так действует жара! Потом отъемся, еще придет холод.

Нацепив на себя льняные брючки и топик, я поехала на рынок, предстояло очень тяжелое и, скорей всего, гиблое дело — поиски старушки, о которой мне не было известно ничего: ни имени, ни фамилии, ни возраста, ни местожительства.

К счастью, я достаточно хорошо знаю, где расположен рынок, куда приспособилась ездить за харчами Вика. Сама сюда иногда катаюсь, здесь и впрямь парное мясо, свежее молоко, отличный творог, сметана, а торгуют всем этим не перекупщики, а сами хозяева. В Москве, на рынке, вы уже не встретите производителя, у него еще на подъезде к столице откупили весь товар, и теперь его всовывают москвичам в два раза дороже. Короче говоря, если Иван Иванович из деревни Большая горка вез в Москву машину картошки, любовно выращенной на своей делянке, и намеревался продать ее, ну, к примеру, по пять рублей за килограмм, то он ничего и не потерял. Хитрое лицо кавказской национальности заплатило Ивану Ивановичу, не торгуясь, сполна, за весь грузовик, из расчета пять целковых за кэгэ. Страшно довольный пейзанин погнал домой, а перекупщик прибыл на рынок и начал торговать картошечкой по... пятнадцать рубликов за кэгэ. Ну и что вышло? Сами понимаете, что жулик вернул все затраты и получил нехилую прибыль. Внакладе остались москвичи, которые могли бы получить картошку в три раза дешевле, прогони кто-нибудь с наших рынков перекупщиков. Ну зачем они нам, а? Абсолютно ненужное звено.

Так вот, на крохотном базаре возле деревни Саватьево за прилавками стоят сами крестьяне, от этого цены тут намного ниже, чем в столице, а качество продуктов выше.

Я припарковала «Пежо» на довольно большой площади, безжалостно залитой солнцем, и пошла вдоль рядов. Скорей всего, бабушка с чашкой стояла не там, где толкутся молодухи с мясом, творогом и зеленью. Вероятнее всего, она устроилась в самом дальнем конце, под навесом, где собираются те, кто предлагает вещи и всяческую утварь.

Вздохнув, я миновала прилавки с творогом и сметаной. Обычно в такой ситуации я не могу удержаться и обязательно пробую все, на что падает взор, но сегодня меня тошнило, а в голове тупо крутилась фраза: рао-вао-сао-мао. Чувствуя себя гаже некуда, я доплелась до вещевых точек. Как только с глаз исчезли продукты, стало намного легче. Что это со мной происходит? А?

Отогнав от себя ненужные мысли, я стала рассматривать теток с нехитрым товаром. Их было совсем немного, пятеро. Три с посудой, одна с бытовой химией и одна с игрушками. Я приблизилась к первому столику, заставленному чашками, и завела разговор.

— У вас красивые сервизы.

— Дулево, — ответила торговка, — фарфор, бери, совсем недорого.

— А чайничек откуда?

— Оттуда же!

— Нет, мне такой не надо.

— Тогда Гжель погляди, — влезла в диалог другая продавщица и обвела рукой свой прилавочек, уставленный бело-синими чашками.

— Нет, я другое ищу.

— Что?

— Ну блестящее такое!

— Этого у меня навалом, — подскочила третья, — нержавейка, сталь. Ну-ка, смотри сюда! Кастрюли, кружки, тарелки. Правильно, за фигом бьющееся брать, уронишь — и конец посуде, а она, между прочим, денег стоит. Эту же как хочешь швыряй, ничего ей не сделается.

Я молча рассматривала отвратительные блестящие емкости. У Александра Михайловича есть такая плошка из полированного металла, в ней он взбивает помазком мыло перед тем, как начать бриться. Полковник — человек устоявшихся привычек, бритву в руки он впервые взял, думаю, годах эдак в... шестидесятых. А в те времена в Советском Союзе о пенах в баллонах и гелях для бритья и слыхом не слыхивали, мужчины просто брали кусок мыла, возили по нему кисточкой, как сейчас помню, особо ценились те, что делались из барсучьего хвоста, и начинали сложный процесс уничтожения щетины. Бедные парни, им приходилось туго. Крем для бритья, имевшийся тогда в продаже, категорически не хотел мылиться и пах керосином, из иностранных аналогов на прилавках можно было встретить тюбики из ГДР[1] и Болгарии, но за ними выстраивались такие очереди! Не было и замечательных станков «Жиллетт», «Шик» и иже с ними. У наших отцов и старших братьев имелись некие разборные конструкции, куда следовало вставить лезвия. Я не буду тут живописать, сколь ужасны они были. Очень хорошо помню, что на большинстве коробочек с лезвиями стояло название «Нева». Они были хороши всем, кроме одного — ими решительно невозможно было побриться. Лучшим подарком советскому мужчине был тогда бритвенный набор: крем и лезвия, произведенные за границей.

С тех пор многое изменилось, мужчины получили массу прибамбасов, но наш полковник упорно предпочитает бриться по старинке.

— Так берешь? — выдернула меня из воспоминаний торговка.

---

[1] ГДР — Германская Демократическая Республика. До 90-х годов XX века Германия была поделена на две части: социалистическую — ГДР и капиталистическую — ФРГ.

— Ну... мне другое надо!

— Какое? — уперла она руки в боки. — Чем мое не подходит! Уж не «Цептер» ли собралась купить? Давай, беги за ним! Набор кастрюль как автомашина стоит. Во, люди, совсем без ума. Да «Цептер» из того же, что и мой товар, сделан! Сталь она и есть сталь, как ее ни назови. Вся разница в упаковке!

— Ваш ассортимент замечателен, — быстро сказала я, — но мне нужен подарок, дорогой, на пятидесятилетие, серебряная чашка!

— Это не к нам, — разочарованно протянула бабенка, — никто на рынке серебром не торгует.

— Нет, с таким товаром сюда не ходят, — покачала головой тетка с «гжелью», — дорогой больно, не продать. Здесь народ, чего попроще, любит, кружечки по тридцатке или вон кастрюльки эмалированные, это да, хорошо идет. А серебро! В Москву езжай, в ювелирный, там возьмешь.

— А вот моя подруга только-только, пару дней назад, приобрела здесь у бабушки чашечку из серебра, — решила не сдаваться я.

Торговки переглянулись:

— Врет.

— Нет, точно, стояла старушка, говорила, что на еду не хватает, мол, вот и торгует нажитым.

— Нет, не встречали такую, — замотали головой бабы.

Я было приуныла, но тут из соседнего ряда, того, где предлагали овощи, донеслось:

— Эй, тебе чашка нужна? Серебряная?

Я побежала на голос. Девушка лет двадцати, торговавшая стаканчиками с земляникой, весело сказала:

— Была бабуська, знаю ее, из Пескова она, баба Рая, мы рядом живем.

— Это точно? — обрадовалась я.

— Ага, — кивнула девушка, — еще удивилась: стою тут с ягодами, баба Рая чапает. Огляделась по сторонам, меня не приметила и во-он там пристроилась, у столба, ну, где Петька морковь предлагает, видишь Петьку?

Не дослушав ее, я рванулась к парню, курившему в отдалении.

— Около вас старушка серебром торговала?

— Не знаю, — протянул он.

— Как же, вон девушка с земляникой видела.

— Анька? Эта все углядит, у нее панорамное зрение. Ну, была бабка!

— А говоришь, не знаю!

— Так не знаю, серебром торговала или чем! Встала тут у столба и чашку из сумки вынула. Ну, решил, совсем старуху прижало, коли рухлядь из дома приперла, кому ж такая дрянь железная понадобится. Думал, не продаст. Даже хотел сам взять у нее, небось копейки просит, жалко ее стало, у меня мать такая. Но народ-то к ней начал подходить, женщины такие, хорошо одетые, здесь их много ходит, из коттеджных поселков, богатые! Да только она всем отказывала.

— Отказывала? — удивилась я.

Петя сплюнул и кивнул:

— Точняк, я прям удивился. Раз на рынок пришла, значить, продать решила. Ан нет, головой мотала и, видно, цену очень большую заломила, все прямо отскакивали. Ну а потом сговорилась с кем-то.

— С кем?

Петя пожал плечами:

— Хрен ее знает, я морковку отпускал, недосуг глядеть было, а как освободился, бабки и след простыл.

Я понеслась назад к Ане, торгующей земляникой.

— Так вы знали старуху?

— Угу.

— И где она живет?

— А напротив нас, в Пескове, мы слева, баба Рая справа, только нас там нет!

Я растерялась:

— Как нет?

— В город перебрались прошлой осенью, — пояснила Аня, — квартирку в Истре приобрели, а баба Рая в Пескове осталась. Хотела было к ней подойти, спросить, как там чего, да народ за ягодами пошел.

— Как в Песково на машине проехать?

Аня принялась путано объяснять дорогу:

— Налево, через Кутово, потом вверх, по путям, направо, сквозь Виледниково, только не запутайтесь, в Комарово не попадите, вам прямо на Макаровку, следом по шоссейке до птицефабрики мимо водонапорной башни, клуба разбитого...

Меня снова затошнило.

— Можете показать дорогу? Я заплачу за услугу.

— А товар? Вот продам, тогда ладно.

Я оглядела стаканчики с красными мелкими ягодами.

— Сколько все стоит, оптом?

— Тысячу рублей, — мигом соврала Аня.

Но я не стала спорить, от земляники шел такой одуряющий аромат, что у меня заболела голова. Рао-вао-саомао! Вот привязалась ко мне эта идиотская фраза.

— Возьмите тысячу, ссыпьте ягоды в один пакет и поехали, — велела я.

Глава 11

Без штурмана мне бы никогда не найти деревню Песково. Запутаться в проселочных дорогах плевое дело, да еще при полном отсутствии указателей. Часть пути мы проделали по асфальту и бетону, но потом пришлось съехать на проселок. Услышав, как «Пежо» скребет днищем по земле, я испугалась. Еще сломается тут, не дай бог, что тогда делать? Но верный коняшка отважно справился со всеми испытаниями, мы взобрались на горку, скатились вниз, пересекли по шаткому мостику речушку, свернули в лесок, проскакали по ухабам и вырулили на опушку.

— Вон там, — кивнула Аня, — Песково.

Я посмотрела вперед. Штук шесть покосившихся в разные стороны избушек, невесть откуда взявшиеся лужи и стаи домашней птицы. Забытое богом место.

— Наша избушка вон та была, с зелеными ставнями, — затараторила Аня, — ох, и повезло же нам!

— В чем? — для поддержания разговора спросила я, вылезая из машины.

«Пежо» пришлось оставить тут, в деревню вела лишь узенькая, изломанная тропинка.

— Так жить бы нам в Пескове, — частила Аня, — всю жизнь на двор бегать. Здесь-то ни газа магистрального, ни телефона, ни канализации, просто пятнадцатый век! А свет все время отключают, иной раз по неделе со свечами сидят. Да и мало электричества.

— Как мало? — удивилась я. — Его разве бывает недостаточно?

Аня снисходительно глянула на меня:

— Вы, городские, жизни не знаете! Вон баба Катя купила себе электрочайник, как включает, мигом пробки вышибает. Хочешь чайку вечером попить, гаси все, сиди в темноте, жди кипяточку. Да и телик тут только первый канал берет. Желаешь другие смотреть, антенну покупай, «тарелку». Так бы и мучились мы с братом, только приехал сюда москвич, ученый, избу хотел купить. Говорит, место здесь уникальное, экологически чистое, мозги хорошо заправляет. Мы и продали ему дом. — Аня тоненько засмеялась. — Теперь свои мозги тут чистит, в темноте, с сортиром в огороде, все-таки некоторые умные дикие дураки!

— Баба Рая где живет? — прервала я ее болтовню.

— Вот там, где крыша прохудилась.

Я побежала по дорожке, толкнула незапертую калитку, подлетела к избе и стала стучать в щелястую дверь.

— Так войдите, — посоветовала догнавшая меня Аня, — небось она не слышит, радио любит громко слушать.

Я пихнула створку, попала в темные прохладные сени, увешанные вениками и уставленные разнокалиберными пустыми банками, вошла в крохотную, всю в тряпках кухню, затем попала в большую комнату и заорала:

— Баба Рая!

Ни звука не раздалось в ответ. Я стала осматривать избу. Небольшая снаружи, внутри она оказалась огромной: четыре комнаты, кухня, две веранды и крохотная кладовка. Наверное, тут имелся и погреб, но искать его и спускаться туда я не собиралась, вышла на крыльцо и решила пойти на огород. Может, бабка там? За избой тянулось поле, усаженное картошкой. По бокам росли кабачки, у сарая огурцы и кое-какая зелень. Сорвав пару веточек укропа, я хотела уже сунуть его в рот, но тут меня затошнило, да так сильно, что пришлось бежать за сарай.

— Никак вы беременная, — заявила Аня, возникшая у меня за спиной.

— Нет, — простонала я, — с желудком плохо, тошнит все время.

— А вы к гинекологу-то сходите, — заботливо посоветовала она, — на токсикоз похоже.

Я молча вытащила из сумочки бумажные платки. Ну не рассказывать же девчонке правду про рао-вао-сао-мао? Так что насчет токсикоза можно не волноваться.

— Баба Рая-то померла, — выпалила Аня, — во как!

Я выронила платки:

— Как? Кто сказал?

— Анфиса.

— А ну веди меня к ней!

— И вести нечего, — пожала плечами Аня, — вон она, на скамеечке сидит.

Я вылетела из огорода, распахнула калитку и увидела на шаткой лавочке, расположенной у соседних ворот, худую, черную, носатую, похожую на ворону, женщину.

Не чуя под собой ног, я кинулась к ней:

— Вы Анфиса?

— Ага, — ответила тетка, — она самая. Из Москвы, что ль, Верка? И не узнать тебя, покрасилась, приоделась, хорошо, видать, живешь, что ж бабку бросила? Двадцать лет носа не казала!

Решив не переубеждать Анфису, я спросила:

— Раиса умерла?

— Точно, преставилась.

— От чего?

— Да ты садись, — Анфиса похлопала по скамейке рукой, — все тебе и расскажу, спокойненько, не торопясь.

Я плюхнулась около нее, и она монотонно, по-деревенски обстоятельно, завела рассказ.

Дни у жителей Пескова похожи друг на друга, словно горошины. Рано утром, часов в шесть, встанут, подоят скотину, позавтракают и на огород, чтобы не по жаре ковыряться в земле. Затем не спеша обедают, смотрят телик, болтают с соседями, снова доят корову и в восемь на боковую, не годится зря электричество жечь, оно денег стоит. Заведенный порядок не менялся годами, и Анфиса очень удивилась, когда однажды не увидела бабу Раю на грядках.

Впрочем, сначала просто подивилась, а потом подумала, что у старухи подскочило давление. Решив навестить соседку после обеда, Анфиса повела борьбу с колорадским жуком, прополола укроп, поела макарон с маслом, наглоталась чаю, полежала чуток и около пяти прошла через боковую калитку к бабе Рае.

— Только дверь открыла, сразу поняла — несчастье, — причитала она сейчас, — все нараспашку, газ на плите горит, кастрюля с супом почти выкипела...

Анфиса пробежалась по комнатам, потом заскочила в кладовку, увидела открытый подпол, глянула вниз и заорала.

У подножия высокой, крутой лестницы лежала, скрючившись, баба Рая, рядом валялась разбитая банка с солеными огурцами.

Воя от ужаса, Анфиса побежала к новому соседу, мужику, купившему тут недавно избу. У того был мобильный телефон. «Скорая помощь» прибыла почти ночью, будь баба Рая по случайности жива, она бы все равно скончалась до приезда медиков, милиция же заявилась лишь на следующее утро.

Распространяя сильный запах перегара, парни осмотрели место происшествия и вынесли вердикт: подслеповатая старуха споткнулась и упала в подпол, сломав себе шею. Смерть пришла к бабе Рае мгновенно, не мучая ее и не причиняя страданий. Власть уехала, не удосужившись опечатать избу.

— Всем бы так убраться, — вздыхала Анфиса, — а то сволокут в больницу, или парализует, не дай господи, доживай тогда в постели. Вот уж повезло Раисе! А ты, Верка, все-таки дрянь!

Я только хлопала глазами, глядя на тетку.

— Двадцать лет назад в город перебралась, — стала отчитывать меня Анфиса, — выучилась, в люди вышла. Забыла, кто тебе харчи посылал, когда в институте училась? Раиса! Она ж вместо матери тебе была! Отблагодарила ты бабку, скрасила старость! Ни разу не приехала, не спросила: «Бабуль, может, надо чего, а?» А теперь заявилась, на наследство рассчитываешь, на избу? Обломалось тебе, небось уж Наташка подсуетилась, она-то роднее! Тоже не наезжала! Я прям обомлела, когда увидела!

Я попыталась спокойно выстроить в ряд бунтующие мысли. Значит, Анфиса приняла меня за некую Веру, родственницу Раисы.

— Наташка — это кто?

Анфиса всплеснула руками:

— Надо же такой беспамятной быть! Сестра твоя двоюродная, дочь Клавки!

— И когда она тут побывала?

Анфиса нахмурилась:

— Ну... дня бы за два, за три до того, как Раисе умереть. И ведь чудно!

— Что?

— К Раисе-то никто не приезжал, а тут зачастили.

— Да? И кто же?

— Сначала баба явилась, не из наших, белая, губы красные, на носу очки черные, о чем-то с Раисой толковала.

Увидав незнакомку, Анфиса чуть не скончалась от любопытства и вечером понеслась к соседке узнавать что к чему. Раиса не стала таиться, налила Фисе чаю и сообщила:

— Наташка прислала знакомую свою, Аллой звать. Хочет она мою избушку прикупить, летом жить на свежем воздухе желает, вон Васякины продали халупку и в Истру переехали. Я чем хуже? Меня Вера к себе зовет, в Москву, поживу на старости лет в удобстве.

Анфиса пригорюнилась. Сейчас все поразбегутся, а ей оставаться с незнакомыми, с москвичами. Вот плохо будет: ни поговорить, ни чаю попить, понаставят заборов.

На следующий день после посещения Аллы баба Рая в восемь утра вышла из дома.

— Ты куда? — окликнула ее возившаяся в огороде Фиса.

— На рынок, — коротко ответила соседка, — на автобус бегу.

Анфиса от удивления выронила тяпку. До сих пор Раиса никуда не ездила, только раз в год, на Пасху, в церковь, да иногда еще она ходит в Криково, в магазин.

— Купить чего надумала, — продолжала интересоваться Анфиса, — али продать?

Баба Рая улыбнулась:

— Мыло мне надо, все кончилось.

Пока Анфиса собиралась с мыслями, бабуся с прытью, несвойственной ее возрасту, потрусила по дорожке к шоссе.

Когда Фиса опомнилась, соседки и след простыл. До обеда Анфиса пребывала в изумлении: мыло! Зачем же на рынок? В Крикове его полно, какое хочешь: дешевое, дорогое, кусковое, жидкое...

Но еще большее удивление ждало ее впереди. Назад баба Рая явилась не одна, а с женщиной, одетой как картинка и пахнущей таким ароматом, что Фиса чуть не прослезилась, нюхая воздух. Это какие же духи и сколько они стоят?

Гостья пробыла недолго, минут пятнадцать, от силы двадцать, а потом ушла, неся в руках довольно большую коробку. Анфису чуть не разорвало пополам от любопытства. Она вылетела из двора и увидела, как незнакомка быстро поднялась на горку, села в ярко-синюю большую машину и исчезла.

Фиса понеслась к Раисе.

— Ну, купила мыло? — заорала она с порога.

— Какое? — шарахнулась от нее бабка.

— Так зачем на рынок гоняла?

— А... а... — протянула старуха, — мыло! Взяла, конечно, детское, дешево сторговала, не зря каталась.

— Кто ж тебя привез? — не утерпела Фиса.

— Разве не узнала? — усмехнулась бабка.

— Нет.

— Наташка, дочь Клавки.

— Вот те на, — оторопела Фиса, — какая стала, прямо барыня.

— Точно, — кивнула Раиса, — хорошо живет.

— Чего приезжала?

— Навестить, — коротко уронила старуха, — давно не виделись.

Анфиса покачала головой. Уж точно, что давно, лет пятнадцать, не меньше!

— Никак ты ей подарок сделала, — продолжила она «допрос».

— Какой? — спокойно поинтересовалась баба Рая.

— Коробку она несла!

— Экая ты глазастая, — скривилась соседка, — все приметила. Отдала ей две иконы.

Анфиса невольно бросила взгляд в красный угол. Все образа висели на месте, под ними теплилась маленьким огоньком лампада.

— Не эти, — бабка перехватила взгляд Фисы, — другие, на чердаке лежали, от отцовой матери остались. Мне ни к чему, пусть Наташка владеет.

В моей голове поднялась буря. Ярко-синяя машина, джип «Лексус» был у Вики. Это она приехала к бабке, Анфиса, очевидно, подслеповата, меня она приняла за Веру, а Вику за Наташку.

Очень хорошо помню, как в тот трагический вечер, доставая из шкафа сервиз, Столярова рассказывала:

— Вот повезло! Посадила бабку в машину, довезла до богом забытой деревеньки и купила сервиз за триста баксов! Чистое серебро! Ей от родителей остался! Да я похожий недавно в антикварном, на улице Комолова видела, жаба задушила купить, десять тысяч за него просили, уехала, потом спохватилась, ну чего жадничаю, ведь уникальная посуда! Только поздно, пока я, глупая, колебалась, другие, умные, подсуетились и купили, ушел сервизик! А тут! Такая удача!

— Баба Рая бедно жила? — спросила я у Анфисы.

— Как все, — ответила та, — от пенсии до пенсии, на похороны собрала, мы только на водку скинулись, чтоб помянуть по-человечески! Когда пенсию задерживали, плохо было, ничего в магазине не купить, с огорода ели. Вот телевизор у Раисы сломался, прям горе, за починку столько заломили, пришлось ей из «смертных» вынимать!

— Что же она сервиз не продала?

— Какой? — вытаращилась Анфиса.

— Ну тот, серебряный, неужели никогда не видели?

— Чего? — совершенно обалдела соседка. — Сервиз? Из серебра?

— Ага, достался ей от матери.

Анфиса тоненько захихикала:

— Ты, Верка, совсем в своем городе всякую память потеряла. Раиса-то из сирот, по молодости в колхозе работала, ни отца, ни матери не помнит, какое серебро! Когда ее Колька замуж брал, у Райки исподнего не имелось. Сама я не видела, но мне мать рассказывала. Вот мы хорошо жили, справно, масло ели каждый день, а Райка голытьбой родилась, такой и померла. Колька пил горькую, откуда у них деньги? Напутала ты с посудой. Кружек у ней полно, эмалированные, фарфоровые, пластмассовые... Еще скажи про золотые вилки!

Я молча посмотрела в сторону покосившегося домишки. Всякое случается у людей, живут впроголодь, болеют, ходят босиком, а семейные ценности не продают. И соседке Раиса могла ничего не показывать, небось стоял сервиз в самом укромном месте, под кроватью у бабки. Деревенские люди осторожные, хвастаться достатком не станут. Это немцы, чуть заработав, начнут перекрывать крышу и ремонтировать дом; наш крестьянин, если не пропьет, спрячет денежки в чулок, на черный день. Во-первых, он не приучен жить в красоте и уюте, а во-вторых, не хочет стать объектом зависти, выделиться из толпы. Нет уж, плохо, грязно, без воды и газа, зато как все.

— Можно мне взять на память фотографию бабы Раи, — спросила я, — в избе на стенках висят.

— Мне-то что, — пожала плечами Анфиса, — хоть все выноси. Твое теперь имущество будет, пополам с Наташкой, других наследников нет.

Оставив Анфису на скамейке, я прошла в избу, потом, высунувшись в окно, крикнула:

— Аня!

Девушка мигом прибежала на зов. Я указала на снимки.

— Подскажи, кто из них баба Раиса?

— А вон она, — сказала та, тыча пальцем в изображение женщины лет семидесяти с суровым взглядом и плотно сжатым ртом.

Маленькая фотография, похоже, сделанная для документов, была воткнута за рамку другого снимка, запечатлевшего молодого парня.

— Это она на паспорт фотографировалась, — пояснила Аня, — меньше трех штук сделать нельзя было, две в милиции забрали, ну а эта ей досталась. Вот баба Рая себя к дяде Боре и подсунула. Это сын ее, его в драке давно убили, еще до моего рождения.

Я молча постояла возле снимков, потом подошла к углу, где висели иконы, и пошарила за божницей. Насколько знаю, старухи любят прятать там документы.

Пальцы нащупали тоненькую тетрадочку. Я вытащила ее, открыла и увидела на пожелтевшем от времени листочке в косую линейку пару строк, сделанных неровным почерком человека, редко берущего в руки перо. «Наталия Федоровна Самохвалова, Москва, улица Ясная, дом 49, корп. 2, квартира 12». Скорей всего, это был адрес той самой Наташи, за которую и приняла Вику Анфиса. То ли дочь, то ли внучка старухи, во всяком случае, единственная родственница, уж она-то должна знать, был ли в семье серебряный сервиз.

Я осторожно вырвала листок, сунула его в сумку и велела Ане:

— Пошли, довезу тебя до Истры.

— Да не надо, — стала отмахиваться девушка, — вы же мне заплатили, на автобусе докачу.

— Не спорь, — сказала я, — тут рядом, не на плечах же тебя понесу, машина повезет.

— Ну неудобно, — стала ломаться Аня.

Я быстро шагнула вперед, споткнулась о домотканую дорожку и, естественно, упала.

— Ой, мамочка, — заголосила Аня, — убились!

— Прекрати, — рассердилась я, — ну шлепнулась, с кем не бывает!

— И сумочка вся высыпалась!

— Сейчас соберу.

— Помогу вам, — Аня кинулась поднимать разлетевшуюся по комнате косметику, — какая у вас пудреница красивая! Мне бы такую!

— Забирай, — прокряхтела я, ползая по дорожке и подхватывая всякую ерунду: ключи, расческу, ручку, несколько ирисок, при взгляде на которые меня вновь затошнило.

— Не жалко?

— Нет, дарю!

— А карандашик зачем? — любопытствовала Аня.

— Это губная помада.

— Да ну? Никогда такой не видела.

Конечно, Анечка небось не посещает салон «Риволи», где я приобретаю «мазилки».

— Цвет не мой, — горестно заявила Аня, открыв футлярчик, — светлая больно, мне лиловая к лицу.

Я тактично промолчала. Лиловая так лиловая, не стану сейчас читать ей лекцию о правильном макияже.

— А это чего за ложечка? — задала очередной вопрос любопытная девица.

Я всмотрелась в небольшой предмет, лежащий не на слишком чистой ладошке. Совочек для сахара, ручка украшена орнаментом из листочков. Моментально перед глазами возникла столовая в коттедже Андрея и Вика, разливающая чай.

«Классный сервиз, — восторгалась она, — и масленка, и молочник, и сахарница. Эх, жаль, совочка нет, потерялся!»

«Может, его и не было, — предположил Андрей, — не расстраивайся, котик».

«Нет, видишь, вот тут в сахарнице выемка, — не успокаивалась Вика, — как раз для ложечки».

«Ладно, кисик, — обнял жену муж, — купишь совочек, вот уж это, думаю, не проблема».

Глава 12

Домой я приехала, сжимая в кармане ложечку. Значит, сервиз все-таки был у бабы Раи, а когда Вика принялась упаковывать свое новое приобретение, совочек и выпал, он совсем крохотный, угодил на домотканую дорожку, поэтому не зазвенел. Теперь остается уточнить две вещи. Первая — являлся ли сервиз семейной реликвией, и вторая — от него ли ложечка? Вдруг она существовала в единичном варианте и не имела никакого отношения к чайному набору. Значит, завтра поеду на эту Ясную улицу и попытаюсь отыскать Наташу, если, конечно, она все еще живет по этому адресу. Хотя, почему бы и нет! Многие мои подруги за всю свою жизнь ни разу не сменили место жительства, как получили квартиры, так и обитают в них!

— Мусик, иди ужинать, — позвала Маня.

Я опрометью кинулась в ванную комнату и наклонилась над унитазом. Рао-вао-сао-мао! Как мне плохо!

— Мусик, ты заболела? — испуганно спросила Маня, глядя, как я корчусь над «фарфоровым другом».

— Нет, — простонала я, — просто, когда вблизи появляется еда или кто-нибудь о ней упоминает, меня начинает нечеловечески тошнить.

— Ляг в кровать, — предложила дочь.

— Вы где? — влетела в ванную Зайка. — Кролик на столе! Остынет!

Меня снова скрючило, а Машка стала объяснять Ольге в чем дело.

— Интересно, — протянула та, — и джинсы с тебя совсем сваливаются.

Я подхватила штаны, неудержимо съезжавшие с бедер.

— Велики стали.

Зайка убежала, потом вернулась, неся розовые брючки.

— На, переоденься!

Я вылезла из своих «левисов», не расстегивая их, напялила розовые слаксы и сообщила:

— Тоже велики.

— А мне они малы, — протянула Ольга, — очень интересно!

Я окинула взором слишком тощие бедра Зайки и пришла в ужас: это что же получается, я исхудала хуже Ольги? Просто катастрофа.

— Встань на весы, — предложила Маня.

Я покорно взвесилась.

— Сорок два кило! — воскликнула Ольга и заорала: Кеша, сюда, скорей!

Спустя пару минут домашние сгрудились у весов.

— Немедленно в постель, — велел Аркадий, — это дистрофия, принесите ей пирожных с кремом, пусть ест.

Меня снова кинуло к унитазу.

— Зовите Оксану, — приказал Дегтярев, — с капельницей.

Поднялся дым коромыслом, все забегали, засуетились, вмиг, словно по мановению волшебной палочки, появилась Оксана со стетоскопом, меня начали допрашивать, осматривать, щупать, выяснять детали проведенных дней, и, наконец, Ксюта заявилась.

— Вам покажется странным мое заявление, но у Даши...

— Ой, — взвизгнула Зайка, — только ничего не говори! Так, на глазок диагноз не ставят, надо анализы сдать, биопсию, может, еще и нет ничего в желудке.

— В желудке у нее точно ничего нет, — вздохнула Ксюта, — скукожился, бедняга, от голода. Только не смейтесь, ладно?

— Какие тут хиханьки! — взревела Зайка.

— Это результат зомбирования.

— Чего? — разинула рот Машка.

— Ну Даша же рассказала, что водила Марго кодироваться от ожирения, к профессору.

— Рароэнтологу, диетологу, гипнотизеру и академику, — пропищала я, — Попову Федору Евгеньевичу, замечательный специалист.

— Только Марго это не помогло, — протянул Аркадий, — она на моих глазах, не далее как полчаса назад, взяла целый батон, разрезала, потом схватила непочатую пачку масла, намазала и привет!

— Вовсе он не целый был, — возмутилась Маргоша, — кто-то до меня успел горбушку отрезать!

Меня потащило к унитазу.

— Да замолчите вы! — разозлилась Оксана. — Человеку при одном упоминании о еде делается плохо!

— А делать чего? — засуетился Дегтярев. — Она же не хотела сама кодироваться, или я не понял ситуацию?

— Совсем не хотела, — простонала я, чувствуя, как несчастный желудок, словно лифт, ездит в моем организме вверх-вниз, — случайно получилось, не понимаю как!

— С тобой вечно ерунда приключается, — налетела на меня Ольга, — женщина-катастрофа.

— А ну отцепись от нее, — сухо сказала Оксана, — видишь, плохо человеку.

— Прямо жуть, — подтвердила я, — о-о, Дегтярев, отойди, от тебя свининой пахнет!

— На ужин был кролик, — уточнила Ольга.

— Значит, он сам по себе свиньей воняет, — простонала я, — жирной отбивной. Ой, пустите к туалету.

— Сама ты свиная вырезка, — оскорбился Дегтярев.

— Мать скорей похожа на миногу, — констатировал Кеша, — Оксана, что делать?

— Раскодироваться, — рявкнула подруга, — ехать к гипнотизеру!

— Я его сейчас сюда за шкирку приволоку, — пообещал Аркадий, поворачиваясь к двери, — моментом сгоняю!

— Так вечер уже, академия закрыта, — пролепетала я.

Кеша дернул полковника за рукав:

— А ты на что? Чего стоишь? Видишь, человек от голода умирает! Звони быстро по своим каналам, узнавай, где этот хренов академик, Попов Федор Евгеньевич, проживает!

— Ага, — заторопился Александр Михайлович, — точно, бегу!

— А вы, — не успокаивался Кеша, — спускайтесь вниз, ступайте ужи... то есть, идите в столовую, оставьте мать в покое.

Все покорно вышли в коридор.

— Ты, — повернулся ко мне злой Кеша, — лежи смирно, читай детективы, сейчас привезем гипнотизера, блин!

Я забилась в самый угол кровати и прижала к себе спящего Хуча. Слава богу, от него пахло не едой, а шампунем.

Дверь в спальню тихонько скрипнула, вошла Зайка. Она села ко мне на кровать и заискивающим голоском осведомилась:

— Дашунчик, совсем-совсем есть неохота?

— Нет.

— Тошнит от всего?

— Угу.

— А какую фразу надо повторять.

— Рао-вао-сао-мао, — сообщила я, сглатывая слюну.

— Рао-вао-сао-мао, — мечтательно протянула Ольга, поглаживая себя по бокам, — а за сколько времени до трапезы?

— Не знаю.

— Ну ты когда говоришь?

— Она сама в мозгу всплывает, без желания.

— Ясненько, — кивнула Зайка, — ну лежи, отдыхай.

Я полистала новый роман Татьяны Устиновой и неожиданно заснула, вернее, задремала. Хучик забился под мое одеяло и прижался к коленям. Черри калачиком свернулась в кресле. Остальные собаки, очевидно, толкутся в столовой. Кто же покрыл чашки изнутри ядом? Баба Рая? Зачем бы ей это делать! Вика? Но в связи с произошедшими событиями мне все меньше и меньше верится в виновность Столяровой!

В лицо ударил свет, я открыла глаза и увидела около кровати растерянно моргающего Федора Евгеньевича и бледного до синевы Кешу.

— Начинай немедленно, — каменным тоном заявил сын, — да не вздумай схалтурить. Чтобы была такая, как раньше, понял?

Академик стал ниже ростом.

— Понимаете, я... э... ну... в общем.

Кеша уцепил его за плечо:

— Хватит мэкать, приступай! Смотри, не дай бог, не получится! Я тебя бандитам сдам.

Дверь в мою спальню приоткрылась, и раздался голос Дегтярева.

— Посажу на фиг, найду за что! Академик хренов!

— Да, да, да, конечно, — закивал Федор Евгеньевич, — оставьте нас вдвоем.

— Ну-ну, — скривился Кеша и ушел.

Профессор робко сел на край кровати.

— Как мы себя чувствуем?

— Отвратительно, — бодро ответила я, — вернее, вполне хорошо, пока про еду не вспоминаю.

— Понятно.

— Раскодируйте меня.

— Ну... это... того... в общем, это трудно!

Я возмутилась, вот негодяй, решил набить цену, но не умирать же мне голодной смертью.

— Не волнуйтесь, вам заплатят!

Федор Евгеньевич заколебался, потом неожиданно поинтересовался:

— А этот сердитый молодой человек вам кто?

— Аркадий? Сын.

— Он где работает?

— Кеша адвокат.

Академик посерел.

— Значит, не врал про бандитов!

Я улыбнулась:

— Не бойтесь, это он так просто, хотя кое-каких знакомых имеет в криминальных кругах. Кеша сгоряча ляпнул. И потом, вы же меня сейчас расколдуете.

— А лысый, толстенький, который посадить обещал, кто?

— Дегтярев Александр Михайлович, полковник, служит в милиции.

— Ой, — вздрогнул Федор Евгеньевич и посерел, — ну я и влип!

— Вы о чем? — удивилась я.

Неожиданно академик схватил меня за плечо:

— Милая, дорогая, вы же не хотите моей смерти?

— Нет, конечно.

— Помогите!

— Но в чем?

— Сейчас я расскажу вам правду, — перешел на шепот профессор, — все-все объясню.

Я подоткнула под спину подушку.

— Валяйте!

— Давайте дверь запрем, чтобы никто не вошел?

— Хорошо.

Федор Евгеньевич быстро повернул ключ и приступил к повествованию; я не верила своим ушам. Ну, Дашутка, ты влипла!

На самом деле Попов преподаватель физкультуры в школе. Был когда-то не слишком удачливым спортсменом, а потом пытался сеять разумное, доброе, вечное. Жил Федор Евгеньевич вместе с мамой, очень тихо, не пил, не курил, зарплатой был доволен, службой тоже, вечера проводил у телевизора, ни к чему не стремился, так бы и дотянул до пенсии, но тут косяком пошли несчастья. Сначала грянула перестройка, мигом сделавшая всех нищими, потом Федор заболел, слег, из школы его уволили. Два года ходил безработным, жил на мамину пенсию, пытался пристроиться, докатился до должности лифтера, в общем, мрак. И неизвестно, как бы жизнь потекла дальше, но однажды Федор увидел по телевизору выступление гипнотизера. Тот махал руками, бормотал с умным видом какую-то абракадабру, дальше последовал комментарий журналиста, сделавшего передачу.

— Отчего у нас так много мошенников? — вопрошал парень. — Да мы сами виноваты. Вы видели только что гипнотизера? Никакой он не врач, не психолог, просто ловкач, очень хитрый. Кодирует якобы от ожирения всех, ни за какие болезни не берется, лишь избавление от лишнего веса. Снял помещение, повесил табличку: профессор, академик... И к нему пошли клиенты. Никто, подчеркиваю, ни один человек не проверил у «ученого» документы...

Тут Федора Евгеньевича осенило! Вот она, золотая жила, неразработанная, только собирай самородки. И Попов, вдохновленный чужим примером, начал действовать.

Вскоре «доктор наук, диетолог, рароэнтолог и член международной академии космоэнергетики» начал прием больных. Сначала Федор дико боялся, а ну как кто-нибудь из посетителей потребует диплом, но потом с блеском вышел из положения. Отпечатал на цветном принтере кучу всяких «документов» и перестал трястись. Но старался он зря, никто из приходящих ни разу не попросил взглянуть на бумаги, всем хватало таблички на двери. Самое же интересное открытие его ждало впереди. Народ спокойно расставался с долларами, и, что самое удивительное, кое-кто и впрямь начинал худеть. Помогало не всем. Большинство пациентов второй раз не появлялись, многие из них, закоренелые тучники, испробовав все способы избавиться от сала и пройдя «кодирование», привычно констатировали: опять не помогло. Пару раз разгневанные бабы прибегали с воплем: «За что деньги платили!»

В таких случаях Федор не спорил, мгновенно отдавал гонорар и спокойно пояснял:

— Я сразу предупредил: мой метод помогает лишь в девяносто процентах. Вы, очевидно, попали в оставшиеся десять. Я никого не обманываю, заберите деньги.

Скандал потухал, не успев разгореться. Но таких случаев все же было мало, и «академик» процветал. Он обзавелся фотоальбомчиком, прочитал кое-какую литературу и теперь смело оперировал словами «чакра», «карма», «астральный диагноз» и «гипнотический транс».

Сейчас Федор вполне обеспеченный человек. Он давно переехал из блочной «двушки» в просторные хоромы. Одна беда, год назад скончалась любимая мама, и Попов живет один, очень хочет жениться, да не на ком!

— Погоди, погоди, — пробормотала я, — значит, раскодировать меня ты не можешь?

— Нет, — в отчаянии воскликнул «академик», — вообще не понимаю, каким образом вы так закодировались, уму непостижимо! Впрочем, есть еще один идиот, русский буддист, с ним похожее произошло, теперь лишь кефир пьет! Но он натуральный псих, вы же совсем не похожи на ненормальную.

Я содрогнулась, вспомнив скелет, замотанный в оранжевые тряпки и украшенный цепочкой от унитаза. Ничего себе, перспективка!

— И что же нам делать? — вырвалось у меня.

— Вы, когда совсем оголодаете, небось есть начнете, — воскликнул «гипнотизер», — а меня ваши точно с лица земли сотрут: либо бандитам сдадут, либо посадят! Во влип!

Внезапно мне стало смешно. Рао-вао-сао-мао! Вот чушь!

— Миленькая, дорогая, кисонька, — Федор умоляюще сложил на груди руки, — очень прошу, скажите, что раскодировались, не губите невинную душу!

— Ладно, — кивнула я, — зови всех.

Попов бросился к двери.

— И как? — сурово поинтересовался Кеша.

— Полный порядок, — закивал «академик», — аппетит на месте, извините, мне пора, не провожайте, сам до шоссе добегу.

— Э нет, — ухватил его за футболку Дегтярев, — уж очень ты суетливый, словно таракан, мы сейчас проверим.

— Как? — в ужасе подпрыгнул «профессор».

— Просто, — не дрогнул Александр Михайлович, — Катерина, неси салат.

Вмиг передо мной оказалась плошка с овощами.

— Приступай, — велели Кеша и Дегтярев хором.

Я взяла вилку, проглотила тягучий комок, застрявший в горле, попыталась отогнать назойливо вертящееся в мозгу заклинание, увидела умоляющие глаза Федора, насадила на вилку кусок огурца, сунула в рот и в ту же секунду понеслась к туалету.

— Не вышло, значит, — подвел итог Кеша, — начинай сначала.

— Но больше одного раза в день нельзя подвергаться гипнозу, — начал вяло врать «академик».

Я стояла в ванной, облокотившись о раковину. Интересное дело, мне совсем хорошо, пока речь не заходит о еде.

— Значит, так, мил человек, — самым сладким голосом пропел Аркадий, — ты живешь тут, в Ложкине, безвылазно, пока мать на моих глазах не съест жареную курицу, целиком, с костями, усек?

— Это произвол, — закашлялся Федор.

— Точно, — кивнул Аркадий, — он самый и есть. И имей в виду, убежишь, из-под земли отрою и браткам отдам, мало не покажется.

— А я посажу в изолятор, — мрачно пообещал Дегтярев.

— Сажать нечего будет, — оборвал его Кеша, — то, что от него останется, влезет в обувную коробку.

— Почему в обувную? — спросил сизый от страха «академик».

— Потому что тебя пилой в капусту нашинкуют и в реку сбросят, — любезно улыбаясь, пообещал наш адвокат, — угадай, чтобы целиком в коробку угодит, какую часть предадут земле?

Глава 13

Утром я чувствовала себя просто прекрасно. Голова не болела и не кружилась, ноги не дрожали, я ощущала замечательную легкость во всем теле, и еще резко обострилось обоняние. Распахнув окно, я чуть не скончалась от запахов летнего леса и цветов из сада, мне показалось, что я не вдыхаю воздух, а пью его. Была еще одна странность, отчего-то я проснулась ровно в шесть и упорно не хотела спать.

Поразмыслив над этим удивительным фактом, я решила, что все происходящее только к лучшему. Сейчас дом спит, но ровно в восемь у всех затрезвонят будильники, начнется трам-тарарам, и мне придется затаиться у себя в спальне минимум до десяти, потому что именно в это время кавалькада машин стартует с нашего участка в направлении шоссе. Кеша сначала завозит Маню в ветеринарную академию, а потом едет по делам, Зайка летит в Останкино, Дегтярев, правда, укатывает раньше, около девяти. Мне же, пока хоть кто-нибудь находится дома, нельзя даже приближаться к гаражу, домашние настроены решительно, матери велено лежать в кровати и пытаться раскодироваться. А еще может случиться совсем неприятное: вдруг у Аркадия нет спешных дел в Москве и он решит остаться сегодня в Ложкине?

Подумав так, я выскочила из-под одеяла и ринулась к шкафу. Тут меня ожидала новая проблема: вся одежда оказалась катастрофически велика. Брюки сваливались к ступням, футболки болтались на мне, словно на огородном пугале, даже ноги усохли.

Я быстро встала на весы. Стрелка замерла у числа «сорок»! Непостижимым образом я ухитрилась за ночь потерять еще два килограмма, но самочувствие-то отличное, бодрое, вот только выйти из дома не в чем!

Сняв тапочки, я на цыпочках пробралась в гардеробную Зайки и порылась в вещах. Футболочка отыскалась довольно быстро: маленькая, коротенькая, а вот нижнюю часть тела было просто не во что упаковать. Наконец я выдернула из самого темного угла бежевые штанишки и удовлетворенно вздохнула, вот эти вроде ничего.

Притащив «обновки» к себе, я нацепила майку, надела брючата и с горечью констатировала: они тоже безнадежно мне велики. Делать-то что? Ехать в город в халате? До ближайшего магазина? Отличная идея! Только точки, торгующие одеждой, открываются в основном в десять!

Пока голова решала сложную проблему, руки действовали сами по себе, они схватили пояс от халата и, продернув его в петли на брюках, завязали. Здорово!

Уходя из дома, я бросила взгляд в большое зеркало в холле. Оно отразило девочку лет тринадцати, с костлявым торсом, обтянутым футболкой стрейч и ножонками в слишком широких штанах, прихваченных на талии поясом от махрового халата. Некоторым диссонансом в облике было лицо взрослой женщины и золотые, дорогие сережки в ушах.

Вздохнув, я пошла к гаражу. Были бы кости, а мясо нарастет! Вот начну скоро есть!

Возле квартиры Натальи я оказалась в восемь и, минуту поколебавшись, позвонила. Послышалось недовольное:

— Кого черт принес? — И дверь распахнулась.

Передо мной стояла толстая тетка в мятом грязном халате. Зевая во весь рот, она пробормотала:

— Тебе чего? За каким дьяволом трезвонишь, людям спать не даешь?

— Вы Наташа? — спросила я.

Бабища, продолжая давиться зевотой, кивнула:

— Наталья, правильно. Дело-то в чем? Ты кто?

— Из Пескова приехала. — Я стала изображать из себя деревенскую жительницу. — Уж простите, рано вставать привыкла, огород, корова, вот и не рассчитала, что москвичи поспать любят.

— Мы побольше вашего работаем, — рассердилась Наташа, — знаем вас, деревенских, только стонете: ах, огород, ой, скотина, а сами в полдень уже пьяные, на ногах не держитесь! Надо чего? Говори скорее. Если остановиться хочешь, то я тебя не знаю, и у меня не гостиница.

С этими словами она схватилась за ручку двери.

— Меня Анфиса прислала, — быстро затараторила я, — баба Рая померла, помните такую?

Наташа заморгала. Чтобы окончательно успокоить ее, я бодро сообщила:

— Уже похоронили, поминки справили, деньги не нужны. Изба осталась, имущество, вы наследники с Веркой будете. Я сообщить приехала.

Наталья мигом втащила меня в темную, грязную прихожую и зашипела:

— За каким чертом про наследство на лестнице орешь? Ступай в кухню.

Маленькое пространство было заставлено разнокалиберной грязной мебелью, на подоконнике теснились банки, горшки с полузасохшими растениями и пустые коробки. На холодильнике громоздилась кипа старых газет, в мойке высилась башня из грязных тарелок и чашек. Судя по всему, домашнее хозяйство не являлось хобби Наташи.

— Рассказывай, — велела хозяйка, плюхаясь на табуретку, — ты, ваще, кто?

— Даша из Пескова.

— Ну, дальше...

Я изложила историю про подпол, лестницу и разбитую банку.

Наташа оживилась.

— Во дела! Там участок громадный, соток пятьдесят. Дом крепкий, сарай, сад, хорошо продать можно.

Я тихонечко вздохнула. Бедная бабка, Наталья только обрадовалась ее кончине. Решив слегка пригасить радость наследницы, я сообщила:

— Вашего лишь половина, остальное Веркино, вы вдвоем имущество получаете, так по закону выходит.

Наталья радостно рассмеялась.

— А вот и нет, Верка-то умерла давно.

— Да? — удивилась я.

— Ничего странного, — кивнула Наташа, — пила сильно, алкоголичка. Цирроз печени заработала, уж лет пять как на том свете, мне одной домишко остается. Ладно, поняла, тебе надо за работу заплатить? Сколько хочешь за то, что постаралась? Много нет, пятьдесят рублей хватит?

Я молча взяла бумажку, сунула ее в карман и сказала:

— Анфиса просит поскорей приехать.

— Зачем мне вообще туда кататься? — удивилась Наташа. — Так продам.

— Вещи разобрать, там мебель, люстра, посуда...

— Ой, посуда, — заржала Наташа, — мебель! Не смеши меня, рухлядь и осколки! Это для вас, колхозников, вещи, а для нас, москвичей, дрянь. Скажи Анфисе, пусть себе забирает и знает мою доброту.

— А иконы?

— Неверующая я, доски мне ни к чему.

— Белье постельное.

Наташа отмахнулась:

— Тряпки, я в Пескове лет двадцать назад была, уже тогда рванье на постелях лежало, сомневаюсь, что Раиса за эти годы новое купила. На пенсию жила, знаю, сколько она имела, не до пододеяльников.

«Что ж ты не помогла бабке, раз такая умная», — чуть было не ляпнула я, но, вовремя удержавшись, уточнила:

— Сервиз серебряный Анфисе тоже забирать?

— Чего? — взметнула брови Наташка. — Какой такой сервиз?

— Из серебра, — повторила я, — очень дорогой.

— Откуда же он взялся? — с выражением самого искреннего удивления на лице спросила собеседница.

— Неужели никогда не видели? Вы же вроде детство в Пескове провели?

— До восемнадцати лет меня Раиса воспитывала, — подтвердила Наташа, — потом я в город подалась.

— Значит, помните про сервиз. Он Рае от родителей достался, людей богатых. Она им перед Анфисой хвасталась, говорила: жуткие тысячи стоит!

Внезапно Наталья рассмеялась:

— Богатые люди, ой, не могу. Вы, деревенские, врать горазды! Да бабка из сирот, всю жизнь в нищете, дед ее пил как оглашенный, нам с Веркой в детстве ни одной конфетки не досталось. Нарвем в саду слив, вот и все лакомство. Да там все кругом водку жрали: Клавка, моя мать, Веркина мамаша, а как они померли, самогонки обпились, бабка с нами двумя одна осталась, еле вытянула. Мы зимой в школу по очереди ходили, валенки одни на двоих были. Сервиз! Серебряный!

— Значит, не было его?

— Нет, конечно, — вздохнула Наташа, — я хорошо знаю все Раисины захоронки, у нее из ценного кольцо обручальное, да самовар расписной, красный с золотом. Имей она набор дорогой, давно бы продала, чтобы с голоду не помереть. Наврала Раиса Анфисе, напридумывала, она мастер была на истории. Мне все детство рассказывала, как к ней принц сватался, на белом коне, а я верила, лет до десяти. Никогда никакой посуды из серебра в избе не было.

Я ушла от Натальи в глубокой задумчивости, влезла в «Пежо» и стала вертеть в руках совочек. Значит, сервиза не имелось. Где же его бабка взяла. Внезапно в моей голове всплыло имя Алла, и я рванулась вновь к Наталье.

— О господи, — протянула та, опять распахивая дверь, — издеваешься, да? Только задремала, снова здорово! Ну теперь что, а?

— Уж извините, — забубнила я, — Анфиса просила еще и Алле про смерть бабы Раи рассказать. Вы ей сами звякнете или мне лучше? Дайте ее телефончик.

— Какой Алле? — вытаращилась Наталья.

— Ну вы ее к бабке присылали...

— Я?

— Ага, это знакомая ваша, хотела в деревню переехать, а вы присоветовали у бабки избушку купить. Алла у Раи была, очень той понравилась, красивая женщина, блондинка с красными губами.

Наташа секунду стояла молча, потом резко ответила:

— Нету у меня таких знакомых, одна подружка имеется, Ленка, и все, и на работе Аллы нет, и среди соседей.

— Но Анфиса говорила...

— Дура она, Фиса, еще в мое детство из ума выжила, — обозлилась Наталья, — ступай себе, не звони сюда больше, спасибо, что позаботилась приехать и про смерть Раисы сообщить, желаю тебе здоровья да счастья, а теперь оставь меня в покое, с ночной смены я, спать хочу, сил нет!

И она со всего размаха захлопнула перед моим носом дверь. Я снова села в «Пежо» и опять схватилась за совочек. Вот дела! Откуда же у нищей бабы Раи взялся уникальный серебряный сервиз. Может, его и не было? Может, ложечка не имеет к нему никакого отношения? Был только один способ проверить предположение, надо съездить к Вике домой и рассмотреть как следует набор, сразу станет понятно, подходит ли совочек к сахарнице.

Я взяла телефон и набрала хорошо знакомый номер.

— Алло, — ответила горничная.

— Валя, это Даша, Дарья Васильева.

— Слушаю вас, — вымуштрованно ответила прислуга.

— Мне надо приехать в коттедж... э... я забыла у Вики одну книгу забрать, давала ей почитать, томик из библиотеки, уже звонят, ругаются.

— Боюсь, не найду, — испугалась Валентина, — у хозяев книг горы.

— Я сама, если позволишь.

— Конечно, приезжайте, но... — и она замялась, — уж извините, что условие ставлю, до двух успеете? Меня в четыре в милиции ждут, вызвали на допрос к следователю, это из-за...

— Понимаю, — прервала я ее, — сейчас прикачу, не волнуйся, не задержу.

Уже по дороге в «Волшебный лес» мне пришла в голову разумная мысль: отчего же милиция не опечатала коттедж? Почему Валентина после смерти Андрюшки и ареста Вики по-прежнему проживает там?

Валя появилась у Литвинского давно, точно не назову год, может, восемь, может, девять лет назад. Марта как-то раз, изменив своей привычке отдыхать в горах, отправилась на Украину, в некий санаторий, славившийся особой грязелечебницей. У Марты сильно болела спина, и доктор настойчиво рекомендовал ей эту лечебницу. Литвинская купила путевку и укатила. Вот там она и познакомилась с Валентиной, угрюмой девушкой, работавшей в санатории горничной. Назад вернулись вместе. У Валентины не было никаких родственников, жила она в общежитии, образования не имела, получала копейки, а Марта безуспешно пыталась найти домработницу. Как только Литвинский разбогател, она обратилась в агентство, и ей начали присылать разных женщин. Но каждый раз дело заканчивалось скандалом. Одна украла деньги, другая не умела готовить, третья абсолютно не видела грязи, четвертая сожгла утюгом все вещи, пятая была идеальной работницей, но при этом обладала длинными стройными ногами, хорошенькой мордашкой, копной мелко вьющихся волос, и Андрюшка начал как-то по-особому улыбаться, когда горничная наливала ему суп.

Валентина же оказалась идеальным вариантом. Она скользила по дому молча, с тряпкой в руках. Квартира Марты заблестела, словно пасхальное яичко, занавески шуршали крахмалом, скатерти были идеально выглажены, паркет натерт, постельное белье стиралось и гладилось дома.

— Мало ли кто в прачечную грязь понесет, — бурчала Валентина, — еще хозяева заразу подцепят.

Валя была младше и Андрюшки, и Марты, но относилась к ним как мать к детям. Хозяев она любила безоглядно, порой обожание принимало странные формы.

Один раз Марта собрала на свой день рождения гостей, не так много человек, только самых близких. К чаю подали торт.

— А где свечки? — захихикал подвыпивший Валера Лосев.

— Ага, — подхватила его жена Лариска, — боишься, что мы твой возраст выясним? Да и так знаем, что старая, в рухлядь превращаешься, ха-ха-ха, шутка.

Никто не обратил внимания на высказывание Лариски. Госпожа Лосева обожала говорить с милой улыбкой гадости, Марта позвала ее только из-за Валеры, с которым у Андрюшки были связи по бизнесу. Гости спокойно пили чай, вдруг на пороге появилась Валентина с подносом. Она приблизилась к Ларисе и, как всегда мрачно, буркнула:

— Ваш кофе.

— Кофе? — изумилась та. — Я не просила.

— Значит, не надо?

— Нет.

Валентина стала разворачиваться, чашка съехала с подноса, темно-коричневая жидкость выплеснулась на нежно-розовый костюм Лариски.

— Ой, дура, — заорала та, — с ума сойти!

— Сейчас, сейчас, — засуетилась Марта, — пойдем скорей в ванную, застираем.

Короче говоря, вечер у Лариски был испорчен. Валентина молча стала вытирать ковер, в ее глазах промелькнуло странное, несвойственное домработнице выражение: смесь злорадства и удовлетворения.

Я бы сразу забыла об этом происшествии, но история имела продолжение. Часов около одиннадцати я заглянула в ванную покрасить губы перед уходом и услышала разговор Марты и Валентины, находившихся в кухне.

— Не стыдно тебе? — спросила хозяйка.

— А что? — ответила Валя.

— Ты зачем на Лариску кофе вылила?

— Случайно вышло, простите, постираю ей костюм.

— Не ври, ты нарочно это сделала, я тебя отлично знаю.

— Она про вас гадости говорит, — с несвойственной ей эмоциональностью воскликнула прислуга, — ишь, разбогатела! Рухлядь! Да вы красавица! Это Лариска возле вас кулем глядится!

Марта тихонько засмеялась:

— Больше так не делай, мне вовсе даже не обидно.

— Угу, — пробубнила Валентина, — извините, не сдержалась!

— Умница, — ласково сказала Марта, — и спасибо тебе, честно говоря, я давно хотела Лариске на голову миску с салатом нацепить. Но никогда больше не веди себя так.

— Я прямо бешусь, когда вам гадости говорят, — проронила Валентина.

— Ладно тебе, — смеялась Марта, — брань не камень, повисит и отвянет!

Смерть Марты Валентина пережила очень тяжело. Хозяйство по-прежнему содержалось в идеальном порядке, вот только разговаривать Валентина совсем перестала, отделываясь короткими ответами: «Ага», «Угу», «Сделаю».

Вику она приняла спокойно, продолжала служить верой и правдой, но полюбить новую хозяйку так, как Марту, не смогла. В комнате у Валентины появился большой портрет покойной, около которого она каждый день ставила цветы. Мне показалось, что прислуга горюет намного больше вдовца. У Андрюшки в кабинете не имелось ни одного снимка трагически погибшей супруги, однако, учитывая, какими были их отношения в последнее время, это не странно.

Впрочем, и Валентина стала забывать хозяйку. Несколько месяцев назад, еще до всех трагических событий, я приехала в «Волшебный лес» и увидела на столе очаровательные салфетки с мишками и спросила:

— Где взяла? Я тоже такие хочу!

— У Вали спроси, она где-то купила, — ответила Вика.

Я вошла в комнату к Валентине, увидела ее со спицами у телевизора, узнала про салфетки и удивленно воскликнула:

— Ты убрала фото Марты?

— Грех это, — тихо ответила горничная, — нельзя постоянно плакать, покойным — могила, живым — жизнь.

Последняя фраза покоробила меня. Похоже, Марта умерла окончательно, мертвые живы, пока о них хоть кто-нибудь вспоминает.

Глава 14

Я подъехала к дому и позвонила. Валентина сразу распахнула дверь.

— Желаете чаю? — тихо спросила она.

Я ощутила резкий приступ тошноты.

— Нет, спасибо, разреши войти, я книгу поищу?

— Да, конечно, — ответила она.

Я прошла в столовую, домработница, не удивившись, отчего гостья двинулась не в кабинет, исчезла. Пяти минут хватило, чтобы понять — совочек идеально подходит к сервизу, он помещался в сахарнице, как родной, совпадал и орнамент.

Я сунула совочек в карман, поднялась наверх в кабинет Андрея, схватила с полок первую попавшуюся книгу и крикнула:

— Валя!

— Вы меня звали? — спросила горничная, возникая в проеме двери. — Чаю хотите?

— Нет, — быстро ответила я, — спасибо. Вот, нашла. Ты вроде в город собралась?

— Да, — кивнула Валентина.

— Могу подвезти, мне тоже в центр.

— Спасибо, — буркнула горничная.

Я подождала, пока она оденется, причешется и запрет коттедж. Уже выезжая на шоссе, чтобы нарушить тягостное молчание, висевшее в машине, я сказала:

— Куда же ты теперь?

— На Петровку, — ответила Валя, — номер кабинета забыла! Ща погляжу, в блокноте записала.

И она принялась рыться в сумке.

— Я не о сегодняшнем дне. Вообще, как жить дальше станешь?

Валя хмуро уставилась в окно, потом нехотя ответила:

— Позаботились обо мне.

— Кто.

— Так Литвинские, и он, и Марта Германовна, прописали в коттедже.

— Да? — удивилась я.

Валя кивнула.

— Хозяйка сразу меня определила, только дом построился, и еще завещание есть.

Я чуть не выпустила руль.

— Какое?

— Марты Германовны, — спокойно пояснила Валентина, — она мне кучу всего оставила: свои драгоценности, долю земли в «Волшебном лесу», часть дома, я ее единственная и полная наследница. Она оформила бумагу как раз перед своей поездкой в горы и отдала мне со словами: «Нету у меня никого: ни детей, ни родных, Андрей чужим стал давно, если со мной чего случится, пользуйся, Валя, одна ты меня на этом свете любишь!»

С трудом преодолевая удивление, я пробормотала:

— Выходит, вы теперь богатая женщина?

Валя кивнула:

— Да, только, что с этим делать, не знаю. Вот пройдет полгода, продам причитающееся и домой, на Украину умотаю, лихо мне в Москве, холодно, сыро, я к солнцу привыкла.

— Андрюша-то знал про завещание? — не успокаивалась я.

— Конечно, — спокойно ответила Валя, — как не знать, да только я, пока он жив был, ни на какое наследство не подавала. Зачем мне? Мы уговорились, что живем по-старому, а если приспичит уехать, хозяин мне деньгами даст и квартиру купит.

Я довезла Валентину до известного дома под номером

тридцать восемь на Петровке и осталась сидеть в машине, глядя, как домработница идет к проходной. Ну и ну! Теперь понятно, отчего милиция не опечатала коттедж!

И что прикажете делать дальше? Сервиз был точно куплен у бабы Раи. Как он к ней попал? Интересно, сколько стоит вещь? Может, зря все решили, что он невероятно дорогой? Вдруг набору красная цена триста долларов?

Глаза выхватили из толпы знакомую долговязую фигуру. Адвокат Дима, одетый, несмотря на жару, в черный костюм, шел по тротуару, размахивая дорогим кожаным кейсом.

— Эй, — закричала я, выскакивая из «Пежо», — Дима!!!
Парень приблизился.

— Что вы тут делаете?

— Знакомую подвезла, а ты куда?

— На допрос, сегодня будут домработницу Столяровой допрашивать.

— А, там ничего интересного, — махнула я рукой.

— Но присутствовать надо, — серьезно заявил парень, потом вытащил из кармана упаковку «Ментос» и предложил:

— Хотите?

— Нет, — воскликнула я, — убери немедленно!

— Угощайтесь, освежает.

— Ни за что, — ответила я, ощутила запах мяты и чихнула раз, другой, третий.

Пояс развязался, брючки начали падать, я успела подхватить их чуть пониже пупка. Дима вытаращил глаза. Старательно придерживая штанишки, я юркнула в машину и сказала:

— Ладно поеду, позвони, если что интересное услышишь.

— Ага, — отмер Дима, — обязательно.

Я поехала к ЦУМу, надеюсь, в этом огромном магазине найдутся брюки нужного размера.

Целых три часа я бродила по отделам. Тридцать шестой европейский размер, мой обычный, был безнадежно мне велик, тридцать четвертый тоже, а тридцать второго у женской одежки не бывает, это даже не для подростков, а для детей лет десяти-одиннадцати.

От полного отчаяния я отправилась в секцию, торговавшую вещами для детей, и нашла там то, что так долго искала, — джинсики нужного объема, вполне хорошего качества, совсем по незапредельной цене. Одна беда —

синий деним был щедро украшен вышивкой: зайчики, собачки, лошадки, кошечки, а швы оказались расшиты бисером. Но они единственные нормально сидели на моих бедрах. К ним прилагалась миленькая футболочка, тоже оказавшаяся мне впору. На груди у нее красовалось изображение колли, а на спинке пуделя.

— Мне вот эти брючки, — робко попросила я, придерживая Зайкины штанишки, так и норовившие шлепнуться на пол.

— Они с футболочкой, — сообщила продавщица, меряя меня взглядом.

— Хорошо, можно переодеться в кабинке?

— Вы себе хотите ЭТО взять, — протянула девушка, — но комплект-то детский.

— На мой размер другого не подобрать.

— Сходите в «Манго», — посоветовала торговка.

— Уже была, тридцать второго там и в помине нет!

— Ну что ж, — засуетилась девица, — может, вам и неплохо будет в мишках. По мне так прикольно.

Я переоделась и вышла в зал. Продавщица прикусила нижнюю губу, было видно, что она изо всех сил пытается удержать смех.

— Клево, — пробормотала она, — как на вас сшито, хотите совет?

— Давай, — протянула я, с грустью рассматривая себя в зеркале. Да уж!

Здрасьте, бабушка-весна, престарелый тинейджер! Может, смыть с лица косметику и вытащить из ушей серьги?

— Вы сережки снимите, — начала продавщица, — и губную помаду сотрите, а на лицо очки нацепите, от солнца, побольше, и классно получится, настоящая семиклассница.

Я вздохнула и вынула золотые, украшенные бриллиантами и сапфирами серьги. Все правильно, они абсолютно не сочетаются со штанишками и футболочкой, щедро украшенными изображениями зверей. Бумажной салфеткой стерла помаду, на нос нацепила очки...

Уже покидая ЦУМ, я посмотрела в зеркальную витрину и увидела маленькую, щуплую девочку, лет двенадцати от силы. Единственное, что выдавало в ней взрослую женщину, это ботиночки от Гуччи и сумочка, дорогая, кожаная, в виде планшетки. Дети не станут пользоваться такой, им по вкусу яркие разноцветные рюкзачки.

Без особых приключений я доехала до нужного места, с

трудом припарковала машину и вошла в антикварный магазин. Хорошо, что Вика назвала тогда мне адрес лавки, где видела похожий набор.

Возле прилавка стояли несколько покупательниц, продавщица была занята, и я решила подождать, рассматривая витрины. В одной оказался красивый, похоже, золотой портсигар. Может, купить его Аркаше на день рождения и спрятать пока? Хотя нет, у меня плохо получается хранить подарки. Как правило, больше одного дня пакеты в шкафу не задерживаются, тут же отправляются к будущему владельцу. Ну не умею я прятать сувениры, и потом, Аркашка дико брезглив, он никогда не станет пользоваться вещью, которая раньше принадлежала постороннему человеку, лучше приобрести для него портсигар в обычном ювелирном, а не в скупке.

— Девочка, что ты хочешь? — прозвучало с той стороны прилавка. — Ищешь подарок на день рождения родителям? Маме или папе? У нас есть красивые, недорогие рюмки, если пожелаешь, можем сделать гравировку.

Я подняла голову и сняла очки.

— Ой, — сказала милая светловолосая девушка с бейджиком «Олеся», — я приняла вас за ребенка! Не обижайтесь, пожалуйста!

— Для дамы моего возраста это звучит комплиментом, — улыбнулась я.

— Чем могу служить? — улыбнулась в ответ Олеся.

— Я не намерена ничего покупать.

— Не подобрали по душе? — заботливо спросила продавщица. — Да, летом ассортимент не очень, осенью массовая сдача начинается. Впрочем, скажите, что ищете, и оставьте телефон, мигом позвоню, если появится нужная вещь. А еще мы устраиваем аукционы, поверьте, там встречаются раритеты.

— Серебряный сервиз, чайный, чашки, тарелки, сахарница, масленка...

— Сейчас ничего такого нет, — озабоченно ответила Олеся.

— Нет, вы не дали мне договорить. Сервиз есть. Мне предложили купить его, цена, на мой взгляд, слишком велика, как можно узнать истинную стоимость вещи?

— Это очень просто, — обрадовалась Олеся, — приносите его сюда, заплатите пятьдесят рублей всего, и наш оценщик посмотрит.

— Вот, прихватила с собой совочек.

Олеся повертела его в руках и пробормотав:

— Знакомая штучка, — позвала: — Лиля, можно тебя на минуточку?

Вторая продавщица, стройная брюнетка, подошла к нам.

— Узнаешь? — спросила у нее Олеся, демонстрируя ложечку.

— Конечно, — кивнула Лиля, — тот самый, от Эльзы Густовны.

— Что-то не так? — насторожилась я.

— Нет, нет, — быстро ответила Олеся, — просто это часть серебряного сервиза. У нас есть одна постоянная сдатчица, милая такая старушка, Эльза Густовна Франк, она регулярно сюда вещи приносит, распродает и этим живет! Последним сервиз был, эта ложечка от него!

— И сколько он стоит? — спросила я.

— Десять тысяч долларов, — ответила Лиля, — не цена для подобного шедевра, он в один день улетел. Сначала одна дама заинтересовалась, она у нас тоже часто бывает, но не сдает, а покупает. Но ей цена показалась велика.

— Я-то ее уговаривала, — с жаром воскликнула Олеся, — возьмите, такой набор не залежится, потом пожалеете, поздно будет! Так и вышло! Не задержался сервизик. Пришел мужик, тыкнул в него пальцем и сказал: «Заверните». Мы его и продали. А как к вам ложечка попала?

— И когда это было?

— Что? — удивилась Лиля.

— Ну, сервиз продали какого числа?

— Можно, конечно, по книге посмотреть, — сказала Олеся, — только зачем вам?

Я оглянулась по сторонам, отметила, что в лавке никого нет, вытащила из кошелька сто долларов и протянула продавщицам:

— Это вам. Так какого числа продали сервиз?

Лиля и Олеся переглянулись.

— Ну это же не секретная информация, — заявила первая, — сейчас погляжу.

С этими словами она вытащила амбарную книгу, перелистнула страницы тоненькими пальчиками с розовыми ноготками и сообщила:

— Тридцатого мая, а вам зачем знать?

Я достала еще две бумажки, положила их на прилавок и тихо спросила:

— Регистрируется только фамилия продавца или паспортные данные покупателя тоже фиксируются?

Олеся усмехнулась:

— Кто бы у нас чего купил с такой системой! Нет, мы записываем лишь координаты сдатчика, а кто приобрел товар, тот нигде не обозначается.

Я почувствовала, что рвется последняя нить.

— Девочки, умоляю, припомните, как выглядел покупатель сервиза.

Лиля посмотрела на доллары, потом на Олесю, затем на меня.

— Вам зачем, что-то не пойму!

Я облокотилась на прилавок.

— Надо. Кстати, вот еще сотня.

— Мы попытаемся все припомнить, — Лиля с готовностью ринулась помогать мне, — купил мужчина, не слишком высокий, чернявый.

— Худой, — добавила Олеся, — руки прямо тощие, небось больной.

— Почему ты так решила? — удивилась я.

— Тепло было, — объяснила она, — народ в одних футболках ходил, а этот в плаще, таком длинном, почти до пят, на шее шарф.

— Кожа на лице желтая, — припомнила Лиля, — нет, точно больной.

— Он не назвался? — цеплялась я за соломинку. — Может, пытался с вами познакомиться, вы девушки красивые.

— А его тетка на улице ждала, небось жена, — скривилась Олеся, — я через витрину увидела. Значит, купил он сервизик, я его упаковала в коробку, очень постаралась, каждый предмет отдельно завернула, чтобы не дай бог не поцарапать. На чаевые надеялась.

— Тут многие, — вступила в разговор Лиля, — если дорогую вещь покупают, нам немножечко отстегивают, прибавка к жалованью выходит.

Но на этот раз Олеся зря старалась. Болезненного вида дядька молча посмотрел, как продавщица укладывает чашки, потом так же, не говоря ни слова, подхватил коробку и был таков.

— Даже спасибо не сказал, — запоздало обиделась Олеся, — вообще странно себя вел!

— Чем же?

— Ну, покупатели, в особенности, если вещь дорогая,

все разузнать хотят, — затараторила Лиля, — как мыть, чистить, какой процент серебра, год выпуска, да мало ли что! Помнишь, ту тетку с фужером.

— Ой, умора! — мигом отозвалась Олеся. — Прикиньте, приобрела у нас бокал и давай...

— А этот, больной дядечка, значит, ничем не поинтересовался. — Я быстро вернула разговор в нужное русло.

— Нет, — развела руками Олеся, — даже не выбирал ничего.

— Это как?

— Ну люди стоят у прилавка, разглядывают витрины, потом говорят: «Покажите вон то». Принесешь, поставишь перед человеком, а он тебе: «Фу, вблизи никакого вида! Давайте лучше то, что слева стоит». Иные по два часа топчутся, весь ассортимент переберут и ничегошеньки не возьмут.

— Дядька другой был?

— Ага, — согласилась Лиля, — совсем. Прошагал от порога, как солдат, секунду поглядел в витрину, ткнул пальцем и заявил: «Сервиз!»

Лиля сняла одну чашечку и поставила перед покупателем.

«Весь», — коротко приказал тот.

Продавщица выставила набор, она думала, что странноватый мужик примется изучать предметы, но тот бросил:

«Беру. Сколько?»

«Десять тысяч у.е.», — сообщила Олеся.

Дядька кивнул, пробил чек, и это было все. Продавщицы просто обалдели. Такого в их практике еще не встречалось. Чтобы человек сделал дорогое приобретение сразу без долгих колебаний и кучи вопросов. Просто отдал кассирше банковскую кредитку и привет!

— А потом он вышел, — закончила Олеся, — и к бабе подошел, она на улице стояла, блондинка, крашеная, волосы совсем белые, губы красные-красные, в очках. Ну такая страхолюдина...

Я насторожилась: блондинка с красными губами! Точь-в-точь так Анфиса описала таинственную Аллу, приезжавшую в гости к бабе Рае.

— Дальше что было? — поторопила я девочек.

Те пожали плечами:

— Все, ушли они.

— Пешком?

— Вроде.

Тут в магазин влетела покупательница, и Лиля отошла от нас. Олеся оперлась о прилавок.

— Знаете что, — протянула она, — мне кажется, дядька этот точно представлял, где сервиз выставлен, сколько он стоит, вроде как видел его раньше, хотя к нам впервые зашел, у меня память на лица необыкновенная!

— Может, он что-нибудь потерял?

— Не-а.

— Или по телефону разговаривал?

— Нет.

Я совсем приуныла, тупик, снова лбом в стену.

— Ничего особенного, — продолжила Олеся, — вошел, обронил пару слов, вытащил кредитку и ку-ку, испарился с таким видом, словно не десять тысяч отдал, а две копейки.

Кредитка!!! Я подскочила на месте и вцепилась Олесе в плечо.

— Кредитка!!! Вы уничтожаете чеки?

— Через определенное время да, — кивнула она.

— За тридцатое мая они есть?

— Конечно.

— Их можно найти?

— Ну, в общем...

Я молитвенно сложила руки.

— Олесечка, умоляю, помогите, отыщите чек, заплачу вам, вот держите.

— Вы и так уже предостаточно дали, — ответила Олеся, — так погляжу.

Глава 15

Цокая каблучками, она убежала в подсобку. Я осталась висеть на прилавке, тихо бормоча про себя: «Господи, сделай так, чтобы этот чек никуда не завалился, пожалуйста, очень прошу, ну что тебе стоит?»

Минуты тянулись томительно, я вспотела, потом неожиданно затряслась от холода. Наконец появилась Олеся.

— Вот, глядите.

Дрожащей рукой я схватила чек и стала жадно его разглядывать. Так, сумма в рублях, число, время, когда была произведена покупка, фамилия кассира, реквизиты карточки... ОМО-банк! В нем хранятся и наши средства! Надежное, хорошее предприятие, мы, правда, напуганные всяческими экономическими пертурбациями, держим основной капитал во Франции, в Россию переводим только небольшие суммы. В случае какого-нибудь форс-мажора в стране потеряем сущую ерунду, но все равно мы для хозяев ОМО-банка, можно сказать, любимые VIP-клиенты. Управляющий примерно представляет, какими средствами располагает семья, и не теряет надежду когда-нибудь заполучить нас целиком и полностью. Кстати, в ОМО-банке хранят накопленное многие наши знакомые, ну да это неинтересно, радует другое. Чек, который выдает кассир, если покупка оплачена карточкой, отличается от того, который суют вам в случае расплаты наличными. Во-первых, бумажек две, и вы обязаны их подписать. Потом одна вручается вам, другая остается кассиру, который тоже скрепляет оба документа своей подписью. Делается это для того, чтобы избежать махинаций, и, по-хорошему, свой чек клиент должен хранить. Он в любой момент, проверив движение средств на счету, имеет возможность проконтролировать банк: «Ну-ка, погодите, ребятки, неладно выходит! Тут у вас написано: «Покупка сапог — три тысячи рублей», а я отдала за них две. Вот чек!»

Поэтому на документе обязательно стоят две подписи: клиента и кассира. И еще, поскольку махинации с кредитками весьма распространенное явление, любой держатель карты — заменителя денег — должен быть готов к такой ситуации, когда кассир проверит его документы, фотографию, образец подписи.

Но главное для меня сейчас то, что на чек есть имя и фамилия владельца карточки.

Я поднесла бумажонку к глазам и прочитала — Андрей Винтусов.

Из скупки я унеслась, чувствуя, как за спиной хлопают крылья, я не бежала, летела, поглядывая на часы. ОМО-банк работает до девяти вечера, времени у меня имелось предостаточно, даже если учесть все пробки, в которые попаду по дороге.

В холл я влетела, чуть не сбив охранника. Секьюрити мгновенно уцепил меня за футболку.

— Девочка, ты куда? Здесь банк!

Я сняла очки и сунула ему под нос свою платиновую кредитку.

— К управляющему, Олегу Семеновичу, очень спешу.

Парень оглядел мою футболочку, украшенную изображениями колли и пуделя, потом растерянно пробормотал:

— Да, конечно, простите.

Я улыбнулась ему, пересекла основной зал, толкнула дверь с табличкой «VIP» и спросила у девушки, сидевшей за компьютером:

— Олег Семенович на месте?

Служащая расцвела улыбкой:

— Только что к себе пошел, вас проводить?

— Спасибо, не надо, я великолепно знаю дорогу, — пробормотала я, прошла в коридор, поднялась на лифте вверх и оказалась перед секретаршей управляющего.

— Дарья Ивановна! — воскликнула та. — Входите! Чай, кофе? Печенье, конфеты, а может, бутерброды?

Я поморщилась. Ну что за привычка у людей вечно предлагать мне еду!

— Сок? Фрукты? — не успокаивалась секретарша.

— Мне Олега Семеновича, можно без хлеба.

— Проходите, он один, — засмеялась она.

Я толкнула дверь и вошла в огромный кабинет, заставленный дорогой кожаной мебелью и книжными шкафами из цельного массива дерева.

Олег Семенович, безукоризненно одетый мужчина, лет сорока пяти, мигом вскочил.

— Дарья Ивановна! Садитесь. Чай? Кофе? Фрукты?

Меня перекосило. Рао-вао-сао-мао! Еще один потчеватель, с ума сойти можно.

— Нет, еды никакой не надо.

— Понимаю, — кивнул Олег Семенович, — жара. Тогда водички минеральной, без газа, со льдом?

Я кивнула. Против воды мой организм не бунтует.

Олег Семенович уставился на меня:

— Снимать хотите? Какую сумму?

— Сегодня я пришла не за деньгами.

— Да? — удивился управляющий. — Операция с ценными бумагами? Но вы же вроде были противницей всяких облигаций или передумали? Кстати, теперь мы оказываем новую услугу.

— Скажите, у вас имеется клиент Андрей Винтусов?

— Я, к сожалению, не знаю всех, кто пользуется нашим банком, — осторожно ответил Олег Семенович.

— Но ведь вы регистрируете держателей кредиток?

— Конечно.

— Можете посмотреть по базе данных? Андрей Винтусов.

Олег Семенович побарабанил пальцами по столу:

— Ну... зачем вам это?

— Мне нужны его паспортные данные, в частности, прописка. Можно место работы, короче, все, что вы узнаете о нем.

— Это невозможно.

— Почему? — ласково улыбнулась я, великолепно зная ответ.

— Есть такое понятие, как тайна вклада, — не дрогнул управляющий, — примерьте ситуацию на себя. Как бы вам понравилось, начни мы рассказывать всем о движении денег на вашем счету!

— Меня не интересует его финансовое состояние, только адрес или место работы.

— Это абсолютно закрытая информация.

— Даже для меня?

— При всем моем глубоком уважении к вам, да!

— Я не собираюсь использовать эти сведения в преступных целях, просто хочу знать: есть ли такой клиент и где он живет. Это все!

— Дарья Ивановна, — без улыбки ответил Олег Семенович, — в случае выдачи вам этих сведений я рискую рабочим местом.

Я секунду смотрела на него. Делать нечего, придется «ломать» управляющего, интеллигентного человека, всегда приветливо встречающего меня в своем кабинете. Очень не хочется начинать разговор в подобном ключе, но альтернативы нет.

Я схватила со стола бумажку, нацарапала на ней цифру и показала Олегу Семеновичу.

— Это сумма, которая лежит сейчас во Франции, так сказать, мой основной капитал. Вы, думается, не очень правильно представляете ее размеры. Мы исправно платим налоги, поэтому ничего не скрываем.

Глаза Олега Семеновича слегка расширились.

— Но это не все, чем обладает семья, — тихо продолжила я, — еще есть много чего: земля, завод, квартиры, дом, коллекция картин... На данном этапе дети хотят основную часть капитала перевести в Россию.

Управляющий порозовел, я приободрилась, еще немного, и он сделает все, о чем я попрошу.

— И мы, естественно, остановимся на том банке, который покажется нам лучшим. Вы же управляющий, да? Не председатель совета директоров?

— Нет, — вымолвил Олег Семенович, — конечно, нет, просто наемный служащий, а не хозяин.

— И как поступит с вами владелец ОМО-банка, милейший Михаил Андреевич, когда на какой-нибудь тусовке подойду я к нему и скажу: «Знаешь, Миша, хотела разместить наши средства у тебя, но потом передумала. Олег Семенович был со мной не слишком любезен!»

Раздался сухой треск. Управляющий отбросил в сторону сломанный карандаш.

— Дарья Ивановна! Вы принуждаете меня нарушить закон.

— Упаси бог, при чем тут Конституция?

— Я имею в виду наш, внутренний, банковский.

— Никто не узнает.

— Но...

— Хорошо, завтра же поеду на день рождения к Леониду Пенкину, повстречаю там Михаила... Только не говорите потом, что я не предупреждала вас! Как вы со мной, так и я с вами.

Пару секунд мы с Олегом Семеновичем, словно две собаки перед началом драки, молча смотрели друг другу в глаза. Потом управляющий тяжело вздохнул и повернулся к компьютеру.

— Винтусов? Андрей?

— Да, — кивнула я, — он самый.

Олег Семенович пощелкал мышкой.

— Ну есть такой. Проживает на Профсоюзной улице, пишите адрес, телефон. Андрей Валерьевич Винтусов, москвич, прописка постоянная. Однако странно.

— Что?

— Ну... он пришел к нам пятнадцатого мая и попросил пластиковую карточку. После недельной проверки мы оформили необходимые бумаги. Андрей Валерьевич благонадежный, по нашим сведениям, гражданин.

— Пока ничего необычного.

— Двадцать восьмого мая он внес десять тысяч долларов, тридцатого снял, и все, счет закрыл.

— Но люди иногда пользуются банком для разовых операций!

— Да, конечно, случается, — кивнул Олег Семенович, — но тогда не открывают карточку, есть другие способы. Кредитка предполагает, что вы используете счет более или менее постоянно.

— Вот это мне уже неинтересно, — ухмыльнулась я, — спасибо.

— Рад был помочь, — ответил заученной фразой Олег Семенович.

Потом он встал, проводил меня до двери и тихо попросил:

— Дарья Ивановна, очень надеюсь на то, что никто...

— ...никогда ничего не узнает, — закончила я, — уже забыла, где получила сведения об Андрее Винтусове.

Плюхнувшись в «Пежо», я схватилась за мобильник, но «Нокиа» разрядился. Тяжело вздохнув, я покатила в Ложкино, позвоню из дома, да и часы уже подбежали к половине девятого, ничего до завтра не случится. Значит, Андрей Винтусов приобрел сервиз, а потом некая блондинка с красными губами, предположительно по имени Алла, отвезла его к бабе Рае. Старушка же незамедлительно, чуть ли не на следующий день после того, как стала обладательницей раритета, понеслась на рынок продавать чашку. Почему она так торопилась?

Ну это как раз хорошо объяснимо! Небось Раису нужда замучила, вот и решила денег добыть. Отчего отдала Вике сервиз всего за триста долларов? Да не понимала его истинной стоимости, для деревенской старухи десять тысяч долларов совершенно запредельная сумма, астрономическая! Так что поведение бабы Раи вполне объяснимо, неясно другое, отчего Андрей Винтусов решил отдать недешевую вещь Раисе, а? Вот это задача!

Я въехала во двор, бросила машину у гаража, прошла пару метров по выложенной плиткой дорожке и заколебалась: может, загнать «Пежо» на место? Ой, лень!

— Девочка, — послышался голос Аркадия, — ты кого-то ищешь?

Долговязая фигура сына вынырнула из-за кустов. Сзади маячили собаки. Я усмехнулась, так, Кеша не узнал меня, что ж, разыграю его.

— Дяденька, — запищала я, — ой, ой, ой, уберите собак, боюсь, а-а-а...

— Не плачь, — завопила появившаяся мигом Машка, — они не кусаются! Ты потерялась?

— Да, — еле сдерживая смех, сообщила я, — заплутала в лесу, шла к бабушке, несла пирожки и попала неизвестно куда.

Аркадий с подозрением уставился на меня, очевидно, последняя фраза его насторожила, но Машка, святая простота, принялась меня утешать:

— Не бойся, пошли в дом, сейчас позвоним твоим родителям, телефон помнишь?

Я чуть не зарыдала от смеха:

— Нет.

— Ерунда, Дегтярев поможет, он найдет, ну, чего стоишь!

Внезапно Кеша протянул руку и сдернул с меня очки.

— Мусичка, — заорала Маня, — во прикол! Что это на тебе за наряд?

— То, что ей подошло по размеру, — рявкнул Аркадий, — следующий этап: ползунки и распашонка! Мать, почему мобильник отключила?

— Батарейка села.

Кеша хмыкнул и ушел.

— Ты так ничего и не ешь? — с любопытством спросила Маня.

— Не-а, не хочется.

Маруська захихикала:

— Тебя этот Федор поджидает, собирается раскодировать.

«Академик» сидел в гостиной у телевизора.

— Надеюсь, с вами хорошо обращались? — улыбнулась я. Мошенник кивнул:

— Просто прекрасно: накормили, потом я выспался, в саду гулял... но уехать не смог, охрана не выпустила.

Послышался топот, и домашние гурьбой ворвались в комнату.

— Ужин стынет, — объявил Дегтярев.

Мне свело желудок.

— Быстро раскодируй мать, — велел Кеша.

— Хорошо, попробую, — дрожащим голосом пробормотал Федор, — оставьте нас вдвоем.

— Э нет, — ответил полковник, — посидим тут, понаблюдаем, послушаем, начинай, не жуй мочалку.

Федор Евгеньевич вытащил из кармана ярко сверкающий стеклянный шарик.

— Хорошо, — кивнул он, — сейчас сконцентрируюсь. Вы только сядьте, меня стоящие раздражают!

Все покорно устроились в разных местах. Маня, Кеша и Дегтярев плюхнулись в кресла, Марго примостилась на пуфике, Зайка расположилась около меня на диване.

Федор встал посреди комнаты, воздел руки к потолку и завыл:

— Рао-вао-сао-мао, рао-вао-сао-мао.

Мошеннику, однако, показалось мало просто выкрикивать «заклинание», он решил исполнить целый шаманский обряд. Минут пять Федор вращался вокруг своей оси, хлопал себя по бедрам, топал ногами, ухал совой и корчил рожи. Наконец наступила кульминация. К потолку вновь взметнулись руки со стекляшкой.

— Рао-вао-сао-мао, рао-вао-сао-мао, каждый, кто услышит, станет есть безостановочно, — возвестил Федор и вытер пот.

— Впечатляет, — кивнул полковник.

— Осталось проверить на практике, — недоверчиво протянул Кеша.

Мы перебрались в гостиную, я уставилась на стол. Молодая картошка с укропчиком и сметаной, селедочка, салат из помидоров с огурцами... Фу, какая гадость!

— Дайте мне воды, холодной, без газа, с лимоном, — попросила я.

— Не сработало, — констатировал Кеша.

— Вы не правы, — с жаром ответил Федор, — пошла положительная динамика! Видите, уже лимон употребляет!

Я чуть было не ляпнула: «Меня от него и не тошнило вовсе», — но решила промолчать.

— Да? — удивился Дегтярев, — лимон?

— Да, — твердым голосом ответил «академик», — организм умней нас. Даша голодала, нельзя сразу нажраться, умереть можно. Сначала следует сок с водой пить, завтра ей каши захочется, потом супчику, следом курочки. В общем, она раскодировалась, мне пора, спасибо за чудесно проведенный день!

— Может, останетесь? — вдруг спросила Марго. — Ну куда на ночь глядя, опасно!

— Естественно, останется, — выронил Кеша, — и будет жить до тех пор, пока я не увижу мать с котлетой в зубах.

— Это произвол! — попытался сопротивляться «профессор».

— Ага, — спокойно кивнул Аркадий, — произвол. А кому сейчас легко?

Глава 16

Все, кроме меня, приступили к еде. Маня положила себе картошку, Марго принялась укладывать на хлеб куски масла толщиной в пять сантиметров, Дегтярев потянулся к пиву. Ничем не примечательный ужин. Но было и нечто странное. Зайка, обычно довольствовавшаяся тремя горошинами да кружкой чая без сахара, внезапно с шумом сглотнула слюну и велела:

— Марья, передай картошки и сметану!

Присутствующие опустили вилки и уставились на Ольгу. Она навалила себе на тарелку штук шесть клубней, полила их щедро густой белой массой, посыпала тертым сыром, поместила рядом целую селедку и принялась быстро-быстро запихивать в себя еду.

Я обомлела. Зайка ест! Картошку со сметаной! Дальше больше. Проглотив количество продуктов, которое она обычно поглощает за месяц, Ольга оглядела стол и довольно сердито спросила:

— И где чай? Надеюсь, к нему испекли пирог с вареньем?

— Господи, — перекрестилась Ирка, держа чайник, — с ума сойти! Плюшку с повидлом захотела!

— Чего вы на меня уставились? — обозлилась Ольга.

— Ты... съела... картошку?.. — с выражением безумного удивления на лице спросил Кеша, — ...со сметаной!!!

— И что? Нельзя?

— Можно, конечно.

— Тогда в чем дело?

— Ты ешь! — заорала Маня. — Потребляешь калории. А вес?

— Один раз можно, — спокойно ответила Зая, — на меня по непонятной причине напал дикий жор, прямо ничего поделать не могу, тянет к еде магнитом.

И она, схватив ломоть хлеба, стала намазывать его маслом. Домашние тоже приступили к еде, а у меня в душе зашевелилось нехорошее подозрение.

Ночью мне не спалось. Разнообразные мысли бродили в голове, потом захотелось пить. Я включила свет и обнаружила, что не принесла бутылку минералки. Пришлось натягивать халат, влезать в тапочки и топать на кухню.

В темном помещении около стола кто-то возился. Я подумала, что это кошка Клеопатра, большая любительница тырить все, что плохо лежит, поэтому, сердито сказав: «Ну сколько можно жрать! И так на бочку похожа! Скоро лопнешь!» — зажгла верхний свет.

Лампа, вспыхнув ярким светом, озарила... Зайку, одетую в розовую пижамку. Правая рука Ольги сжимала чудовищно огромный трехэтажный бутерброд, левая стискивала маринованный огурец.

Я заулыбалась.

— Вот так рождаются сказки о злых свекровях, не дающих невесткам жить. Я решила, что Клеопатра разбойничает.

— Это я, — пробормотала Зая с набитым ртом, — кушать хочется.

— Ешь на здоровье.

— Как думаешь, не потолстею?

— Что ты, — фальшиво правдиво воскликнула я, — никогда, ну какие калории в бутербродах со свининой? Проскочат, и не заметишь!

— Прямо ужас, — со слезами на глазах заявила Зайка, — ну не могу остановиться! Ведь всегда совершенно спокойно отказывалась от еды, ты же меня знаешь!

— А теперь? — осторожно поинтересовалась я, глядя, как Ольга огромными кусищами, со стоном, впихивает в себя буженину.

— Теперь, — пробубнила она с набитым ртом, — катастрофа.

Она распахнула холодильник, вытащила сливочный десерт «Нестле», на который раньше даже боялась смотреть, мгновенно опустошила стаканчик, сунула походя в рот три шоколадные конфеты и уставилась на кастрюлю, в которой Катерина варит нашим собакам кашу. Я не верила своим глазам. Может, Заюшка заболела? Подцепила вирус обжорства? Интересно, безудержное желание жрать может передаваться воздушно-капельным путем? У нас поселилась Марго, вдруг она носитель заразы?

— Господи, — воскликнула Ольга, поднимая крышку, — кашка, гречневая, с мясом! А как пахнет!

Не успела я вымолвить слово, как Зая схватила черпак и шлепнула на тарелку примерно полкило сваренной ядрицы.

— Вкусно, — забормотала Ольга, азартно работая ложкой, — восторг!

Я подошла к ней и, бесцеремонно отняв тарелку, вытряхнула ее содержимое в кастрюлю.

— Ты оставишь Хучика без завтрака!

Зая помолчала секунду, потом простонала:

— Что же это, а? Стоит посмотреть на любую пищу, как в голове вертится эта идиотская фраза: рао-вао-сао-мао, и руки сами собой хватают еду!

Я ахнула. Рао-вао-сао-мао!

— Это он!

— Кто?

— Да Федор! Хотел раскодировать меня, а зомбировал тебя. Как у него это получается, вот странно. Ведь клиентам, тем, на кого направлено заклинание, оно не помогает, поражает тех, кто сидит рядом. Я привела Марго, та харчит по-прежнему все, что плохо лежит, зато мне достались тошнота и полное неприятие еды. Потом «академик» решил меня раскодировать, но мне как было тошно от съестного, так ничего и не изменилось, зато ты, похоже, обрела неуемный аппетит. Рао-вао-сао-мао!

Услыхав «волшебные» слова, Зайка запихнула себе в рот две конфеты, потом быстро выплюнула их и тоном, не предвещающим ничего хорошего, протянула:

— Значит, теперь я стану хомякать все, что не приколочено?

Я попятилась к окну.

— Знаешь, если судить по мне, по тому, как меня крючит не только при виде, а даже при упоминании любой еды, то, похоже, тебе не поможет, даже если котлету приклеят к потолку, полезешь и отдерешь!

Зая сначала покраснела, потом посинела, затем стала белой-белой. Я на всякий случай вжалась в стенку, ох, как мне сейчас достанется!

Но она, резко повернувшись, вылетела в коридор.

— Я убью его, — завопила она, несясь в комнату, где мирно спал ничего не подозревавший Федор, — убью, зарежу, удавлю, выброшу из окна-а-а-а!

Раздался резкий хлопок двери о косяк, потом глухие удары и визг Федора:

— Мамочка, помогите, спасите!

Я опрометью бросилась в гостевую.

— Что у нас происходит? — крикнул со второго этажа Кеша.

— Спать невозможно, — причитала Ирка, высовываясь из своей комнаты.

— Зая «академика» убивает! — заорала я и распахнула дверь.

Перед моими глазами предстала дивная картина. Рароэнтолог, диетолог, кодировщик и профессор, все в одном флаконе, лежал на ковре, старательно прикрывая голову руками, над ним металась Зайка с фиолетовым от гнева лицом. Она пинала несчастного носком изящной ножки, обутой в уютную тапочку с розовым помпоном, и безостановочно твердила:

— Немедленно верни все назад, урод, тупица, дебил, кретин!

Справедливости ради стоит отметить, что она употребляла еще и другие выражения, но я просто не имею никакого права приводить их тут.

— Спасите, — верещал Федор, — убивают!

Я кинулась оттаскивать Зайку, прибежавшие на шум домашние бросились поднимать «академика». Зайка рвалась из моих рук, в какой-то момент она ловко вывернулась, подлетела к Попову и принялась изо всей силы колотить его кулачками по спине, приговаривая:

— Вот тебе рао, получи вао, теперь сао-мао.

— Помогите! — заголосил Федор.

Марго оттащила Ольгу в сторону.

— Что тут происходит, — сердито поинтересовался Дегтярев, пришедший к шапочному разбору, — может, мне кто-нибудь объяснит в чем дело?

Зайка, зарыдав, плюхнулась в кресло, произнося бессвязные слова:

— Закодировалась... диета... буженина... убить мало.

Разобравшись в чем дело, Аркадий нежно обнял жену и, гладя ее по голове, сердито сказал:

— Слышь, Федор, доставай свой чертов шар, одевайся и иди в гостиную, опять шаманить будешь. Все за мной.

Зевающие домашние цугом потянулись за Кешей и плачущей Зайкой. Мы с Федором остались одни.

— Послушай, — сказала я, — может, признаешься, что ты шарлатан, ничего не умеешь, и дело с концом?

— Ты что! — замахал руками Федор. — Ваще невозможно, они меня убьют и посадят.

— Ну, вряд ли с тобой проделают такое одновременно, — усмехнулась я, — поэтому либо лишат жизни, либо запихнут в СИЗО.

— Мне не легче от подобной перспективы, — пропыхтел Федор, выуживая из ящика тумбочки стеклянный мячик, — и потом, не такой уж я, выходит, жулик, что-то получается!

— Ты о чем? — изумилась я.

— Эффект от работы имеется, — удовлетворенно заметил «профессор», — главное для ученого видеть, как людям делается легче.

— С дуба упал, да? — обозлилась я. — Кому тут легче стало?

— Ну, — наморщился негодник, — ты потеряла аппетит, Зайка приобрела, хорошо вышло.

Испытывая сильное желание начать пинать его, как Ольга, я прошипела:

— Маленькая поправочка, я вовсе не собиралась худеть, а для Заи поправиться равносильно смерти.

— В методе есть недоработки, — согласился Федор, — но он действует! Причем безотказно, просто отчего-то стрелы попадают в другую цель. Над этим стоит как следует подумать! Посоветоваться с коллегами... Может, написать статью в научный журнал? Материал-то интересный!

От подобной наглости и самозабвенного бахвальства я растерялась. «Академик», насвистывая, отправился в гостиную, я же пошла наверх, к себе в спальню. Категорически не желаю более принимать участия в спектаклях под названием «кодировка», Федор мошенник, а я дурочка, которая пообещала ему молчать. Одного не пойму, каким образом мы с Зайкой ухитрились стать «зомби»?

Утром я по непонятной причине проспала до одиннадцати часов и спустилась в столовую, когда все, кроме Федора, уехали на работу. «Академик» сидел на террасе в шезлонге, на коленях у него лежал Хучик. Федор пощипывал мопса за жирные складки и нежно присюсюкивал:

— Ну ты и толстенький, прямо потискать приятно. Знаешь, милый, бабы такие дуры! Ну зачем им худеть, а? Кому, мой золотой, нужен скелет? Какая от него радость?

Я стояла в проеме двери, ведущей на террасу, и молча наблюдала за не заметившей меня парочкой. А этот Федор ничего, похоже, добрый дядька, мошенник, конечно, но не противный. И потом, он же ни у кого ничего не отнимает силой, люди сами денежки отстегивают, будь они поумней, такие, как «академик», мигом бы перевелись в этой стране.

И диетологу, и Хучику было просто замечательно на солнышке. Федор, нежно наглаживая мопса, продолжал:

— Я, дружок, явно обладаю способностями, вот только образования нет. Если бы имел возможность учиться... О, ты бы меня не узнал. Вот посуди сам, прочитал всего пару книжек, а какого удивительного эффекта достиг! Одна ничего не ест, другая, словно снегоуборочная машина, со стола харчи сметает. Теперь пойдем дальше, станем разрабатывать иные методики, ну, допустим, плавную коррекцию веса, без экстремала...

— Ты, шарлатан, — не выдержала я, — сумел раскодировать Зайку?

— Ну, пока нет, — промямлил Федор, — сижу, обдумываю, что к чему, обмозговываю проблему, предлагаю сменить заклинания. Это трудное дело, нужно подобрать сочетание звуков, воздействующее на центры в мозгу, за один день такую задачу не решить, но я упорно работаю, полагаю, через недельку...

Я оглядела террасу. Федор в новом халате полулежит в шезлонге. На случай непредвиденного приезда гостей у нас в кладовке имеется запас пижам, шлафроков и новых зубных щеток. Около мужика возвышается столик, на котором покоится стопка газет, рядом стоит чашка с недопитым кофе. «Академик» явно наслаждается жизнью. Он понял, что никто его ни убивать, ни сажать не станет, и теперь решил использовать ситуацию на все сто: славно отдохнуть на природе.

Внезапно Хучик чихнул. Федор поцеловал его в голову между ушами.

— Будь здоров, миленький, надеюсь, ты не простудился, впрочем, погоди.

С этими словами он взял с соседнего кресла плед и нежно укутал мопса. Хучик окончательно разомлел, из всех наших собак он самый теплолюбивый и в любую, даже самую жаркую погоду готов прятаться под одеялом. Неожиданно раздражение, охватившее меня, испарилось без следа. Я опустилась в соседний шезлонг.

— Ты любишь собак?

— И кошек тоже, — вздохнул Федор, — у нас с мамой жил кот Пусик, рыжий такой, настоящий негодяй! Восемнадцать лет с нами был, мы к нему привыкли, как к родному, я плакал, когда он умер.

— Больше не заводил животных?

Федор тяжело вздохнул:

— Трудный год случился. Сначала мама умерла, потом Пусик, я один остался, совсем. Жениться не успел, как-то не сложилось. Те, кто нравился мне, категорически не подходили маме, а те, кого приводила она, казались отвратительными мне. Вариант, устроивший нас двоих, не встретился ни разу. После маминой кончины я пошел в науку, занялся кодированием, свободного времени не стало. Попадались, конечно, невесты, но, понимаешь, я теперь обеспеченный человек, вот в голове и вертится: не Федя бабам нужен, а его денежки. Где же вы были, дорогуши, когда мне голодать приходилось? Так и кукую один, тяжело, конечно. Я, знаешь, привык все маме рассказывать, советы выслушивать, а тут сам по себе, бобылем тоскую, порой волком выть хочется. Подумывал кота завести, да куда? Целыми днями на работе сижу, бедное животное от тоски помрет. А вот у вас так здорово, шумно, весело!

И он принялся почесывать Хучику макушку. Я посидела около него пару минут, потом ушла. В душе неожиданно поселилась жалость. Бедный Федор, жить одному плохо, рядом обязательно должно быть любящее существо, хоть кошка, хоть собака, хоть белая мышь...

У Андрея Винтусова трубку сняли мгновенно.

— Да, — ответил бодрый мужской голос, — говорите.

— Можно господина Винтусова?

— Слушаю, вы от Нелли?

— Ну, в общем, — замялась я, не желая сразу объяснять в чем дело, — нам бы поговорить.

— Естественно, — мгновенно согласился парень, — адрес офиса знаете?

— Нет.

— Головинское шоссе, к часу успеете?

Я обрадовалась, эта магистраль не так уж далеко от Ложкина, в какое-нибудь Братеево ехать намного неудобней.

— Да, конечно.

— Комната восемнадцать, — продолжал растолковывать Андрей, — да возьмите обязательно план.

— Чего?

— Дома, конечно, поэтажный, а то все забывают, и начинается пустой разговор: гостиная квадратная, столовая круглая. Дизайнеру нужно знать точные размеры.

Ага, теперь понятно, юноша принял меня за клиентку, ладно, не стану его пока разубеждать и прихвачу план нашего дома.

Договорившись о встрече, я понеслась одевать джинсики с мишками. Есть не хотелось по-прежнему, в теле появилась замечательная легкость. Еще радовал факт стабилизации веса. Сегодня стрелка весов замерла у числа «сорок», похоже, процесс похудания остановился. Или я просто потеряла весь жировой запас, а на четыре десятка кило тянет мой скелет?

Пошвыряв в сумку все необходимое, я пошла к «Пежо», и тут запиликал мобильный. Чертыхаясь, я стала рыться в ридикюле. Никогда не имела никаких способностей к математике, философии и логике, но недавно вывела один закон: время, потраченное на поиски сотового, прямо пропорционально его размеру. Лично мне удобнее всего было с одной из первых моделей «Моторолы», здоровенной трубкой под три кило весом. Вот уж она всегда маячила на виду, а теперешний мой крохотный аппаратик, размером чуть больше спичечного коробка, имеет обыкновение заваливаться во все щели! Есть только один способ быстро отыскать его!

Я села на корточки и вывалила содержимое ридикюльчика в траву. Естественно, истерически пищащий мобильник оказался последним предметом, выпавшим на лужайку. Я схватила его и услышала нервный голос адвоката Димы:

— Дарья Ивановна, это катастрофа!

От неожиданности я плюхнулась на землю.

— Что случилось?

— Вчера был на допросе Валентины, домработницы Вики Столяровой и Андрея Литвинского. Она служит...

— Можешь не вдаваться в подробности, великолепно знаю историю Валентины, — перебила его я.

— Так вот она дала совершенно убийственные показания, — захлебываясь, причитал Дима, — на деле можно поставить крест, ни о каком оправдательном приговоре и речи теперь быть не может, только о снижении срока.

— Да что случилось? — испугалась я.

Глава 17

Дима принялся описывать события; чем больше я его слушала, тем сильней цепенела. Нет, это просто невозможно!

Отправляясь на допрос, Дима не ожидал никакого подвоха. Он придумал несколько вопросов, ответы на которые, по его мнению, должны были обелить Вику. Но Валентина неожиданно сказала такое!

Начала домработница с того, что сообщила:

— Она его ненавидела.

— Уточните, кто кого, — попросил следователь.

— Ну хозяйка хозяина, — забубнила Валентина, — любовник у нее имелся.

— Откуда такие сведения? — прищурился милиционер.

Домработница усмехнулась:

— Я белье стираю, нижнее, трусы с колготками, поняли? Бегала мадам к какому-то мужику, ее только деньги Андрея Ивановича привлекали, сама-то нищая, как церковная мышь. Видно, решила пожить в благополучии, да долго не выдержала, тяжело это, в кровать с нелюбимым ложиться, поэтому и убила Андрея Ивановича, на денежки позарилась!

Следователь молча слушал Валентину, та говорила и говорила, а у Димы начала холодеть спина.

Валентина утверждала, что Вика, принеся сервиз, запретила его мыть.

— Еще поцарапаешь серебро мочалкой, — отрезала хозяйка, — весь вид испортишь!

Домработница поджала губы. Что она, дура — тереть металл проволокой? Никогда бы подобное в голову не пришло! Впрочем, хозяин барин, не хочет и не надо, меньше работы. Вика, радостно напевая, осторожно вымыла сервиз, а потом велела Валентине:

— Хлеба нет, ступай в магазин.

— Так вот целый батон, — удивилась прислуга.

— Он несвежий!

— Утром принесла!

Вика потыкала в булку пальцем и внезапно заявила:

— Сигареты кончились, сходи давай, живо.

Тут до Валентины дошло, что хозяйка отчего-то хочет удалить ее из дома.

— Хорошо, — кивнула она, — уже бегу.

Как все женщины, Валя любопытна, поэтому, выйдя на улицу, она обогнула здание, осторожно подошла к боковому окну кухни и заглянула внутрь. Хозяйка занималась странным делом. Руками в перчатках она держала кисточку, при помощи которой обмазывала чем-то чашки. На столе стоял небольшой пузырек. Сначала Валя подумала, что Вика, желая сохранить серебро, решила покрыть его каким-то защитным лаком, было непонятно только, почему эту процедуру хозяйка проводит сама и отчего выставила ее вон.

Поняв, что ничем особенным Вика не занимается, Валентина уже собралась топать за сигаретами, но тут произошло еще одно событие, окончательно повергшее домработницу в изумление. Вика подошла к большому фикусу в кадке, стоявшему в углу кухни, и... зарыла пузырек, из которого брала лак. Вот уж это было вообще ни на что не похоже!

Удовлетворенно улыбнувшись, хозяйка взяла сервиз и ушла. Валентина потрусила за сигаретами.

Когда она вернулась, Вика велела:

— Отнеси фикус на помойку.

— Зачем?

— Что за идиотская манера вечно спорить? — вскипела Вика. — Приказано, выполняй. У меня на него аллергия, пусть завтра мусорщик увезет!

Валентина захлопала глазами. Фикус стоит на кухне с незапамятных времен, еще с тех пор, когда была жива Марта, Вика ни разу не жаловалась на то, что растение вызывает у нее насморк или кашель.

Валя любит цветы, поэтому выбросить фикус рука не поднялась. Она оттащила приговоренное к смерти растение в самый дальний угол сада и поставила у ограды. Сейчас тепло, июнь, с фикусом ничего не случится, а чуть похолодает, Валя внесет его в гараж, на второй этаж, в комнатку, в которой иногда ночует задержавшийся на работе шофер.

— Вы понимаете, чем грозят Вике эти показания? — спросил Дима.

— Да, — прошептала я, — просто не верится.

— Слушайте дальше, — сказал адвокат, — сегодня рано утром специальная бригада прибыла в «Волшебный лес». Валентина показала фикус... дальше рассказывать или ясно?

— Ясно, — пробормотала я, — отрыли пузырек с остатками яда.

— Ага, именно, — подтвердил Дима, — несмотря на то что стеклянная емкость пролежала в земле, на ней нашелся пригодный для идентификации отпечаток пальца Вики. Капкан захлопнулся, думаю...

«Пи-пи-пи», — понеслось из трубки.

Наверное, Дима вошел в какую-то зону, где прерывается мобильная связь. Подождав пару минут его звонка, я сама набрала номер адвоката.

— Данный номер временно блокирован, — сообщил механический голос.

Я осталась сидеть в траве, прижимая к груди «Нокиа». Это просто катастрофа! Внезапно, несмотря на сильно припекающее солнце, мне стало очень холодно, руки и ноги заледенели, зубы залязгали. Вика убила Андрея. Нет, не могу поверить в такой поворот событий. И потом, что-то тут не так.

Дрожь неожиданно прошла, меня бросило в жар. О Вике можно сказать много всякого: она не слишком общительна, не любит помогать другим людям, чаще предпочитает не замечать чужих трудностей. Столярова не откровенничает со знакомыми, она поддерживает с ними вежливо-ровный тон, никогда не жалуясь и не хвастая. Вполне самодостаточная личность, она из тех индивидуумов, которые не станут мучиться от одиночества и на необитаемом острове. Скорей она обрадуется, оказавшись в таком месте, где не окажется никого, кроме нее. Дружить с Викой трудно, она словно опускает между вами и собой железный занавес, четко показывая: дальше нельзя. Наверное, поэтому у нее нет настоящих подруг, лишь я с некоторой натяжкой могу считаться таковой.

Много чего можно сказать о Столяровой, но одно ясно совершенно точно: она не дура.

Я медленно складывала в сумку разбросанные шмотки. Вика умная женщина, ей не свойственно совершать импульсивные поступки и впадать в панику. Предположим, что Столярова решила отравить мужа...

Я встала и медленно пошла к «Пежо». Она придумала хитрый план, покрыла чашки ядом, все предусмотрела и... зарыла пузырек в вазу с фикусом? Ну не глупо ли, а? Что ей мешало увезти бутылочку в город и вышвырнуть в урну? Почему не разбила ее молотком в пыль? За каким чертом закопала в землю? Растерялась? Ну это не о Вике, такая женщина, как она, предусмотрит все на пять шагов вперед. Забыла об отпечатках пальцев? Не подумала о них? Да теперь любой детсадовец знает: идешь грабить банк, не забудь сунуть руки в перчатки! Перчатки???

Дима-то сказал, что Валя, подглядывавшая в окно, увидела, как хозяйка пальцами в перчатках держала чашку и кисточку. Откуда тогда отпечатки на пузырьке?

В полной прострации я погибала от жары в наглухо закрытом «Пежо», наконец, чуть не задохнувшись, повернула ключ зажигания и включила кондиционер.

Никакого объяснения глупому поведению Вики нет, кроме одного: она не виновата. Валентина нагло наврала следователю. Прислуга придумала про чашки и кисточку. Вот пузырек имел место, и в нем на самом деле хранился яд, только воспользовалась им не Вика, а другой человек. Он же велел Валентине подсунуть «улику» в землю и рассказать «правду» в милиции. А может, все задумала горничная? Между прочим, после смерти Андрея и посадки Вики половина коттеджа принадлежит милой, работящей Валечке!

Хотя нет, Валя сообщница, но и только. Знаете, почему я

пришла к такому выводу? А сервиз? Ему принадлежит центральное место в афере. Откуда у Вали десять тысяч баксов на покупку антиквариата? Продала кое-какие колечки, доставшиеся от Марты? Решила пожертвовать малым, чтобы заграбастать большое?

Не похоже это на Валентину, она не слишком умна, у нее были сообщники: Андрей Винтусов и эта блондинка с ярко-красными губами, которую баба Рая называла Аллой.

Мыслям стало тесно в голове, у меня заломило виски. Я выехала на шоссе и строго себе сказала:

— Спокойно, Дашутка, главное, не нервничай и не суетись, враг хитер и коварен, но и ты не лыком шита. Сначала отправляйся, как и рассчитывала, к Винтусову, а потом решишь, как поступить дальше.

Андрей оказался молодым парнем в очках. Очевидно, для пущей солидности он отпустил усы и бороду. Но чахлая, кустистая растительность не выполнила возлагаемой на нее роли, наоборот, лишь сильнее подчеркнула: ее владельцу нет еще и тридцати лет, а если быть совсем честным, то и двадцати пяти.

— Вы от Нелли? — спросил юноша, старательно напуская на себя серьезный вид.

— Да, да, — затараторила я, разглядывая крохотный кабинет, — вы ведь архитектор?

— Дизайнер, — сурово поправил Андрей, — это разные вещи.

— Простите, мы строим загородный дом и нуждаемся в консультации специалиста.

— План принесли? — оживился парнишка.

Я вытащила пачку листов, на которых был запечатлен наш особняк в Ложкине.

— Вот.

Андрей углубился в изучение.

— Два этажа и мансарда?

— Точно.

— Уже построена коробка?

— Ага.

— Жаль.

— Почему?

Дизайнер откинулся на спинку кресла и с умным видом заявил:

— Нет единой концепции, здание похоже на винегрет.

— Почему? — обиделась я. — На наш взгляд, очень комфортно.

— И какая идея помещения? — снисходительно спросил молокосос. — Основная, стержневая мысль застройки, что мы имеем? Дом, полный света? Обиталище средних веков? Избу зажиточного крестьянина?

— Ну, — замялась я, — идея-то простая, чтобы всем удобно было!

Андрей презрительно хмыкнул:

— Вот поэтому и винегрет. А это что, между столовой и гостиной?

— Аквариумы.

— С рыбками?

«Нет с ботинками», — чуть было не ответила я, озленная чванливостью дизайнера, но вовремя поняв, что злить его мне не с руки, спокойно подтвердила:

— Да, слева морские обитатели, справа речные.

— Китч, — сморщился Андрей так, словно хлебнул уксуса. — Ужасно! Еще скажите, что желаете комнатный фонтанчик!

Я постаралась ничем не выдать своего возмущения. Да, у нас есть фонтанчик, я сама купила его в магазине «Три кита», мне очень нравится смотреть на крохотный замок и воду, которая вращает небольшое колесико. А Дегтярев обожает рыбок, может часами их изучать, говорит, что это зрелище его успокаивает.

— Не удивлюсь, если вы захотите гобеленовую мебель и шторы в розах, — ехидничал Андрей.

— По-моему, вам следует не высмеивать клиента, а выполнять его пожелания, — не утерпела я.

Винтусов скрючился:

— Ну уж нет! Ни за что не пойду на поводу у тех, у кого не развит вкус. Клиента необходимо подтягивать, а не опускаться до его уровня.

Спросить его, сколько домов он оформил? Голову на отсечение даю, я первая, кто пришел с заказом.

— Готова выслушать ваши предложения, — покривила я душой, — вся внимание.

— Ну, начнем с того, что пространство следует наполнить светом, — оживился наглец, — мне очень нравится концепция «Дом-солнце», все белое, яркое, металл, блестящие аксессуары, зеркала...

На секунду я представила себе, что нахожусь в гостиной, напоминающей операционную, сижу на шаткой конструкции из гнутых никелированных трубок, пью чай из изломанной под невероятными углами кружки, в лицо бьет бестеневая лампа, а одна из стен представляет собой зеркало.

Мгновенно началась мигрень. Не замечая бледного вида клиентки, дизайнер летел дальше, щеголяя недавно выученными словами:

— Воздушная кубатура, законченность пространства, единство стиля...

Наконец он иссяк.

— Хорошо, — кивнула я, ощущая, как в левом виске ворочается что-то тупое и горячее, — мы подумаем над вашим видением проблемы и примем решение.

Андрей недовольно кивнул:

— Идет.

— Сколько я должна за консультацию?

— Двести долларов.

Однако он нахал! Ну и цены!

Я улыбнулась и задала основной интересующий меня вопрос:

— Дайте реквизиты вашей карточки.

— Что? — изумился дизайнер.

— Ну куда две сотни переводить, кредитки.

— Платите наличными, — нахмурился юноша, — у меня нет карточки.

— И не было никогда?

— Нет.

— Но почему, это же так удобно!

— В Европе, — отрезал Андрей, — но не у нас. Это в Лондоне вы в любом месте, даже в автобусе кредиткой заплатите, а в Москве все равно придется мешок денег с собой таскать. Да и воруют с них!

— Это как же можно спереть с VISA деньги. — Я прикинулась полной идиоткой. — Без вашего разрешения ничего не снимут, защита стопроцентная: код, личная подпись.

Винтусов рассмеялся:

— У меня знакомая в ОМО-банке работает, как раз в отделе, который VISA-картами занимается, уж она мне порассказала, как денежки без всяких проблем тырят, а банкиры ни за что ответственности не несут! Обчистит вас ловкач, скачает всю сумму в свой карман, а в банке только руками разведут и проблеют: «Ничего не видели, ничего не слышали, ничего никому не скажем». Нет уж, лучше наличкой.

— Вам никогда не хотелось иметь карточку?

— Нет.

— А паспорт вы не теряли?

Андрей уставился на меня круглыми глазами, на дне которых плескалось недоумение:

— В чем, собственно говоря, дело? Есть у меня карточка, нет, какая вам разница?

Я побарабанила пальцами по столу.

— Так не теряли паспорт?

— Может, вам еще и про анализ крови рассказать? — схамил дизайнер.

Я вынула из сумки «Голуаз», закурила и медленно сообщила:

— Видишь ли, детка, я начальник службы безопасности ОМО-банка, зовут меня Дарья Ивановна, впрочем, можно просто Даша, я не чванюсь, зови, как удобней.

— Не понял... Вы не строите дом?

— Уже давно живу в нем.

— Зачем тогда приехали?

— На разведку.

— Какую? — изумился Винтусов.

— Каждый, кто желает стать обладателем кредитки, обязательно проходит проверку, самую элементарную. Такой системы придерживаются не только в нашем банке, но и во всех других хранилищах. Если у службы безопасности возникают какие-либо сомнения, проверку ужесточают, стараясь не обидеть потенциального клиента. Поэтому и приехала к вам под видом заказчика, чтобы разведать что к чему, ясно?

— Не очень, — протянул Андрей.

— Почему?

— Вы что, ищете клиентов?

— В каком смысле? — удивилась я.

— Ну сначала проверяете человека, а потом предлагаете ему: «Не хочешь ли получить карточку?»

— Нет, конечно. Люди сами приходят, заполняют специальную форму.

— Ну и при чем тут я? Никогда никуда не обращался, мне бы и в голову не пришло!

— Как это? — воскликнула я и вытащила из сумочки листочек, который дал мне Олег Семенович, управляющий. — Вы, Андрей Винтусов, проживаете на Профсоюзной улице, паспорт... серия, номер. Документ с собой?

Винтусов выложил на стол бордовую книжечку, мы начали сличать данные.

— Не фига себе, — подскочил дизайнер, — ну и дела! И сколько же там на счету?

— Десять тысяч долларов, — начала я, но не успела завершить фразу, потому что Андрей воскликнул:

— Сколько? Офигеть можно!

— Сейчас счет нулевой, — быстро добавила я, — ничего нет.

— А баксы где? — заморгал Андрей.

— Вы купили на них серебряный сервиз.

— Кто?

— Вы.

— Я?!

— Да, в антикварном магазине, пробили чек, и кассовый аппарат зафиксировал факт покупки.

— Чтобы я, — взвился над стулом Андрей, — потратил такую обалденную сумму на тарелки, да еще старые!

— Это чашки, серебряные, а к ним молочник, сахарница, масленка, настоящий антиквариат, вложение капитала. Люди, которые скупают подобные вещи, поступают абсолютно правильно! Деньги падают в цене, инфляция, а раритеты наоборот только дороже начинают стоить со временем.

— Все равно бы не купил никакую посуду, — резко ответил Андрей, — ни из золота, ни из серебра! Это делают люди, у которых всего полно. Да окажись у меня десять кусков... машиной обзавелся бы хорошей, не российского производства.

— Но каким образом вы объясните, что данные вашего паспорта оказались в базе данных компьютерной системы ОМО-банка?

— Понятия не имею, — растерянно ответил Винтусов, — просто теряюсь в догадках! Ума не приложу!

— Может, вы посеяли документ? — пошла я по кругу.

— Но тогда сейчас у меня был бы паспорт с совсем другой серией и номером, — рассердился Андрей, — да и не теряю я никогда ничего. Смотрите, видите, написано: «Выдан 02 апреля 2000 года». Как обменял, так и ношу с собой, просто какая-то чертовщина! Десять тысяч баксов! У меня таких денег отродясь не было, я только работать начал!

Я внимательно посмотрела на взволнованного, раскрасневшегося парня, похоже, он не врет. Но тогда все происходящее и впрямь смахивает на чертовщину.

— Знаю! — хлопнул себя по лбу Винтусов. — Все понял! Майка постаралась, это ее рук дело!

— Это кто? — оживилась я.

Андрей начал судорожно листать записную книжку:

— Майя Гордеева, моя бывшая любовница, она работает в ОМО-банке, в отделе, где выдают карточки. Ну, сейчас ей мало не покажется!

И он схватил телефон. Я выдернула у него из рук трубку и велела:

— Не пори горячку. Сначала надо понять, зачем она это проделала. Рассказывай про Майю.

Глава 18

Слегка успокоившись, Андрей вытащил сигареты.

— Вас не раздражает дым?

— Нет, — ответила я, вынимая «Голуаз», — кури сколько влезет. Так кто такая Майя?

Винтусов затянулся.

— Девушка моя, бывшая, три года знакомы были, потом расстались, она и пообещала мне отомстить, вон чего придумала! Не пойму только, чем мне это грозит?

— Ты ее бросил?

Андрей вышвырнул окурок в окно.

— Нет, наоборот, она меня!

— И пообещала отплатить? — удивилась я.

— Дело-то так было, — принялся растолковывать Андрей, — Майка мне сначала ничего показалась, она хорошенькая, блондинка...

— С красными губами? — перебила его я.

— Ну не с синими же, — пожал плечами юноша. — Вполне приятная, мы сначала в кино ходили, в клуб, а потом стали жить вместе, у нее квартира есть, однокомнатная. Первое время все шло хорошо, но потом Майя начала капризничать, жаловаться на отсутствие денег, ныть, что не имеет возможности приобрести пришедшиеся по вкусу вещи.

Андрей не обращал внимания на поведение подруги. Он быстро привыкает к людям, привязывается к ним, Майя ему нравилась, поэтому парень просто отмалчивался, когда любовница застывала в восторге перед очередной витриной, а потом принималась стонать:

— Нет, мне никогда не купить такую шубку. У Ленки

есть, у Катьки тоже, даже Аньке-уродине любовник норку преподнес, а у меня ничего!

Далее, как правило, начинались слезы и нападки на Андрея. Тот пытался спокойно объяснить подруге:

— Ну какие у студентов доходы. Вот устроимся на работу и сможем себе больше позволить, подожди чуть-чуть.

— Я сейчас хочу, — выкрикивала Майя, — пенсионерке такая шубка ни к чему!

— Кто же говорит про старость, — пытался привести ее в чувство Андрей, — лет через пять твоя будет.

— А у Катьки с Ленкой сейчас есть, — не успокаивалась Майя.

Потом она устроилась на работу в ОМО-банк и совсем сошла с катушек.

— Говорила лишь о деньгах, — грустно поведал парень, — больше ни о чем. Ей там зарплату хорошую положили, но, по сравнению с суммами, которыми обладали клиенты, заработанное ей казалось мизерным. Да еще как назло, многие владелицы кредиток были одного возраста с Майей. Они приезжали в банк на личных автомашинах с шоферами, в операционный зал входили, блестя золотом и камнями, в сопровождении охранника. В особенности Майю злила девчонка с виду лет четырнадцати, не больше, да и по сути немного старше, участница эстрадного дуэта, маленькая, наглая дрянь, которая могла позволить себе все, о чем мечтала служащая: «Мерседес», загородный дом, эксклюзивные шмотки... А тут еще эта сикозявка заявилась с кавалером, и Майя чуть не скончалась от зависти. Девчонка подцепила не кого-нибудь, а Мовлади Ибрагимова, одного из богатейших людей России, о состоянии счета которого в ОМО-банке Майечка могла только догадываться.

«Деньги к деньгам», — думала Майя, глядя, как Мовлади нежно обнимает ничем не примечательную певичку.

Майечка сама пыталась исподтишка строить глазки богатым клиентам, но те не обращали внимания на хорошенькую блондиночку, наверное, хотели иметь дело только с людьми своего круга.

Майя приходила домой и набрасывалась на Андрея, теперь речь уже шла не о шубке.

— Ты меня объедаешь, — однажды заявила она.

Парень психанул, пробросал в сумку вещи и ушел. Через два дня он, однако, одумался, поразмышлял над ситуацией и понял, что, как ни обидно, но определенный резон в злых словах подруги есть. Андрей отдавал весь заработок Майе на хозяйство, он давно считал ее своей женой, но ведь сейчас она получает намного больше денег, чем он!

Мучимый угрызениями совести юноша вернулся к любимой, открыл своим ключом дверь. Было три часа дня, и он, и Майя обычно в это время сидели на работе.

Андрей поставил сумку, вошел в комнату и замер. На разложенном диване кувыркались два обнаженных тела. Одно, молодое, крепкое, красивое, хорошо знакомое, принадлежало Майе.

Андрея поразил не столько сам факт измены, сколько внешний вид кавалера: обрюзгшего, животастого дядечки лет пятидесяти.

Любовники, занятые процессом, не обратили внимания на неожиданного свидетеля. Винтусов попятился и ушел. Сумку с документами и одеждой он забыл у Майи. Наверное, после завершения акта девушка поняла, в чем дело. Вещи Андрея остались стоять посреди крохотной прихожей, было ясно, что он приходил. Неделю изменница сидела тихо, потом позвонила Винтусову и нагло заявила:

— Все еще дуешься? Давай возвращайся.

— И не подумаю, — каменным тоном заявил Андрей.

— Ну, не будь дураком, — захихикала Майя, — и вещи твои тут, и документы.

— Пришлю за ними Серегу, — не дрогнул Андрей, — мне противно тебя видеть.

— Что я тебе сделала? — заскулила Майя.

— Только не начинай врать, — оборвал ее Винтусов, — видел собственными глазами твою новую любовь-морковь. Что же такого урода пузатого нашла? Неужто никого посимпатичней не было?

— У этого, как ты выражаешься, пузатого урода, — прошипела Майя, — баксов столько, что он ими все московские улицы усыпать может и еще останется. Между прочим, Владимир Сергеевич мне шубку купил и продвижение по службе пообещал. Ладно, не куксись! Это без любви, за деньги.

Последняя фраза, брошенная наглой Майечкой, обозлила Андрея до крайности, если до начала разговора он еще мог предположить, что их отношения худо-бедно наладятся, то после такого заявления возврат к прошлому стал просто невозможен.

— Пошла ты на... — заорал Винтусов и швырнул трубку.

Потом он попросил ближайшего друга Серегу съездить

за сумкой. Но приятель вернулся ни с чем, Майя категорически заявила ему:

— Если Андрюшка хочет получить назад паспорт и шмотки, пусть сам явится.

Винтусов плюнул на одежду, черт с ней, он купит себе новые джинсы, только бы не встречаться с мерзкой девицей, растоптавшей его чувства. Вот паспорта было жаль, восстанавливать документ огромная головная боль, но Андрей был настолько зол, что решил лучше отправиться в милицию и соврать, что потерял удостоверение личности, чем переступать порог квартиры Майи. Он бы так и сделал, но закрутился. В начале июня, буквально пару дней назад, в его офисе появилась Майя, тихая, скромная, без обычного, яркого макияжа.

— Андрюшенька, — запела она, — тебе, наверное, паспорт нужен.

— Не очень, — процедил парень, — обойдусь.

— Вот принесла.

— Зря старалась, — не дрогнул Винтусов.

Майя быстро обежала стол и попыталась обнять любовника.

— Ну котик, прости, все, больше никогда!

— Этот животастый тебя бросил, — усмехнулся Андрей.

— Вовсе нет, — обозлилась Майя, — я сама его на фиг послала.

Винтусов засмеялся:

— Никогда не поверю, что ушла от мужика, который нафарширован деньгами. Думается, ситуация выглядела по-другому. Ты ему надоела, небось очень жадничать начала, не утерпела. Ничего, в другой раз умнее будешь! Папикам надо на чувства давить, тогда кошелек сами откроют, а ты сразу в карман полезла, за что и получила. За паспорт мерси, но на возобновление отношений не надейся, чао, бамбино, сорри!

— Сволочь, — прошипела Майя, изменяясь в лице, и Андрей понял, что своими речами попал в самую больную точку. В ту же секунду Майечка швырнула паспорт, наступила на него ногой и пообещала:

— Еще приползешь на коленях, да поздно будет!

— Только если рак на горе свистнет, — не дрогнул Винтусов, — вали отсюда, дрянь.

— Сволочь!

— Гадина!

— Мерзавец.

— Проститутка!!!

Майя схватила со стола бутылку пепси, мгновенно отвернула пробку, облила сладкой коричневой жидкостью рабочие бумаги Винтусова, от души выматерилась и убежала.

Андрей даже не успел надавать ей оплеух, настолько быстро гадкая девчонка все проделала.

— Значит, она решила мне подлянку кинуть, — завершил он рассказ, — только пока никак не пойму суть аферы! Взяла мой паспорт, завела кредитку, зачем? Какой смысл?

Я покачала головой. Нет, Майечка открыла карточку раньше. Мирится она заявилась в начале июня, а счет под фамилией Винтусов появился в конце мая. Не в мести дело! А в чем?

— Сейчас побеседую с дрянью, — кипел Андрей, — ей-богу, поколотить ее хочется!

— Дружочек, — ласково сказала я, — не кипятись. Злоба плохая помощница, сгоряча можно столько дров наломать. Предоставь дело профессионалу, мне. Тебе Майя ничего не скажет, а службе безопасности все выложит. Если сейчас успокоишься, я тебе потом все расскажу, в деталях.

Пару секунд Андрей моргал, потом откинулся в кресле:

— Вы правы.

— Давай все ее координаты, рабочий и домашний телефоны.

— Так она у вас в банке сидит, — удивился Винтусов, — небось в анкете все указано: и адрес, и прочее.

— Недосуг мне сейчас на работу назад ехать, — выкрутилась я, — давай, дело спешное.

Получив бумажку со сведениями о Майе, я ушла. Больше всего хотелось примчаться в ОМО-банк и устроить девице допрос с пристрастием, но, поразмыслив пару минут над ситуацией, я поняла, что так поступать глупо, вечером дома девчонка будет более откровенна. Винтусов говорил, что Майя больше всего на свете любит деньги, это сильно упрощает ситуацию, жадного человека легко купить.

Я огляделась по сторонам, где тут ближайший банкомат? Мне потребуется некоторое количество наличных. Правда, в кошельке лежат две стодолларовые бумажки, но, думается, это не та сумма, которая заставит Майечку развязать язык.

Добыв деньги, я медленно поехала по Головинскому шоссе. Может, отправиться пока домой? К Майе раньше десяти вечера не стоит являться. Хотя можно подстеречь ее у банка, посадить в машину, отвезти в кафе. Все равно день пустой, а Ново-Рижское шоссе не так далеко.

И тут заорал мобильный. Я мгновенно припарковалась и схватила трубку.

— Ну, поговорили? — завопил Дима.

— С кем? — удивилась я.

— Так с Валентиной, — слегка сбавил тон адвокат, — я же вас просил, съездите к ней, осторожненько поболтайте, разведайте что к чему!

— Ты мне ничего подобного не предлагал, — ответила я, — разговор прервался, я пыталась соединиться с тобой, да без толку.

— Батарейка разрядилась, — пояснил парень, — забыл поставить на заправку. Вы бы скатались к Валентине, порасспрашивали ее про фикус, про пузырек, вдруг чего новое выплывет.

— Ладно, — ответила я, — уже еду, а ты чем займешься?

— В очереди сижу, — ответил Дима, — жду камеру, чтобы с Викой потолковать. Кстати, я тут ей все купил, ваши деньги кончились.

— Не волнуйся, вечером пересечемся, еще подкину.

— Да не страшно, можете не ездить, из своих возьму, а вы потом вернете.

Поговорив с Димой, я стала пробираться сквозь пробки. С Валентиной на самом деле следует побеседовать, только очень осторожно. Какой бы повод придумать для визита? Вот! Она же говорила, что через полгода, когда станет официальной наследницей своей части дома, будет продавать ее. На эту тему и потолкуем. Правда, я не знаю, что бывает с недвижимостью, если одна половина ее завещана, а вторая нет. Как поступают в подобном случае? У Андрея отсутствуют официальные наследники, следует ли из этого, что его часть отойдет государству? Или иначе? Валентина-то прописана в доме. Может ли она его продать? Надо спросить у Димы!

Я набрала его номер и услышала монотонно-равнодушный голос. «Аппарат абонента выключен или находится вне зоны действия сети.»

Ну да, он же говорил про севшую батарейку. Небось звонил мне из автомата, по карточке. Ладно, поеду без консультации, навряд ли сама Валентина в курсе проблемы.

Обрадовавшись принятому решению, я принялась названивать в «Волшебный лес», но никто не спешил поднять трубку. Что ж, погода отличная, Валентина скорей всего в саду, сидит под какой-нибудь елкой, вяжет салфетку. В доме она сейчас одна, забот особых нет, вот и отдыхает, поеду так.

Ново-Рижское шоссе — свободная, хорошая трасса, это вам не Рублево-Успенская магистраль, по которой приходится передвигаться черепашьим шагом, пропуская бесконечных чиновников на машинах с мигалками. Одна беда, до этого шоссе еще нужно добраться. А путь лежит мимо Тушинского вещевого рынка, и вам сначала предстоит въехать в узкий тоннель, преодолев затор у въезда в него, а потом вы окажетесь в очередной пробке. Да как можно ожидать простора на пятачке, где справа «Макдоналдс», слева нескончаемые ряды торговцев шмотками, а чуть впереди станция метро и платформа железной дороги? Сами понимаете, сколько времени нужно, чтобы добраться до МКАД.

Стараясь не злиться, я ползла в длинной очереди автомашин, над дорогой колыхалась жара. Те водители, в автомобилях которых не было кондиционеров, ехали с открытыми окнами, только, думается, им от этого не стало прохладней. Поток двигался с черепашьей скоростью и, наконец, встал вообще. Я откинулась на сиденье. Может, купить вертолет? Одна беда — припарковать его будет негде.

Глава 19

Сделав погромче радио, я принялась бездумно рассматривать улицу. «А сейчас мы что-нибудь прорекламируем, — донеслось из динамика. — «Учеба за рубежом — это реально...» Я усмехнулась. Почти всю жизнь я провела у доски с мелом в руке. Долгие годы вбивала в головы студентов железные гвозди французской грамматики и пришла к простому выводу: если человек не желает учиться, то вы его никак не заставите. И еще я наивно полагала, что такие почтенные, всемирно известные университеты, как Сорбонна во Франции и Оксфорд в Англии, тщательно отбирают студентов, и обучаются там лишь одаренные люди.

Но на заре перестройки вера моя была разрушена. Я пристроилась работать в фирму, которая отправляла детей «новых русских» на учебу за рубеж.

Однажды в эту контору явилось лицо кавказской национальности, обвешанное золотом и окруженное телохранителями. С ним пришел сынишка, паренек лет семнадцати, весь в прыщах, самого противного вида.

Лицо заявило, что желает отправить отпрыска в Сорбонну учиться на адвоката. Поскольку мне с каждого оформленного на учебу ребенка «капала» определенная сумма, я с жаром взялась за дело и сообщила примерную стоимость обучения, на мой взгляд, несуразно огромную. Чтобы сразу не отпугнуть кавказца, я сказала:

— Можно платить по частям, за каждый семестр отдельно.

«Лицо» покачало головой:

— Нэт. Мэня убить могут, отдам дэньги сразу.

Сразу, так сразу, кто бы спорил, но не я. Но сумма-то бешеная, и я опрометчиво предложила:

— Давайте сейчас устроим мальчику небольшое испытание. Сорбонна присылает тесты, чтобы абитуриенты могли проверить свои знания.

Кавказец обозлился и начал орать, что его сын учится на одни пятерки, ни на какие идиотские вопросы он тут отвечать не станет, и швырнул мне на стол дневник, весь усеянный пятерками.

Я тактично промолчала, но в глубине души была абсолютно уверена, что любящий папочка купил ради сыночка всю школу на корню.

Парень оформил документы и улетел. Примерно через две недели после его отъезда в Париж из Сорбонны пришел факс:

«Уважаемая мадам. Мы испытываем огромное удовлетворение от работы с вашей фирмой и надеемся, что наше сотрудничество продлится и в дальнейшем. Особо благодарим вас за студента Беслана Ибрагимова, это очень приятный молодой человек. Заранее приносим извинения, но нам требуется задать вам некоторые вопросы и получить на них ответы:

1. Беслан прошел тестирование по французскому языку и мы вынуждены с сожалением констатировать, что он им не владеет».

Я моментально вспотела. Так, приехали, насколько я знаю, любое учебное заведение уровня Сорбонны имеет полное право отчислить студента, если тот не соответствует требованиям университета. А денежки они не вернут. В полном ужасе я стала читать дальше:

«2. Беслан прошел тестирование по истории, и мы вынуждены признать, что он не знает предмета».

Мне стало совсем дурно, но я упорно читала факс. Там было, дай бог памяти, пунктов пятнадцать, в особенности умилил последний:

«3. Беслан прошел тестирование по русскому языку, и мы вынуждены констатировать, что он им не владеет, наречие, на котором изъясняется студент Ибрагимов, нам непонятно, что вносит большие трудности в осуществление учебного процесса».

Потом из факса полез еще один листок. Я была готова к самому худшему. Сейчас прочитаю об отчислении и сообщение о том, что, согласно правилам, сумма за обучение не возвращается, и адью, Дашутка. Лучше даже не думать, что со мной сделает папуля Беслана. Одно хорошо, можно не оформлять завещание, потому что завещать мне нечего.

Листок вылез наружу. Я схватила его и затряслась:

«На основании вышеизложенного с глубоким сожалением вынуждены сообщить, что учеба Беслана в Сорбонне на данном этапе представляется нецелесообразной».

Я похолодела и ощутила себя трупом. Но, почти теряя сознание, все же дочитала послание до конца:

«Поэтому мы берем на себя смелость и просим вас связаться с родителями Беслана, чтобы предупредить их о дополнительных материальных тратах, которые им, к нашему глубокому сожалению, придется понести, чтобы спокойно обучать Беслана в университете:

1. Мы нашли Беслану репетиторов по всем предметам.

2. Мы нашли человека, который станет сопровождать его в поездках по городу.

3. Мы наняли Беслану преподавателя, который научит его пользоваться столовыми приборами.

4. Мы нашли...»

И так еще двадцать пунктов. Завершался факс абзацем:

«На основании вышеизложенного, не возьмете ли вы на себя труд сообщить родителям Беслана Ибрагимова, что им следует внести на наш счет сумму в размере ста двадцати тысяч франков, не предусмотренную в основном контракте. Примите наши извинения...» — и прочая, прочая, прочая.

После этого случая у меня возникла стойкая уверенность: если хотите, чтобы ваш мопс получил диплом о высшем образовании, смело отправляйте его в Сорбонну, через энное количество лет собачка вернется магистром, главное, вовремя и бесперебойно вносить плату за обучение.

Улыбнувшись воспоминаниям, я докатила наконец до шоссе и радостно вздохнула: ура, пробок больше не предвидится.

Доехав до поселка, я ткнулась в закрытый шлагбаум и погудела, высунулся охранник.

— Куда?

— К Литвинским.

— Туда нельзя на автомобиле, только пешком, припаркуйте «Пежо» на площадке.

Я оглянулась, увидела с десяток иномарок, поставленных поодаль, и обозлилась. Ну и порядки тут теперь! Небось жильцы приняли решение не пускать на территорию никого на колесах, только своих. У нас в Ложкине тоже иногда ведутся подобные разговоры: дескать, пусть гости бросают свои тачки за оградой и идут к нужному дому пешком. Дороги в Ложкине узкие, разъехаться трудно... но до принятия конкретных решений у нас дело все же не дошло, а тут, очевидно, подвергли всех не живущих в поселке остракизму.

Я заперла «Пежо» и пошла в глубь «Волшебного леса», дорога вилась между деревьями, направо, налево... Я вышла к знакомым воротам и остолбенела. Железные створки, всегда наглухо закрытые, стоят распахнутые настежь. В глубине участка виднеются машины «Скорой помощи», пожарных и милиции. Дом... его нет. На земле высятся обгорелые руины и вьется тонкий дымок.

Я влетела на участок и закричала:

— Валентина!!!

Несколько милиционеров, стоящих у «Волги», повернулись. Потом один, самый молодой, подошел ко мне и спросил:

— Ищете кого?

— Да, — растерянно ответила я, — Валентину.

— Фамилия?

— Понятия не имею, — пробормотала я, — никогда ею не интересовалась. Валя и все, она у Литвинских домработницей служила, живет в этом доме.

— А вы кто?

— Дарья Васильева, близкая знакомая Литвинских.

— И зачем вы приехали? Или не в курсе, что хозяин погиб, а жена в тюрьме!

— Знаю, конечно, — приходя в себя, ответила я, — просто Андрей брал у меня книгу, библиотечную, не вернул, мне звонят, напоминают, вот и отправилась сюда, думала, Валя мне ее отдаст! Где она, кстати?

Милиционер покачал головой.

— В «Скорой» лежит.

Я обрадовалась:

— С ней можно поговорить?

— Нет, она умерла, — сообщил парень.

Я попятилась:

— Как умерла?

— Сгорела.

На какое-то время я лишилась дара речи, но потом все же сумела спросить:

— Но как? Отчего пожар?

Парень пожал плечами.

— Небось электропроводку замкнуло.

Я уставилась на него. Неполадки с электричеством? Вот это навряд ли, Андрюшка очень боялся пожара, хорошо помню, как он, строя дом, говорил:

«Особое внимание проводам. Купил супербезопасные, в тройной оплетке, да еще сверху термостойкий, неразгрызаемый футляр».

«Кто же у тебя провода кусать станет», — засмеялась я.

«А мыши? — на полном серьезе ответил Андрюшка, — эти дряни везде пролезут. Лучше перебдеть! Знаешь, сколько особняков сгорело из-за грызунов?»

Еще Андрюша категорически запретил делать в ванных комнатах полы с подогревом, мотивируя свое решение все тем же страхом пожара.

«Закоротит и ку-ку», — заявил он Зайке, которая, приехав на новоселье, спросила: «А почему не хочешь иметь теплый пол?»

«Детей у нас нет, по плитке никто не ползает, а сам я на коврик после ванны становлюсь, — сообщил Андрюшка, — да и не холодно мне».

— Сомнительно, что беда приключилась от электричества, — вырвалось у меня.

— Специалисты разберутся, — начал подталкивать меня к воротам парень, — уезжайте спокойно, книга ваша сгорела, тут так полыхало, ничего не осталось! Может, проводка, а может, от сигареты непотушенной занялось.

Я молча посмотрела на пепелище. Валентина не курила. И потом, что за странная закономерность: только человек даст показания, изобличающие Вику, как на следующий день помирает: Сергей Прокофьев, Нина Супровкина, теперь Валентина.

— Еще хорошо, что только один дом пропал, — продолжал меня подпихивать к выходу милиционер, — вон сушь какая стоит. В пятницу в Карабасове весь поселок накрылся, шашлычок одна компания решила сгоношить, мигом занялось, а тут соседи подсуетились вовремя.

— Какие? — машинально спросила я, открывая калитку.

— А с правой стороны, — ответил милиционер, выталкивая меня на дорогу, — вызвали пожарных.

Я постояла пару мгновений, решительно повернула направо, дошла до глухих ворот, выкрашенных зеленой краской, и позвонила.

— Кто там? — прокряхтел домофон.

— Откройте, пожалуйста, я от соседей, от тех, что сгорели.

Калитка распахнулась. Я вошла в идеально ухоженный двор и очутилась перед скамейкой, на которой сидела девушка лет двадцати, возле нее возился в траве малыш.

— Добрый день, — улыбнулась я, — меня зовут Даша, давно дружу с Литвинскими, вашими соседями, приехала вот, а тут такое! Не знаете, как случилось несчастье?

Девушка тяжело вздохнула:

— Это я пожарных вызвала, так испугалась! Горело, словно там не обычный дом, а бензохранилище! Наверное, до нашего особняка не дошло бы, хотя кто его знает. Я вообще-то не хозяйка, а няня Кирюши, меня Настей звать.

Я села около Насти на скамеечку.

— Вы молодец, такую беду предотвратили, жители поселка должны вам подарок купить.

Настя засмеялась:

— Светлана Константиновна, Кирюшина мама, то же самое сказала, пообещала духи сегодня привезти. Только благодарить следует Кирюшу, а не меня. Он ночью раскапризничался, захныкал...

Настя подошла к ребенку, но тому, очевидно, приснился кошмар, потому что он никак не желал успокаиваться. Няня взяла мальчика на руки, поносила по комнате, потом подошла к окну, отдернула занавеску, хотела сказать: «Смотри, Кирочка, все спят: и птички, и деревья», но не успела, онемела от страха. Над соседним участком занималось зарево.

Сунув мальчика в кровать, Настя опрометью кинулась к телефону.

— И во сколько же это случилось?

Девушка насупилась:

— Часа три пробило, максимум полчетвертого. Вот несчастное место! Вы знаете его историю?

— Какую?

— Ну сначала у хозяина первая жена погибла, потом его самого вторая супруга отравила, тут все об этом только и говорят. Приведешь Кирюшу на детскую площадку, няньки лишь о Литвинских гудят. Как да чего. Народ болтает, будто прежняя хозяйка, когда умирала, потребовала от мужа больше никогда не жениться, он пообещал, да слова не сдержал. Вот и полыхнуло.

— Глупости!

— Но так говорят, — не сдалась Настя, — все как один.

— Марта, жена Андрея Литвинского, умерла в горах, — ответила я, — она погибла в лавине. Андрей в это время находился тут, никаких обещаний Марта с него не брала, ерунда это! Лучше скажите, вы ничего подозрительного не заметили?

— Нет, — пожала плечами Настя.

— Может, кто крался к дому Литвинских с канистрой в руках?

Настя подняла Кирюшу, отряхнула его и сказала:

— Я все время ребенком занята, случайно к окну подошла, да и далеко дома стоят, вы на восемнадцатый участок сходите, к Мартиньяновым, они ближе живут.

Я не поленилась воспользоваться ее советом и сбегала к Мартиньяновым. У тех дома тоже была лишь няня, с жаром ответившая:

— А мы вообще все спали, нас пожарные разбудили, загрохотали, заорали, вот дом и проснулся! Правда, что у них горничная насмерть сгорела? Ой-ой, проклятье-то действует.

Поняв, что от этой бабы тоже не добиться толку, я не поленилась пройти на шестнадцатый участок, но он оказался наглухо заперт и украшен запиской «Почту просьба оставлять у охраны», очевидно, жильцы отправились отдыхать.

Ничего не узнав, я села в «Пежо» и поехала в ОМО-банк, в зал, где занимаются пластиковыми карточками. Довольно просторное помещение было пустым, вернее, в нем отсутствовали клиенты, девушки-клерки сидели на рабочих местах, я оглядела их, блондинка была только одна, хорошенькая девочка возле углового столика. Перед ней табличка «М. Гордеева».

Я пересекла зал, села около прилавка и сказала:

— Здравствуйте Майя.

— Добрый вечер, — заученно ответила она, — чем могу служить?

— Мне нужна распечатка по этому счету.

Майечка кивнула, взяла карточку, постучала по клавиатуре компьютера и воскликнула:

— У вас же VIP-обслуживание! Вам в другой зал, здесь простые клиенты.

— Вы не можете выполнить мою просьбу?

— Конечно, могу.

— Тогда в чем дело?

— Но в VIP-зале комфортней, чай, кофе.

Меня почему-то не затошнило при упоминании напитков, более того, в голове появилась мысль: наверное, неплохо глотнуть чайку.

— Видите ли, — улыбнулась я, — у VIPов полно народа и всего две сотрудницы, а вас много, и клиентов нет.

— Случается такое, — кивнула Майя, — сейчас вам все приготовлю, а чай и сюда принесут или лучше кофе?

— Вы так любезны, чай, пожалуй.

Майечка сняла трубку и тихонько сказала:

— У меня VIP, чай в общий зал.

Пока она возилась с компьютером, симпатичный мальчик в белой куртке притащил поднос с чашкой, чайничком, сахарницей и печеньем.

Я осторожно отхлебнула глоток и обрадовалась. Чай упал в желудок, и меня не затошнило! Так, теперь положим туда сахар.

Но и сладкая жидкость удержалась в моем организме. Окончательно осмелев, я схватила печенье, поднесла к губам и моментально была наказана. Рао-вао-сао-мао. Чай снова оказался во рту. Я отшвырнула печенье, проглотила воду еще раз и попыталась успокоить себя. Ничего, видна положительная динамика. Вчера меня скрючивало от сладкого напитка, а сегодня я спокойно его пью. Смерть от голода мне не грозит, на чае с сахаром можно прожить очень долго. И потом, если так пойдет, завтра, наверное, я смогу съесть сухарик!

— Пожалуйста, — Майя положила передо мной белый листок.

Я сделала вид, что читаю его, и воскликнула:

— Это что, а?

— Магазин «Манеж», тысяча рублей, салон «Риволи», вы там что-то покупали.

— Безобразие! — гневно воскликнула я, — какое безобразие! Только и норовите нас надуть. Тысячу спереть, фу! Сто лет не посещала «Риволи», и потом, ну-ка гляньте, покупка прошла не под моим кодом. Отвратительно.

Старательно изображая из себя истеричную, капризную клиентку, я очень боялась переборщить. А ну как Майя испугается VIPовского гнева и позовет Олега Семеновича? Управляющий сразу сообразит, что дело тут нечисто.

Но Майечка блестяще справилась с ситуацией самостоятельно, наверное, она не раз попадала в такое положение.

— Понимаю ваше негодование, — кивнула она, — в банке не должно ничего пропасть, ни тысяча рублей, ни одна копейка. Но, извините, пожалуйста, у вас счета в порядке.

— Ты мне не хами, — прошипела я, — где тысяча! Код не мой.

— У вас есть присоединенная карточка? — улыбаясь, словно японка, спросила Майя.

— Да, у дочери.

— Помните защитный код?

— Конечно! Или полагаете, что я не знаю финансовых документов своего ребенка? — нагличала я.

Но Майя не дрогнула:

— Проверьте, это он?

Я сделала вид, что изучаю распечатку, потом принялась изображать раскаяние:

— Простите, дорогуша, погорячилась.

— Бывает.

— Обидела вас!

— Вовсе нет.

— Накричала!

— Ваша реакция вполне объяснима, деньги не должны исчезать со счета.

— Не держите на меня зла!

— Ни в коем случае, всякое случается!

— Ах, ужасно, мне так стыдно.

— Право, не стоит переживать, — улыбнулась Майя, — вы себя очень мило вели, у нас никогда... впрочем, это не интересно.

Я тихонько достала из кошелька стодолларовую купюру, подсунула под кипу бумаг на ее столе и шепотом сказала:

— Возьмите себе, ангел мой, купите конфет.

— Нам не разрешается брать чаевые, — тоже шепотом ответила Майя.

— Ерунда, котик, это же копейки, на пастилу, разве можно считать сумму в сто долларов чаевыми? И потом, никто не видит. Скорей, ну же, я денежки украдкой положила.

Майечка сделала быстрое движение рукой, зеленая бумажка испарилась без следа.

— Спасибо.

— Это вам спасибо, душечка, — ответила я, и тут прозвучал звонок, возвещавший о конце рабочего дня.

Я вышла на улицу, села в «Пежо» и стала ждать. На моих глазах здание стали покидать последние клиенты, потом спустя примерно четверть часа потянулись усталые клерки, Майя вышла одной из последних. Я опустила стекло и крикнула:

— Майечка!

Девушка подошла к машине.

— Откуда вы знаете, как меня зовут? Я еще в банке удивилась.

— Вы меня не помните?

— Простите, нет.

— Была у вас... э... пару месяцев назад, и вы назвали свое имя, в VIP-зале тогда тоже много клиентов толкалось, вот я и пошла к вам.

— А, понятно.

— Я еду на улицу Обручева, нам по дороге?

— Ой, — воскликнула Майя, — я как раз там живу.

— Надо же, — скрывая довольную ухмылку, подхватила я, — случаются иногда удивительные совпадения, садитесь, подвезу.

Майечка заколебалась:

— Неудобно как-то, мы незнакомы.

— Меня зовут Даша, теперь неудобство исчезло?

Майечка в задумчивости смотрела на «Пежо».

— Нам в одну сторону, — защебетала я, — в метро отвратительная липкая духота, а в моей машине работает кондиционер. И потом мне так неудобно за устроенный скандал. Дайте возможность искупить вину!

Майечка засмеялась и села на переднее сиденье.

— Разве это скандал, знали бы вы, как некоторые разговаривают.

Время в пути мы провели более чем мило, поболтали о новинках косметики, о том, какие каблуки будут в моде осенью, и сравнили духи «Шисейдо» с парфюмерией «Ланком».

Наконец «Пежо» прибыл на Обручева. Майечка показала на блочную башню:

— Мне сюда.

— Надо же! И мне тоже.

Мы вместе дошли до подъезда, и вознеслись на девятый этаж. Майя остановилась возле двери, обитой красным дерматином.

— Я пришла.

— Я тоже.

Девушка непонимающе уставилась на меня:

— Вы сюда?

— Да.

— Но тут я живу.

— Одна или с родителями?

— Одна.

— Значит, никто не станет возражать, если я зайду к вам в гости?

Майечка прижалась к стене:

— Зачем?

Я решила идти напролом:

— Майя, тебе деньги нужны?

— Вы встречали человека, который на такой вопрос отвечал «нет»? — одними губами усмехнулась девушка.

— Тогда открывай дверь.

Майечка стала рыться в сумке.

— Что-то не пойму.

— Не на лестнице же нам разговаривать!

Она кивнула и распахнула дверь:

— Входите.

Глава 20

Я вошла в темный, душный коридор. В воздухе пахло пылью и каким-то лекарством, то ли валокордином, то ли валерьянкой.

— Идите на кухню, — велела Майя, — да не снимайте туфли, из машины же.

Мы втиснулись в крохотное пространство, до отказа забитое шкафчиками и столиками.

— Тесно тут, — вздохнула Майя, — вдвоем не встать.

— Вы бы холодильник в коридорчик вытащили, — посоветовала я, — мы в свое время в Медведкове так поступили, сразу просторней стало. Попробуйте, столько свободного пространства появится.

— Вот еще, — скривилась Майя, — была охота! Недосуг улучшениями заниматься! И вообще, вы чего от меня хотите?

— Тебе деньги нужны?

— Вы уже спрашивали!

— Очень?

— Издеваетесь, да?

— Нет, — покачала я головой, — ни в коем случае. Тебе представилась возможность заработать, причем без особого труда.

Майя вытащила сигареты «Вог». На мой взгляд, чем курить подобную дрянь, лучше перейти на жвачку, во всяком случае, вкус во рту не изменится: что «Вог», что «Орбит», но от второго меньше вреда здоровью.

— Так не бывает, — совершенно справедливо заявила Майя. — за ерунду не платят, а бесплатный сыр лежит только в мышеловке.

— Правильно мыслишь, — кивнула я, — только я предлагаю тебе не сыр, а шоколадную конфету, их, как правило, в мышеловки не кладут.

Майя усмехнулась.

— Что я должна делать? Никак не пойму.

— Всего лишь ответить на маленький, очень простой вопросик, и получишь зеленые бумажки, которые можно обменять в магазинах на кучу великолепных вещей.

— Ну, — уставилась на меня Майя, — задавайте вопрос, только имейте в виду, я в ОМО-банке самая распоследняя птица. Никаких шифров и кодов не знаю. Если задумали чего украсть, помочь не могу, не у меня информация, тут надо с Леной Веретенниковой говорить. Коли отстегнете немного, познакомлю с ней, но без всяких гарантий. Веретенникова такая, она послать может!

Я тихо радовалась, слушивая это заявление. Да, расчет оказался верен, Майечка абсолютно беспринципна, нечистоплотна и ради денег готова на все. Приняла меня за криминальную личность, задумавшую аферу с банком, и ничтоже сумняшеся готова помочь. Мне не нравятся такие люди, ни за что бы не стала дружить с Майей, но в этом случае она мне очень полезна, вопрос упрется лишь в сумму.

— Не волнуйся, — улыбнулась я, — если кто и знает ответ на вопрос, так это ты! Скажи, вы дружили с Андреем Винтусовым?

Майя презрительно фыркнула:

— Дружили! Скажете тоже. Он за мной бегал, прямо по пятам ходил, дикий урод и идиот, из чистой жалости согласилась с ним дело иметь. Ну никто с парнем ходить не хотел — такой дурак, одна я слишком добрая. Он мне так в любви клялся, так...

— Ладно, это неинтересно. Значит, с Винтусовым была дружба.

Майя хихикнула:

— Можно и так сказать.

— Жили вместе?

— Ага.

— И сколько?

— Года три.

Я усмехнулась про себя. Три года из жалости не станешь возиться с парнем, убежишь раньше.

— Зачем же тогда открыла на его имя карточку?

Майя поперхнулась:

— Какую?

— VISA.

— Ну...

— Только не ври, — предостерегла ее я, — не надо. На счету лежало десять тысяч долларов.

Майечка покачала головой:

— И как только вы узнали! Неужели Алиска растрепала!

— Это кто такая?

— Алиса? Подруга моя ближайшая. Вечно я из-за доброты своей страдаю.

— Рассказывай по порядку.

Майя прищурилась.

— Сколько?

— Чего?

— Денег сколько дадите?

— Сто долларов.

— Это смешно.

— Ладно, двести.

— Мой рассказ стоит тысячу!

— С ума сошла!

— Нет, такова цена.

— Триста.

— Девятьсот.

— Четыреста.

— Восемьсот.

— Пятьсот.

— Семьсот.

— Хватит, — рявкнула я, — больше полтысячи ни за что не дам, не так уж мне и нужно твое повествование!

Майя снова потянулась к пачке «Вог».

— Ладно, нельзя, конечно, быть такой доброй, да фиг с вами! Гоните баксы.

— Сначала рассказ.

— Нет, деньги.

Я почувствовала сильнейшее желание треснуть Майю по затылку, но удержалась и, улыбаясь, предложила:

— Давай уступим друг другу.

— Каким образом? — насторожилась ушлая девица.

— Сейчас дам тебе две с половиной сотни, а когда завершишь рассказ, вручу оставшиеся деньги.

— Ну... вечно все моей добротой пользуются! Будь по-вашему.

Мы быстро произвели соответствующие расчеты. Майечка спрятала мзду в карман и заявила:

— А и рассказывать нечего!

— Ты это брось, — вскипела я, — получила деньги — говори.

— Так я не отказываюсь же, просто сообщаю, что дело плевое.

— Начинай!

Майя повертела в руках пустую пачку «Вог».

— У вас сигаретки не найдется?

— На.

Девчонка вытащила из упаковки «Голуаз» одну штуку, чиркнула зажигалкой и закашлялась.

— Вы же вроде не бедная, — прохрипела она, — в VIP-клиентах ходите, отчего тогда сухой навоз курите?

— О вкусах не спорят, мне твой «Вог» мармелад в сиропе напоминает, давай ближе в делу.

Майя прокашлялась и наконец начала рассказ. У нее есть подруга Алиса Кочеткова, раньше они жили в одном доме, бегали друг к другу уроки делать. Потом разъехались в разные дома, поступили в разные институты. Майечка отправилась изучать финансовое дело, а Алиса подалась в химический, встречаться стали реже, два-три раза в год, но хорошие отношения сохранили.

Где-то в двадцатых числах мая Алиса приехала к Гордеевой и попросила помочь в одном крайне деликатном деле.

— Понимаешь, — объяснила она подруге, — я тут заработала денег, офигенную сумму, десять тысяч долларов.

— Где взяла? — подскочила Майя.

Алиса поднесла палец к губам:

— Секрет, потом расскажу, не в этом суть! Дома держать я их не могу, сама знаешь, какая у меня мама, везде
нос сует, когда приезжает, найдет доллары, потом разгово-
ров не оберешься: откуда, чего, затрахает прямо.

Майя кивнула, да уж, мамочка Алисы отличается на
редкость вздорным характером и желанием тотально контролировать дочь.

— С собой таскать стремно, — рассуждала Алиса, — вот
я и подумала пластиковую карточку завести.

— Это плевое дело, — сказала Майя, — принесешь заявление, через неделю получишь.

— А можно на чужое имя?

— Это как?

— Ну чтобы не на Алису Кочеткову, а, предположим,
на Колю Сергеева.

— Нет, — покачала головой та, — паспорт же требуется,
и потом, как этой карточкой пользоваться станешь? Кас-
сиры в магазинах документ спрашивают, не все правда, но
в подавляющем большинстве.

— Да она мне всего один раз-то и понадобится.

— Почему?

Алиса принялась путано объяснять ситуацию. Она
давно хочет уехать от мамы, мечтает жить самостоятельно,
и вот теперь наконец представился случай. Деньги, заработанные нечестным путем, девица решила вложить в
квартиру, нашла фирму, занимающуюся строительством,
куда и отдаст тысячи.

— Квартира только десятку стоит? — удивилась Майя.

— Нет, это первый взнос, — отмахнулась Алиса, — потом
следующие платежи пойдут. Положу баксики на карточку
и через пару дней сниму, переведу на счет строителей.

— Но почему на себя не хочешь ее открыть?

— А налоговая инспекция? — справедливо возразила
Алиса. — Живо привяжутся: откуда у вас, гражданка Ко-
четкова, при зарплате в две копейки подобная сумма, а?
Открой мне карточку на другое имя.

— Это невозможно.

— А на твое получится?

— Во хитрая! — восхитилась Майя, — значит, сама налоговой инспекции боишься, а мне все равно?

— Тысяча баксов.

— Что?

— Я дам тебе тысячу долларов, если поможешь решить проблему, причем лучше, даже обязательно, чтобы документ был на мужчину.

Мозги Майи моментально завертелись в бешеном ритме. Тысяча «зеленых» очень привлекательная сумма. Но как их заполучить! И тут ее осенило! Винтусов-то бросил в квартире сумку, только бы там лежал паспорт!

Дальнейшее оказалось делом техники. Майечка взяла документ, сама написала заявление, старательно выводя печатные буквы, потом поставила подпись, самую простую, без закорючек: «А. Винтусов» — и через положенное время вручила Алисе карточку.

Честно говоря, Майя ни на минутку не поверила подруге. Квартира, как бы не так! Алиска врать горазда, и потом, где она возьмет средства для продолжения строительства? Как предполагает оплачивать дальнейшие взносы? Да и желание открыть карточку на другое имя выглядело более чем странно, почему на мужскую фамилию?

Любой другой человек, собрав все эти вопросы в кучу, предпочел держаться подальше от Алисы и ее явно криминальных идей, но Майечка любит деньги до потери чувства самосохранения, она даже не подумала, чем ей лично грозит эта афера, если в банке узнают об «операции». Майя страстно желала заполучить деньги и ринулась выполнять просьбу Алисы.

Самое интересное, что дело прошло без сучка без задоринки. Карточка была вручена Кочетковой, в обмен Майя получила десять стодолларовых купюр и опрометью кинулась по магазинам. Вот, собственно, и все!

— Алиса больше ничего не говорила про карточку? — спросила я.

— Позвонила в первых числах июня и сообщила: «Все, большое спасибо, можешь закрывать счет, кстати, получишь еще двести баксов, если полностью сотрешь все данные об этой VISA из памяти компьютера».

— А почему вы отказались?

— Сделала все, как просила Алиска, — возразила Майя, — «убила» информацию.

Я принялась рассматривать не слишком чистые занавески, свисавшие вдоль окна. Значит, Майя не совсем в курсе дела, она удалила все сведения с жесткого диска, но, наверное, в банке имеется дублирующая система информации, и Олег Семенович легко выяснил про Андрея Винтусова всю подноготную. Да и странно бы было подозревать ОМО-банк в наивности, ясное дело, никто из его руководства не может разрешить простым клеркам спокойно хозяйничать в базе данных.

— Давай координаты этой Алисы, — велела я, — телефон, адрес...

— Еще триста баксов, — довольно прищурилась Майя.

— Ну ты и нахалка! Мы же договорились о пятистах, получи вторые двести пятьдесят, и дело с концом.

— Вовсе нет, — хмыкнула Майечка, — пять сотен стоил рассказ, а адресок отдельно. Не хотите, не надо!

Скрипя зубами, я вытащила кошелек. Ей-богу, девица далеко пойдет.

— Пишите, — сыто улыбаясь, сказала Майя, — я человек честный, никого не обманываю, все расскажу. Сначала место работы — институт ядохимикатов.

— Где? — насторожилась я.

Майечка снисходительно пояснила:

— Алиска химик, занимается всякой отравой, ну что, к примеру, на поле высыпать, чтобы моль урожай не сожрала, понятно?

— Понятно, — кивнула я, пытаясь унять бешеное сердцебиение.

Институт ядохимикатов! Чашки изнутри были покрыты редким, практически не встречающимся снадобьем! Кажется, я подошла к самой горячей точке.

Можете себе представить, как мне хотелось тут же позвонить Алисе? Но, поразмыслив, я не стала этого делать и поехала домой. Кочеткова, пожалуй, в эпицентре этой запутанной истории. Прежде чем ехать к ней, следует как можно лучше продумать план действий. Под каким предлогом заявиться к Алисе? Кем прикинуться, чтобы она ничего не заподозрила?

Обдумывая эту нелегкую проблему, я добралась до Ложкина в крайне неподходящий момент. Все домашние столпились в гостиной вокруг истерически рыдающей Зайки. Федор и Марго сидели на диване.

— Я сегодня не влезла в брюки, — плакала Ольга, — жрала ночь и день без роздыху, я сейчас встала на весы...

Дальнейшие ее фразы потонули в истерических взвизгиваниях.

— Но Федор же не нарочно, — попыталась встрять Марго, — он Дашку лечил.

Аркадий бросил на Маргошу такой взгляд, что я поежилась. Если бы взором можно было испепелить, моя несчастная подруга сейчас же превратилась бы в маленькую кучку золы. Хотя, если учесть ее размеры, думаю, останки выглядели бы более внушительно, кучка останется от меня!

— Ты придумал, как выйти из ситуации? — налетела Машка на Федора.

«Академик» спокойно начал:

— Человеческая психика абсолютно не изученная материя. История знает множество примеров...

— Короче, Склифосовский, — оборвал его Аркадий, — лекции будешь читать тем идиотам, которые к тебе ходят.

— Между прочим, — оскорбился Федор, — я никого за уши в свой кабинет не тянул. Даша с Маргошей сами явились!

— Я ничего не просила, — быстро сказала парикмахерша, — Дашка меня поволокла, я не хотела, мне худеть не надо, не знаю, что ей в голову взбрело.

Буря негодования схватила меня. И это говорит женщина, от которой, насмехаясь над ее внешним видом, убежал муж? А я еще собиралась ей помочь!

— Мы великолепно поняли, что причина всех неприятностей кроется в матери, — заявил Аркадий.

Глава 21

Я обозлилась до предела, нашли виноватую! Кто бы сомневался, что ею окажется Дашутка! Ну почему я всегда стою первой в очереди за пинками? Отчего именно мне достаются все колотушки? Причем так было всегда, я признавалась виновной во всех грехах и не только дома!

Как-то раз в наш институт, между прочим, технический, где я преподавала никому из студентов не нужный французский язык, пожаловала делегация иностранцев. Это сейчас англичанами, немцами, американцами и прочими никого не удивить, но в те времена визит людей «из-за бугра» был чем-то невероятным. Шел 1980 год. Если кто забыл, напомню, именно тогда в Москве происходила Олимпиада.

Зачем спортсменам в качестве культурной программы предложили поездки по учебным заведениям столицы СССР, я не знаю, но к нам собрались прибыть американцы, немцы, французы и японцы.

Наш ректор, Григорий Семенович, существо боязливое и одновременно властное, решил устроить феерический праздник. Две самые красивые студентки, обряженные в сарафаны и кокошники, должны были поднести гостям хлеб-соль. Когда те возьмут каравай, в дело включатся мальчики в тельняшках, широких брюках и сапогах, им вменялось в обязанность исполнить танец «Яблочко», затем гостей намеревались провести по институту, показать концерт художественной самодеятельности, а потом в столовой предстоял банкет в стиле «рашен клюква»: водка, соленья, блины... На преподавателей иностранных языков была возложена наглядная агитация. Под нашим руководством студенты писали лозунги типа: «Миру — мир», «Главное не победа, а участие», «Спортсмены всего земного шара против атомной войны» — и прочую лабуду. «Дадзыбао» предполагалось развесить в коридорах и аудиториях.

Хитрый ректор хотел убить сразу двух зайцев. С одной стороны, показать людям «оттуда», что мы тоже не лыком шиты, с другой — прикрыть самые ободранные места на стенах. Институту с незапамятных времен не выделяли денег на ремонт здания.

С заданием мы справились легко. Григорий Семенович дозором обошел территорию, милостиво кивнул, поцокал языком и вдруг заявил:

— Одно непонятно, коллеги.

— Да? — моментально подскочила к нему заведующая кафедрой иностранных языков, жуткая подхалимка Геранда Евгеньевна. — Что мы не так сделали?

— Английский, немецкий, французский, — начало загибать пальцы начальство, — а где же, позвольте поинтересоваться, лозунги на японском?

Мы растерянно переглянулись, потом самая смелая из нас, «англичанка» Нинель Марковна, попыталась урезонить ректора:

— Но никто в институте не владеет японским!

Григорий Семенович обозлился:

— Вы, товарищи, плохо понимаете ответственность момента, неправильно оцениваете политическую значимость данного визита. Придут люди из враждебного нам лагеря капитализма, настроенные критически оценивать достижения социализма, и что они увидят? Полное отсутствие приветствий на японском! И о чем им это скажет?

— О том, что мы не знаем язык Страны восходящего солнца, — решила не сдаваться Нинель Марковна.

— Это тоже неприятно, — кивнул ректор, — но, главное, они решат: советские люди настроены против Японии! Такого просто не должно случиться. Чтобы через два часа соответствующие иероглифы оказались на стене в столовой! Иначе вопрос будет решаться на парткоме!

И, сопя от гнева, он, сопровождаемый толпой клевретов, удалился.

Мы перепугались. Тот, кто помнит, что такое быть вызванным на заседание парткома, очень хорошо поймет несчастных преподавателей. Самое легкое, чем можно было отделаться на коммунистическом судилище, — это лишиться тринадцатой зарплаты, очереди на квартиру и продуктового набора к празднику. Впрочем, все эти меры были ничто по сравнению с той, которая называлась «выговор с занесением в учетную карточку». Я, впрочем, в членах КПСС не состояла, так что мне предстояло лишиться лишь коробки с харчами, что, согласитесь, очень неприятно. В состоянии тихой паники мы попытались решить свалившуюся на наши головы проблему. Какие только идеи не витали в воздухе: обратиться к коллегам из института восточных языков, поискать знакомых на иновещании, на радио, позвонить в отдел переводчиков института.

— Погодите, ребята, — вдруг повеселел Андрей, наш преподаватель немецкого языка, — сейчас все будет классно.

Он убежал, примерно через полчаса вернулся назад, неся бумажку, на которой были изображены несколько строчек иероглифов.

— Где взял? — обрадовались мы.

— Потом объясню, — отмахнулся он, — вот вам лозунги, только студентам их нельзя доверить писать, мигом напортачат. Давай, Дашка, приступай, ты самая аккуратная.

Высунув от старания язык, я тщательно перенесла похожие на следы птиц знаки на бумагу, мы прикрепили плакаты и кликнули ректора.

— Можете, значит, если вам показать, в каком направлении двигаться, — снисходительно кивнул тот.

И вот настал знаменательный день. Все удалось как нельзя лучше: хлеб-соль, пляски, экскурсия по аудиториям, концерт. Правда, нас весьма разочаровал внешний вид приехавших. Мы-то вырядились в лучшую одежду, женщины влезли в шпильки и сбегали в парикмахерскую, а мужчины повязали галстуки! Спортсмены же явились в джинсах и простеньких свитерах. Но это было лишь крохотной капелькой дегтя в огромной бочке меда! Настоящая неприятность приключилась на банкете.

Два лозунга на японском языке украсили столовую. Когда группка малорослых гостей с раскосыми глазами увидела стройные шеренги иероглифов, последовала более чем удивительная реакция.

Один из парней принялся тыкать пальцем в стену и щебетать, словно птица. Остальные глянули туда же и покатились со смеху. Я никогда до этого не видела, чтобы люди садились на корточки и заливались хохотом. Кое у кого из японцев по щекам текли слезы.

Ректор, стоявший во главе стола, никак не мог начать читать заготовленный спич. Он кашлял, стучал ножом по бокалу, но японцы просто выли. Наконец тоненькая девочка, исполнявшая при них роль переводчицы, всхлипнув в последний раз, подошла к помощнику Григория Семеновича и стала что-то шептать ему на ухо. Лизоблюд побагровел и пошел к начальству. Пару секунд он тихонько беседовал с Григорием Семеновичем, лицо ректора приняло зверское выражение, глаза заметались по залу. На всякий случай я спряталась за спины здоровенных пятикурсников.

Наконец кое-как япошки успокоились, и вечер потек дальше без особых эксцессов.

Наутро всех языковедов вызвали пред очи Григория Семеновича. Не предложив нам сесть, ректор зашипел, словно разбуженная не вовремя змея:

— Вы знаете, что было написано на плакатах в столовой?

Мы замялись, сказать «нет» казалось невозможным.

— Ну, — замямлил Андрей, — мир, май, дружба! Да здравствует спорт!

— При чем тут май! — взвыл ректор и начал расшвыривать бумаги на своем столе. — Где это, где? Ага, вот оно!

Трясущейся от злобы рукой он схватил листок.

— Слушайте, что вы написали на японском! «Аккуратно достаньте изделие из коробки», «Не используйте кондом вторично».

Чтобы не упасть от смеха и не расхохотаться в лицо взбешенному начальству, я вцепилась в стену и прикусила нижнюю губу.

— Кто нацарапал сии пасквильные штуки? — вопросил Григорий Семенович. — Немедленно отвечайте, иначе уволю всех!

— Дарья Ивановна Васильева, — мигом сдали меня коллеги.

Весь гнев, вся злоба начальства упали на мою ни в чем не повинную голову. Я старательно объясняла, что просто переписала принесенные бумажки и только, но ректор не желал ничего слушать. Я мигом превратилась в его первого врага. Григорий Семенович, человек злопамятный, мстительный и непомерно самолюбивый, вознамерился стереть меня с лица земли. Спас несчастную Дашутку статус матери-одиночки, уволить такую женщину в советские времена было не так-то просто, требовалось решение профсоюзного комитета, а его председательница, Нюся Кокатонова, не побоялась заступиться за меня, героический поступок по тем временам. Уволить меня не уволили, но с тех пор ни разу не выписали премии и никак не отметили, даже на Восьмое марта пару лет не дарили подарков. Когда ректор выгнал нас из кабинета, я налетела на Андрюшку:

— Где ты взял эту белиберду?

— Так кто ж знал!

— Говори!

— На, смотри, — Андрей сунул мне под нос книгу.

Я прочитала название и фамилию автора: «Г. Серебров. Мои поездки в Японию».

— На десятой странице, — пролепетал Андрей.

Я раскрыла текст. «Мы прибыли в Токио около девяти утра, на гостинице виднелись приветственные лозунги. Японские иероглифы очень красивы, поэтому привожу их здесь...» Дальше следовала пара строчек абракадабры и заверения «...думаю, вы не знаете японского, поэтому переведу «Мир, май, дружба», «Да здравствует спорт».

— Утром я эту книжку в метро читал, — оправдывался Андрей, — когда Семеныч разорался, мигом вспомнил.

Я молча захлопнула книгу. Все понятно, этот врун, журналист-международник Г. Серебров, совершенно не владеет японским, но, с другой стороны, он был абсолютно уверен, что никто из читателей не разбирается в иероглифах. Решив для пущей убедительности «украсить» свой опус, он ничтоже сумняшеся схватил первую попавшуюся вещь, а под рукой оказалась коробочка с интимной принадлежностью, и, не испытывая ни малейших угрызений совести, перекатал текст. Думаю, мерзкий Г. Серебров и не предполагал, к каким последствиям приведет его отвратительный поступок!

Все шишки, как всегда, достались мне. Вот и сейчас следовало похудеть Марго, кто же виноват, что Федор «зазомбировал» Зайку? Ну, угадайте с трех раз? Правильно, я!!!

— Быстро прими меры, — пнула «академика» Маня, — Зая, конечно, дура — так из-за фигуры убиваться — но это уже другое дело.

— Хорошо, — кивнул Федор, — я кое-что придумал, создал новое заклинание, точно сработает. Только оставьте нас вдвоем, дело новое, бог знает, как получится, и еще мне понадобятся две свечки, спички и тарелка, но, предупреждаю сразу, я ее разобью!

— А трупа черной кошки, выкопанной в полночь под виселицей, тебе не надо? — голосом, не предвещающим ничего хорошего, поинтересовался Кеша.

— Нет, — совершенно спокойно ответил Федор, — я не колдун, а рароэнтолог.

Я чуть было не спросила, что это за птица такая, но тут Дегтярев сказал:

— Ладно, пошли, пусть химичит.

Мы вывалились в коридор и встали у двери, напряженно вслушиваясь в тишину, которая царила в гостиной.

— Ну, что там? — шепотом спросила Машка.

— Тише, — шепнул Кеша, — бормочет вроде, эх, не слышно.

— И хорошо, — вздохнула Ирка, — мало ли чего еще с кем стрясется, тьфу, тьфу, уйди прочь!

— Да замолчите вы, — обозлился Дегтярев, — и правда не разобрать. Као-лао-бао-чао, вроде так!

Не успел полковник закрыть рот, как раздался короткий звук разбившейся тарелки и вой мопса.

— Хучик! — заорала Маня и вломилась в гостиную, мы бросились за ней.

На ковре, между диваном и телевизором сидела Зайка. Вид у Ольги был самый идиотский! Ноги сложены по-турецки, в высоко поднятых вверх руках торчат две зажженные свечки. Чуть поодаль у батареи, весь усыпанный осколками, плакал Хучик.

— Что ты с ним сделал, — затопала ногами Маруська, хватая мопса.

— Ничего, — виновато воскликнул Федор, — просто не заметил его, кинул тарелку и прямо в бедолагу угодил!

Быстрым шагом он подошел к Машке, выхватил у нее Хуча и начал поглаживать собачку, приговаривая:

— Милый, тебе больно, прости дурака!

— Смотри, какая у него тонкая душевная организация, — шепнула мне Марго.

— Хучик очень интеллигентный мопс, — согласилась я, разглядывая Зайку.

— Я не про собаку, — вытаращила глаза Марго, — про Федора говорю. Глебу бы никогда в голову не пришло извиняться перед Хучем, наоборот, наподдавал бы тому еще затрещин и заорал: «Сам виноват, не фига сидеть, где не надо!»

Но мне было совсем неинтересно, что Марго думает о Федоре, вид окаменевшей Ольги пугал.

— Она может опустить руки? — спросила я у Федора.

— Думаю, да, Олечка, вставай, — велел «академик».

Зая кряхтя поднялась, мы уставились на нее. Я невольно отметила, что Заюшка слегка пополнела, но ей это только идет. Из лица ушла блокадная бледность, исчезли синяки под глазами и тоненькая сеточка морщин на висках. Получив три-четыре килограмма, Заинька помолодела, ей сейчас можно было дать от силы лет двадцать.

— Может, чаю? — робко спросила Ирка.

— Катерина испекла плюшки? — сердито повернулась к ней Ольга.

Тяжелый стон вырвался из моей груди. Не подействовало, новое заклинание оказалось бесполезным.

— Пошли в столовую, — мрачным голосом велел Кеша.

Мы перебрались в ярко освещенную комнату и сели за стол в самом дурном настроении. Домашние внимательным образом наблюдали за мной и Зайкой.

Я храбро налила чай, положила туда лимон, насыпала сахару и сообщила:

— Вот видите? Уже сладкое прекрасное удерживается в желудке.

— Мне бы твои проблемы, — буркнула Ольга и вцепилась в горячую булочку с творогом.

— И что делать будем? — сурово осведомился Аркадий. — Федор, отвечай немедленно, к тебе обращаюсь.

— Главное, не терять надежды, — залепетал рароэнтолог, — завтра снова попытаемся.

Кеша глянул на Дегтярева. Полковник отложил пирожок и торжественным голосом возвестил:

— Если через неделю они не станут такими, как всегда, если...

— То что? — испугался Федор.

— Увидишь, — пообещал Александр Михайлович, —

вернее, надеюсь, никогда не узнаешь о том, что тебя поджидало, и вовремя устранишь проблему! Иначе... Иначе...

— Не надо его пугать, — взъерошилась Марго, — человек старается изо всех сил.

Федор с благодарностью глянул на парикмахершу, та, заметив его взгляд, вдруг сконфузилась, словно девочка-подросток, которой поцеловал руку взрослый мужчина.

— Значит, не изо всех сил, — стукнул кулаком по столу Кеша, — кстати, может, он ничего не умеет, а? Вдруг сей господин мошенник, коих полно в Москве! Кто-нибудь видел диплом о его образовании?

Федор впился в меня умоляющим взглядом, в его глазах плескался ужас. Чувствуя себя полной идиоткой, я ответила:

— Все в порядке, свидетельство у него в кабинете.

— На стенках развешаны, — неожиданно пришла мне на помощь Марго, — много разных.

Я удивилась, что это с ней?

— Просто случай из рук вон, — ожил Федор, — но я обязательно исправлю статус-кво, ей-богу, чуть-чуть осталось. Налицо яркая положительная динамика: позавчера Даша пила одну воду, вчера стала употреблять лимонный сок, сегодня сахар. Скоро и до мяса дойдет!

— Только я без изменений, — сообщила Ольга, запихивая в себя то ли шестую, то ли седьмую булку, — и самое ужасное, что мне процесс безудержной жратвы начал нравиться. Может, ничего плохого и нет в том, чтобы слегка округлиться, вряд ли я стану похожа на Марго!

Лицо Аркадия разгладилось. Я возликовала, кажется, несчастного рароэнтолога, знать бы только, что это такое, оставят в живых. Все годы брака Аркашка пытался объяснить жене, что вешалка не самый красивый предмет в доме и что худая корова еще не газель. Он применял различную тактику: от нежного присюсюкиванья до гневного крика, но Ольга упорно сидела на диете. В конце концов Кеша решил не портить семейную жизнь и отвязался от вечно худеющей дурочки, он очень любит Зайку и сейчас требовал от Федора решительных действий только потому, что Ольга начала плакать. Но когда она сама заговорила о «легком округлении», рароэнтолог из врага мигом превратился в друга Кеши.

— Марго вовсе не толстая, — заявил Федор, — у нее прекрасная фигура, как раз в моем вкусе, легкая пышность!

Стокилограммовая Марго стала красной-красной и схватилась за стакан с минералкой. Я слегка растерялась: что у нас происходит в доме?

— Согласен, — с жаром подхватил Кеша, — у женщины должно быть что-то такое, тут и здесь!

— Правильно, — кивнул Дегтярев, — мне тоже так кажется, что лыжная палка не вызывает никаких эмоций!

Я уставилась на полковника. Скажите, пожалуйста! Кто бы мог подумать, что женщины вообще способны вызвать у него какие-то эмоции!

Зайка оглядела стол, было видно, что ее мучают сомнения, но потом она уцепила кусок кулебяки и сообщила:

— Не так уж и страшно носить тридцать восьмой размер.

— У меня шестьдесят второй и ничего, — встряла не к месту Марго.

Зая отложила пирог и уставилась на парикмахершу:

— Пусть Оля не обижается, но ей далеко до вашей красоты, милая Марго, — протянул Федор.

Заинька вновь схватила кулебяку, запихнула ее в рот и вдруг спросила:

— Федор, вы всерьез насчет красоты?

— Конечно, — изумился рароэнтолог, — мне на жизненном пути еще не встречались такие удивительные женщины, как Марго!

Я затаила дыхание, ну и ну! Полковник и Кеша, разинув рты, глядели на Федора. Марго, вспотев от смущения, пробормотала:

— Ну что вы, Федор, тут помоложе и поинтересней девушки присутствуют, я так, старая калоша!

«Академик» со стуком опустил ложку в тарелку.

— Никогда не мог понять мужчин, охотящихся за нимфетками. Может, покажусь вам безнадежным идиотом, но в первую очередь я ценю женщину как собеседницу, друга, человека, который может направить, дать совет, предостеречь от ошибок. Такой была моя мама, после ее смерти я чувствую себя неприкаянным.

Теперь челюсть отвисла у Марго. В столовой наступила тишина, прерываемая лишь мерным сопением Хучика. Я покосилась на мопса, уж не заболел ли он? Все собаки, как обычно, устроились у стола в надежде на то, что им перепадут сладкие кусочки, а Хуч отчего-то отполз в самый дальний угол дивана. Внезапно Зайка встала, прихватила горсть конфет и, сказав:

— Похоже, мне следует пересмотреть кое-какие свои принципы, — ушла из столовой.

Кеша вскочил и схватил «академика» за плечо.

— Федя, умоляю, поживи у нас еще, ты удивительно действуешь на Заю! Да она на человека стала похожа, просто расцвела, неужели есть начнет! И рыдать прекратила.

«Академик» кивнул:

— Я не зря думал над заклинанием, конечно, не удалось лишить Ольгу аппетита, но кое-какой успех есть. А насчет пожить... — Он покосился на Марго и продолжил: — Да с огромным удовольствием!

Глава 22

Около полуночи Маня заглянула ко мне.

— Хуч заболел.

— Ты уверена? — забеспокоилась я.

— Ну, конечно, — протянула девочка, — только немного непонятно.

— Что тебя насторожило?

— Он отказался от ужина, даже не притронулся к рису с курицей.

Наши собаки едят не сухой корм, а кашу с мясом, суп, творог, йогурты, пьют обезжиренное молоко, кефир, простоквашу. Еда всем подается одинаковая, разняться лишь порции. Банди и Снапи получают «пайки» в тазиках, Черри в миске, Хучик в плошке, а Жюли в розетке. И все, кроме Хуча, очень довольны. Мопс же считает подобное положение вещей несправедливым, он ощущает в себе силы на то, чтобы слопать порции Банди и Снапа, причем обе вместе. Но злые хозяева, помня о том, что ожирение — верный путь к скорой смерти, совершенно не считаются с желаниями мопса. Для Хучика момент, когда перед носом возникает еда, самый сладкий за весь день. От риса с курицей он не отказался бы никогда. Неужели ему так плохо?

— Эй, Хучик! — крикнула я.

Мопс мигом явился на зов.

— Смотрится совсем здоровым, — пробормотала я.

— То-то и оно! — воскликнула Маня. — Температура нормальная, нос холодный и влажный, глазки чистые, ушки тоже, и вообще, он только что за Жюли гонялся, все как обычно, только ужинать отказался.

Я посмотрела на Хучика и сказала:

— Не о чем пока волноваться, собаки иногда устраивают себе разгрузочные дни, они умней людей. Мы едим бесперебойно, даже тогда, когда не надо, а животные умеют сдерживаться.

— Согласна, — кивнула Маня, — только это не про Хуча. Что-то до сих пор ему не приходило в голову посидеть на диете.

— Давай подождем до завтра и, если утром он не кинется к мискам, вызовем врача, — предложила я.

На том и порешили. Ночь у нас прошла совершенно спокойно. Мопс прохрапел у меня под одеялом, и я подумала, что все в полном порядке. Но утром Хучик опять отказался от корма, глянул на творог и поковылял прочь. Зная, что он не слишком любит молочные продукты, я открыла холодильник, достала оттуда батон свежайшей «Докторской» колбасы, отрезала кусочек и крикнула:

— Хучик, на!

Мопс медленно пришел назад, понюхал розовый кружочек раз, другой, третий, потом отвернулся. На его складчатой морде появилось выражение отвращения. Хуч чихнул, потом сел, наклонил голову набок, затем встал, послышались квакающие звуки.

Я схватила телефон. Похоже, он и впрямь заболел, отказался от еды, а теперь еще его и тошнит!

Несмотря на то, что на улице пылала жара, я поехала в ветеринарную клинику, закутав мопса в плед. У подъезда нас встретил Дениска и сказал:

— Только спокойствие, сейчас возьмем все анализы, сделаем УЗИ и тогда посмотрим.

Хучик стоически вытерпел неприятные процедуры, даже не подумал особо сопротивляться, когда лаборантка стала брать у него кровь.

— Молодец, — похвалил мопса Дениска, потом взял со стола коробочку, вытащил оттуда желтый кругляшок и протянул Хучу: — На, угощайся, заслужил!

Мопс вздрогнул, чихнул и отошел в сторону.

— Ты чего? — изумился Денис. — Это же твои любимые сырные дропсы!

Но Хуч забился под стул и недовольно заворчал.

— Оставь его в покое, — вздохнула я, — видишь, что творится! Только бы не чумка!

— На чумку категорически не похоже, — заявил врач, —

она начинается с респираторных проявлений, а тут ничего нет: ни насморка, ни кашля.

Часа через два консилиум ветеринаров, изучив анализы и просмотрев результаты других исследований, решил: мопс здоров. Здоровее не бывает! Просто образцово-показательная собака.

— Не волнуйтесь, — успокаивал меня заведующий ветлечебницей, огромный до безобразия Сергей Борисович, — может, ему просто ваша еда надоела. Поменяйте рацион!

Замотав мопса в одеяло, я поехала назад в Ложкино и по дороге остановилась у большого супермаркета. Сменить рацион? Ладно, куплю сейчас Хучу то, что он любит больше всего на свете и что ему практически никогда не дают, боясь за хрупкую печень мопса, — паштет. Только не тот, что продается в пластмассовых ванночках и разноцветных коробочках, а настоящий, в фольговом лоточке, стоимостью... Впрочем, цену тут приводить не стану, чтобы те, кто не имеет четвероногих членов семьи, не осудили меня. Если у человека нет дома животных, он разозлится, сообразив, какие деньги я собираюсь потратить на деликатес для мопса. А вот собачники и кошатники меня поймут. Заболевшему любимцу приобретешь все, что угодно, не глядя на ценники, черной икры ему купишь, лишь бы поправился.

Получив у продавщицы лоточек, я подошла к кассе и протянула карточку. Кассирша глянула на одиноко лежащую в проволочной корзине упаковку:

— Это все?

— Да.

Девушка повертела в руках кредитку и потом вежливо сказала:

— Ваш паспорт, пожалуйста!

— Вот права.

— Нет, нужен паспорт.

— Что за чушь? — удивилась я. — Чем права не подходят? Фотография на месте.

— Здесь нет образца вашей подписи! — твердо заявила кассирша.

— Это моя кредитка, ей-богу.

— У меня нет никаких сомнений, но по правилам следует предъявить паспорт!

— Вот, давайте распишусь здесь десять раз! Да вы поглядите, какая у меня простая подпись, без закорючек и выкрутасов, просто ставлю: Д. Васильева.

— То-то и оно, — вздохнула девушка, — такую любой подделает! Простая роспись моментально вызывает сомнения, та, что с «кренделями», более безопасна.

— Безопасна для кого? — рявкнула я.

— Для кассира, — пояснила девица, — ее другому человеку воспроизвести трудно. Вот придет протест из банка, мне из своего кармана придется платить!

— Это моя кредитка!

— Верно, но дайте паспорт!

— Права возьмите.

— Нет!!! Нужен образец подписи.

Видя, что разговор побежал по кругу, я решила действовать по-другому.

— Ну подумайте сами, если бы я хотела воспользоваться чужой кредиткой, небось набрала бы полную корзинку еды. А у меня лишь копеечная покупка!

Девица с каменным лицом сообщила:

— Этот паштет один из самых дорогих в магазине.

— Что вы глупости говорите, вон коньяки стоят! Пробивайте быстро.

— Паспорт.

У меня закружилась голова.

— Давайте наличные, — предложила кассирша.

Я порылась в кошельке:

— У меня столько нет.

— Нет денег, нет и паштета, — заявила девица.

— Как вам только не стыдно, — пробормотала я, отшвыривая фольговый лоток, — уйду так.

— Пожалуйста, — пожала плечами она, — доброго вам пути. А насчет стыда. Да любой человек на моем месте поступит так же, ни один кассир не станет снимать с карточки крупную сумму, не проверив паспорт. Таковы правила, и не мной они придуманы!

Отшвырнув несчастный паштет в сторону, я вылетела на улицу и села в автомобиль. Нет, какая противная! «Ни один кассир не станет снимать с карточки крупную сумму, не проверив паспорта». С ума сошла, ладно бы я собиралась потратить десять тысяч долларов, тогда, понятное дело, есть о чем беспокоиться. А тут паштет стоимостью в пару сотен рублей. Вот вредина!

И тут в мою голову неожиданно пришла гениальная мысль!

Трясущимися руками я повернула руль, припарковалась и схватилась за «Голуаз». «Ни один кассир не станет снимать с карточки крупную сумму, не проверив паспорт!!!» Вообще-то правильно, неприятности никому не нужны! «Простая подпись вызывает сомнения». Тоже верное наблюдение. И вот теперь скажите мне, каким образом болезненного вида дядька, тот самый, купивший за десять тысяч сервиз, ухитрился расплатиться карточкой, на которой стояла самая простая, без наворотов и закорючек подпись: А. Винтусов. Неужели кассирша, увидав, какую сумму собирается снять дядечка, не потребовала паспорт? Такое просто невозможно! Следовательно...

Нарушив все существующие правила, я развернулась в неположенном месте и понеслась в антикварный магазин.

Хуча пришлось прихватить с собой. Мопс терпеть не может оставаться в машине в одиночестве. Он, правда, намеревался пойти со мной и в супермаркет, но в лавку, торгующую харчами, я его, естественно, не взяла. Продавщицы Лиля и Олеся тосковали в одиночестве, увидав Хучика, они обрадовались.

— Ой, какой хорошенький!

— Можно его потрогать?

— Ушки бархатные!

— Шерстка такая нежная!

Хуч разомлел, как все представители мужского пола, он обожает находиться в центре внимания и выслушивать комплименты.

Подождав, пока девицы наиграются с мопсом, я улыбнулась:

— Что-то у вас пусто.

— Лето, — пояснила Лиля, — работы никакой — мертвый сезон, вот гадаем, кто из нас под нож попадет.

— Под какой нож? — удивилась я.

— Это так, аллегорическое высказывание, — улыбнулась Лиля, — наш хозяин лишнюю копейку зря не потратит. Как только спад покупателей начинается, в июне, сразу кассира увольняет, а одну из нас за аппарат сажает, экономит на служащих!

— На кассе сидеть настоящий мрак, — поежилась Олеся, — я всегда просчитаться боюсь.

— Я в позапрошлом году налетела, — пожаловалась Лиля, — недостача обнаружилась, три тысячи, наверное, неправильно с кого-то деньги взяла! Вот сегодня попросили его нас двоих материально ответственными сделать.

— Кассирша больше тут не работает?

Девушки одновременно кивнули.

— Ага, — пояснила Олеся, — впрочем, я даже рада, хотя вроде мне придется дела принимать!

— Вы с ней не дружили?

— Странная она была.

— Ненормальная, — вмешалась Лиля, — просто дура.

— И где она сейчас?

— Фиг ее знает, — ответила Олеся, — небось дома сидит!

— Адресок ее не подскажете?

— Мы его не знаем, — удивилась Лиля.

— А телефон?

— Это можно, — кивнула она, — сейчас принесу.

Девушка повернулась и исчезла в подсобке.

— Зачем вам телефон? — поинтересовалась Олеся, гладя Хуча.

— Скажи, — вопросом на вопрос ответила я, — почему тебе кассирша странной показалась?

Олеся усмехнулась:

— Глупости делала.

— Какие, например?

— Ну... помните, мы вам про сервиз говорили, который постоянная сдатчица принесла? Вы еще от него совочек показывали?

— Конечно.

Олеся замялась.

— Нехорошо, конечно, но у нас с Лилькой зарплата маленькая, вот мы и придерживаем кое-какие вещи для своих клиентов, на витрину не выставляем, в подсобке держим, знаем, кого что заинтересует, и звоним человеку на дом. Если свой отказывается приобретать, вот тогда в общую продажу пускаем. Сами понимаете, нам за это чаевые дают. Может, и не слишком честно поступаем, но кому от этого плохо?

Когда в руки девчонок попал серебряный сервиз, они сразу поняли, кому звонить, — Виктории Столяровой. Эта богатая покупательница, помешанная на посуде, давно хотела такой. Олеся сообщила Вике, что есть интересный набор. Та мигом примчалась, осмотрела чашки и стала колебаться.

— Дорого очень, боюсь, муж рассердится! И хочется, и колется! Десять тысяч, по-моему, это слишком! Вам не кажется?

Олеся стала разубеждать Вику, показала каталоги, дала

лупу, чтобы покупательница убедилась в исключительной сохранности чашек, но та в конце концов заявила:

— Нет, я только что купила статуэтку для каминной доски и пару настенных тарелок восемнадцатого века. Скорей всего мужу не понравится, что еще и на сервиз потратилась. Спасибо вам, девочки, конечно, теперь лишь месяца через два, три смогу себе что-нибудь позволить! И так меня Андрей постоянно в транжирстве упрекает.

Олеся растерялась, она, честно говоря, рассчитывала, учитывая идеальное состояние сервиза, на хорошую мзду — и вдруг такой облом!

Девушка стала переставлять вещи в общей витрине, намереваясь выставить серебряный набор в общую продажу, но тут к ней подошла кассирша и попросила:

— Слышь, Олеська, придержи сервизик, у меня на него покупательница есть, дико богатая, хорошо заплатит!

Олеся обрадовалась:

— Хорошо, прямо здорово. Звони своей клиентке!

Кассирша сбегала к телефону и вернулась страшно довольная.

— Договорились обо всем, возьмет за пятнадцать тысяч!

— За сколько? — вздрогнула Олеся.

— За пятнадцать, — спокойно уточнила кассирша, — поделим чаевые на троих, каждой хорошая сумма достанется!

Олеся и Лиля пришли в полный восторг, о таких деньгах они даже и не мечтали, обычно покупатели раскошеливаются на гораздо меньшие суммы, до сих пор самым большим гонораром были сто долларов.

— Одна проблема только, — продолжила кассирша, — моя клиентка сейчас в Испании, вернется примерно через две недели.

— Как же ты с ней созвонилась? — удивилась наивная Лиля.

— Так по мобильному, — пояснила кассирша, — у нее роуминг по всему миру.

Естественно, Олеся и Лиля согласились спрятать сервиз и уволокли его в подсобку. На следующий день к ним примчалась Вика и заявила:

— Ну и дурака же я сваляла! Давайте сервизик, такая удача один раз в жизни бывает! Сама не понимаю, отчего меня жаба задушила!

Олеся и Лиля переглянулись и посмотрели на кассиршу, та отчаянно замотала головой и подняла вверх правую руку с растопыренными пальцами, явное напоминание о пяти тысячах чаевых.

— Извините, — проворковала Лиля, — но так как вы отказались, мы выставили набор в зале.

— И его мгновенно забрали, — подхватила Олеся.

— Ну не идиотка ли я! — чуть не плача воскликнула Вика. — Такой вещи лишилась!

Постояв у прилавка, постоянная покупательница в глубоком разочаровании ушла.

— Может, надо было ей отдать, — протянула Лиля.

— Ты чего! — воскликнула кассирша. — Сколько бы она отстегнула?

— Ну... долларов сто, — ответила Олеся.

— Во! А так сколько получим?

Продавщицы молча стали протирать витрины. И ежу ясно, что пять тысяч лучше, чем одна сотня.

Но через некоторое время выяснилось, что девушки зря ожидали крупного куша.

Спустя четырнадцать дней кассирша заявила:

— Девчонки, не убивайте меня! Клиентка не придет!

Лиля чуть не заплакала от досады.

— Выставляйте на продажу, — «позволила» кассирша.

Олеся, поджав губы, вытащила коробку и запихнула чашечки под стекло.

— Что же вы не позвонили Вике? — спросила я.

— Да неудобно показалось, — пробормотала Олеся, — сначала сказали, что продали, а потом, вот он, пожалуйста. Глупо выглядеть не хотели.

— А дальше что?

— Ничего. Только последний предмет установили, мужик этот пришел и забрал, никаких чаевых мы не получили. Вот ведь дрянь какая!

— Кто?

— Да Алиска, кассирша, зачем просила придержать сервиз, если клиентка такая? Мы только в случае, когда человек абсолютно надежный, вещи прячем.

— Как звали кассиршу? — медленно спросила я.

— Алиса.

— А фамилия?

— Не знаю.

— Кочеткова, — сказала Лиля, выныривая из служебных помещений, — вот ее домашний телефон.

Я схватилась за прилавок, ощутив легкое головокружение. Алиса Кочеткова, сотрудница НИИ, где изучают яды, она же попросила жадную Майю оформить кредитку. В голове мигом выстроилась линия. Алиса работает в антикварном кассиром, видит, что Вика отказывается от сервиза, и моментально бежит кому-то звонить.

Кому? Клиентке? Маловероятно! Это какой же расточительной особой надо быть, чтобы давать подобные чаевые! Нет, никакой дамы, отдыхающей в Испании, не было, Алиса звонила «режиссеру» спектакля!

Внезапно Хучик, сидевший на прилавке, начал беспокойно ерзать и скулить, мопсу явно надоело в душном магазине, ему хотелось в Ложкино, на мягкую раскладушку, стоявшую в тени раскидистой ели.

— Ой, наверное, кушать хочет, — забеспокоилась Олеся.

Порывшись в ящике, она добыла карамельку и протянула мопсу.

— На, пупсик!

Хучик шарахнулся в сторону, налетел на стоявшее здесь же блюдечко и уронил его. Легкая фарфоровая вещичка рассыпалась на осколки. Хуч взвизгнул.

— Что с ним? — воскликнули девушки. — Ой, его тошнит? Маленький, бедненький, у него, наверное, солнечный удар.

Причитая, девчонки вытерли прилавок. Я стала осторожно собирать осколки и внезапно поняла, что случилось с несчастным мопсом. Разбитая тарелка!

Вчера Федор, проводя сеанс раскодирования Зайки, зачем-то в самом конце швырнул о пол керамическое блюдечко. Рароэнтолог не заметил Хуча, попал прямо в него, и... мопс закодировался! С ним произошло то же самое, что и со мной. Федор, наверное, на самом деле обладает каким-то даром с кривым действием! Его заклинания поражают тех, кто случайно оказывается рядом!

Глава 23

По дороге в Ложкино я притормозила около магазина, где всегда делаю покупки и где кассирша, великолепно зная меня, не требует паспорт. Следует немедленно искать продукты, которые мы с Хучиком способны съесть!

Притащив пакеты на кухню, я обнаружила, что в доме никого нет. Ирка с Катериной отправились на рынок. Наша кухарка великолепно готовит и любит сама покупать мясо с рыбой. Одна беда, Катерина не умеет водить машину, поэтому, когда приходит пора пополнять запасы,

Ирка, весьма бойко управляющаяся со своими «Жигулями», служит у поварихи шофером. Кеша и Зайка, естественно, были на работе, Маня пропадает в Ветеринарной академии, оставалось непонятным, куда подевались Федор и Марго, но мне в конце концов наплевать на них, займусь собой и Хучем.

Выгнав остальных собак вкупе с кошками в сад, я притащила мопса на кухню, усадила в кресло у окна и сказала:

— Понимаю, что тебе не слишком хорошо, мне, впрочем, тоже. И потом, не могу же я всю оставшуюся жизнь ходить в вещах, купленных в магазинах для младенцев? Выхода у нас с тобой нет, сейчас обязательно начнет тошнить, но нужно методом тыка выяснить, что мы с тобой, два несчастных зомби, способны проглотить!

Хучик вильнул скрюченным хвостиком.

— Отлично, — кивнула я, — консенсус достигнут. Итак, начинаем.

Вскоре кухонный стол был завален лоточками, принесенными из супермаркета. Я купила по сто граммов всего: велела отрезать от каждого батона колбасы и бруска сыра, прихватила невероятное количество стаканчиков йогурта, консервных банок и готовых салатов.

Начали мы с сыров. Хуч, еще позавчера обожавший «Эдам», сегодня, когда я подносила к его морде ломтики, порывался убежать. Потом обнюханный им и отвергнутый кусочек пыталась слопать я. Спустя десять минут пришлось констатировать — не только «Эдам», но и «Маасдам», «Родамер», «Ольтермани», «Рокфор», «Дор блю» и прочая, прочая вызывают у нас приступы тошноты.

Бедный Хучик свалился в кресле и закрыл от ужаса глаза, он даже не желал видеть сыр.

Решив не сдаваться, я принялась за колбасу. «Докторская», «Любительская», карбонат, ветчина, рулет, грудинка, корейка, сосиски, сырокопченый балык, сервелат, «Брауншвейгская»... Ничто не заставляло мопса даже пошевелиться, а я постоянно сглатывала катающийся в горле комок.

Сами понимаете, что масло, йогурты, булочки, конфеты и содержимое разнообразных консервных банок было подвергнуто остракизму.

С кружащейся головой я свалила продукты в миски Банди, Снапа, Черри и Жюли, потом позвала собак. В мгновение ока харчи были уничтожены без остатка. Я налила себе чаю, бросила туда сразу четыре куска сахара, выдавила пол-лимона и села в кресло возле Хуча. Ситуация становится опасной. Правда, мой вес упорно продолжает оставаться на прежней отметке: сорок килограммов, самочувствие отличное, бодрость исключительная, нигде ничего не болит, но сколько времени я сумею продержаться на горячей воде с рафинадом? И что делать с Хучиком? Два-три дня поголодать ему не страшно, только на пользу пойдет. Мопс слишком тучен, и Дениска с Маруськой не раз пытались посадить его на диету. Но инициатива всегда заканчивалась одинаково. Вечером, уставившись в миску, где поплескивала небольшая лужица обезжиренного, страшно полезного кефира «Био-макс», Хуч начинал рыдать. Никакие уговоры типа: «Скушай, миленький, это очень вкусно» — на него не действовали. Наблюдая, как Маша и Денис, заливаясь соловьями, подсовывают ему тару с молочно-кислыми продуктами, Хучик плакал все горше. В конце концов сердца ветеринара и подмастерья сжимались, и мопс получал двойную порцию каши, ни разу нам не удалось лишить его калорий. Так что, может, и неплохо, что он сейчас от всего отворачивает мордочку, только вот возникает вопрос: а как поступить, если Хуч, как и я, вообще больше никогда не захочет принимать пищу? Ставить ему капельницы с глюкозой?

Я осторожно глотнула остывший чай. Хучик зашевелился, задергал носом. Я подставила ему кружку.

— Ну уж этого ты не захочешь!

В ту же секунду Хуч с бешеной скоростью вылакал содержимое чашки и проглотил «попку» лимона, плавающую в чае.

Я вытаращила глаза.

— Значит, тебя тоже тянет на сладкий чай с лимоном? Однако, дружок, мы с тобой намного больше похожи, чем кажется.

Хуч прижался ко мне гладким толстым боком и мирно засопел. Я поперебирала жирные складочки, сбегавшие от затылка к хвосту. Ничего, все будет хорошо. Из каждого безвыходного положения, как правило, находится два выхода. Пояснить вам это высказывание? Ну, допустим, вы потеряли последние деньги, имеем два варианта поведения: либо рыдаем, либо ищем того, у кого можно взять в долг. Правило срабатывает во всех случаях, даже если вы умерли, то либо спокойно гуляете в раю, либо превращаетесь в привидение, все зависит лишь от вас.

Ну и глупости иногда приходят мне в голову! Вздохнув,

я встала, отнесла Хуча в гостиную, прикрыла пледом и пошла к «Пежо».

Мне кажется, ситуация выглядит так: Вика ни в чем не виновата, ее подставили, подсунули сервиз с покрытыми ядом чашками. Афера была продумана блестяще. Кассирша увидела, что Столярова пришла в восторг от посуды, но, напуганная ценой, не купила ее. Тогда Алиса позвонила некоему, неизвестному мне Х, и они разработали план.

Две недели им понадобились для того, чтобы открыть карточку, раздобыть яд и продумать, каким образом всучить «обработанный» набор Вике. К слову сказать, блестящая операция. Вика всегда, практически в одно и то же время ездит на рынок в Саватьево, и тут ей, вот какая удача, попадается бабуська с серебряной чашкой! Дальше — больше, выясняется, что у Раисы имеется целый сервиз! Естественно, Вика отвозит бабу Раю в Песково и получает вожделенный набор всего за три сотни долларов. Вот почему он стоил такую смешную сумму! Негодяю, задумавшему дело, требовалось, чтобы несчастная Вика обязательно приобрела сервиз, от этого его стоимость упала ниже плинтуса! Мерзавец знал, что Вика обожает антиквариат, а за старую посуду готова жизнь отдать!

Я вырулила на шоссе. К сожалению, поняв механику появления сервиза у бедной Столяровой, я так ничего и не разгадала. Вопросов было больше, чем ответов. Ну зачем понадобилось открывать кредитную карточку? Не проще ли заплатить наличными? Это раз. Второе, отчего баба Рая согласилась участвовать в спектакле? Наверное, ей заплатили. Но каким образом организаторы нашли старуху? Она практически безвылазно сидела в своем Пескове. Значит, они были знакомы раньше, и когда открылась охота на Вику, тот, кто «написал сценарий», вспомнил про бабку. Следовательно, баба Рая могла рассказать много интересного, но уже не расскажет, потому как, упав с лестницы, сломала себе шею. И я теперь совершенно уверена: не сама она оступилась, кто-то ей помог.

С какого бока в этой истории оказалась замешана Нина Супровкина, сообщившая милиционерам о любовнике Вики? Очень хотелось бы еще раз поболтать с ней, в прошлую нашу встречу Нинка не сказала ни слова правды, и сейчас я понимаю, откуда она взяла деньги на то, чтобы превратить старую развалюху в добротный дом. Никакую квартиру она не закладывала, ей заплатили за лжесвидетельство.

Проделав большую работу, я бы сейчас поговорила с Супровкиной по-иному, но Нинка погибла... попала под электричку.

По-другому следовало разговаривать и с крысообразным Сергеем Прокофьевым, «любовником» Вики, тоже, очевидно, получившим хорошую мзду за брехню, но и его нет в живых, угодил под машину. Ночью побежал за хлебом, невзирая на то, что соседка предложила ему открыть свою хлебницу. Вроде ничего необычного в банальном дорожно-транспортном происшествии нет, но, если сложить все вместе: бабу Раю, Нинку, Сергея, то получается страшная картина. Чья-то безжалостная рука убирает всех, кто хоть как-то связан с арестом Вики, методично обрывает все нити. Последней погибает Валентина, окончательно «утопившая» Вику своими показаниями про пузырек.

Я ехала очень медленно, просто ползла по Ново-Рижской трассе. И как поступить? Соваться к этой Алисе Кочетковой напрямую нельзя. Как себя вести?

С полным бардаком в голове я остановилась у Тушинского рынка, очень захотелось пить. Чуть поодаль виднелись палатки. Я вылезла из машины и пошла к торговым точкам, чувствуя, как под туфлями проминается расплавившийся от жары асфальт.

Моей любимой воды не оказалось, пришлось покупать спрайт. Глотнув из бутылки, я моментально раскаялась в совершенной глупости. Липкая жидкость рухнула в желудок, поднялась тошнота. Зашвырнув зеленую емкость в урну, я поинтересовалась у продавщицы, сидевшей под мерно жужжащим вентилятором:

— Здесь можно где-нибудь выпить горячего чаю?

— Чай?

— Да.

— Горячий?!

— Именно.

— В такую жару?

Я отошла от киоска, именно при жаркой погоде и пьют горячий чай, говорят, помогает освежиться.

Ощущая во рту привкус омерзительно-липкого спрайта, я пошла к машине, наткнулась на лоток с газетами и стала бездумно разглядывать издания. Сидевшая на стуле под зонтиком толстая потная баба лениво осведомилась:

— Чего желаете?

— Ну, — протянула я, — давайте журналы «Лиза», «Отдохни», потом «Скандалы», «Комсомолец», «Мою веселую семейку».

Поняв, что перед ней солидный клиент, торговка с трудом оторвала от парусинового сиденья объемистый зад и простонала:

— Пекет как! Охренеть прямо.

— Жарко, — согласилась я с ней, — и душно, бензином от дороги несет.

— Скоро все в мутантов превратимся, — пообещала лоточница и стала тыкать пальцем в калькулятор.

Свернув газеты, она спросила:

— Журнальчиками не интересуетесь? «Космополитен» новый пришел.

Я улыбнулась:

— Спасибо, он мне кажется примитивным.

— Нет, интересные статьи встречаются, — не согласилась баба, — для молодежи правда больше, да и дорогой он, зараза. Есть и подешевле, вон те, гляньте.

— Да нет, не надо.

— А по вязанию? — не успокаивалась продавщица.

— Я не умею вязать.

— Тогда вот, по садоводству возьмите, — торговка горела желанием всучить мне еще хоть что-нибудь, — да посмотрите, даром полистайте.

Я машинально взяла глянцевые издания. Увы, цветоводство тоже не мое хобби. У нас дома умерли даже сверхживучие кактусы, любителей зелени в семье нет.

За садом ухаживает Иван, он же следит и за рыбками в гостиной, чистит аквариумы. Единственный, кто может посеять цветочки, это Ирка, может, купить домработнице в подарок сей журнальчик? Вроде полезный: статьи о том, как сделать альпийскую горку, как бороться с садовыми вредителями...

Внезапно все в моей голове стало на место, и я чуть не бросилась целовать потную толстуху.

— Спасибо, огромное спасибо!

— Вот видите, — довольно заулыбалась та, — я давно знаю — покупателю надо самой в руки все пихать, иначе не увидит.

Я понеслась к «Пежо», прижимая к себе ворох печатных изданий. Теперь знаю, под каким видом заявиться в институт ядохимикатов.

Позвонить в справочную «Би Лайн» и узнать адрес научного заведения было ерундовым делом. Потратив час на поиски нужной улицы, я наконец добралась до крохотного, кособокого домишки, прилепившегося возле громадного здания постройки примерно пятидесятых годов прошлого века. Сначала я подумала, что НИИ находится в большом доме, и пошла туда, но около двери висела вывеска «Институт фундаментальных знаний по гуманитарным наукам». Тут же курили несколько ребят, лет по шестнадцать, не старше.

— Вы не знаете, где тут НИИ ядохимикатов? — обратилась я к ним.

— Понятия не имею, — буркнул один.

— Вон там, в сарае, — уронил второй.

Я пошла назад, добралась до скособоченного домика и обнаружила над входом роскошную вывеску, огромную, выгравированную на железе, похоже, выполненную еще в доперестроечное время и абсолютно не сочетавшуюся с завалившимся сараюшком: «Московский ордена Ленина научно-исследовательский институт ядохимикатов»[1].

Потянув на себя тяжеленную дверь, я очутилась в пустынном, неожиданно просторном и прохладном холле. Пол покрывал сильно протертый линолеум, стены «щеголяли» облупившейся краской. Ни охранника, ни вахтера — грозного пенсионера, ни даже убогой старушки с вязанием на входе не было. Я пошла по узкому коридору, уходившему в глубь ветхой постройки. Все попадающиеся на глаза двери были закрыты. НИИ выглядел так, словно пережил атаку нейтронной бомбы: стены и крыша целы, сотрудники испарились.

Безо всякой надежды на успех я довольно сильно пнула очередную дверь и чуть не упала. Она резко распахнулась, ударилась о шкаф, в нем что-то зазвякало... Стоявшая у стола с пробирками тетка вздрогнула и обернулась.

Несколько секунд мы смотрели друг на друга, потом женщина воскликнула:

— Господи, как вы меня напугали! Разве можно так вламываться!

— Ой, простите, случайно вышло! — стала извиняться я. — Остальные-то помещения заперты.

— Ничего, — оттаяла сотрудница, — ерунда, ищете кого? Наши все на обед ушли.

Я изобразила замешательство.

---

[1] В Москве подобного НИИ нет. Разработкой ядов для сельского хозяйства занимаются совсем другие научно-исследовательские институты. Любые совпадения случайны.

— В общем да, ищу магазин.

Женщина отошла от штатива с пробирками.

— Здесь научно-исследовательский институт, если вам бутик «Корсар», то он через три дома по левой стороне. Неужели, когда вошли в холл, вы сразу не поняли, что перед вами не коммерческая точка, а несчастный умирающий НИИ?

Я улыбнулась:

— Да уж, принять вас за преуспевающее торговое предприятие весьма сложно.

— Вот именно, — кивнула собеседница, — загнали науку на помойку, а потом удивляются, отчего с нами в мире считаться перестали. Как же теперь уважать Россию, если она превратилась в рынок для некачественных западных поделок? Сердце кровью обливается, когда вижу, чем торгуют! Специально в магазины «Сад и огород» заглядываю. Выставлено такое, простите за выражение, дерьмо американское, и по бешеной цене.

— Вот поэтому я и пришла, — перебила ее я.

— Что-то я пока не пойму суть дела.

— Меня зовут Даша Васильева, я преподаватель французского языка, но сейчас не работаю, живу за городом, занимаюсь садом.

— Очень приятно, — вежливо кивнула сотрудница, — Лариса Кузнецова, доктор наук, заведую лабораторией.

— Вы так молодо выглядите! — вырвалось у меня. — И уже профессор.

— Спасибо за комплимент, но мне исполнилось пятьдесят, — внесла ясность Лариса, однако по ее слегка порозовевшему лицу стало понятно: ученой приятно, что я отметила ее безукоризненный внешний вид.

— Вы садитесь, — предложила Лариса, пододвигая ко мне табуретку, выкрашенную белой краской, — и спокойно объясните, в чем дело.

Глава 24

Я умостилась на шаткой, колченогой конструкции и принялась лихо фантазировать.

Живу одна, с собаками, детей нет, делать мне нечего, на старость заработала, единственное увлечение, вернее, даже страсть, — это садоводство. Я готова целыми днями копошиться в земле, чего только не растет на шести сотках: огурцы, помидоры, вишня, сливы, апельсины...

Выпалив последнее слово, я испугалась, про апельсины это как-то слишком, но Лариса не выказала никакого изумления. Впрочем, может, существует декоративный померанец? Я-то совершенно не разбираюсь в растениях, но делать нечего, надо продолжать.

Цветов на участке море, свободного места просто нет, без ложной скромности заявлю: мой участок лучший в нашем садово-огородном поселке. Есть чем гордиться! Но в нынешнем году приключилось настоящее несчастье. Только-только мой садик зацвел и заколосился, как откуда ни возьмись появились шеренги, батальоны и роты грызунов. Гадкие мыши жрут все, что видят, кабачки...

— У вас уже и кабачки выросли? — удивилась Лариса. — В июне?

Я осеклась; а что, когда они появляются на свет? Вот черт, следовало перед поездкой почитать какой-нибудь справочник, но уже поздно, надо выкручиваться.

— Нет, конечно, плоды не сформировались, я сказала «кабачки», имея в виду листья и стволы с ветвями.

— Стволы с ветвями?!

Фу, однако я совсем не разбираюсь в огородничестве — на чем растут кабачки, а? Ну скажите на милость? Значит, на кустах, а не на деревьях, вон как Лариса удивилась. Решив не заострять ситуацию, я полетела дальше:

— Сжирают все, чистая саранча. Я прорыдала неделю, потому что мышиная армия меня победила. Чем только не прыскала, чего только не лила в землю, их делается все больше и больше, просто руки опустились! Но вчера одна из соседок сказала: «Ты, Дашутка, отправляйся в НИИ ядохимикатов, у них там продают замечательные средства». Вот я и явилась! Сделайте милость, помогите, гибнет дело жизни!

Закончив пламенную речь, я придала лицу самое разнесчастное выражение, вытянула вперед руки и замерла в этой позе. Просто живая скорбь, а не женщина. Если Лариса сейчас не растрогается, то у нее не сердце, а кастрюля «Цептер» из неспособного помяться металла.

Профессорша вздохнула и внезапно спросила:

— Чаю не хотите? Я в жару всегда горячее пью, очень тонизирует и, как ни странно, охлаждает.

— Спасибо — обрадовалась я.

Заведующая включила чайник.

— Насыплю заварку прямо в чашки, ничего?

— Конечно, сама так люблю.

Она вытащила две кружечки, стеклянную банку из-под майонеза, наполненную сахарным песком, гнутые алюминиевые ложечки и упаковку «Ахмата».

— Мне жаль вас огорчать, — пробормотала она, наливая кипяток, — но магазина при нашем НИИ не было никогда, мы не торговали ядами ни в советские времена, ни сейчас. Да и понятно почему, здесь не фабрика, не производство, а научный центр.

— И ядов у вас нет?

Лариса усмехнулась:

— Есть, и даже много — самых разных, в пробирках. Но, согласитесь, это очень малое количество, только для изучения, не торговая партия. Хотя вы в общем-то явились по нужному адресу! Мы разработали несколько удивительных составов, я бы сказала, просто волшебных, способных совершить переворот в нашей отрасли. Взять хотя бы «Стерчерит». У вас домашние животные есть?

— Да.

— Тогда, наверное, вы побоялись бы разложить в саду безотказно действующие против грызунов традиционные средства со стрихнином?

— Конечно, — быстро согласилась я, — собаки могут попробовать и умереть.

— Вот, — кивнула Лариса, — верно. Я тоже не слишком хорошо отношусь к старым разработкам. Вы, наверное, не слышали, но в свое время поля опыляли средством под названием ДДТ. Оно отлично действовало, гибло все бегающее, летающее и шныряющее в радиусе километра. И что выяснилось через десять лет? Продукты, полученные из урожая, снятого с делянки, обработанной ДДТ, смертельно опасны для человека на генетическом уровне! А несчастные девушки из Средней Азии, собирающие хлопок! В советские времена, чтобы сберечь «белое золото», на его посевы вываливали тонны отравы! И что? В Средней Азии начался резкий всплеск онкологических заболеваний, сборщицы погибали в юном возрасте от двух видов рака: легких и меланомы, поражающей кожу. Лишь через несколько десятков лет соотнесли развитие злокачественных опухолей и ядохимикаты.

Но сейчас мы вышли на новый уровень, сделали не шаг, а гигантский скачок вперед. «Стерчерит» абсолютно безопасен для людей, животных и птиц. Он поражает лишь мышей и крыс, причем веерно.

— Это как?

— Один грызун лакомится потравкой и не умирает, — пояснила Лариса, — возвращается в норку и через час-другой становится опасен для своих родственников, заболевает сам и передает инфекцию. От него заражаются, допустим, две крысы, от них четыре, от четырех шестнадцать, ну и дальше... Ясно?

— Да уж, — вздохнула я.

— «Стерчерит» готов к производству, — грустно сказала Лариса, — но никто им не заинтересовался.

— Почему? Похоже, это отличное средство.

— Оно на голову выше всего, что продается сейчас в магазинах! — воскликнула Лариса. — Но наша торговля предпочитает брать дешевый американский препарат, совершенно отвратительный. Видите ли, принято считать, что в США, о, только там великолепные вещи, а мы ничего не умеем, но это же неправда! «Стерчерит» намного лучше западных аналогов, однако его производство не копеечное дело. Вечная проблема, как поступить: производить свое, отличное, безопасное для людей и животных, но дорогое средство, или закупить за бугром дешевую дрянь непонятного происхождения. К сожалению, чаще всего вопрос решается не в нашу пользу. Это негосударственный подход, но, увы, наши чиновники озабочены только тем, чтобы набить свой карман, они получают огромные взятки от иностранных корпораций, намеревающихся продвинуть свой товар на российском рынке. Да и директор наш, Валерий Львович, хорош гусь.

Лариса замолчала и стала пить чай. Понимая, что беседа очень скоро подведет нас к нужной теме, я решила продолжить разговор. Похоже, эта Лариса любит поболтать, впрочем, ее можно понять, возится тут одна с пробирками, вот и соскучилась по общению.

— Так что же сделал вам директор?

— Безобразие! — вскипела Лариса. — Мы раньше сидели в соседнем, большом здании, а в этой сараюшке располагались виварий и всякие технические службы. Потом, когда все развалилось, нам перестали выделять ассигнования и давать зарплату. Так люди на свои деньги кормили лабораторных животных, последнее отдавали! Великолепно понимали значимость начатых экспериментов. А потом Валерий Львович всех собрал и сообщил:

«Денег нет, один выход остался! Сдать наше здание коммерческой фирме в аренду, сроком на 30 лет, а самим переехать в пристройку».

Сотрудники разделились на два лагеря, чуть не передрались, но в результате победила «партия директора». И что вышло? Теперь все ютятся по щелям, денег как не было, так и нет, а Валерий Львович построил роскошный загородный дом. И ведь не к чему придраться. По документам особняк принадлежит теще.

— А может, вы мне поможете? — робко попросила я. — Отольете чуть-чуть какого-нибудь волшебного средства.

— Совершенно невозможно! Это подсудное дело!

— Моя соседка купила у вас яд!!!

— У меня?! — подскочила Лариса.

— Ну, в смысле, в вашем институте, просто удивительную вещь, его следует растворять в чае!

— «Теоцид»? — воскликнула профессор.

— Названия она не знает. Ей выдали пузырек и сообщили, что его содержимое подействует лишь в соединении с заваркой.

— Чушь, — отрезала заведующая, — чушь собачья.

— Такого средства не существует?

— Нет, оно было создано. Рабочее название «Теоцид».

— Почему такое странное сочетание: яд и чай?

— Оно разрабатывалось для плантаций Грузии, — принялась объяснять Лариса. — Чайные кусты иногда подвергаются нападению жуков. Это нечто вроде саранчи, уничтожает посадки дотла, сжирает листочки и даже ветки. Тварь нуждается в танине, он ей необходим для обмена веществ. И вот ведь дрянь какая, практически ничего ее не брало, а то, что убивало, делало чайный лист ядовитым. Это была трудная работа, но мы блестяще, как нам показалось, с ней справились. Был разработан «Теоцид», абсолютно безвредный препарат, можете выпить бочку и даже расстройства желудка не получите. Но в организме вредного насекомого наш «Теоцид» соединяется с танином и мгновенно становится сильнейшим ядом. Просто и эффективно.

— Значит, если насыпать его в чай и выпить, то умрешь?

Лариса прищурилась:

— Вы сразу посмотрели в корень проблемы, только «Теоцид» жидкий. Наливать его в чай много не надо, хватит пары капель. Уникальное средство, на редкость устойчивое. Если, к примеру, прольете «Теоцид» на блюдце и не заметите, а потом, когда он высохнет, плеснете туда чайку, то моментально отравитесь. Нам поэтому отдали его на доработку. Ученый совет посчитал его опасным для человека.

— И вы его доработали?

— Не успели, — грустно ответила Лариса, — все исследования финансировало правительство Грузии, это был их заказ. Первый «Теоцид» появился в 1986-м, сами понимаете, что началось потом. Грузии стало не до чайных плантаций и вредителей, пожирающих кусты, начались более серьезные проблемы: борьба за независимость, война в Абхазии. Так что «Теоцид» остался лишь в нашем хранилище. Ваша соседка не могла получить его.

— И тем не менее он у нее есть! Такой небольшой пузырек!

— Это невозможно.

— Совершенно точно.

— Вы ошибаетесь!!!

— Нет, нет, она купила его здесь.

— У кого? — закричала Лариса. — Это нонсенс! «Теоцидом» давно не занимаются! Есть очень небольшое количество вещества, но оно надежно охраняется! Вы знаете, кто якобы продал его вашей соседке?

— Да, она назвала фамилию. Более того...

Изображая смущение, я закашлялась, стала искать платок в сумочке...

— Что более того? — заволновалась Лариса. — Говорите!

— Ну, понимаете, соседка сказала, что у этой женщины можно сравнительно недорого купить любую отраву. Дает, правда, немного, одну-две чайные ложки, но этого обычно хватает. Собственно говоря, я приехала искать эту сотрудницу, про магазин просто так сказала. Но никого, кроме вас, не обнаружила.

— Немедленно назовите имя, — потребовала Лариса.

— Мне не хотелось бы, — я стала кривляться, — она для садоводов доброе дело делает...

— Ерунда! — рассердилась Лариса. — Если человек распродает лабораторные образцы, он мерзавец. Мало ли над чем мы работаем. Вот поедят дети вашей соседки обработанные несанкционированным препаратом овощи и фрукты, вырастут, выйдут замуж, и родятся у них дети-уроды. А кто будет виноват? Врачи лишь руками разведут, а ваша соседка и думать забудет про огурчики с ядохимикатом. Вы ей скажите, чтобы не пользовалась препаратом! Нет, кто же у нас такой негодяй? Вот что, я вам дам немного «Стерчерита» от мышей. Я головой отвечаю, это великолепное средство, совершенно безопасное и для людей, и для животных. Но грызуны гарантированно навсегда покинут ваш сад, а вы мне за это назовете фамилию сотрудницы, идет?

Я кивнула:

— Хорошо.

— Тогда подождите меня несколько минут в коридоре, — велела Лариса и встала.

Мы вместе вышли из комнаты, заведующая тщательно заперла лабораторию и спустилась по расположенной неподалеку лестнице вниз, в подвал. Очевидно, там ученые хранят запас ядов. Я прислонилась к стене и почувствовала невероятную радость: неужели я почти размотала клубок до конца? «Теоцид» был явно добыт здесь. Неудивительно, что милицейский эксперт не сумел правильно назвать средство, которым отравили Андрюшку. Отрава-то существует лишь в стенах **НИИ**, на рынок она не поступала. Наверное, вместе с Дегтяревым работают классные специалисты, если они смогли понять механизм действия этого яда!

Послышались легкие шаги, и появилась Лариса. В руках у нее была коробочка и пузырек с крышкой, залитой сургучом.

— Соседка вас обманула, — заявила профессор, — в нашем институте мерзавцев нет, вот здесь «Теоцид», опечатанный по всем правилам, я посмотрела в журнале, количество препарата соответствует налитой в емкость жидкости.

Я растерялась. Ну не может быть! Яд точно отсюда, или я бежала по неверной дороге? В состоянии, близком к обмороку, я пробормотала:

— Почему вы уверены, что это «Теоцид»?

— Что же еще?

— Вода!

— Не может быть! Пузырек запечатан.

— Эка проблема сколоть сургуч, а потом залить пробки заново!

Лариса решительно открыла кабинет.

— Хорошо, сейчас проверим.

Натянув резиновые перчатки, она ловко вскрыла пузырек, взяла при помощи устрашающе длинной пипетки одну каплю «Теоцида», быстро добавила к ней чайную заварку, выхватила из клетки белую мышь и мгновенно влила в рот грызуна полученный раствор.

Я зажмурилась, несчастная мышка!

— Черт возьми! — рявкнула Лариса.

Я открыла глаза. Белая мышь как ни в чем не бывало вертелась в ее кулаке.

— Сейчас поглядим, — буркнула Лариса, швыряя избежавшего смерти грызуна назад в клетку.

Несколько минут заведующая производила манипуляции с пробирками, потом она насупилась и мрачно сообщила:

— Вы правы, это вода! Немедленно назовите имя и фамилию мерзавки! Вот ваш «Стерчерит»! Пользоваться им очень просто. Возьмите кашу, смешайте с порошком и разложите в саду. «Стерчерит» абсолютно безопасен, даже если этот «коктейль» съест младенец, кошка, собака, никто ничего не ощутит, но для мышей и крыс смерть неминуемая. Ну, скажите фамилию!

Я сунула коробочку в сумку.

— Алиса Кочеткова.

— Кто?

— Алиса Кочеткова, знаете такую?

— Конечно, — пробормотала Лариса, — очень милая девушка, она работала в хранилище ядов, выдавала нам по требованию материалы для исследования. Вот уж на кого бы никогда не подумала! Молодой специалист, недавно институт закончила. Но она уволилась весной, если память мне не изменяет, в апреле.

— А почему?

— Ну тут никаких вопросов не возникает, зарплата одни слезы, молодым всего хочется, они не станут, как мы, ради науки пахать, им нужны деньги, квартиры, машины, — сердито ответила Лариса и взялась за трубку. — Вот что, Даша, очень прошу, никуда не уходите. Сейчас позвоню Алисе, попрошу приехать сюда под каким-нибудь предлогом, а когда мерзавка явится, вы ее уличите.

Я пораскинула мозгами. Одной мне встречаться с Алисой страшно, пусть и впрямь заявится сюда, нас тут с Ларисой двое. Устроим допрос негодяйке, а потом я вызову милицию, дело-то закрыто! Убийца найдена, это Алиса Кочеткова. Непонятно, правда, чем Вика так насолила ей, но выяснить истину, думается, будет легко. Опытный следователь мигом «расколет» девицу.

— Звоните, — кивнула я, — я, конечно, никуда не уйду, вы правы, за такое следует примерно наказывать!

Лариса вытащила растрепанную телефонную книжку, пошуршала страничками, набрала номер и попросила:

— Будьте любезны Алису. Да? Надолго? А куда? Вот незадача! Не знаете, кто может подсказать, где ее искать? Ага, ясно! Извините, пожалуйста, если Алиса вдруг объявится раньше, пусть обязательно позвонит в НИИ ядохимикатов, в свою прежнюю лабораторию, профессору Кузнецовой. Это я вас беспокою. Дело в том, что мы при расчете допустили ошибку и выдали ей меньшую сумму, чем положено. Пусть приедет и получит еще две тысячи, компенсацию за отпуск. Конверт с деньгами у меня. Большое спасибо.

— Ее нет! Вот досада! — воскликнула я.

— Да, — кивнула Лариса, бросая трубку, — уехала отдыхать, квартира коммунальная, соседка говорит, что пакостница вернется не раньше чем через месяц!

Глава 25

На улице стало чуть прохладней, наверное, от того, что солнце, безжалостно светившее с неба, спряталось то ли за дождевые тучи, то ли за облака смога, колыхавшиеся над Москвой. Часы показывали семь. Я вытащила пудреницу и посмотрела в зеркальце, так и есть, тушь размазалась, губная помада стерлась, тональный крем потек. При такой жаре не следует пользоваться косметикой, но из-за того, что я ничего не ем, мое лицо приобрело болезненно-серый оттенок. И еще, если не нанести на себя «боевую раскраску», большинство людей, окинув глазами мои брючки с мишками и футболку с собачками, мигом спрашивают:

— Деточка, ты чего хочешь?

А с яркой косметикой я все-таки похожу на женщину маленького роста и тощую, словно килька.

Проехав несколько сотен метров, я увидела вывеску «Кофе-хаус» и, припарковав «Пежо», вошла внутрь. Меню можно было не изучать. И так ясно, что заказывать.

— Девочка, ты одна, без родителей? — спросила подошедшая официантка. — У нас чашечка кофе стоит сто рублей.

Я усмехнулась:

— Деточка желает чай, черный, цейлонский, с лимоном и сахаром, желательно принести целую сахарницу. Цена не имеет значения, девочка имеет возможность расплатиться. Кредитки берете?

— Да, — растерянно ответила официантка, — извольте, но вы такая маленькая, тут темновато, вот и приняла вас за подростка.

— Не вы первая, — мрачно ответила я, — где у вас туалет?

— По коридору, за гардеробом, — пробормотала она, усердно протирая столик тряпкой.

Я пришла в дамскую комнату, умылась, вытерла лицо бумажным полотенцем и стала рисовать себе физиономию умудренной опытом дамы. Сегодня нужно слегка переборщить с косметикой, иначе никто меня всерьез не воспримет. Однако у меня от недоедания начал портиться характер. Ну с какой стати я взъелась на официантку? В зале и впрямь царит полумрак. Слегка взбодрившись, я вернулась на место, высыпала в чашку полсахарницы и с наслаждением проглотила чайный сироп, закусив его лимоном. В голове прояснилось. Что ж, времени терять нельзя. Прямо сейчас поеду к соседке Алисы, узнаю, куда та отправилась отдыхать, и сама туда съезжу. Или нет! Просто уточню адрес, а потом приеду к Дегтяреву и все-все ему расскажу.

Я проделала гигантскую работу, выяснила много интересного, но непосредственно преступника пусть захватывает полковник, я готова отдать ему лавры победителя, мне не нужна слава и денежная премия, хочу лишь вызволить Вику из неприятностей.

Алиса жила довольно далеко, в Матвеевском. Покружив между грязно-серыми блочными домами, я отыскала нужное здание и попала в подъезд.

Соседка Кочетковой оказалась милой женщиной примерно моих лет, может, чуть постарше.

— Вот, — протянула я ей конверт, — меня из НИИ ядохимикатов прислали, вам наша заведующая звонила, по поводу компенсации за отпуск, тут две тысячи для Алисы, пересчитайте, пожалуйста!

— Ой, лучше не надо, — испугалась соседка, — с чужими деньгами я предпочитаю не связываться, небось еще расписаться за них заставите!

— Да нет, так велели передать.

— Очень странно, — нахмурилась она, — что у вас за

порядки в бухгалтерии, если так запросто средствами расшвыриваетесь?

— Не знаю, я всего лишь курьер, но мне велено всенепременно вручить деньги, иначе ругать станут!

— И не просите!

— Ну неужели трудно! Соседка ведь! Или вы в ссоре?

— Мы в нормальных отношениях, — пояснила тетка, — но не дружим. Здороваемся вежливо и все. Приезжайте через месяц. Алиса вернется в июле.

— А куда она поехала?

— Вам зачем? — Тетка проявила бдительность.

— Ну, если это недалеко, в Подмосковье, то туда съезжу, мне начальство голову открутит, если конверт не вручу.

— Сейчас погляжу, — кивнула соседка, — она где-то мне записала.

Дверь захлопнулась, я осталась стоять на лестнице, изучая порванный дерматин. Минуты текли томительно.

Наконец баба высунулась наружу.

— Еле отыскала, деревня Толубеево, лагерь «Вершина».

— Это где такая?

— А понятия не имею, — ответила она, — вроде Алиса про Киевский вокзал говорила. Точно, вспомнила! Она еще злилась, что надо на электричку попасть, которая с Киевского рано утром уходит, иначе потом на автобус не успевает. До этого Толубеева от станции еще хрен знает сколько на рейсовом колесить.

Дверь снова закрылась. Я вернулась к машине и поехала домой. Ну что ж, дело, похоже, сделано, после ужина побеседую с Дегтяревым.

Когда я вошла в гостиную, там вовсю спорили.

— Глупости, — вещал Кеша, — есть профессии, где женщинам просто делать нечего.

— А ну назови! — подпрыгивала Маня.

— Например, в адвокатуре.

— Ты и сказал, — захихикала Маняша, — да их там полно!

— Правильно, — кивнул Аркадий, — только какой от баб толк!

— Не неси чушь, — оборвала его Зайка, — женщины давно освоили все профессии.

— Баба водитель автобуса — это нонсенс, — не сдавался Кеша.

— Почему? — кипятилась Маня. — Чем мы хуже вас, скажи на милость.

— Физиология у вас другая, — вздохнул Федор, — нежное существо не должно переносить на плечах шпалы. Господь задумал нас разными, уж поверьте, он не дурак.

— Насчет шпал, ладно, — кивнула Зайка, — это тяжело, но при чем тут адвокаты?

— Потому что и мозгов бабам господь отсыпал вполовину меньше, чем нам, — нагло заявил Аркадий. — И вообще нужно жить по законам русского языка!

— Какое отношение к теме беседы имеет русский язык? — подхватила я нить разговора. — Или, по-твоему, нам и разговаривать нельзя?

— Некоторые только и делают, что болтают, — неожиданно встрял Дегтярев.

Кеша с умилением глянул на полковника, улыбнулся ему и сказал:

— Сейчас поясню ход моих рассуждений. Вот смотрите, вспоминаем слова, обозначающие профессию, допустим он — учитель, она — учительница. Или актер — актриса. То есть наш язык, сформировавшийся в незапамятные времена, дает нам понять, что дама с указкой в руке или в парике на сцене вполне нормальное явление.

— И чего? — не поняла Маня.

— Дай договорить, не перебивай старших, — взъелся на нее Кеша. — Едем дальше: доктор. Ну-ка сделайте из этого слова «женский» вариант.

— Докториха.

— Докторица.

— Ну что, теперь ясно? То же самое с врачом, с «ним» все ясно, а с «ней»? Врачиха? Следовательно, нечего бабам лезть в медицину, не их ума это дело. Космонавт, пилот, адвокат...

— Ну с последним ты перегнул палку, — возмутилась я, — адвокатша можно сказать, или адвокатесса!

— Звучит отвратительно, — скорчился Кеша, — и в армию бабам никак нельзя. Он генерал, она...

— Генеральша, — завопила Маня, — вот и фиг тебе! Дурак!

— Сама такая, — мигом отбил Кеша, — генеральша — это жена генерала. Ну-ка, а с президентом что? Как вас величать на посту главы государства? Президентка?

— Неправда твоя, — взвыла Манюня, — вракушки! Есть такие профессии, куда по твоей логике мужчинам вход воспрещен!

Кеша снисходительно глянул на раскрасневшуюся девочку.

— Ну-ка, назови хоть одну!

Маруська слегка растерялась, я же быстро стала вспоминать — токарь... токариха? Слесарь... слесарица? Шофер... шоферица? Академик... академица? Вот какая отвратительная несправедливость, причем существует она, кажется, лишь у русских. У немцев, например, вы к названию любой профессии просто прибавляется суффикс «ин», и получается женский вариант, исключений нет.

— Слабо́, — подвел итог Кеша.

— Домработница, — заявила Ирка, ставя на стол блюдо, — вот, пожалуйста, домработница. Домработников не бывает.

— Ладно, — хмыкнул Кешка, — согласен, это оставляйте себе, насчет домработницы не спорю, самое ваше занятие.

Вымолвив последнюю фразу, он встал и вышел из комнаты.

— Лучше бы ты молчала, — налетела на Ирку Маня, — нашла что сказать!

— С какой стати возник спор? — спросила я.

— Аркадий сегодня процесс проиграл, — пояснила Ольга, — вчистую, полный аут. В составе суда были одни дамы, прокурор женщина, обвиняемая тоже, и все свидетели, как на подбор, бабы, вот он и взъелся.

— Не обращай внимания, — утешила ее Маня, — утром проснется, устыдится, за подарком побежит.

— Нечего ему стыдиться, — вдруг подал голос Александр Михайлович, — бабам и впрямь противопоказано соваться в кое-какие области. Например, следователь! Это же катастрофа! На этой работе не имеет права сидеть человек, у которого настроение зависит от физиологического цикла, понимаете, о чем я говорю?

От возмущения я проглотила почти целый лимон, вместо того чтобы выжать его в чай. Нет, вы слышали?

— Полное отсутствие логики, истеричность, вздорность, нежелание выслушать оппонента, бахвальство — вот что отличает даму следователя, — ярился полковник, размахивая бутербродом с жирной ветчиной. — Еще хорошо, что при ней, как правило, имеются мужики-оперативники, иначе беда. Ни одна бабенка не способна размотать дело от начала и до конца, ни соображения, ни спокойствия, ни умения трезво оценивать события. Место бабы у плиты, ладно, еще в детский сад можно, воспитательницей, в малышовую группу, а вот в школу уже нет, там на пороге следует опустить шлагбаум. Из-за того, что науку ребятам растолковывают климактеричные истерички, у нас и вырастают идиоты! У доски должны стоять мужчины, у них, по крайней мере, гормоны не влияют на мозг.

— Еще как влияют, — взвилась я, — да у парней первые сорок лет жизни в голове одни гормоны, ничего там больше и не сыскать.

— У мужчин вообще не бывает нормального отрезка жизни, — взвизгнула Зайка, — до пятидесяти лет они дети, а потом плавно въезжают в маразм!

— Шкафы они никогда не закрывают, возьмут вещи и уходят, нет бы дверь притворить, — вступила в беседу Ирка, — и круг от унитаза не опускают.

— Абсолютно безответственные существа!

— Ленивые, сами никогда утром не встанут!

— Вечно шмотки поразбрасывают.

— В ванну пинком не загонишь.

— Чуть насморк получат, сразу умирают.

— Зеркало в ванной зубной пастой заплевывают!

— Грязи никогда не видят.

— Самоуверенные, наглые, по большей части совершенно тупые, ничего не читающие, — мстительно завершила я и выхватила у полковника бутерброд, — положи на место! При твоем весе ветчина просто вредный продукт. Кстати, мужчины выглядят намного хуже женщин из-за того, что не могут сладить со своим аппетитом. Я рядом с тобой гляжусь девочкой. Если и дальше будешь лопать свинину, сойдешь за моего дедушку.

Ирка, Машка и Зайка радостно засмеялись. Марго и Федор молча уткнулись в тарелки, они решили не принимать участия в жаркой баталии.

Дегтярев резко покраснел, пожевал нижнюю губу и заявил, тыча в мою сторону пальцем:

— Что же касается русского языка, то я знаю одно существительное, которое, Дарья, замечательно подходит к тебе и остальным бабам, но совершенно не применимо к нам, представителям сильного пола.

— Почему? — спросила я.

— Оно не имеет мужского рода, — сообщил полковник и довольно улыбнулся, — знаешь его?

— Нет!

— Сказать?

— Да!!!

— Зануда! — выпалил Александр Михайлович, вставая. — Ты, Дашутка, зануда, а теперь переведи это слово на меня? То-то и оно!

И с выражением полнейшего счастья на лице он вышел. Меня накрыла волна негодования. Зануда?! Я зануда? И этому человеку я собиралась подарить полностью раскрытое дело? Назвать имя, фамилию и адрес организатора убийства Андрея Литвинского? Готова была отказаться от славы великого детектива? Ради кого?

Вся кровь бросилась мне в голову. Я схватила чашку и опрокинула ее на скатерть.

— Какая гадость! — воскликнула Зайка.

— Я нечаянно!

— Да не о тебе речь, — отмахнулась она, — предлагаю объявить мужикам бойкот!

— Федор ни при чем, — быстро сказала Марго.

Рароэнтолог закивал:

— Да, да, я абсолютно не разделяю высказанных здесь экстремальных постулатов. Женщины — лучшая часть человечества.

— Ладно, — кивнула Зайка, — мы оставим тебя в живых, но остальным плохо придется! Значит так, Ирка, зови Катерину.

Повариха прибежала немедленно.

— Что случилось?

— Ничего, — усмехнулась Ольга, — все только лишь предстоит! Слушай меню на завтра: утром омлет с колбасой и кофе, на обед куриный суп, на второе курица из бульона, кожу не снимать, и рис! Паровой, без масла!

— Но Аркадий Константинович не ест яйца и не выносит курятину, — удивленно воскликнула повариха, — а уж к отварной, да еще с кожей, и не притронется!

— Очень хорошо, — кивнула Зайка, — на ужин капуста брокколи и паровой рулет. Изволь готовить это неделю!

— Но полковник весь корчится при виде брокколи и рулета без корочки, — попыталась возразить ничего не знающая Катерина.

Зайка пошла вразнос:

— Все, никаких споров! Ирка! Рубашек не стирать, трусов тоже, брюк не гладить, комнаты не убирать!

— Никогда! — подхватила Маня. — Я дяде Саше в спальню клетку с хомяками поставлю, только он уйдет на работу, сразу принесу! Уж они воняют! Никакой пощады! Война так война! Посмотрим, кто победит!

— У меня никаких сомнений по этому вопросу нет, —

припечатала Ольга, — враг будет разбит, победа будет за нами.

Я вздохнула, надо же, Зайка цитирует Сталина!

— Мы их любили, — кипела Маня, — и вот благодарность. А ты, мусечка, что молчишь? Или не хочешь быть с нами?

— Конечно, с вами, — улыбнулась я, а про себя подумала: «Никогда ничего не расскажу Дегтяреву об Алисе Кочетковой. Завтра же поеду в деревню Толубеево, отыщу лагерь «Вершина» и произведу разведку боем на месте!»

Глава 26

Ночью я разложила на кровати огромную, подробную карту Подмосковья, купленную мною пару лет назад совсем для другого дела, и принялась внимательно изучать ее. Вот он, Киевский вокзал, ну-ка пойдем вдоль железной дороги. Минут через пятнадцать Толубеево было найдено. Путь предстоял не близкий, но и не то чтобы далекий. Нужно докатить до Апрелевки, свернуть, добраться до местечка Сажин, а от него пару километров по проселочной трассе до Толубеева.

Выехать из дома я решила в шесть, чтобы к десяти уж точно оказаться на месте, завела будильник и, прижав к себе слегка похудевшего Хучика, отбыла в страну Морфея.

Глаза открылись от того, что в лицо ударил яркий свет, я села и охнула: девять, ну хороша, дрыхла так крепко, что не услышала звонка будильника. Быстро вскочив, я ринулась было в столовую пить кофе, но остановилась, услыхав голос Кеши:

— Что за чушь? Омлет! Я не ем яйца! Неужели нельзя запомнить?

— Мои брюки! — перекрыл его Дегтярев. — Все мятые, и рубашка тоже! Ира!

— Дайте йогурты, — требовал Кеша.

— Немедленно погладьте штаны, — возмущался Александр Михайлович.

— Вы вчера гордо рассуждали на тему мужского превосходства, — раздался высокий голосок Зайки, — мы разделяем ваше мнение. Хорошо, вы породистые скакуны, а мы маленькие дворняжки-зануды. Что ж, поживете без нашей заботы. Раз вы такие умные, талантливые, замечательные, то зачем вам нужны глупые, никчемные бабы? Великолепно без нас обойдетесь.

Стало очень тихо, потом Дегтярев воскликнул:

— Но у Федора-то все чистое!

— А он нас не ругал, — не дрогнула Зайка, — ногами не топтал, занудами не обзывал.

— Вы нам объявили бойкот? — поинтересовалась Кеша.

— Что ты, — ласково пропела Заюшка, — просто решили оставить вас в покое. Ну зачем умному дура?

Выпалив последнюю фразу, она вылетела во двор, к машине. Полковник и Кеша начали что-то шепотом обсуждать, я стояла на втором этаже не могла разобрать их слов.

Наконец мужчины до чего-то договорились и ушли. Я подождала, пока все уедут, быстро слопала два лимона, засыпанных сахаром, угостила тем же блюдом Хучика, попила чаю и отправилась в путь.

Дорогу до Апрелевки я преодолела легко. Постояла примерно полчаса в пробке, съезжая с МКАД на шоссе, но потом поехала вперед без всяких проблем. Сверившись с картой, я ушла возле нужного перекрестка влево, докатила до городка Сажин, а вот дальше начались проблемы.

Никто из аборигенов и слыхом не слыхивал про Толубеево. Изображенной на карте проселочной дороги в природе не существовало. Там, где она по идее должна была быть, раскинулось поле, засеянное чем-то зеленым, я не слишком разбираюсь в сельскохозяйственных культурах, поэтому не поняла, что это — рожь, пшеница или овес?

Наконец, в стороне от поля, обнаружилось нечто, отдаленно напоминающее дорогу: две колеи, а посередине трава. Слушая, как «Пежо» скребет брюхом по земле, я медленно поехала вперед. Путь оказался почти бесконечным, сначала я миновала поле, затем опушку, потом протащилась сквозь лес... Нигде не было ни одного указателя или стрелки. Через какое-то время мне в голову стали закрадываться подозрения: может, я еду в никуда? Вдруг проселок сейчас просто упрется в непроходимый бор? И как мне тогда выбираться отсюда? Задом? Развернуться тут я не сумею!

Но вдруг деревья расступились, я вырулила на открытое, залитое солнцем пространство и ахнула. «Пежо» очутился на вершине горы, самой настоящей, довольно высокой. Вниз бежала тропинка, нечего было и думать о том, чтобы спуститься по ней в машине. Впрочем, сиди я сейчас в мощном, армейском внедорожнике, можно было бы попытаться проделать дальнейший путь на колесах, но у маленького «Пежо» нет шансов преодолеть преграду.

Выйдя из машины, я стала обозревать окрестности.

Никогда бы не подумала, что в Подмосковье имеются такие места, просто Великий каньон. Я находилась на самой высокой точке, с нее великолепно просматривалось все: горы, стоящие колодцем, мрачные, серые, и небольшая стайка палаток в самом внизу. Вокруг них ползали люди.

Обрадовавшись, я пошла вниз и уже через пару секунд поняла, что мои туфли совсем не предназначены для подобной прогулки. Подошвы скользили по земле, пару раз я начинала падать, но каким-то чудом все же умудрялась устоять на ногах, хватаясь за колючий кустарник, обрамлявший тропинку. Однако примерно метра за три до конца дорожки кусты исчезли, и я, шлепнувшись, проделала остаток пути на пятой точке.

— Не ушиблась? — спросила худенькая девочка, возившаяся у огромного рюкзака.

— Нет, — прокряхтела я, разглядывая исколотые ладони, — тут мягко. Глупо вышло! Плюхнулась, как дура.

— Сама тут сто раз падала, — улыбнулась девочка, — очень дорожка крутая, а с рюкзаком вообще кранты. Надо со стороны Толубеева идти.

Я обрадовалась, наконец-то нашелся человек, который слышал про таинственную деревню.

— Слушай, подскажи, как в это Толубеево попасть? Столько народу опросила, никто не в курсе.

— Да вон там оно, за горой, — пояснила девушка, — вверх по дороге, а зачем вам туда? Толубеева-то нет! Одно название осталось, дома все порассыпались, народу никого.

— Мне нужен лагерь «Вершина».

— Так это мы, — спокойно ответила собеседница и обвела рукой разноцветные палатки, — лагерь спелеологов.

— Кого? — не поняла я.

Девочка улыбнулась.

— Спелеолог — это человек, который исследует пещеры, их на земном шаре много. Альпинисты лезут на гору, а мы внутрь горы. Лагерь «Вершина» тренировочный, на этом месте раньше была каменоломня, видишь, какой каньон получился.

Я кивнула:

— Очень впечатляющий.

— Но теперь тут давно не работают, место приспособили для тренировок. Вот в августе отправимся в Крым, в пещеры. Туда никак без подготовки нельзя. А ты кто?

— Даша, — ответила я, отряхивая джинсы.

— Света, — улыбнулась девочка, — Света Васильева.

— Мы с тобой, значит, родственницы.

— Почему?

— Я тоже Васильева.

— Да уж, необычная нам фамилия досталась, — засмеялась Света, — реже только Ивановы встречаются. А ты зачем сюда? На нашу вроде не похожа!

— Работаю в журнале «Ваш досуг», — бодро соврала я, — вот послали сделать материал про лагерь «Вершина». Ну, там, экстремальный отдых и все такое прочее. Еле-еле вас нашла!

— Ну тогда тебе к Иванько надо! — воскликнула Света и заорала: — Леша! Поди сюда!

Худощавый парень лет двадцати пяти, стоявший возле оранжевой палатки, обернулся:

— Что случилось?

— Тут журналистка из Москвы, про нас писать хочет!

Леша быстрым шагом приблизился ко мне.

— Мы тренируемся на законных основаниях, имеем официальное разрешение, лагерь работает под эгидой общества «Физкультурник», придраться не к чему. Хотите, покажу бумаги?

— Я не собираюсь ни к чему придираться, — быстро сказала я, — просто хочу написать о том, как интересно изучать пещеры. Вы любого к себе принимаете?

Лицо Леши просветлело.

— В принципе да. Будете кофе?

— Лучше чай.

— Светусь, займись, — распорядился он.

Девочка кивнула и понеслась к костру.

— Вот здесь присаживайтесь, на бревна, — засуетился Алексей, — я думал, вы ругаться явились!

— Нет, нет, я с добрыми намерениями!

— Постараюсь ответить на все ваши вопросы!

Я вытащила из сумочки заранее припасенный блокнот с ручкой и принялась делать вид, что записываю его рассказ. Алексей и впрямь довольно обстоятельно рассказал о «Вершине». Никаких ограничений для новичков они не делают, единственное, о чем предупреждают сразу: тем, кто страдает клаустрофобией[1], лучше не лезть под землю. А так, приходи любой.

— Даже пенсионер?

— Ну, совсем пожилых не было, — усмехнулся Леша, —

---

[1] Клаустрофобия — боязнь замкнутого пространства, человек не может ехать в метро, на лифте, подчас в автомобиле.

а сорокалетних полно. Есть, впрочем, одно ограничение, но его не мы накладываем, а природа.

— Вы о чем?

— Такие иногда бочки с салом являются, — захихикал парень, — прямо жуть берет. А спелеологу в такие узкие щели протискиваться приходится, что даже мышь застрянет. Вот я и говорю тучникам: «Прости, дорогой, возьму тебя с удовольствием в поход, но похудей килограммов на пятьдесят, ты же в пещеру не пройдешь». В нашем деле чем тоньше, тем лучше, но при этом руки и ноги должны быть сильными, понимаете?

Я кивнула.

Леша ткнул пальцем куда-то в бок.

— Видите камни?

— Да.

— Это наши тренажеры. Силовой подготовкой занимаются все без исключения. Вот вас я бы с удовольствием взял в отряд, чуток мышцы нарастить, и классный спелеолог получится!

— Спасибо, но я очень боюсь летучих мышей.

— Наши девчонки тоже первое время визжат, а потом ничего, привыкают. Да мышей не так уж и много.

— Держите чай! — выкрикнула Света, ставя перед нами две эмалированные голубые кружки, из которых свисали ниточки с желтыми ярлычками «Липтон».

Я глотала чуть пахнущую дымом жидкость. Алеша бойко рассказывал о спелеологии. Я допила чай и решила брать быка за рога.

— Сколько сейчас человек в лагере?

— Двадцать семь.

— Двадцать восемь, — поправила Света.

— Слушай, — повернулся к ней Леша, — кто тут начальник, а? Двадцать семь!

— Нет, двадцать восемь.

— Любишь ты на своем стоять! — вздохнул Алексей. — Давай вместе считать.

И он начал загибать пальцы.

— Наташа с Никитой, Шурик с Ленкой, еще Юля, потом Маша, Сережа, Кирилл...

Света молча смотрела на парня.

— И Колька, — закончил начальник, — вот тебе и двадцать семь.

— А Алиска? — тихо спросила Света. — Или ты ее уже похоронил?

Алексей бросил на меня быстрый взгляд, потом уставился на Свету. По сердитому лицу парня стало понятно, что он бы с большим удовольствием отшлепал излишне болтливую дурочку. Но я, услыхав знакомое имя, мгновенно вцепилась в Лешу, как терьер в крысу.

— Алиса? Кто такая?

— Кочеткова, — ответила Света, — подружка моя несчастная.

— Почему «несчастная»? — насторожилась я.

— Спелеология все-таки спорт, — быстро ответил Леша, — всякое случится может. Мы, впрочем, стараемся предупредить неприятности, но, сами понимаете, порой случается форс-мажор. Но вы об этом не пишите! А то народ подумает, что здесь все убиваются.

— Что произошло с Алисой? — холодея, спросила я.

— Ой! — хлопнул себя по бедрам Леша. — Давайте расскажу одну классную историю, а? Вам она в статью пригодится! Я, до того как пещерами увлекся, в горы ходил, альпинизмом занимался. Так вот, есть такие восхождения, которые в несколько этапов осуществляются. Ну доходите до определенной точки, там ночуете, а наутро снова вверх. Новичков, как правило, водят по стандартному маршруту, место отдыха определено заранее, оно даже кое-как оборудовано. Ну хижина там стоит, к примеру.

Так вот, один инструктор, Валера, страшно любил над новичками поиздеваться. Привезет группу к избушке, поедят они, и Валера давай байку травить. Всегда одно и то же рассказывал. Как двадцать лет назад на этом месте умер от голода альпинист. Нарушил закон, пошел в горы один, сломал ногу и умер, когда все запасы съел. После смерти он превратился в привидение и частенько является тем, кто ночует в хижине. Сам не показывается, всовывает в дверь абсолютно черную руку и стонет:

— Дайте мне хлебушка!

Обычная история, такие в альпинистских лагерях постоянно рассказывают. Девчонки визжат, а парням весело, потравят страшилки и разойдутся. Но Валера одними словами не ограничивался. Около полуночи, когда все мирно сопели в спальных мешках, он мазал правую руку черным сапожным кремом, выходил на улицу, просовывал конечность в хижину и начинал выть:

— Дайте мне хлебушка!

Представляете картину? Горы, ночь непроглядная, в хижине только аварийный свет горит, лампочка в пятнадцать ватт, ее по правилам безопасности выключать нельзя, вдруг раздаются тихий скрип и замогильный голос:

— Дайте мне хлебушка!

Народ в панике садится в мешках и видит, как из двери высовывается жуткая черная рука. Эффект невероятный. Девушки в обморок падали, один паренек описался, его потом так засмеяли, что он в горы ходить перестал.

В общем, развлекался так Валера довольно долго, пока однажды не произошла невероятная история.

Как-то раз он вылез из хижины, намереваясь по обыкновению напугать глупых новичков до потери пульса, намазался гуталином, подошел к двери, взялся за створку, и тут ему на плечо опустилась рука и замогильный голос протянул:

— А зачем ты у меня хлебушек отбираешь?

Валера машинально обернулся, увидел нечто белое, без лица, с черными кистями, торчащими из покрывала, и упал в обморок. С тех пор он больше никогда не рисковал прикидываться Черным альпинистом.

— Он чего, на самом деле существовал? — дрожащим голосом спросила Света.

— Фиг его знает, — пожал плечами Леша, — может, кто из ребят знал, чем Валера балуется, и наказать решил, а может... Вот какие казусы случаются! Впрочем, в пещерах еще интереснее бывает! Сейчас...

— Очень поучительный рассказ, — прервала я его, — но все-таки что же произошло с Алисой Кочетковой?

— Чистая ерунда, — быстро ответил Алексей, — она уже поправляется.

— Разбилась Алиска, — мрачно пояснила Света, — очень сильно, мы ее четыре часа вытаскивали.

— Она сама виновата! — заявил Леша. — Говорил же, не лазить в шахту.

— Так карабин лопнул, дефектный попался!

— Вы об этом не пишите, — обозлился Леша, — нечего народ пугать!

— И все-таки, что же произошло? — настаивала я.

Он мрачно забубнил:

— На горе имеется вход в пещеру, место не изученное, соваться туда я разрешения не давал, но некоторые дуры считают себя самыми умными.

— Зачем ты так об Алисе? — возмутилась Света. — Она просто увлекающаяся натура.

— Безголовая идиотка!

— Сам идиот.

— Тише, тише, — встряла я в их ссору, — лучше спокойно объясните, что к чему.

— Леша, — донесся слева громкий крик, — иди подскажи, какой пояс на Макса надевать!

— Раз такая умная, сама и рассказывай, — буркнул Леша, — позорь нас перед прессой. Вот понапишут дряни, «Вершину» прикроют, я тогда всем ребятам расскажу, из-за кого Толубеева лишились.

С этими словами он встал и ушел. Света растерянно глянула на меня:

— Нас ведь не закроют?

— Нет, конечно.

— Очень неприятно, что Лешка так про Алису говорил. Ей хотелось исследовать новый вход, вот она и полезла, когда Иванько в город подался, зуб у него заболел на беду.

Я, стараясь казаться спокойной, слушала свою однофамилицу.

Воспользовавшись отсутствием начальства, Алиса решила полезть в новый лаз. Она подбивала на совместный поход Свету, но та категорически отказалась. Спуск в длинный отвесный колодец не привлекал ее, и она попыталась отговорить Алису от опасной затеи.

— Ну и трусы вы! — вскипела подруга. — Никто не хочет помочь! Значит, и ты отказываешься меня подстраховать.

— Да! — твердо ответила Света.

— И черт с тобой! — рявкнула Алиса.

Поругавшись, подруги разбежались в разные стороны. Но Света продолжала исподтишка наблюдать за Алисой, а ну как пойдет одна? Вообще говоря, спуститься вниз по веревкам можно и самой, без страховки. Алиса, опытный альпинист и не менее грамотный спелеолог, великолепно владеет техникой спуска. В землю вбивается железный крюк, за него цепляются карабины с веревками и все. Но правила безопасности категорически запрещают спелеологам спускаться в пещеры в одиночку, ежу понятно, как это опасно.

Вот Света и приглядывала за Алисой, но потом ее саму спустили в пещеру, из которой она вылезла лишь через два часа. Первым делом она поискала глазами подругу, не нашла ее, насторожилась и стала приставать ко всем с вопросом:

— Где Кочеткова?

Народ только недоуменно разводил руками, Алиска как сквозь землю провалилась, и Света мгновенно поняла: эта сумасшедшая таки полезла одна в тот лаз.

Света мухой взлетела по склону вверх, добежала до дыры в горе, увидела крепко вбитый крюк, а на нем... карабин с оторванной веревкой.

Она упала около лаза и отчаянно закричала:

— Алиса!

— А-а-а, — донеслось из темноты.

— Ты жива? — обрадовалась Света.

— А-а-а, — последовал ответ, и до девушки дошло, что это просто эхо.

Света побежала в лагерь, мигом развернули спасательную операцию. Вниз, тщательно страхуемый, спустился сам Леша, успевший к тому времени вырвать зуб и вернуться в лагерь.

— Дело плохо, — сообщил он, когда ребята вытащили его наверх, — похоже, у нее шея сломана, но она жива, пульс есть, сознания нет.

Несколько часов Алису вытаскивали наружу. Эвакуация человека в подобной ситуации дело крайне тяжелое, а уж если пострадавший без сознания, задача усложняется многократно.

Наконец операция завершилась успехом. Кочеткову отвезли в Апрелевку, в больницу.

— Она жива? — спросила я.

Света кивнула.

— Ты знаешь, где клиника?

— Конечно, я поехала с Алисой.

— Можешь мне показать?

— Зачем?

Я схватила Свету за руку.

— Скажи, ты дружишь с Кочетковой?

Она кивнула:

— Да, всю жизнь, мы в один класс ходили и живем по соседству...

— Значит, дружите! Ты ее любишь?

— Конечно.

— Тогда слушай, Алиса попала в очень неприятную историю. Мне кажется, что... в общем, если хочешь, чтобы Алиса была жива, немедленно собирайся и едем в больницу!

— Вы не из газеты? — широко раскрыла глаза Света. — Наврали Лешке!

— Да, я приехала к Алисе, но, как видишь, не успела! Ее хотели убить, веревка оборвалась не случайно.

— Бред, — прошептала Света, — такого не может быть.

— Давай торопись! А то убийца раньше нас доберется до клиники.

— Хорошо, — подхватилась она, — только футболку переодену.

Глава 27

Подталкивая друг друга, мы влезли на холм, сели в «Пежо» и поползли по проселку. Светлана сидела молча, лишь один раз она, тяжело вздохнув, сказала:

— Здесь никто не мог веревку перерубить! На такое наши не способны! Мы давно вместе!

Я промолчала. Иногда всю жизнь проведешь рядом с человеком, а потом с изумлением наблюдаешь, какие он выкидывает невероятные коленца!

Обратный путь показался мне более коротким. Мы без помех докатили до больницы и подошли к справочному окошку, за которым восседала бабка в мятом халате. Около нее стоял стакан с кефиром.

— Будьте любезны, — попросила я, — подскажите, в какой палате лежит Алиса Кочеткова.

— Все ходють и ходють, — недовольно протянула старуха, — покоя никакого! Когда положили?

— Вчера.

— А с чем?

— В каком смысле?

— Болит у ней чего? Ну, аппендицит или, может, гинекология?

— Она упала с большой высоты.

— Значитца, травма, — резюмировала бабка и стала медленно листать огромную амбарную книгу, — вот молодежь! Через одного мрут! А все почему? На машинах носятся, на мотоциклах, дурные головы.

Продолжая бурчать, она отхлебнула кефир, вытерла тыльной стороной кисти рот и заявила:

— Во, нашла, Алиса Кочеткова!

Я обрадовалась:

— И на каком она этаже?

— В подвале, — сообщила бабка.

Я изумилась:

— У вас там палаты есть?

— Не-а, — мотнула головой старуха, — морг тама, преставилась твоя Алиса, севодни в три часа утра.

Я вцепилась пальцами в прилавок:

— Это точно?

— Нет, — вызверилась старуха, — шуткую так! Ну народ, ваще без понятия! Померла она, померла, хочешь подробности узнать, ступай к доктору Рогову, Вениамину Сергеевичу, на второй этаж в ординаторскую.

Я покосилась на Свету, которая во время этого разговора курила на крылечке, потом подошла к ней и сказала:

— Тут такой бардак! Старуха ничего не знает, зря только в справочной сидит. Ты подожди меня пока, сбегаю на второй этаж, узнаю, куда нам идти надо.

— Ладно, — согласилась та, — на улице постою, очень у них в больнице противно воняет.

Я оставила ее на крылечке, а сама кинулась искать доктора. Неизвестно еще, какой он человек, может, рявкнет, как эта злая бабка с кефиром.

Но Вениамин Сергеевич оказался приветливым дядечкой в очках.

— Мы сделали все, что смогли, — начал объяснять он, — но, как говорится, увечья, не совместимые с жизнью. Я сразу понял — она не жилица, тяжелейшая черепно-мозговая травма. Кочетковой была моментально сделана операция, но увы! Мы не боги! Очень жаль девушку, молодая, совершенно здоровая, и пожалуйста! Я бы этот лагерь давно прикрыл! В прошлом году у них двое ноги сломали, а у одного мужика сердечный приступ приключился. А теперь вот — смертельный исход!

— К ней никто не приходил?

— Кого вы имеете в виду?

— Ну, может, подруга, мать, сестра, любовник?

— Нет, да мы бы и не пустили посторонних в реанимацию.

— Может, она что-то говорила перед смертью?

— Скончалась, не приходя в сознание!

Я спустилась вниз и пошла к Свете. Очевидно, на моем лице отразилось все, потому что моя однофамилица вдруг прижала к груди остренькие кулачки и прошептала:

— Алиса?.. Да? Да?

— Да.

Света широко распахнула глаза, попятилась, облокотилась на «Пежо» и простонала:

— Так и знала, что этим закончится! Все к тому шло! Все!

Из ее глаз потоком хлынули слезы. Я открыла машину, посадила туда Свету, влезла за руль и поехала искать аптеку.

Раздобыв новопассит, я влила в Свету почти половину бутылочки. Она сидела, раскачиваясь, иногда лишь повторяя:

— Алиска! Алиска! Так я и знала.

Я погладила ее по плечу.

— Ты лучше говори больше, легче станет!

Внезапно она схватила меня за руку:

— Хотите расскажу, какая она была, Алиска?

Я украдкой глянула на часы. Мне еще предстоит везти девицу в лагерь, а потом рулить в Москву. Рассказ Светы ничем не поможет в создавшейся ситуации, только отнимет время, но не могу же я бросить чуть живую от горя девчонку!

— Конечно, — кивнула я, — очень хочу. Давай пойдем вон в тот маленький ресторанчик, тебе надо выпить кофе, сладкий, крепкий, желательно с коньяком.

Света покорно полезла из «Пежо», она была совсем деморализована. В трактире я заказала коньяк, он оказался плохим — болгарская «Плиска», но выбора не было, поэтому я решила, что лучше такой алкоголь, чем вообще никакого.

Опрокинув рюмку, Света слегка порозовела и перестала плакать.

— Хочу все вам рассказать, — воскликнула она.

— Конечно, конечно, начинай, — сказала я и вытащила сигареты.

Придется послужить этой девочке психотерапевтом и жилеткой. Смерть подруги, тем более давней, очень тяжелое испытание. В такой момент нужно выговориться!

— Мы с Алиской дружим чуть не с пеленок, — начала Света, — в садик один ходили, в школу, никогда не разлучались. Это я из-за нее в «Вершину» попала, мне там совсем даже не нравится, страшно очень, но Алиса...

Ее рассказ тек плавно, словно она заранее написала текст. Я слушала молча, что ж, встречаются иногда такие люди, как Алиса, совершенно бесшабашные, постоянно испытывающие судьбу, начисто лишенные инстинкта самосохранения.

Алиску с детства отличала редкостная безголовость. Она могла просидеть у подружки до ночи, потом, опоздав на последний поезд метро, топать через всю Москву пешком. Ей ничего не стоило познакомиться с парнем на улице и преспокойно отправиться к нему на дачу, даже не уточнив фамилии мальчишки. Света, как могла, пыталась удержать подругу от глупостей. Куда там! У Алиски в голове свистел ветер, вернее, там бушевал настоящий ураган. Очевидно, бестолковые мысли тяжелей по весу, чем умные. Потому что вторые мгновенно улетучивались, а первые оставались, и Алиска в очередной раз вытворяла что-нибудь невероятное.

Молодости свойственна бесшабашность. Ну признайтесь, кто из нас, справивших сегодня тридцатипятилетие, не творил глупостей в семнадцать лет, будучи абсолютно уверен, что с кем с кем, а вот с ним ничего плохого никогда не случится. Молодым кажется, что они бессмертны. Это кого-то другого могут ограбить, изнасиловать или убить, кого угодно, но не его.

Но все же тормоза существуют даже у подростков, а вот у Алисы они напрочь отсутствовали. Когда ей исполнилось восемнадцать, Света вдруг поняла: дело не в глупости Алисы, той просто нравится ходить по острию бритвы, постоянно испытывать судьбу. Чем опасней было приключение, тем ярче сияли глаза Алиски.

Один раз она спрыгнула на ходу с электрички — заболталась с соседками, опоздала выйти, выскочила в тамбур, отжала двери и сиганула из вагона. Получив синяки да шишки и ничего себе не сломав, она с хихиканьем рассказывала Свете:

— Во прикольно вышло! Раз и готово!

— Ты могла разбиться насмерть! — в ужасе воскликнула та.

— Я? Никогда! — отрезала Алиска. — Совершенно исключено.

И что тут скажешь? Света только открывала и закрывала рот, потом наконец промямлила:

— Но ведь ты могла доехать до следующей станции и спокойно вернуться назад!

— Спокойно? — вздернула брови Алиска. — Светка, тебе сколько лет?

Потом Кочеткова примкнула к альпинистам и потащила с собой Светку. Несколько раз моя однофамилица сходила в горы и поняла, что ей это развлечение не по душе, она лучше осталась бы дома, а не ползала по склонам, обвязанная веревками. Свете было элементарно страшно, и на покоренной вершине она не испытывала никакой радости или душевного подъема. Когда остальные участники восхождения, крича от восторга, устанавливали на горе флаг, у Светы в голове билась только одна мысль: слава богу, приключению конец. Правда, через пару минут она с ужасом думала: господи, еще назад идти!

Алиска же испытывала восторг при опасности, она лезла в такие места, что холодели даже опытные мужчины-скалолазы.

Альпинисты строго подчиняются старшему группы. Только он решает, куда и как идти, и, если начальство сказало категоричное «нет», никто не полезет в этом направлении. И еще, в горах к одной точке ведут разные пути, отличающиеся по сложности и опасности. Сами понимаете, что новичков водят по легким маршрутам, по мере накопления опыта меняется тропа. Но все равно есть такие восхождения, на которые решаются лишь асы, и то не все. А еще существуют вершины с дурной славой, например, Чертов язык. Вроде и невысока скала, и пологой кажется, только список людей, разбившихся на ней, не уместится на одной странице. Альпинисты люди суеверные, поэтому покорять Чертов язык больше не суются. Тем более что рядом с этой «убийственной» точкой есть совершенно нормальная гора Невесты, названная так из-за того, что девушка, совершившая восхождение, потом, как правило, удачно выходит замуж.

Светка и Алиса собирались идти в составе группы на гору Невесты. Но потом Кочеткова стала подбивать народ слазить на Чертов язык. Руководитель группы сурово заявил:

— Только посмейте.

Но на беду среди альпинистов-новичков оказалось трое парней, у которых в голове свистел не меньший ветер, чем у Алисы. Рано утром, когда основная масса спала в палатках, мини-отряд полез на Чертов язык.

До вершины они не добрались, двое ребят погибли, не пройдя и трети пути. Остальные, испугавшись, стали звать на помощь. Алиску, вдохновителя и организатора несанкционированного похода, и единственного оставшегося в живых парня спасли. Самое интересное, что никаких угрызений совести Кочеткова не испытывала, она преспокойно заявила Светлане:

— И чего? Два дурака. Удержаться не сумели! Ясное

дело, слабый погибает — сильный остается, естественный отбор!

— Ты, значит, сильная? — тихо спросила Света.

— Ага, — кивнула Алиса.

И это было правдой. Поставив перед собой цель, Кочеткова шла к ней, словно танк. Все ей удавалось. Захотела поступить в институт — и сдала сложные вступительные экзамены без всякой помощи. Пожелала научиться водить сначала мотоцикл, а потом машину — и великолепно освоила технику, походила в тир и стала стрелять, как Робин Гуд. Света недоумевала: ну зачем это все подруге? Личного автотранспорта у нее нет, и, учитывая ее материальное положение, он вряд ли появится в ближайшее время, а уж стрельба! Это вообще не женское дело!

— Ты ничего не понимаешь, рохля, — объясняла Алиса Светлане, — я каждый раз поднимаю перед собой планку, ну как люди в высоту прыгают: сначала метр, потом полтора, следом два. Я хочу, наконец, узнать, есть ли на свете нечто такое, чего я не могу сделать! Ну что мне не по плечу?

После трагедии на Чертовом языке Светлана не выдержала и спросила:

— Это тоже планка?

— Конечно, — кивнула Алиса, — я доказала себе: способна и на такое!

— Но Гриша с Ваней погибли, — прошептала Света, — тебе их не жаль?

Алиса пару минут стояла молча, потом ответила:

— С одной стороны да, с другой... Скажи, зачем им было жить, слабым и безвольным? И потом, я доказала себе, что могу пережить их смерть!

Света просто обомлела, а потом испугалась. Похоже, Алиска считает себя сверхчеловеком, который имеет полное право распоряжаться чужими жизнями. А ну как ей захочется проверить: возможно ли перенести кончину ближайшей подруги, и она столкнет Светку в пропасть?

Эта мысль, дикая, абсурдная, но назойливая, билась в голове у Светы довольно часто. Но потом она пропала, потому что Алиса перестала лазить по скалам.

— Скучное занятие, — заявила она Светке, — я все себе доказала, займемся другим.

Следующим ее увлечением стали горные лыжи. Алиска не рассказала Свете, где добыла дорогущее снаряжение: лыжи и костюм, правда не новые.

— Знакомая дала, — коротко объяснила она, — на горе с ней скорешилась.

И больше ничего. Светке было негде взять денег, поэтому она на лыжах не каталась, чему была очень рада. Алиска стала ездить в горы одна, у нее появилась куча новых приятелей. Возвращаясь из очередного похода, Кочеткова принималась рассказывать массу историй, и Света поняла: горные лыжи еще одна планка.

Потом была взята и эта высота. Алиска забросила лыжи и на пару месяцев осела дома. Она прыгнула раз десять с парашютом и с «тарзанки» в парке отдыха, переплыла на спор Истринское водохранилище и заскучала. Приходила к Светке, валилась на диван и ныла:

— Жизнь кончена, все! Осталось только замуж выйти, нарожать сопливых детей, растолстеть и жарить мужу котлеты. Фу, ну и перспектива! Гадость!

Депрессия продолжалась месяца три, потом, чтобы хоть как-то взбодриться, Алиска опять отправилась в горы, покататься на лыжах. Вернулась она с горящим взором и сообщила Свете:

— Все, собирайся, отправляемся в лагерь «Вершина», станем спелеологами, исследователями пещер.

Света начала робко отнекиваться, но лучшая подруга, прищурившись, заявила:

— Думаешь, я тебя не сломаю?

Светка вздохнула и побрела собирать рюкзак. И вот теперь, во время их второй поездки в «Вершину», все кончилось хуже некуда!

Света замолчала. Я налила ей еще коньяку.

— Ты выпей, лучше будет.

— Ужасно, просто ужасно, — качала головой девушка, — ну почему я оставила ее одну? Зачем не пошла с ней?

— Не ругай себя, при том образе жизни, который вела Алиса, подобный исход был неизбежен, — тихо сказала я, — ты тут совершенно ни при чем. Удивительно, что она не погибла раньше.

— Мне казалось, что она бросает вызов судьбе, — вздохнула Света. — Один раз... Господи, как вспомню, прямо плохо делается! Давно дело было, мы еще в школе учились, лето стояло. Алиска в Пескове жила, и пошли мы — я в гости к ней приехала...

Знакомое название резануло слух.

— Прости, пожалуйста, — перебила я Свету, — где Алиса проводила лето?

— В Пескове, — ответила та, — деревенька такая крохотная, в Подмосковье. Алискина мать там много лет подряд дачу снимала, вернее, комнату с верандой у бабы Раи. Денег-то у них не было, а Алиску на свежий воздух вывезти надо. Они там долго жили, пока Алиса не выросла. Так многие поступают, у кого своего дома нет: снимут халабуду, свежим воздухом подышать, молочка парного попить. Баба Рая симпатичная была, я к Алиске часто туда приезжала, а что?

— Ничего, — тихо ответила я, чувствуя как сердце бешено колотится в груди, — ничего!

Глава 28

— Так вот, — продолжала Света, не замечая выражения моего лица, — пошли мы с ней на станцию, за мороженым. Топаем вдоль дороги, мимо поезда летят, и мы как на грех поспорили. Накануне фильм показывали по телику, про войну, так там один партизан мину хотел под состав подложить. Что-то у него не получилось, поезд налетел, а парень лег между рельсами и спасся.

Вот девочки и принялись обсуждать этот эпизод.

— Вранье, — уверяла Света, — так не бывает.
— Нет, правда, — говорила Алиса.
— Ерунда!
— Ничего ты не понимаешь!
— Но под поездом не поместиться!
— Элементарно.
— Нет!
— Да!!!

Тут вдали послышался гул приближающегося состава.

— А вот сейчас и проверим! — выкрикнула Алиса и понеслась с откоса вниз, к путям.

Света чуть не скончалась, увидав, что подруга ложится на грязные шпалы между рельсами. Зарыдав, она бросилась с насыпи, чтобы оттащить прочь потерявшую разум Алиску, но не успела, мимо загрохотал бешено гудящий товарняк.

Что испытала девочка, глядя, как мимо нее проносятся коричневые дощатые вагоны, не описать словами. Света рухнула в траву и истерически плакала, уткнувшись в землю. Потом стук колес стих, но она все лежала, не поднимая головы, больше всего она боялась увидеть растерзанное на части тело Алиски.

Внезапно что-то довольно больно стукнуло ее в бок, и раздался веселый голос подруги:

— Чего валяешься, вставай, пошли живей, а то все мороженое раскупят. Ну что? Кто был прав? Вот так тот партизан и спасся!

К этой истории нечего добавить, кроме того, что Алисе в тот год исполнилось тринадцать лет.

Внезапно Света оттолкнула от себя рюмку.

— Вы в Москву едете?

— Да.

— Возьмите меня с собой.

— Пожалуйста, сейчас скатаемся за твоими вещами и в путь.

— Нет, прямо так поедем!

— А шмотки?

— Там только спальник и футболка, фиг с ними, не могу туда возвращаться, не могу, не могу...

Понимая, что у нее сейчас начнется истерика, я быстро сказала:

— Да, конечно, наплевать на мешок с кофтой, поехали!

Светлана, мигом успокоившись, встала. По дороге в Москву я спросила:

— А где работала Алиса?

— После института устроилась в НИИ ядохимикатов, — ответила та, — но она там недолго прослужила, уволилась.

— Почему?

— Так зарплаты никакой, — объяснила Света, — и перспектива фиговая: чтобы прибавили несколько сот рублей, нужно было окончить аспирантуру, защитить кандидатскую диссертацию, ужасное место, полный отстой. Алиска, правда, терпела, но потом у нее терпелка лопнула, и она устроилась кассиром в скупку.

— Куда? — Я изобразила удивление. — В скупку? Странное место для девушки, имеющей в кармане диплом о высшем образовании.

Света пожала плечами.

— Вообще-то это я так называю антикварный магазин, там ведь скупают старинные вещи. Ей предложили хороший оклад, плюс чаевые. Только, думается, Алиска решила себе очередное испытание устроить, проверить хотела, сумеет ли она, вся из себя такая умная, на кассе сидеть! Любила она мазохистские эксперименты над собой производить. Думаю, она бы в скупке долго не проторчала, только ее уволили. Хозяин еще тот жук оказался, взял на короткий срок, а потом выгнал, заявил: «Я на лето, когда народа нет, всегда кассира убираю!» Вот какой гад! Нет бы сразу предупредить, при найме, что летние месяцы придется гулять без оклада. Но Алиска не расстроилась, наоборот, счастливая такая ходила, сказала мне: «Кассир — это полный отстой, ерундовое занятие, по плечу любому идиоту, вот сейчас съезжу в «Вершину», а потом устроюсь в приличное место». Мы в таком отличном настроении в лагерь укатили, кто ж знал, что Алиску там смерть поджидает?

Она замолчала и уставилась в окно, потом задремала, свесив голову набок, я внимательно следила за дорогой. Вот значит как! Алиса провела все детство в Пескове, жила у бабы Раи в доме.

Подъехав к подъезду, я тихонечко потрясла Свету:

— Вставай, прибыли.

Девушка встрепенулась:

— Уже? Как быстро!

Мне дорога не показалась короткой, но Света-то не вертела рулем, а мирно спала на пассажирском месте.

— Скажи, — спросила я у нее, — Алиса была блондинкой?

— Нет, шатенкой.

— Ясно, — разочарованно протянула я.

Значит, блондинка с красными губами не она. А кто?

— Ты ее подруг знала?

— Алисиных?

— Да.

— Никогда не слышала про женщину по имени Вика Столярова?

— Нет, — удивленно ответила Света.

Я вытащила из бардачка блокнот, нацарапала телефоны и сказала:

— Вот, смотри, здесь два номера мобильников. Если один вдруг отключен, то всегда работает второй, я их по очереди на зарядку ставлю и постоянно бываю доступной.

— Зачем они мне?

— Алису убили.

— Вы с ума сошли, — пробормотала Света.

— Нет, просто я знаю кое-что, неизвестное тебе, позволяющее сделать такой вывод. Веревка порвалась не сама, кто-то ее подрезал или истрепал специально, чтобы кончина Алисы походила на банальный несчастный случай. Скажи, ты хочешь, чтобы ее убийца был найден и наказан?

— Конечно.

— Тогда обязательно позвони мне, если произойдет что-нибудь.

— Что?

— Не знаю. Кто-нибудь станет разыскивать Алису, или на ее адрес придет письмо... Ну в общем, если случится хоть что-то, связанное с ней, немедленно звони, поняла?

— Хорошо, — кивнула Света, пряча бумажку.

— Не забудешь?

— Нет.

Дверь подъезда хлопнула, я ощутила невероятную, нечеловеческую усталость, свинцовой плитой придавившую меня к водительскому сиденью. Пора ехать домой. Не стоит отчаиваться, никогда нельзя опускать руки и говорить себе: все, положение безвыходное. Надо помнить, что из любого безвыходного положения находятся, как правило, два выхода, следует только их найти. Удача приходит лишь к упорным и целеустремленным, от нытиков и малодушных она бежит прочь.

Уговаривая себя, я неслась в Ложкино, ситуация казалась ужасной. Я абсолютно уверена теперь в том, что Вика ни в чем не виновата, но доказать этого не могу. Все люди, способные хоть как-то пролить свет на запутанную историю, мертвы. Все до единого, не осталось никого, кроме таинственной блондинки с красными губами, но я совсем не представляю где и как ее искать? Ведь мне неизвестны ни имя, ни фамилия, ни место работы, ни ее адрес! Полный мрак!

Стараясь не расплакаться от отчаяния, я доехала до Ложкина, поставила в виде исключения «Пежо» в гараж и пошла в дом. Главное — не отчаиваться, верить в победу! Все у меня будет хорошо.

Занимаясь самопсихотерапией, я вошла в гостиную и вздрогнула. Только этого мне сегодня не хватало: отличного вселенского скандала, может быть, даже с мордобоем.

На зеленом диване у камина со злобным выражением на лице сидел Глеб Вяземский, муж Марго.

— Привет, — мрачно сказал он, — моя жена тут?

Я, пытаясь сообразить, зачем Глеб явился к нам, сначала села в кресло, потом довольно долго подпихивала под свою спину подушку. Вяземский молча следил за мной, наконец не выдержал и рявкнул:

— Так где Марго?

— Ты, никак, ее потерял? — прищурилась я.

— Тоже мне, дорогая пропажа, — фыркнул Глеб и потянулся к сигаретам.

— У нас не курят, — ледяным тоном заявила я.

— Да? До сих пор было можно!

— А теперь нет! Желаешь дымить, ступай в сад.

Вяземский швырнул пачку на столик.

— Так и знал, что без тебя тут не обошлось.

— Объяснись, пожалуйста, в чем дело?

— А в том, — завопил Глеб, — что желаю иметь свою жену дома, на кухне, возле плиты! Нечего ей на чужих дачах прохлаждаться! В корзине белья грязного навалом, ни одной чистой рубашки нет! Повыпендривалась немного, и хватит! Пора и честь знать! Где ты ее прячешь, пусть выходит!

— Никого я не прячу, — улыбнулась я, — кстати, хочешь совет?

— Обойдусь как-нибудь, — буркнул Глеб, — зови Марго.

— Все же выслушай меня.

— Ну? — набычился Вяземский.

— Купи стиральную машину-автомат, — усмехнулась я, — сейчас их полно, самых разных модификаций, сунешь рубашки, и дело с концом! Зачем тебе Марго, а? Сам справишься.

Глеб уставился на меня злыми глазами, потом прищурился:

— Хватит идиотничать! У меня в квартире бардак! Давно пора убрать!

— Бардак у тебя, — не сдалась я, — а зовешь Марго. Сам и пропылесось! Зачем ей у тебя убираться?

Глеб сначала опешил, но потом разозлился окончательно и прошипел:

— Будет издеваться! Немедленно веди сюда Марго! Можешь сказать, что я ее простил.

— Ты? Простил ее? За какие грехи?

— Она ушла из дома! Бросила меня!

— После того как ты завел любовницу!

Глеб вскочил и забегал по комнате.

— А, вот, значит, как она живописала всем ситуацию! Бедная, несчастная дама, муж которой изменяет ей направо и налево!

— Разве не так, — бросилась я в атаку, — или ты не крутил шашни с молоденькой профурсеткой?

Вяземский остановился, словно налетел на преграду, помолчал пару секунд, а потом ринулся в бой:

— Да! Да! Да! Я изменил этой старой корове, которая по

три дня ходит в одних трусах. Бог мой, Дарья, ты что, не видишь, в кого она превратилась? Центнер сала, на голове стог сена. Никуда, кроме работы, глаз не кажет, ничем не интересуется. Ты бы видела ее белье. Меня воротит от жутких атласных лифчиков! Где только берет такие! А ее платье! Это вообще караул. Да она смотрит сериал «Скорая помощь»!

— А что в нем плохого? Сама иногда гляжу, мне нравится Джордж Клуни.

— Это сериал для убогих, лишенных головного мозга!

— Ладно, — кивнула я, — согласна с тобой целиком и полностью! Марго отвратительная, не следящая за собой толстуха!

— Глупая и истеричная.

— Пусть так!

— Абсолютно не умеет поддержать разговор, мне стыдно с ней на люди показаться!

— Будем считать и это справедливым!

— Да ее в театр не затянешь! Довольствуется чтением журнала «Лиза»!

— Хорошо, я поняла твою позицию, но ответь мне на один маленький вопросик, только честно, идет?

— Чего еще?

— Твоя любовница тоже такая?

Глеб засмеялся:

— Нет, конечно! Изумительная фигура, макияж, маникюр, прическа, стильная одежда. Она в курсе всех новинок, обожает Мураками, слушает музыку...

— Сплошное совершенство!

— Если угодно, да!

— Ну и последний вопрос. Скажи, дружочек, зачем тебе дома толстая, глупая, неаккуратная Марго? Разведись с ней и веди в загс молодое совершенство. Что-то я никак в толк не возьму, за каким чертом ты явился?

Глеб осекся, секунду моргал глазами, потом пробормотал:

— Ну, рубашки не стираны, обеда нет, квартира не убрана, и еще у меня кончились деньги.

— Так в чем проблема? Пусть мадемуазель совершенство встанет к корыту и плите!

— Не пори чушь! — взвизгнул Глеб, — она работает!

— А Марго, по-твоему, денежки с дерева срывает? Твоя жена, между прочим, носится колбасой, чтобы ты имел возможность покупать трусы по сто баксов, на себя у нее ни денег, ни времени не остается!

— Немедленно веди сюда Марго, — процедил Глеб, — иначе, иначе...

— Что? — ухмыльнулась я, — начнешь драться? Имей в виду, дом подключен на пульт охраны, живо секьюрити прибегут.

Вяземский плюхнулся на диван и сказал другим, вполне мирным тоном:

— Сделай одолжение, скажи Марго, что я приехал.

— Разговор в таком тоне нравится мне намного больше, — кивнула я, — сейчас, подожди пару минут.

Оставив Глеба в гостиной, я добежала до комнаты, где поселилась подруга, и распахнула без стука дверь. Перед глазами предстала чудная картина: Марго сидит на диване, на коленях у нее лежит коробочка кофейного зефира в шоколаде. Рядом устроился Федор, о чем-то оживленно говорящий. Но самое интересное не это. На Маргоше красовалось незнакомое мне, кислотно-зеленое платье, самым невыгодным образом облегавшее ее мощную фигуру. Честно говоря, она в этом наряде смотрелась гаже некуда.

— Ой! — воскликнула подруга и отпрянула от Федора.

Зефирины попадали на ковер. Рароэнтолог принялся собирать сладости.

— Иди сюда, — поманила я пальцем Марго.

— Что случилось? — спросила подруга, поднимаясь.

Я вытолкала ее в коридор и сообщила:

— В гостиной сидит Глеб.

— Какой? — вытаращилась она.

— Вяземский, твой муж! Вспомнила такого?

— Ай! — побледнела Марго. — Чего ему надо?

— Тебя явился звать домой. Если сейчас проявишь твердость, спасешь свой брак. Не вздумай кидаться ему на шею, поняла?

Марго молча пошла по коридору, я поплыла в кильватере, и в гостиную мы вплыли словно корабли на военных учениях: впереди огромный адмиральский крейсер, за ним крохотный катерок.

Глеб окинул взглядом Марго и скривился:

— Господи, ты еще толще стала, собирайся, поехали.

Та тяжело вздохнула и шагнула вперед, я попыталась ущипнуть ее за бок. Куда там! Марго покрывал такой плотный слой жира, что мои пальцы не сумели ухватить складку. Подругу, как резиновый мяч, нельзя было ущипнуть.

— Давай, — повторил Глеб, — ночь на дворе, еще добраться надо. Чего уставилась? Я тебя простил. Надеюсь, оценишь по достоинству мое благородство. Ну? Долго ждать?

Маргоша сделала еще один шаг вперед, на лице ее появилось выражение крайнего отчаяния, она вздохнула, слегка покраснела, напряглась, выкинула руку вперед и с мольбой в голосе воскликнула:

— Глебушка, милый!

Я ощутила такую злобу, какую не испытывала никогда до этого. Господи, Марго полная дура! Сказала же ей: не бросайся мужу на шею! Сейчас начнет рыдать, лить сопли на ковер, признаваться ему в любви. Ох, не зря говорят, что каждый народ достоин своего вождя, а жена — своего мужа!

— Глебушка, — продолжила Марго.

Я развернулась и рванула к двери, не хочу быть свидетелем сцены, которая сейчас разыграется у нас в гостиной. Но следующие слова Маргоши заставили меня сначала остановиться, потом оглянуться, а затем остолбенеть.

Глава 29

— Я никуда с тобой не поеду, Глебушка, — выдавила из себя Марго.

— Ты что имеешь в виду? — опешил муж.

— Остаюсь здесь.

— С ума сошла?

— Вовсе нет.

— А ну живо собирайся, хватит дурака валять! — обозлился Глеб. — Наслушался уже глупостей.

— Я... никуда... не... поеду.

— Ты офигела?

— Нет, — спокойно ответила Марго, — просто решила дать тебе свободу. Ты всегда говорил, что я камень у тебя на шее, теперь ноши больше нет!

Я мысленно зааплодировала. Ай да Марго! Правильно! Ну кто бы мог подумать, что моя апатичная подруга, всю жизнь плясавшая под дудку мужа, решится на подобное. Вон как я ее здорово научила!

— Это как понять? — протянул Глеб.

Маргоша пожала полными плечами, обтянутыми ужасным зеленым платьем.

— Да просто я не хочу больше жить с тобой.

— Ты со мной?

— Да!

— Не хочешь жить??

— Да!!!

Глеб замер с раскрытым ртом, потом неожиданно резко вскочил, подлетел ко мне, схватил за плечи и начал трясти, как пакет с пельменями. Кстати, походя дам полезный совет: покупая в магазине вкусные пельменчики, не забудьте как следует потрясти пачку. Если содержимое гремит так, словно внутри камушки, — отлично, если нет — не берите, потому что в этом случае рискуете обнаружить в пачке единый конгломерат слипшегося теста и мяса.

— Знаю, — кряхтел Глеб, тряся меня, — догадываюсь, кто тут поработал, соображаю, чьей рукой написан сценарий.

— Оставь Дашку в покое, она ни при чем!

— Еще как при чем! — завопил Вяземский. — Да у тебя у самой ума на такой спектакль не хватит! А ну, живо иди в машину, дрянь!

— Что случилось? — спросила Зайка, входя в гостиную.

— Эй, отпусти мусечку! — заорала влетевшая следом Маня.

— Даша не виновата, — сурово сказала Марго, — я приняла решение самостоятельно. Я разлюбила тебя. Ты, как мужчина, меня больше не привлекаешь!

Глеб пихнул меня последний раз и отпустил. Лишенная опоры, я попятилась, споткнулась о журнальный столик, села на него и покачала головой. Похоже, Маргоша в своем желании вернуть мужа слегка перегнула палку. Конечно, я объясняла ей, что правильно брошенный супруг подобен бумерангу, он всегда возвращается назад, но есть кое-какие слова, которые говорить мужчине категорически нельзя! Марго погорячилась.

— Значит, — процедил Вяземский, — я вас, сударыня, не устраиваю! А какие мужчины вас привлекают? Интересно посмотреть, но...

Глеб хотел продолжить фразу, но не успел. Дверь в гостиную распахнулась, на пороге появились Аркадий и Александр Михайлович, одетые самым идиотским образом.

На голове полковника сидела коричневая шапочка из плюша с круглыми ушками, на Аркадии красовалась похожая, но серая, и ушки — остроконечные, а под носом у него были нарисованы усы. В руках сын держал огромный торт, украшенный табличкой с надписью «Дорогим, любимым, самым лучшим». Дегтярев сжимал штук десять разноцветных подарочных пакетов.

Вдвинувшись в комнату, они переглянулись, и Кеша тихонько сказал:

— Ну, начинай, три-четыре.

Полковник кашлянул и заявил:

— Я — мишка-топотыжка, со мной мой дружок, котик-обормотик!

Ирка, наблюдавшая за происходящим из коридора в приоткрытую дверь, перекрестилась:

— Господи, никак заболели!

— Мы пришли к нашим девочкам, — подхватил Кеша с самым идиотским видом, — зайчикам и белочкам.

— Им подарки принесли...

— И сказать решили мы...

Далее последовала пауза, потом Александр Михайлович и Кеша разом упали на колени и, протягивая Зайке торт, а Мане пакеты, заголосили:

— Простите нас, дураков, очень гадких мужиков, съешьте тортик, не сердитесь и в подарках разберитесь!

Из коридора послышались всхлипывания, Ирка рыдала то ли от смеха, то ли от умиления. Я едва сдержала смех. Маня схватила пакетики.

— Ой! Тут всем! И мне, и мусечке, и Зайке, и Ирке, и Марго... •

— Кто текст стихов писал? — ухмыльнулась Ольга, беря торт.

— Я, — поднимаясь с пола, кряхтя, сообщил Александр Михайлович, — правда здорово?

— Пушкин отдыхает, — заверила Маня, азартно потроша свой пакет, — ой, а зачем мне утюг?

— Ясно! — загремел Глеб, — теперь все ясно! Насмотрелась на этих подкаблучных кретинов и того же захотела! Ну уж нет! Со мной такой номер не пройдет.

Кеша и Александр Михайлович замерли, потом полковник тихо уточнил:

— Вы про нас? •

— А про кого еще? — завопил Глеб. — Два идиота! Котик и мишка-топотыжка! Усраться можно! Да вы козлы!

Аркашка посинел, а Дегтярев подскочил к Вяземскому и заявил:

— За козла ответишь.

— Глеб, — влезла Марго, — они ни при чем! Я полюбила другого и выхожу за него замуж!

Вяземский выпучил глаза так, что мне стало страшно: а ну как они у него сейчас вывалятся из орбит.

— Ты, — наконец сумел вымолвить брошенный супруг, — ты? Полюбила другого? Где же нашла его, позволь узнать, на помойке? Или в секонд-хенде?

— Здесь, — ответила Марго, — в этом доме.

Глеб обвел присутствующих взглядом.

— Насколько знаю, тут есть всего два существа, отдаленно напоминающие представителей сильного пола.

— Ты не хами, — процедил Аркадий, — а то нарвешься.

Я растерянно переводила взгляд с сына на Глеба. Марго совсем пошла в разнос, этак она вместо того, чтобы проучить муженька, вызовет его на новый скандал. Хорошо еще что мы люди интеллигентные, приученные выяснять отношения не на кулаках, а словами. Слава богу, драк в нашем семействе не случается!

— Вот этот долговязый урод, — заорал потерявший рассудок Глеб, — женат, следовательно, твой избранник мишка-топотыжка?! Старый козел, мент поганый? Ты меня променяла на него? Меня, ученого, на козла? Меня на него?

К лицу Глеба стала приливать тяжелая краснота.

— Выпей воды, — я решила вмешаться, — хочешь, валокординчику накапаю, не ровен час, сердце прихватит!

Вяземский шагнул вперед, но путь ему преградил полковник. Рядом они смотрелись комично: долговязый Глеб и маленький, кругленький, похожий на пончик, Дегтярев.

— Значит, я козел? — спросил Александр Михайлович.

— Козел, — кивнул Глеб.

— Сам такой!

— Идиот.

— Урод.

— Кретин.

У полковника не нашлось больше слов, и он со всего размаха пихнул Вяземского. То ли у того от злости ослабели ноги, то ли Дегтярев слишком сильно пнул мужика, только Глеб пошатнулся и свалился на ковер. Я замерла на столике. Ой, кажется, словесные аргументы закончились!

— Ах ты, сукин сын, — прошипел Вяземский, вставая, — ну ща...

И он недолго думая толкнул Александра Михайловича кулаком в грудь. Дегтярев отлетел на Кешу, сын машинально отступил назад, наткнулся на Зайку, стоявшую с тортом, попытался уцепиться за нее, схватился рукой за кремовое безумие и рухнул на пол, опрокидывая вместе с собой супругу и полковника.

— Говорил же, уроды! — презрительно процедил Глеб, глядя на копошащихся в креме и бисквите Кешу, Дегтярева и Зайку.

Я просто приросла к столику, Марго жалась у окна. Маня, до сей поры мирно державшая в руках невесть зачем подаренный ей утюг, подскочила к Глебу и, издав вопль:

— Сам козел, — изо всей силы пнула его под колени.

Вяземский, не ожидавший от ребенка подвоха, пошатнулся и опустился на четвереньки, Манюня незамедлительно стукнула его утюгом по затылку.

— Получил, козел?

Глеб ухватил ее за щиколотку и дернул. Машка рухнула в гущу перемазанных тел.

Собаки, решившие, что хозяева дурачатся, приняли участие в забаве. Снап лаял как бешеный. Банди нарезал круги по гостиной, наш питбуль легко впадает в истерику, Черри быстро-быстро подъедала остатки торта. Хитрая пуделиха опасалась лезть в кучу малу, довольствуясь тем, что упало подальше.

Пару секунд я в онемении смотрела на боевые действия, потом бросилась к тревожной кнопке. Надо срочно вызвать охрану, пусть уберут Глеба, пока он всех не поубивал.

— Федор! — завопила Марго. — Федор!

Рароэнтолог мгновенно возник на пороге.

— Что случилось?

— Милый, спаси их!

Глеб на секунду перестал колотить полковника лбом о пол, а потом заорал:

— Ага, ясно, вот он!

Я схватила чайник и побежала к эпицентру драки, но не успела.

Издав оглушительный вопль, Глеб бросился на Федора. Рароэнтолог устоял и отшвырнул мужика, словно былинку. Глеб отлетел прямо на Марго, та шлепнулась на Зайку. Вяземский рухнул сверху. Я выплеснула на кучу тел воду, но по странной случайности вся жидкость попала на Кешу. Тот заорал, дернул Глеба за волосы...

Дальнейшее описать просто не могу. В гостиной начался настоящий бой, участие в котором не принимали только я и Хучик. Правда, мопс тоже внес свою лепту в происходящее, его тошнило в углу, очевидно, от вида раздавленного торта.

— Что случилось? — загремел чей-то голос.

В комнату ворвалась охрана.

— Немедленно заберите его, — закричала я, — скорей! Секьюрити схватили Аркадия.

— Нет, — заорала я, — другого!

Следующим под руку охранникам попался Дегтярев.

— Отпустите полковника, хватайте вон того, в костюме, — топала я ногами, — спасите, помогите!

Но секьюрити не слушали меня, они просто растаскивали в разные стороны матерящихся людей. Наконец битва прекратилась.

Я оглядела пейзаж. Аркадий без рубашки, с бледным до синевы лицом полковник, наоборот, красный, в шапочке с ушками и разодранными брюками; Маня, вся всклокоченная, с прядью чьих-то волос в руке; Зайка, с ног до головы перемазанная кремом; Марго практически без платья, с полных плеч свисают лохмотья ядовито-зеленого цвета, Федор с подбитым глазом, Глеб с окровавленной рукой, и повсюду куски бисквита и липкие горки из розового, зеленого и желтого масла. Ковер, похоже, придется выбросить, а в гостиной потребуется если не ремонт, то уж точно генеральная уборка. Довольны лишь собаки, кроме Хучика. Мопс лежит у окна, он сильно похудел и похож теперь на скелет в шкуре.

— И не стыдно вам? — спросил старший охранник.

— Это он? — ткнул пальцем Глеб в Федора.

Марго подошла к «академику» и нежно обняла его:

— Да!

И тут у меня с глаз упала пелена. Господи! Да Маргоша ничего не изображала! Она не прикидывалась! Она на самом деле решила уйти от Глеба к Федору! Вот это перди-монокль, как говорила моя бабушка Афанасия!

— Ты променяла меня, доктора наук, человека незаурядного интеллекта, умницу и красавца, на этого жлоба? — с изумлением воскликнул Глеб, — Да кто он такой?

— Знакомься, Глебушка, — мирно ответила Марго, — Федор, профессор, академик, рароэнтолог, уникальный специалист!

Глеб плюхнулся в кресло:

— Профессор?

— Да!

— Академик?

— Да!!

— Рароэнтолог??

— Да!!!

Внезапно воцарилась полнейшая тишина, нарушаемая лишь тихим тиканьем настенных часов. Вдруг Глеб встал, обвел всех взглядом и церемонно сказал:

— Засим разрешите откланяться!

— До свидания, — вежливо ответила Зайка.

— Будете мимо проезжать, заглядывайте, — вспомнил об обязанностях хозяина Аркадий.

— Удачи тебе, — изобразила я улыбку, — не забывай нас, навещай.

— До свидания, дядя Глеб, — пропищала Маня, — извините, что укусила вас!

Вяземский дошел до двери, распахнул ее, потом повернулся и, сказав:

— Рароэнтолог! О... ь можно, — исчез в коридоре.

Со двора послышался звук работающего автомобильного мотора.

— Инцидент исчерпан? — спросил старший охранник.

— Уж извините, парни, — вздохнул Кеша и вытащил портмоне, — вот, это вам.

— Не надо, Аркадий Константинович, у нас работа такая, нам за нее деньги платят! — покачал головой начальник.

— Тогда хоть бутылку коньяка и сигареты возьмите, — воскликнул сын.

Наконец мы остались в тесном семейном кругу.

— Я не дрался с пятнадцати лет! — воскликнул Аркадий.

— И я не припомню, когда последний раз выяснял отношения на кулаках, — вздохнул Дегтярев, — а ты, Федор?

— А я вообще не бил никого, даже в детстве, — ответил «академик», — мне мама не разрешала. Пойду, помоюсь, весь липкий.

— Слышь, Федя, — неожиданно поинтересовался Кеша, — а кто такой рароэнтолог? Давно спросить хотел! Отоларинголог, стоматолог, гинеколог, эндокринолог — этих знаю, а рароэнтолога нет!

Федор замер у двери, помялся, потом вдруг сказал:

— Вот что, ребята, вы мне нравитесь, не могу больше вас за нос водить. Я, конечно, очень талантлив, многое могу, но... самоучка. Ни доктором наук, ни профессором, ни академиком не являюсь.

— Да мы это знали, — отмахнулся Дегтярев, — давно о тебе справки навели. Ты нам тоже понравился! Просто скажи, кто такой рароэнтолог? Любопытство замучило!

— Шут его знает, — пожал плечами Федор, — это я для красоты придумал: рароэнтолог! Звучит очень загадочно!

Абсолютно разбитая, я поднялась наверх и упала в кровать. Ну и денек, просто с ума сойти. Голова кружилась от усталости. Дверь тихонько приоткрылась, и в щель юркнул Хучик. Он подошел к постели, поставил передние лапки на матрац и обиженно засопел.

— Ну, прыгай, — похлопала я ладонью по одеялу.

Но мопс, всегда ловко взлетающий на все кресла и диваны, продолжал сопеть. Я ухватила его за кожу и втащила к себе. Надо же, какой он стал худенький! И тут внезапно ожил мобильный. Я схватила трубку.

— Да.

— Это Светлана.

— Слушаю тебя.

— Вы дали мне свой телефон на случай...

— Ну!

— Ко мне приходила женщина и пообещала пять тысяч долларов.

— За что?

— Если отдам ей дневник Алиски!

— Алиса вела дневник?!

— Ага.

— Почему же ты мне об этом не сказала?

— Я не знала!

— Кто эта тетка?

— Понятия не имею.

— Как зовут, фамилия?

— Она не представилась, крашеная блондинка, с такими белыми, вытравленными волосами и...

— Красными губами!!!

— Ну да, она слишком ярко накрасилась.

— И о чем вы договорились?

— Что сегодня в три часа ночи я передам ей тетрадь.

— Где?

— Староколесовский переулок, во дворе, на детской площадке, только...

— Да говори же скорей! — взвыла я. — Нельзя же в час по чайной ложке из себя выдавливать!

— Никакого дневника я не нашла, всю комнату у Алиски перерыла. Либо она его выбросила, либо так запрятала, что и не сыскать!

— Послушай, — велела я, — у тебя есть дома толстая тетрадь или блокнот?

— Да.

— Положи в большой пакет, заклей и жди меня, сейчас приеду.

— Но зачем...

— Все объясню, — заорала я, хватая джинсы, — при встрече!

Посадив Свету в машину, я стала раздавать ей указания.

— Слушай внимательно! Эта женщина очень опасный человек. Вполне вероятно, что именно она убила Алиску, причем не только ее, но и еще нескольких человек в придачу. Значит, так: протягиваешь ей пакет и быстро уходишь. Тетка, естественно, прежде чем отдать пять тысяч баксов, захочет посмотреть на приобретение, а ты бери ноги в руки и бегом.

— Но зачем?

— А что ты станешь делать, когда она, разорвав бумагу, воскликнет: «Где же дневник?» Пусть баба думает, что ты хотела обмануть ее, взять доллары за пустышку, а когда поняла, что номер не пройдет, удрала. А я пойду за ней, узнаю, где она живет, ясно?

— В общем, да, — кивнула Света.

В Староколесовский переулок мы прибыли в полтретьего. Я вышла и присела за «Пежо», а Светочка отправилась к месту встречи, на детскую площадку. Мне из укрытия отлично была видна ее стройная фигурка, съежившаяся на скамейке. Пятачок был освещен мощным фонарем. Впрочем, они горели по всему двору, жители дома, заботясь о безопасности брошенных на ночь на улице авто, не экономили на освещении.

Ровно в три часа около Светы появилась женщина. Девушка протянула ей пакет. Дальше события стали развиваться по предсказанному мной сценарию. Баба начала раздирать упаковку, Света молнией метнулась за возвышавшийся рядом дом. Тетка вытащила тетрадь, полистала страницы, потом стала рвать бумагу. Похоже, она очень сильно обозлилась. Белые клочки усеяли чахлую городскую траву. Потопав по ним ногами, женщина повернулась и зашагала к арке, я тихой тенью последовала за ней.

Блондинка, не подозревавшая о слежке, шла не оглядываясь. Я, предусмотрительно обутая в кроссовки, скользила следом. Через пару секунд в голову закралась здравая мысль: а что мне делать, если бабенка сейчас сядет в машину? Бежать к «Пежо»? Естественно, пока буду мотаться туда-сюда, мадам улизнет!

Не успела я огорчиться на себя за то, что не подумала о таком развитии событий раньше, как женщина приблизилась к подъезду и, потянув на себя дверь, исчезла внутри.

Огромная радость наполнила мое сердце. Конечно, не зря убийца назначила встречу в этом переулке. Сейчас начало четвертого утра! Она живет в двух шагах от детской площадки! Значит, дело сделано, я узнаю хотя бы этаж, а утром уточню и квартиру!

Почти прыгая от счастья, я влетела в парадное и очутилась в кромешной темноте. Свет был выключен. Вытянув вперед руки, я зажмурилась. В детстве любила читать Фенимора Купера, так вот после ночей, проведенных в обнимку с его книгами, очень хорошо знаю: если внезапно оказалась в темноте, сразу зажмуривайся. Потом, когда раскроешь глаза, темень не покажется непроглядной. Так всегда поступал Чингачгук — храбрый вождь краснокожих!

Что-то тяжелое ударило меня по плечу, потом некая сила пихнула под колени, я упала, больно ударившись носом о ступеньки. Хлопнула дверь. Понимая, что меня обвели вокруг пальца, я кое-как встала и в полном отчаянии стала нащупывать створку. Значит, ушлая блондинка заметила слежку, но не подала виду, она пошла по переулку, отыскивая не запертый на домофон подъезд, вошла в него, притаилась в темноте и, ловко стукнув меня, удрала. Вот бестия!

Чуть не плача от досады, я вышла наружу и увидела... Свету, сидящую верхом на поверженной блондинке. Я кинулась к ним.

— Садись на нее, — велела Света, — держи, ща руки свяжу.

С этими словами она выдернула из брюк ремень и ловко скрутила запястья тетки.

— У тебя джинсы с поясом? — пропыхтела она. — Давай его сюда.

Я молча протянула ей ремень. Через минуту щиколотки бабы оказались стянуты. Мы сели ей на спину.

— Делать чего? — спросила Света.

Я вытащила мобильный.

— Что еще? — спросил сонным голосом Дегтярев.

— Немедленно одевайся, — велела я, — мне нужна твоя помощь.

— Понял, — буркнул полковник и отсоединился.

Вот, как все мужчины, не дал мне договорить до конца! Я стала вновь тыкать пальцем в кнопки, но сотовый внезапно затрезвонил.

— Что за черт, — злым голосом сказал Александр Михайлович, — пришел в твою спальню — никого! На кровати один Хуч.

— Я не дома...

— А где?! — вновь перебил меня полковник. — Где шляешься в четыре утра??? В лес двинула? По грибочки?

— Нет, конечно, — оскорбилась я, — мне бы и в голову такая глупость не пришла! Нахожусь в Староколесовском переулке, знаешь где это?

— Ну, и чем там занимаешься?

— Сижу верхом на убийце Андрея Литвинского, ты поторопись, пожалуйста, она пока в обмороке, да и руки с ногами мы ей связали, но неизвестно, как она поведет себя, очнувшись. Так что, поспеши, сделай одолжение!

— ...! — заорал полковник. — ...!

Я сунула мобильник в карман. Конечно, я предполагала, что полковник может крепко высказаться, но всегда считала, что в моем присутствии он будет соблюдать корректность!

— И чего? — тревожно спросила Света. — Приедут к нам? Как-то мне стремно! Вдруг твой приятель решит, что не стоит суетиться, и ляжет опять.

— Не волнуйся, — успокоила я ее, — если не ошибаюсь, через пять-десять минут тут столпится вся милиция Москвы и области во главе с министром. Давай покурим?

Мы вытащили сигареты.

— Ты-то как тут оказалась? — спросила я, выпуская дым.

— Да за тобой пошла, — объяснила Света, затягиваясь, — не бросать же было одну, это не по-спортивному. Потом вы в подъезд нырнули, гляжу, она одна выходит, ну и швырнула в нее кирпичом, тетка упала, а я подскочила и лбом об асфальт ее приложила, от души постаралась! Надеюсь, не убила.

— Нет, — покачала я головой, — она просто в обмороке!

Вдали послышался нарастающий рев сирен, и в переулок ворвалась целая кавалькада машин с бешено крутящимися синими маячками.

— Вот, — удовлетворенно сказала я, — на полковника всегда можно положиться! Понял, что сам раньше, чем через час, сюда не доберется, и поднял в ружье все МВД.

Глава 30

Следующий день был просто безумным. Естественно, нам со Светой никто не дал отдохнуть. Около половины шестого утра нас привезли на работу к Дегтяреву и развели по разным кабинетам. Я оказалась в довольно просторной комнате, забитой столами. Мужчина, приведший меня в помещение, буркнул что-то типа:

— Подождите, сейчас придут, — и исчез.

Я сначала посидела на неудобном, продавленном стуле, потом легла на вытертый диван, стоявший у стены, свернулась калачиком, закрыла глаза и задремала.

— Это она? — раздался над головой чей-то бас. — Мелкая какая! Прямо кошка!

— Зато вредная, — сердито ответил Дегтярев.

Я открыла глаза и села. В комнате было полно народа. Несколько мужчин и две женщины. Из всех собравшихся я знала только одного Дегтярева.

— Вы Дарья Ивановна Васильева? — мило улыбаясь, спросил высокий дядечка с приятным лицом.

Я кивнула:

— Да.

— Мы о вас много слышали, — сказала одна из теток, — от Дегтярева.

Вторая баба хихикнула:

— Ага.

— Знакомься, — буркнул Александр Михайлович, — Звягинцев Станислав Петрович, он занимается делом об убийстве Литвинского.

— Очень приятно, — ответила я.

— Хватит идиотничать! — рявкнул полковник. — А ну живо рассказывай все, что знаешь!

Внезапно мне стало обидно почти до слез. Конечно, мы с Дегтяревым дружим... Нет, не стану говорить, сколько лет, много воды утекло с тех пор, как я впервые увидела его в группе изучающих французский язык. Как старому приятелю, я разрешаю ему общаться со мной без особых церемоний, и он порой может такое сказать! Но кричать на подругу в присутствии посторонних людей, да еще своих коллег по работе? Это полнейшее безобразие!

— Погоди, Александр Михайлович, — улыбнулся Звягинцев.

Потом он повернулся к дивану:

— Учитывая, что вы моложе меня лет на десять, можно звать вас Дашей?

— Комплиментщик чертов, — прошипел Дегтярев.

Я глянула на Станислава Петровича, парню по виду лет сорок, небось он решил, что мне около тридцати, пустячок, а приятно.

— Пожалуйста, я сама не люблю отчества.

— Вы, Дашенька, талантливый детектив...

Станислав Петрович с каждой минутой начинал мне нравиться все больше и больше.

— ...и, если вы объясните нам ход своих мыслей, будем вам очень благодарны, — закончил Звягинцев.

Я глянула на Дегтярева. Надеюсь, он хорошо слышал, как этот симпатичный мужчина назвал меня талантливым детективом?

— Ну, если вам интересно...

— Не то слово! — воскликнул Звягинцев. — Вы, ребята, садитесь, сейчас Дашенька поделится с нами своими соображениями.

Я подождала, пока народ устроится на стульях, откашлялась и завела рассказ.

— Вика Столярова не виновата, она не убивала своего мужа. Это сделала другая женщина, которая придумала все действие. Алла.

— Кто? — спросил Звягинцев.

— Блондинка с ярким макияжем, которую мы со Светой связали. Вы только не перебивайте.

— Простите, бога ради.

— Ничего, — кивнула я, — значит, как было дело. Алла ненавидит Вику до такой степени, что готова потратить большие деньги на то, чтобы сделать Столяровой гадость. Наверное, она много думала, каким образом поступить, но потом судьба столкнула ее с Алисой, совершенно бесшабашной девицей. Кочеткова не только большая любительница экстремальных приключений и игры со смертью, она еще возомнила себя сверхчеловеком, который имеет право решать: жить этому индивидууму или умереть. И еще, Алиса считает, что в этом мире должен выжить лишь сильный, слабому в нем места нет. Уж не знаю, где Алла и Алиса познакомились, но Кочеткова была в курсе того, что приятельница мечтает избавиться от Вики. Причем ненависть настолько сильна, что просто убить Столярову ей недостаточно. Нет, Алла хочет, чтобы Вика испила до дна чашу унижений и страданий, стала изгоем среди своих знакомых, поэтому и наметила дьявольский план: убить

Андрея Литвинского, а всю ответственность за совершенное преступление переложить на его молодую жену.

Не знаю, какие идеи приходили преступницам в голову, но тут Алиса устраивается на работу в антикварный магазин, видит принесенный на продажу серебряный сервиз и моментально решает, как действовать. Дальше — просто. Страсть Вики к антикварной посуде известна. Алиса крадет в НИИ ядохимикатов пузырек с ядом, покрывает им чашки, едет в Песково, к бабе Рае, она хорошо знала старуху, много летних месяцев проводила у нее в избе, дает ей денег и просит разыграть спектакль. Собственно говоря, это все. Есть еще кое-какие незначительные детали, но основная канва такова...

Я говорила и говорила, методично выкладывая все, что узнала за последнее время. Звягинцев молча слушал, иногда кивал. Дегтярев вел себя нервно, он без конца вскакивал и бегал по кабинету, налетая на столы. Наконец фонтан сведений иссяк. Станислав крякнул, помолчал, потом тихо спросил:

— Простите, Даша, а почему Алла столь не любит Вику?

Я пожала плечами:

— Вот этого я не знаю!

Звягинцев глянул на Дегтярева.

— Покажем?

— Незачем, — буркнул полковник.

— Ладно тебе, Александр Михайлович, — улыбнулся Станислав, — не дуйся, человек проделал огромную работу, ну не разобрался кое в какой ерунде. Одна ведь пахала, без помощников. Вот что, Дашенька, пошли.

Сильной рукой Звягинцев ухватил меня под локоть и вывел в коридор. Мы прошли приличное расстояние, потом мой спутник распахнул дверь и предложил:

— Входите.

На этот раз помещение оказалось не таким большим, всего с одним столом, правда, стульев тут было пять.

— Устраивайтесь, Дашенька, — улыбнулся Станислав.

Я, не очень понимая, зачем меня сюда привели, покорно плюхнулась на один из стульев. Звягинцев поднял трубку и коротко бросил:

— Давай, Ваня.

Через секунду дверь растворилась, на пороге появился парень лет тридцати.

— Садись, Ваняша, — кивнул Станислав.

Юноша молча устроился около меня, я улыбнулась

ему, Ваня улыбнулся в ответ, и тут дверь снова открылась, и в помещение вошла та самая блондинка с красными губами. Ее сопровождало двое солдат в форме.

— Добрый день, — кивнул Станислав, — проходите, устраивайтесь.

Женщина молча опустилась на стул.

— Вы ведь знакомы? — спросил Звягинцев.

— Да, — прошелестела тетка.

— И давно?

— Много лет.

— Эй, — не выдержала я, — простите, что вмешиваюсь, кто с кем знаком?

Внезапно блондинка хрипло рассмеялась. Станислав подождал, пока она успокоится, и велел:

— Вот и хорошо, а теперь не станем больше ломать комедию, попрошу вас привести себя в порядок.

Женщина опять засмеялась и сняла парик. Я разинула рот. Передо мной сидела темная шатенка с очень короткой стрижкой. Было в ее облике что-то знакомое, я где-то встречала эту тетку.

— Ну, — вскинул вверх брови Станислав, — Дашенька, а сейчас? Узнаете даму?

Я покачала головой:

— Простите, нет. Что-то есть знакомое в облике...

Блондинка скривилась.

— Вы продолжайте, — обратился к ней Звягинцев, — мы люди предусмотрительные, аккуратные, все для вас приготовили.

С этими словами он выдвинул ящик письменного стола, вытащил пачку ватных дисков и бутылочку с косметическим молочком. Повертев в руках пластиковую упаковку, Станислав поставил ее перед теткой и заботливо добавил:

— Вы, наверное, привыкли к другим средствам, но у нас со средствами в МВД не очень, поэтому купили что подешевле, уж не обессудьте. Впрочем, сотрудницы уверяют, что макияж сия штука великолепно удаляет. Ну, чего мы ждем?

Блондинка, превратившаяся в шатенку, молча взяла кусок ваты, вытряхнула на него белую горку неведомого мне молочка и принялась аккуратно «смывать» лицо. Я внимательно наблюдала за ней. Я могла бы намного раньше догадаться, что вытравленные почти добела волосы — парик. У блондинок не бывает столь густых черных бровей и темно-персикового цвета кожи. Впрочем, через пару секунд выяснилось, что брови у незнакомки тоненькие, светло-русые, почти незаметные на бледном лице. Загар пропал вместе с огромными, торчащими в разные стороны ресницами, а рот из кроваво-красного превратился в маленький, с узкими губами. Затем ловким жестом дама сняла цветные линзы. Радужная оболочка из ярко-коричневой трансформировалась в серо-голубую.

— Дашенька, — спросил Станислав, — а теперь? Ну-ка, всмотритесь получше?

Не в силах произнести и слова, я глядела на тетку. Безусловно, ее лицо мне очень хорошо знакомо. Последний раз я видела эту женщину примерно два года назад. Но этого просто не может быть!

— А-а, а, — прошептала я, — она очень похожа на покойную Марту Литвинскую, первую жену Андрея. Просто до безобразия похожа, прямо невероятно. Но Марта давно погибла. Впрочем, простите, может, вы ее сестра?

— Ты всегда была дурой, — рявкнула баба. — Это я.

— Кто? — прошептала я.

— Марта.

— Но ты же умерла!

Марта хмыкнула и повернулась к Звягинцеву:

— Мне кажется, что наш дальнейший разговор должен происходить без Дарьи. У меня нет ни малейшего желания растолковывать ей что к чему. Если человек идиот, то это навсегда.

Последняя фраза, сказанная совершенно равнодушным голосом, привела меня в чувство, и я поняла: это не сон, не бред, не обман. Передо мной коротко стриженная, слегка постаревшая и сильно похудевшая сидит Марта Литвинская собственной персоной.

Глава 31

Я, Зайка и Маня никак не могли прийти в себя. Весть о волшебном воскрешении Марты поразила нас до глубины души, и мы ни о чем другом просто не могли разговаривать. Человек, который должен был дать нам хоть какие-то объяснения, поселился у себя на работе. Дегтярев приезжал в Ложкино поздно ночью и буквально через два-три часа вновь отбывал «в присутствие». Короче говоря, к концу недели мы были доведены любопытством почти до нервного истощения.

Но в субботу Александр Михайлович неожиданно появился в доме около полудня, причем не один, вместе в ним прибыл следователь Звягинцев, начавший без промедления осыпать всех комплиментами. Для каждого из присутствующих, включая собак, Станислав нашел доброе слово, и примерно через час мы, отбросив всякие церемонии, налетели на него с вопросами.

— Как? — изумился Стас. — Дегтярев вам не рассказал?

— Нет, — обиженно протянула Маня, — только отмахивается и орет: «Потом, мне некогда!»

Звягинцев повернулся к полковнику:

— Ну, Александр Михайлович, ты жестокий человек. Ладно, девочки, сейчас все узнаете. Где бы нам устроиться поудобней?

Мы схватили Стаса, отволокли на террасу, посадили на мягкий диван, подсунули под спину подушку, а под ноги табуреточку, принесли ему чашку кофе и пепельницу, задернули тент, защитив следователя от слишком жарких лучей солнца, включили вентилятор и вооружились мухобойками, чтобы мигом уничтожить назойливых насекомых, смеющих мешать плавному течению повествования.

Стас поерзал в подушках и спросил:

— Слышь, Дегтярев, за тобой что, всегда так ухаживают?

— Не обольщайся, — рявкнул полковник, — это они от любопытства такие ласковые. В обычное время у них воды не допросишься.

— Не верю, — покачал головой Стас, — такие милые, красивые...

Скрипя от нетерпения зубами, мы выдержали очередную порцию комплиментов. Наконец Звягинцев приступил к делу:

— Сначала хочу сказать, что Дашенька, в общем, правильно разобралась в том, как было подготовлено отравление.

Марта и Алиса познакомились в горах, в тот год, когда Кочеткова увлеклась скоростным спуском на лыжах. Знакомство переросло в дружбу. Алиса считала Марту своей лучшей подругой, разницы в возрасте она не замечала. Но самое удивительное состоит в том, что угрюмая, нелюдимая Марта от души полюбила Алису, более того, она считала ее единственным человеком на свете, способным ее понять. С Алисой госпожа Литвинская всегда была откровенна. Именно ей она рассказала правду о своей безрадостной семейной жизни, только ей жаловалась на Андрея, поселившегося «в деревне», лишь у Алисы на плече плакала, приговаривая:

— Ну за что это мне? И ведь не развестись никогда, потому что жить в нищете я не смогу.

Алиса хорошо знала, как мучается подруга, но помочь той ничем не могла. Единственная радость — поездки в горы, они старались кататься туда вместе, но в последний раз Марта уехала одна, уехала и погибла.

К слову сказать, и Алиса, и Марта очень дорожили своими отношениями и старательно скрывали их от окружающих. Марта представляла, как вытянется лицо Андрея, если она привезет в «Волшебный лес» Алису и заявит: «Это моя лучшая подруга».

Муж бы никогда не понял, что за отношения связывают двух женщин, одна из которых годится другой в дочери. Но Литвинский никогда не ходил в горы и не знал, что там возраст не играет никакой роли. Одна из причин, по которой Марта любила альпинизм, состояла в том, что в горах она становилась восемнадцатилетней, причем не только для себя, но и для окружающих.

Смерть Марты Алиса перенесла очень тяжело. Она не поехала искать тело подруги, девушка хорошо знала: лавина редко отдает свою добычу. Представьте теперь ужас Алисы, когда однажды поздним вечером в ее квартире раздался звонок, и она услышала глухой, великолепно узнаваемый голос Марты:

— Привет, Алиска, это я.

Подруги встретились и проговорили целые сутки. Лучшей компаньонки, чем Алиса, для осуществления своего плана Марте было не найти. А задумала она убить Андрея и сделать это так, чтобы кару за чужое преступление понесла Вика Столярова.

— Почему? — закричала Маня. — Ну что ей Вика плохого сделала?

— Она приревновала мужа? — спросила Зайка. — Не могла простить ему второй брак?

— Но каким образом Марта осталась жива? — не утерпела я.

Стас замахал руками:

— Погодите, погодите. Очень много вопросов, отвечу на все, постепенно, наберитесь терпения, не забегайте вперед! Значит, задуманное следовало воплотить в жизнь.

И у Марты была еще одна добровольная помощница, готовая ради нее на все, — Валентина, домработница.

— Она знала, что Марта жива? — ахнула Зайка.

— Да, — кивнул Стас, — и полностью одобряла все действия любимой хозяйки. И вот эти три женщины, очень разные, просто полярные: бесшабашная, абсолютно уверенная в своем превосходстве над всеми Алиса, умная, хитрая, умеющая скрывать свои чувства Марта и не слишком развитая, но бесконечно преданная Валентина начинают решать сложную задачу: как извести Вику. Много идей приходит им в голову, одна фантастичней другой, но все они кажутся либо неосуществимыми, либо глупыми. И тут Алиса, большой любитель экспериментов над собой, устраивается на работу в антикварный магазин. Это Валентина рассказала подельницам о страсти Вики к антиквариату и даже назвала точку, где та покупала редкости. Смело можно сказать, что весь план был разработан ею.

Сначала она увидела, что Вика хочет купить сервиз, но жалеет денег. Кассирша мигом придумывает историю про клиентку с суперчаевыми, и продавщицы прячут посуду в подсобку. Две недели нужны Алисе для организации преступления. Яд она достает на своей прежней работе. Приходит в гости к девочке, которая сидит теперь в хранилище на ее месте, и отпускает ту в магазин. Следующий этап — открытие кредитной карточки.

— Господи, — всплеснула я руками, — ну зачем такая сложность? Отчего просто не заплатить наличными?

Стас кивнул:

— Правильный вопрос. Но и Марта, и Алиса не хотят вовлекать в дело много народа, а у хозяина магазина пару раз бывали неприятности с клиентами, когда люди отдавали в кассу фальшивые доллары. Поэтому, чтобы обезопасить себя, он ввел такое правило: если сумма превышает пятьсот баксов, расчет наличкой происходит в его кабинете. Владелец самолично пропускает все купюры через специальную машинку. Процедура не слишком долгая, но происходит она в задней части магазина, так сказать, тета-тет. Сама приходить в магазин Марта не хочет, она боится. Алиса, как понимаете, тоже не может купить чашки. Вмешивать в дело Валентину женщинам никак нельзя, она потом должна дать показания в милиции. Береженого бог бережет, еще столкнется там с кем-нибудь из скупки. Вот Алиска и придумала, как поступить. Подбила свою жадную подружку Майю сделать кредитную карточку, а потом договорилась с алкоголиком из ближайшего магазина. Дядьке вменялось войти в магазин, ткнуть пальцем в сервиз и отдать карточку в кассу. Алиса, естественно, не стала проверять у него документы.

— Но почему было не дать ему деньги наличкой? — не успокаивалась я.

— Десять тысяч долларов огромная сумма для алкоголика, — спокойно пояснил Стас, — ему бы предложили пройти в кабинет директора, а он расположен возле черного хода, к тому же рядом туалет с окном, выходящим на другую улицу. Где гарантии, что пьяница не воспользуется одним из «запасных» выходов и не улизнет с бабками? И где его караулить? Под дверью? Под окном? А с кредиткой ему некуда деться. Немного сложный план, но он был осуществлен.

Сервиз прямо на улице передают Марте, которая изменила внешность с помощью парика и макияжа.

Потом Алиса едет в Песково и договаривается с бабой Раей. Старухе дают приличную сумму денег, и она охотно соглашается поучаствовать в спектакле. Ей показывают фотографии Вики, и баба Рая блестяще справляется с задачей.

Столярова получает за копейки антикварный серебряный сервиз и чувствует себя до неприличия счастливой. Она привозит набор домой и велит домработнице вымыть его.

Валентина выполняет приказ, но, тщательно протерев чашки, она потом покрывает их ядом. Затем запихивает пузырек в кадку с фикусом, ставит посуду в сервант, а растение относит в сад. Все декорации расставлены, скоро начнется спектакль!

— Эй, эй, погоди! — перебила я Стаса. — А каким образом на пузырьке оказались отпечатки пальцев Вики?

Звягинцев потер затылок рукой.

— Алиса воспринимает эту ситуацию как еще одну возможность проверить собственные силы. Для женщины, которая преспокойно улеглась на рельсы, чтобы посмотреть, как над ней промчится поезд, которая любит опасность, игра в убийство — новое увлекательное занятие, и она полна желания доказать себе: это тоже по плечу. Она способна разработать и осуществить идеальное, нераскрываемое преступление. Поэтому все роли в сценарии написаны самым тщательным образом. Алиса старается предусмотреть мельчайшие нюансы, одна история с кредиткой чего стоит! Что же касается пузырька...

Валентина сначала открыто ставит его на кухне, а когда Вика зачем-то заглядывает туда, как ни в чем не бывало, протягивает склянку хозяйке.

— Вот, нашла, под столом. Вроде в нем какое-то лекарство. Вам он нужен или выбросить?

Вика машинально хватает флакончик, вертит в руках и сердито отвечает:

— И зачем мне, по-твоему, он может пригодиться? Выкинь!

Валентина кивает и, едва Столярова уходит, запихивает пузырек в землю, дело сделано, улика на месте.

Ну а дальнейшее вам известно.

— Но ведь Зайка с мусечкой тоже могли умереть! — заорала Машка. — Об этом Алиса, что, не подумала?

— Ну, во-первых, она не знала, что сервиз сразу подадут гостям, — пожал плечами Стас, — а во-вторых, ей было все равно, кто еще погибнет, чем больше народу, тем лучше, главное, засадить Вику. Человеческая жизнь не значит для Алисы ничего. Давайте вспомним, как она расправилась со всеми остальными: с Ниной Супровкиной, Сергеем Прокофьевым и Валентиной.

Начнем с Нины. Алисе надо, чтобы у следователя не возникло сомнений: Вика решила убить своего мужа, чтобы воссоединиться с любовником. К делу решают привлечь Супровкину, Марта очень хорошо знает, что Нина, жадная до неприличия, продаст за звонкую монету даже родную мать. Марта едет к Супровкиной, а у той непростая финансовая ситуация. Нинка заложила свою квартиру, чтобы построить дом. Кредит она получила, здание возвела, но выплачивать долг ей нечем, и она может потерять жилплощадь в Москве. Несчастная Супровкина всю голову сломала, пытаясь сообразить, где взять денег, и тут к ней является... давно умершая Марта и предлагает решить проблему за небольшую услугу.

— Я сразу поняла, что Нинка врет, — перебила я Стаса.

— Да? — улыбнулся Звягинцев. — Почему?

— Очень просто. Она говорила, что Вика Столярова встречалась с любовником на ее даче, правильно?

— Ну?

— Так она же в течение полугода строила новый дом, где же встречались влюбленные? На мешках с цементом? Небольшая нестыковочка выходит!

Стас рассмеялся:

— Ну ты молодец! Я не обратил внимания на эту мелочь, хотя, думается, прижми мы Нине хвост, она бы выкрутилась. Дескать, дом перестраивался постепенно... В общем, нашла бы что сказать, хотя наблюдение интересное.

— Откуда у Марты деньги? — спросила Зайка.

Стас улыбнулся:

— А она составила завещание на Валентину уже после «воскрешения», в котором написала, что все свои драгоценности оставляет домработнице. У Андрея бумага не вызвала никаких сомнений, он отлично знал почерк жены и видел, что документ заполнен ею собственноручно. Украшения Марты ему не нужны. Валентина спокойно забирает шкатулку и отдает любимой хозяйке, а там много раритетных вещей. Хватило на все, в частности, и на оплату услуг Супровкиной.

— Теперь понятно! — воскликнула я.

— Что? — повернулся ко мне Стас.

— Валентина очень переживала смерть Марты, — сказала я, — она сначала поставила у себя в комнате ее фото с траурной лентой, но недавно убрала его, сказала: «Живым надо жить». Значит, она просто узнала, что любимая хозяйка не погибла...

— Ага, — кивнул Стас, — хозяюшка-то жива, зато все остальные... Супровкина моментально подсказывает кандидатуру «любовника», своего соседа Сергея Прокофьева, мало зарабатывающего, любящего выпить мужика.

Роли написаны и розданы, «актеры» выучили необходимые слова, режиссер прячется в кулисах, и... занавес пошел вверх. Сначала все катится, как по маслу. Андрей мертв, Супровкина обращается в милицию, ее показания изобличают Вику, Сергей старательно изображает из себя любовника Столяровой, все выглядит пока достаточно убедительно. Но Алиса понимает: это только на первый взгляд. Сейчас начнутся очные ставки, Вика, естественно, станет сопротивляться, все отрицать. Сумеют ли Супровкина и Прокофьев как следует сыграть свои роли? Опытного сотрудника МВД трудно обмануть, почует следователь фальшь — пиши пропало. К тому же Нинка знает, что Марта жива.

Сложив эти нехитрые соображения, Алиса понимает, что и «любовника», и «гостеприимную подругу» в живых оставлять опасно. Действует она просто. Сначала поздно вечером приезжает за Супровкиной на дачу, под каким-то предлогом увозит Нину в город, ну и... остальное вы знаете. Тело Супровкиной находят на рельсах лишь утром. Сергея Прокофьева Алиса просит срочно подойти к метро, она знает, какой дорогой он туда пойдет. А еще ей везет, свидетелей наезда практически никаких нет. Прокофьев считается банальной жертвой ДТП.

— Откуда у них машина? — спросила я.

— Так специально купили, — пояснил Стас, — а водить Алиса умеет достаточно хорошо.

Остается последний человек, могущий провалить дело, — Валентина, и приговор ей подписан после того, как домработница рассказала на Петровке про пузырек и фикус.

— Но каким образом Алиса подожгла дом Литвинских? — подскочила Маня.

Стас кивнул:

— Сейчас объясню. Она дала Валентине небольшую коробочку и велела положить в сауне, расположенной на первом этаже здания, сказала при этом: «Еще одна улика, чтобы утопить Вику. Пусть пока полежит пару дней спокойно, а потом менты приедут вновь, найдут сверток, и Столяровой точно конец».

Валентина послушно исполняет приказ, но она не знает, что в упаковке спрятана стеклянная емкость с двумя кислотами, разделенными тонкой пластиной. Едкая жидкость через некоторое время «съедает» преграду, и начинается пожар. Огонь мгновенно распространяется по дому. Все, свидетелей больше нет.

— Старуху в подпол тоже она столкнула? — тихо спросила я.

Стас кивнул:

— Да. Алиса считает себя сверхчеловеком, которому можно все. И еще, по ее глубокому убеждению, старым, больным, глупым людям вовсе незачем жить, они не представляют интереса для истории. Алиса решила проверить собственные силы: сумеет ли она организовать идеальное преступление, и, по ее мнению, с блеском справилась с поставленной задачей.

— Одного не пойму, — прошептала я.

— Что? — повернулся ко мне Стас.

— Как же Марта решилась на убийство Валентины? Домработница была для нее близким человеком.

— А Марта не знала до конца, что задумала Алиса, — сказал Стас, — Литвинская пряталась в укромном месте, передоверив всю работу подружке.

— И она так и не узнала о том, сколько человек убила эта подруга? — прошептала Зайка.

— Узнала, — кивнул Стас, — но тогда, когда дело было сделано. Алиса явилась к ней и, бахвалясь, рассказала, как ловко она все обстряпала. Госпожа Литвинская холодный человек, но она пришла в ужас и стала упрекать Алису. Та сначала отбивалась, отвечая: «Я для тебя же старалась», но потом принялась огрызаться. Дело закончилось скандалом. Разъяренная Алиса убежала домой, напоследок заявив Марте:

— Самый страшный грех — неблагодарность. Я ради тебя убила несколько человек, а ты мне даже спасибо не сказала.

— Но я вовсе не собиралась никого убивать, кроме Андрея, — парировала Марта, — думала, вопрос с Ниной и другими будет решен при помощи денег!

— Дура, — вскипела Алиса, — и жить остаток дней под дамокловым мечом, ожидая, пока тебя сдадут тому, кто посулит большую сумму? Имей в виду, если человек за деньги продал другого, он и тебя продаст, вопрос лишь в цене.

Марта растерянно замолчала, Алиса замерла на пороге, окинула подругу взглядом и заявила:

— Нам следует временно расстаться. Кстати, бесполезно подсылать ко мне киллеров. Я описала всю историю в дневнике и отдала его на сохранение своей подруге Светке. Не веришь, вот телефон, позвони и спроси.

Затем она хлопнула дверью и убежала. Алиса мгновенно забывала про приключение, когда оно теряло остроту. Вот разработать сценарий преступления, заставить людей осуществить его, а потом ловко устранить свидетелей — это было классно, настоящий адреналин. Но как только все закончилось, Алисе моментально стало скучно, и она решила затеять новую игру: задумала превратиться из убийцы в жертву, такого она еще не делала. Алиса специально сказала про дневник, она полагала, что Марта, испугавшись, начнет охоту на нее. Во всяком случае, сама бы Кочеткова именно так и поступила, узнай она, что Марта ведет дневник. Но Алиса, очевидно, все-таки плохо знала Марту. Та впадала в депрессию и закрывалась в своей квартире. Пару раз Алиска звонит Марте, дразнит ее, пытается вызвать на какие-то действия, потом машет рукой и отправляется в лагерь «Вершина».

— Какая странная девушка, — вздохнула Машка, — другая бы на ее месте сидела тише воды, ниже травы, раз уж ее не поймали за многочисленные убийства. А эта! Никакого инстинкта самосохранения!

— Правильно, детка, — кивнул Стас, — ты очень умная девочка и сразу посмотрела в корень проблемы. Для Алисы главное — ощущение опасности, подбирающейся к ней смерти. Чем оно ярче, тем полнее жизнь Алисы. Честно говоря, мне непонятно, каким образом она ухитрилась дожить до своих лет. Очевидно, господь снисходительно относится к безумцам. По идее, Алиса должна была умереть еще в детстве, но смерть настигла ее на горе, во время спуска в пещеру.

— Марта истрепала веревку! — закричала я. — Она все-таки испугалась рассказа про дневник и решила действовать.

— Нет, — ответил Стас, — Литвинская тут ни при чем. Просто это дикая случайность — дефект каната. Сверху он выглядел совершенно новым, внутри оказался гнилым. Можете назвать это возмездием, можете роковой неудачей, но все равно итог один: рухнув с большой высоты, Алиса получила тяжелую черепно-мозговую травму и погибла.

Врачи больницы, где умерла девушка, звонят ей домой и сообщают соседке о смерти Кочетковой. Соседка приходит в ужас. Мать Алисы уехала на лето в деревню, там нет телефона, что делать, женщина не знает. Не успевает она накапать себе валокордин, как телефон вновь оживает, на том конце провода Марта. Литвинская, поразмыслив как следует, решила, что им с Алисой надо еще раз обсудить ситуацию. Она чувствует себя виноватой перед Кочетковой. Та решилась на ужасные преступления, чтобы помочь подруге.

— Алиса погибла, — рыдая, сообщила ей соседка, — упала в пропасть, лопнуло крепление.

Известие ударило Марту по голове. Сначала она плачет, просит у Алиски прощения, но потом вдруг вспоминает — дневник! И начинает названивать Свете. Собственно говоря, это все.

— А где дневник? — тихо спросила Зайка.

— Его не было, — ответил Стас, — Алиса ничего не отдавала Свете на хранение, да и не записывала она ничего, не тот менталитет.

— Марта хотела убить Свету? — не успокаивалась Зайка.

— Да нет, — пожал плечами Звягинцев, — думала выкупить тетрадку. Марта вообще не хотела никого убивать, кроме Андрея и Вики. Причем последнюю морально.

— Но за что она их возненавидела? — заорала Маня.

— И почему ее объявили мертвой? — занервничала я.

Стас побарабанил пальцами по диванной подушке.

— А это другая часть истории, не менее трагичная, чем

уже рассказанная. Может, вы устали? Давайте поговорим об этих событиях в другой раз?

— Нет!!! — завизжали мы в три голоса.

Стас выставил перед собой руки.

— Тише, тише, без проблем. Хотите сейчас, пожалуйста.

Глава 32

— Прежде чем я в деталях объясню вам, что произошло, — начал Звягинцев, — давайте вспомним, как жили Андрей и Марта. Были ли они счастливы в супружестве?

— Нет, — ответила я, — последние несколько лет точно нет. Марта жила с мужем только из-за денег, а Андрей тоже не имел возможности развестись с ней.

— Почему же? — прищурился Стас. — Ты знаешь ответ?

— Конечно, — кивнула я. — Когда Андрей начал стремительно богатеть, он всячески прятал свои доходы от налоговой инспекции. Наши законы таковы, что начинающему бизнесмену ничего не остается, кроме как «химичить», иначе он на первых порах не получит никакой прибыли. Очень многие люди, пытавшиеся вести бизнес честно, попросту разорились. Вот Андрей и решил этого избежать, для сего записал половину бизнеса на Марту. По бумагам госпожа Литвинская совладелица дела, но фактически она не может ничего продать и не получает прибыли на руки. Когда между супругами начались скандалы и Марта категорически отказалась переезжать в новый дом, Андрей вскипел и заявил:

— Развод.

— С дорогой душой, — согласилась Марта, — уйду вместе со своей частью бизнеса.

Вот тут у них вспыхнула настоящая война. Андрей объяснил супруге, что потратит огромные деньги, но докажет, что она лишь подставное лицо. Марта пообещала натравить на него все мыслимые и немыслимые финансовые проверки — как жена она была в курсе многих махинаций мужа. Основательно испортив друг другу нервы, пара пришла к консенсусу. Развод был невыгоден для обоих, в результате него они слишком много теряли, поэтому решили жить вместе. Марта перебралась в загородный дом, за что получила возможность кататься в свои обожаемые горы чуть ли не раз в месяц, Андрей сохранял видимость семьи. Его бизнес уверенно вырулил на международную арену, а западные партнеры, прежде чем заключить контракт с российским коллегой, тщательно, со всех сторон, проверяют его. Женатый мужчина им намного более импонирует, чем разведенный. И еще, несмотря на глубокие противоречия и крайнее недовольство друг другом, Литвинские долгие годы провели вместе, они понимали один другого с полувзгляда. Андрей только подумает, а Марта уже отвечает на невысказанный вопрос. Литвинский ценил жену, она могла дать дельный совет, порой ей в голову приходили нестандартные решения.

— Но супружеской любви не было, — подхватил Стас, — давно спали в разных комнатах. Вот Андрей и завел себе любовницу, женщину не слишком молодую, одного возраста с Мартой, не замужнюю, не обеспеченную, не слишком красивую. Что потянуло его к ней — загадка. Отношения длились несколько лет. Сначала любовница довольствовалась малым, но потом ей захотелось стать полновластной хозяйкой в загородном особняке, получить штамп в паспорте о законном браке, ей надоело прятаться по углам и встречаться с любимым человеком в сомнительных гостиницах. И тогда она стала думать, много думать над тем, как же избавиться от Марты, и, наконец, ее осенило.

Когда Марта уехала в горы, любовница Андрея, притворившись больной, легла в больницу. Литвинский считал, что дама сердца усердно лечится, а та на самом деле отправилась следом за его женой. Горы опасны, там может случиться всякое. Целую неделю любовница изучала обстановку, а потом поняла, как действовать.

Марта любила рано встать и отправиться в уединенное место, куда редко ходили другие отдыхающие. Опытные проводники не раз говорили Марте: «Не лазай туда, может лавина сойти».

Но она только отмахивалась: «Не сошла же пока».

Вот любовница Андрея и решила слегка подкорректировать ситуацию.

Когда Марта, как всегда, пришла на свой склон и встала на лыжню, внезапно вверху раздался выстрел из стартового пистолета. Тот, кто хоть раз бывал в горах, великолепно знает: спуск лавины может спровоцировать любой, подчас даже совсем негромкий звук. Иногда достаточно тихо кашлянуть, чтобы со склона сорвалась многотонная масса снега и с диким грохотом понеслась вниз. Вот любовница Андрея и воспользовалась этим обстоятельством.

Залезла на огромное дерево, стоящее в стороне от того места, куда должна была пронестись лавина, и выстрелила. Конечно, она довольно сильно рисковала, толща снега могла элементарно сломать дерево, но бабе повезло, и она, держась за ветви, увидела, как белый «язык» слизнул в одночасье Марту.

Судьба человека, попавшего в лавину, непредсказуема. Даже если ему не сломает шею, шансов на спасение у несчастного очень мало, а главное, как это ни странно, нельзя суетиться, пытаться выбраться и тратить силы на самовыкапывание. Дело в том, что в лавине человека крутит в разные стороны, а когда бешеное верчение прекращается, он, порой, не в силах понять, где верх, где низ, начинает рыть снег, думая, что пробивается наружу, а на самом деле зарывается глубже. Единственное, что можно посоветовать бедолаге, это постараться утрамбовать вокруг себя снег, чтобы добыть немного воздуха. А потом пусть молится, может быть, его найдут. Есть специально обученные собаки, способные почуять под толщей снега человека, а есть и странные люди, отдавшие всю свою жизнь горам. Идет такой человек в составе поисковой группы по склону, потом вдруг без всякой видимой причины останавливается и говорит: «Здесь».

В горах к таким чудакам прислушиваются, и, что самое интересное, они, как правило, никогда не ошибаются. Бывали случаи, когда на десятый день после схода лавины из нее выкапывали живых. И еще, главное, не паниковать, твердо верить — найдут, убеждать себя: у меня теплый костюм, а без еды можно прожить тридцать суток. Горы совершенно непредсказуемы, один человек споткнется и, осторожно упав на бок, сразу, буквально на ровном месте, сломает шею, другой, погребенный под тонной снега, остается живым в плену больше недели, а потом, оказавшись в больнице, узнает, что, в общем, совершенно здоров. Проводники говорят, что бог зовет человека в горы лишь в двух случаях: когда хочет либо наградить, либо наказать его. И еще, на склоне все человеческие качества проступают как под лупой: жадность, подлость, лживость, благородство, умение пожертвовать собой, — все принимает гипертрофированные формы.

Много чудаков ходит в горы, кое-кто, приехав один раз, кардинально ломает свою жизнь и селится на каменистых уступах. Строят хижины, забывают про семьи, про большие города, бросают профессию, в которой достигли определенных высот, меняют комфортное существование жителя современного мегаполиса на судьбу отшельника-одиночки, начинают работать спасателями, проводниками. Такие люди абсолютно счастливы, живя без электрического света, газа, канализации и воды.

Вот один из таких странных людей, Валерий Новопесков, и откопал Марту. Когда-то он жил в Петербурге, заведовал кафедрой математических исследований в престижном вузе, имел жену-красавицу, прекрасную квартиру, дачу, машину и отличные перспективы. Но потом он случайно попал в горы и... остался в них навсегда.

Последнее время Валерий жил в хижине на плато, работал проводником. В его избушке часто останавливались на отдых те, кто шел к вершине, и поисковые отряды. Вообще, в горах не принято отказывать в ночлеге никому, у вас могут не спросить об имени, но чашку чая дадут всегда и молча укажут на место для ночлега. И вот Валерий-то и был одним из тех странных людей, способных почуять несчастного, погребенного в лавине.

Услыхав грохот, Новопесков надел лыжи, выбрался на склон, прошелся по тому месту, где сошла лавина, и вытащил Марту. Она выглядела испуганной, слегка помятой, но целой, и Валерий устроил ее в своей хижине. Он решил, что женщина отоспится пару часов, а потом он поможет ей добраться до гостиницы. Марта проснулась лишь на следующее утро и, когда Валерий предложил ей отправиться в отель, помотала головой:

— У меня нет никаких сил, можно я поживу тут еще сутки?

— Тебя, наверное, ищут, — напомнил Валера.

Марта тихо сказала:

— Нет, я тут одна, ни родственников со мной нет, ни знакомых, никто не хватится!

— Все же лучше спуститься, — пробормотал Валера, понимая: ему очень не хочется, чтобы эта женщина уходила.

— А ты не можешь оставить меня в хижине на время? — так же тихо спросила Марта.

— Живи сколько хочешь, — ответил Валерий, — если уверена, что никто не станет дергаться.

— Никто, — прошептала Марта, — знаешь, я никому не нужна, с мужем у меня отношения никуда, он не станет звонить, за все время, что тут отдыхала, один раз звякнул. Пожалуйста, оставь меня и никому не говори, где я. Я даже рада, что так получилось. Пусть меня считают умершей, будет шанс начать жизнь сначала, может, стану счастливым человеком. Пожалуйста, никому не говори, где я. Меня, наверное, хватятся в отеле, так ты уж не выдавай.

Неожиданно Валеру укусила жалость. Марта походила на потерявшегося ребенка.

— Отдыхай, — улыбнулся он и укрыл женщину пледом.

А Марта, слабая от пережитого, мигом заснула в теплом помещении и проспала трое суток.

Очнулась она внезапно и сначала не поняла, какое время суток на дворе, кругом стояла кромешная темнота. Кровать, на которой она лежала, была отгорожена от большой комнаты тонкой фанерной перегородкой. Марту оттуда не было видно, зато она великолепно слышала тихий разговор, который вели в комнате. Хозяина хижины в доме явно не было.

Говорили двое, мужчина и женщина.

— Нельзя так изводить себя, — стрекотало сопрано, — она погибла.

— Пойми, — ответил до боли знакомый баритон, — я должен в этом убедиться.

Марта вздрогнула, села, а потом приникла глазами к одной из щелей, щедро украшавших стену. В неверном свете керосиновой лампы Литвинская разглядела своего мужа Андрея и худощавую женщину. Первым ее позывом было закричать: «Я тут», — и выйти.

Но вдруг женщина обняла Андрея:

— Милый, она умерла. Поехали домой, теперь мы будем вместе.

— Я хочу быть уверен, что сделал все для поисков, — ответил Литвинский, — и потом, вдруг она спаслась!

— Это невозможно!

— Почему? Говорят, такое бывает. Лавина пронесется мимо, заденет краем и все.

— Марта попала в эпицентр!

— А вдруг нет?

— Она была посередине лавины, ее убило мгновенно!

— Да откуда ты знаешь? — рявкнул Андрей.

— Я видела, — неожиданно ляпнула женщина и зарыдала.

Литвинский схватил любовницу за плечи и начал трясти как грушу, приговаривая:

— С ума сошла, совсем с ума сошла.

Тетка сначала плакала, потом внезапно призналась в содеянном. Марта сидела на кровати, прижимая к груди кулаки, все услышанное напоминало сценарий голливудского кинофильма: любовница, решившая стать законной женой, убирает с дороги мешающую ей официальную супругу своего мужчины, а потом приезжает вместе с ним на склон, чтобы искать тело убитой.

Наконец рассказ иссяк, и в хижине воцарилось молчание.

— Теперь ты бросишь меня, — прошептала женщина, — я обманула тебя, прикинулась больной, приехала сюда за ней... потом вернулась в Москву, поехала с тобой.

Внезапно Андрей схватил ее в объятия:

— Милая, я и подумать не мог, что ты ради меня способна на такое! Не плачь, любимая, мы забудем обо всех испытаниях и заживем счастливо. Не бойся, никто никогда ни о чем не узнает. Марта висела у меня на шее, словно гиря, теперь ее нет, мы будем счастливы...

Много чего наговорил Литвинский своей любовнице. Сначала у Марты возникло желание вылететь из укрытия и заорать: «Рано радуетесь! Я еще жива!»

Но огромным усилием воли она сумела удержаться от глупого поступка. Марта вновь легла под одеяло и от слабости и пережитого опять заснула надолго крепким сном. А когда Литвинская проснулась, в ее душе уже жила идея: Андрея надо убить, а его любовницу сделать преступницей!

Марта осталась в хижине у Валерия. Новопесков не ожидал, что сможет полюбить женщину, ему казалось, что в его жизни больше никогда не будет места чувствам. Но Марта неожиданно задела самое сердце. Больше всего Новопесков опасался, что, внезапно появившись, точно также исчезнет. Часто бывая на равнине, он, конечно, знал: Марту считают погибшей, но, боясь, что она уйдет, тщательно хранил тайну. Марта же понимала: ей некуда деваться — и поэтому затаилась в горах, тщательно вынашивая план мести. И в конце концов все-таки настал тот момент, который так страшил Валерия, Марта решила уехать.

— Всего на несколько дней, — обяснила она Новопескову, — время пролетит быстро, скоро вернусь.

Валерий дал любимой денег, купил билет, посадил на поезд и мрачно посмотрел вслед уходящему составу. Он хорошо понимал: Марта больше никогда не войдет в хижину, женщина не любила его, она просто нуждалась во временном приюте.

Стас замолчал и посмотрел на нас.

— А при чем тут Вика? — недоуменно спросила я. — Ладно, с Андреем все понятно. Он простил своей любовнице убийство Марты, и за это та осудила его на смерть. Но Вика? Она с какого боку здесь?

Звягинцев молча смотрел на меня. Зайка ойкнула и поднесла к лицу узкие ладошки. Машка встала, подошла ко мне и села на корточки. Ее голубые глаза сделались огромными и какими-то ледяными.

— Мусечка, — прошептала она, уставясь на меня своими бездонными очами, — моя милая, наивная мусечка! Неужели тебе непонятно, как звали пассию Андрея?

— Нет, — растерянно ответила я, внезапно ощутив странный холод, — нет.

— Ее имя — Виктория Столярова, — спокойно заявила Маня.

Я вскочила на ноги, потом опять рухнулась на диван и взвизгнула:

— Не может быть!

— Почему? — усмехнулся Стас.

— Они познакомились примерно через год после смерти Марты! У меня в доме.

— Нет, — нахмурился Стас.

— Как — нет? — заорала я.— На моих глазах, это была любовь с первого взгляда!

— Они разыграли комедию, — спокойно пояснил Стас, — оба боялись, что у кого-нибудь могут зародиться нехорошие подозрения, поэтому решили полностью обезопасить себя, представив дело так, будто Андрей и Вика познакомились после смерти Марты.

Внезапно перед моими глазами встал день свадьбы Столяровой и Литвинского. Вот Вика, невероятно счастливая, обнимает меня и бормочет: «Господи, дождалась! Наконец-то! Я замужем за Андреем!»

В тот момент я неправильно истолковала ее слова, мне подумалось, что Вика, хрестоматийная старая дева, мечтала обрести статус замужней дамы. А оказывается, она дожидалась Андрея, став сначала его любовницей. Ради него она убила Марту. Впрочем, Марта-то жива!

— Вика жаба, — воскликнула Зайка, — мерзкая, гадкая, пупырчатая!

— Не смей обижать жаб, — рассердилась Машка.

— Жаба с кошельком, — резюмировал Стас, — вот увидите, Вика выскочит из этой истории, не замочив ног. Была просто жаба, а станет жабой с кошельком. Она же очень хотела стать богатой!

— Но какой ценой! — с негодованием крикнула Зайка. — Не задумай она уничтожить Литвинскую, все были бы живы: и Нина, и Прокофьев, и баба Рая, и Валентина.

— Ну, — протянул Стас, — если смотреть в корень проблемы, то да!

— Это несправедливо! — взвилась Маня. — Вика же не знала, что Алиса решит всех убить.

— А вот и нет, — накинулась на девочку Зайка.

Глядя, как девицы горячо отстаивают каждая свою точку зрения, Стас вытащил сигареты. Я сжалась среди диванных подушек. Значит, Вика убийца, и ее настигло возмездие. Следовательно, я зря пыталась разобраться в этом запутанном деле, узелки-то распутались, только Столяровой от такого поворота событий стало лишь хуже.

Эпилог

Я понимаю, что вам интересно узнать, как завершились события, поэтому сейчас, прервав последовательное описание происходящего, перенесусь на год вперед. Следствие, а потом и суд длились долго. И Вика удивила нас всех. Сообразив, что никаких свидетелей против нее нет, Столярова проявила удивительную целеустремленность в борьбе за собственную судьбу. Она решительно отрицала все. Нет, она никогда не была любовницей Андрея. Да, сама говорила об интимных отношениях с Литвинским следователю, ее принудили, били, унижали и заставили себя оговорить.

Стас поднатужился и нашел человека, который подтвердил: у Андрея и Вики еще при жизни Марты была любовная связь. Это оказалась домработница, убиравшая квартиру, где происходили тайные свидания. Но ее показания не сбили Вику. Не смущаясь, Столярова сделала разворот на сто восемьдесят градусов:

— Да, мы любили друг друга, а Марта, узнав об этом, задумала убить Андрея и извести меня. Рассказ про лавину вранье, она выкручивается.

Суд признал Викторию Столярову невиновной и отпустил на все четыре стороны. Более того, Вика, выйдя на свободу, наняла целый полк адвокатов, которые сумели разобраться в юридическом казусе с наследством. Законники ловко доказали: Марта была объявлена умершей, следовательно, брак Литвинского и Столяровой законен. Процесс о наследстве длился не один месяц, и в результате

Вика получила все: деньги, бизнес, участок в «Волшебном лесу». Сейчас на месте пепелища с невероятной скоростью поднимается новый дом-красавец, Столярова всегда мечтала жить на природе.

Едва выйдя из тюрьмы, Вика заявилась в Ложкино. Я сидела в гостиной и мирно читала очередной детектив, когда из холла полетел ее радостный голосок:

— Ирка, держи! Тут любимый Дашкин торт, а где она сама? Эй, Дашуня!

На секунду я замерла, а потом сделала то, чего никогда бы не сделала раньше: выскочила через окно в сад, опрометью добежала до сарая, где садовник Иван держит газонокосилку, садовый инвентарь и прочую лабуду, мгновенно забаррикадировалась изнутри и решила ни за что не высовывать носа наружу. Меньше всего мне хотелось встречаться со Столяровой. Все переговоры с Викой в тот день вела Зайка, пившая потом весь вечер валокордин.

Марта получила максимальный срок, предусмотренный в нашей стране для женщин, и отправилась на зону. Повинуясь порыву, я послала ей посылку, ничего особенного: тушенка, сгущенка, мыло, сигареты. Примерно через месяц ящик прибыл назад вместе с сопроводительной бумагой: «Осужденная Литвинская от приема посылки отказалась». Больше я не делала попыток хоть как-то облегчить участь Марты и не знаю, жива ли она.

Марго ушла от Глеба и переселилась к Федору. Рароэнтолог по-прежнему занимается кодированием, самое интересное, что он замечательно преуспел в этом деле.

Заюшка ела безостановочно почти целый месяц. За это время к ее бокам прилипло целых десять лишних кило, но, и это всех нас потрясло, Ольга не обратила на сей факт никакого внимания. Более того, глядя в зеркало, она заявила:

— Ну и что? Зато какой у меня теперь цвет лица! Розовый, свежий, волосы блестят! Вес в пятьдесят пять килограммов не является таким уж избыточным, и вообще, я обожаю плюшки с вареньем.

Сами понимаете, что Аркадий счастлив и считает теперь Федора своим лучшим другом. Кстати, к нам с Хучиком вернулся аппетит, но никакие шаманские действия рароэнтолога тут ни при чем. Дело обстояло так.

Однажды вечером, задолго до описываемых в этой главе событий, Ирка с возмущением заявила:

— У нас завелась мышь.

— Поставь мышеловку, — пожал плечами Кеша.

— Не могу! — взвизгнула домработница.

— Почему? — удивился тот.

— Я брезгую потом вытаскивать трупы грызунов!

— Тогда живи с мышами, — хихикнул сын. — Одно из двух: либо ты их, либо они тебя.

— Мыши — переносчики страшных инфекций, — взъелась Ирка.

— Ставь мышеловки.

— Не могу...

Мне надоело слушать глупый спор и, прихватив с собой Хучика, который стал напоминать левретку, по недоразумению попавшую в шкуру мопса, я ушла в спальню, легла на кровать и от скуки решила навести порядок в сумке. На глаза попалась небольшая картонная коробка.

Недоумевая, я открыла ее, обнаружила внутри белую пыль без всякого запаха и тут же вспомнила: «Стерчерит»! Заведующая лабораторией в НИИ ядохимикатов Лариса отсыпала мне, как она говорила, великолепное средство от грызунов. А я, чтобы не выходить из роли, взяла с собой ненужный препарат. Хотя почему ненужный? Может, «Стерчерит» и впрямь избавит нашу кухню от мышей?

Повалявшись еще с час в кровати, я слезла с ложа и поползла в кухню. Честно говоря, я чувствовала себя просто отвратительно, на одном чае с лимоном далеко не уедешь.

Там я обнаружила на плите кастрюлю с геркулесовой кашей, сваренной для собак. Задача по уничтожению назойливых грызунов сильно упрощалась.

Я вывалили большую часть овсянки в миску и, с трудом преодолевая тошноту, сначала перемешала ее с белым порошком, а потом, разложив по блюдечкам, расставила их по периметру кухни. Будем надеяться, что Лариса хорошо знает свое дело, и мыши, попробовав вкусной кашки, моментально убегут от нас навсегда.

Закончив процедуру, я стала тщательно мыть руки. Хоть Лариса и утверждала, что отрава совершенно безопасна для людей и животных, но береженого бог бережет.

Громкое чавканье помешало мне довести до конца процесс дезинфекции конечностей. Я оглянулась и обомлела. Хучик, до сих пор отворачивавшийся от всех деликатесов, поглощал геркулес.

— Плюнь, — заорала я, кидаясь к мопсу, — немедленно уйди!

Хучик, сообразивший, что сейчас хозяйка отнимет у него вкуснятину, широко разинул пасть и мгновенно проглотил содержимое блюдечка. Не успела я сориентироваться, как он опустошил второе, третье... Я кинулась поднимать с пола оставшиеся полными плошки с кашей, их оказалось всего две. Вцепилась в мисочки... и тут до меня дошел восхитительный запах сваренной на молоке овсянки, потрясающий аромат, волшебный, волнующий, невероятный...

Не в силах бороться с аппетитом, я зачерпнула прямо рукой скользкий геркулес и принялась самозабвенно облизывать пальцы. Поверьте, никогда в жизни не ела ничего вкуснее!

Хучик жалобно плакал у моих ног, последнее блюдечко мы вылизали с ним вместе и уставились друг на друга.

— Пожалуй, милый, — тихо спросила я, — мы с тобой сожрали всю отраву, приготовленную для несчастных, не сделавших никому плохого мышек. Как думаешь, нам не станет плохо?

Хучик икнул и уставился на меня осоловелым взором. То ли «Стерчерит» и впрямь безопасен для людей и домашних животных, то ли он абсолютно бесполезная вещь, но нам с Хучиком было очень хорошо, просто замечательно. Я схватила мопса и прижала к себе.

— Пошли, милый, вздремнем, на полный желудок отлично спится!

Хуч засопел и закрыл глаза. Я дотащила его до спальни, плюхнула в кровать, устроилась рядом и прошептала:

— Господи, как хорошо поесть! Уж не знаю, предстоит ли нам с тобой всю жизнь питаться харчами со «Стерчеритом». Често говоря, надеюсь, что аппетит вернулся навсегда.

И как только некоторые женщины всю жизнь сидят на жестокой диете. Ну зачем им это? Неужели только затем, чтобы стать красивыми? На мой взгляд, намного лучше быть умной.

Сон начал потихоньку овладевать мною. Я свернулась калачиком, подтянула к своему животу разомлевшего от обильной еды мопса и внезапно нашла ответ на заданный вопрос. Отчего женщины хотят быть красивыми, а не умными? Ну это просто! Мы очень хорошо знаем, что мужчины, ради которых и приносятся все жертвы, видят лучше, чем соображают.

Галина Куликова

Правила вождения за нос

ИРОНИЧЕСКИЙ ДЕТЕКТИВ

Если к загадке добавить любовь и все это обильно присыпать юмором, а затем хорошо перемешать, то получатся иронические детективы Галины Куликовой:

Глава 1

Руслан Фадеев шел на свидание. И не на какое-то там обычное свидание. В кармане его пиджака лежала круглая коробочка, в которой покоилось кичливое кольцо с бриллиантом. Руслан собирался сделать предложение, ожидал бури эмоций от любимой девушки и по этому поводу находился в приподнятом настроении. Пока не заметил старуху.

Эту самую старуху он видел вчера возле своего офиса. Утром она приехала за ним на такси и принялась бродить туда-сюда по тротуару, пытливо глядя по сторонам. Тогда он подумал, что она обследует урны в поисках пустых бутылок. Однако когда пошел перекусить в соседнее кафе, старуха немедленно материализовалась за соседним столиком. Она заказала себе кофе с пенкой и с большим чувством выпила его, посадив на верхнюю губу кофейные «усы». Когда Руслан покинул заведение, старуха отправилась следом и снова стала слоняться возле его конторы. Он диктовал секретарше письма, а сам то и дело выглядывал в окно, чтобы посмотреть — тут она или все-таки ушла.

Старуха не уходила до самого вечера. Выглядела она весьма прилично и держалась важно, словно мажордом. Он надеялся, что это какое-то совпадение, что бабуля не имеет к нему отношения. Но сегодня она снова оказалась поблизости! Он оглянулся через плечо и увидел, как она трусит за ним, решительно выпятив подбородок. Или это другая старуха? Кажется, вчерашняя была несколько выше ростом. Эта и держится по-другому. «Неужели за мной охотятся целых две бабки? Невероятно! Надо было взять машину», — подумал Руслан, уговаривая себя не паниковать. Правда, до ресторана, где он назначил Насте свидание, пять минут пешком, но в машине как-то спокойней.

После ужина он собирался прогуляться с любимой девушкой по вечерней Москве, но, учитывая обстоятельства, прогулку лучше отменить. Кто ее знает, эту бабку? Может, она сумасшедшая? Может, Руслан арендовал офис в том самом доме, который в незапамятные времена экспроприировали революционно настроенные рабочие у ее богатого тятеньки, и нынче она задумала восстановить историческую справедливость, расправившись с Русланом каким-нибудь доисторическим способом?

В ресторане его встречали с искренним радушием и даже поправили перед ним сбившийся коврик. Руслан был высоченным блондином с короткой светлой бородой и глазами цвета незабудок. Девушки считали, что он похож на древнего скандинавского воина, и ему льстило это сравнение. Метрдотелю же ресторана больше всего понравилось, что гость дорого одет. Это внушало определенные надежды.

— Скажите, — спросил у него Руслан, поправляя галстук. — В ваше заведение пускают бабок?

— Простите? — не понял тот и даже голову наклонил, чтобы лучше соображала. — Кого?

— Бабок, — повторил Руслан, нервно оглядываясь на дверь. — Старух, иными словами.

— У нас здесь нет возрастных ограничений, — слегка растерялся тот. — А... вы ужинаете один?

— Нет, с дамой.

— Конечно, мы ее пустим! — воскликнул метрдотель, вращая глазами. — Если потребуется, поможем сойти по ступенечкам. Внесем, коли потребуется.

Он проводил Руслана до столика и шепотом сообщил мальчикам на входе:

— Господин ужинает с женщиной старше себя. Допускаю, что платить по счету будет она.

Поэтому, когда появилась молодая и симпатичная Настя и прямиком проследовала к столику Руслана, все были слегка озадачены.

— Женщина под тридцать для этого типа уже старуха! — пробормотал метрдотель. — Воистину, мужчину собственная красота развращает больше, чем богатство.

Вот если бы с ним, подумал метрдотель, ужинала такая красотка, он был бы на седьмом небе от счастья. Стройненькая, с дивными ножками, с темно-рыжими волосами и глазами того самого размера, который так любим японскими мультипликаторами — вполлица.

— Милая, — сказал Руслан и, поднявшись, поцеловал Настю в холодную щеку. — У меня для тебя сюрприз.

— Ты забыл дома бумажник? — ухмыльнулась она, усаживаясь.

— Нет, это гораздо более приятный сюрприз. Впрочем, я скажу тебе, когда принесут десерт.

На десерт он заказал кофе «Тропическая страсть» с

целым блюдом экзотических сладостей. И сам выглядел, как султан, собирающийся ублажать любимую невольницу. Когда Настя отправила в рот кусочек халвы, Руслан извлек из кармана бархатную коробочку и, раскрыв, подал ей.

— Настенька, — сказал он торжественным тоном, — я дарю тебе это кольцо и рассчитываю, что взамен ты подаришь мне руку и сердце. Иными словами, я прошу тебя стать моей женой.

Метрдотель, издали наблюдавший за гостями, мгновенно просек ситуацию и умилился, сложив ручки на животе. Сейчас девица напялит кольцо на палец и запищит от восторга, как задушенная мышь. Потом влюбленные начнут целоваться через стол и запросто свалят на пол что-нибудь из посуды.

Увидев бриллиант, девица мгновенно сделалась пунцовой, словно роза сорта Крайслер Империаль, который жена метрдотеля разводила на дачном участке под Можайском. Потом подняла на своего спутника глаза и сказала ему что-то такое, отчего его довольную физиономию мгновенно перекосило, словно в нее брызнули уксусом.

— Руслан, — спросила Настя трагическим тоном. — Ты что, белены объелся?

— В каком смысле — белены? — переспросил тот и несколько раз моргнул. — Я решил на тебе жениться!

— С чего это ты вдруг решил? — вскипела Настя, захлопывая коробочку и отставляя ее от себя подальше. — Ты ведь ловелас! Донжуан. Развратник и распутник. Ты сам говорил!

— Ну... да. Я был таким. Ветреным и непостоянным, — принялся защищаться тот, не понимая, что, собственно, происходит. — Но, познакомившись с тобой, я изменился.

— Какого черта тебе понадобилось меняться? — От ярости у Насти дрожали ноздри, как у нервной лошади. — Я не рассчитывала, что ты вдруг изменишься!

— Что-то я не понимаю... — Нижняя челюсть недавнего ловеласа превратилась в гранит.

— А тут и понимать нечего! — отрезала Настя. — Я не хочу замуж.

— Даже за меня?! — не поверил красавец Руслан и дернул себя за бороду, решив, вероятно, что он спит и видит сон.

— Ты все испортил! — заявила Настя. — Мы не будем больше встречаться.

Озабоченный метрдотель подкрался поближе, чтобы не упустить начала скандала, если таковой разразится.

— Своим предложением руки и сердца ты перечернул все светлое, что было между нами. Мне нравятся исключительно легкомысленные мужчины, которые ничем меня не обременяют. Только развлечения, прогулки, ужины при свечах и ни к чему не обязывающий секс. Все остальное не для меня. Ты совершил ошибку. Мы должны расстаться. Прощай.

Настя встала и торопливо направилась к выходу. Метрдотель забежал вперед и лично подал ей куртку. К его пухлой физиономии прилила кровь, и щеки стали такого же цвета, как пиджаки первого поколения «новых русских».

— Вот моя визитка, — жарко шепнул он Насте у самого выхода.

— Зачем она мне? — сердито спросила та.

— Мы с вами родственные души. Можем познакомиться поближе. Мне тоже нравятся... необременительные развлечения. И прогулки.

— Заведите себе собаку, — посоветовала Настя и, сунув визитку ему в руку, выбежала на улицу.

Старуха, которая болталась поблизости, мгновенно спряталась за рекламный щит. Впрочем, Настя не собиралась глазеть по сторонам. Она отчаянно замахала рукой, пытаясь остановить машину, и через минуту уже катила прочь от ресторана. Ей необходимо выговориться. Только бы Светлана была дома! Кому еще пожаловаться, как не любимой подруге?

Любимая подруга распахнула дверь и тут же обеспокоилась:

— Что, черт побери, случилось? Ты похожа на бухгалтера, запоровшего годовой баланс. Злая и виноватая.

— *Это* опять началось! — выпалила Настя.

— В каком смысле? Что началось? — Светлана отступила назад, давая ей дорогу.

— Руслан сделал мне предложение! — воскликнула та, содрав с себя куртку и швырнув ее под вешалку. — Можешь себе представить? Кольцо купил! Скотина.

— Ну... Мне тебя не понять. Я считаю скотиной того, кто долго со мной гулял, но не сделал предложения и не купил кольцо.

— А ведь производил впечатление абсолютно легкомысленного мужика! — продолжала свирепствовать Настя, не слушая. — Все признаки безответственности были налицо! И вот на тебе!

— И что ты ему сказала в ответ на предложение? — полюбопытствовала Светлана, заведя ее на кухню и набрав полный чайник воды.

— Я разоралась. Он, бедолага, кажется, вообще ничего не понял.

— Господи, а какой он красивый! — мечтательно протянула Светка. — Жалко, что ты не в состоянии прибрать его к рукам.

— Я не могу, ты же знаешь! — откликнулась Настя. — Просто не могу. Ты же не хочешь, чтобы с ним что-нибудь случилось? Вот. И я не хочу. Он еще молодой. Пусть женится, заведет детей... — Настя раздраженно тыкала сигаретой в пепельницу, словно вымещая на ней свое плохое настроение.

— Тебе надо было ему все рассказать, — посоветовала Светлана. — Ничего не скрывая. Раз уж дело зашло так далеко.

— Я не в силах снова во все это... погружаться. Лучше я не буду с ним больше встречаться, и все.

— Вообще?

— Вообще, — отрезала она. — Ты бы на моем месте стала?

— На твоем месте... — Светлана наморщила длинный лисий нос: — Не хотела бы я очутиться на твоем месте, честно скажу. Но если бы вдруг оказалась, то... Прежде чем начинать с кем-то встречаться, я пошла бы к магу. Или к колдунье какой-нибудь.

— А-а, ну да. «Ясновидящая Эльвира вернет вам счастье по первому требованию». Возвращенное счастье оплачивается наличными. Телефон, факс, расчетный счет прилагаются.

— Мы можем поискать тебе бабку, — не сдавалась подруга. — Говорят, в деревнях еще остались знахарки. Такие, всамделишные.

— Я тебя умоляю, — простонала Настя. — Оставь свои варварские идеи.

— Что же, я должна молча смотреть, как ты увядаешь?

— Я уже увядаю? — Настя схватилась руками за лицо. — Конечно, увядаю. Все от нервов! Женская старость — это стопроцентно нервное заболевание. Если так будет продолжаться, годам к сорока я стану похожа на черепаху Тортиллу.

— Ума не приложу, отчего ты рождаешь в мужчинах матримониальные чувства! — покачала головой Светлана. — Как правило, таких красоток, как ты, предпочитают держать в любовницах.

— Вероятно, я уже вышла из возраста любовницы. А как я старалась быть стервой! — пожаловалась Настя. — Я была такая классическая стерва, хоть в кино меня снимай.

— Ха, душечка! Стервозность — самое важное качество в борьбе за сердце мужчины. Когда мужчине хорошо с женщиной, он инертен и эгоистичен. И лишь стерва может вывести его из состояния покоя и заставить за себя бороться.

— Как бы то ни было, но Руслана я потеряла. Не то чтобы я была в него влюблена... Но я к нему привыкла.

— Послушай, а может быть, ну его, твое фамильное проклятье? — спросила Светлана. — Наплюй и забудь. Выходи замуж, рожай детей, а там поглядим...

— Ты что? — возмутилась Настя. — Как только я скажу «да», Руслан немедленно погибнет. И уж этой смерти я точно не переживу!

* * *

Вероника Матвеевна, сорокапятилетняя женщина весьма приятной наружности, с дружелюбным взглядом карих глаз, первой представала перед всяким, кто открывал дверь частного детективного агентства «Шанс». В ее задачу входило: клиента обаять, приветить и, если что, не дать ему передумать и сбежать. Оказать ему морально-психологическую поддержку, так сказать. Еще Вероника Матвеевна клиентов сортировала. Ей доверяли самой решать, к кому отправить того или иного посетителя.

Если он вел себя надменно и ступал на порог, как хозяин жизни, она автоматом отсылала его к шефу. Кому, как не Пучкову, представительному, слегка вальяжному, разбираться с этой породой. Женщины, как правило, попадали к Саше Таганову, самому молодому и симпатичному детективу, славящемуся своей обходительностью. Примесь восточной крови отзывалась в нем порой излишней горячностью, но она же даровала ему подвижный ум, хитрость и изворотливость.

Нынешнего посетителя Вероника Матвеевна, как только увидела, нацелилась передать третьему и последнему работнику «Шанса», Стасу Бессонову. Стас был азартен. Именно поэтому ему сбрасывали всех неординарных, странных или просто подозрительных личностей. Высокий бородатый блондин, стоявший теперь перед Вероникой Матвеевной, попадал в категорию сомневающихся.

Он шевелил бровями, втягивал щеки, пускал блуждать по лицу кривую ухмылку, всем своим видом демонстрируя, что с ним произошло нечто нелепое, из-за чего ему стыдно обращаться за помощью.

Вероника Матвеевна нажала на специальную кнопочку, и несколько секунд спустя Стас Бессонов, спец по всяким нетривиальным происшествиям, уже распахивал дверь своего кабинета. Стас был примерно одного возраста с клиентом, они быстро и легко познакомились и почти что по-приятельски начали разговор. Блондин представился Фадеевым, бизнесменом. О своем бизнесе сообщил вскользь, и Стас понял, что проблемы Фадеева, скорее всего, выходят за рамки деловой сферы.

— Верите, я даже не знаю, как сказать, — усмехнулся клиент, потирая бороду.

— Скажите, как есть, — предложил Стас. — У вас что-то случилось?

— Да нет. То есть... Можно сказать и так.

— Что же вас взволновало до такой степени, что вы решили обратиться в детективное агентство?

— Слежка, — выпалил тот.

— Так-так. Слежка — это уже кое-что. Когда вы заметили, что за вами следят?

— Два дня назад, как раз в понедельник.

— Вы засекли конкретных людей?

— В том-то и дело, что засек, — со странным смущением ответил Руслан.

— И кто же это?

— Вы не поверите, но это две старухи.

Стас Бессонов недоверчиво наклонил голову. Руслан понимающе усмехнулся:

— Честное слово. За мной следят две старухи. Преследуют. Не спускают глаз. Одна передает эстафету другой. Если я пытаюсь оторваться от них на дороге, они гонятся за мной на такси. Если я отправляюсь куда-то пешком, одна из них семенит сзади. Если я иду в ресторан, какая-нибудь караулит на выходе. Приезжая домой, я выглядываю в окно — и что бы вы думали? Эта зараза либо сидит на лавочке во дворе, либо прогуливается по тротуарам. Когда первая устает, ей на смену приходит другая.

— Звучит интригующе, — пробормотал Стас. — Кажется, я догадываюсь, чего вы хотите. Узнать все про настойчивых бабушек.

— Точно. Поначалу-то я забавлялся. Вернее, удивился, потом стал веселиться. А вчера решил выйти из офиса перекусить — в кафе через дорогу. Стою на светофоре, на самой кромочке. Чувствую — сзади кто-то дышит в спину. Оборачиваюсь — она! Такая вся воинственная, губы поджаты, глазки-буравчики. Я и подумал: а вдруг она собирается толкнуть меня под машину? Может, я когда-нибудь нечаянно задавил ее любимую кошку или неуважительно сказал ей что-то возле газетного киоска, или я не знаю что еще. А вторая пришла ей на подмогу.

— Старухи-убийцы? — с недоверием проговорил Стас. — Это что-то новенькое. Что ж! Давайте мы решим с вами вопрос о гонораре и приступим к делу. По всему выходит, какая-нибудь из бабулек топчется сейчас неподалеку от наших дверей?

— Нет-нет, — возразил Руслан. — Прежде чем идти к вам, я позаботился о том, чтобы оторваться от слежки. Вышел через черный ход парикмахерской и поймал машину. Если бы старухи сообразили, что я нанял частных сыщиков, они бы определенно затаились.

— Вы рассудили правильно, — похвалил Стас Руслана. — Я немедленно принимаюсь за ваше дело.

Когда организационные вопросы были решены и Руслан уже взялся за ручку двери, Стас задержал его вопросом:

— Значит, у вас нет никакой собственной версии по поводу того, что заставило двух женщин преклонных лет пуститься в подобную авантюру?

— Ни одной.

Руслан Фадеев ушел, а Стас тотчас же вызвал всех в приемную и рассказал о новом деле.

— Завязка, как в кино, — хихикнул Саша Таганов. — Надеюсь, старухи были в черном? Вендетта по-русски. Кровная месть. Годы и годы бабуси искали потомка своего врага. И вот наконец их час пробил...

— Может, какое-то другое частное бюро использует бабушек как внештатных агентов? — высказала встречную идею Вероника Матвеевна. — И они просто выполняют задание? Ведь старушки не должны вызывать никаких подозрений у молодых бизнесменов.

— Бабушки работают непрофессионально, — усмехнулся Пучков. — Клиент их сразу засек. Думаю, это просто какое-то недоразумение. Кстати, куда отправился от нас Фадеев?

— Сказал, что возвращается в офис, пробудет там до вечера.

— Что ж, тебе и карты в руки, — заявил шеф. — Нужна будет помощь, позвони. Мы подключимся.

— Действуй активно, Стасик, — подбодрила его Вероника Матвеевна. — Не то я вскиплю от любопытства. Бабушки-шпионки — что может быть занимательнее?

* * *

Из окна своей машины Стас Бессонов обескураженно наблюдал за старушкой весьма преклонных лет, которая курсировала по улице неподалеку от офиса Руслана Фадеева. Выглядела она презабавно в дутом китайском пальто с поднятым капюшоном и в полуботинках на кнопочках. На локте у нее болталась кокетливая сумочка. Стас надеялся, что старушка не прячет в ней крошечный, почти игрушечный пистолет, которым с близкого расстояния вполне можно прикончить даже такого гиганта, как Фадеев.

Старушка, кажется, вовсе не скучала. Она с любопытством разглядывала прохожих, читала вывески и рекламные объявления на столбах, а когда подходила поближе, Стас видел выражение упрямой решимости на ее сухоньком лице. «Бабка будет стоять насмерть, — подумал он. — Что бы там ни было у нее на уме». Теперь, столкнувшись с преследовательницей лицом к лицу, Стас решил, что не стоит недооценивать опасности. У старух та еще закалка. И если они выходят на тропу войны, можно ожидать самого худшего.

Следовало проверить, нет ли у нее и в самом деле при себе оружия. Хорош он будет, если бабка всадит в клиента пулю! Стас вышел из машины и примерился к бабуле. Надо подойти сзади, толкнуть ее под локоть и вырвать сумочку из руки. Расстегнуть ее и бросить на землю, будто он всего лишь споткнулся и случайно уцепился за первое, что попалось под руку. Сделать все это нужно быстро и ловко. А потом извиниться и поднять сумочку, поглядев заодно, что там внутри.

Стас считал, что дело несложное. Старуха даже и понять-то ничего не успеет! Он прибавил шаг и, почти поравнявшись с дутым пальто, протянул руку, ухватился за ремешок и дернул изо всех сил. Вместо того чтобы отпустить сумочку и повалиться на Стаса, старуха вцепилась в нее двумя руками. Повернулась и уставилась на него. На ногах она держалась не хуже, чем Майк Тайсон.

— Ах ты, паразит садовый! — закричала она, сделав свирепое лицо. — Пенсию мою захотел? Вот тебе моя пенсия!

Она отвела руку назад и провела классический удар правой. Стас отшатнулся от неожиданности и прикрыл голову руками, попросив:

— Бабушка, перестаньте!

— Тамбовский волк тебе бабушка!

— Я оступился и случайно схватился за вашу сумку.

— Я тебе покажу — случайно! — заверещала старуха и, меняя ноги, начала бить его по коленкам своими ботами. Боты, судя по всему, носили гордый титул «Made in Russia», поэтому не гнулись и казались сделанными из железобетона.

— Да прекратите же! — Стас отступил к фонарному столбу и пребольно стукнулся об урну.

Старуха провела еще один мастерский удар, погрузив кулак в Стасову печень.

— У, ворюга мордастый! — с ненавистью сказала она и напоследок огрела его той самой сумочкой, которую он так хотел проинспектировать. Сумочка оказалась с металлическими уголками и расцарапала ему щеку.

Ничего не оставалось, как спасаться бегством. Стас перебежал дорогу перед близко идущей «Волгой», водитель которой изо всех сил жал на клаксон, но даже не пытался затормозить. Лишь оказавшись снова в салоне своей машины, Стас перевел дух. Теперь-то он лучше понимал Руслана Фадеева! Струсишь тут, когда такая штучка за тебя возьмется...

Через некоторое время к первой старухе присоединилась еще одна. Она приехала на такси за несколько минут до того, как клиент покинул офис. Старухи о чем-то посовещались, и та, которая напала на Стаса, направилась в сторону метро. Вторая же снова влезла в такси и проследила Фадеева до самого подъезда его дома.

«Да уж, — подумал Стас, — бабки явно что-то замышляют. Возможно, они готовят ограбление века? Или собираются похитить клиента и потребовать выкуп у его родственников? Пожалуй, вдвоем они запросто справятся с Фадеевым».

Старушка отпустила такси возле дома Руслана, дождалась, пока в окнах его квартиры погаснет свет, и тихим ходом отправилась на улицу Яблочкова, как догадался Стас, к месту своего проживания. Он крался за ней до самой двери, потом позвонил Пучкову и продиктовал адрес, чтобы тот по своим каналам выяснил все возможные подробности о жильцах.

Наутро шеф встретил своего подчиненного радостной улыбкой.

— Я звонил своим ребятам, они все проверили. Через час вместе с участковым пойдешь к старушкам в гости. Фадееву я звонил — он слышит их имена первый раз в жизни.

— И кто две эти интриганки? — заинтересованно спросил Стас, с благодарностью принимая от Вероники Матвеевны первую «рабочую» чашечку кофе. — Бывшие разведчицы?

— Пока что, — торжественно ответил Пучков, — никаких криминальных деяний за бабушками не замечалось. Кстати, я не сказал? Они сестры. Василина Сергеевна Стешина и Елизавета Сергеевна Ивлева.

— Они случайно у психиатра не наблюдаются? — спросил Стас.

— Нет. Бабки вменяемы и могут нести любую ответственность, в том числе и уголовную. Было бы за что.

Стас смутно себе представлял, как отреагируют старушки на появление участкового, да еще с ним самим в качестве сопровождающего. Потрогав царапину на щеке, он подумал, что напавшая на него вечером старуха вряд ли его узнает — было темно, кроме того, он закрывался руками.

Интересно, удастся ли взять бабулек на испуг? Если нет, то дело грозит затянуться и принести массу хлопот. Однако визит оказался даже забавным. Дверь открыла старшая сестра, Елизавета. Она была меньше ростом и отличалась повышенной впечатлительностью. Именно она участвовала во вчерашней потасовке. Младшая, Василина, высокая и грозная на вид, не побоялась выказать визитерам свое неудовольствие. Бабушки были почтенного возраста — одной восемьдесят семь, другой восемьдесят шесть лет. Но шустрые и живые, без всякого следа физической дряхлости. В этом доме Василина Сергеевна явно держала бразды правления в своих руках. К ней-то в первую очередь и обратился молоденький участковый, когда все расселись в большой и светлой комнате друг напротив друга.

— На вас поступила жалоба, — совершенно серьезно заявил он, делая вид, что копается в своем планшете в поисках кляузы. — Весьма добропорядочный гражданин Руслан Фадеев заявил, что подвергается с вашей, гражданочки, стороны преследованиям с неизвестными намерениями.

— Нас что, посадят на пятнадцать суток за мелкое хулиганство? — с иронией спросила Василина, и Стас еле-еле удержал на своем лице серьезное выражение.

Однако участковому все было нипочем. Он сдвинул брови и заявил:

— Прошу разъяснить ваше поведение. Составим объяснительную записку, а там посмотрим, что делать дальше.

— А как нас выследили? — с интересом спросила Елизавета, ерзая на стуле.

— Милиция, она не просто так свой хлеб ест, — уклончиво ответил участковый и строго посмотрел на старушек. — Расскажите, пожалуйста, зачем вы преследуете гражданина Фадеева?

— Мы его охраняем, — робко призналась старшая из сестер. — Бедняге угрожает опасность.

— Опасность? Какая?

— Дело в том, что мы не знаем, — пожала плечами Елизавета. — Какая угодно. Он может утонуть, попасть под машину, удариться головой, упасть в канализационный люк, да мало ли что еще!

— И не думайте, что это бредни выживших из ума старых женщин, — добавила Василина. — Мы имеем дело с очень серьезным явлением.

Она с мрачной торжественностью поглядела сначала на участкового, потом на Стаса.

— С каким явлением? — нестройным хором спросили те.

Василина Сергеевна пожевала губами и с неохотой ответила:

— С фамильным проклятием.

Глава 2

— Откуда я мог знать, что две эти грымзы — твои бабушки? — защищался Руслан. — У тебя другая фамилия. Разве догадаешься? В сущности, ты сама виновата. Могла бы познакомить меня со своей родней заблаговременно.

— Не собираюсь я тебя ни с кем знакомить! — заявила Настя, нервно теребя пару перчаток.

Руслану она казалась особенно красивой после того, как он получил от ворот поворот.

— Настенька, я, конечно, верю в телекинез и прочие чудеса природы, но близко к сердцу все это не принимаю. Если ты всерьез считаешь, что проклятие, адресованное твоей прабабке, передается по наследству, то я, конечно, могу сходить с тобой к экстрасенсу...

— Нет! — перебила Настя. — Самый лучший выход для нас — вообще перестать встречаться. Нам и сегодня не стоило видеться тет-а-тет. Нужно было ограничиться телефонным разговором.

— А если я хочу видеться с тобой? — негромко, почти интимно проговорил Руслан, и Настя застонала и схватилась за щеку, словно у нее заболел зуб.

— Я выбрала тебя только потому, что ты — самый легкомысленный мужчина из всех, кого я встречала в своей жизни! По крайней мере, был таким, — сказала она. — Я наводила о тебе справки.

— Да-а-а?

— Да! Мне говорили, что в твоих руках женщины похожи на песок: ты набираешь их целыми горстями, а они в считаные секунды просачиваются сквозь пальцы.

— Редкая болезнь, — усмехнулся Руслан. — Недержание женщин.

Они стояли на краю Тверского, не обращая внимания на начавший накрапывать дождь и бегущих прохожих.

— Я рассчитывала на то, — продолжала Настя в запале, — что мы будем просто приятно проводить время, понимаешь? Что я для тебя — всего лишь одна из многих, никто.

При этих ее словах Руслан перестал улыбаться и, нахмурившись, строго сказал:

— Все то время, что мы вместе, я не встречался больше ни с одной женщиной, клянусь.

— В том-то весь и ужас! — воскликнула Настя, едва не плача. — Если бы я узнала об этом раньше, я бы давно тебя бросила.

— Спасибочки.

— Придется тебе все рассказать, — вздохнула она.

— Да уж, наверное! — с иронией сказал Руслан. — Должен же я знать страшилку, из-за которой ты ведешь себя, как истеричная школьница.

— Ты не ведаешь, над чем смеешься! Ладно, слушай. Все началось с моей прабабки Анны. В 1915 году ей только-только исполнилось девятнадцать лет. Она, как говорят, была красавицей невероятной. Молодая певица, талантливая, сводившая с ума публику и... мужчин. Одного Анна выделяла особо — двадцатишестилетнего ротмистра Дмитрия Шестакова. Не знаю в точности, как развивались их отношения, но как-то развивались, потому что в конце концов она согласилась стать его женой, а потом взяла — и сбежала из-под венца.

— Чтобы выйти замуж за другого? — предположил Руслан. — За кого же она вышла?

— За графа Сергея Пустова. Взбешенный ротмистр явился на свадьбу и прилюдно проклял свою вероломную возлюбленную. Причем проклятие его было изощренным.

— Он сказал, что когда-нибудь ее правнучку убьет блондин по имени Руслан Фадеев. — Руслан показал крепкие зубы бизнесмена.

— Он сказал, что ни одна женщина в ее роду никогда больше не сможет насладиться долгим личным счастьем. Век мужчин, отважившихся полюбить всякую из наследниц Анны, будет недолог. Как недолог был век его, Шестакова, любви. Понимаешь, он в гневе пообещал мужчинам смерть. Всем влюбленным в женщин из нашего рода мужчинам.

— Наверное, гости испугались, — заметил Руслан, пряча в усах улыбочку.

— Еще бы. Ротмистр Шестаков был рослым красавцем — брюнетом с темными глазами. С голосом низким и пугающим...

— Вижу, эту историю ты уже обкатала. Все звучит так драматично.

— Не только звучит, — похлопала его по плечу Настя. — Теперь давай пройдемся по нашей родословной.

— Давай.

— Через год после замужества моя прабабка родила дочку Елизавету, следом за ней Василину. Тут грянула революция. Графа Пустова расстреляли. Анна тогда впервые всерьез задумалась о проклятии Дмитрия Шестакова. Она так больше никогда и не вышла замуж. Да и вообще... Времена были еще те. Все пропало — муж, состояние и даже талант, которым она больше ни разу не блеснула.

— Несладкая женская доля!

— Жених моей бабушки Лизы, — не обращая внимания на его реплику, продолжила Настя, — буквально накануне свадьбы свалился с лошади и сломал себе шею.

— Бедняга, — пробормотал Руслан.

— Она так и осталась старой девой.

— Наверное, теперь она об этом пожалела и стала бегать за мной, — попытался сострить он.

— Бабушка Василина, — упрямо продолжала Настя, — вышла замуж в январе сорок первого года. В самом начале войны ее муж погиб на фронте, а через шесть месяцев родилась моя мама, Наташа.

Слово «мама» заставило Руслана воздержаться от комментариев. Мама была уже чем-то близким, человеком из сегодняшнего мира, а не из какого-то невнятного прошлого, которым его пытались пугать.

— Когда мне было всего полгода, мои родители погибли. Прямо на глазах у бабушки. Мы ехали в машине, мама держала меня на руках. Остановились неподалеку от заправочной станции. Бабушка Василина вышла первой. Мама передала ей меня. И в этот момент машину сзади протаранил грузовик с пьяным водителем.

— Господи, я не знал, — Руслан сочувственно сжал ее руку. — Тебя растила бабушка?

— Обе бабушки. Мы жили все вместе.

— Полагаю, бабушки тебя здорово накрутили. Конечно, все, что ты рассказала, звучит довольно печально... Но в жизни случаются и не такие повороты, поверь мне, ласточка. Просто несчастливая судьба. А много ты знаешь счастливых женщин? — Руслан снова перешел на покровительственный тон. — Ну почему, почему ты думаешь, глупышка, что во всем виновато проклятие? Посмотри на себя — запуганная, взвинченная! Зачем все это? Неужели ты всерьез полагаешь, что твоего избранника тоже ждет могила?

— Что значит «ждет»? — взбеленилась Настя. — Я не экзальтированная дура. У меня уже было три жениха! — Она растопырила перед его носом три пальца. — Три! И все они умерли. Погибли. Понимаешь?! Их больше нет! И тут ты со своим идиотским предложением руки и сердца!

На чело незадачливого ухажера набежала тень.

— Можешь рассказать толком, что случилось с твоими поклонниками?

— Конечно, — отрывисто сказала Настя. — Вкратце, чтобы не углубляться. Не могу относиться к этому спокойно. Мне было девятнадцать лет, когда я получила первое предложение руки и сердца. Жених оказался завидный: собственная квартира, машина и еще — загородный дом с большой деревянной лестницей, ведущей на второй этаж. С этой лестницы он и свалился. Недели не прошло, как он сделал мне предложение.

— Ты, конечно, впала в депрессию, — сказал Руслан, нервно теребя пуговицу.

— И надолго. Потом все более или менее успокоилось, я поступила на биофак, с головой погрузилась в учебу.

— А затем?

— А затем в меня влюбился мой сокурсник. Просто голову потерял. Ходил за мной, как привязанный. Поторопился сделать предложение. Через неделю после этого он исчез. Испарился. Ушел из дома — и не вернулся.

— Кошмар какой, — угрюмо прокомментировал Руслан.

— Три года назад, после биофака, я устроилась в «Экодизайн». Там работал Леша Самсонов. Когда он начал за мной ухаживать, я ему все рассказала. Но Леша, — Настя остро взглянула на Руслана, — стал убеждать меня, что фамильное проклятие — не более чем миф. Просто такое стечение обстоятельств, говорил он...

Руслан зажег для нее сигарету, и Настя тянула ее коротенькими нервными затяжками.

— И вот он решил познакомить меня со своими родителями. Договорился на воскресенье. А в субботу ночью свалился с балкона своей квартиры. Милиция сказала, он немного выпил, так что...

— Разбился насмерть? — уточнил Фадеев.

— Насмерть, пятый этаж.

Лицо Руслана вытянулось и слегка побледнело. А его потрясающие незабудковые глаза теперь шныряли по сторонам, словно уже искали в ставшем вдруг враждебным мире неведомую опасность. Настя невесело усмехнулась, но тут же одернула себя: «Нечего грустить. Во-первых, Руслана все равно надо было ввести в курс дела. А во-вторых, я ведь не люблю его. Он для меня просто очередной навязчивый поклонник».

— Почему ты рассказала мне обо всем только теперь? — кашлянув, спросил поклонник, кажется, уже пожалевший о своей навязчивости.

— Ну, до сих пор наше знакомство ни к чему не обязывало. И вдруг это кольцо...

— Кольцо — ерунда! — пробормотал он. — Я сказал всем своим друзьям, что без памяти влюблен в тебя и собираюсь жениться. Я был чертовски несдержан в выражении эмоций. Я прилюдно пил за твое здоровье и называл тебя лучшей девушкой в мире.

— Какой ужас!

— Полагаешь, мне придется из-за этого умереть? — криво усмехнулся Руслан и подергал себя за бороду. — А у тебя нет какого-нибудь противоядия? Ну... чтобы заблокировать проклятие?

— Если бы было, я бы давно уже вышла замуж, нарожала детей и жила бы себе припеваючи, — ответила Настя.

Взгляд Руслана сделался отрешенным, словно у нерадивого студента на лекции. В голове его родилась оригинальная мысль, которую он рассматривал так и сяк, покуда она не оформилась окончательно.

— А ты никогда не думала, — наконец спросил он у Насти, — что в твоих бедах может быть виновен не злой рок, а злой человек?

— Что? — Настя даже рот разинула от изумления. Однако Руслан и не подумал сдаваться.

— Возможно, у тебя есть кровный враг? Враг, который хочет сделать тебя несчастной?

* * *

— Это в самом деле страшная история, — предупредила Настя, смущаясь оттого, что оказалась в центре внимания.

На нее с интересом смотрели целых пять пар глаз. Они собрались все — Бессонов, который начал дело, заинтригованная Вероника Матвеевна, улыбчивый Таганов и респектабельный Пучков. Встречу организовал Руслан, привыкший решать любые проблемы с помощью личного банковского счета. Физиономия у него была решительная. Еще бы! Ставки высоки: старое родовое проклятие против новых русских денег. Руслан убедил себя, что проклятия не существует, и решил доказать это во что бы то ни стало. С помощью детективов, разумеется.

Во время Настиного рассказа диктофон, стоящий в центре стола, крутил и крутил пленку, фиксируя все подробности, даты и имена.

— Это может быть тайный враг, — предположил Руслан. — Он решил навсегда испортить Настенькину жизнь. Может быть, он даже надеется на то, что она покончит с собой.

— Вы с девятнадцати лет несчастны? — сочувственно спросила Вероника Матвеевна, которая любила все подлинное — слезы, драгоценности и мелодраматические истории.

— Вернее сказать, запугана, — ответила Настя.

Она испытывала сложные чувства. С одной стороны, отчаянно хотелось, чтобы ей помогли. С другой — было страшно, что у сыщиков ничего не получится. С упрямым Русланом случится какая-нибудь трагедия, и тогда ей придется уходить в монастырь.

Пучков закинул ногу на ногу и задал более важный вопрос:

— Скажите, а когда впервые вы услышали историю своей прабабушки? Про ротмистра, бегство из-под венца... И от кого именно?

— От бабушек, разумеется, — удивилась Настя. — А вот когда? Я уж и не помню. Мне кажется, я знаю ее с младенчества.

— Ей дали негативные психологические установки, — авторитетно заявил Руслан. — Настя росла с убеждением, что на ней лежит проклятие.

— Думаешь, это мое биополе?

— Собственно, какова наша задача? — вмешался Стас, стараясь не глазеть на Настю, как подросток на девицу легкого поведения.

— Собрать максимум информации, чтобы верно оценить ситуацию, — вот какая ваша задача, — ответил Руслан. — Я имею в виду и непосредственно проклятие, и в особенности последние три несчастья с Настиными... гм... женихами.

— Вы ознакомились с нашими тарифами? — вкрадчиво спросил Пучков, украсив лицо мягкой улыбкой.

Вероника Матвеевна усмехнулась. При Насте Руслан, конечно же, не станет мелочиться. Заплатит как миленький. Она, безусловно, оказалась права. Шеф увел дорогого клиента к себе в кабинет, а Стас пересел поближе к Насте.

Когда Руслан Фадеев, закрывая зонт, только переступил порог агентства, она неожиданно появилась из-за его плеча, и Стас остолбенел.

— Настя, — поздоровалась гостья и ему первому протянула руку.

Стас пожал ее пальчики и почувствовал, что его кровь превратилась в газировку — в нее ворвались пузырьки воздуха и весело побежали по венам, наполняя тело необыкновенной легкостью. Однако подошел красавец Руслан, и пузырьки немедленно полопались.

Но вот Вероника Матвеевна отправилась варить кофе, Саша Таганов полетел отвечать на телефонный звонок, и Стас с Настей остались наедине. Он придвинул к ней большой блокнот и ручку:

— Напишите, пожалуйста, коротенькие справочки по каждому персонажу дела.

— Начиная с прабабушки? — Настя подняла на него неправдоподобно большие глаза, но Стас с честью выдержал взгляд в упор.

— Да, с прабабушки.

Он сидел и смотрел, как она пишет, и вспоминал свою институтскую подружку Лерку Михайлову, которая была помешана на Роберте Рэдфорде. Она скупала журналы с его фотографиями и таскала Стаса на все фильмы с его участием, повизгивая во время сеанса, как болонка в предвкушении прогулки. Стаса бесило ее дурацкое обожание, поэтому он всячески принижал звезду мирового кинематографа, особенно напирая на его маленький рост. «Стасик, не сердись! — ныла Лерка. — Понимаешь, когда я вижу Рэдфорда, в моем организме происходит какая-то химическая реакция. Или даже мистический процесс».

Похоже, сейчас в организме Стаса происходил такой же мистический процесс. К счастью, Анастасия об этом, кажется, не догадывалась и старательно выводила в блокноте ровные буковки. Мистический процесс внутри Стаса был грубо прерван появлением довольного Руслана Фадеева.

— Я уже заканчиваю, — сказала Настя и, протянув Стасу свою работу, заметила: — В случае чего, у вас есть номер моего телефона.

Стас понял, что сегодня же выучит его наизусть. Когда Фадеев и Настя ушли, он взял блокнот со стола и прижал его двумя руками к груди. Появившаяся Вероника Матвеевна поставила перед ним чашку кофе, но он не обратил на нее никакого внимания.

— Стасик, — вкрадчиво напомнила секретарша. — Тебя дома кое-кто ждет.

— Как будто я могу забыть, — пробормотал тот, нахохлившись.

Дома его и в самом деле ждала жена — дама, которой он когда-то предложил руку. Правда, сердце оставил себе. Возникший дискомфорт в отношениях до сих пор не особо его волновал.

Сестра Наталья рассказывала всем, что Стас в жизни «не благоустроился», потому что женился на финтифлюшке. С ее точки зрения, настоящая семейная жизнь начиналась с тарелки горячего борща и заканчивалась кучей вопящих отпрысков. Вика же никуда не годилась — готовила она кое-как, не мариновала огурцы, когда начинался сезон, плохо следила за домом, не обихаживала мужа и до сих пор не озаботилась родить наследника. Наталья полагала, что, выйдя замуж, женщина должна осесть, как кочевое племя, обнаружившее уютный уголок.

Войдя в приемную, Саша Таганов успел перехватить взгляд Стаса, устремленный на только что закрывшуюся дверь.

— Стас, жена целует тебя, когда ты возвращаешься с работы? — весело спросил он.

— Нет, она показывает мне штампик в паспорте.

— Он просто недоцелованный, — пояснил Таганов Веронике Матвеевне.

Этой же ночью Бессонову приснилась Настя Шорохова. Она грозила ему пальцем и говорила: «Смотри, Стас! Влюбишься в меня — и фамильное проклятие падет на твою голову. Берегись, Стас...»

Глава 3

Всю ночь Настя вспоминала своих бывших женихов и вертелась в постели, словно кошка на блошиной свадьбе. И не спалось ей, и даже не дремалось. Прежде она запрещала себе ворошить прошлое, но тут появился Руслан, разбередил ей душу, и все кошмары, спрятанные на дне души, немедленно всплыли на поверхность, словно тина, потревоженная брошенным камнем. Зачем она поддалась на уговоры Руслана? Вдруг сыщики ничего не найдут? А с самим Русланом ничего не случится?

Неприятно было думать, что с сегодняшнего дня в ее прошлом будут копаться совершенно посторонние люди. Она представила, как детективы собираются в приемной и начинают перемывать ее, Настины, косточки. В конце концов они даже могут обвинить ее в чрезмерной любвеобильности. «Подумать только — три трупа за двенадцать лет! Не слишком ли часто эту девчонку тянуло замуж, с ее-то наследственностью!»

Измученная жестокой мигренью, она отправилась на работу. Отворила дверь под вывеской «Экодизайн» и немедленно вспомнила Лешу Самсонова. Он каждое утро брался за ручку этой самой двери, влетал в комнату и задорно возвещал: «Общий привет!» До тех пор, пока не понял, что жить не может без Насти. Она пыталась образумить его, но он ничего не хотел слушать. И погиб.

«Надо было свести наши отношения к пошлому романчику, — с раскаянием подумала Настя. — Как это было с

Захаром». Имелся в виду Захар Горянский — ее бывший любовник и нынешний шеф. В момент образования фирмы их связь уже корчилась в тихих конвульсиях и окончательно была добита женой Захара, нанесшей Насте громкий визит, оставшийся не только в ее памяти, но и в памяти благодарных соседей. После этого инцидента Захар быстро скис и примерно полгода усердно притворялся человеком весьма занятым. Но после смерти Леши Самсонова внезапно зашевелился, попытался было утешить Настю в ее горе, но она не поддалась. Теперь же Захар снова почувствовал азарт и время от времени делал пробные заходы в ее сторону.

Сегодня, по всей видимости, снова настал один из таких дней. Захар и так-то не особо держал дистанцию с подчиненными, а уж когда флиртовал, то и вовсе терял над собой контроль. Едва Настя бросила на стул сумку, Горянский скользнул к ее столу и, присев на самый краешек, нарисовал на своем лице милейшую улыбку.

— Божественно выглядишь, — с голубиной нежностью проворковал он.

Настя подняла на него больные глаза. Он и впрямь походил на голубя, мелкими шажками кружащего вокруг предмета своего обожания и раздувающего зоб.

— Захар, я плохо спала. Мне не до комплиментов.

— Что поделать! Когда ты появляешься, меня тут же охватывает поэтическое настроение.

Витя Валентинов, перебиравший книги на стеллаже, не сдержался и громко фыркнул. Захар оглянулся, просверлил сутулую Витину спину гневным взглядом, затем соскочил со стола и предложил, понизив голос:

— Если ты не в форме, могу подстраховать тебя на выезде. Ведь ты сегодня едешь за материалом?

— Я же поеду не одна, — отговорилась Настя, — а с Олей.

Оля Свиридова сидела рядом с выражением легкого омерзения на лице. Быть невольным зрителем вульгарных заигрываний Горянского — удовольствие то еще. Настя иногда даже чувствовала себя виноватой перед коллегами. Они не понимали ее странного влечения к шефу, считая, что с такой внешностью, как у нее, можно выйти замуж за молодого и красивого миллионера.

Захару Горянскому было сорок шесть лет. На его круглом лице в глубоких пещерках жили маленькие темные глаза, а яркий, вечно влажный рот без всяких затруднений штамповал улыбки. Он был умен, расчетлив и предприимчив. Когда-то давно, когда фирма еще только вступила в борьбу за место под солнцем, в канун Нового года — все были уже тепленькими, — Оля Свиридова завела Настю за буйно разросшиеся кодиеумы пестролистные и с пьяной откровенностью спросила: «Настя, скажи мне правду. Каков наш шеф как мужик? Я ночами не сплю, все думаю, чем может удержать такую женщину, как ты, такой козел, как наш Захар».

Не могла же Настя сказать, что с некоторых пор выбирает себе в любовники мужчин по принципу — кого не жалко. Вот только красавец Руслан был явным отступлением от правил. Впрочем, он первый начал.

— Может быть, Ольга сегодня останется в офисе? — не сдавался Захар, снова возникая возле Насти. — А я отвезу тебя на машине?

Настя не желала соглашаться. Захар все испортит своими советами. Он гениальный администратор, но в дизайне понимает не больше, чем кондитер в аэродинамике. Раньше без всякого стеснения Захар обнажал на людях свой убогий вкус, предлагая, к примеру, заполнить стеллаж светлого дерева пластмассовыми кашпо или напустить рыбок гуппи в стильные аквакомпозиции Вити Валентинова. Однажды они собрались с духом и коллективно так осадили его, что Захар с тех пор и не помышлял о творческом участии в проектах. Однако по мелочам все равно изрядно досаждал.

Так или иначе, но выбирать растения она с Захаром не поедет. Даже если обойдется без советов с его стороны, он обязательно станет цапать ее за руки или дышать в шею, как осел, почуявший морковку. «Надо бы продемонстрировать Захару красавца Руслана во всем великолепии его роста и душевной широты, — подумала Настя. — Горянский бы раз и навсегда отвязался». Впрочем, теперь уже поздно. С Русланом она ни за что больше не согласится составить пару, не хочет брать грех на душу. По крайней мере до окончания расследования.

Сам Руслан, однако, смотрел в будущее с радужной надеждой. Он позвонил ей прямо в офис и начал развивать теории — рассуждал о причинах фатального завершения предыдущих Настиных романов.

— Я вполне допускаю, — говорил он, — что твои бабки извращенно восприняли фамильное предание. Может, для них это дело чести — чтобы проклятие работало?

— То есть ты подозреваешь, что это баба Лиза и баба

Василина методично расправлялись со всеми моими женихами?! Только для того, чтобы семейная легенда не утратила актуальность?

— Ну, да. А что? Знаешь, с каким остервенением они за мной гонялись?!

— Ладно, расслабься. Теперь, когда их разоблачили, они сидят смирно. И вообще советую тебе не забивать голову всякими глупостями. Они думали, что я тоже от тебя без ума. Поэтому грудью встали на твою защиту. А ты оскорбляешь их подозрениями.

— Я заеду за тобой после работы? — спросил Руслан.

— Нет уж, дудки. Давай подождем, пока твои детективы что-нибудь раскопают.

Сказав про детективов, Настя тут же вспомнила вчерашнее посещение агентства «Шанс» и Стаса Бессонова, который сейчас, вероятно, роется в ее грязном белье. В конце концов настырный Стас доберется до Леши Самсонова и наверняка появится в «Экодизайне». Настя была уверена, что Стас настырный. У него была соответствующая внешность: и лоб, и подбородок, и губы — все упрямое. А смотрит он так, словно жизнь — его ремесло, и в ней не осталось для него секретов.

Настя обратила внимание, что на пальце у Бессонова нет обручального кольца. Любимая подруга Светлана тут же подсказала бы ей: «Или он просто его не носит».

* * *

Пучков, проникшийся к Руслану Фадееву неподдельной симпатией, подключил к делу Сашу Таганова. Тот с головой окунулся в прошлое, обложившись историческими материалами. Начал он с прабабки Насти Анны Ивлевой и еще одной устрашающей личности — ротмистра Дмитрия Васильевича Шестакова.

— Вы не задумывались о том, что Анастасия Шорохова, — сказал Таганов в конце первого дня расследования, — вполне может претендовать на титул графини?

— Породу не пропьешь, — заметила Вероника Матвеевна. — Какая осанка, посадка головы! Настоящая дворянка. Графиня Анастасия Шорохова...

— Скорее Пустова. Ведь фамилия графа была Пустов. Если девушка захочет, тут же получит бумаженцию и сможет вступить в клуб избранных. Кстати, никто не знает, у нашего Стаса случайно не было знатных родственников?

— Не цепляйся к парню, — предупредила Вероника Матвеевна. — Если кому и по зубам такой бриллиант, как Шорохова, так это нашему Стасу.

Саша, хмыкнув, скрылся в своем кабинете. Стас же тем временем, как и предполагала Настя, занимался ее женихами. Первой в его списке стояла фамилия Торопцева, погибшего в 1991 году в результате несчастного случая. Надо сказать, что у Пучкова была налажена тесная и взаимовыгодная связь с бывшими коллегами из МВД, и никаких препон на пути к известной милиции информации, в сущности, не было. Все три дела — Торопцева, Локтева и Самсонова — находились в распоряжении Стаса. Его преимущество состояло в том, что официальное следствие никогда не рассматривало все эти дела в единой связке.

Юрию Торопцеву только-только исполнилось тридцать пять, когда недальновидный Амур подсунул ему в качестве объекта любовного томления красавицу Анастасию Шорохову. Торопцев тут же потерял голову и готов был бросить к ногам юной Насти все, что имел. А имел он по тем временам немало. Папа Торопцев контролировал финансовые потоки на государственной службе, и один из таких потоков пускал немножко в обход, через Торопцева-сына, который имел к тому времени не только квартиру и машину, но и особняк в Подмосковье, а также блестящие перспективы для развития собственного бизнеса. Но перспективы эти так и остались перспективами.

Влюбившись, Торопцев провел блиц-криг и за один месяц успел Настю обаять и переселить к себе в двухкомнатную квартиру на Речном, а в подтверждение серьезности намерений подарил ей кольцо с бриллиантом. Однажды поздним августовским вечером жених с невестой посетили Большой театр, после чего Торопцев, оставив Настю в городской квартире, рванул в свой загородный дом, чтобы, как он сказал, забрать оттуда документы, необходимые для предстоящей деловой встречи. Там его и нашли на следующее утро — лежащим у подножия лестницы с удивленно распахнутыми навстречу вечности глазами и свернутой шеей. Никаких следов насилия или борьбы обнаружено не было, из дома ничего не пропало, и эксперты пришли к заключению, что с Торопцевым произошел несчастный случай. Он просто-напросто оступился на лестнице и скатился вниз. «Что ж, бывает и такое», — подумал Стас.

Тем не менее в деле была одна зазубрина. Некий гражданин Хитров, шестидесяти пяти лет от роду, проживаший в соседнем селе Голубятово и около полуночи волею странной судьбы оказавшийся неподалеку от дома Торопцева, заявил оперативникам, что видел, как хозяин подъехал на своей машине, открыл калитку и прошел к двери. И уверял при этом: едва Торопцев включил свет в холле, из темноты сада появилась его невеста, Настя, которую Хитров знает очень хорошо, так как две недели подряд она каждый день приходила к его жене за парным молоком. Торопцев вроде бы страшно удивился, увидев ее, но потом они вместе зашли в дом, дверь закрылась, а гражданин Хитров без промедления удалился.

У Насти Шороховой, однако, сложилось безупречное алиби. Сразу же после возвращения из театра она была вовлечена в скандал с пьяными разборками, произошедший у соседей по площадке. Именно Настя вызвала наряд милиции, давала показания и подписывала протокол. У гражданина же Хитрова были весьма нелестные рекомендации. Во-первых, по словам жены, в тот вечер он был в стельку пьян, так что вряд ли мог кого-то с уверенностью опознать. Во-вторых, на почве выпивки вышеозначенный гражданин нередко страдал галлюцинациями и уже встречался лично не только с Софи Лорен, но и с самой Девой Марией. Тем не менее опергруппа провела дополнительные следственно-розыскные мероприятия, но не обнаружила ни одной женщины, которая могла бы оказаться в полночь в подмосковном доме Торопцева.

«Допустим, что женщина все-таки была, — подумал Стас Бессонов, делая первую запись в своем блокноте. — Искать ее девять лет спустя — бесполезно. Ее можно только вычислить».

* * *

— Представляешь, как Руслан в тебя втрескался, раз нанял частных сыщиков! Он вкладывает в тебя деньги и таким образом привязывает к себе, — заметила Светлана, подавая подруге пепельницу.

— А вдруг у меня и в самом деле есть враг, который хочет, чтобы я всю жизнь страдала? — пробормотала Настя. — Он полон коварства и не знает, что такое жалость.

— Вряд ли, — не согласилась Светка. — Изощренные преступники вымерли, как динозавры. Остались одни маньяки и изверги. Никто не замышляет красивых фамильных убийств. И уж тем более не изматывает свои жертвы на протяжении десятка лет, как это происходит с тобой.

— Значит, ты считаешь, что надежды нет? — спросила Настя, пуская дым колечками. — Сыщики никого не найдут, и я опять останусь один на один с проклятием?

— Плюнуть и растереть твое проклятие, — пробурчала Светлана. — Выходи замуж за Фадеева. Жить надо себе в удовольствие, и неважно, что кто-то может за это поплатиться.

— Удобная философия, — похвалила Настя. — Я тебе, Светка, даже завидую. Бухгалтер крупной компании, муж — золото, замечательный сынишка...

— За все за это я достаточно отстрадала. — Светлана прикурила и, закинув ногу на ногу, откинулась на спинку дивана. — Я имею в виду Степана.

Степан Фокин был первым мужем Светланы. Когда они поженились, им только-только исполнилось по девятнадцать. Лихой, грубоватый парень, росший без матери, Степан пускался в частые загулы, скандалил и даже поколачивал молоденькую жену. Светлана уверяла, что именно из-за него она стала такой жесткой и циничной.

Через год после их развода дела Фокина резко пошли в гору. Он открыл автосалон на Коровинском шоссе и теперь преуспевал. Светлана от злости просто на стенку лезла. Настя втайне считала, что, если бы подруга могла предвидеть его взлет, она никогда не ушла бы от своего благоверного. И как это она не унюхала своим длинным носом запаха грядущего благополучия?

Длинный нос являлся визитной карточкой Светланы. При этом он вовсе ее не портил. Вместе с желтыми кошачьими глазами он придавал всему ее облику некую соблазнительную остроту, на которую отлично клюют мужчины. Светка умела быть эффектной, даже броской. Она изжила свои комплексы и не забывала напоминать своему нынешнему мужу Никите, какой он получил грандиозный подарок, женившись на ней. Никита, в сущности, не возражал. Он был широкой души человек, и Насте порой приходило в голову, что он не вполне понимает, на ком, собственно, женат. Никита идеализировал Светлану, считал ее существом почти что неземным, тогда как она была весьма приземленной и расчетливой особой. Настя относилась к подруге снисходительно — другой у нее не было. Да ведь и Светка мирилась со всеми ее недостатками!

— Не боишься, что детективы перелопатят всю твою жизнь? — поинтересовалась Светлана.

— Пусть перелопачивают. Они люди непредвзятые и незаинтересованные. Это все равно что научный эксперимент, понимаешь? Независимая экспертиза. В конце концов я все узнаю. Либо проклятия не существует, и я свободна, как птица, либо оно есть, и мне следует подумать о женском монастыре.

— Расследование — это как хорошее проветривание того самого шкафа, в котором спрятан скелет, — заметила Светлана. — Может быть, это даже полезно для твоего психического здоровья. Кстати, а что, собственно, детективы собираются расследовать?

— Все три мои помолвки.

— Начнут с Торопцева?

— Честное слово, не знаю. Руслан сказал, что вообще надо начинать с прабабушки?

— А бабуси твои в курсе?

— Конечно, я им все рассказала.

— Они не посчитали расследование кощунством?

— Ну... — Настя наморщила нос. — Немножко. Баба Василина, по-моему, так привыкла к этой чертовой легенде, что вполне могла бы выступать с ней на эстраде. Жесты, трагические интонации, леденящие кровь подробности. Если забыть, что все происходило на самом деле, можно даже получить удовольствие.

— Как бы то ни было, но я рада, что сыщики взяли твое фамильное проклятие под контроль, — призналась Светлана. — Хоть я порой и кажусь грубой и противной, все-таки я за тебя беспокоюсь.

Руслан Фадеев тоже сильно беспокоился. В понедельник утром он явился в детективное агентство «Шанс» с серой небритой физиономией.

— Простите за вид, просто я вчера напился, — признался он, с благодарностью принимая из рук Вероники Матвеевны чашку горячего кофе. — Можно поговорить с вами откровенно? — спросил он, глядя на благожелательного Пучкова.

Тот сказал:

— Конечно, конечно. Выкладывайте все, что у вас на душе.

«Нам это может пригодиться», — добавил про себя Стас. Помятый вид Фадеева доставлял ему странное удовольствие.

— Я перестал спать, — признался Руслан. — И есть.

«Перестал спать и есть, зато начал пить», — подумал Стас, прикидывая, чем тот мог со страху накачаться. Каким-нибудь коктейлем «Гибсон»? Хорошо хоть то, что Фадеев не гнал понтов, как говаривал Саша Таганов, и никого не строил.

— Хочу увеличить вам гонорар... — пробормотал Руслан, и Пучков немедленно сделал стойку. — Если вы разгласите весть о расторжении моей помолвки.

— В смысле? — не понял шеф.

— Ну... проинформируете мое и Настино окружение о нашем разрыве. Придумайте что-нибудь. Пока суд да дело, всякое может случиться, — промямлил клиент.

— А как же ваша Настя? — оживилась Вероника Матвеевна. — Согласится она, допустим, появиться в местах вашего обычного времяпрепровождения в обществе другого мужчины?

— Какого другого мужчины? — Фадеев собрал лоб гармошкой.

— Вот хотя бы Стаса. Бессонов, — Вероника Матвеевна всем корпусом развернулась к нему, — сыграешь роль нового ухажера Анастасии Шороховой. Если кто-то уже нацелился прихлопнуть Руслана, он вынужден будет отказаться от своих намерений.

— Я хорошо заплачу, — снова сказал Руслан, и Пучков, все это время строивший Стасу рожи, немедленно приказал:

— Выкроишь сегодня час-другой из своего графика и начнешь. Шорохову Руслан предупредит.

— Предупрежу! — мелко закивал тот.

Стас насупился и с неудовольствием посмотрел на Веронику Матвеевну. Та с невинным видом разглядывала свой маникюр. Стас отлично понимал, чего она добивается. Однажды жена Стаса Вика, «дыша шелками и туманами», явилась в офис к мужу. Минут за пятнадцать она очаровала неустойчивого к женским чарам Таганова, основательно выбила из колеи Пучкова, а Веронику Матвеевну, не сильно понижая голос, назвала «симпатичной старушкой». Так что подброшенная сегодня идея изобразить нового жениха Насти была со стороны «старушки» местью в чистом виде. Вероника Матвеевна видела, что Стас уже на крючке, и надеялась, что после серии личных свиданий с Шороховой Вика может отдыхать.

— Анастасия не согласится, — уверенно заявил Стас, когда Фадеев, приободрившись, выкатился из офиса. — Это и дураку ясно.

— Она *должна* согласиться, — с нажимом сказал Пучков, выразительно выпучивая глаза. — Нам уже заплатили. Так что назад пути нет.

Перед входом в офис «Экодизайна» Стас остановился, потом глубоко вдохнул, словно перед прыжком в воду, и решительно распахнул дверь.

В комнате находились двое мужчин и одна женщина, а Насти не было.

— Здравствуйте! — громко поздоровался Стас. — А где же моя невеста, Настя?

— Ваша невеста? — переспросил Захар недоверчиво. — А вы кто такой?

— Станислав. Приятно познакомиться с коллегами будущей жены! — Так широко Стас улыбался до сих пор только своему стоматологу.

— Ой, добрый вечер, — пискнула Оля Свиридова и крикнула куда-то себе за спину: — Настя! За тобой жених приехал!

Тотчас же застучали каблучки, и Настя выбежала из другой комнаты, восклицая на ходу:

— Руслан! — Увидела Бессонова и добавила: — Ой.

— Руслан? — спросила одними губами Оля Свиридова, переглядываясь с Витей Валентиновым.

Стас смотрел на Настю так выразительно, словно собирался взглядом оторвать ее от пола.

— То есть я хотела сказать — Стас! — всплеснула руками сбитая с толку Настя. И, увидев, что тот облегченно улыбнулся, уже увереннее повторила: — Стас! Как я рада тебя видеть!

— Ты, Настя, женихов печешь, как блины, — с восхищением заметил Витя Валентинов радостно.

— Женихи приходят и уходят, — тут же встрял Захар, — а начальники остаются. — Он прошелся перед самым носом сыщика, намеренно задев его плечом, и спросил: — Вас это не останавливает?

— Напротив! — радостно возвестил тот. — Только подогревает.

Стас двинулся к Настиному столу, по дороге наступив Горянскому на ногу.

— Убью эту трусливую скотину Фадеева, — пробормотал он себе под нос и, взяв Шорохову под локоть, повлек ее к выходу. У самой двери обернулся и радушно заявил: —

Приглашаю всех на свадьбу! О дате бракосочетания сообщим дополнительно.

— Вместо имени жениха советую оставить пустое место! — бросил Захар в захлопнувшуюся дверь.

— Что все это значит? — прошипела Настя, когда они со Стасом очутились на улице.

— Это значит, что на меня возложена особая миссия, — негромко пояснил тот. — Я должен вывести Руслана Фадеева из-под огня. Мой босс хочет его подстраховать. Теперь я — ваш жених. Едем в любимый ресторан Руслана, переходим на «ты» и ведем себя, как влюбленные.

— Я так не могу! — сказала Настя, прикладывая ладони к клюквенным щекам. — Я не умею. Я провалю все дело. Как я буду смотреть вам в глаза?

— С нежностью. Представь, что я твой пекинес.

Усадив Настю в машину, Стас сказал:

— Давай не будем даром терять время. У меня накопились кое-какие вопросы. Я буду говорить о личном, но ты не должна смущаться.

— О личном? — выдавила из себя Настя, пытаясь придумать, под каким предлогом можно все это прекратить.

— Я верно понимаю, что, когда ты в первый раз собралась замуж, тебе не было еще девятнадцати?

— Да, бабушки очень переживали, что Юра в два раза старше. Кроме того, он вел себя с ними в высшей степени легкомысленно. Подшучивал над их моральными принципами, над старомодными взглядами. Кое-как удалось их успокоить. Они считали, что зрелый мужчина сломает мне жизнь. А получилось все наоборот.

— В любом случае ты тут ни при чем, — подбодрил ее Стас. — Так что не стоит посыпать голову пеплом.

В любимом ресторане Руслана Фадеева Настю хорошо знали.

— На нас все смотрят, — пробормотала она, уткнувшись в меню.

— Это просто замечательно! — подбодрил ее Стас. — Пусть все привыкают, что ты теперь с другим. Завтра мы снова сюда приедем.

Однако назавтра до ресторана они не добрались. Как и в прошлый раз, Стас заявился в «Экодизайн» и за руку вывел Настю из офиса, по традиции наступив на ногу злобствующему Захару. Он уже усаживался за руль, когда телефон в кармане его плаща громко запиликал.

— Минутку, — пробормотал он. — Может быть, что-то важное?

На линии был взволнованный донельзя Пучков.

— Стас, ты где? — с ходу спросил он.

— Мы с Анастасией, как и планировалось, едем развлекаться.

— Мне жаль, но придется все отменить. Срочно возвращайся в агентство. В Руслана Фадеева сегодня стреляли.

— Он жив? — тихо спросил Стас, отворачиваясь.

— Пока жив, — ответил Пучков, нажимая на первое слово.

— Что, так плохо?

— Он в тяжелом состоянии. Пуля застряла в грудной клетке. Наверное, метили в сердце. Сам понимаешь, что нам придется объясняться с оперативниками. И Шороховой, кстати, тоже. Если она не против, можешь прихватить ее с собой. Ей будет легче в нашем присутствии. Поддержим, если что.

Когда Стас ввел бледную и растерянную Настю в агентство, она прямо с порога обратилась к Пучкову:

— Вот видите! Весь этот маскарад оказался бессмысленным! Мы пытались подменить одного мужчину другим, но номер не прошел! Проклятие не обманешь!

— Попробуйте взглянуть на дело с другой стороны, — ответил Пучков. — Ваше проклятие отчего-то нацелилось на того самого человека, который платит за расследование.

Глава 4

— Итак, что мы имеем на сегодняшний день? — спросил шеф, усевшись во главе стола. И сам же ответил на свой вопрос: — Удалось проследить родословную ротмистра Шестакова, от которого, собственно, исходило проклятие. В семнадцатом он перешел на сторону большевиков. В восемнадцатом женился на крестьянке Ольге Уткиной. Умер в шестьдесят четвертом, оставив после себя дочь Арину Шестакову. Не буду утомлять вас именами и датами, доложу вкратце. В сорок шестом Арина выходит замуж за некоего Антона Фокина. От этого брака рождается сын Валерий Антонович Фокин. Ему сейчас пятьдесят лет, его сыну, Степану Валерьевичу — двадцать семь. Никаких других родственников и побочных ветвей нет.

— И на том спасибо, — пробормотал Стас.

— То, что мне удалось узнать о Валерии Фокине, должно нас заинтересовать. Вот, поглядите. — Саша Таганов достал газету и ткнул пальцем в объявление: «Изменение характера — коррекция судьбы. Доктор В.А. Фокин».

— Доктор чего? — спросил Стас.

— Как мне удалось узнать, доктор психологии.

— Вот это да! — выдохнула впечатлительная Вероника Матвеевна.

— Он работает один? — поинтересовался Стас. — Или у него какой-нибудь центр?

— Нет, он — сам по себе, — сообщил Саша. — Я поехал поглядеть на него. Подкараулил на улице.

— Ну и как? — Вероника Матвеевна с девичьим любопытством наклонилась вперед.

— Выглядит молодо. Лицо породистое, тонкое. Брюнет с темными глазами — настоящий Мефистофель.

— По описанию он похож на своего предка, ротмистра, заварившего всю эту кашу, — заметил Пучков.

— А что его сын? — напомнил Стас.

— Его сын, — подхватил Таганов, — Степан Фокин, личность довольно безобидная. Молодой бизнесмен со всеми вытекающими. Автосалон на Коровинском шоссе. Разведен. Бывшая жена — Светлана Прохорова...

— Стоп! — гаркнул Стас, метнувшись к собственной папке.

Расшвыряв бумаги, он мгновенно нашел нужную и положил перед Тагановым.

— Смотри, что написала Анастасия. Светлана Прохорова — ее единственная подруга. Еще со школьных лет. А Степан Фокин — первый муж этой самой Светланы. Значит, Шорохова должна быть хорошо знакома с Фокиным-младшим!

— Уже кое-что, — оживился Пучков.

— В первую очередь надо выяснить, знал ли этот Степан, что у него с лучшей подругой жены есть кое-что общее, — осторожно заметила Вероника Матвеевна. — И имеет ли он вообще представление о проклятии, которое его предок наслал на Настину прабабку.

— А Фокин-старший? До какой степени он в курсе? И если в курсе, то как относится ко всему этому? — подхватил Саша.

— Тут придется продумывать все на несколько ходов вперед.

— Так, пошли дальше, — кивнул Стас. — Что у нас по покушению на Фадеева?

— У нас — ничего, — сообщил Таганов. — А у милиции — пистолет, брошенный на месте преступления. Владельца обнаружили мгновенно. Это некий Воробьев Игорь Михайлович, бизнесмен. Имеет разрешение на ношение. Гражданин Воробьев уверяет, что пистолет у него украли, а вот кто и когда — он не в курсе.

— Ладно, Воробьева оставьте мне, — сказал Пучков. — Сегодня же все выясню. Стас, что есть у тебя?

— Пока ничего конкретного. Одно смутное ощущение.

— Ну-ну, — подзадорила его Вероника Матвеевна. — Ощущение в начале расследования дорогого стоит.

— Мне кажется, в деле просматривается какая-то женщина.

— Откуда такой вывод?

— Как вы помните, у Анастасии Шороховой было три жениха. Первый, Юрий Торопцев, свалился с лестницы в своем загородном доме. Так вот. Был свидетель, утверждавший, что в ночь гибели Торопцева рядом с ним находилась женщина. Это раз. Второй жених Анастасии — пропавший без вести студент Павел Локтев — абсолютно темная лошадка. Его родные смогли вспомнить только одно: накануне исчезновения Павлу звонили по телефону. Голос, как вы уже догадались, был женским.

— Два, — подытожила Вероника Матвеевна.

— И третий жених Анастасии, ее коллега Алексей Самсонов, упавший с балкона, был накануне своей гибели несколько раз замечен соседями с неизвестной женщиной, описать которую они затруднились. Но это не Анастасия, потому что в те дни, когда Самсонова видели с незнакомкой, ее не было в городе.

— А ты говоришь — ощущения, — развела руками Вероника Матвеевна. — Это не ощущения, а реальные факты.

— И вовсе это не факты, а неподтвержденные фактики, — возразил Стас. — С ними еще предстоит работать. Первый свидетель — алкоголик. Телефонный звонок мог быть от кого угодно. А незнакомка, с которой видели Самсонова, не имеет ни примет, ни даже более или менее приличного описания.

— И все-таки в этом действительно что-то есть, — возразил Саша Таганов. — Женщина — это именно то, что подходит сюда идеально.

— У тебя просто мания, — отмахнулась Вероника Матвеевна. — Нашел мировое зло.

— Возможно, в Фадеева стреляли не потому, что он затеял расследование, — высказался Стас. — В конце концов, он из породы людей, которые сегодня стоят первыми в списке на отстрел. Допустимо предположить, что здесь междусобойчик, банальный передел собственности.

— Для этого не стали бы красть пистолет у какого-то там Воробьева, — заметил Пучков. — Кстати, этого Воробьева надо как следует проверить. Возможно, именно в его окружении и обнаружится тот самый загадочный некто, который...

— Женщина! — воскликнул Таганов. — В его окружении надо искать женщину.

— Поищем, — сказал Пучков. — Кстати, Стас, а что с Шороховой?

— Поехала в больницу к Фадееву. Мучимая чувством вины.

— Как ты думаешь, — спросила Вероника Матвеевна, — нам удастся ей помочь?

— Удастся. Ведь нам уже заплатили, — вмешался Пучков. — А гонорары я обратно еще ни разу не возвращал.

* * *

— Сначала мы поедем к бабке, — заявила Светлана непререкаемым тоном. — На Каширку. А потом уже в больницу к Руслану. Бабка снимет с тебя венец безбрачия, и Руслан поправится. Вот увидишь!

— Какая бабка? — попробовала было сопротивляться Настя. — Откуда на Каширке бабка?

— Бабка настоящая, — заверила ее Светлана. — Арина Родионовна. В имени чувствуется нечто подлинное, ты не находишь? Деньги я уже отдала.

— Где ты ее взяла? — простонала Настя, уверенная, что ее святая обязанность — рыдать возле больничной койки Руслана.

— Слава о ней переходит из уст в уста, — успокоила ее Светлана. — Арина Родионовна вернула мужскую силу нашему завхозу. Я сама проверяла. Секретарша главного тоже проверяла. И буфетчица. Результаты налицо, если можно так выразиться. Я сначала хотела, чтобы бабка поработала с твоей фотографией, но живьем выходит дороже. А ты сама знаешь: дороже — значит лучше.

— Света, на мне нет никакого венца! — уперлась Настя. — И дороговизна в нашем отечестве — отнюдь не гарантия качества.

— Ты во власти вредных идей, — отрезала Светлана. —

И как это на тебе нет венца, если ты с твоей красотой до сих пор не замужем?

Водитель такси немедленно посмотрел в зеркальце заднего вида, чтобы оценить Настину красоту.

— А чего не замужем? — спросил он и подмигнул.

— Я же говорю — венец безбрачия на ней. Не получается у нее замуж! — объяснила Светлана. — Женихов всех как бритвой отрезает.

— Что так?

— Ну... Кто с лестницы упадет, кого подстрелят... — неопределенно ответила она, и шофер немедленно заткнулся.

Арина Родионовна принимала страждущих в запущенной квартирке с засаленными обоями. Окна так давно не мыли, что они посерели от негодования, в треснувших чашечках люстры покоились мумифицированные мухи, а плед на диване задохнулся от пыли. Отличительными чертами хозяйки были хитрое личико и показательный горб на спине.

— Вот, — заявила Светлана тоном победительницы и указала на Настю. — Привезла.

Она усадила подругу на диван, а сама осталась стоять возле окна.

— Позволь, голубица, в тебя глазами впиться, — пропела Арина Родионовна, склонив голову набок и разглядывая Настю, словно синица кусочек сала. — Выйти замуж мудрено, коли вокруг тебя черно.

— У меня всех женихов — того, — сказала Настя и сглотнула. — Поубивало.

— Как корова языком слизала, — подтвердила Светлана, подобострастно глядя на Арину Родионовну.

— Зажгу свечи, поведу речи, — предупредила та, доставая из кармана зажигалку «Ронсон». По всей комнате действительно были расставлены свечи, и через две минуты они высунули пламенные язычки.

— Сиди тихо, не то будет лихо, — предупредила старуха, обращаясь к Насте. Потом повернулась к Светлане: — Будет сходить порча, начнет девку корчить. Порчу снимем, девку подымем.

— Кажется, меня сейчас стошнит, — призналась Настя.

— Терпи, — прошипела верная подруга.

Арина Родионовна тем временем протянула Насте на ладони черную крупинку и велела:

— Возьми губками, разжуй зубками.

Та послушалась. Но не успела даже как следует понять,

что произошло, как рот запылал огнем и все тело скрутило судорога.

— Умираю! — хотела крикнуть она, но из горла вырвался только хрип.

Дальше началась настоящая вакханалия. Пуская пену изо рта, Настя свалилась на замызганный коврик. Ее трясло, словно эпилептика во время припадка, глаза вываливались из орбит, пальцы на руках скрючились. Светлана то истово крестилась, то зажимала рот двумя руками. Арина Родионовна прыгала вокруг Насти, словно танцор, репетирующий «Танец с саблями», и приговаривала:

— Пожухнет венец, безбрачию — конец! Стихните колики, скорики-морики!

Минуты через три Настя пришла в себя. Чувствовала она себя так, словно ее потрепала стая собак. Язык онемел и едва ворочался во рту.

— Ты живая? — спросила Светлана дрогнувшим голосом. — Теперь поняла, какая на тебе была порча?!

— Злые люди напроказили, молодую девку сглазили, — сообщила Арина Родионовна. — Я изгнала чертовщину, будет у девки мужчина.

— Спасибо, тетенька, — сказала Настя басом. — Мы, пожалуй, уже пойдем.

Они вывалились из квартиры и, держась за руки, спустились на первый этаж. Солнечный свет показался Насте необыкновенно ярким.

— Подожди, тут телефон-автомат, — остановила она Светлану. — Я позвоню, узнаю, как там Руслан.

Через некоторое время со слезами на глазах она влезла в машину и сказала, не умея скрыть радостного изумления:

— Ему лучше!

— Вот видишь! — оживилась Светлана. — Это все Арина Родионовна и ее мантры. — И пробормотала про себя: — Где-то, черт побери, я их уже слышала... Скорики-морики, пикапу-трикапу...

— Это сказки Пушкина! — уверенно заявил шофер, зыркая в зеркальце на Настю. — А что это с вашей девушкой?

— Что? — испугалась Настя и приподнялась, чтобы взглянуть на свое отражение. Взглянула и пискнула: — Мамочки!

— Нет причин для волнений, — успокоила ее Светлана. — Ну, перекосило слегка, бывает. Арина Родионовна потревожила твои... Как их там? Чакры. Твои энергетические энергии спутались в клубок. Временно, конечно. Думаю, завтра к утру все образуется.

— Руслан меня не узнает! — простонала Настя, держа щеки обеими руками.

— Ничего-ничего. Он решит, что у него горячечный бред, всего и делов.

Однако до Руслана им добраться не удалось. Он все еще был без сознания, и дверь его караулил бдительный охранник. Настя отправилась искать врача, а Светлана уселась на холодную банкетку возле палаты. Закинула ногу на ногу, мягким движением сомкнула руки вокруг коленки, поглядела на охранника кошачьими глазами и проникновенно спросила:

— Руслана ведь хотели убить, я правильно поняла?

— М-м, — неопределенно отозвался тот.

— Не попали, что ли? — не отставала Светлана.

— Наверное, просто повезло. Видимо, в последний момент он заметил убийцу и попытался отскочить. Пуля прошла выше сердца.

— А почему его не добили в таком случае? Если это заказное убийство...

— Да какое это, к чертям, заказное убийство? — мгновенно ощетинился охранник. — Лох стрелял, точно. Ствол ворованный, и не было контрольного выстрела в голову.

— Милиция тоже так думает?

— Ежу ясно.

— Значит, можно надеяться, что лоха следователи найдут. — Светлана побарабанила ярко-красными ногтями по своей сумочке. — Хоть бы поскорее нашли.

— А что это... с дамочкой? — шепотом спросил охранник и поводил рукой возле лица.

— От горя перекосило, — тоже шепотом ответила Светлана. — Это как лебединая верность. «Ты прости меня, любимая, что мое крыло... Ла-ла-ла... счастья не спасло». И так далее. Понимаешь? Его ранили, а ее перекосило.

— Вот это да! — уважительно сказал охранник. — Это я понимаю — любовь!

— Пойдем, — позвала, возвратившись, перекошенная Настя. — Бессмысленно тут оставаться. Я бы посидела с Русланом, но, боюсь, мое присутствие ему только навредит. Я — социально опасное существо.

Когда они вышли на улицу, Светлана развернула Настю лицом к себе и спросила:

— Послушай, девочка моя, что ты собираешься делать?

— А что я могу сделать? — обиженно спросила та. — Венец безбрачия с меня сняли, частные детективы работают. Больше у меня никаких идей нет.

— Я бы на твоем месте отправилась куда-нибудь за бугор. Недельки на полторы-две.

— Как это я уеду? — опешила Настя. — Руслан в больнице, детективы ведут дело, я им постоянно нужна, и, кроме того, у меня работа.

— Руслану ты вряд ли сейчас поможешь, — возразила Светлана. — Детективы прекрасно обойдутся без тебя. А на работе можно взять отпуск.

— Но я уже была в отпуске в этом году!

— О боже ж ты мой, какая ты недалекая! — вздохнула подруга. — У тебя есть преимущество перед другими сотрудниками.

— Что? Ты имеешь в виду Захара?!

— Естественно. Стоит наладить с ним отношения, и поезжай себе, куда душа пожелает. Хоть в Испанию.

— Я уже была в Испании, — возразила Настя. — А Горянского я совсем не люблю.

— Ну и что? — искренне изумилась Светлана. — Не обязательно любить мужчину, чтобы им пользоваться.

— Иногда я обожаю твою практичность, — сказала Настя, — а иногда просто не переношу. В любом случае я не намерена спасаться бегством.

— Значит, останешься в Москве?

— Останусь.

— Ладно. Можешь и дальше рассчитывать на меня. Во-первых, ты моя подруга. А во-вторых, я тебе обязана своим личным счастьем.

Она имела в виду историю с собственным замужеством. Дело в том, что нынешний Светланин муж Никита прежде был Настиным ухажером. Настя решила, что Никита — слишком хороший человек, чтобы рисковать его жизнью, и познакомила его со своей лучшей подругой. И впоследствии всячески способствовала развитию их отношений. Настя и Никита до сих пор оставались добрыми друзьями, хотя Светлану это время от времени беспокоило.

— А что частные детективы? — спросила она. — Кому они будут докладывать о проделанной работе? Тебе?

— Не знаю, — промямлила Настя. — Может быть. По крайней мере, я надеюсь, что мне. Это же мое проклятие во всем виновато.

— А если Руслан умрет? Станут ли они тебя обслуживать за его денежки?

— Не каркай! — отрезала Настя. — Ничего он не умрет.

— Прости, прости, — примирительно сказала Светлана. — Как это должно быть ужасно, когда нет спины, за которую можно спрятаться!

Настя расстроилась. Действительно, спины никакой нет. Она — пария в мире любви, где мужчины совершают ради женщин подвиги и при этом остаются в живых.

* * *

Село Голубятово встретило Стаса нелюбезно. Дороги раскисли, и он немедленно утонул в грязи, испачкавшись до ушей. Окрестные собаки облаяли его по полной программе, а одна кудлатая шавка даже попыталась схватить за штанину. Окрест расстилался унылый пейзаж, наводивший на мысль о глубоком упадке сельского хозяйства.

Интересующий Стаса дом клонился на одну сторону, будто Пизанская башня. Судя по всему, никаких усилий по его спасению хозяева не предпринимали.

— Есть кто живой? — крикнул Стас, проводив глазами общипанную курицу, проскакавшую по двору. — Николай!

Из-за сарайчика появилась старушка в сбитом на одно ухо платке и с таким любопытством оглядела пришельца, словно имела дочку на выданье и приценивалась к жениху.

— Могу я повидать Николая Хитрова? — повторил Стас и добавил: — Доброго вам здоровьечка!

— И вам доброго, — кивнула старушка. — А Николая своего я уж пять лет как схоронила, мил человек.

Хозяйка думала, что Стас тут же развернется и уйдет, поэтому просто махнула рукой, повернулась и направилась по тропинке к двери. Но он и не собирался уходить. Он рысцой двинулся следом и без приглашения просочился в дом.

— Я вот тут кое-что захватил, — смущенно сказал он, достав из сумки бутылку водки. — Думал, что мы с Николаем посидим, поговорим...

Старушка преобразилась, как по волшебству. Степенность сдуло с нее, словно косынку ураганом. Она с такой сноровкой накрыла на стол, что Стас глазам своим не поверил. Картошечка, соленые грибки и квашеная капустка обещали задушевную беседу. Старушка выпила свою стопочку и зажевала ее, жмурясь от удовольствия.

— А вы помните, — осторожно начал Стас, — как ваш муж выступал свидетелем по делу о гибели Юрия Торопцева? Двенадцать лет назад это было. Давно, конечно.

— Чего ж давно? Конечно, помню. Дурак старый. Заморочил голову занятым людям. Он в последние годы только на самогонке и жил. Она ему все мозги просамогонила.

— Вы сами так-таки и не поверили, что он кого-то видел той ночью вместе с Торопцевым? Какую-то женщину?

— Не какую-то женщину! Мой дурак уперся, что видел Настеньку, невесту Юрину. А она в то время в городе была, с соседями своими. Мне потом уж милиционеры объяснили.

— Я читал показания вашего мужа, — сказал Стас. — И они показались мне странными.

— Еще бы. Он же пьяный тогда был!

— Когда? Когда видел Настеньку или когда ее допрашивали?

— И тогда, и тогда пьяный был. — Старушка повела бровями и пояснила: — Он все время пьяный был. Вообще не просыхал. Думаю, если бы его насильно протрезвили, он бы меня даже не узнал.

Она хихикнула в кулак и снова подняла на Стаса терпеливые выцветшие глаза, ожидая следующего вопроса. И он его тут же задал.

— Знаете, что было странного в показаниях вашего мужа? Он уперся, как трактор, — видел, мол, Настю Шорохову, и все. Сколько его ни спрашивали, с чего он взял, что это была именно она, Николай ваш так ничего вразумительного и не ответил.

— Да у него эти были... люцинации, что ли. Привиделось ему что-то желтое, вот он и заартачился.

— Желтое? — насторожился Стас. — Вы вообще о чем говорите? В деле нет никаких упоминаний про что-то желтое.

— Какое там дело?! — пренебрежительно махнула рукой хозяйка. — С пьяного Николая показания писали. Это разве дело?

— Не могли дождаться, пока протрезвеет?

— Да кабы он протрезвел, то все бы сразу из башки его вылетело. Я им так и сказала. Пишите, говорю, что надо, пока он тепленький, но веры его словам — никакой. Они по соседям походили, поспрашивали про него, алкоголика, записали всю его околесицу, с тем и прочь подались.

— А желтое? — напомнил Стас. — Вы сказали, что ему привиделось что-то желтое.

— Ну да. Потому он и решил, что видел именно Настеньку! Она ко мне за молоком приходила почитай каждый день. Корова у меня была в тот год, я молоком и торговала.

— Так-так, — подбодрил ее Стас. — Она что, приходила в желтом платье?

— Не в платье, а в шляпе. Шляпа у ней была такая приметная, круглая, ярко-желтая, как лимон. Она всегда ее брала, когда за молоком шла. Идти-то все по открытому месту, вот она и приладилась шляпу надевать.

Старуха снова посмотрела на бутылку, и Стас поторопился наполнить опустевшую рюмочку.

— И, увидев кого-то в желтом в ту ночь, Николай ваш по пьянке решил, что это Настенька?

— Да пригрезилось ему все! Я же говорю: люцинации у него были после самогонки. Самогонку жрал, вы бы видали как! Всю голову мне продолбил: была там, говорит, твоя Настенька в своей желтой шляпе. Вот хоть тресни — она, и все тут.

Мозг Стаса лихорадочно заработал, пытаясь пристроить новые факты к делу Торопцева. Конечно, это была не Настя. У нее железное алиби на ту ночь. Но кто? Кто-то в желтой шляпе, в такой же, как у Насти. Или в той же самой.

Это был крохотный кончик нити, утерянной двенадцать лет назад на просторах деревни Голубятово. Стас отчаянно надеялся, что ему удастся ухватиться за этот кончик, благодаря чему клубочек начнет разматываться.

Глава 5

— Я развиваю индивидуальные силы личности, а не вытаскиваю женщин из неприятностей.

Фокин смотрел на свою посетительницу строго и неприязненно, словно адвокат на лживого свидетеля. Она вела себя, как дура. Наверное, кто-нибудь посоветовал ей обратиться к психологу, она нашла объявление в газете и явилась, рассчитывая на то, что он выпишет ей лекарство от глупости.

— Я не против, если вы разовьете силы моей личности, — Вероника Матвеевна была согласна на все. Она проявила инициативу и мечтала добиться хоть какого-нибудь результата. — В последнее время я чувствую, что мое «я» ослабело, словно неполитый куст.

Фокин помолчал, подумал, потом сказал, намеренно ее провоцируя:

— Я вам не подхожу. Вам нужен специалист по коррекции жизненного курса. Кто-нибудь из последователей Тойча. Это они занимаются неразрешимыми на первый взгляд жизненными проблемами и повторяющимися ситуациями.

— Ну... — неуверенно проговорила Вероника Матвеевна, — возможно, если развить мои индивидуальные силы по вашему методу, проблемы как-нибудь решатся? Что, если дело как раз в слабости моего характера?

Она с опаской поглядела на него. Вдруг он с помощью каких-нибудь методик уже проник в ее мозги и обо всем догадался? Глаза у Фокина были черные и тяжелые, как нефтяные озера.

— Ладно, — неожиданно сдался он и сложил пальцы шалашиком. — Я готов вас выслушать. Можем начать прямо сейчас. Усаживайтесь поудобнее и рассказывайте.

Вероника Матвеевна поймала его испытующий взгляд и почувствовала себя голой. Вместо того чтобы устроиться поудобнее, она сползла на самый краешек кресла и едва не свалилась на пол.

— Была у меня бабушка, — завела она тоном профессиональной сказочницы. — И, умирая, сказала она мне: «Вероника! Ты всегда будешь неудачницей!»

— Бабушка вас не любила? — немедленно перебил ее Фокин.

— С чего вы взяли?

— Ну вы сами подумайте, как это звучит: «Вероника, ты всегда будешь неудачницей». Не бабушка, а ведьма какая-то.

— Я рассказываю вам все в упрощенном варианте, — нашлась Вероника Матвеевна. — На самом деле бабушка сказала мне: «Вероника! Бедная моя девочка! Ты всегда будешь неудачницей!» — и умерла.

— Соболезную, — произнес Фокин таким тоном, каким говорят «благодарю», получая сдачу.

— Бабушка словно заклеймила меня. С тех пор я самая большая неудачница на свете. Это как фамильное проклятие, понимаете? — Она исподлобья поглядела на Фокина и спросила: — Ну? Что вы на это скажете?

— Как психолог могу сообщить, что неудачник — это определенная психическая категория. Человек, считающий себя неудачником, обречен на невезение. Будучи слабым и жалуясь на свою слабость, он навлекает на себя беды самим своим настроем. Здесь работает закон причины и следствия: «От неимущего отымется...»

— Хотите сказать, я сама во всем виновата? — Вероника Матвеевна наклонилась вперед. — Вы считаете, что фамильных проклятий не существует?

Фокин чувствовал, что посетительница целиком сосредоточена на нем. Интересно, почему? Что ей от него нужно на самом деле? Ни в какое проклятие он не поверил. Дама казалась практичной, собранной и умной, хотя пыталась выставить себя в самом невыгодном свете.

— Я не изучал этот вопрос специально. Мне нужно подготовиться. Будем считать сегодняшнюю встречу бесплатной предварительной консультацией. Кстати, кем вы работаете?

— Секретаршей в министерстве, — легко соврала Вероника Матвеевна.

— Оставьте мне ваш телефон.

Вероника Матвеевна не знала, что делать. Оставить свой настоящий телефон? Нет, это опасно. Вполне возможно, Пучков устроит ей головомойку и запретит второй раз появляться у Фокина. Поэтому она соврала и продиктовала номер, который сочинила на ходу.

— Хорошо, Вероника. Можно звать вас по имени?

— Если наши отношения будут продолжаться, то да.

— Я согласен работать с вами.

— Наверное, вы сдерете с меня кучу денег, — проворчала она.

Валерий Антонович не удержался и усмехнулся.

— Вы совсем не похожи на неудачницу! — заметил он, наблюдая за тем, с каким проворством дама направляется к выходу. — Вы забыли условиться о времени следующей встречи.

— Я подкорректирую свое недельное расписание и позвоню! — бросила она через плечо и выскочила из кабинета. Еще ни один мужчина не нагонял на нее такого страху, как Фокин. Вот тебе и разведка боем! Еле ноги унесла. Интересно, что он на самом деле о ней подумал?

На самом деле он подумал, что у нее симпатичные коленки и весьма аппетитный зад. Если бы она узнала об этом, то была бы в шоке.

* * *

— Вероятно, ты меня уже ненавидишь, — вздохнул Стас, доставая блокнот.

— И с какой же стати мне тебя ненавидеть? — поинтересовалась Настя.

— Я тот, кто сыплет соль на раны. Я воскрешаю в твоей памяти самые ужасные события. Мне нужны подробности, слова, встречи, намеки — все мелочи, какие ты в состоянии вспомнить.

— Это ведь твоя специальность, — успокоила его Настя. — А я очень ценю профессионализм.

Стас мгновенно насупился. «Она воспринимает меня не как мужчину, а как обслуживающий персонал, — подумал он. — Чего ждет хозяйка, к примеру, от электрика? Уж, конечно, не того, что он станет за ней волочиться. Она рассчитывает, что электрик починит розетку. Если он сделает это хорошо и быстро, она оценит его профессионализм по достоинству».

— Расскажи мне о Паше Локтеве, — сказал он вслух. — Ты хорошо его знала?

— Да нет, напротив. Я плохо его знала. То есть почти совсем не знала. Его ураганное ухаживание меня поразило. Он открылся так неожиданно! Но для меня так и остался совершенно чужим. Вдруг объяснился в любви и только потом начал ухаживать, приносил цветы, поджидал у выхода, провожал, умолял о свиданиях.

— А как ты себя вела?

Настя опустила глаза и пробормотала:

— Не то чтобы я его поощряла, но и не гнала. Пашу невозможно было отшить, как других назойливых ухажеров. Он был такой застенчивый! Выглядел, как подросток. Ты бы его видел!

Стас его видел. На фотографиях, разумеется. Светлая курчавая голова, розовые щеки, жеребячьи глаза. Все говорили, что Паша был умен, но бесхребетен. На рожон никогда не лез, любил оставаться в тени. Его напористое ухаживание за Настей было совершенно не в его духе.

— А с кем он дружил? — поинтересовался Стас. — На факультете?

— С Сашей Валуевым и Вовой Чекмаревым. Даже не знаю, можно ли их отношения назвать дружбой. Так, ходили вместе пиво пить.

В тот же день Стас отправился на биофак наводить справки о друзьях Паши Локтева. Инспектор курса, которого ему удалось разыскать, долго мялся и жался, прежде чем сказать хоть что-нибудь о своем пропавшем студенте. Конечно, он сразу его вспомнил. «Странно, — думал Стас, глядя на усатого дядьку, который бегал глазами по сторонам. — Что его так беспокоит?» Он помнил материалы дела. В них не было ничего настораживающего, ничего волнующего. Ушел из дома и не вернулся. Рядовой, по меркам Москвы, случай. И все же, возможно, милиция упустила какие-то нюансы? Он так и не сумел раскачать инспектора ни на какие откровения. «Случился маленький облом», — усмехнулся про себя Стас. Зато в деканате он без проблем добыл адреса Валуева и Чекмарева. «Оба почти мои ровесники, — подумал Бессонов. — С ними должно быть легче».

Первый работал таксистом, возил пассажиров на собственной «Волге», снабженной переговорным устройством. Пококетничав с девушкой, принимавшей заказы, Стас попросил прислать конкретно Валуева и стал нетерпеливо ждать встречи.

— Я щедро расплачусь, — заявил он, усевшись в машину, — если вы покатаете меня по городу и ответите на несколько вопросов. — Стас протянул Александру свое удостоверение частного детектива.

— А в чем дело-то? — спросил бывший биолог, трогая машину с места. Он оказался симпатичным мужиком со смешным коротким носом и глубокой ямочкой на подбородке. — Я возил каких-нибудь бандюков?

— Да нет, история эта давняя. Я к вам по поводу исчезновения Павла Локтева. Помните такого студента биофака?

— Тю-ю, — протянул Валуев. — Вы не по адресу. Я ничего про это не знаю.

— А мне сказали, что вы с Павлом были довольно близки.

— Кто это сказал? — подозрительно спросил тот, бросив на пассажира короткий недовольный взгляд.

— Анастасия Шорохова.

— Настя? — Валуев немного помолчал, словно раздумывая, стоит ли вообще затевать разговор на эту тему. Потом вздохнул и покачал головой. — Как она по нему плакала! Хотел я ей сказать правду, да не посмел. И никто тогда не посмел. Кто знал, конечно. Там ведь убитые горем родители еще были.

— О чем же вы промолчали? — сдержанно спросил Стас, почувствовав, что свидетель готов прямо так, с кондачка, выложить некие оставшиеся неизвестными следствию факты.

— Хотя, мне кажется, его батя о чем-то таком догадывался, — не слушая его, продолжал Валуев. — Поэтому Пашка и кружился вокруг Насти, как коршун. Она одна из всех девчонок была к нему — как бы это сказать? — снисходительна. Вот он и подумал, что она для его целей подойдет лучше всех.

— Для каких целей? — Стас был сама кротость.

— Для маскировки.

— Кажется, я начинаю понимать.

— Чего ж тут понимать? Вы его мордашку на фотокарточке видели?

— А Владимир Чекмарев? — спросил Стас.

— Его сердечный друг. Кстати, чтобы не пропадали зря ваши денежки, хотите, отвезу вас в клуб, где Вова ошивается постоянно? Думаю, он и сейчас там.

— Вы поддерживаете отношения?

Валуев хохотнул:

— Не интимные — поддерживаем.

— Полагаете, исчезновение Павла как-то связано с его нетрадиционной сексуальной ориентацией?

— Не было у него никакой ориентации. Это Вова его ориентировал.

— Тем не менее ваш инспектор был в курсе.

— Да? Я не знал.

Они подъехали к клубу с идиллическим названием «Свирель» и кокетливым козырьком над дверью.

— Заманчиво, — коротко прокомментировал Стас, выбираясь из машины.

— Порок всегда выглядит привлекательно, — хмыкнул Валуев. — Можете не комплексовать, до восьми вечера здесь тишь да гладь, божья благодать. Кстати, в этой богадельне можно неплохо покушать.

— Если составите мне компанию, угощу обедом, — тут же нашелся Стас, для которого Валуев мог послужить живой визитной карточкой.

— А я уж думал, мне придется напрашиваться.

Он выбрался из машины и целеустремленно направился к входу. Осторожный Стас задержался и, достав сотовый, позвонил в агентство, чтобы по-быстрому продиктовать Веронике Матвеевне свои координаты.

— Иду туда совместить приятное с полезным — поговорить со свидетелем и пообедать.

Вероника Матвеевна, которая, придерживая трубку подбородком, уже забралась в компьютерную базу данных агентства, изумленно воскликнула:

— Стас, родной! Но ведь «Свирель» — это же гей-клуб!

— Ах, черт. А я-то хотел это скрыть.

Он хмыкнул и отключился, потому что Валуев стоял у порога и придерживал для него дверь.

Помещение выглядело абсолютно невинно. Замечательно пахло борщом и жареной картошкой. За столиками сидели ничем не примечательные личности и уплетали всякие вкусности. Находящиеся среди них дамы казались настоящими.

— А вон и Вова, — пробормотал Валуев, пробираясь в самый конец зала. — Пойдемте, я вас познакомлю.

Вова Чекмарев наверняка разбил не одно глупое дамское сердце. Это был крупный самец светлой масти с ухоженными руками и перстнем на мизинце. Когда Валуев представил ему Стаса, он отложил вилку и вместо рукопожатия послал ему кокетливую улыбку.

— Частный детектив? — переспросил он, когда Стас представился. — Надеюсь, за вами не потянутся неприятности.

— Я мирный человек, — солгал тот. — Поделитесь информацией, и, уверяю вас, мой визит не затянется.

— Он ищет Пашу Локтева, — пояснил Валуев, расставляя перед собой тарелки.

— Спустя столько лет?

— А вы считаете, уже поздно суетиться? — Стас остро взглянул на собеседника.

— Да нет, — Чекмарев откинулся на спинку стула. — А кто затеял розыск? Пашкина мать?

— Нет, не мать. Бывшая невеста.

— Какая еще невеста? — прыснул тот.

— Анастасия Шорохова, — с полным ртом пояснил Валуев.

— Господи боже мой, да она что, с ума сошла на старости лет? Какая она невеста?

— Она ничего о тебе не знала, Вова, — терпеливо объяснил Валуев. — Ну, не догнала, понимаешь?

— А когда вы в последний раз видели Локтева? — спросил Стас.

— Когда и все. Ушел Пашка как-то раз с лекции, а на следующий день на занятия не явился. Начали его искать, да так и не нашли.

— Он ухаживал за Анастасией, чтобы родителям пустить пыль в глаза?

— Точно. Он сопляк еще был, боялся.

— А если бы она согласилась выйти за него?

— Вы что, думаете, я ревновал? — догадался Вова. — Бросьте! Между мной и Пашей ничего не было. Он мне нравился, вот и все.

— Все? — уточнил Стас.

— Вы же не спите со всеми женщинами, которые вам нравятся, верно? — парировал Вова.

— А вы не пытались искать Пашу сами, по своим каналам? — поинтересовался Стас.

— По каким каналам? Я же объяснил — Павел еще не влился в тусовку, он был сам по себе. Так сам по себе и сгинул.

Они на некоторое время замолчали и занялись едой. Стас понимал, что если Чекмарев и знает что-то, то ни за что не скажет. Тут нужны были какие-то рычаги. «Надо будет задействовать шефа, — подумал он. — Чекмарева нужно как следует потрясти».

Выехав на Садовое, он начал размышлять, стоит ли завернуть в агентство или сразу домой. Если Вика еще не спит, придется с ней общаться. Он разложит на столе лоточки с готовыми салатами, вытряхнет из пакета купленную по дороге курицу-гриль, а Вика усядется рядом и, покачивая тапочкой на выскобленной ступне, начнет его пилить. Он редко бывает дома, он не уделяет ей должного внимания...

«Ну ее к черту, — подумал Стас. — Лучше отправлюсь в агентство и обменяюсь информацией с Тагановым».

— Вероника Матвеевна ходила в самоволку, — сообщил Саша, как только Стас скинул куртку. — Представляешь, что удумала? Потащилась к Фокину на прием.

— Ну и?..

— Спроси у нее сам.

— Как, Вероника Матвеевна, плодотворный был визит?

— Он сказал, что будет со мной работать, — ответила она, трусливо умалчивая о подробностях встречи с Фокиным. — Только я не знаю, стоит ли пойти к нему еще раз?

— А с какой целью вы к нему потащились?

— Хотела подкинуть историю наподобие той, что случилась с Анастасией. Бабушка, мол, сказала, что я неудачница, так оно и пошло.

— Все равно я не понял главной идеи. Он должен был испугаться и как-то выдать себя? Тогда играть надо было в открытую. Не придумывать мифическую бабушку, а рассказать историю Насти Шороховой.

— Или послать туда саму Шорохову, — добавил Таганов.

— Нет, — немедленно возразил Стас. — Настей мы рисковать не имеем права.

— Пучков предлагает устроить твоей Насте встречу с младшим Фокиным.

— Да? А она вообще-то в курсе, что первый муж ее подруги — потомок ротмистра Шестакова?

— Никто ей не говорил. Так что ты сам скажи. У вас с ней такие тесные отношения...

— У нее с Русланом Фадеевым тесные отношения, — огрызнулся Стас. — Кстати, как он там, живой?

— Ему сделали операцию, но что будет дальше...

— А насчет покушения шеф что-нибудь узнал?

— Оперативники трясут владельца пистолета, гражданина Воробьева. Он обороняется, как может. У него деньги, связи, дорогой адвокат.

— А он вообще кто такой?

— Вице-президент концерна «Меркурий». Поставки дешевой малазийской обуви.

— Выходит, пистолет у него действительно увели. Не сам же он стрелял в Фадеева.

— Никто в этом и не сомневается. Фишка в том, чтобы выяснить, кто увел. Вот когда увели — уже ясно.

— Да? И когда же?

— Да прямо накануне покушения. Дело в том, что вечером руководство концерна — четыре человека — задержались на службе и в неформальной обстановке обсуждали какие-то свои проблемы. Разговор зашел об оружии. Начали хвалиться стволами. Воробьев доставал и показывал свой пистолет. Это было в девятом часу вечера. Еще и суток не прошло, как этот же пистолет выстрелил в Фадеева.

— А что, если Воробьев показывал друзьям не тот пистолет? Может, его ствол в это время уже был в других руках?

— Возможно. Но только в том случае, если Воробьев — соучастник покушения. Что сомнительно. Хотя оперативники проверяют все. Если возникнет хоть какой-то намек на связь между Воробьевым и Фадеевым, тогда, может, такая версия и будет рассматриваться. Пока что более вероятен все же вариант с кражей. Шеф сказал: мы будем ориентироваться на нее.

— Если пистолет украли, то Воробьев должен хотя бы приблизительно представлять, как и где это произошло. Ведь оставались только ночь и день. Он раздевался, одевался, куда-то ездил. Где была пушка?

— Говорит, должна была быть при нем.

— А где он ночью был? Дома?

— О, тут все очень волнующе.

— Бегал по девочкам?

— Нет, ну что ты. Он примерный семьянин. Провел ночь в скромной гостинице «Северная», что на Волоколамском шоссе. Вообще-то у него особнячок в Опалихе. Но так как на службе он задержался — с раннего утра намечалась важная встреча, решил к жене и деткам не ездить, а перекантоваться в гостинице.

— Тогда все ясно, — сказал Стас. — Он был с какой-то бабой. Она и вытащила у него ствол. Возможно даже, ее специально Воробьеву подсунули.

— Я тоже так подумал. И оперативники так решили. Но с ним никого не засекли. Весь вечер и всю ночь двое служащих гостиницы бдительно следили за порядком. Главная дверь была заперта, ни одна дамочка не проскользнула внутрь. Одновременно же с Воробьевым лица женского пола в гостинице не регистрировались. За целый день к ним вообще ни одна женщина не вселилась. Так что, увы, Стас, тут сработала схемка посложнее.

— Ладно, пусть пока милиционеры бегают. Авось чего найдут.

Тем не менее Стас не забыл вложить в свою папочку листок со сведениями, касавшимися Воробьева. Совсем неразработанным у него оставался пока только третий жених Насти, Алексей Самсонов, выпавший с балкона в позапрошлом году.

* * *

— Надеюсь, у тебя не было двух женихов сразу? — ворчливо спросил Стас и добавил: — Я все равно, что доктор. Могу задавать любые вопросы, и обижаться на меня нельзя.

— Что мне обижаться? — пробормотала Настя. — У меня не было двух женихов сразу. Только одна деталь, — она потерла лоб. — Я уже была знакома с Лешей Самсоновым, когда училась на биофаке. Паша как раз активно ухаживал за мной и сделал предложение.

— То есть вы были с Самсоновым знакомы, но еще не встречались?

— Я тогда встречалась с другим человеком. С Захаром Горянским. Это мой теперешний шеф. Горянский тогда задумал открыть собственное дело и начал подбирать людей. Тогда-то он нас с Лешей и познакомил. Но только спустя год, уже когда я пришла в «Экодизайн», наше с ним знакомство возобновилось.

— Подожди-подожди. Чтобы не запутаться в датах, я должен записать. Мне надо усвоить все как следует. Значит, после биофака ты устроилась в фирму Горянского, своего... м-м... знакомого.

— Любовника, — поправила его Настя.

— Он ведь был женат, — мрачно заметил Стас.

— Это меня даже радовало, — призналась она и покраснела. — Захар был женат и не мог сделать мне предложение. Он был вне опасности. А Паша нет. Паша предложил мне руку и сердце, и с ним случилась беда.

— А потом Захар Горянский получил отставку. И ты перекинулась на Самсонова.

— Я не перекидывалась! — горячо возразила Настя. — Ты плохо понял мою позицию. Все мужчины, задумавшие жениться на мне, действовали исключительно по собственной инициативе. Я их не поощряла.

— Просто пассивно соглашалась, — с деланым равнодушием добавил Стас.

— Я ведь женщина, а не ванночка со льдом! — сердито ответила она.

— Не ванночка, — немедленно согласился тот.

Подумать только, о чем они разговаривают! Лучше было бы пригласить ее в какой-нибудь музей и поговорить о живописи, о культуре. Покатать на лодке по озеру, что ли. Он же вынужден обсуждать ее бывших любовников. С ума сойти.

«Могу себе представить, — думала тем временем Настя, — как повела бы себя Светка, попадись ей этот детектив. Уж она бы не упустила своего шанса».

— А ты уже виделся с моей подругой Светланой? — спросила она.

— Виделся, — с невозмутимым видом ответил Стас.

— Она пыталась тебя очаровать?

Вопрос вырвался у Насти совершенно неожиданно, она даже не успела испугаться.

— Ей было не до того. Она пребывала в шоке от той информации, которую я ей сообщил.

— От какой информации? — немедленно насторожилась Настя.

— Ты хорошо знаешь первого мужа Светланы — Степана Фокина?

— Да, конечно. Когда они со Светкой поженились, у нас была одна компания.

— А твой первый жених, Юрий Торопцев, был знаком с Фокиным?

— Нет, Светлана вышла замуж за Степана через год после Юриной гибели.

— Ладно, это выяснили. Так вот... Ты хорошо сидишь? Степан Фокин — прямой наследник ротмистра Дмитрия Шестакова.

— Что-о-о? Степа?! Фокин?

Настя разинула рот и уставилась на Стаса круглыми глазами. Он решил, что позже, когда все закончится, он обязательно ее поцелует. Неважно, как все у них сложится, но поцелуй остается за ним.

— Кстати, Настя, где ты находилась в тот момент, когда в Руслана Фадеева стреляли?

— Где я была? — Она с трудом приходила в себя. — Где была? Кофе пила!

— Мы же собирались вдвоем ехать в ресторан отвлекать внимание от вашей с Русланом помолвки. Зачем ты пошла прямо перед ужином пить кофе?

— Захар опять ко мне лез, — объяснила Настя. — Я ушла, чтобы он немного остыл.

— А ты часто выходишь выпить кофе незадолго до конца рабочего дня?

— Конечно, нет! Я прилежный работник. Просто в последнее время пребываю в некотором напряжении.

— А где конкретно ты пила кофе, помнишь?

— На Арбате, я могу показать. Съела две слоеные булки с изюмом.

— Кто-нибудь тебя вспомнит?

— Милиция меня уже спрашивала.

— То милиция. А то — я. Две большие разницы. Я — на твоей стороне.

Стас с неудовольствием вспомнил, как Саша Таганов выдвинул версию о том, что Настя Шорохова, будучи тайной мужененавистницей и маньячкой, убивает всех неровно дышащих к ней мужчин. «Вот и алиби на время покушения на Фадеева у нее нет!» — заявил Таганов, с иронией глядя на Стаса. Отогнав неприятные мысли, Бессонов снова вернулся к расспросам.

— Давай вернемся на двенадцать лет назад. Ты помнишь лето накануне гибели Торопцева?

— Конечно, — тихо ответила Настя. — Две последние недели августа мы прожили в особняке Юры в Подмосковье.

— И ты покупала в соседней деревне Голубятово парное молоко?

— Да, у Хитровых. Я ходила туда каждый день с бидончиком.

— Было жарко, и на голову ты надевала шляпу.

— Точно. У меня была шляпа из соломки. Ярко-желтая. Я очень ее любила, кстати.

— Ты ее поносила и выбросила?

— Какое отношение моя шляпа имеет к смерти Юры? — не выдержала и полюбопытствовала Настя.

— Может, и не имеет, — уклончиво ответил Стас. — Куда ты ее дела?

— Знаешь, она пропала.

— Из особняка Торопцева? Или ты взяла ее в Москву, и уже там она затерялась?

— Нет, я точно помню, что не увозила ее. Кстати, и не собиралась. Эта шляпа пляжная, отпускная. В Москве такую не поносишь. Но тем не менее мы с Юрой еще не уехали, а шляпа уже исчезла.

— Отлично, — пробормотал Стас и спросил: — Кстати, ты собираешься поговорить с Фокиным о своем фамильном проклятии?

— Конечно, собираюсь! Если ты разрешишь.

— Я не просто разрешаю, я настаиваю. Пригласи его к себе. Это удобно?

— Конечно, удобно. Почему нет? У нас всегда были хорошие отношения.

— А из-за чего Фокин развелся с твоей подругой?

— Это она с ним развелась. Тогда он был беден.

— А Светлана, значит, предпочитает только мужчин с хорошим достатком?

— Ну, в общем, да.

— В таком случае она наверняка жалеет, что немного не дотерпела до процветания.

— Вряд ли она жалеет. Теперь у нее есть Никита. Он, пожалуй, будет покруче Степана.

— И как ей удалось найти такого крутого Никиту?

— Это я нашла, — возразила Настя с совершенно невинной физиономией. — Никита сначала за мной ухаживал. А потом стал ухаживать за Светланой.

— И что способствовало такому вероломству?

— Я его не поощряла. А Светлана — наоборот.

— Понятно, — пробормотал Стас.

На самом деле ему было не очень понятно, как женщины обтяпывают подобные делишки. Мужики у них все равно что бирюльки. Никита ухаживал за Настей, но та его уступила подруге. Может быть, они вообще, покорив очередного мужика, ставят крестик на обоях? Или рисуют звезды, как за сбитые самолеты?

— А как ты относишься к Руслану Фадееву? — спросил Стас неожиданно для Насти. — Ты его любишь? Или тоже готова уступить по первому требованию?

— Черт бы тебя побрал! — воскликнула та, рассердившись. — Это уж слишком, Стас! Ты не мой психоаналитик.

Он сделал кислую мину:

— Это я ради дела спрашиваю.

— А у тебя версия есть? — оживилась она. — Что ты думаешь по поводу моего проклятия?

— Да нет никакого проклятия! — в сердцах ответил Стас.

— А как же все эти несчастные случаи?

— Не будем торопить события, — отвертелся он. — Так что там насчет Фадеева? Ты влюблена? Не он в тебя, а ты в него?

Настя прикусила губу. Если она скажет «да», то определенно солжет. Если скажет «нет», что он о ней подумает? Что она бессердечная дура. Никиту уступила подруге, путалась с женатым Захаром, пользуется деньгами Фадеева, которого не любит... Ужас что такое. Светлана бы не растерялась! Уж она бы нашла, что ответить этому сыщику!

Стас в эту минуту тоже подумал о Светлане Прохоровой. Интересно, на какой почве они с Настей сдружились? Что между ними общего? Светлана напомнила Стасу его собственную жену. Вика тоже наряжалась с утра пораньше и подводила глаза и губы, даже если не собиралась выходить из дому. Потом она начинала холить свое тело, к чему Стас всегда относился с уважением. Ведь именно на это тело он и был пойман, как безмозглый карась на червя.

За время приватной беседы Светлана несколько раз брала Стаса за руку. Смеялась, откинув голову назад и показывая крохотные, как будто молочные, зубки. Закидывала ногу на ногу и дразнила его атласными коленками. Она будила его инстинкты.

Однако инстинкты Стаса просыпались почему-то лишь в присутствии Насти Шороховой. Так что, интересно, она ему ответит? Любит она Фадеева или не любит?

— Он мне нравится.

Она не любит его! Стас покашлял в кулак, чтобы она не прочитала на его физиономии дурацкой радости. И тут зазвонил телефон. Он схватил трубку и услышал голос шефа:

— Надо очень быстро встретиться с Воробьевым. Может быть, тебе удастся сообразить, врет он или нет, когда утверждает, что не знает, где посеял свой пистолет.

— А Таганов? — Стасу больше нравилось допрашивать Настю.

— Таганов занят Фокиным-старшим. Говорит, что подвергает себя нешуточному риску.

— Что он хочет у него выведать?

— Не делает ли тот восковых кукол и не протыкает ли их булавками.

— Смешно. Значит, мне ехать к Воробьеву?

— Поезжай. А я пока натравлю своих парней на Вову Чекмарева. — «Своими парнями» Пучков называл бывших сослуживцев.

— Извини, Настя, мне надо ехать, — сообщил Стас, положив трубку.

Ему не хотелось уезжать, но не мог же он вести расследование, не выходя на улицу? Она была даже рада, что он уезжает и тяжелый для нее разговор заканчивается. Может, ему удастся все раскрыть без ее помощи? И он не станет больше ворошить прошлое, которое Настя так хотела забыть.

Глава 6

— Почему я должен отвечать еще и на ваши вопросы?

Игорь Михайлович Воробьев выглядел изрядно потрепанным. Вероятно, следователь выжал его, как лимон. Хорошенькое же задание дал ему Пучков! Врет или не врет? — вот в чем вопрос. Стасу потребовалось десять минут, чтобы понять: Воробьев врет. Голубые глаза этого сорокадвухлетнего миляги были такими честными, что впору было умилиться. Наверное, он отлично сыграл свою роль в милиции. Недаром хитрый Пучков торопил Стаса — надо поговорить с Воробьевым быстро, ибо тот расслабился. Он выстоял тяжелый раунд, и снова собраться с силами ему будет безумно сложно.

Как это ни забавно, но Воробьев оказался похож на воробья. Маленький, полненький, нахохленный, с крошечным чубчиком и добродушными круглыми щеками, он был не лишен своеобразного обаяния.

— Из вашего пистолета стреляли в человека. Еще неизвестно, выживет ли он. — Стас был уверен, что Игоря Михайловича уже запугивали подобным образом.

— Вот вы — частный детектив, — встрепенулся тот. — У вас наверняка есть оружие. Что бы вы делали на моем месте? Если бы это оружие у вас вдруг украли?

— Отвечал на вопросы как можно подробнее.

— Десять раз?

— Вдруг мне удастся натолкнуть вас на некое воспоминание? И мы получим ключ?

— У меня раскалывается голова, — пожаловался Воробьев. — Я имею право отдохнуть.

— Вы уверены, что накануне вечером показывали друзьям именно тот пистолет, на который имеете разрешение?

— Уверен. Я его знаю прекрасно. Как женщина знает свою сумочку. Вы допускаете, что ваша жена может усомниться, свою ли сумочку она носила весь вечер?

— Кстати, какие у вас отношения с женой? — спросил Стас.

— Замечательные. В чем вы меня подозреваете? Почему меня все подозревают в супружеской измене? У меня что, какое-то особенно порочное лицо?

— Измена — не порок, — приободрил его Стас, — а естественная потребность мужского организма.

— Почему мы вообще говорим об измене? Я ночевал в гостинице. Один. И ваши идиотские инсинуации можете держать при себе.

— Ладно.

Стас лихорадочно соображал, как выяснить, о чем Воробьев умалчивает? Он настаивает, что ночевал в гостинице один. Может быть, это и есть вранье? И с ним все-таки была женщина? В их деле должна быть женщина, и здесь — тоже. Возможно, это одна и та же дама?

— Вы знакомы с Анастасией Шороховой?

— Нет. А кто это?

— Неважно. Значит, вы ночевали один?

— Есть же свидетели. Боже мой! Даже моя жена мне поверила! А вы...

Опа. Существует ведь и жена Воробьева. Если у него есть любовница, она может знать о ней. Ее просто нужно спросить об этом.

— Хорошо, — вслух сказал он. — Допустим, ночью пистолет пропасть не мог.

— Конечно, не мог, — подтвердил Воробьев и так явно расслабился, что Стас мгновенно понял: пистолет пропал именно ночью. И бизнесмен об этом знает. Он с кем-то встречался той ночью. С кем-то, кто вытащил у него оружие. Но по каким-то причинам он не хочет выдать этого человека. Любовница, начальник, шантажист — это может быть кто угодно. Но как он попал к Воробьеву? Это мог быть мужчина, снявший номер на том же этаже? Почему нет? Ребята искали женщину, а надо было проверять всех зарегистрировавшихся в тот день мужчин. Впрочем, почему в тот же день? Возможно, неизвестный уже некоторое время жил в этой гостинице, а Воробьев просто присоединился к нему? Стас понял, что с гостиницей надо разбираться как следует.

Он простился с повеселевшим Игорем Михайловичем и позвонил в агентство шефу:

— Сдается мне, что Воробьев знает, кто увел у него пушку, — сообщил он. — Съезжу-ка я в гостиницу.

В ней он еще раз опросил служащих, дежуривших в холле всю ночь и все утро. Они вяло пересказали Стасу свои показания. Затем, затолкав в нагрудный кармашек администратора новенькую купюру, Стас завладел регистрационным журналом и выписал из него всех, кто поселился в гостинице за последнюю неделю. Супружеские пары он отвергал как бесперспективные.

Кандидатов на проверку набралось восемь человек. Женщин — только две. Некая Регина Никонова, уроженка города Дедовска Московской области, и Нина Степанова, приехавшая из Новосибирска. Стас решил пока не искать сложных путей и отсек Степанову. Новосибирск слишком далеко. А вот Дедовск... Дедовск достаточно близко для того, чтобы поехать ночевать домой, а не жить в гостинице целых три дня. Что эта женщина делала тут три дня? Стас пометил в своем еженедельнике: «Встретиться с Никоновой».

Уже одно имя — Регина — возбудило впечатлительного Таганова:

— Если в деле о фамильном проклятии все-таки замешана женщина, то ей очень подошло бы имя Регина. Ты не находишь, Стас?

— Вижу, визит к господину Фокину повлиял на тебя отрицательным образом, — заметила Вероника Матвеевна. — Представляешь, Стас, наш Саня пытался заставить Фокина наслать темные силы на свою воображаемую жену.

— Ну и как он? — заинтересовался Стас. — Согласился?

— Нет. Уперся. Сказал, что в первую очередь следует измениться самому, тогда семейная жизнь наладится. А магией, дескать, он не занимается.

— Как же к нему в таком случае подкатиться?

— Есть у меня одна мыслишка, — заявил Саша. — В кабинете Фокина на стене в дорогой раме висит портрет. На нем изображена прекрасная женщина. Вот я и подумал: вдруг это Анна Ивлева? Надо навести справки.

— Наводить справки лучше через Фокина-младшего. Анастасия обещала пригласить его к себе в гости и поговорить о фамильном проклятии.

— Ты, конечно, собираешься присутствовать?

— Я напросился. В субботу она позвонит мне и скажет, на какой час назначена встреча.

— Позвонит? — вскинул брови Таганов. — А если твоя жена подойдет к телефону?

— Жена? — глупо переспросил Стас.

— У него просто вылетело из головы, что он женат, — пробормотала Вероника Матвеевна. — Неужели не понятно?

* * *

На следующее утро его разбудил взбудораженный Пучков:

— Я оставил для тебя в агентстве видеокассету с допросом Чекмарева. Вскрылись новые факты в деле об исчезновении Павла Локтева.

— Чекмарев? — проворчал заспанный Стас. — Там чтото серьезное?

— Сам посмотришь, — буркнул Пучков. — Поезжай прямо сейчас. Вероника на месте, так что на кофе и бутерброды можешь смело рассчитывать.

— Ты не в курсе, как там Фадеев?

— Пока без изменений.

— Ладно, информацию принял, начинаю действовать.

Стас положил трубку, потянулся и, взбодрившись, быстро застелил постель. Если он сам этого не сделает, Вика и пальцем не шевельнет. Она в последнее время вообще игнорировала его комнату. Даже ночью сюда не заглядывала. «Наверное, у нее кто-то есть, — равнодушно подумал Стас. — Может, она наконец влюбилась по-настоящему, и мы тихо-мирно разбежимся?» Это была заветная мечта Стаса — застукать Вику с любовником. Мечта сулила свободу без скандалов и без чувства вины.

Он позвонил Веронике Матвеевне из машины, и она к его приезду сварила крепкий кофе, выложила из пакетов на тарелку свежие рогалики с джемом.

— Зачем ты женился, Стас? — спросила она, похлопывая его по плечу. — Кому нужна вертихвостка, которая даже не готовит завтрак?

— Это она так мстит мне за то, что я не прихожу домой на ужин, — пробормотал Стас с набитым ртом. — Мы с Викой стоим друг друга.

— Если ты считаешь, что смысл брака — добиться равновесия, то ты ошибаешься.

— А в чем смысл брака?

— Брак — это иллюзия обладания. Обладания тем, что тебе безумно нравится. Тем, что ты хочешь иметь в своем полном распоряжении. На некоторое время это успокаивает.

— А где кассета? — спросил Стас.

— У тебя в кабинете на столе. Только звук сделай потише. Там кто-то здорово орет. Шеф с утра меня уже напугал.

Едва пленка пошла, Стас сразу увидел лицо Чекмарева, взятое крупным планом. Оно было потным. От Вовиной сдержанности не осталось и следа — он разливался соловьем и рассказывал весьма интересные вещи. Он видел труп Павла Локтева. Парень загнулся от передозировки наркотиков.

— Квартиру снимал какой-то чех, я не знаю, как его звали, — тараторил Чекмарев. — Он уже давно слинял на родину.

— Можете показать квартиру?

— Могу. Конечно, я покажу. Но я ведь говорю — она была съемная, та квартира.

— Кто туда наведывался, кроме вас и Локтева?

— Да все, кому нужна была доза. Когда явился Пашкин отец, народ был в отключке. Не знаю, как он попал в комнату, как открыл дверь. Он просто появился, и все. Сначала тормошил Пашку, потом начал трясти меня за грудки.

— Почему тебя?

— Потому что я один еще держался на ногах. Он заставил меня помочь ему дотащить Пашку до машины.

— И ты безропотно подчинился?

— У него глаза такие были... ужасные. Он был злой, как дьявол. Мне не нравятся люди черной масти. Демонический тип. Я подумал, что Пашка кончился, и испугался. Я никогда больше не возвращался в ту квартиру.

— С какой стати отец Локтева спрятал тело сына?

— Он боялся за свою жену, за Пашкину мать. Все бормотал: «Пусть она думает, что Паша когда-нибудь найдется».

— Как отец Локтева обнаружил ваш притон?

— Я не знаю!

Стас взъерошил волосы на затылке. Дальнейшая запись оказалась практически бессодержательной. Там были крики, визг и бесконечные: «Я не знаю! Отпустите меня!». Он позвонил Пучкову и сообщил:

— Я посмотрел кассету. Думаю, Чекмарев сказал все. Надо ехать к родителям Локтева. Если отец действительно забрал тело сына и где-то тайком похоронил его, смерть одного из трех женихов Насти Шароховой получит разумное объяснение.

— Один — ноль в пользу версии нашей клиентки, — вздохнул Пучков. — Если Локтев умер от передозировки наркотиков, это означает отсутствие чьего-то злого умысла. Получается, проклятие работает.

— Локтева могли проследить до той квартиры и вколоть ему смертельную дозу. Ведь народ вокруг лежал, как трава.

Стас не стал говорить, что, прежде чем ехать к родителям Локтева, он собирается наведаться к Регине Никоновой. Дальняя дорога его не пугала. Даже напротив — вдохновляла. Ему хотелось все как следует обмозговать.

— Как заявиться к незнакомой женщине и немедленно расположить ее к себе? — спросил он у Вероники Матвеевны, бегая по приемной с булкой во рту.

— Смотря какая женщина, — осторожно заметила та. — Если брюнетка, то нужен предлог. А если блондинка, можно обойтись комплиментами.

— Я серьезно, — предупредил Стас. — Собираюсь познакомиться с Региной Никоновой. У меня нет времени ее... разрабатывать. Я собираюсь приехать и просто позвонить в дверь. И что я ей скажу?

— Ну, Стас, — проворчала Вероника Матвеевна, — у тебя непомерные требования к аккуратной и исполнительной секретарше. Я не мастер диалогов!

— Но женщина должна знать, на что может клюнуть другая особа ее пола!

— Скажи, что она может получить что-нибудь бесплатно. Пачку стирального порошка «Тайд», например. По телевизору постоянно показывают рекламу. «А теперь мы идем к вам!», помнишь?

— Я же не Андрей Малахов! — не согласился Стас. — У меня лицо неподходящее. Если я припрусь с порошком, мне ни одна женщина не поверит. Нужно цвести, пахнуть и разговаривать со скоростью пятьсот слов в минуту, а я не умею.

— Тогда соври, что Регина выиграла приз.

— Какой? — развел руками Стас. — Где? Может, она не играет в лотерею!

— Ладно, фиг с тобой, — сказала Вероника Матвеевна. — Я потрачу на тебя полчаса. Но на многое не рассчитывай.

Через полчаса она вошла в кабинет и выложила перед Стасом реквизит: дешевый фотоаппарат в красивой коробке, бесплатную газету «Товары для вас» и распечатанный на компьютере список из двадцати фамилий, в котором фамилия Никоновой присутствовала в том числе.

— Скажешь, что газета «Товары для вас» проводила розыгрыш призов среди жителей района, и выпал номер ее дома и квартиры, — проинструктировала она. — Хотя на твоем месте я бы потратила день на то, чтобы выяснить, есть ли у нее муж и в каком он весе.

— Я не могу потратить на нее день. У меня вообще нет времени. Это чертово проклятие может в любой момент выкинуть какой-нибудь фортель.

Вероника Матвеевна подумала: уж не за себя ли Стас боится? Если он действительно втюрился в Шорохову по самые уши, то вполне может опасаться за свою жизнь. Как там говорила Анастасия? Искренне влюбленный мужчина немедленно погибнет?

— Будь осторожен на дороге! — крикнула она ему вслед.

Стас приехал в Дедовск после обеда, моля бога, чтобы Регина оказалась дома. В противном случае придется до вечера торчать в машине. Он ничего про нее не знал — ни где работает, ни с кем живет, ни как выглядит. У него на руках были только паспортные данные, выписанные из регистрационного журнала гостиницы.

У старухи, торговавшей возле продовольственного магазина всякой всячиной, он для полноты картины купил три подмороженных цветка и попытался проникнуть в подъезд, когда оттуда вываливался какой-то небритый тип, от которого пахло так, словно он пил тройной одеколон и занюхивал его кошкой. Запах был яростный и злой, как сам его обладатель.

— Куда? — закричал он, когда Стас попытался придержать дверь, снабженную кодовым замком. — Ты тут не живешь!

— Не живу, — согласился тот, стряхнув с себя тяжелую руку. Немедленно вспомнил, что в настоящий момент он — корреспондент издания «Товары для вас», и охотно пояснил: — Я из газеты. Разношу подарки по квартирам! Раз в месяц у нас происходят региональные розыгрыши призов. Не хотите поучаствовать?

— Не, — смилостивился мужик и даже ухмыльнулся. — А к кому идешь?

Стас заглянул в распечатку, будто сверяясь со списком, и охотно ответил:

— К некой... некой... Регине Никоновой.

— Ишь ты! — посторонился тип.

Стас немедленно ворвался в подъезд и легко преодолел несколько ступенек до квартиры на первом этаже.

Не успел он нажать на звонок, как дверь широко распахнулась и на пороге появилась растрепанная мадам с опухшей физиономией и сочным синяком под глазом.

— Регина Никонова? — рекламным голосом вопросил Стас на весь подъезд. — Вы — Регина Никонова?

— Ну я! — развязно ответила бабенка и подбоченилась. — А чего надо?

— Вы знаете, как вам повезло? — широко улыбнулся он. — Вы выиграли приз!

— Пошел ты, — неуверенно сказала Регина.

— Я должен все сделать, как положено, — твердо сказал Стас. — Передать вам приз — фотоаппарат известной японской фирмы. Вы распишитесь возле галочки — и фотоаппарат ваш.

— Ну да! — не поверила Регина, пропуская гостя в квартиру.

Он вручил ей цветочки, сопроводив подарок нехитрым комплиментом:

— Прекрасные цветы для прекрасной дамы.

— Фу-ты, ну-ты! — фыркнула хозяйка и растянула губы, продемонстрировав Стасу свою коронную улыбку. Впереди не хватало двух зубов, отчего Регина была похожа на Шуру в период становления его таланта.

— Сначала я должен посмотреть ваш паспорт, — ласково пояснил Стас — Мне необходимо удостовериться, что Регина Никонова — это действительно вы.

Регина прогулялась до старенького комода, достала из верхнего ящика краснокожую паспортину, открыла и показала Стасу:

— Вот, глядите. Это я. Моя фотка, все как положено. Прописку проверьте, если надо. Мне скрывать нечего.

— У вас все так аккуратненько, — польстил ей Стас, оглядываясь в почти пустой, но довольно чистой комнате. — Другие победители конкурса свои паспорта по часу ищут. Засунут куда-нибудь, потом не могут вспомнить куда.

— У меня все документы на своем месте! — хвастливо заявила Регина. — Мать моя все бумаженции в комоде держала, и я держу. А паспорт что? Я как его туда положила, так он и лежит. На что он мне? На что он вообще нужен?

— Может потребоваться! — улыбнулся Стас. — Вдруг вам замуж захочется?

— Ну да! — Регина погрозила ему пальцем. — У меня уже был один муж, Петька. Я его выгнала. — Она важно кивнула и пояснила. — Пил сильно. Всю жизнь мне мог поломать.

— Понимаю, — пробормотал Стас. — А кем вы работаете?

— Учетчицей на автокомбинате, а что?

— В Москву часто выбираетесь?

— Да что мне в твоей Москве делать? — дернула плечом Регина. — У нас тут есть все, что нужно для жизни. Магазины всякие, карусели, нотариус вон поселился, дверь рядом, пончики в булочной пекут. Живем!

— Многие приезжают в Москву, чтобы вечером в театр сходить, — не сдавался тот. — Потом в гостинице ночуют.

— В гостинице? — недоверчиво переспросила Регина.

— Потому что ехать далеко, — объяснил Стас. — А утром уже — домой. Вы так не делаете?

— Что я, шваль какая? — обиделась Регина. — В гостинице ночевать! У меня своя жилплощадь есть! Законная.

Стас, в сущности, уже выяснил, что хотел. Вряд ли Регина Никонова жила в гостинице «Северная» в то самое время, когда у Воробьева пропал пистолет. Скорее всего, жила там совсем другая женщина с ее паспортом. Судя по всему, та особа дважды побывала в этой квартире. Сначала она взяла из буфета паспорт Регины Никоновой, а потом положила его обратно.

— Когда вы расскажете подругам, что выиграли фотоаппарат, они обзавидуются, — пообещал Стас, прикидывая, как выяснить поточнее, кто сюда захаживает. — У вас наверняка много подруг.

— Ни одной нету, — махнула рукой та. — Девки мне все завидуют, потому что у меня ухажеров много. Отбою от них нет!

Стас представил себе, сколько ухажеров могло перебывать в этой квартире, и покачал головой. Как это ни прискорбно, вряд ли он сможет доподлинно узнать, кто брал злополучный паспорт и пользовался им. Может быть, даже тот тип, который не хотел пускать его в подъезд, оказал кому-нибудь услугу за бутылку водки.

— А нет ли у вас, Регина, фотографии для газеты?

— Напечатать хотите? — встрепенулась она и немедленно полезла все в тот же комод. — Есть у меня карточка! На заводе Восьмого марта фотографировали. Начальник колонны самолично щелкал!

Когда Стас вышел на улицу, две тетки, судачившие у подъезда, немедленно замолчали и уставились на него.

— Здрасьте! — сказал Стас, который ненавидел, когда на него вот так смотрят.

Тетки на приветствие не ответили, а дождались, пока он дойдет до своей машины, и только тогда позволили себе комментарии.

— Новый Регинкин хахаль, — громким шепотом сообщила одна другой. — Журналист. Видала, какой хлыщ?

Возвратившись в Москву, Стас позвонил шефу отчитаться.

— Я скину твою информацию о Регине Никоновой своим парням, — решил Пучков. — Не нравится мне это дело. — Оно разонравилось ему, когда ранили Фадеева. — Кстати, — вспомнил шеф. — Следователь рассекретил любовницу Игоря Михайловича Воробьева.

— И кто же она? — тут же заинтересовался Стас.

— Пока не знаю. Выясню — сразу сообщу. Куда ты сейчас?

— Регина Никонова подарила мне на память свой снимок, хочу подъехать в гостиницу, показать служащим. И к родителям Паши Локтева еще надо успеть.

— Дерзай, — коротко напутствовал его Пучков.

Вероника Матвеевна сидела на диванчике и вязала крошечный розовый носок. Стас с сомнением поглядел на творение ее рук и осторожно спросил:

— А это для кого?

— Ты не поверишь. У меня скоро родится внучка.

— Внучка? — глупо переспросил Стас. — Не может быть! Внучки бывают у бабушек.

Вероника Матвеевна удовлетворенно хмыкнула:

— Надеюсь, жена покормит тебя как следует?

— Я не домой, — вздохнул Стас. — Мне еще предстоит один трудный визит.

Через полчаса он уже стоял возле квартиры Локтевых и жал на звонок. Дверь открыла невысокая женщина с невыразительной внешностью и тусклыми глазами. Стас представился. Женщина покорно отступила, пропуская его в квартиру.

— Выпейте со мной кофе, — предложила она. — Меня зовут Людмила Ивановна.

— А ваш муж? Он дома? — спросил Стас, озираясь по сторонам.

— Олег? — Женщина обернулась к нему и даже приостановилась от неожиданности. — Олег умер несколько лет назад. Вы разве не знали?

Стас не знал. Выходит, отец Павла Локтева уже ничего не расскажет. Зря он проездил. Только потревожил старые раны.

На комоде в просторной гостиной стояли две фотографии в картонных рамках — муж и сын. Лицо Павла Стасу было знакомо, поэтому он остановил свой взгляд на снимке Локтева-старшего. Тот выглядел молодо и задорно смотрел в объектив из-под светлой волнистой челки.

— Муж никогда ничего не рассказывал вам о собственных поисках сына? — спросил Стас, когда они уселись за стол и вооружились чайными ложечками.

— Да нет. Он вбил себе в голову, что когда-нибудь Паша вернется. Что он просто... ну, как это? Захотел вольной жизни.

— У Паши не было никаких проблем? — осторожно спросил Стас.

— Он был слишком... идеальным, — наконец сказала она. — Я всегда полагала, что это и есть самая большая его проблема. По моему разумению, молодой человек его возраста имеет кучу недостатков. А у Паши и недостатков-то не было!

Она рассказала несколько историй из школьной жизни сына, потом поднялась и вздохнула:

— Вам, наверное, пора ехать.

На прощание Стас подал ей руку и пожал вялые пальцы. Итак, он вытащил пустой билет. На очереди — гостиница. На всякий случай стоит проверить, не засветилась ли там Регина собственной персоной.

— Не могу точно сказать, как выглядела та женщина, — пожал плечами один из дежурных, которому Стас показал ее фотографию. — Она была в длинном черном пальто и в сапогах. На голове — платок. Очки с затемненными стеклами. Разве скажешь, какое там под ними лицо?

— То есть вы запомнили исключительно одежду, а не внешность, — констатировал Стас. — Какого она была роста?

— Чуть пониже меня, метр семьдесят примерно. Стройная.

— А возраст?

— Шут их разберет, этих баб. Иной раз идешь, смотришь на ее задницу, думаешь — студентка. Заходишь спереди — кошелка старая. Думаю, этой не больше сорока.

Описание в любом случае никак не подходило к Регине

Никоновой, которая была дамой миниатюрной. Со стройностью там тоже были проблемы. Кроме того, в коридоре ее квартиры Стас не заметил длинного черного пальто, только куцее драповое. Нет-нет, в гостинице проживала совсем другая дама.

Если Стас все понимает верно, незнакомка, которая зарегистрировалась здесь под именем Регины Никоновой, и увела у Воробьева пистолет.

Глава 7

Бессонов подкатил к дому Насти на полчаса раньше срока. То есть он собирался приехать точно в назначенное время, но с самого утра все думал, как он поедет на встречу, и поэтому промахнулся. И что теперь ему делать эти полчаса до появления Фокина? Сидеть в машине и пялиться на часы как-то глупо. Вдруг Настя заметит его из окна? Что она о нем подумает? Стас понятия не имел. Может, она вообще о нем не думает. И ее заботит только здоровье Руслана Фадеева, который борется за жизнь в городской больнице. Он решил выкурить сигарету и тогда уж идти. И тут увидел Захара Горянского.

Горянский шел прямо к Настиному подъезду. На нем было короткое полупальто в талию и кашне со сложным узором. Встречный ветер трепал черную гриву волос, которую Захар время от времени отбрасывал назад, дергая головой. В последний момент он изменил курс и свернул к булочной-кондитерской.

Стас выбрался из машины и, отшвырнув окурок, потрусил к подъезду. Взбежал по лестнице, коротко позвонил и начал перетаптываться от нетерпения. Через минуту Настя распахнула дверь и, поздоровавшись, залилась румянцем, хотя появление Стаса не должно было ее смутить, потому что о встрече они договорились заранее.

— Там, внизу, Захар, — сразу же сообщил он.

— Где — внизу? — растерялась Настя.

— Пошел в булочную. Наверное, он к тебе в гости приехал.

— Господи боже мой, — сказала она, пропуская Стаса в квартиру. — Что это на него нашло?

В коридоре было тесно, Стас стоял совсем рядом, и Настя даже слышала, как он дышит.

— И часто на него находит? — спросил Стас, снимая

куртку и прилаживая ее на вешалку. — Что-то он в последнее время активизировался, как гонконгский грипп.

— Может, он по делу? — пробормотала Настя.

Стас вошел в комнату и огляделся по сторонам. Надо же, он столько раз пытался представить себе, как она живет, и ни разу не угадал. В квартире у нее оказалось просторно и очень светло.

— Хочешь кофе? — спросила Настя, изо всех сил пытаясь справиться со своим идиотским румянцем во всю щеку, который Стас, конечно, заметил и непонятно как расценил.

По его лицу вообще никогда и ничего не было понятно. Конечно, он о ней невысокого мнения. В ее пассиве три жениха, да плюс Руслан Фадеев, да еще дурацкий Захар, который нахально втиснулся в ее жизнь... Кошмар. Кстати, что делать с Горянским, если он действительно явится, она понятия не имела.

— Так как насчет кофе? — переспросила она.

— От кофе я бы не отказался, — ответил Стас, и тут позвонили в дверь. — Вот и торт пришел, — не без ехидства добавил он.

Он был уверен, что Горянский купил именно торт. Это гораздо солиднее шоколадки или пирожных. Дарителя торта скорее пригласят к столу, чем дарителя коробки конфет. То есть чашку чая Захар себе наверняка обеспечил.

— Не понимаю, — бросил он в спину Насте, которая неохотно отправилась открывать, — если между вами все в прошлом, почему бы не разорвать отношения окончательно.

— Он ведь еще и мой начальник, — с досадой ответила она через плечо.

— А! — пробормотал Стас. — Я забыл. Конечно. Он — начальник.

Горянский в самом деле купил торт. Ухмыляясь оттого, что так верно угадал, Стас сам налил себе в чашку кипятка и вытряс из банки ложку растворимого кофе. Уселся на табуретку в кухне и начал громко прихлебывать. Захар из коридора его не видел.

— Настенька, — прогудел он торжественно, — мне надо сообщить тебе что-то важное.

Послышалась какая-то возня, и Настя тонким голосом сказала:

— Захар, это очень нехорошо, что ты приехал без звонка. Так не делается, ты что, разве не знаешь?

— Я приехал совершать глупости! — протянул тот сладким оперным басом. — О таком не предупреждают. Я приехал, чтобы пасть к твоим ногам!

Вероятно, он действительно пал, потому что из коридора донесся грохот и чмоканье — похоже, Горянский лобызал Насте руки.

— Захар, ты спятил! — заявила она.

— Будь моей!

— Я уже была твоей, и ничего хорошего из этого не вышло.

— Ты должна простить мне прежнее малодушие. Я стал другим, Настенька! Я хочу жениться на тебе! Поверь, я жить без тебя не могу. Все будет иначе, гораздо лучше, чем в первый раз!

Тут Стас не выдержал, вышел из кухни и сказал:

— Лучше, чем в первый раз, получается только кувырок через голову.

— Вы?! — изумился Захар так неподдельно, как будто пришел к жене и застал ее с соседом. — Что вы здесь делаете?

— Вы правда хотите, чтобы я доложил об этом?

Захар молча прошел мимо него на кухню, неся перед собой коробку с тортом, словно щит.

— Нам с Настей нужно кое-что обсудить, — холодно сказал он, оседлав табурет. — Надеюсь, вы нас извините.

— Еще чего! — хмыкнул Стас. У него сделалась такая наглая физиономия, что Настя глазам своим не поверила. — Ничего я вас не извиню. И все, что вы собираетесь обсуждать с моей невестой, меня очень даже касается!

С этими словами Стас взял со стола торт и повертел его у себя перед глазами.

— Положите на место! — рассердился Захар. — Зачем вы цапнули коробку?

— Проверяю срок хранения, — любезно ответил тот. — Я бы на месте продавщицы обязательно всучил вам лежалый товар. У вас лицо... подходящее.

— Да?!

— Да. Еще не хватало, чтобы вы нас отравили.

— Вы что, собираетесь есть мой торт?!

— А вы что, не дадите?

Настя плюхнулась на табуретку и сказала:

— Сейчас Фокин приедет. Вы и при нем будете ругаться?

— Еще и Фокин? — мрачно спросил Захар. — Бывший Светкин муж? А этому что здесь надо? Или он тоже на очереди в женихи?

— Я не понимаю, Захар, — не выдержала Настя. — Что ты так распоясался?

— Мне больно смотреть, как ты губишь свою жизнь. Я хочу тебе помочь, ведь я — твой настоящий друг... в отличие от всех остальных. Даже твоя Светлана — не идеал!

Стас отрезал себе кусок торта и засунул его в рот. Он с самого начала собирался вывести Горянского из себя, но тот разозлился как-то сам собой.

— Вот тебе и моя подруга не угодила, — рассердилась Настя.

— Подруга! — фыркнул Захар. — Ха! Да эта подруга предаст тебя, как только на горизонте появятся подходящие брюки!

— С чего ты взял?!

— Думаю, он проверял, — предположил Стас и по-детски облизал пальцы.

Захар посмотрел на него агрессивно, словно охотник на рябчика. Стас прямо почувствовал, как офисные мышцы напряглись под пижонским пиджачком. Он даже удивился, что Захар так уверен в себе. Наверное, этот тип владеет парой приемов самообороны и рассчитывает на легкую победу, если дело дойдет до драки. Внезапно Стасу так захотелось подраться, что он даже руки спрятал под стол.

Когда дверной звонок зашелся трелью, Настя вскочила и сказала обиженно:

— Ну вот, Степа уже приехал!

Она побежала открывать, и Стас немедленно обратился к Захару:

— Ну, что? Вы уже напились чаю?

— У меня жажда, — ответил тот. — Сильно сушит рот.

— Это от старости, — сообщил Стас. — Старикам все время чаю хочется.

Захар вскочил, сделавшись от ярости серо-буро-малиновым, табуретка с визгом отъехала в сторону и бабахнула в холодильник. В груди его теснились чувства, которые он не знал, как выразить. Тогда он захрипел, размахнулся, нацелив кулак в ненавистное лицо, и ударил. Стас отклонился, схватил пролетевшую мимо руку и сильно дернул на себя. Захар с матом полетел на пол, проехался по линолеуму и ударился лбом о плинтус.

— Вы что, подрались?! — ахнула Настя, вбегая в кухню.

За ее спиной появился молодой мужик, стриженный оптимистичным «ежиком», с широкой физиономией, большим ртом и носом картошкой.

— Ну что ты? — удивился Стас. — Просто несчастный случай. Понимаешь, у Захара постоянно сушит рот — он мне признался. Наверное, какое-нибудь неприятное заболевание. Не в этом суть. Он хотел налить себе еще чашечку чая и поскользнулся. Я даже сделать ничего не успел!

Захар встал на четвереньки и помотал головой.

— Познакомься, Стас. Это — Степан, — сказала Настя.

Мужчины пожали друг другу руки через стоящего на четвереньках Горянского, который все никак не мог прийти в себя. Вероятно, искры перед его глазами складывались в узоры.

— Привет, Захар! — обратился к нему Фокин и, наклонившись, потянул за шиворот.

Горянский принял наконец вертикальное положение. Он весь был воплощением оскорбленного достоинства.

— Какого хрена тебе тут надо? — спросил он Фокина, переходя с недавнего сладкого баса на кислый тенор. — Тебе своих девиц мало? Еще мою подавай?

— У-у-у, Захар! — протянул Степан. — Эдак ты сейчас еще раз поскользнешься.

— Нет! — испугалась Настя, заслоняя от них Горянского. — Вы что это, драться сюда пришли?!

— Настя, честное слово, — проворчал Фокин. — Ты должна была сообщить мне обо всех гостях.

— Захар, тебе лучше уйти, — твердо сказала Настя.

— Да? — вспетушился тот, и даже волосы у него встали хохолком. — Ладно, я уйду. Если тебе этого так хочется.

Он резко развернулся и вышел в коридор. Настя пошла за ним.

— В следующий раз, пожалуйста, звони заранее! — недовольная тем, что все получилось так неудобно, попросила она.

— Следующего раза не будет! — ответствовал Горянский тоном начальника, твердо решившего уволить прогульщика и разгильдяя. — Никакого следующего раза. Я предложил тебе себя, ты меня выгнала... Так что все.

— Захар, я тебя вовсе не выгоняю, что ты выдумал! — расстроилась Настя.

— Выгоняет, выгоняет! — заявил Стас, тоже выходя в коридор. Ему совершенно не хотелось, чтобы Горянский выпросил у Насти мелодраматический прощальный поцелуй. — Она как только узнала, что вы по лестнице поднимаетесь, сразу воскликнула: «Принес же его черт на мою голову!»

Подошедший Фокин низко фыркнул, как конь, опустивший морду в ведро с водой.

— Стас, ты что?! — ахнула Настя, бледнея.

— Ах, черт, я забыл, что он — твой начальник и все такое...

— Думаю, на «все такое» у него уже пороху не хватает, — съязвил Фокин, который терпеть не мог Горянского. Проглотить намек на свою мужскую несостоятельность Захар, конечно, не мог и кинулся на Фокина. Немедленно получил по зубам, отлетел к двери, ударился в нее спиной и икнул. Потеснив его, Фокин открыл замок, схватил Захара за шарф, развернул и мощным пинком послал его на лестничную площадку.

На лестничной площадке стоял Настин сосед, штангист Вася Бурятников в спортивных штанах и клетчатых тапочках. Он сосредоточенно просматривал корреспонденцию, которую только что извлек из почтового ящика. Когда Захар влетел в него, словно кот в штакетник, он взял его за воротник, приподнял и встряхнул.

— Ты чего, дядя? — басом спросил Вася и переступил тапочками.

— Уйди с дороги, идиот! — крикнул злой Захар, извиваясь, как змея, и брызжа в Васю ядовитой слюной. — И лапы свои вонючие убери!

— Ну ты, дядя, ва-аще! — засопел Вася. Подтащил Захара к лестнице и пустил вниз по ступенькам.

— Мой веселый звонкий мяч, — пробормотал Стас ему вслед. — Ты куда помчался вскачь?

Захар громыхнул о мусоропровод, выкрикнул неприличное слово и продолжил спуск за счет приданного ему ускорения.

Настя дернулась было следом, но Фокин удержал ее, добродушно пробормотав:

— Да ладно тебе! Пусть перебесится.

— Вон что вы устроили! — обреченно сказала она, закрывая дверь и возвращаясь на кухню. — Человек торт принес!

— Очень вкусный, — похвалил Стас. — Жаль, что он сам не попробовал.

Фокин сложил руки на груди:

— Значит, вы — частный детектив?

— Точно. У нас тут кое-что всплыло... по вашей линии.

— По моей? — вскинул тот короткие бровки, отчего стало ясно, что ничего противоправного за ним нет, а если и есть какая мелочь, то ее надежно скрыл бухгалтер.

— У вас происхождение... особенное, — добавил Стас.

Фокин мгновенно насторожился и обиженно спросил:

— Я что, какой-нибудь... опытный образец? Лабораторный? Как овечка Долли?

— Степ, да ты что? — захохотала Настя. — С ума сошел?

— Ну вы же меня пугаете!

— Просто речь идет о деле, которое тянется еще с незапамятных времен. Оказалось, что ваши и Настины предки связаны тесным образом.

— Мы родственники? — оживился Фокин и даже хлопнул себя по коленкам.

— Не родственники, — остудил его Стас, — но могли бы ими стать. Ваш прадед в пятнадцатом году собирался жениться на прабабке Анастасии.

— Прабабка — это кто? Это возлюбленная ротмистра Шестакова, что ли? — догадался Фокин и возликовал: — Ну, это прямо как в кино! «Зита и Гита» прямо! Что ж ты мне раньше не рассказала, Настя?

— Степ, откуда я знала, что ты — потомок Шестакова? С чего бы я тебе стала рассказывать про свою прабабку? Вот Светка в курсе была.

— Уй! — воскликнул Фокин. — Не напоминай ты мне про нее!

— Вот что интересно, — задумчиво сказал Стас. — Светлана от Насти знала историю о фамильном проклятии. От вас она могла знать о ротмистре Шестакове. Сопоставила факты, но никому ничего не сказала. Почему?

— Никогда в жизни я не говорил ей о ротмистре Шестакове, — немедленно возразил Фокин.

— Может быть, ваш папа говорил?

— Никогда в жизни. Они со Светой друг друга недолюбливали, мягко говоря. А отец у меня к своим корням относится трепетно. Ему нравится, что в прошлом его семьи есть изюминка.

— А ваш папа не искал наследников Анны Ивлевой? — осторожно спросил Стас. — Раз уж он так интересовался корнями?

— Понятия не имею. Послушайте! — внезапно оживился Фокин. — Раз вы частный сыщик, значит, и слежки всякие организуете, расследования... то, се?

— А что?

— Вы к нему такую женщину, Веронику, не подсылали?

— А что? — опять спросил Стас с непроницаемым лицом.

— Ой, ну, если это ваша тетка, вы мне скажите. Дело в том, что отец на нее глаз положил. Она обещала прийти еще раз — и не пришла! Он просто в шоке.

— А с чего вы решили, — поинтересовался Стас, — что эта Вероника имеет ко мне какое-нибудь отношение?

— Отец у меня — психолог все-таки, а не краснодеревщик. Он сразу понял, что с этой теткой что-то не то. Говорит, она мной интересовалась. Наверное, ее кто-то подослал.

— Уверяю вас, что ее никто не подсылал, — заявил Стас, уходя от прямого ответа.

— Ладно, — сказал Фокин, сообразив, что сыщики своих не сдают. Достаточно будет выяснить, в каком агентстве работает этот парень, и дать отцу телефончик.

— Значит, своей бывшей жене вы не рассказывали о Шестакове? — вернулся Стас к интересующей его теме.

— Никогда. Но я понимаю, почему вы спрашиваете.

— Что значит — понимаю? — удивилась Настя.

— То и значит, — пожал плечами Фокин. — Если у тебя неприятности, Света вполне могла их организовать. Она любит злодейства мелкого масштаба.

— У меня — не мелкого, — возразила Настя. — А особо крупного. Кроме того, как всякий брошенный муж, ты преувеличиваешь.

— Кто брошенный муж? — возмутился тот. — Я?! Это она тебе сказала?

— А что, — заинтересовался Стас, — все было по-другому?

— Да я застукал ее с собственным инструктором по плаванию! Она и не собиралась меня бросать! У меня уже появились новые проекты, грозившие развернуться в настоящее дело. И она об этом знала. Она никогда бы не бросила меня по доброй воле. От меня уже пахло деньгами. Неужели ты так плохо знаешь свою подругу? — обратился он к Насте. — Это я ее бросил!

Та даже растерялась от подобного заявления.

— Я даже и представить себе не могла...

— Вот ни капельки не удивляюсь, что она тебе не призналась! — ухмыльнулся Фокин. — Еще бы! Это бы ее унизило в твоих глазах!

— Да ведь мы подруги! — не поверила она. — Я ей все про себя рассказываю.

— Ну и зря! — подвел тот черту. — Все, что ты ей рассказываешь, она может обернуть против тебя.

— Да ну вас! — надулась Настя. — Что вы понимаете в женской дружбе?

Стас с Фокиным преглянулись с пониманием. Они не понимают в женской дружбе! Кому в ней и понимать, как не мужчинам, в самом-то деле?

— Так что от меня требуется? — спросил Степа, складывая руки на груди. — Я имею в виду исторические факты.

— Ничего не требуется! — легко ответил Стас. — Мы просто хотели точно знать, кто был в курсе того, что вы — потомок Шестакова, а Настя — правнучка Анны Ивлевой.

— В общем, я никому не рассказывал. Полагаю, если бы отец что-нибудь знал про наследниц Ивлевой, он бы мне рассказал. Не думаю, что он что-то от меня скрывает. Да и зачем, собственно?

— Мои бабушки с ума сойдут, когда узнают, что ты, Степа, — потомок Шестакова, — хихикнула Настя. — Столько раз об этом говорено, столько лет история обсасывается со всех сторон, и тут вдруг окажется, что они лично знакомы с правнуком ужасного ротмистра!

На сладкое Стас в соответствии с полученным распоряжением шефа поведал Фокину-младшему историю того, каких дел уже наделало Настино родовое проклятие.

— Мы начали серьезное расследование, — закончил он. — Думаю, недолго уже осталось разбираться.

Фокин заверил, что и Настя, и Стас могут рассчитывать на любую помощь с его стороны.

— Я вас подвезу? — предложил он, когда чай был выпит. — Или вы... того? Останетесь?

— Нет-нет! — испугалась Настя. — Он не останется. Он сам... того... На колесах.

На прощание Фокин вручил Стасу свою визитную карточку и взамен получил другую. Припрятал ее подальше, чтобы отдать отцу. Если он не ошибся и таинственная Вероника действительно работает вместе со Стасом, ее можно будет вычислить. Отцу обязательно надо помочь. Внезапная симпатия, полагал Фокин, это такая вещь, к которой нужно относиться не менее серьезно, чем к простуженному уху.

* * *

Вика была дома. Стас определил это не по тому, что из кухни доносились соблазнительные запахи — кухня жену не интересовала, она была холодной и чистой, как музейный зал. Зато в ванной шумела вода, и кусочек коридора был заполнен душистым паром.

Вика появилась из этого пара, завернутая в шикарный халат, — розовая, спелая и прекрасная, как мечта поэта.

— Ах, это ты, милый! — воскликнула она, завидев Стаса. — Мне надо с тобой поговорить. Очень удачно, что ты пришел!

Как будто он был совершенно посторонним типом, навещавшим ее время от времени. По умильному лицу нетрудно было догадаться, что ей что-то от него нужно.

— Знаешь, Стасик, — заявила жена, не дав ему толком раздеться. — Я хочу сделать себе подтяжку лица.

— Зачем? — спросил он, проходя по коридору. Вика потрусила за ним.

— Малюсенькая подтяжечка. Чтобы не было морщин под глазами! Ты же не хочешь, чтобы у меня были морщины?

— Я? — удивился Стас. — Вот о чем я никогда не задумывался, так это о твоих морщинах.

— Это неправильно! — попеняла ему Вика. — Я вот о тебе постоянно думаю. Я ведь тебя люблю!

Стас необидно рассмеялся. Развязав галстук, он бросил его на спинку кресла. Свитер полетел на диван, рубашка — на тахту в его спальне. Вика шла за мужем, собирая вещи в охапку.

— Значит, спишь ты с кем-то другим, а любишь меня. Забавно.

— Почему ты думаешь, что я с кем-то сплю? — опешила Вика и даже рот приоткрыла от изумления.

— Потому что со мной ты этого не делаешь. Должна же ты с кем-то спать?

— Да нет, я просто... Ну, бывают же обстоятельства.

— Ты не хочешь переехать к этим обстоятельствам жить? — спросил Стас, падая на тахту.

— Не выдумывай, Стасик.

— Перестань называть меня ласкательными именами.

— Хочешь сказать, что ты не дашь мне денег? — разобиделась она. — Я уже себе место в клинике забила. Три дня на полном пансионе.

— Думаю, ты собираешься взять туда новый пеньюар и бикини, — скептически заметил Стас.

— На что это ты намекаешь? Что вместо клиники я отправлюсь на курорт? Глупости, Стас! Давай разберемся...

— Вика, я устал. Если для истребления твоих морщин нужны деньги, я их дам.

Жена немедленно просветлела, как кабинетный работник, глотнувший свежего воздуха. Однако Стас все испортил.

— Кстати, как называется клиника? — спросил он. — И где она находится?

— На Ленинском проспекте, — ответствовала Вика, поправляя влажные волосы, стриженные «под мальчика». — В прошлый раз мне там очень понравилось.

— Да что ты? Помнится, что в прошлый раз ты делала себе лицо где-то под Москвой?

— Стас, ну что ты меня подкалываешь? Ты лучше бабки зарабатывай с помощью своей наблюдательности, а не жену подлавливай на мелочах, — взбеленилась Вика.

— Просто я не хочу, чтобы с исчезновением твоих морщин у меня выросли рога!

— Ты что, ревнуешь меня? Ты ревнуешь! Вот почему ты такой бука! — Вика развеселилась и, покачивая бедрами, отправилась делать маникюр. Одежду Стаса она небрежно бросила рядом с ним на тахту.

— Хорошая женушка, — пробормотал тот, поднимаясь и наводя порядок в комнате. — Заботливая.

Звонок телефона застал его с вешалкой в руках. На проводе был Саша Таганов, который позвонил узнать о том, как прошла встреча с Фокиным.

— Саня, у меня такая бо-омба! — протянул Стас. — Не поверишь.

— Выкладывай.

— Фокин-старший потерял сон из-за нашей Вероники Матвеевны.

— Ты гонишь.

— Честное пионерское. Надо сказать Пучкову, чтобы он запретил ей появляться у Фокина в кабинете. Если ее тоже охватит любовная горячка, у нас могут возникнуть проблемы. Шутка ли — роман с подозреваемым!

— А ты его подозреваешь? — уточнил Таганов.

— А ты?

— Мне в этом деле вообще пока ничего не ясно, — признался тот.

На следующее утро и Стас, и Саша Таганов с нескрываемым любопытством поглядывали на Веронику Матвеевну. Та, естественно, их интерес заметила, но предпочла сделать вид, что ей это по барабану. Она решила все выведать потом, когда им надоест играть в кошки-мышки. Однако все шуточки мгновенно потеряли свою привлекательность, когда Пучков тяжелой поступью проследовал в центр приемной и хмуро сообщил:

— Кто стоит, пусть сядет. Владимир Чекмарев вывалился с балкона.

— Черт, — ругнулся Таганов, со всего маха бросая на стол записную книжку. — Я ведь вчера с ним виделся.

— А ты ничем не мог его спровоцировать? — хмуро поинтересовался Пучков.

— Я был ласков, как мама, — раздраженно сказал тот. — Только что не облизывал его.

— И как он тебе показался?

— Он злился и брызгал слюной. Догадался, что это мы на него оперативников навели. И еще он здорово нервничал.

— Не зря, выходит, нервничал, — пробормотал Стас.

— Почувствовал какую-то опасность? — вслух подумал Пучков.

— Самсонов, третий по счету жених Шороховой, тоже вывалился с балкона, — обронила Вероника Матвеевна.

— По крайней мере, мы точно знаем одно: Степана Фокина в тот момент в квартире Чекмарева не было, — заметил Пучков.

Прямо от Настиного подъезда Степана Фокина «повел» один из внештатных сотрудников агентства. Пучков решил, что нужно понаблюдать за потомком ротмистра Шестакова после того, как ему расскажут о начатом расследовании.

— Когда это случилось?

— Примерно около шести утра. Тело нашел сосед, выгуливавший собаку. Чекмарев упал в палисадник за домом. Судя по всему, никто не видел, как он падал.

— У дилетанта не так уж много способов расправиться с жертвой. Один раз ему удался номер с выталкиванием с балкона. И он в критической ситуации пользуется им снова.

— Выходит, Чекмарев мог рассказать что-то важное, — устало вздохнул Таганов. — А мы его расколоть не смогли. Я в частности.

— А почему вы вообще решили, что это убийство? — подала голос Вероника Матвеевна. — Может быть, самоубийство? Вы растревожили его накануне. Сначала Стас, потом этот допрос... с криками. А вчера — Саша.

— Ну и что? — пожал плечами Стас. — У него было время успокоиться. Да и вообще: не похож он на типа, склонного к суициду.

— Давайте подумаем, что у нас есть, — предложил Пучков. — Начиная с девяносто первого года, у нас есть четыре трупа — включая Чекмарева — и раненый Фадеев. Кстати, кто-нибудь узнавал, он еще жив?

— Жив, — ответила Вероника Матвеевна. — Я слежу.

— Один упал с лестницы, второй предположительно

скончался от передозировки наркотиков, двое выпали с балкона. Если это убийства, то все закамуфлированы под несчастные случаи.

— Убить Чекмарева могли только с одной целью — скрыть предыдущие преступления. Значит, мы имеем дело с убийствами и убийцей.

— Но Чекмарев был связан только с Павлом Локтевым!

— Хорошо. Допустим, Локтева кто-то действительно отправил на тот свет, — Пучков постучал ручкой по столу. — Из этого вовсе не следует, что та же участь постигла Торопцева и Самсонова.

— Но почерк! — воскликнул Стас. — Самсонов, который вроде бы не имеет ничего общего с Чекмаревым, тоже вылетел с балкона! Следовательно, если этих двоих что-то и связывает, то именно личность убийцы!

Все это напоминало Стасу логические задачки, которые он так любил решать в элетричках в студенческие времена. Четверо мужчин зашли в магазин «Охотник и рыболов». Того, который купил удочку, звали не Василий и не Иван. Мужчина в клетчатой рубашке купил не грузило и не поплавок... Семеном звали мужчину, на котором не было свитера...

— Хорошо, — подытожил Пучков. — Будем считать, что убийца существует. Что он убил Чекмарева потому, что тот мог его узнать.

— Я ему показывал фотографии всех, кто проходит по делу, — сообщил Саша Таганов. — Он уверял, что ему не знакомо ни одно лицо.

— Возможно, он врал, — предположил Стас. — Дело давнее, ему не хотелось идти в свидетели. Нельзя забывать, при каких обстоятельствах убили Локтева. Наркоманы, притон... Вы ж понимаете. Поэтому Чекмарев решил сделать вид, что ничего толком не помнит. Выходит, убийцу он недооценил.

— И мы недооценили, — поддакнула Вероника Матвеевна.

— Избавившись от Чекмарева, убийца отрезал одну ниточку, которая могла бы привести к нему. Но, на мой взгляд, у нас есть вторая.

— Регина Никонова?

— Могу с уверенностью сказать, что эта женщина не жила в гостинице «Северная». Кто-то жил там вместо нее. С ее паспортом.

— Я уже дал эту информацию оперативникам, расследующим дело о покушении на Фадеева, — сказал Пучков. — Если у них что-то будет, они мне сообщат.

— А мы сами, что, не станем больше ничего предпринимать в этом направлении?

— Зачем? Они расследуют покушение на Фадеева. А мы рассматриваем это покушение в связке с другими, которые объединяет личность Шороховой. Кроме того, у нас людей меньше.

— Кто бы спорил, — пробормотал Стас.

Тем временем у него созрела идея показать Анастасии все материалы, собранные по делу о так называемом фамильном проклятии. Вдруг в этом ворохе бумаг она сможет углядеть что-то, ускользнувшее от него самого?

Он позвонил в «Экодизайн» и, естественно, нарвался на Горянского.

— Захар, голубчик! — воскликнул он таким тоном, каким добрый профессор разговаривает с нерадивым студентом. — Как ваши раны, не ноют? Это Стас, узнали? Хотел бы поговорить с Настей.

— Она занята, — ответил тот мрачно. — У нас тут учреждение, а не бордель! — И бросил трубку.

— Нахал, — обронил Стас, усмехнувшись.

— Надеюсь, Горянский не стал у тебя главным подозреваемым потому, что он неравнодушен к Насте Шороховой? — немедленно призвала его к ответу Вероника Матвеевна.

— Горянский не был знаком с Торопцевым, — тут же ответил Стас, который с удовольствием уличил бы Захара в каком-нибудь злодействе.

— Стас, как у тебя настроение? — спросил Саша Таганов, дождавшись, пока Вероника Матвеевна вышла из приемной.

— Стабильное, а что?

— Хочу его испортить, — пояснил Саша, бегая глазами по сторонам. — Сразу надо было, но я как-то стушевался. Знаешь, тут такая вещь открылась... — Он потер затылок, потом подергал себя за нос, как будто совершал какой-то ритуал. — Ты вчера вечером с Вероникой по телефону разговаривал...

— Ну?

— И проболтался, что твоя жена собирается делать очередную подтяжку лица. Будто она собирает чемодан и уже вызвала такси.

— Ну?

— Ну, ну, баранки гну. Вероника сказала, что в столь

юном возрасте так часто подтяжки лица не делают. Вообще не делают.

— Ну?

— Еще раз скажешь «ну», дам по голове. Кроме того, ложиться в клинику с вечера — довольно глупо.

— Что-то я не понял... — протянул Стас, и Таганов зачастил:

— Вероника уверена, что ты втюрился в Шорохову. Вообще-то она ужасно сентиментальная, ты не заметил? Однажды прихожу я вечером, часов в одиннадцать, в агентство. Мне надо было оставить отчет у Пучкова на столе. На улице гроза, я весь вымок, как бездомный пес, а она сидит здесь, все лицо в красных пятнах, обхватила себя руками за плечи, ноги подобрала — и рыдает.

— Ей принесли видеокассету с какой-нибудь слезливой мелодрамой, — догадался Стас. — Ничего нового.

— А ты знаешь, какой у нее напор? Если ей что заремизилось, она не отстанет. Конечно, я мог бы стать стеной, но, если честно, мне показалось, что она права насчет Шороховой... — Таганов виновато пожал плечами, и Стас свирепо на него уставился.

— Ты следил за моей женой, — рявкнул он. — Вот зараза! Шли бы вы вдвоем с Вероникой, знаешь куда?

Таганов поднял руку:

— Ладно, Стас, не шуми. Мы же по-дружески... Хотели как лучше.

— Надеюсь, счет ты мне не выставишь?

— Ладно тебе.

— И что? — раздул ноздри Стас. — Что ты там выяснил?

— Ни в какую клинику она не поехала! — Саша азартно хлопнул себя по ляжкам.

— Вижу, это доставляет тебе детскую радость, — с замиранием сердца заметил Стас, лихорадочно соображая, отчего Таганов так возбужден. Может быть, его жена подрабатывает девочкой по вызову? — Куда же она поехала?

— На свидание, — выпалил Таганов.

— С кем?

— С мужчиной.

— И на том спасибо, — пробормотал Стас. — Саша, я тебе сейчас шею сверну, если ты и дальше будешь тянуть кота за хвост. С кем у нее было свидание?

— С человеком, который проходит по нашему делу, — выдохнул Таганов.

Стас немедленно подумал о Захаре Горянском и так

сильно напрягся и стиснул зубы, что едва не сломал их к чертовой матери.

— Саша, кто это? — проскрипел он, прилагая нечеловеческие усилия к тому, чтобы внутри у него вращались все колесики и шестеренки, которым вращаться положено, чтобы он дышал и жил.

— Воробьев Игорь Михайлович, — бухнул Таганов. — Вице-президент концерна «Меркурий», у которого уперли пистолет, выстреливший в Фадеева.

— Ты хочешь сказать, что любовница Воробьева — моя жена?! Моя жена?!

Стас вскочил на ноги и принялся бегать по приемной, запустив в волосы обе руки.

— А это не может быть ошибкой? — через некоторое время спросил он, рухнув обратно на стул.

Таганов отрицательно покачал головой:

— Пучкову я еще не говорил. Но придется. Ты не нервничай. В конце концов, мы же все свои люди. Думаю, это так или иначе вскрылось бы.

Узнав новости, Пучков немедленно завел глаза в потолок и некоторое время изучал люстру. Потом спросил:

— Стас, ты ведь некоторые разговоры ведешь из дома, правда?

— Да. Естественно, веду. А вы что, нет? — огрызнулся он.

— Я же тебя ни в чем не упрекаю. Просто я подумал — ты про Чекмарева что-нибудь говорил при Вике?

— Господи, я не помню. Может, и говорил.

— Информация могла утекать через твою жену.

— К кому утекать, к Воробьеву? Но если тот замешан в деле, то и к покушению на Фадеева он причастен, разве не так?

— Не порите горячку, — посоветовала Вероника Матвеевна. — Стас сейчас не в состоянии мыслить конструктивно. Ему нужно прийти в себя и успокоиться.

— Ничего мне не надо! — отрезал тот и повернулся к Таганову: — Где моя жена встретилась с Воробьевым?

— На его квартире в Тушине.

— Пардон, но если у него есть квартира в Тушине, зачем же он ночевал в гостинице? — не поняла Вероника Матвеевна. — Ведь его жена с детишками не вылезает из Опалихи, где у них особнячок. Или он так труслив, что боится даже намека на разоблачение?

— В его квартире неделю жили родственники из Прибалтики, вчера уехали, — пояснил Таганов. — Я выяснял.

— Ты уверен, что Вика встречалась именно с Воробьевым? — спросил Стас.

— Понимаешь, сначала в квартиру зашла она, открыла дверь своим ключом. Я спустился вниз, немного подождал. Тут Воробьев подъехал на своей тачке. Побежал на третий этаж пешком, а я отправился на лифте. Когда лифт приехал, двери раздвинулись как раз в тот момент, когда они целовались на пороге. Мне жаль, Стас, но тут нет никакой ошибки. Я проверил потом у оперативников: Машкова Виктория Антиповна. Они ведь уже выяснили, кто любовница Воробьева.

— Вика оставила себе девичью фамилию? — спросила Вероника Матвеевна.

— Да. Теперь понятно, почему Воробьев не среагировал на мою, когда я ему представился, — вспомнил Стас. — Я же разговаривал с ним. Вы представляете? Я с ним беседовал, как ни в чем не бывало! Уму непостижимо.

— Просто ирония судьбы, — согласился Таганов.

— Может, тут что-нибудь поинтереснее судьбы, — сказал Пучков. — Мне надо все обмозговать. Вы тоже не чешите языками, времени нет. Завтра утром — общий сбор. Будем объединять усилия. Массовая мозговая атака.

Все по очереди кивнули.

— И, Стас, не делай резких движений, — посоветовал Пучков. — Я знаю, ты парень горячий, но в данном случае, когда идет стрельба, надо поостеречься. До вечера мы решим, как быть с твоей женой.

— Да ладно, — отмахнулся Стас и с осуждением поглядел на Веронику Матвеевну.

Та потупилась, словно девушка на танцах.

— Извини, Стас! — сказала она. — Я хотела как лучше.

Стас гордо фыркнул, заперся в своем кабинете и крепко задумался. Итак, из пистолета Воробьева стреляли в Фадеева. Воробьев кому-то отдал пистолет. Или кто-то украл у него оружие. Вика — любовница Воробьева. Значит, она украла? Или нет? У нее была возможность подслушивать его собственные деловые переговоры по телефону. Стас особо не таился, потому что был уверен, что, кроме себя самой, Вику ничто не интересует. А уж тем более — его работа. Имеет ли она отношение к убийствам?

«Надо же, — подумал Стас. — Как быстро оправдались мои надежды. Я мечтал, чтобы Вика нашла себе кого-нибудь другого, и она нашла. Несправедливо, что ее любовником оказался именно Воробьев. Отличный повод развестись! Ей просто некуда будет деться».

Он закинул ноги на стол, чего почти никогда себе не позволял, откинулся на спинку кресла и закрыл глаза. И в этот момент в кабинет ворвался разъяренный Пучков с багровым лицом.

— Стас, черт тебя подери! — заорал он так, что Бессонов едва не свалился на пол. — Ты напоминаешь мне слона в посудной лавке.

— Да в чем дело-то? — изумился тот.

— Дело в том, что ты лажанулся! Мы все лажанулись! — проорал шеф и швырнул на стол папку с бумагами. — Не сыщики, а болваны, ити его мать!

В проеме двери возникли изумленные Таганов и Вероника Матвеевна.

— Пока мы тут чухались, — продолжал фонтанировать Пучков, — пока решали: проклятие это или не проклятие, нам натянули нос. Провели, как мальчиков!

— Что, еще кого-то убили? — догадался Саша Таганов.

— Пока мы тут сопли тянули, вторую ниточку кто-то — чик! — и аккуратно обрезал. Регина Никонова умерла.

— Блин, — сказала Вероника Матвеевна. — Блин, блин, блин.

— А с ней что случилось? — спросил Стас, хлопая себя по карманам в поисках сигарет.

— Отравили некачественной водкой. Там, на месте, естественно, убеждены, что это несчастный случай. С утра пораньше Никонова отправилась к винному магазину. Нашла там двух собутыльников. Один местный, а второй — никому не известный. У неизвестного бутылка была с собой. Они выпили, закусили, все как полагается. Неизвестный теперь, соответственно, неизвестно где, второй собутыльник в реанимации, а Регина Никонова отдала богу душу.

— Приметы незнакомца?

— Ерунда, а не приметы, — отмахнулся Пучков. — Куртка, кепка, сутулая фигура, на пальце правой руки — дешевый перстень с эмалью.

— И что теперь делать? — растерянно спросила впечатлительная Вероника Матвеевна.

— Действуем, как договорились. Сегодня каждый мыслит самостоятельно, а завтра утром объединяем усилия. Я тем временем попытаюсь побольше узнать про Воробьева и Фокина-старшего. Ты жену свою, Стас, не трогай, на воробьевскую квартиру в Тушино не езди, понятно?

Стас и не собирался в Тушино. У него были другие планы — встретиться с Настей и показать ей все материалы дела. В половине шестого он покинул агентство и двинулся в направлении офиса фирмы «Экодизайн». Таганов помчался проверять связи Фадеева, с надеждой выйти на Воробьева через него. Пучков отправился к своим дружкам из МВД, а Вероника Матвеевна осталась в агентстве на хозяйстве.

Переделав все дела, в десятом часу вечера она вышла на улицу и, пока возилась с замками и сигнализацией, успела изрядно промокнуть. Шел мелкий холодный дождь, в переулке было темно и безлюдно, и даже страшно, потому что здесь не ездили машины, и фонарь торчал на тротуаре всего один, и светил он себе под нос, словно не фонарь вовсе, а торшер.

Давненько уже Вероника Матвеевна не ходила в темноте по этому переулку. Обычно кто-нибудь из мужчин подвозил ее до метро. Но сегодня был особый день, все расстроились, разъехались, и ей придется одной тащиться по дождю. Она раскрыла зонт над головой, поправила сумку на плече и тронулась в путь.

Вокруг было так уныло, так пусто, что у Вероники Матвеевны совсем испортилось настроение. Ей стало казаться, что в ее жизни произошло уже абсолютно все, что должно было произойти. И не случится больше ничего стоящего. Конечно, будет работа, и всякие страсти-мордасти, связанные с расследованиями, но в ее личной жизни наступил полный штиль. Окончательно и бесповоротно. У нее взрослая замужняя дочь и интересная должность. На этом фортуна, похоже, решила остановиться.

Вероника Матвеевна расчувствовалась и сморгнула непрошеную слезу. И тут в переулок въехала машина. Машина двигалась медленно, ослепляя ее светом фар. Сначала секретарша было решила, что вернулся кто-то из мужчин, потому что других офисов в переулке не было — только задворки магазина. Однако когда авто проехало под тем самым одиноким фонарем, ей удалось разглядеть его как следует. Серая «Тойота». Ни у кого из своих такой не было.

«Тойота» тем временем поравнялась с ней и остановилась. «Случайные грабители не ездят на иномарках, — пыталась успокоить себя Вероника Матвеевна. — Просто кто-то заблудился».

Передняя дверца тем временем открылась, и из нее вылез высокий мужчина в черной куртке.

— Ну что, Вероника? — спросил он людоедским тоном. — Хотели меня провести?

Вероника Матвеевна тотчас узнала Фокина-старшего и так испугалась, что зонт в ее руке затрясся, словно в эпилептическом припадке. Фокин захлопнул дверцу машины и пошел прямо на нее.

— Чего вы хотите? — пискнула Вероника Матвеевна с отчаянием зажатой в угол горничной.

— Вас, — коротко ответил тот, продолжая наступление. Он был неотвратим, как большой пароход, надвигающийся на прогулочную лодку.

В голове Вероники Матвеевны пронесся смерч, выгнав из закоулков памяти все, что она знала о деле. Неужели все так просто? Фокин — и есть тот самый убийца, который оставляет за собой горы трупов! Вероятно, ему нравится семейная легенда о проклятии, которое наслал на Анну Ивлеву ротмистр Шестаков, и он всеми силами старается ее поддерживать. Тех же, кто ему мешает, безжалостно убивает. Он просто сумасшедший!

— Вы меня обманули! — сказал Фокин укоризненно. — Вы не работаете в министерстве. И не просто так приходили ко мне. Вы за мной следили, ведь так?

Вероника Матвеевна пятилась от него до тех пор, пока не стукнулась спиной о стену дома. Дом был старый, трехэтажный, и на его верхних этажах еще жили какие-то семьи, которым в скором времени предстояло в принудительно-добровольном порядке переселиться в Митино или куда подальше. Краем глаза Вероника Матвеевна заметила ржавую пожарную лестницу.

— Не вздумайте убегать! — предупредил ее Фокин, прикидывая, как поступить. Ему хотелось завоевать ее, что называется, с наскока, чтобы у нее не осталось времени на сомнения. Он решил, что сию секунду ее поцелует. Прижмет к стене, обнимет и...

Вероника Матвеевна неожиданно наклонила зонт и сунула его в нос не ожидавшему ничего подобного Валерию Антоновичу. Он отшатнулся и, потеряв равновесие, замахал руками. Воспользовавшись его замешательством, она бросила зонт на землю, скакнула к пожарной лестнице и с нечеловеческим проворством начала взбираться наверх.

— Вероника, стойте! — закричал Фокин и захохотал. Ему стало так весело оттого, что она испугалась и улепетывает, что он забыл про дождь и свои ботиночки не по погоде. — Остановитесь, ради бога!

Конечно, можно было уехать и оставить ее в истерическом ужасе прямо там, на пожарной лестнице, но Валерию Антоновичу неожиданно захотелось приключений и душераздирающих объяснений с последующими поцелуями.

— Я вас все равно догоню! — пообещал он и последовал за ней.

Лестница так дрожала, как будто по ней взбирался очумевший слон. Вероника Матвеевна добралась до балкона и перевалилась через перила, прикидывая, куда деваться дальше. В комнате горел свет, но никого не было видно. Она заколотила кулачком в стекло — безрезультатно. Фокин лез за ней и громко хохотал. «Он и впрямь сумасшедший! — ахнула она про себя. — Как это я не поняла с самого начала?»

Она заколотила сильнее. В глубине комнаты открылась дверь, и вошел мужик в широких семейных трусах с большим голым пузом, похожим на воздушный шар. В руках он держал пылесос с намотанным на плечо шнуром. Физиономия у него была озадаченная. Вероника Матвеевна прижалась носом к стеклу и закричала:

— Пожалуйста, пустите меня! Умоляю! — И заскребла пальцами по стеклу.

Мужик трусцой преодолел расстояние до балконной двери и, не выпуская пылесоса из рук, открыл ее. Вероника Матвеевна ворвалась внутрь, словно порыв штормового ветра, захлопнула дверь ногой и по очереди повернула все ручки.

— Вы что? — испугался мужик, наблюдая, как она мечется от шкафа к кровати. — Вы кто? Вы это зачем?

— За мной гонятся!

Волосы у Вероники Матвеевны намокли и растрепались, плащ был весь в ржавчине, замшевые туфли хлюпали и оставляли на полу гадкие черные следы.

— Вы это... знаете что? — сказал хозяин, немедленно расстроившись, что ее впустил. — Идите-ка вы обратно!

Он возвратился к балконной двери и снова ее открыл. В проеме показался мокрый Фокин: его черные глаза сверкали, словно антрацит.

— А-а-а! — закричала Вероника Матвеевна на весь дом.

Фокин снова захохотал и отступил назад, вытянув руки успокаивающим жестом — только бы она не вопила. В этот момент в комнату влетела дородная дама в бигудях и, решив, что на ее мужа напали, тоже закричала:

— А-а-а! Ваня! Это террористы! А-а-а!

Фокин понял, что надо убираться, иначе его сдадут в милицию. Крик стоял такой, что хотелось заткнуть уши. Здраво рассудив, что рано или поздно непрошеную гостью выставят на улицу, он спустился вниз, влез в «Тойоту», пачкая чехлы, и объехал дом, на ходу высчитывая, из какого подъезда выйдет дама его сердца.

Дама вышла из подъезда, возле которого только что припарковалась «неотложка». Вернее, она не вышла, а вылетела, причем с такой скоростью, словно за ее спиной ревело адское пламя. Вид у нее был совершенно дикий. Заметив «Тойоту», вползающую во двор, она тихо взвизгнула и, бросившись к машине «Скорой помощи», рванула на себя дверцу со стороны шофера.

— Помогите! — пискнула она.

Увидев ее перекошенную физиономию, шофер с досадой ответил:

— Эта машина не на дежурстве, дамочка! Я заехал домой поужинать. Со мной нет врача. Вызывайте по ноль три.

Он подумал, что дамочка немедленно уберется, и уже протянул руку к ключу в замке зажигания. В ту же секунду его пребольно схватили за волосы и дернули изо всех сил. Шофер вывалился из машины, словно поддетая лопатой картофелина из грядки.

— Зараза! — завопил он, поднимаясь на четвереньки. — Ты что, спятила?

Вероятно, она спятила, потому что уселась за руль и завела мотор. В тот же миг из подъезда выскочил пузатый тип. Он успел натянуть на себя спортивные штаны и набросил куртку прямо на голое тело. И пылесос захватил с собой — вероятно, в качестве оружия. Следом за ним появилась его жена в турецком банном халате и, хлопая крыльями, заголосила:

— Ваня! Это террористка, Ваня! Ты обязан ее остановить!

Увидев, что террористка выбросила из машины шофера, пузан потрусил ему на подмогу. Сообразив, что машину сейчас угонят, шофер бросился к задней дверце й, распахнув ее, залез внутрь. Ваня с пылесосом забрался тоже. Ни секунды не колеблясь, жена в халате метнулась за ним.

— Ну ни фига себе! — пробормотал Валерий Антонович, когда «неотложка» сорвалась с места и рванула вперед, выписывая на дороге всевозможные крендели. — Вот это женщина!

Восхищенный ее бесстрашием и находчивостью, Фокин поехал за ней. Он уже, конечно, сообразил, что Вероника Матвеевна его панически боится. Теперь ему хотелось не только поцеловаться, но и выяснить отношения. В чем, интересно, она его подозревает? Может быть, он живет себе, не дуя в ус, а его собираются арестовать по какому-нибудь ложному обвинению?!

У Вероники Матвеевны был большой опыт вождения. Свои «Жигули» она недавно подарила дочери, а на новое транспортное средство до сих пор не скопила денег. За свою жизнь она чего только не водила! Поэтому очень быстро освоилась за рулем и даже включила сирену. Полчаса она носилась по городу, словно буйнопомешанный, вырвавшийся из клиники на свободу. «Тойота» висела у нее на хвосте, словно привязанная. Пару раз она даже проскочила за «неотложкой» на красный свет и никакой патруль ее не остановил!

В конце концов Вероника Матвеевна заманила Фокина в Строгино, оторвалась от него на прямой дороге, круто развернулась поперек полосы встречного движения и пошла на таран. В самую последнюю секунду Фокин успел вывернуть руль, однако «неотложка» снесла ему боковое зеркальце и покорежила дверцу. Валерия Антоновича бросило на руль.

— Никогда, — сказал Фокин, делая столь же рискованный поворот, — ни одна женщина не обходилась мне так дорого!

Увидев настырную «Тойоту» в зеркальце заднего вида, Вероника Матвеевна отчетливо поняла, что речь идет о жизни и смерти. Вероятно, Фокин решил прикончить ее во что бы то ни стало. Наверное, он хочет дождаться, пока у нее кончится бензин, выскрести ее из машины и задушить.

Она додумалась искать защиты у милиции. Попетляв по дорогам еще некоторое время, она, наконец, наткнулась на патруль, который торчал на развилке где-то в районе улицы Исаковского. Милицейская машина стояла на обочине, а двое милиционеров прогуливались поблизости, зорко наблюдая за проезжающим транспортом. Вероника Матвеевна ударила по тормозам, но немного не рассчитала, и машина, визжа покрышками, пронеслась несколько лишних метров. И тут выяснилась ужасная вещь — дверцу заклинило. В тот момент, когда она таранила «Тойоту», покорежила не только ее переднюю дверцу, но и свою! С замком что-то случилось.

Вероника Матвеевна изо всех сил дергала ручку, но дверца не поддавалась. И тут в окне возникла физиономия Фокина. Вероника Матвеевна завизжала. Милиционеры не шли, и она никак не могла понять почему. Может быть, этот тип напал на них и всех положил?

На самом деле, когда «неотложка» остановилась и патрульные направились к ней, из задней дверцы неожиданно полезли странные личности. Первым появился мужик с пылесосом наперевес, за ним — тетка в халате, бигуди и шлепанцах на босу ногу, замыкал шествие тип с перекошенной физиономией.

— Товарищ сержант! — закричал он, как только увидел милиционера. — У меня машину угнали!

— Какую машину? — еще издали спросил сержант.

— Вот эту! — показал мужик себе за спину.

Сержант остановился и озадачился.

— Это террористы! — завизжала тетка ужасным голосом. — Ваня, скажи ему!

Она толкнула пузана с пылесосом мощным боком, и тот немедленно сказал:

— Там террористы, — и показал щеткой пылесоса на «неотложку», в которой они только что прикатили.

Сержант не отличался молниеносными реакциями, ему необходимо было основательно во всем разобраться. Он еще даже не приступил к делу, когда «неотложка» сорвалась с места и, включив «пугалку», скрылась в тумане. Фокин, которому так и не удалось выудить Веронику Матвеевну из машины, помчался следом. На Волоколамском шоссе им попалась еще одна «неотложка», с воем мчавшаяся по своим неотложным делам. Вероника Матвеевна пристроилась к ней, и кортеж из двух машин «Скорой помощи» и покореженной «Тойоты» с ветерком долетел до больницы, миновал ворота и остановился возле приемного покоя. Выбравшись из машины через вторую дверцу, Вероника Матвеевна ринулась было назад, но тут увидела, что Фокин бежит ей навстречу. Она нырнула в заднюю дверцу и попыталась ее захлопнуть, но не успела. Фокин влез следом за ней и завопил:

— Вероника, что вы такое вытворяете?! Вы же могли погибнуть!

Она попятилась, стукнулась о носилки и спиной повалилась на них.

— Вы что, хотите меня убить? — простонала она высоким голосом, пытаясь подняться.

— Убить? — поразился Фокин, нависая над ней. — Как вам такое только в голову пришло?!

— Зачем же вы за мной гнались? — Вероника Матвеевна перешла на писк.

— Я хотел тебя поцеловать, дурочка!

Когда санитары из приемного покоя втиснулись в машину, им пришлось отрывать Фокина от Вероники Матвеевны силой.

— Товарищ! — призывали они, пытаясь отцепить его руки от лацканов ее плаща. — Товарищ, вы молодец! Спасибо. Если бы не искусственное дыхание рот в рот, она бы не выжила.

Когда Фокина все-таки оттащили, глаза у Вероники Матвеевны были закрыты, а по лицу разливалось неземное блаженство.

— Кажется, она умирает, — сказал один санитар другому. — Пульс бешеный, дыхание прерывистое, поверхностное. Кислородную маску давай.

Они положили ей на лицо кислородную маску и потащили носилки из машины.

Глава 8

Как только Стас открыл дверь под вывеской «Экодизайн», до него донеслось нестройное пение. Самодеятельный сводный хор исполнял душевную песню из кинофильма «Белый день»: «Напилася я пьяна-а-а, не дойду я до дому-у-у! Довела меня тропка дальняя до вишневого саду-у-у!»

Стас кашлянул, и хор запел с удвоенной силой, затем навстречу ему откуда-то из-за фикусов вышел Захар Горянский. Увидев Стаса, он немедленно налился непримиримой ненавистью, словно половец, завидевший татаро-монгольскую орду.

— У вас сегодня что, именины? — спросил Стас, с интересом прислушиваясь. — Служащие радостно пляшут и поют?

— А вам завидно? — буркнул Захар.

Стас обошел его, с трудом удержавшись от искушения задеть Захара плечом, и двинулся на голоса. В маленькой комнатке, по-сестрински обнявшись, сидели Настя и Оля Свиридова и с закрытыми глазами тянули: «Как же горько, кукушка, как же горько мне!» Витя Валентинов расположился отдельно. Глаза его были закрыты, однако последние слова он подхватывал: «Кукушка.... мне-е...»

— Девочки! — позвал Стас. — Отлично поете.

— Стас! — сказала Настя заплетающимся языком и попыталась подняться. — Мы тут немного расслабились, не мог бы ты отвезти меня домой?

— Не дойду-у я до дому-у! — дурным голосом завопила Ольга.

— Ну, конечно! — засмеялся Стас. — Какие проблемы?

Он потянул ее с дивана, она встала, но тут же начала заваливаться назад.

— Ну-ну-ну! — воскликнул он, не давая ей упасть. — Тихонечко, тихонечко!

Присел, перекинул ее через плечо, и она послушно повисла, как сломанная кукла наследника Тутти. Попа оказалась впереди, а голова сзади.

— Дайте пройти! — потребовал Стас, отпихнув-таки Захара плечом.

Тот пошел за ними на улицу, по дороге попытался поправить Насте волосы, но она укусила его за палец, и он отстал. Стас загрузил ее на заднее сиденье, кое-как устроил и, продолжая смеяться, уселся за руль.

— Что это вы, — спросил он, — надрались, как студенты на картошке?

— Я оплакивала свою судьбу, — икнула Настя.

— А коллеги?

— Они тоже... оплакивали. — Она икнула еще раз, повалилась на бок и затихла.

Стас довез ее до дому, с трудом извлек из машины и внес в подъезд, надеясь, что в ее сумочке, которую он прихватил с собой, отыщутся ключи. Преодолев первый этаж, Стас остановился и замер, потому что ему показалось, что наверху кто-то есть. Неизвестный шаркал по линолеуму и даже тихонько вздыхал. Анастасия что-то забормотала во сне, и Стас сказал ей в волосы: «Ш-ш-ш».

— Стас? — позвал откуда-то сверху Саша Таганов.

— Господи, Саня, это ты? — Бессонов быстро преодолел оставшийся этаж. — Напугал. Видишь, несу спящую красавицу.

— Это ты ее так?

— Нет, она сама. Честное слово. Помоги мне, поищи у нее в сумочке ключи.

Сумочка была немедленно обследована, ключи найдены.

— У тебя мобильный отрубился, — сообщил Таганов, открывая дверь.

— Черт, наверное, опять что-то с аккумулятором. Посмотрю сегодня.

Стас внес Анастасию внутрь и сгрузил на диван. Стащил с нее плащ, снял туфли, деловито накрыл пледом и сказал Таганову:

— Все тип-топ. Уходим.

Положил ключи на тумбочку возле зеркала, вышел из квартиры и захлопнул за собой дверь. После чего повернулся к Таганову и спросил:

— Ну, что случилось?

— Ничего такого. Просто у меня машина сдохла, — объяснил тот. — А мне сегодня ехать за город. Я еще по старому делу хвосты подчищаю. Вот я и подумал: может, ты мне свою одолжишь? К утру поставлю под твои окна. А, Стас?

— Нет проблем. — Бессонов протянул Таганову ключи.

Тот радостно оскалился, обхлопал его в порыве благодарности со всех сторон и ринулся вниз по ступенькам.

Стас равнодушно подумал, что у него в машине остается масса нужных вещей, в том числе тот самый телефон, из-за которого Сане пришлось караулить его в подъезде. Он достал из куртки сигареты и, выбив из зажигалки огонек, прислонился спиной к стене. Ему не хотелось уходить. Мысль о том, что за ближайшей дверью спит Анастасия, держала его на месте — он медлил, переминаясь с ноги на ногу, потом загасил окурок и поднялся на один пролет, чтобы бросить его в мусоропровод. Как раз в этот момент натужно гудевший лифт остановился на третьем этаже.

Стас решил подождать, пока жилец войдет в квартиру, а потом уже спуститься. Теперь он просто стоял и слушал. Вот жилец завозился с ключами, потом повернул ключ в замке, и раздался щелчок. Шаги, скрип — дверь, видимо, начала закрываться. Стас осторожно выглянул. Какой-то мужчина в дутой куртке и черной вязаной шапочке скрылся в квартире Насти!

Стас сделал рывок, но опоздал. На какую-то долю секунды перед ним мелькнула круглая рыжая бородка и очки в массивной оправе — на лбу задумчивая складка, губы сжаты плотно и решительно. Рыжий закрыл за собой дверь, не заметив Стаса.

Бессонов думал ровно две секунды. Вряд ли Настя дала кому-нибудь ключи от своей квартиры. Ни о каких родственниках или близких друзьях, которые могут вот так запросто открывать дверь ее квартиры своим ключом, она не говорила. Значит, это враг. Или убийца?!

Стас так испугался за Настю, что перестал соображать. Он рванул вниз по ступенькам и с размаха вжал палец в звонок. Отпустил, нажал снова. Звонок зазвучал требовательно, с короткими паузами. Во время этих пауз Стас чутко вслушивался в тишину за дверью. К ней никто не подходил. Тогда Стас принялся барабанить в створку кулаками и ногами, потом закричал: «Открывайте немедленно! Милиция! Будем ломать дверь!» На самом деле дверь была крепкой, с хорошими замками. Бессонов задним числом понял, что бородатый, войдя внутрь, не просто захлопнул ее на защелку, но и закрыл изнутри на верхний замок.

Стас принялся трезвонить во все соседние квартиры, но безрезультатно. «Сейчас же не пора отпусков, — раздраженно думал он. — Куда подевались все соседи?» И его мобильный! Он вместе с Тагановым уехал в Подмосковье на другое задание. «Я кретин, я болван, я параноик», — в такт ударам приговаривал Стас. Он бил в дверь ногой, обливаясь холодным потом. И вдруг из-за нее раздался слабый голос Анастасии.

— Никакой на свете зверь, — сообщила она заплетающимся языком, — не откроет эту дверь!

От облегчения Стас едва не сел.

— Настя! — закричал он. — Немедленно открой!

Защелкали замки, и дверь открылась. Настя стояла на пороге с красной щекой и совершенно обалдевшими глазами смотрела на Стаса.

— С тобой все в порядке? — воскликнул он, хватая ее за плечи. Потом вскинул голову и быстро сказал: — У тебя там что-то сбежало.

Настя растерянно посмотрела в сторону кухни. Стас бросился туда. На потухшей газовой конфорке стояла турка, обросшая кофейной гущей. Кофе, судя по всему, перелился через край и потушил газ. Рядом с плитой на столике обнаружилась открытая пачка «Мокконы». Стас чертыхнулся и выключил газ, запах которого уже густо заполнил квартиру. В дверь стали настойчиво звонить. Стас метнулся в коридор и впустил в комнату двух вооруженных милиционеров.

— Звонили соседи по площадке, — объяснил один, когда Бессонов показал удостоверение и в двух словах объяснил ситуацию.

— Соседи по площадке?! Да я тут во все двери стучался, о помощи просил.

— Там старушка. Она испугалась, естественно.

Настя сидела на кровати, обхватив голову руками, и

пела: «Будет плакать сердечко на чужой стороне-е-е! Как же горько, кукушка, как же горько мне-е-е!»

— Настя! — Стас потряс ее за плечи. — Тут был бородатый тип. Ты его видела?

— Напилася я пьяна-а-а! Не дойду я до дому-у-у!

— Все понятно, — сказал один милиционер. — Она кого-то впустила, а когда вы начали ломиться, ее дружок испугался и убежал. Кофе на плите остался без присмотра.

Стас не стал доказывать им, что это был никакой не дружок и что газ был пущен специально. Когда милиционеры ушли, он повел Настю в ванную комнату и долго умывал холодной водой. Наконец она захныкала и попросила пощады.

— У кого еще есть ключ от твоей квартиры? — допытывался Стас, присев перед ней на корточки.

— Ни у кого. Нет, у бабушек есть.

— Позвони им, — Стас приволок телефон и стал настойчиво совать трубку Насте в руки. — Пусть они проверят, на месте ли их комплект.

Пока она звонила, Стас вел переговоры со старушкой, которая вызвала милицию, когда он ломился в Настину дверь.

— Этот парень, с бородой, перелез на мою лоджию. Сказал, что он двоюродный брат Насти, приехал к ней погостить, а тут вот ломятся. Пока я в милицию звонила, он в «глазок» смотрел. А как только Настя вас впустила, дверь отпер и — поминай как звали!

— Он на ученого похож, — поделилась своим наблюдением старушка. — Борода у него рыжая торчком и очки такие квадратные, толстые.

— Он вам что-нибудь еще говорил?

— Да когда ж нам было разговаривать?! — изумилась соседка.

Стас вернулся к Насте и сказал:

— Ну, вот что. Одну я тебя здесь не оставлю.

— Я и не останусь, — простучала зубами та. — Отвези меня, пожалуйста, к бабушкам! Только дай сначала чего-нибудь глотнуть. Лучше кофе. Растворимый. На полочке внизу. Я вообще только растворимый пью. А эту пачку купила для гостей.

— Хочешь сказать, — уточнил Стас, наполняя кипятком две чашки, — что если бы спьяну задумала выпить чашечку кофе, то не стала бы варить «Моккону»?

— Нет, конечно. — Настя отхлебнула из чашки и блаженно закрыла глаза.

— А этот мужчина? — Стас положил в свою чашечку три полных ложки сахара. — С рыжей бородой и в очках? Знаешь такого?

Настя отрицательно покачала головой.

— А кому ты рассказывала о расследовании? О том, что Фадеев задумал нанять частных детективов, и все такое?

— Бабушкам.

— А еще?

— Светлане, моей подруге.

— Она интересовалась подробностями?

— Я сама ей кое-что рассказывала. Она мне в душу никогда не лезет.

— Короче, будем считать, что она в курсе. А ее муж?

— Никита? Вряд ли. Они не делятся секретами и переживаниями, насколько мне известно.

Настя нахмурилась и со страхом спросила:

— Выходит, меня хотели убить? Только что? Пьяную?

— Я не исключаю такой возможности, — пробормотал Стас.

* * *

Бабушки вели себя по-разному. Елизавета принялась кудахтать над Настей, Василина, поцеловав внучку в лоб, сложила руки на груди и хмуро разглядывала Стаса.

— Это Станислав, бабушка, — сказала Настя, заметив ее воинственный взгляд.

— Мы знакомы, — сказал тот, вздохнув.

Скинув куртку и ботинки, он прошел в комнату и сел на диван, куда жестом ему указала глава семьи. То бишь Василина Сергеевна.

— Вот что, — сказал Стас. — Я хочу кое-что объяснить. Вокруг вашей внучки, — он тоже не сводил глаз с Василины Сергеевны, — происходят очень странные события. Я привез ее сюда в надежде, что вы обеспечите ей полную безопасность. Настя, — обернулся он, — ты можешь несколько дней не ходить на работу? И вообще не выходить из дому?

— Без проблем, — ответила вместо нее Василина Сергеевна. — Она скажет, что приболела. Захар ей простит.

— Захар ей все простит, — с неудовольствием согласился Стас и поднялся.

Собственно, он с самого начала не собирался особо рассиживаться.

— А вы что же, молодой человек, — нахмурилась Василина, — так-таки оставите нашу девочку под крылышком у двух немощных старух?

Стас мгновенно вспомнил, как две немощные старухи лихо преследовали Руслана Фадеева, и едва удержался от комментария.

— Мне нужно работать, — вместо этого сказал он. — Чем продуктивнее я буду работать, тем быстрее Настя сможет вернуться к нормальной жизни, понимаете?

— Я понимаю, — с недоброй интонацией ответила та. — Я все понимаю, молодой человек.

Она надвигалась на Стаса, воинственно вздернув подбородок. Он не дрогнул. Подойдя вплотную, старуха ткнула ему в грудь указательным пальцем и грозно проговорила:

— Хотите смыться, да? Даже если всех ваших клиентов поубивают, вам будет все равно! Руслана не уберегли, постылые, хотите Настеньку мою угробить? Да что же мы, две старухи, сделаем супротив бандитов? Ну как явятся люди с автоматами?

— Мы телевизор смотрим, — поддакнула Елизавета Сергеевна откуда-то из-под локтя сестры. — «Дорожный патруль», «Суд идет» — тоже.

— Поздравляю, — пробормотал в ее сторону Стас и снова поглядел на Василину Сергеевну. — Не надо в меня тыкать пальцем, пожалуйста.

— Нет, я буду тыкать!

— Бабушка! — воскликнула Настя, ходившая в кухню за чаем. — Зачем ты на него кричишь? Он ведь мне помогает!

— Он только делает вид! А на самом деле просто проедает Руслановы денежки!

Чтобы не глядеть в грозные старухины глаза, Стас отвел взгляд от ее лица. На противоположной стене висели фотографии в красивых рамочках, а с них смотрели сестры — молодые и веселые. Один снимок — самый крупный — сразу бросался в глаза. «Какие же это годы?» — лихорадочно размышлял Стас; ему казалось, что он вот-вот поймет что-то важное. Сестры на этом снимке стояли рядом, обе — в светлых кружевных платьях и в шляпках, с сумочками на локотках. Кокетливые кудряшки обрамляли щеки молодой, статной Василины. А вот у постаревшей Василины Сергеевны, стоявшей сейчас перед Стасом, лицо было совсем не такое счастливое.

— Я позвоню вашему начальнику и все ему выскажу! — продолжала воинственная старуха, по-прежнему тыча пальцем Стасу в грудь. И тут, после очередного тычка, его озарило. Он отвел в сторону ее палец и, повернувшись к Насте, воскликнул:

— Фотография! Я понял! Я кое-что понял! Мне надо бежать. Умоляю, Настя, будь осторожна. Будь предельно осторожна! Когда тебе позвонить? Сегодня? Или завтра?

— Наверное, я пораньше лягу спать, — растерялась Настя.

— Ночью мы будем дежурить по очереди, — заявила Василина Сергеевна. — А куда звонить, если что?

— У Насти есть все телефоны. Мой мобильный, домашний и номер офиса. Вот только... черт, мобильный до утра недоступен. Обещаете быть недоверчивыми, несговорчивыми и шумными, если что?

— Ладно уж, обещаем, — смилостивилась Василина Сергеевна.

— Не заказывайте пиццу, не покупайтесь на водопроводчиков, почтальонов и новых соседей. Не вступайте в телефонные переговоры с неизвестными. Все, я побежал!

Он вылетел за дверь, а три оставшиеся дамы изумленно переглянулись.

* * *

Стас догадался поглядеть на часы только возле самой двери Людмилы Ивановны Локтевой и досадливо чертыхнулся — она уже могла лечь спать. Приложил ухо к замочной скважине, но за дверью было тихо. Бессонов вздохнул и дал один короткий звонок. Если хозяйка квартиры спит, то вряд ли проснется и пойдет открывать. А если не спит, то, конечно, услышит. Она не спала.

— Кто там?

— Это Стас Бессонов, Людмила Ивановна! Ради бога, извините за поздний визит, я только сейчас сообразил, что уже ночь и все нормальные люди спят.

Она открыла ему с робкой улыбкой на губах.

— У вас, выходит, ненормальная работа?

— Стопроцентно. Людмила Ивановна, дело об исчезновении вашего сына связано с другими делами. Над одним из них я работаю. У меня небольшая несостыковка. Вы не могли бы показать мне фотографию вашего мужа?

— Олега? Да, конечно... — растерянно сказала она. — А что такое? Что-нибудь ужасное?

— Нет-нет, ничего ужасного. Просто я немного запутался в показаниях свидетелей. Мне по описаниям необходимо без затруднений узнавать вашего мужа, чтобы сразу сбрасывать его со счетов, понимаете? Не хочу путать его с людьми, которые требуют настоящей проверки.

— А, вот оно что!

Людмила Ивановна вернулась в коридор с хорошим снимком Олега Локтева, который Стас уже видел у нее на комоде, когда был здесь в первый раз. Разглядев снимок как следует, Стас отдал его обратно и спросил:

— Ваш муж никогда не красил волосы? Может быть, скрывал седину?

— Нет, что вы. Никогда.

— А какой он был? Какое производил впечатление? Вот входит он в комнату, посторонний человек смотрит на него и думает... Что он думал, Людмила Ивановна?

Она мечтательно улыбнулась:

— Он думает: вот хороший человек. Немного растяпа, может быть.

— Спасибо, вы мне очень помогли.

Стас еще раз извинился за поздний визит и поспешно ретировался. Было уже за полночь, когда он добрался до офиса. Отключил сигнализацию, открыл дверь и тщательно заперся. После чего направился к себе в кабинет и, не раздеваясь, достал из сейфа кассету с допросом Чекмарева. Его интересовало одно конкретное место. Стасу пришлось попотеть, перематывая пленку туда-сюда, но в конце концов он все же нашел то, что хотел. Это был рассказ Чекмарева о том, как за Пашей Локтевым приехал отец. «У него глаза такие были... темные, страшные, — говорил Вова, потея. — Демонический тип. Мне не нравятся люди черной масти».

Судя по фотографии, отец Паши Локтева был блондином. Если верить Чекмареву, получается, что Локтева из тусовочной квартиры забрал вовсе не отец, а неизвестный мужчина. «Демонический тип», — тут же вспомнилось Стасу. Отец Павла Локтева не тянул на демона. И вполне возможно, его сын умер вовсе не от передозировки наркотиков. Павел, возможно, был еще жив в тот момент, когда неизвестный и Чекмарев тащили его в машину.

Стас возвращался домой в полутемном и почти пустом троллейбусе. Одинокая женщина вошла вместе с ним и села поближе к водителю. Стас остался на задней площадке. Он смотрел в окно на подсвеченный вечерний город, стараясь подавить в себе чувство досады. Кое-что ему стало понятно. Часть головоломки он, кажется, разгадал. Однако это был только фрагмент общей картины. Не более того. Все происходящее не желало укладываться в стройную версию. Между тем расследование явно вызвало у преступника — или преступников — серьезное беспокойство. Но что может быть такого в этом проклятом деле, из-за чего они устраняют людей? Фадеев, Чекмарев, Никонова, теперь вот сама Настя...

Тут же он подумал про свою жену. Какое отношение Вика имеет к убийствам? Или не имеет никакого? И ее связь с Воробьевым — обычный адюльтер, случайно вскрывшийся в связи с покушением на Фадеева, или же?..

Дома Стас сварганил себе омлет с луком и сыром, налил большую кружку кофе и, взяв брошюрку «Преступления века», стал заедать горячим ужином документальные рассказы о самых мерзостных и заковыристых делах, которые произвели особо сильное впечатление на составителей сборника. Пару месяцев назад, когда машина Стаса застряла в автомастерской и ему пришлось ездить на общественном транспорте, он пристрастился покупать на лотках всякие полиграфические изыски, имеющие хоть какое-то отношение к профессии сыщика. На специальной полке в его спальне уже собралось достаточное количество книг типа «Орудия преступлений», «Психология наемного убийцы», «Признания серийного убийцы». Было здесь даже «Лицо современного маньяка» — полный бред, явно основанный на нездоровом воображении автора. Тем не менее попадалось иногда и кое-что интересное. Сейчас Стаса больше всего занимали мотивы. Он попытался коротко подытожить прочитанное. Если отсечь психически нездоровых убийц и убийства на сексуальной почве, ревность, месть, обида и деньги оказывались главными причинами всех самых ужасных преступлений века.

Стас принес на кухню блокнот и написал сверху слово «деньги». Подчеркнул. Задумался. Никаких денег в деле не просматривалось. Ни наследства, ни спрятанных драгоценностей графа Пустова, ни антикварных вещей, ни даже единичных перстней с алмазами — ничего. Центральной фигурой дела была женщина. Красивая женщина, напомнил себе Стас. Особенная, необыкновенная. Чудесная. Стас поставил под словом «деньги» знак вопроса и ниже написал: «Ревность». Здесь уже было над чем поразмышлять. Он на секунду задумался, потом в столбик выписал несколько фамилий. Сначала погибших Торопцева, Локтева и Самсонова. Затем Фадеева. Второй столбик он отвел Воробьеву, Никоновой, Чекмареву и своей жене. Между двумя столбиками появилась стрелочка, ведущая от Локтева к Чекмареву.

В третий столбик попал Захар Горянский, старший и младший Фокины и подруга Анастасии Светлана Прохорова. Помедлив, Стас внес туда же ее мужа Никиту, который в свое время ухаживал за Настей. С этим человеком он до сих пор не был знаком, о чем и сделал соответствующую пометку внизу: «Поговорить с Никитой Прохоровым». Немного поколебавшись, отдельно вывел свою собственную фамилию — Бессонов. Соединил первой стрелочкой себя со своей женой. Второй — с Настей. «Это честно, — решил он. — Многие люди думают, что я — новый Настин жених. Поэтому я, несомненно, заслуживаю места в списке».

После этого Стас взял желтый маркер и вычеркнул фамилию Торопцева. Его недавняя догадка позволяла это сделать. «Уже кое-что, — пробормотал он. — Уравнение из бредового превращается в алгебраическое. Пучков собирается завтра утром устроить мозговой штурм. Интересно, что я скажу, когда мне дадут слово?» Догадка, пришедшая ему сегодня в голову во время визита к Настиным бабушкам, казалась настоящим перлом, но у нее не было ни единого фактического подтверждения.

Перемыв тарелки, Стас отправился в комнату жены. Он собирался произвести здесь тщательный обыск. Он сам не знал, что собирается найти. Записку, номер телефона, визитную карточку — любой намек на причастность жены к делу о нападении на Фадеева. Стасу было странно думать о ней, как об одной из участниц дела. Вика, замешанная в преступлении? Бред какой-то.

Два часа он убил на секретер, письменный стол и компьютер. Еще час — на перетряхивание одежды и тщательный обыск карманов. Попутно нашел массу удивительных вещей — бриллиантовый гарнитур и солидную пачку стодолларовых купюр. Возможно, это были накопления с его зарплаты, возможно — стипендия Воробьева. Кроме того, шкафы оказались набиты дорогими тряпками. Мысль о том, что маленький податливый Воробьев тратился на костюмы, туфли и сумочки для Вики, почему-то его не оскорбила, а позабавила. «Не только мне эта штучка портит кровь, — подумал он. — Кстати, о сумочках. В них может заваляться какая-нибудь интересная мелочовка».

И Стас взялся за сумочки. В одной из них он обнаружил крошечную записную книжку с золотой застежкой. Бисерным Викиным почерком в ней были записаны десятки телефонов, а в специальном пластиковом отделении лежала дюжина визитных карточек, они ни о чем ему не говорили. Зато на последней странице книжки, которую Вика содержала в необыкновенной аккуратности, обнаружился коряво написанный зеленым фломастером — наискось через весь лист — чей-то телефон.

Стас выписал этот номер на отдельный лист и положил его во внутренний карман своей куртки, чтобы завтра проверить. «Кстати, — спохватился он. — Я так и не показал Насте материалы дела». Ему это казалось важным. Сам он может упустить какую-нибудь связь между людьми или событиями, поэтому хотелось подстраховаться.

Он постелил постель и погасил свет. Закинув руки за голову, живо представил себе маленького крепенького Воробьева и Вику, которая, пользуясь своей красотой и особым положением, наверняка помыкает им. В ту ночь, когда у Воробьева вытащили пистолет, Вика была дома. Получалась ерунда. Если Игорь Михайлович не собирался встречаться с любовницей, зачем он застрял в гостинице? Да, действительно, у него были гости. Но квартира у Воробьева большая, он вполне мог бы остаться с ними там.

Возможно, он встречался в гостинице с другой женщиной? Не с любовницей? Или со второй любовницей? Может такое быть? Что, если он собирался дать Вике отставку и завязал отношения с кем-то еще?

Стас представил, как эта дама, сняв номер на втором этаже, где позже поселился Воробьев, дождалась ночи и проскользнула к его двери. Тихонько постучала. Коротышка тотчас открыл. Наверняка у них был ужин или просто посиделки с шампанским, потом — развлечения. После чего уставший вице-президент «Меркурия» сладко заснул. Стас представил, как женщина выбирается из постели, извлекает из вещей любовника пистолет и выскальзывает в коридор. Прокравшись в свой собственный номер, она прячет пистолет в сумочку и возвращается в теплую постель.

Наутро любовники расстаются, и дама покидает гостиницу. Возможно, Воробьев действительно не сразу обнаружил пропажу оружия. А когда обнаружил и понял, куда оно подевалось, не стал поднимать шум. Может быть, надеялся, что она вернет оружие или по крайней мере объяснится. На что он точно не рассчитывал, так это на то, что из этого пистолета в тот же день выстрелят в человека. Почему он не хочет ее выдавать? Элементарно, Ватсон! Потому что тогда о ней может узнать не только жена, но и постоянная любовница. То бишь Вика. Стас ничего не знал о жене Воробьева. Но Вика! Она устроила бы ему такое...

Черт побери, если картина, которую он только что нарисовал в своем воображении, верна, то получается, что с Воробьевым вполне можно работать. Общая ошибка и оперативников, и частных детективов была в том, что они, обнаружив одну любовницу, не подумали о существовании второй. Если бы воробьевской любовницей был кто угодно, но не его жена, Стас тоже вряд ли стал бы рассматривать эту версию. Ему самому Вика очень быстро надоела, почему этого не могло случиться с Воробьевым?

Итак, женщина. Только Воробьев может сказать — кто она. Может быть, прямо сейчас стоит поехать в Тушино, вытащить его и вероломную Вику из постели и, воспользовавшись эффектом неожиданности, расколоть обоих? Нет, при Вике Воробьев ни слова не скажет. Придется ждать, пока они расстанутся.

Утром Стаса поднял Саша Таганов, который заехал за ним на его же машине. Он зевал во весь рот и сердито ворчал:

— Мозговой штурм! Лично мой мозг думает только о сне.

Первым делом Стас рассказал Пучкову о своих последних умозаключениях.

— Если ты прав, — сказал шеф, — получается, что Воробьева нужно охранять. Получается, он тоже опасен убийце. Потому что знает, кто стащил пистолет.

— Выходит, убийца — его вторая любовница? — уточнил Таганов.

— Или мистер Икс, для которого она украла оружие.

— Я сейчас же пошлю людей наблюдать за квартирой в Тушино, — решил Пучков.

— Ни черта себе у нас дело! — восхитился Таганов. — Всех к чертовой матери уже переубивали. Скоро до нас доберутся.

— Ничего особенного, — проворчал шеф. — Человек совершает одно убийство, а потом пытается скрыть его любой ценой.

Все было тихо до тех пор, пока Фадеев не инициировал расследование. Как только мы взялись за дело, убийца почувствовал опасность и в панике начал заметать следы.

— В панике? — завопил Таганов. — В панике люди совершают ошибки. А этот пока что ни разу не прокололся.

— Он наверняка напортачил, — не согласился Пучков. — Просто мы его проколов не видим. Потому что у нас нет «работающих» версий.

— Думаешь, он будет убивать и дальше?

— Возможно. Понимаешь, Стас, ему пока что все удается. Все получается просто и легко. Он выпихивает Чекмарева с балкона — его никто не видит. Он привозит Регине Никоновой некачественную водочку — и его никто не может опознать. Он стреляет в Фадеева — и нет ни одного свидетеля. Он пытается избавиться от Шороховой — и уходит без проблем.

— Нет, проблемы у него были.

— Но опознать ты его не сможешь.

— Если эта рыжая борода и очки — часть маскарада, то не смогу.

— Мы собирались устроить мозговой штурм, — напомнил Таганов. — Кстати, а где у нас Вероника Матвеевна?

Вероника Матвеевна действительно не подавала о себе никаких вестей. Из ряда вон выходящий случай!

— М-м... — пробормотал Пучков, хватаясь за телефон. — Сейчас я все узнаю.

Трубку долго не брали, затем Вероника Матвеевна ответила слабым голосом:

— Алло?

— Душечка, вы заболели? — участливо спросил Пучков. — Может, вам чего-нибудь привезти? Меду? Молока? Лекарств из аптеки? — Он и мысли не допускал, что примерная Вероника могла не появиться в офисе по какой-то другой причине.

— Я не заболела, — ответствовала та сытым домашним голосом.

— Ладно, — сказал Пучков, пытаясь скрыть беспокойство. — У вас ничего не случилось?

— Ничего, — успокоила его секретарша и томно вздохнула. — Я скоро приеду.

— Мы будем ждать!

Пучков повесил трубку и пожал плечами:

— Она какая-то странная. Впрочем, что это я? — пробурчал он. — Все женщины странные, потому что мыслят не так, как я.

Телефон на столе неожиданно зазвонил, Стас взял трубку и услышал голос Насти.

— Что? — испугался он. — Что-то не в порядке?

— Руслан пришел в себя! — воскликнула та радостно. — Мы можем к нему поехать?

— Конечно. Я заеду за тобой через полчаса.

Стас перезвонил в больницу, убедился, что Фадеев и в самом деле очнулся, и тут же сорвался с места.

— А как же мозговой штурм?! — крикнул ему вслед Таганов, уже обложившийся бумажками с записями.

— Придется отложить. Будет новая информация!

— Не забывай, это Фадеев заплатил за все, — напомнил Саше Пучков. — Мы, конечно, должны заниматься им самим в первую очередь.

— Мы и занимаемся, — буркнул Таганов. — Уже дозанимались до полного офигения.

После ухода Стаса Пучков с Тагановым стали обмениваться соображениями.

— Думаю, наблюдение со Степана Фокина можно снять, — в задумчивости проговорил шеф. — Он ведет себя тривиально. И слежка ничего, кроме расходов, не приносит.

— Зато благодаря ей у нас есть уверенность, что Степан не причастен к гибели Чекмарева.

— Пока мне это дело представляется беспорядочным нагромождением фактов.

— Давайте следить за всеми подозреваемыми, — предложил Таганов.

Пучков снисходительно рассмеялся:

— Тотальную слежку может оплатить только правительство. А Фадеев, увы, всего лишь рядовой бизнесмен.

— Что, неохота напрягаться?

— У меня Стас напрягается. Не боись, он обязательно поймает какую-нибудь рыбку в этой мутной воде. Я верю в его интуицию. У него башка варит — ого-го как.

— Я знаю, — вздохнул Таганов. — Только очень все опасно. Теперь вот покушение на Шорохову. Если этот тип и впрямь решил избавиться от нее, он ведь предпримет вторую попытку?

— Вряд ли. Не верю я в это. Вообще не верю в то, что Шорохову на самом деле хотели убить.

— То есть?

— Думаю, это какой-то отвлекающий маневр со стороны нашего мистера Инкогнито.

— Но если бы Стас не задержался там...

— Да он знал, что Стас задержался! Он наверняка следил за домом, дожидаясь появления Шороховой. Бессонов приехал и, если я правильно понял, втащил Анастасию в подъезд на руках. Убийца что, по-твоему, совсем кретин? Он ведь должен был понимать, что Стас наверху.

— Да ничего он не понял! — вскипел Таганов. — Ведь было уже темно. Я Стаса караулил на площадке больше часа. Об этом преступник вряд ли догадывался. Я вышел из подъезда, сел в машину Стаса и уехал, понимаешь? Этот тип, если он и впрямь следил за домом, наверняка подумал, что я — это Стас и что он уехал.

— В таком случае покушение было настоящим, — пробормотал Пучков. — И Шорохову тоже надо охранять.

— Замечательная мысль, — с иронией заметил Таганов. — Стас уверен, что Воробьева надо охранять, ты уверен, что Шорохову. А я убежден, что следить надо за старшим Фокиным. У него, именно у него демоническая рожа.

В этот момент отворилась входная дверь, и эта самая рожа появилась прямо перед Тагановым. От неожиданности тот подпрыгнул на стуле — войти просто так в агентство было невозможно. Однако все разъяснилось, когда вслед за Валерием Антоновичем в приемную вплыла Вероника Матвеевна. Физиономия у нее была исцарапана, и вдобавок на скуле наливался багровый кровоподтек

— Боженьки мои! — воскликнул Пучков. — Это называется — ничего не случилось?!

— Здрасьте! — поздоровался Фокин и широко улыбнулся. — Мы вот тут... приехали.

— Очень хорошо, — неуверенно ответил тот. — Будьте как дома.

— Садись вон туда, на диванчик, — фамильярно приказала Вероника Матвеевна Фокину, и Пучков с Тагановым изумленно переглянулись.

— Если ты не против, я сначала вымою руки, — ответствовал тот и скрылся в коридорчике. Было ясно, что он дает возможность Веронике Матвеевне объясниться с начальством.

— И что все это значит? — немедленно вопросило начальство. — Вам что, удалось расколоть Фокина?

— Черта лысого его расколешь, — отозвалась Вероника Матвеевна.

— А почему вы... вместе?

— Так получилось. В конце концов, — тут же озлилась она, — вы сами велели мне им заняться. Или я что-то неправильно поняла?

— Правильно, правильно, — закивал Пучков. — Вы не волнуйтесь. И что у вас было?

— Всякое было, — туманно сказала секретарша. — Не суть важно. Главное, мы привезли конверт.

— Какой конверт? — немедленно поинтересовался Таганов.

— Вот. — Вероника Матвеевна вытащила из сумки и бросила на стол большой толстый пакет. — Здесь все о Насте Шороховой. Ее история, ее фотографии... Все.

— Хотите сказать, Фокин был в курсе?... — не поверил Пучков.

— Ах, спросите у него сами! — махнула ручкой Вероника Матвеевна. Достала из сумочки пудреницу и принялась маскировать наружные повреждения.

Пучков и Таганов переглянулись еще раз. Тут вернулся Фокин, сел на диванчик и признался:

— Из-за этой папки у меня были неприятности.

— Что вы говорите? — пробормотал Пучков.

— Когда Вероника ее обнаружила, — он усмехнулся, — то подумала, что я влюбился в Настю Шорохову.

Глава 9

Тем временем сама Настя сидела возле Руслана Фадеева и держала его за руку. Пальцами другой руки он теребил краешек одеяла.

— Это был мужчина с рыжей бородой и в очках, — ответил он на самый главный вопрос Стаса: «Кто стрелял?»

— А волосы?

— На нем была шапочка, натянутая до самых бровей. Темная куртка, больше я ничего не рассмотрел. Не успел. Я только взглянул в его сторону и увидел пистолет. Я отскочил, но, кажется, недостаточно быстро.

— Никогда раньше не встречали его?

— Этого типа? Точно нет.

Стас смотрел на Фадеева внимательно, даже немного наклонился вперед, хотя тот говорил вполне отчетливо. Настя, напротив, была рассеянна и слушала вполуха. Кажется, ее больше занимали собственные мысли.

— Сможете составить его описание?

Руслан облизал сухие губы и грустно вздохнул:

— Вряд ли. У меня в памяти — только образ. Даже не образ, а так, зрительное впечатление. Это плохо, да?

— Да нет, ничего, — пожал плечами Стас. — Я тоже видел этого типа. И тоже мельком.

— Где вы его видели? — удивился Руслан. — Вам удалось его выследить?

— Нет, нам не удалось, — вздохнул Стас. — Мужчина с рыжей бородой и в очках проник к Насте домой, когда она спала, и попытался отравить ее газом. Счастье, что я оказался... хм... поблизости.

— Ничего себе! — занервничал Руслан. — В таком случае я ничего не понимаю, — он на секунду прикрыл глаза. — А она-то тут при чем? За что ее убивать?

— Мы и сами не знаем. Но, думаю, скоро выясним. Фактов полно, скоро появится версия.

Про себя Стас подумал, что фактов что-то чересчур много. А в ближайшие часы их стало еще больше. Когда они с Настей покинули больницу и уселись в машину, Стас спросил:

— И на сколько же Горянский тебя отпустил с работы?

— Я отпросилась на три дня, там поглядим. После того, как он сходил ко мне в гости, — сердито добавила она, — у нас испортились отношения.

— Надо же, — пробормотал Стас, — какой он нежный.

— Теперь мы поедем в агентство смотреть материалы дела? — спросила Настя, постаравшись выбросить Захара из головы.

— Обязательно.

Стас боялся, что, когда они войдут в палату, Настя бросится Руслану на грудь. Она не бросилась, и у Стаса даже настроение слегка исправилось. Однако и в хорошем настроении он был чертовски бдителен и зорко оглядывал окрестности.

Когда они тронулись в путь, Настя некоторое время молчала. Бессонов скосил на нее глаза и увидел, что она сидит хмурая, как свекровь на свадьбе. Губы сжаты, руки стиснуты в замочек.

— Настя, что тебя беспокоит? — спросил он, думая о том, что ее нельзя от себя отпускать ни на секунду.

— Как ты считаешь, я поступала безнравственно, то и дело собираясь замуж? — спросила она, глядя на дорогу. — В конце концов, я знала о проклятии и после гибели Юры Торопцева вполне могла остановиться.

— Ты что, с ума сошла? — рассердился Стас. — Еще себя обвини во всем! Ты с этим своим проклятием вообще все с ног на голову перевернула!

— В каком смысле? — опешила она.

— В каком, в каком! — продолжал бушевать Стас. — Давай-ка разберемся. Ротмистр Шестаков, разгневанный тем, что Анна предпочла ему другого мужчину, предрек что?

— Что?

— Нет, ты сама говори.

— Что все наследницы Анны будут несчастливы в любви. Что со всяким влюбившимся в них мужчиной случится какое-нибудь несчастье.

— Получается, глупое какое-то проклятие, — немед-

ленно прокомментировал Стас. — Думаю, по ходу дела
слова Шестакова извратили. Ведь столько лет прошло.
Я уверен, проклятие в его первоначальном варианте звучит совсем по-другому.

— Как это — по-другому? — не поверила Настя. — Ничего не поняла.

— Чтобы отомстить Анне, Шестаков должен был по-
обещать гибель не всем влюбившимся мужчинам, а всем
мужчинам, в которых будут влюбляться наследницы Анны.
Иначе это его милое пожелание попросту теряет смысл.
Ну вот, смотри. Пропал без вести Павел Локтев. Ты что,
его сильно любила? Посыпала голову пеплом, когда он
исчез? Нет. Конечно, по-человечески тебе парнишку было
жаль. Но по большому счету ты не была раздавлена, правда? Потому что не любила его. — Стас с победным видом
поглядел на нее и добавил: — Это твои бабуси все перевра-
ли! Убежден, что ты терзала себя совершенно напрасно.
Все, что случилось с твоими женихами, никакого отношения к проклятию не имеет.

— Почему я сама об этом не подумала? — пробормотала Настя. — Надо расспросить бабушек еще раз.

Однако когда они приехали в агентство и Стас увидел
Фокина-старшего, он радостно воскликнул:

— Вот человек, который знает о проклятии все! Я не
ошибся, Валерий Антонович? Познакомьтесь с Анастасией Шороховой.

Фокин протянул Насте руку и сказал:

— Мы один раз виделись. У моего сына.

— А потом он гонялся за вами, Настя, по всей Москве с
фотоаппаратом, — встряла Вероника Матвеевна.

— Не понял, — немедленно насторожился Стас. — Гонялся? С фотоаппаратом? — Они с Настей изумленно
переглянулись.

— Я сейчас все объясню, — вздохнул Фокин. — Никакого криминала. Ничего из ряда вон выходящего. Мне
просто нравится история о моем предке Шестакове и вашей прабабке Анне, — пояснил он. — Я считаю вашу прабабку замечательной красавицей. Ее портрет висит у меня
в кабинете. Ну что в этом особенного? Старинные тайны,
на мой взгляд, придают семейным отношениям некоторую
пикантность. Понимаете, что я имею в виду? Это интересно, занимательно, поучительно, наконец. Я разыскивал
наследниц Анны. Просто интересовался, как и что.

— Полагаю, ты хотел проверить — работает ваше, шестаковское, проклятие или нет, — подала голос Вероника Матвеевна.

— Да нет же, я хотел сделать хорошую фотографию. И повесить ее рядом с портретом Анны.

— Вот, полюбуйтесь, — Вероника Матвеевна протянула Стасу конверт. — Полное досье.

Настя подошла к нему и с изумлением принялась рассматривать собственные снимки, сделанные в самых неожиданных местах.

— Это вы снимали? — спросила она Фокина.

— Я. Но я не имел в виду ничего плохого, клянусь вам.

— Хотите сказать, что, сделав снимки, вы абсолютно удовлетворились? — сердито спросил Стас.

— Абсолютно.

— Мы тут по дороге говорили о проклятии Шестакова. Хотелось бы кое-что уточнить. Мне кажется, Настя его неправильно истолковала.

— Странно, — пожал плечами Фокин. — Здесь все предельно просто.

— Не могли бы вы изложить свою версию? Для нас, поверьте, это очень важно. Настю хотят убить, и мы думаем, не связано ли это с проклятием.

— Убить?! — изумился Фокин. — Что за ерунда! И при чем здесь проклятие? Согласно ему, погибнуть должен мужчина, в которого Настя безумно влюбится. Но уж никак не она сама.

— Ну, что я говорил? — воскликнул Стас и хлопнул себя по коленке. — Видишь? — обратился он к Насте. — Смерть тому мужчине, в которого влюбишься ты!

— Как же так? — растерялась Настя. — Бабушки...

— У ваших бабушек в голове винегрет, — отрезал Стас.

— Я не понял... У вас возникли какие-то недоразумения в связи с проклятием Шестакова? — уточнил Фокин.

— Разночтения, — усмехнулся Стас. — Валерий Антонович! У меня к вам вопрос как к специалисту. Не могли бы проконсультировать?

— Конечно. — Фокин сделал серьезное лицо, и Стас тут же вспомнил, как отозвалась Вероника Матвеевна о его внешности: «Красив, — сказала она, — как сволочь». Действительно, демонический тип, подумал Стас. Проводив Настю в свой кабинет, он вернулся и сел поближе к Фокину.

Настя тем временем, получив в руки папку Стаса, углубилась в чтение. Она добросовестно просматривала все адреса, записки и отчеты. Валерий Антонович тем временем внимательно слушал Стаса.

— В своем расследовании мы столкнулись с мальчиком-инвалидом. Мальчик видел кое-что необычное. Даже опасное.

— Иными словами, стал свидетелем преступления? — уточнил Фокин.

— Точно так. Стал свидетелем преступления. Почему он ничего не говорит ни родителям, ни милиции, которая приходит и расспрашивает всех жильцов дома? Почему скрывает важнейшие сведения? И почему потом, два года спустя, вдруг без утайки принимается рассказывать все подряд? Можно ли верить его словам? Или за два эти года реальная картина преступления превратилась в его сознании в вымышленную?

Вероника Матвеевна во все глаза глядела на Стаса. Она впервые слышала о ребенке-инвалиде. Но, возможно, Стас только что нашел этого нового свидетеля. А преступление, совершенное два года назад? Наверное, он имеет в виду Алексея Самсонова, упавшего со своего балкона. Нет, выброшенного с балкона. Получается, какой-то мальчик видел, как все происходило. Может быть, он сидел на своей лоджии в доме напротив? Или возле окна. Если он в инвалидном кресле, то наблюдать мог часами. Убийца вряд ли осматривал фасады домов перед преступлением. А уж после него и подавно.

— Сколько лет мальчику? — спросил Фокин.

— Тринадцать.

— Не надо быть психологом, чтобы ответить, — пожал плечами Фокин. — Ребенок ограничен в контактах. Для него обратить на себя внимание посторонних — серьезный поступок. Кроме того, он, несомненно, был испуган тем, что видел. Поэтому затаился. Но прошло два года. Это большой срок. Все случившееся потеряло свою остроту. Кроме того, не имело лично для него никаких последствий. Мальчик успокоился. Однако я уверен, он часто вспоминал о том, чему стал свидетелем. Кстати, а что он, собственно, видел?

— Один человек сбросил другого с балкона, — с невозмутимым видом ответил Стас.

— Ах, вот как! — Фокин взялся за подбородок и некоторое время размышлял. — Что ж, думаю, я недалек от истины. Теперь, спустя два года, мальчик решил все рассказать. Наверное, маме, да? Или проболтался случайно кому-нибудь из немногих друзей?

— Да нет, он не проболтался. Дело в том, что мы искали его. Семья переехала в другой район. Мы опрашивали жильцов дома, где произошла трагедия. До сих пор считалось, что это несчастный случай. Правда, спустя два года опрос свидетелей казался малоэффективным. Однако же некая старушка вспомнила, что в доме напротив у окна день и ночь сидел мальчик, прикованный к инвалидному креслу. Мы начали искать, куда он делся, — и нашли. Представьте себе наше удивление, когда на вопрос, видел ли он, как человек упал с балкона, мальчик ответил: «Видел».

— И он может опознать убийцу?

— Допускаю, что да. Он дает хорошее описание. Конечно, это еще надо как-то запротоколировать. Но тут мать встала насмерть — не хочет связываться с милицией. Стресс, говорит, для ребенка пагубен. Но я уверен, этот вопрос мы все-таки решим со временем. У нас самих пока никакой ясности. Слишком много убийств, слишком мало улик.

— Понимаю, — пробормотал Фокин. — Это все, что вы хотели спросить?

— В сущности, все. Значит, вы считаете, показаниям мальчика доверять можно?

— Если он в здравом уме, думаю, да. Вряд ли он станет что-то придумывать. Ведь он уже довольно взрослый.

— Что ж, спасибо вам. У меня все. — Стас поднялся и пожал Фокину руку. — Вас проводить?

— Я сама его провожу, — заявила Вероника Матвеевна и прошла через всю приемную, покачивая бедрами.

Скрывая усмешку, Стас ретировался в свой кабинет. Настя сидела за столом, подперев кулаком щеку, и мечтала.

— Нашла что-нибудь интересное? — спросил он, усаживаясь напротив. — Что-нибудь необычное?

— Ничего необычного, — вздохнула та, снова раскрыв папку. — У меня возник только один вопрос. Почему ты возле Светкиного телефона поставил большой знак вопроса?

— Возле какого Светкиного телефона? — немедленно насторожился он.

— Да вот, сам посмотри.

Настя вытащила из папки бумажку, на которую Стас переписал номер телефона, обнаруженный в записной книжке жены. Он действительно поставил рядом с ним вопросительный знак.

— Этот номер есть у тебя там, дальше.

— Я его ни с чем не сопоставлял, — признался Стас и с усилием потер лоб.

Каким образом телефон ближайшей Настиной подруги

оказался в записной книжке его собственной жены? Неужели Вика и в самом деле ухитрилась впутаться в дело с таким количеством убийств? Невероятно, просто невозможно.

— Хорошо, — Стас отложил листок с номером. — Давайте пойдем дальше.

Они пошли дальше, перебирая адреса, фамилии, заметки и памятки, сделанные самим Стасом, Тагановым и Пучковым. Был даже коротенький отчет Вероники Матвеевны о посещении кабинета Фокина. И еще фотографии.

— Ой, Регина! — неожиданно воскликнула Настя. — Как это вы ее выкопали?

— Выкопали? — переспросил Стас странным голосом. — Ты что, знакома с этой женщиной?

— Ну, как знакома? — испугалась его реакции Настя. — Это Светкина соседка.

— Не может быть! Она ведь из Дедовска! — раскипятился Стас.

— Да она бывшая соседка! Светки и Степана Фокина. Когда они поженились, то, естественно, захотели жить отдельно, а денег было не особо. И друг, который уезжал в Казахстан на два года, разрешил им пожить в своей квартире в Дедовске. Вообще-то у Светки комната в коммуналке была. Но начинать семейную жизнь с двумя старухами-соседками им не захотелось. Потом уже отец Степана помог деньгами, ребята продали Светкину комнату и купили квартиру на Коровинском шоссе.

— А Регина Никонова? — напомнил Стас.

— А Регина была их соседкой по площадке там, в Дедовске. Веселая такая дамочка, ужасно общительная, правда, любит выпить.

Стас хотел поправить — любила, но не рискнул. Вот уж чего ему не хотелось, так это запугать Настю до смерти. Она и так вся на нервах.

— Как только у Степы со Светланой компания, Регина тут как тут. То ей соли надо, то полстаканчика масла. А уж, раз зашла, ее всегда угощали.

— А кто с ней больше дружил — Степан или твоя подруга?

— Не могу сказать. Они оба ее привечали.

— А Степан бывал у Регины дома?

— Вот уж не знаю. Думаю, если вы спросите у него про Регину, он вам выложит все в лучшем виде. И Светка все в подробностях может рассказать.

Стас, если честно, в этом сильно сомневался, но Насте

опять же ничего говорить не стал. Дальнейшее изучение бумажек не принесло ничего нового. Но и того, что удалось обнаружить, было более чем достаточно. Доставив Настю к бабушкам и велев ей никуда не отлучаться, Стас вернулся в агентство и протрубил общий сбор. И выложил все в лучшем виде.

— Телефон Светланы Прохоровой в записной книжке моей жены! Это не просто интригующе, это подозрительно и тревожно. Надо срочно допросить Вику!

— Кстати, — вмешался Пучков. — Оперативники, проверявшие мужчин, зарегистрировавшихся в гостинице «Северная» примерно в то же время, что и Воробьев, пока никого не зацепили.

— Еще одно очко в пользу нашей версии. То, что мужчины здесь ни при чем. И в гостинице с Воробьевым встречалась именно женщина, — сказал Таганов.

— Или не встречалась с ним, а выслеживала его, — возразил Стас. — Если допустить, что он не врет и не знает, как исчез пистолет.

— Кое-что новое есть и у меня. По убийству Никоновой, — сообщил Пучков. — В ее квартире обнаружили тайничок в посудной полке. В тайничке лежали триста баксов и визитка — чья бы вы думали?

— Чья? — оживилась Вероника Матвеевна.

— Степана Фокина!

— А чьи на ней отпечатки пальцев?

— Самой Никоновой и еще чьи-то. Невыясненного лица. Таганов присвистнул.

— Степан Фокин уверяет, что с Никоновой не виделся лет сто и уж точно не давал ей свою визитку, — продолжал Пучков.

— Я ему верю, — сказал Таганов.

— Минутку! — воскликнул Стас. — Мне надо сделать один звонок.

Он придвинул к себе телефон и набрал номер Насти. Поинтересовавшись, все ли у нее в порядке, спросил:

— Слушай, когда ты звонила Фокину, чтобы пригласить его к себе, откуда ты взяла его телефон?

— У меня есть его визитная карточка, — ответила Настя. — А что?

— Когда он тебе ее дал?

— Я уже не помню. Давно. Пару лет назад.

— И где ты ее все это время хранила?

— В визитнице, — сообщила та. — А визитницу — в письменном столе.

— Надо посмотреть, на месте ли визитка Фокина. Мы сегодня сможем это проверить?

— Конечно. Когда скажешь. Я ведь сижу тут по твоему распоряжению! А ты что, Степу проверяешь?

— Я всех проверяю, — серьезно ответил Стас. — Я сегодня еще позвоню.

Вероника Матвеевна, дождавшись окончания разговора, тотчас же спросила:

— Думаешь, визитку стащили у Шороховой? И отпечатки пальцев принадлежат ей?

— Я не верю, что Степан Фокин вместе с деньгами за прокат паспорта дал Регине Никоновой и свою визитку, — покачал головой Стас. — Зачем же ему так светиться? Впрочем, откуда он мог знать, что она спрячет ее вместе с деньгами? Кроме того, на деньгах ничего не написано. Кто заплатил и за что.

— Да уж, — пробормотал Таганов. — Не забудь, что у Фокина полно визиток. И он их, возможно, раздает направо и налево. У него ведь бизнес! А ты сразу почему-то Шороховой позвонил.

— В первую очередь надо проверить то, что мы можем проверить, верно?

— Обратите внимание, что приметы отравителя Никоновой не сходятся с приметами предполагаемого убийцы. У отравителя не было рыжей бороды и очков, — заметил Пучков.

— Хотите сказать, борода и очки — детали маскарада? — немедленно уточнила Вероника Матвеевна.

— Почему бы нет? В противном случае преступников получается слишком много. Не двое, а трое. Человек с рыжей бородой, стрелявший в Фадеева и пустивший газ в квартире Насти Шороховой, женщина, проживавшая в гостинице с паспортом Регины Никоновой, и отравитель.

— А может быть, дело гораздо серьезнее и масштабнее, чем мы думаем, — предположил Таганов.

— Не забывайте, у нас есть «горячий» свидетель, — напомнил Стас. — Моя жена. Телефон Светланы Прохоровой в ее записной книжке — факт сам по себе чрезвычайный.

— А у тебя уже появились какие-нибудь соображения на этот счет? — спросил Пучков.

— Появились. Моя жена и Светлана Прохорова будто созданы друг для друга. Они как две половинки одного яблока. Не удивлюсь, если весь замысел — их рук дело. Возможно, они все придумывают, а кто-то из мужчин — это может быть кто угодно — исполняет.

— Какие-то странные у нас подозрения: сначала — две старухи, теперь — две красивые молодые женщины, — пробормотал Таганов.

— Ерунда, — отмахнулся Пучков. — Жена Стаса и Светлана Прохорова не могли действовать вдвоем. Это означало бы, что они подружки. Иначе не стали бы сообщницами.

— Может, так оно и есть, — сказал Стас. — Может, они подружки?

— Тогда зачем твоей жене второпях рисовать телефон Прохоровой в своей записной книжке? Если они давно знакомы?

— Да, действительно, не сходится.

— Значит, все-таки Прохорова и есть та таинственная женщина, которая жила в гостинице под именем Регины Никоновой? — подумала вслух Вероника Матвеевна.

— У нее алиби, я же проверял, — проворчал Таганов.

— И у моей жены тоже алиби, — вздохнул Стас. — Не получается ничего.

— Вы, оба, — насупив брови, спросил Пучков, — отвечаете за свои слова? Стас, ты же говорил, что вы с женой спите в разных комнатах? Не могла она улизнуть ночью так, чтобы ты не заметил?

— Вряд ли. Прихожу домой я поздно, когда двери в гостинице «Северная» уже заперты. Если Вика даже и смогла обмануть мою бдительность, у нас есть двое служащих гостиницы, которые настаивают, что ни одна собака позже одиннадцати в гостиницу не возвращалась.

— А если служащих подкупили? — воодушевилась Вероника Матвеевна.

— Сомневаюсь. В конце концов, их допрашивали не мы, а оперативники из милиции.

— Получается, милиции свидетели не врут? — усмехнулся Таганов.

— Кстати, Саня, что там с алиби Прохоровой? — спросил Пучков.

— Ну, ее алиби, в сущности, довольно хиленькое. Но вы же знаете — железным оно на первый взгляд бывает только у убийц.

— Ты не разглагольствуй, а говори толком. Я ведь верю вам на слово, мужики, — покачал головой Пучков. — И если получится, что зря, будет чертовски обидно.

— Накануне покушения на Фадеева, в предыдущую ночь, я имею в виду, Светлану Прохорову видела соседка по подъезду. Она утверждает, что еще не было одиннадцати, когда та подъехала к дому на машине. Расплатилась с шофером и взбежала по ступенькам. Соседка утверждает, что время запомнила хорошо, потому что ждала программы новостей с Ревенко, которая вот-вот должна была начаться.

— Как она узнала, что на машине подъехала именно Прохорова?

— Ну... — сказал Таганов. — По плащу... Да и вообще.

— Короче, ей показалось, что это Прохорова, — констатировал Пучков. — Соседка молодая?

— Достаточно.

— Достаточно для того, чтобы ей захотелось обратить на себя твое пристальное внимание. Саня, ты всерьез веришь подобным, с позволения сказать, свидетельствам?

— Есть еще муж Прохоровой, — запальчиво сказал Таганов. — Никита. Он утверждает, что Светлана была дома примерно с двадцати двух сорока пяти. Таким образом, показания соседки и мужа совпадают.

— Если Светлана замешана в преступлении, они соответствуют в первую очередь ее замыслу, — возразил Пучков. — Она могла чем-то купить мужа, а вместо себя отправить в нужное время в подъезд кого-то другого. В своей одежде, только и всего. Около одиннадцати какая-то женщина в плаще и с зонтом Светланы Прохоровой вошла в ее подъезд. А через пятнадцать минут, когда соседка уже наслаждалась новостями в исполнении Ревенко и не смотрела в окно, она вышла из подъезда. Или она вышла сразу же, переодевшись в другую одежду прямо на лестнице.

— Думаете, преступники так просто плодят свидетелей? Попросить некую женщину сыграть твою роль — не чревато ли это лишними вопросами, шантажом в конце концов?

— Не думаю. Сочинить простенькую байку о ревнивом муже, который уехал в командировку и оставил своих ребят следить за квартирой, чтобы они доложили ему потом, в какое время его милая женушка возвращается домой, — проще простого. Можно попросить подругу или знакомую сыграть роль примерной женушки, чтобы самой спокойно встретиться с «любовью всей жизни». Какая женщина не откликнется на подобный призыв?

— Я бы не откликнулась, — поспешила сообщить Вероника Матвеевна.

Все посмотрели на нее. Вероника Матвеевна потрогала свой синяк и немедленно стушевалась.

— А муж, — напомнил Стас, — который подтверждает время прибытия жены?

— Мужа можно обмануть или умаслить.

— Фигня все это. Как его можно обмануть? А как умаслить? — не согласился Таганов.

— Саня, ты не знаешь эту женщину, — пробормотал Стас. — А я знаю. Поэтому я сам виноват. Мне надо было лично проверять ее алиби.

Таганов был уязвлен:

— Что, она умеет гипнотизировать людей? Все так и пляшут под ее дудку!

— Она умеет людьми манипулировать.

— Короче, так, — подвел итог дискуссии Пучков. — У нас на повестке дня Никита Прохоров и проверка алиби, которое он дал своей жене. А также Воробьев и жена Стаса.

Бессонов сказал с видимой неохотой:

— Есть у меня одна идея. Не нужно ждать, когда Вика заявится домой, а надо взять ее на месте преступления.

— Пока оба голубка еще в квартире Воробьева в Тушине, — кивнул Пучков. — За квартирой следят, мне с докладами звонят каждый час. Если хочешь, можем отправиться туда.

— Вика сегодня позвонила мне и сказала, что возвращается «из клиники» раньше, чем рассчитывала.

— Странно, — засомневалась Вероника Матвеевна. — Отпроситься у мужа на целых три дня и прервать свои короткие каникулы? Наверное, они с Воробьевым из-за чего-то поссорились.

— Если моя версия верна, то я знаю из-за чего, — заявил Стас.

— Думаю, тебе стоит рассказать нам о своей версии прежде, чем мы отправимся в Тушино, — сказал Пучков. — Согласись, в жизни всякое бывает. Может сложиться ситуация, когда у тебя просто не будет времени на объяснения.

Стас вздохнул и согласился:

— Что ж. Раз вы настаиваете... Я считаю, что у Воробьева было две любовницы. — Он обвел всех присутствующих усталым взглядом. — Вика — первая. В какой-то момент она ему надоела, и он завел вторую. Именно с ней он провел веселенькую ночку в гостинице «Северная». Эта вторая любовница и вытащила у него пистолет.

— Круто, — пробормотал Таганов, схватившись за подбородок.

— Стас, а ты уверен? — осторожно спросила Вероника Матвеевна. — Из чего ты вывел эту теорию?

— Воробьев себя странно ведет. А почему? Я думаю, он

знает, куда делся пистолет. Место, где он исчез, я имею в виду гостиницу, идеально подходит для свидания с женщиной. Милиция быстро выяснила, что именно моя жена — любовница Воробьева, но в ту ночь, когда пропал пистолет, в гостинице ее не было.

— Предположительно, — заметил Таганов.

— Да не было, не было. Там находилась незнакомка в черном пальто и косынке, в дымчатых очках. Вторая любовница. Которую Воробьев ни за что не выдаст, потому что если он это сделает, то его сживет со свету первая.

— Материалы следствия не разглашаются. Откуда бы твоя жена могла узнать о первой любовнице? — спросил Пучков.

— Ну, это уже чистая психология. Мало ли откуда? Воробьеву кажется, если только он раскроет рот — все, тайны никакой нет.

— Слушай, а ведь в этом что-то есть! — обрадовался Пучков. — Твоя версия отлично объясняет причины молчания Воробьева. Поставь себя на его место! Он заводит вторую любовницу...

— Не он! — наставила на них палец Вероника Матвеевна. — Я убеждена, что было все наоборот! Что неизвестная нам дамочка решила стать второй любовницей Воробьева. Это она его захомутала! Смотрите: некая женщина участвует в заговоре против Анастасии Шороховой. Когда Фадеев начинает свое расследование, немедленно встает вопрос о его устранении. Не знаю, как насчет Торопцева, но то, что Фадеев — не Локтев и не Самсонов, — это факт. И даже не Чекмарев. Он и сам не лыком шит, и у него есть мальчики на подхвате. Кроме того, Фадеев настороже. То есть несчастный случай здесь никак не пройдет. Подстроить его трудновато.

— Логично, — сказал Стас. — Несчастный случай с Фадеевым действительно вряд ли прошел бы.

— Значит, отправить Фадеева на тот свет можно только с наскока, — продолжала Вероника Матвеевна. — То есть с помощью оружия. А где его взять? Где его достать обычному человеку, не связанному с криминальными структурами и не имеющему определенного рода связей?

— Вы хотите сказать, — подхватил ее мысль Таганов, — что некая женщина придумала оригинальный способ обзавестись оружием — вытащить у какого-нибудь знакомого мужчины. Она выбрала Воробьева и стала подбивать клинья. Это свидание в гостинице она сама спровоцировала, причем с единственной целью — достать пистолет. Не так ли?

— Именно так! — с победным видом кивнула Вероника Матвеевна. — И из этого можно сделать очень важный вывод...

— Если эта женщина выбрала Воробьева из своего окружения, у нас есть шанс ее вычислить, — перебил ее Пучков.

— Если эта дама выбрала Воробьева из своего окружения, — подключился Стас, — то у нас есть шанс получить на руки его труп.

— За домом следят, — неуверенно заметил шеф. — Мне докладывают постоянно.

— Погляди, который час, — вмешался Таганов. — Даже самые пылкие любовники уже должны были слегка поостыть.

— Или проголодаться, — добавила Вероника Матвеевна с тревогой в голосе.

— Нет, ну вы что, ребята, не гоните волну, — сказал Стас. — Что с ними могло случиться?

— Вероника, возьмите трубку, — распорядился Пучков и попросил Таганова: — Дай ей номер телефона в Тушине.

Вероника Матвеевна, тревожно поглядывая на Стаса, принялась старательно нажимать на кнопки.

— Длинные гудки, — сообщила она через несколько минут, хотя все и так поняли, что к телефону никто не подходит.

— Это еще ни о чем не говорит, — попытался успокоить всех Таганов. — Они могли просто отключить аппарат. Или не хотят подходить. В конце концов, у парочки неделовое настроение.

— Действительно, — пробормотал Пучков. — И все-таки мне как-то неспокойно. Думаю, стоит поехать туда. Если все нормально, мы разъединим любовничков и устроим показательный допрос. Стас займется обработкой своей жены, а мы насядем на Воробьева. Будет весело.

Однако повеселиться им в тот день не довелось. Приехав в Тушино и переговорив с теми, кто вел наружное наблюдение, трое мужчин поднялись по лестнице к квартире Воробьева.

— Странный запах, — повел носом Таганов. — Не из-под нашей ли двери?

— Газ! — воскликнул Стас, мгновенно облившись потом. — Опять! Как в тот раз с Настей!

Пучков позвонил в милицию, а Стас с Тагановым, упросив соседей с верхнего этажа открыть дверь, попытались проникнуть на балкон Воробьева с помощью ловких рук и крепких ругательств. Пока они показывали чудеса эквилибристики, подъехал наряд. Дверь взломали.

В квартире было нечем дышать. Воробьев уже задохнулся, Вика была еще жива. Стас вытащил ее на воздух и с рук на руки передал врачам. Никто не мог сказать, выживет ли она.

На кухне все было в точности так, как у Насти в день визита неизвестного. Покрытая густой коричневой жижей турка, сбежавший кофе, заливший конфорку, открытая пачка «Арабики» на разделочном столе. Кофе был другого сорта — вот и вся разница.

— Вика не пьет кофе, она его терпеть не может, — сообщил Стас Таганову, который со страдальческим лицом поддерживал его под локоть.

— Ее откачают! — пообещал тот таким уверенным тоном, словно отлично разбирался в медицине.

— За ними же следили! — недоумевал Стас. — Как так получилось?

— Стас, тебе не в чем себя упрекнуть!

— Я должен был догадаться! Ведь когда я вам рассказывал о своих подозрениях, я сам пришел к выводу, что Воробьева могут убить. Почему же я ничего не предпринял раньше? Идиот!

— Как ты думаешь, — спросил Таганов, — когда она придет в себя, расскажет что-нибудь?

— Я не знаю. Вика такая дурочка! — растерянно ответил Стас. — Уверен, ей просто заморочили голову. Если она вообще виновата и знала хоть что-нибудь. А скорее всего, Вику убили просто заодно с Воробьевым.

— Почему? Если, например, она узнала, кто такая вторая любовница Воробьева, то тоже попала в категорию неудобных свидетелей.

— Убито слишком много людей! Слишком много, — говорил Стас, разрывая упаковку сигаретной пачки и отшвыривая ее прямо на Таганова, которого он, кажется, даже не замечал. Создавалось впечатление, что он беседует сам с собой. — Что может потянуть за собой столько убийств? Только потрясающая жестокость или потрясающая трусость.

— Убийца закусил удила. Он идет по трупам к цели, которой, кажется, уже не существует. Чем сильнее его желание остаться безнаказанным, тем больше следов он оставляет после себя. Мы его найдем очень скоро, Стас.

— Надо охранять Настю, — встрепенулся тот. — Послать на улицу Яблочкова людей. — Он схватил Таганова за руку. — Как ты думаешь, Пучков согласится потратиться?

— Конечно, согласится. Ведь Руслан Фадеев жив, по-прежнему кредитоспособен и по-прежнему напуган до смерти.

Появившийся Пучков, словно прочитав их мысли, заявил:

— Я отправил людей охранять Фадеева и Шорохову. Дело зашло слишком далеко. Мы сидим в глубокой луже, ребята.

Шеф похлопал Стаса по плечу, пробормотал, что он сожалеет, и начал заталкивать его в машину.

— Я сам поведу. Поедем в офис, там решим, что делать. Показания, протоколы — все это потом, позже. Сейчас надо как-то изловчиться и понять, какая сволочь все это проделывает.

Оповещенная по телефону о случившемся, Вероника Матвеевна сразу же подошла к Стасу со словами сочувствия. Пусть она не любила Вику, Стаса ей было чертовски жаль. Только что он пережил измену жены, и вот ее едва не убили!

Вероника Матвеевна, не знавшая иных рецептов поддержания духа, поднесла Стасу чашку горячего кофе. Он тут же отхлебнул большой глоток, нимало не заботясь о том, что может обжечься.

— Некогда скорбеть, — прошипел Пучков в лицо Таганову, которого он за локоть притянул к себе. — И Стас нам нужен, как воздух. Необходимо вывести его из состояния прострации и как-то разозлить, что ли.

— Ему нужно немного прийти в себя.

— Может, мне нужно было ехать в больницу? — вслух спросил Стас непонятно кого.

— И что ты там будешь делать? — немедленно возразила Вероника Матвеевна. — Сидеть в коридоре и тосковать? Нет, Стас, гораздо важнее сейчас отыскать убийцу.

— Тогда я поеду к Никите Прохорову, — решил тот. — Перепроверю алиби Светланы. Если в нем есть какой-то изъян, я его найду.

— Флаг тебе в руки, — напутствовал его Таганов.

Стас вышел из офиса, засунул руки в карманы и немного постоял на тротуаре, собираясь с мыслями. В нем начинала созревать злость, рождая лихорадочную жажду действий. Немедленных и беспощадных.

— Пожалуй, Стасу сегодня не стоит разговаривать с

людьми, — осторожно заметила Вероника Матвеевна после его ухода. — Он наломает дров.

— Бессонов? Никогда, — возразил Пучков. — Наоборот, у него сейчас обострены все инстинкты.

— Кстати, он что-то говорил насчет нового свидетеля.

— Какого это?

— Мальчика-инвалида, который из своего окна наблюдал за преступлением, — неуверенно сказала Вероника Матвеевна. — Вы что, ничего не знаете?

— Абсолютно. Какой еще, к чертям собачьим, мальчик?! И за каким именно преступлением он наблюдал?

— Стас советовался с Фокиным. Я имею в виду старшего Фокина, психолога. Спрашивал, можно ли верить ребенку, который долгое время молчал, а потом вдруг начал выдавать подробности давнишней драмы, разыгравшейся у него на глазах.

— Послушайте, он что, водит нас за нос? — проворчал Пучков. — Он раздобыл какого-то мальчика, а нам ни слова не сказал. Разве мы не в одной упряжке? Что это за детские порывы действовать в одиночку?

— Я не знаю, — пожала плечами Вероника Матвеевна.

— Ты что-нибудь слышал про мальчика? — обернулся шеф к Таганову.

— Не-а, — покачал головой тот. — Сейчас позвоню Стасу на мобильный. Наверное, он просто забыл нам рассказать.

— Забыл он, как же, — Пучков уже сам набирал номер Стаса. — Можно, наконец, понять, что нынешнее дело чревато всяческими неприятностями? И даже более того... Ну, вот! — он досадливо отбросил телефонную трубку. — Аппарат абонента выключен. Зачем, спрашивается, я трачусь на всю эту хрень? Чтобы вы разъезжали по Москве с выключенными телефонами?

— Когда Стас хочет подумать, он всегда так делает, — робко сказала Вероника Матвеевна.

— Да, но что это за мальчик? — никак не мог успокоиться Пучков. — Впрочем, ладно. Может быть, этот свидетель совершенно ненадежный.

— Допускаю, что ребенок видел человека с рыжей бородой и в квадратных очках, — подал мысль Таганов.

— Так или иначе, придется ждать, пока Стас включит свой телефон, — вздохнул Пучков. — А пока займемся делами. Я отправлюсь в больницу к Фадееву, а ты, Саша, поезжай к жене Воробьева.

— Ей сейчас не до меня, — сказал Таганов. — Понимаете, в каком она состоянии?

— У нас нет возможности проявлять такт! — резко ответил Пучков. — Того и гляди, еще кого-нибудь ухлопают. Придется работать по жесткой схеме, ничего не попишешь.

* * *

— Алиби! Даже забавно слушать! — Никита Прохоров отправил в рот очередной эклер.

Он был высокий и полный, с приятным домашним лицом, сдобренным двумя ямочками на щеках. Он был медлительным и, когда говорил, плавно двигал руками, словно сам себе дирижировал. Встретил он Стаса весьма доброжелательно, но потом сыщик его разозлил.

— Моей Светке потребовалось алиби?! — не мог успокоиться Никита.

Стас, под завязку наполненный пирожными, которые он ел механически и не замечая вкуса, немедленно возразил:

— Это закон жанра. У всех должно быть алиби.

— У всех подозреваемых! — Прохоров поднял палец.

— Каждый, кто знает о фамильном проклятии Анастасии Шороховой, автоматически становится подозреваемым.

— Че-пу-ха.

— Тем не менее ваш телевизор в тот вечер не включался, а на следующий день чудесным образом заработал.

— Думаете, это моя жена сломала телевизор? А потом сама же его починила? С какой же целью?

— Чтобы вы не могли точно сказать, во сколько она вернулась домой. По программе передач легко сориентироваться.

— Можно вполне сориентироваться по будильнику, — стоял на своем Никита.

— Но вы ведь не смотрели на будильник. И радио не слушали.

— Терпеть не могу радио. Оно меня раздражает.

— Ваша жена, конечно, об этом осведомлена?

— Да уж.

— Что сказала Светлана, когда вошла?

— Ну... — Прохоров промокнул рот салфеткой. Губы у него были красиво очерчены, особенно капризная верхняя. — Она сказала, что устала, что чертовски проголодалась и соскучилась по мне.

— А время? Когда она обратила ваше внимание на время? — не сдавался Стас.

— Да она вовсе не делала этого специально!

Прохоров снисходительно усмехнулся, чтобы подчеркнуть свое отношение к глупым вопросам Стаса.

— Вы играете в карты? — внезапно спросил тот.

Ему казалось, что Никита виртуозно врет. И взгляд у него какой-то особенный — себе на уме. На самом деле Прохоров был утомлен и раздосадован приставучестью частного сыщика.

— Да, я играю в карты. Но только в хорошей компании и на деньги.

— Занятно. Так когда ваша жена упомянула про время?

— Когда вышла из душа, — сказал Никита, качая головой. — И что вы так напираете? Это ведь естественно. Ваша жена что, никогда не напоминает вам, который час?

Вопрос был риторическим, и Стас не стал на него отвечать. Вместо этого задал свой собственный:

— Ваша жена пошла в душ сразу после прихода домой?

— Да, сразу. Скинула одежду и пошла в ванную.

— Сколько она там пробыла?

— Минут пятнадцать. Светлана не любит принимать ванну. Только душ. И только горячий.

«Интересно, зачем мне эта информация? — отстраненно подумал Стас. — Только душ и только горячий. Познавательно, конечно, но абсолютно бесполезно».

— Если уж быть до конца точным, раз в неделю моя жена принимает ванны с морской солью или со специально изготовленным хвойным экстрактом. А так, после работы, только душ.

— Так как там насчет времени? — напомнил Стас.

— Она вышла и крикнула мне в комнату: «Уже начало двенадцатого, а я голодная, как зверь». Я предложил ей взять в холодильнике жареную рыбу. Она засмеялась и заметила, что если будет есть жирное перед сном, то испортит фигуру. В конечном итоге дело ограничилось баночкой йогурта и яблоком. Как обычно. Рыбу съел я сам.

Стас пожал плечами. Что бы то ни было, Никита не станет свидетельствовать против жены, это уже ясно. Бессмысленно сидеть здесь и переливать из пустого в порожнее. Даже если он лжет и придумывает подробности того вечера, его вряд ли удастся уличить прямо сейчас.

Стас встал и попрощался, по всей видимости, совершенно неожиданно для хозяина, который засуетился, провожая гостя. Суетливость явно была не в его характере, и сыщик в очередной раз подумал, что в показаниях Никиты что-то не так. «Его надо испугать, — подумал Стас. — Может, сказать, что его жене угрожает реальная опасность? Подействует ли это на него? Любит ли он Светлану так, чтобы намека на угрозу ее жизни оказалось достаточно для капитуляции?»

Стас вышел из подъезда, глубоко вздохнул и выпустил изо рта живое облачко пара. Это облачко навело его на мысль о сигарете. Он решил покурить на улице, а не в машине, и целых три минуты изучал объявления, налепленные на стену возле двери в подъезд. Жильцам предлагалось истребление тараканов особым методом — «умерщвление их ультразвуком» (Стас усмехнулся), переэмалировывание ванн (Стас хмыкнул), мыло для экстремального похудания, вымывающее жир через кожу, сваренное тибетскими монахами (Стас засмеялся), а также срочная диагностика по капле выпаренной мочи (Стах захохотал).

Были здесь также незатейливые предложения вроде срочного ремонта холодильников и объявления об отключении горячего водоснабжения. В такие-то дни, с таких-то и до таких-то часов в доме будет отключена горячая вода. Стас поковырял ногтем краешек листочка, он поддался. Бессонов отлепил его от стены практически без повреждений, еще раз внимательно прочитал. «Значит, душ только горячий, да?» — злорадно подумал он.

У него появилось искушение вновь подняться в квартиру и сунуть объявление в нос Никите Прохорову, стерев с его лица насмешливую ухмылочку. Но делать это было, конечно, рано. Сначала предстояло проверить, действительно ли в доме отключали горячую воду. И потом: если алиби Светланы липовое, выходит, ей есть что скрывать. В таком случае тратить усилия на то, чтобы раскачать эту тушу, ее муженька, вовсе не стоит. Лучше заняться непосредственно женой.

Итак, Светлана Прохорова. Настоящая женщина — в ее собственном понимании. Та, которая тратит на свою внешность и аксессуары денег больше, чем на все остальное, вместе взятое. Та, которая стремится очаровывать всех мужчин подряд. Считающая особой доблестью уводить их из-под носа у подруг и просто знакомых, потому что это якобы повышает ее рейтинг. «При этом забавно, — подумал Стас, — что ни один мужчина не может ее удовлетворить. Настоящее удовлетворение ей приносят только деньги, на которые она настроена, как антенна на любимую волну».

Может быть, Настя слишком крепко держала своих мужчин и Светлана затаила на нее злобу? Ведь от нее к подруге перебегали только те кавалеры, которых та отпускала сама. Типа Никиты Прохорова, например. Может, Светлану это заело до такой степени, что она решилась на первое убийство? А потом все стремительно покатилось дальше?

Стасу эта версия не очень нравилась. Во-первых, в таком случае у Светланы должен быть сообщник, а кандидатур на его роль он не видел. Во-вторых, наивный молоденький Паша Локтев вряд ли стал бы настоящим яблоком раздора между подругами. «Возможно, — думал Стас, — мы расследуем несколько совершенно разных преступлений с разными действующими лицами. Мы вспугнули одного какого-то преступника, а навязать ему пытаемся сразу несколько убийств. Поэтому ничего и не получается».

* * *

Руслан Фадеев смотрел на Пучкова требовательно и дерзко. Глаза его, невзирая ни на что, оставались яркими, как чистое майское небо.

— Пока вы не найдете человека, который в меня стрелял, я не смогу нормально функционировать, — объяснял он Пучкову, как будто тому и в самом деле требовались объяснения. — Здесь, в больнице, ситуацию вполне можно контролировать, и я, по крайней мере, спокойно сплю. Но когда меня выпишут...

— Поимка преступника — дело одного-двух дней, — успокоил его Пучков.

Он вовсе не собирался морочить Фадееву голову, а на самом деле был уверен в успехе. Его парни уже вытащили на поверхность все нужные факты. Осталось только правильно подогнать их друг к другу. Дождаться заветного щелчка, озарения, которое все расставит по своим местам.

— Настя ко мне не приезжает, — Руслан пытливо взглянул на детектива. — Уверяет, что это вы запретили ей покидать квартиру.

— Запретили. Нам тоже легче ее охранять, когда она находится в помещении.

— А что она говорит о наших с ней отношениях?

Пучков вскинул и опустил руки:

— Ничего.

— Вы уверены, что этот выстрел не связан с моими личными делами и касается именно Насти Шороховой?

Пучков ни в чем не был уверен до конца, но все же поделился с клиентом своими соображениями:

— Я лично проводил проверку ваших связей и состояние дел на сегодняшний день. Ничего серьезного.

— То есть на меня не наехали. А если бы дело касалось бизнеса, однозначно прикончили бы, так?

Пучков кивнул:

— Вы сами все прекрасно понимаете.

— В моем случае все было по-дилетантски. Этот, в шапочке, который метил мне в сердце, явно не наемный убийца.

— И оружие у него краденое.

— Но вы работаете со свидетелями? — с уверенностью в положительном ответе спросил Фадеев.

Пучков тихо вздохнул. Он не стал признаваться, что они прошляпили почти всех свидетелей. «Если перечислить убийства последних дней в порядке нарастания, я буду выглядеть полным придурком, — подумал он. — Правда, милиция, квалифицировав большую часть смертей как несчастные случаи, выглядит не лучше». Одна беда — Фадееву не было дела до милиции. Он платил Пучкову и ждал результатов от него.

— Вы по-прежнему будете добиваться расположения Анастасии Шороховой? — спросил Пучков, созерцая унылый больничный двор, впаянный в квадрат окна.

— В настоящий момент я озабочен тем, чтобы в моей шкуре не проделали еще несколько дырок. Так что с любовью придется повременить.

Пучков затаил усмешку. Он точно знал: любовь — скоропортящийся продукт, и когда Фадеев наконец очухается, то поймет, что остался с носом. Смешной он, этот Руслан!

— Хотел выпендриться перед девушкой, и вот что получилось, — посетовал он.

— Есть еще один способ обеспечить вам личную безопасность, — сказал Пучков и тут же перехватил пытливый взгляд Фадеева. — Вообще прекратить расследование.

«Я же не карающий меч господень, — попытался он успокоить себя. — Я должен заботиться в первую очередь о безопасности клиента».

— Вы видите связь между расследованием и покушением на меня?

— Прямую, — кисло ответил Пучков. — Кому-то не нравится, что старые убийства пытаются дорасследовать на ваши деньги. Убрать вас — означает перекрыть денежный источник, питающий активность частных сыщиков. Не будет расследования — не будет угрозы вашей жизни.

— Но как же? — нахохлился Фадеев. — Взять и все вот так бросить?

«Ты и понятия не имеешь, приятель, сколько народу полегло за твою симпатию к Шороховой».

— Взять и бросить, — вслух произнес Пучков, сопроводив свои слова энергичным кивком.

Он обязан был предложить Фадееву этот выход. Хотя, конечно же, понимал, что для их агентства все так просто не закончится. Неизвестно, выкарабкается ли Вика, — одно это заставит Стаса стоять до конца. Кроме того, у Бессонова с Шороховой какие-то шуры-муры.

— Подумайте, — тем не менее сказал Пучков. — Вы подвергаете свою жизнь реальной опасности из-за женщины, которая ничего вам не обещала.

— И даже более того, — нахмурился Руслан. — Она ясно дала понять, что не питает ко мне нежных чувств.

— Вот видите.

— Но я уже закусил удила. Стыдно отступать, понимаете меня? — сказал честный Руслан.

— Значит, мы продолжаем дело?

— Продолжаем. Выясните, кто в меня стрелял и какое отношение имеет этот человек к Настиным проблемам.

Выбравшись из больницы, Пучков в очередной раз набрал номер Стаса. «Аппарат абонента выключен или находится вне зоны действия сети», — корректно сообщили ему. «Вот дубина, — раздраженно подумал Пучков. — Нагородил что-то про мальчика и скрылся в трубе. Интересно, впрочем... Мальчик-инвалид, сидящий у окна с утра до вечера. Просто классика какая-то! Как говорится, если бы мальчика не было, его следовало выдумать».

Пучков, уже открывший дверцу своей машины, внезапно замер. Что, если Стас и в самом деле придумал мальчика? Закинул удочку? Кому он там рассказывал эту байку? Фокину-старшему? Неужели он подозревает этого красавчика, если и не разбившего Веронике Матвеевне сердце, то уж по крайней мере отколовшего от него маленький кусочек?

* * *

Жене Воробьева было около сорока. Невысокая и подтянутая, она явно следила за собой не по любви, а по обязанности. Аккуратная стрижка, хороший макияж, свежий маникюр, юбка, прикрывающая колени. Все, как и положено деловой женщине. Не хватало только изюминки, перчика. Алена Воробьева была пресной, словно суп гипертоника.

— Вы ведь все знаете про любовницу? Какое облегчение! — Она покачала головой. — Не представляю, как удастся скрыть этот факт. Существует такая неприятная реальность, как соседи. Они обязательно разболтают всей Москве.

— Да что там, — смутился Саша. — Вы ведь живете в Опалихе.

— Но все наши друзья и деловые интересы в Москве. Впрочем, вы правы, — внезапно согласилась она. — Я одна не представляю собой ничего. Ни-че-го. Я была лишь приложением к собственному мужу. Теперь я начну вести жизнь простенькую и спокойную. Это если у Игоря не осталось криминальных долгов. В противном случае жизнь наша окажется трудовой и сложной. Детей в любой ситуации придется забрать из частной школы...

Она уставилась в пространство, выпуская дым длинными струями. Вероятно, уже прикидывала, как станет устраивать свой быт в одиночку. Чтобы вернуть ее к реальности, Саша тихонько кашлянул.

— Вы ведь что-то хотели узнать? — встрепенулась Алена. — Спрашивайте, я отвечу. Мне нечего скрывать. И стыдиться нечего. Ведь это не я бегала по девкам. И не я задохнулась в одной постели с любовницей.

— Собственно, меня интересовали как раз связи вашего мужа. Внебрачные, — вкрадчиво добавил Саша и взглянул на вдову с любопытством. — Что вы знали?

— Все, — сказала Алена. — Каждая его интрижка была мне известна — когда он увлекся новой дамочкой, сколько ночей с ней провел, сколько денег на нее потратил.

— Вы пытались... — Саша поискал нужное слово, — бороться?

— Бороться? — хохотнула Алена. — С чем? С его жаждой приключений? Да вы что? Это все равно, что сражаться с ветряными мельницами. Меня еще в школе учили, что подобные подвиги не только заканчиваются неудачей, но и выглядят очень глупо. Нет, я не пыталась бороться.

— Почему же вы тогда... э-э-э... проявляли интерес?

— Ревновала, вот и все, — пожала плечами Алена. — Любая жена ревнует, какой бы дурой она ни была. Или умной. Зависит от ситуации.

— В последние полгода, — спросил Саша, блеснув темными глазами, — с кем встречался ваш муж вне дома?

— Вы хотите знать обо всех его любовницах?

— Да. Если можно.

— Можно, отчего ж нельзя. Примерно с января он бегал за Мариной Борзовой, племянницей своего босса. Дурак тоже! Девчонке от силы лет двадцать. Она сделала ему ручкой, как только он показал все, на что способен. Наверное, с ее стороны это был чисто спортивный интерес. После Марины наступил небольшой промежуток, а месяца два назад появилась эта женщина, Виктория. Надеюсь, она останется жива. Я правда надеюсь. Не думайте, что я строю из себя...

— Я не думаю.

— Они вроде не пьяные были. И забыли про кофе. Глупость какая-то.

— Действительно, глупо, — поддакнул Саша, не желая рассказывать жене Воробьева о своих подозрениях.

Милиция сообщила ей — несчастный случай, пусть будет так. Сотрудники, которые вели наружное наблюдение за домом в Тушине, оказались абсолютно бесполезными. Они не запоминали людей, входящих и выходящих из подъезда, потому что караулили влюбленных, а вовсе не поджидали их убийцу.

— А кто-нибудь еще, кроме Виктории? — спросил Саша. — По нашим сведениям, у него был кто-то еще.

— Вторая любовница? — Алена так удивилась, что не удержала сигарету во рту и едва успела ее подхватить. — По-моему, это слишком даже для такого горячего парня, как мой муж.

— Вторая любовница появилась только что. Она нас очень интересует. Вспомните хоть что-нибудь. Может быть, какая-то мелочь показалась вам странной? Телефонный звонок? Купленный не для вас подарок, который вы случайно нашли в ящике мужа? Записка? Что угодно.

Алена закинула голову вверх и выпустила паровозную струю дыма.

— Черт его знает... — пробормотала она. — Вторая любовница! Ничего себе. Вижу, мой муж не только весело умер, но и весело жил. Стыдно сказать, но про вторую любовницу я ничего не знаю.

— А про первую как узнали? — не отставал Саша.

— Ну, как обычно все узнают? Волосы на пиджаке, помада на рубашке, срочные совещания с выездом за город...

— То есть ничего конкретного, — уточнил Саша.

— Если вы спрашиваете, не знакомил ли он меня со своими девочками, представляя их как своих коллег или двоюродных племянниц, то — нет. Не знакомил. Редко, когда мне удавалось засечь кого-то из них на приемах и днях рождения общих знакомых, куда Игорь не мог прийти без меня.

— А жены его коллег? Вы поддерживали с ними отношения? Может быть, они что-то знают?

— Змеи! — сказала Алена. — Если бы они что-то знали, немедленно явились бы меня «морально поддержать». Раз не явились, значит, не стоит время на них тратить.

Саша разочарованно вздохнул. Судя по всему, Алена не даст ему никакой подсказки. Хотя она и расположена поговорить.

— Впрочем, знаете что? Буквально несколько дней назад мы смотрели фильм по телевизору. Там Николь Кидман играла. Игорь сказал что-то в том смысле, что артистка ему нравится. Я говорю, мол, чего хорошего? Каланча пожарная. А он отвечает, что завоевать высокую женщину для мужчины так же волнующе, как покорить Эверест. Я так и покатилась со смеху. А теперь вот думаю: зря я смеялась. Наверное, за этим что-то стоит. Определенно, что-то стоит.

* * *

На рассвете Стас отправился в больницу и принялся бродить по коридорам, мешаясь под ногами у медперсонала. Его гоняли, он уходил, потом возвращался, потом снова уходил. Вспомнил про мобильный телефон, включил его, и он тотчас же зазвонил.

— Стас? — спросил телефон голосом Саши Таганова. — Ты зачем мобильник вырубил? С ума сошел? Пучков вчера визжал, как истеричная барышня.

— Ты что-нибудь новое узнал? — перебил его Стас.

— Узнал! — обрадовал его тот. — Я ездил к вдове Воробьева, и она сказала, что если у ее мужа появилась вторая любовница, то она была высокого роста.

— С чего это она взяла? — неожиданно рассердился Стас. — Может быть, любовница процеловала Воробьеву макушку до лысины? Что за ерунда на постном масле?

Таганов хихикнул и рассказал про Николь Кидман.

— Знаешь, от жен подозреваемых много пользы, — заметил он. — Особенно от тех, кому благоверные изменяют внаглую. Такие женщины не боятся поговорить с посторонним человеком, они как бы проверяют на нем свою позицию.

Стас тут же подумал о жене Захара Горянского. Этот тип изменял ей именно внаглую. Бессонов давно хотел с ней повидаться, но все откладывал. Возможно, напрасно? Ни одной мелочи нельзя упускать в этом фантастическом деле. Вдруг мадам Горянская расскажет что-нибудь необычайно важное? Стас сорвался с места и поехал к ней.

Мадам Горянская оказалась нежной блондинкой с ножками Золушки и лицом, на котором навечно прописалось невинное выражение. Завершали облик стрижка «Паж» и бледно-голубые глаза с длинными ресницами. «Она будет ими хлопать», — обреченно подумал Стас. Он на стенку лез, когда женщины изображали бедных маленьких овечек, ожидающих, что каждый встречный мужчина станет грудью на их защиту.

— Вы хотите, чтобы я скрыла от мужа наш с вами разговор? — спросила сорокапятилетняя куколка и — черт возьми! — действительно захлопала ресницами.

— Если вы сможете пережить этот невинный обман, — слащавым голосом сказал он.

Ее звали Людой, Людмилой, что, конечно, было слишком официально для такой кошечки. Представляясь, она мурлыкнула: «Милочка», — и Бессонов в ответ чуть было не сказал: «Стасик».

Захар Горянский Стасу активно не нравился. Но придумать для него хороший мотив убивать он так и не смог. Ревность? Она срабатывала только в случае с Лешей Самсоновым. Единственная фигура, достойная мести Захара. Стас, памятуя о том, что хотел рассматривать убийство всех трех женихов Насти по отдельности, остановился пока на этом пункте: Самсонов и ревность.

— Муж знакомит вас со своими коллегами? — поинтересовался он.

— Я знаю их всех, — заявила Милочка, улыбнувшись. — Кто вас интересует? Наверное, Ольга, да? Я же вижу, вы мнетесь. Конечно, Ольга!

Стас с изумлением увидел, что глаза собеседницы наливаются слезами.

— Э-э-э... Послушайте, — растерялся он.

— Нет, я не буду изображать святую простоту! — В нежном голосе Милы прорезались гневные нотки. — Любовница так любовница.

— Кто? — коротко спросил обалдевший Стас.

— Ольга.

Ольга Свиридова! Та самая девица, с которой Настя пела хором, когда «напилася пьяна». Что он о ней помнил? Пушистые волосы, вздернутый носик — вот и все. Любовница Захара? Что это — шутка или заблуждение?

— Считайте, это его вторая жена. Уже много лет.

— А Настя Шорохова? — не подумав, ляпнул Стас.

— Шорохова — эпизод, не более того. Фея, которая вскружила ему голову. Но я быстро развеяла колдовство! — сказала она голосом склочной жены. — Так что Шорохова — это прошлое.

— А Ольга?..

— И прошлое, и настоящее. Ну ее к черту! — в сердцах сказала Милочка.

«Не может быть, — подумал Стас. — Теперь что, модно иметь по две любовницы?! Какое-то поветрие?» Он потратил на Милочку еще полчаса, но она ничем его больше не порадовала. Говорить о муже она не захотела, переключилась на себя, и Стас еле-еле от нее отвязался.

Из машины он позвонил Пучкову с докладом. Тот сразу же вызвал Таганова и велел ему вплотную заняться Ольгой Свиридовой.

— Особенно поинтересуйся, — велел он, — ночью накануне покушения на Фадеева и утром следующего дня. Может быть, это Свиридова жила в гостинице?

— Она слишком маленького роста, — возразил Таганов. — По описаниям служащих незнакомка была довольно высокой.

— Женщины умеют ходить на двенадцатисантиметровых каблуках и при этом хорошо вписываются в повороты, — возразил шеф. — Дерзай.

Пока Саша Таганов дерзал, Стас отправился к Насте, которая сидела под домашним арестом. Он взял ключи, съездил к ней домой и проверил визитку Фокина. Она лежала на месте.

— А если бы ее украли, что бы это означало? — спросила Настя, когда он вернулся обратно.

— Это означало бы, что человек, которого мы ищем, имел доступ в твою квартиру.

— Конечно, он имел доступ! У него ведь были ключи! — возразила Настя. — Когда он решил отравить меня газом, то просто открыл дверь и вошел.

— Добыть ключи, чтобы отравить газом, — это одно.

И вытащить визитку, о которой нужно знать заранее, — совершенно другое.

— Ты сегодня какой-то не такой, — заметила Настя.

— Я тебе говорил, что женат? — неожиданно спросил Стас и посмотрел на нее угрюмо, будто она сама женила его против воли.

Настя покачала головой и ответила:

— Не говорил. Но я все равно знаю.

— Мою жену чуть не отравили. Вместе с Воробьевым. Все было в точности, как у тебя.

Он рассказывал ей про Воробьева и Вику, и Настя слушала затаив дыхание.

— Подожди, — произнес Стас, нахмурившись. — Ты сказала, будто я не говорил тебе, что женат, но ты все равно знаешь. Откуда знаешь?

Настя скорчила рожицу, потом вздохнула и неохотно призналась:

— Твоя жена за тобой следила.

— Как это? — не понял Стас. — Моя жена... Подожди, это какая-то глупость. Она следила за мной, а ты?..

— Ну, она выследила меня, — пожала плечами Анастасия. — Сейчас расскажу, подожди. Я с ней разговаривала. И еще Светлана. Мы обе с ней говорили.

— Ты что, с ума сошла?! — закричал Стас, побелев от ярости. — Как ты могла скрыть от меня такое, когда людей убивают, как назойливых мух?!

— Я подумала, что, если расскажу тебе, ты расстроишься, — заявила Настя и поглядела на него исподлобья.

— Сейчас я еще больше расстроился! — отрезал Стас. — Можешь изложить все по порядку?

— Помнишь, как мы первый раз с тобой поехали в ресторан? — Настя сложила руки на коленях. — Когда Руслан попросил? Виктория следила за тобой.

— Господи боже, зачем? Она что, ревновала?! Я в это не верю и никогда не поверю!

Потом он вдруг подумал, что Виктория могла следить за ним вовсе не из ревности. Допустим, Пучков был прав. Именно через его жену утекали сведения о расследовании к Воробьеву и еще к кому-то. Но в тот момент пистолет Воробьева еще был на месте, из него никто не стрелял в Фадеева...

— Если Вика следила за мной с целью разжиться какой-нибудь информацией о нашем расследовании, значит...

Стас никак не мог сообразить, что же это значит. Вику придется учитывать в каждом отдельном случае. Может быть, вторая любовница — миф? В гостинице с Воробьевым была его жена, и пистолет вовсе не украли? Воробьев сам отдал его своей любовнице. И сообщнице. Вика вполне могла подсыпать Стасу в чай снотворное и спокойно уйти на ночь. В тот вечер она в кои-то веки приготовила настоящий ужин — с домашними котлетами. Что, если это было не проявление заботы, а самая настоящая диверсия? Но служащие гостиницы утверждают, что ни один из постояльцев не возвращался поздно вечером. Стас сжал ладонями виски.

— Какой я сыщик? — в отчаянии спросил он вслух. — У меня не голова, а кашпо для горшка с геранью!

— Очень поэтично, — похвалила Настя. — Фамильное проклятие выбило тебя из колеи. Лучше давай я тебе действительно все расскажу, и тогда уже ты будешь делать выводы.

В тот вечер, когда Стас после ресторана привез Настю домой, настроение у нее было выше среднего. Давненько она так хорошо не проводила время! На лестничной площадке они со Стасом едва не поцеловались, и у Насти закружилась голова, как у невинной пастушки возле стога сена. Это было что-то новое.

Не успела она раздеться, как в дверь позвонили. Настя решила, что вернулся Стас, и широко распахнула дверь, едва не выпрыгнув из туфель. Однако вместо Бессонова увидела на пороге незнакомую молодую женщину с коротко стриженными темными волосами. У нее была грудь Памелы Андерсон, талия Людмилы Гурченко и глаза Орнеллы Мути. Этот «гибрид» выставил плечо вперед и нахально вошел в квартиру.

— Меня зовут Виктория! — заявила незнакомка таким судьбоносным тоном, словно в руке у нее была коса, а на голове — черный капюшон.

— И что?! — возмутилась Настя, заслонив ей дорогу.

Ей немедленно вспомнился безобразный скандал, который устроила прямо на лестничной площадке жена Захара Милочка. Она визжала так, что у нее едва не вывернулся наизнанку желудок. Соседи думали, что в подъезде подрались кошки, и боялись выходить. Милочка обзывала Настю дистрофичной коровой, плевала в стены и расцарапала дерматиновую обивку на двери. Если бы не страх, что ее покалечат, Насте было бы по-настоящему весело.

— Не загораживайте мне дорогу, я все равно выскажусь! — заявила Виктория, вздернув подбородок так высоко, словно собралась разглядывать потолок.

— Черт с вами, входите! — решилась Настя. — Но сначала объясните, по какому поводу вы собираетесь высказываться?

— По поводу вас и моего мужа, разумеется.

— Он просто делает свою работу. — Настя решила, что будет терпеливой и несгибаемой, как посольский работник.

— Неплохая работенка! — Вика вошла в комнату, остановилась посреди ковра и подбоченилась. — Вы что, платите ему за сопровождение?

— Он расследует преступление, — сдержанно объяснила Настя. — Я — его клиент.

— Ну-ну, — усмехнулась та. — Мои ушки плотно прижаты к голове — на них лапшу не навешаешь! Я знаю своего мужа, как облупленного. Он за вами ухлестывал!

— Если вы такая недоверчивая, — не выдержала Настя, — держите его при себе. Еще ошейник наденьте.

— Он проводил вас до квартиры.

— Охраняя меня, только и всего!

— Мой муж — не телохранитель. И в ресторане вам с ним было страшно весело. Не морочьте мне голову — я знаю, что почем!

Настя в этом и не сомневалась. У таких дамочек хватка, как у мангустов.

— Стас вам нравится? — без обиняков спросила Виктория, глядя Насте в переносицу. — Может, если вы хорошо попросите, я вам его уступлю.

— А мне и не нужно вашего разрешения! — засопела Настя. — Захочу — сама возьму.

— Возьму! — передразнила Вика. — Я вам руки оторву, как только вы их протянете. Я понятно излагаю?

— А я... А я... — задохнулась Анастасия, не в силах изобрести что-нибудь выдающееся. — Я тогда...

Она не успела придумать, потому что в дверь снова позвонили. Настя побежала открывать, надеясь, что вернулся Стас, который заберет свою дражайшую половину и избавит ее от стресса.

Однако это была ее подруга Светлана. Она вошла в комнату неторопливо и важно, словно королевская кошка, постояла на пороге, оценивая обстановку, потом сообщила свое имя и, устроившись на диване, спросила у Виктории:

— А вы кто? И что тут делаете?

— Она ссорится со мной, — пожаловалась Настя, втайне радуясь, что явилось подкрепление. — Из-за своего мужа.

— А кто у нас муж?

— Стас Бессонов. Это тот детектив, который ведет дело о моем проклятии.

— Очаровательно, — Светлана рассмеялась. — Ты, Настюха, как всегда, в своем репертуаре. Если она идет в магазин, — пояснила она Виктории, — в нее влюбляются директора и грузчики. Если отправляется на экскурсию — гиды и шоферы. Ну а если уж дело дошло до сыскного агентства, тут, понятное дело, должны терять голову сыщики.

Виктория сложила руки на груди:

— А я не шуточки пришла шутить.

— Да? Зачем же тогда? Я думала: пошутите и уйдете, — усмехнулась Светлана.

— Может быть, хотите выпить? — предложила Настя, опасаясь, что разговор вот-вот превратится в склоку. Две раздраженные женщины — неприятность, а три — почти катастрофа.

— Ничего я не хочу! — заявила Виктория. — Можете меня не провожать.

— Вы что, уходите?! — не поверила Настя. — Я не поняла: тогда зачем вы вообще приходили?

— Дурочка ты, Настя! — хохотнула Светлана. — Это просто была демонстрация силы. Разве я не права? Парад войск на Красной площади.

Виктория усмехнулась и поглядела на Светку с интересом. Немного подумала и сказала:

— Моему мужу вы вряд ли понравитесь.

— Посмотрим, — пожала плечами та.

Настя задохнулась от подружкиной наглости, но Виктория даже бровью не повела.

— Ваш муж обязательно придет ко мне, — продолжала Светлана. — Я ведь знаю, *что* он расследует. Хотите, запишите мой телефон. После пообщаемся.

Виктория отправилась в коридор, достала записную книжку и в задумчивости окинула взглядом комнату.

— Подойдет? — Светлана взяла со столика зеленый фломастер и подала ей.

Держа книжку на весу, Виктория записала продиктованный номер.

— Я обязательно позвоню! — надменно сообщила она и ушла, не попрощавшись.

— Господи, и что только на тебя нашло! — закричала Настя, когда пришла в себя. — Ты чокнулась!

— Я всего лишь вывела тебя из-под огня, — пожала плечами Света и закинула ногу на ногу. — И смотри, как ловко это проделала! Девочка сразу поняла, что ты по сравнению со мной — просто младенец.

Младенец, на личном счету которого к тому времени было уже три трупа влюбленных мужчин, тоже налил себе вина и залпом выпил.

— Она видела, как я с ее мужем танцевала и веселилась в ресторане. А он всего лишь выполнял поручение Руслана!

— Хочешь сказать, эта синеглазая дубина Руслан обделался? И решил поскорее сбагрить тебя кому-нибудь более смелому? — Светлана захохотала, откинув голову на спинку дивана. — Вот так орел!

— Я его немножко попугала, — призналась Анастасия.

— А этот, Стас? Он не проявлял нервозности? Наверное, весь вечер держался за кобуру под мышкой и потел, озираясь по сторонам.

— А вот и нет! — заступилась за Стаса Настя. — Ничего такого. Мы весело провели время.

— Значит, сыщик оказался смелым. Что ж, Настюха, может быть, его жена приходила не напрасно?

— Да мы едва знакомы! — покраснела та.

— Ну и что? — пожала плечами подруга. — Я тоже с Никитой, как только встретилась, сразу поняла, что пропала.

— Конечно, он ведь в тот вечер сидел за рулем шикарной машины и сорил деньгами по случаю удачной сделки. Еще бы ты не пропала!

— Такое впечатление, что ты живешь на Луне, — отмахнулась Светлана. — И когда случайно спускаешься на Землю, все кажется тебе низменным.

* * *

Стасу казалось, что стоит приложить минимальное умственное усилие, и все сразу станет на свои места. Части головоломки сложатся в простой и понятный узор, и лицо преступника четко проявится. Он вспомнил графические иллюзии — картинки, на которые нужно долго-долго смотреть, чтобы внезапно отчетливо увидеть в нагромождении деталей какую-нибудь фигуру. Потом сидишь и удивляешься, почему не видел ее раньше. Стас так и эдак рассматривал все фрагменты дела, но ничего не происходило, перед его глазами по-прежнему был хаос.

— Если не погружаться, то все должно быть примитивно просто. У нас есть список подозреваемых, — не так давно говорил Таганов. — Мы проверяем их алиби на момент всех так называемых несчастных случаев. И на момент покушения на Фадеева. Кто-то сразу же отсекается, уже легче.

Но Саша уже не был настроен столь оптимистично. Алиби не оказалось практически ни у кого. А если у кого и было, то шаткое или вовсе подозрительное. Отсечь не удалось ни одного человека. Кроме, пожалуй, Степана Фокина.

— Надо учитывать, что в деле предположительно фигурируют двое — мужчина и женщина. Мы не знаем, кто они. Парочка может обеспечивать друг другу алиби, — говорил Таганов.

Они вертели известные им факты так и сяк, придумывали самые изощренные и самые идиотские мотивы преступлений, выдвигали фантастические версии и пытались максимально упростить цепочку, связывающую одно преступление с другим. Ничего не получалось.

Теперь же, когда стала известна связь Горянского с Ольгой Свиридовой, внезапно вскрылся целый пласт неизвестной до сих пор информации. Саша Таганов определенно почувствовал азарт, потому что все, что он узнавал, явно просилось в дело.

— Если бы не жена Горянского, — говорил он, — мы только случайно смогли бы узнать об этом странном любовном романе.

— Но Мила Горянская, — вставил Стас, — назвала Ольгу его второй женой. Значит, все было открыто!

— Это ее мнение. На самом деле любовники хорошо законспирировались. Я вчера весь день занимался только Свиридовой и выяснил одну потрясающую деталь. Единственным другом мужского пола у этой дамочки числится Виктор Валентинов, коллега по «Экодизайну».

— Валентинов? Я видел этого парня! — воскликнул Стас и тут же, утратив энтузиазм, добавил: — Но мы по нему плотно не работали.

— Друг! Что такое друг? — насмешливо протянул Пучков. — Уж, конечно, это не тот человек, которого попросишь помочь провернуть пару-тройку убийств!

Таганов многозначительно усмехнулся:

— А вот этого мы не знаем. Зато... — он сделал паузу, — теперь, благодаря моим усилиям, мы знаем, что у Валентинова есть старшая сестра. Зовут ее Инга Смирнова. И работает она в театре костюмершей.

Пучков со Стасом переглянулись. Таганов между тем бодро продолжал:

— Каждую пятницу любящий братишка заходит к Инге перед вечерним представлением. Они сидят в костюмерной, пьют чай и болтают. Инга частенько отлучается по делам, и тогда Витя остается один — среди костюмов, коробок с обувью, париков...

— А также очков и бород, — в задумчивости добавил Стас.

— И у Свиридовой мог быть прекрасный мотив, — продолжал разливаться соловьем Таганов. — Она знала от Захара об этой байке — я имею в виду фамильное проклятие. Конечно, она ревновала его к Насте Шороховой. Женщины без ревности в дикой природе не встречаются. И решила с помощью проклятия испугать Захара. Если бы он увидел, что оно сбывается, и все влюбленные в Шорохову мужчины погибают, побоялся бы встать в очередь. А уж как Ольга все проворачивала — с помощью Валентинова или еще кого-то, — выяснить можно.

— Одно плохо: Шорохова не знала никого из своих нынешних коллег, когда погиб ее первый жених — Юрий Торопцев, — заметил Пучков. — Может быть, он действительно сам по себе свалился с лестницы? Случайно?

— Насчет Торопцева у меня есть особая версия, — сообщил Стас. — Мне не представилось случая ее проверить, потому что она очень шаткая. Но, похоже, выхода нет. Смерть Торопцева действительно нам мешает взглянуть на все остальные происшествия объективно.

— Давай, выкладывай, — предложил Пучков.

— Не здесь. Чтобы все выяснить наверняка, придется ехать к Насте. И вообще — это будет экспромт. Не знаю, добьюсь ли я результата.

— Может, лучше привезти ее сюда?

— Нет, — сказал Стас. — Мне нужны старухи тоже. Они молча поднялись и начали одеваться.

— Чтобы Стас раскачался, надо было по меньшей мере совершить покушение на его жену, — шепнул Таганов шефу.

Настю о визите предупредили по телефону, и, пока они ехали, она успела изрядно разволноваться.

— Не расстраивайся, что бы ни случилось, — Стас сильно

сжал ее руку. Это была первая, так сказать, нежность с его стороны. — Все будет хорошо. Я позабочусь. Надеюсь, бабушки дома?

Они были дома и ждали в гостиной. Стас, оказавшийся в центре внимания, чувствовал себя не слишком уютно.

— Вам предстоит провести в моем обществе несколько неприятных минут, — предупредил он настороженно глядевших на него старушек.

— Ничего, молодой человек, — ответила Василина. — Если это ради Настеньки, мы вам простим.

— Что ж, — начал он. — Вернемся на двенадцать лет назад, к тому моменту, когда вашей внучке было девятнадцать. Она влюбилась в зрелого мужчину, переехала к нему жить. Что вы чувствовали? Василина Сергеевна, в первую очередь я вас хочу спросить.

— Почему меня? — Старушка втянула голову в плечи. Было заметно, что она испугана.

— Думаю, о смерти Торопцева рассказать нам сможете именно вы. Как очевидца.

— Бабушка?! — воскликнула пораженная Настя.

— Минутку! — Стас поднял руку. — Не надо драм. Мы сейчас спокойно во всем разберемся. Знаете, как я обо всем догадался, Василина Сергеевна?

Она молча смотрела на него, поджав губы.

— Я стоял вот здесь, на этом самом месте, а вы наставили на меня палец и толкали в грудь. Вам не нравилось, что я плохо защищаю вашу внучку. Помните? Я отступал к дивану, а сам смотрел на фотографии. Те, что на стене. Видите? — обратился он к Пучкову и Таганову, исполнявшим роли внимательных зрителей. — Там Василина Сергеевна с сестрой стоят под руку — обе в шляпках. Я вспомнил, что во времена их молодости женщины всегда носили шляпы, когда отправлялись на прогулку, или в гости, или на деловое свидание.

— Желтая шляпа! — вспомнила Настя. — Она осталась у тебя, бабушка?

— Думаю, тут и сомневаться нечего. Эта шляпа была на ней в ту ночь, когда погиб Торопцев. Василина Сергеевна не могла смириться с тем, что ее очаровательная внучка стала жить гражданским браком с человеком старше себя. Она всячески старалась воспрепятствовать этому союзу и образумить Торопцева. — Стас обратился непосредственно к ней. — Возможно, вы хотели, чтобы он поскорее женился?

Василина Сергеевна молча разглядывала пейзаж за

окном. Ее старшая сестра, прикрыв рот ладошкой, переводила взор с одного детектива на другого, пытаясь понять их отношение к происходящему.

— Я смотрел на эту фотографию, на эти шляпки на голове у сестер, а Василина Сергеевна толкала меня сильным указательным пальцем к дивану, так что я едва мог устоять на ногах. И тут в моем мозгу будто что-то щелкнуло.

— Это произошло случайно, — глухим голосом проговорила Василина Сергеевна, обращаясь непосредственно к Насте. — Я действительно была возмущена тем, что Юра медлил с женитьбой. Я звонила ему еще до театра. Была полна решимости высказать все, что наболело. Он объяснил, что сегодня вечером не может встретиться, потому что едет за документами в подмосковный особняк.

— И ты рванула туда? — Настя наморщила лоб, пытаясь осмыслить сказанное.

— Пока вы слушали оперу, я ехала на электричке. Потом автобусом и пешком. Я ждала его в саду. Когда он подъехал, вышла к крыльцу. Он удивился. Мы начали подниматься по лестнице, и он сразу же заговорил насмешливым тоном. Пытался свести все к шутке, выставить меня дурой. Я не выдержала, начала его поучать... — Василина Сергеевна судорожно сжала кулаки. — Уже поднявшись наверх, мы остановились. Вернее, я преградила ему путь в комнату, потому что хотела поскорее высказаться. В общем, я вошла в раж. Не могу... — Она закрыла лицо ладонями и опустила голову.

— Короче говоря, — безжалостно продолжал Стас, — Василина Сергеевна приставила к груди Торопцева указательный палец, как она любит это делать. И толкнула его. Он потерял равновесие и полетел вниз.

— Но почему ты не вызвала «неотложку»? — одними губами спросила Настя.

— Потому что он сразу умер, — по-прежнему закрывая лицо ладонями, ответила старушка. — А я испугалась. Испугалась, что ты мне не простишь.

— Но ты же не специально!

— Это сейчас ты так говоришь! — воскликнула Василина Сергеевна, опустив руки и глядя на внучку повлажневшими глазами. — А тогда тебе было всего девятнадцать! Ты бы не простила меня, я знаю. Я чувствовала это.

— Но из-за тебя я думала, что насылаю проклятие на головы своих женихов! — закричала Настя и топнула ногой. — Я так страдала!

— Это была защитная реакция, правда, Василина Сер-

геевна? Она боялась, — объяснил Стас, — подозрений, до-
следования, всевозможных догадок. И придумала хороший ход — сделать из мухи слона, напомнить о фамильном проклятии, которое, как вы понимаете, нельзя осу-
дить за непреднамеренное убийство.

— Это был несчастный случай, — вступилась за Василину Сергеевну старшая сестра. — Разве вы не понимаете?

— Но, бабушка, как же так? Вы поддерживали это заблуждение так долго... Постоянно говорили об этом. Почему?!

— Потому что ужас от содеянного не ослабевает с годами, — ответил вместо нее Стас.

— Я боялась все время, — подтвердила Василина Сергеевна.

— Но ты же меня любишь! Как ты могла допустить,
чтобы я столько лет страдала?

— Когда второй твой жених исчез, тут я и подумала:
это — божий промысел, — пояснила старуха, глаза которой уже высохли. Она явно не собиралась рыдать и падать
ниц, чтобы вымолить прощения. — А когда третий богу
душу отдал, я поняла, что это не я сама поехала в ту ночь к
Юре на дачу, это меня проклятие повело.

— Так ты веришь в проклятие или нет? — растерялась
Настя. — В голове не укладывается! Юра погиб у тебя на
глазах, я чуть с ума не сошла, а ты...

— Тебе стало бы еще хуже, узнай ты тогда правду.

Стас некоторое время не вмешивался в их разговор, но
теперь снова подал голос, обращаясь непосредственно к
Пучкову и Таганову, которые так и просидели молча на
диване.

— Итак, Торопцева мы вычеркиваем. Остаются Локтев
и Самсонов.

— Это уже совсем другое дело! — возрадовался Пучков. — Немедленно возвращаемся в агентство и начинаем
все сначала.

— Что будет со мной? — спросила Василина Сергеевна
с надрывом в голосе.

— А что с вами может быть? — спросил Стас. — Моли-
тесь, бабушка! В конце концов, это действительно был несчастный случай.

Настя подошла к Стасу и, схватив его за рукав, тихо, но
настойчиво зашептала:

— Возьми меня с собой, пожалуйста! Я не хочу сейчас
выяснять отношения с ними. Я должна сначала все обду-
мать. У меня в голове полная неразбериха. Пожалуйста,

Стас! Потом мы можем поехать ночевать ко мне домой, ты будешь сам меня охранять...

Настя крепко держала его за рукав и не отпускала. В ее глазах застыла мольба. Стас колебался.

— Если ей не хочется оставаться, поедем все вместе, — пришел на выручку Пучков, который, кажется, лучше всех понимал ситуацию.

Настя мигом собралась.

— Ты не останешься? — жалобно спросила Василина Сергеевна, из-за плеча которой выглядывала испуганная старшая сестра.

— Я приеду позже. Когда все закончится.

— А они будут хорошо тебя охранять?

— Клянусь, — пробормотал Стас и легонько похлопал Василину Сергеевну по плечу. — И перестаньте казниться. Вот увидите: теперь, когда с ваших плеч упал такой камень, вам станет легче жить.

— Наверное... — вздохнула старушка и открыла дверь.

Настя устроилась рядом со Стасом на заднем сиденье. Ей хотелось прислониться к его плечу, чтобы почувствовать тепло его тела, но она не рискнула. Спустя какое-то время Стас сам взял ее за руку. В офисе он отвел ее в свой кабинет, усадил в кресло и поцеловал в макушку, как маленькую.

— Посидишь одна? Не станешь терзать себя понапрасну?

Настя не собиралась себя терзать. Наоборот! Она чувствовала, что череда трагических событий скоро завершится, и она обретет долгожданную свободу.

Стас возвратился к Пучкову и Таганову, которые уже вовсю обсуждали серию убийств, исключив из цепочки Торопцева.

— Кстати, Стас, — внезапно вспомнил шеф, — Вероника Матвеевна рассказала мне о мальчике-инвалиде, которого ты обнаружил. Он якобы сидел у окна и видел какое-то страшное преступление. Что это за мальчик?

— Подождите, — перебил Таганов. — А где у нас Вероника Матвеевна?

* * *

— Я готов для тебя горы свернуть! А ты! Ты! Мало того, что ты раздолбала мою «Тойоту», — возмущался Фокин, разгуливая перед Вероникой Матвеевной в полосатых трусах, — так ты еще подозреваешь меня в любострастии!

Она подозревала его в том, что, отыскав наследницу Анны Ивлевой, он влюбился в нее по уши. Поэтому и носился за ней с фотоаппаратом по городу. Вероника Матвеевна смотрела на него немигающим взглядом, как кошка на клетку с канарейкой.

— Правду, — потребовала она, когда Фокин совсем уж разошелся и даже топнул по паркету ногой в синем носке.

— Я всегда говорю правду! — рассвирепел он. — Да, я действительно разыскивал потомков Анны Ивлевой. И у меня даже была навязчивая идея породниться с кем-нибудь из них.

— Ты замыслил жениться на Анастасии Шороховой?!

— Упаси бог! Я замыслил познакомить ее с моим сыном. В конце концов он всего на год младше ее.

— А сам что же? — съехидничала Вероника Матвеевна. — Ты ведь у нас в самом соку! По пожарным лестницам взбираешься, как вошь по бороде!

— Что ты хочешь услышать? Что я не влюблен в Настю Шорохову? Так я не влюблен. Мне просто хотелось поиграться. Знаешь, есть у меня такая слабость — наблюдать за людьми, сводить их вместе, иногда даже сталкивать. Каюсь. Мне взбрело Степку женить на Анастасии. Ну, дурь нашла. Я подстроил все так, что они попали в одну компанию...

— Так-так, и что же случилось в компании?

Фокин хмыкнул и обескураженно развел руками.

— Случилось то, что Степка влюбился в Настину подругу и скоропалительно женился на ней.

— Экая неприятность! Ну а ты?

— А что я? Я самоустранился. Не буду же я разбивать счастье собственного сына.

— По-твоему, Света Прохорова — это счастье?

— Ну... Кому как. Кому и ты — счастье!

Вероника Матвеевна сменила гнев на милость и сдобрила эту милость головокружительно долгим поцелуем. В агентство она попала только в два часа дня. К этому времени Пучков готов был объявить ее в общероссийский розыск. Когда она вплыла в приемную с неподражаемым выражением на лице, Стас перекрестился и сказал:

— Слава тебе, господи!

Таганов тихо засмеялся, а Пучков начал бегать по конторе и страшно ругаться. Он чихвостил свою помощницу на все лады, называл ее безответственной, недальновидной и даже безнравственной.

— Это возмутительно, — говорил он, — пугать своих коллег в тот момент, когда вокруг не продохнуть от трупов и неизвестно, кого убьют следующим! Исчезать бог знает куда, бог знает на сколько и бог знает с кем...

— Почему бог знает с кем? — не согласился Таганов. — Я знаю. С Фокиным.

Вероника Матвеевна сжалась на своем стуле в маленький комочек.

— Ах, вот оно что! — возопил Пучков. — С Фокиным! — Тут тон его сделался совершенно другим, и он по-деловому спросил: — По крайней мере, вам удалось узнать что-нибудь полезное?

— Удалось, — уверенно кивнула Вероника Матвеевна и распрямилась. — Фокина вовсе не интересует мальчик-инвалид, который что-то такое видел. Он ни разочка не спросил про него.

— Что за чертов мальчик? — снова разозлился Пучков, поворачиваясь к Стасу. — Сам объяснишь или подеремся?

— Ну... У меня есть двоюродная сестра, у нее сынишка с детства в инвалидном кресле. Я как-то к ней зашел, она жаловалась: Сережа вечно сидит у окна, наблюдает за тем, что происходит снаружи, не хочет, чтобы я вывозила его на улицу. Вот тогда мне пришла в голову мысль изобрести свидетеля, на которого убийца клюнет, как на приманку.

— То есть мальчик-инвалид есть, но он ничего не видел? — уточнил Пучков.

— Вот именно.

— Я так и думал.

— Но ведь это неплохая идея.

— Я что-то не понял, — вмешался Таганов. — Ты подбросил Фокину приманку, рассказал про мальчика, представив дело так, будто этот виртуальный инвалид был свидетелем того, как некто сбросил с балкона Лешу Самсонова. Так?

— Ну.

— Допустим, Фокин купился бы на приманку и отправился разыскивать новые координаты этого ребенка, чтобы его устранить. Убить то есть.

— Ну.

— Он пошел бы в паспортный стол, в ДЭЗ, в службу социальной защиты того района. И там узнал, что никакого мальчика не существует.

— Я всех предупредил. Они сразу позвонят мне.

— У тебя вечно выключен мобильный! — взорвался Пучков.

— Или сюда, в агентство, — примирительным тоном добавил Стас. — Оставят сообщение.

— Но если ты все подготовил, и о человеке, который интересуется мальчиком, нам сразу же сообщат, то что они скажут этому человеку, ну, который будет наводить справки? Да, мальчик с семьей переехал. Но куда? Должен ведь быть какой-то новый адрес!

— Адрес появится уже завтра.

— В каком смысле?

— Я отправляю сестру с племянником в Болгарию на две недели. Квартира остается в нашем распоряжении. Сестра по моей просьбе последние несколько дней старательно дезинформировала соседей, рассказывая о ближайших вполне домашних планах. Никто не знает, что они уезжают сегодня вечером.

— Мне это нравится, — сказал Таганов.

— Не понимаю, Стас, — робко вставила Вероника Матвеевна, — почему ты начал именно с Фокина?

— Он первый попался мне под руку, — пожал тот плечами, — только и всего. Ну и еще. Я ценю вашу проницательность. Если уж вы его не заподозрили, это был не очень-то обнадеживающий вариант. То есть я не думал, что Фокин начнет искать адрес мальчика. Ведь у меня не все еще было готово.

— А теперь, как я понимаю, можно начинать действовать? — спросил Таганов.

— Вполне.

— Как ты мыслишь запустить эту дезу?

— Во-первых, мы подключим Настю. Она охватит Горянского, Свиридову и Валентинова, а также семейство Прохоровых.

— У нас больше подозреваемых и нет, — напомнил Пучков. — Остались только эти трое мужчин и две женщины. Надо выбрать из них пару.

— Ерунда, — сказал Стас. — Могла остаться одна женщина. Не допускаешь, что Воробьев был тем человеком в рыжей бороде?

— И он сам стрелял из своего пистолета?

— А что, по-моему, это ход. Все сразу решили, что это было бы глупо — стрелять из собственного оружия, поэтому он и остался вне подозрений.

— Не знаю... Но Настю пытался отравить газом именно

мужчина. Если это был Воробьев, кто тогда разделался с ним самим? Причем тем же способом?

— Его сообщница.

— Кажется, то, что мы вычеркнули Торопцева, нам пока не очень помогло, правда? — пробормотал Таганов.

— И роль моей жены во всем этом, — задумчиво произнес Стас. — Она просто ревновала или же выполняла чье-то поручение?

— Ты сказал, она пришла в себя.

— Она пришла в себя, но разговаривать не желает. Сказала, что хочет получить развод и точка. Как все произошло с газом, не помнит. Кофе они с Воробьевым, конечно же, не варили. Кстати... Подождите минутку.

Он нырнул в кабинет, где оставил Настю, и спросил у нее:

— Послушай, а твоя подруга Светлана не могла встречаться с моей женой еще раз? Как ты думаешь?

— Мне она ничего не рассказывала...

— А ты можешь у нее спросить?

— Могу, сейчас позвоню. — Через минуту она сказала в телефонную трубку: — Алло! Никита? Привет! Что такое? Что с тобой? Господи, да говори толком!

Она так побледнела, что Стас понял — произошло нечто ужасное. Настя уронила трубку и простонала:

— Света умерла! Она хотела посушить волосы... В ванной... Боже мой, что же это такое?!

Стас принес ей воды, поиграл желваками и вышел из кабинета.

— Очередное убийство, — сообщил он с порога Пучкову и Таганову. — Наш мистер Несчастный Случай нанес очередной удар. Светлана Прохорова убита. Все снова выглядит, как случайная смерть.

Пучков витиевато выругался.

— Я обесчещен. Моя репутация не стоит ломаного гроша. Мое агентство ведет расследование, в ходе которого переубивали всех, кто проходил по делу. Надо просто подождать! — нервно хихикнул он. — Скоро убийца останется совсем один.

— Дело переходит в категорию абсурдных, — согласился Таганов, потерев лоб. — Может быть, мы вообще зря в него ввязались? Может, все-таки действует фамильное проклятие, против которого не попрешь?

— За что могли убить Прохорову? — задал риторический вопрос Стас и сам же ответил: — Или она была чьей-то сообщницей, и ее в конце концов устранили. Или...

— Очередной раз «или-или». Это начинает утомлять, — проворчал Таганов. — Давай-ка как следует займемся твоей ловушкой. Воспользуемся тем, что Настя здесь. Пусть она сядет на телефон и обзвонит всех, кого только можно, начиная с Руслана Фадеева и заканчивая свежеиспеченным вдовцом Никитой Прохоровым.

— Прохорова я возьму на себя, — сказал Стас. — У меня есть к нему пара насущных вопросов. А что касается всех остальных, тут действительно, лучше, чем Настя, никто не сработает.

— А что она должна будет делать?

— Звонить всем знакомым, посвященным в дело, и выражать надежду, что кошмар скоро кончится, что частные детективы нашли мальчика, который два года назад видел человека, выбросившего с балкона Лешу Самсонова. Что сначала мама мальчика противилась тому, чтобы ребенка вовлекали в столь ужасное дело, но теперь вдруг передумала и согласилась, чтобы его показания запротоколировали в милиции. Что со дня на день и будет сделано. Думаю, этого окажется достаточно для того, чтобы наш мистер Несчастный Случай бросился разыскивать ребенка. Он получит на руки адрес квартиры, где на самом деле прописан ребенок-инвалид, и, конечно, отправится туда, чтобы по-быстрому провернуть какое-нибудь злодейство. А нам только этого и надо.

— Ага. А мальчика-инвалида будешь изображать ты, — подвел итог Саша Таганов.

Глава 10

Никита Прохоров выглядел так, словно ему пять лет и он потерялся. Вид у него был испуганно-обиженный, щеки потеряли упругость и обвисли, как опавшее тесто. Они со Стасом сидели во дворе возле детской площадки и курили. Причем с таким остервенением, будто прикончить злосчастную пачку сигарет, лежащую между ними на скамейке, было делом чести.

Сначала Стасу хотелось, чтобы Никита чувствовал себя виноватым. Но когда он увидел его, это желание моментально пропало.

— Теперь насчет того вечера, — сказал он. — Когда Светлана принимала горячий душ, а в доме не было воды.

— Ах, это, — пробормотал Никита. Кажется, он не считал, что подобная ерунда заслуживает внимания. — Она попросила меня придумать конкретно для вас что-нибудь убедительное.

— Зачем? — Стас был краток. Ему надоели разглагольствования на фоне непрекращающихся «несчастных случаев».

— В тот день она вообще не возвращалась домой, новая начальница пригласила ее к себе на дачу. Они уехали за город прямо с работы. Вот, собственно, и все.

— Не понял, — искренне признался Стас. — Тогда зачем нужна была эта идиотская ложь? С натуралистическими подробностями про жареную рыбу?

— Что тут непонятного? — разозлился Никита. — Светлана не хотела, чтобы ваши сыщики приходили к ее начальнице.

— Откуда она могла знать, что мы будем интересоваться именно вечером того самого дня, когда она ездила на дачу?

— Она была умной женщиной, — заявил Никита. — Прекрасно знала о покушении на Фадеева, знала, что от нее потребуют алиби. Поэтому предупредила меня.

— Это она придумала про душ?

— Не помню.

— Как зовут ее начальницу?

Никита закатил глаза:

— Господи, разве *теперь* это имеет какое-нибудь значение?

— Может быть, вам трудно сейчас это представить, но — имеет. Другие люди тоже в опасности.

— Естественно, — с горькой иронией отозвался Никита. — В каждом доме есть электрические розетки и глупые женщины, занимающиеся своими прическами прямо в ванне с водой.

— Вы только что сказали, что ваша жена была умной женщиной.

— Умные тоже иногда совершают элементарные глупости.

Стас хотел было возразить, что Светлана не совершала глупостей и смерть ее вовсе не случайность. Кто-то еще находился в квартире в тот момент, когда она нежилась в теплой воде. «Только душ и только горячий!» — снова вспомнил он и покачал головой. Возможно, мистер Несчастный Случай вошел тихо, открыв дверь заранее заготовленным ключом. Естественно, на руках у него были перчатки. Он прошел в комнату, достал фен. Или, может быть, фен лежал где-нибудь на виду. Ему оставалось только взять его рукой в перчатке, воткнуть в розетку возле двери в ванную, затем осторожно открыть эту самую дверь и бросить фен в воду. Шнура как раз хватило для того, чтобы превратить этот бытовой прибор в орудие убийства.

Или же мистер Несчастный Случай является кем-то, кого Светлана вовсе не опасалась. Она сама впустила его в квартиру и, принимая ванну, даже не озаботилась закрыть задвижку на двери.

Записывая координаты начальницы Светланы, на даче которой та якобы провела ночь, Стас даже не был уверен, поедет ли он к ней теперь. Это чертово дело преподносило один сюрприз за другим. У мужчин оказывалось по две любовницы, и Стас не удивился бы, окажись у Светланы еще большее количество любовников. Он тотчас подумал, что может произойти. Он выяснит у начальницы, что Светлана в ту ночь не ездила ни на какую дачу, сделает вывод о том, что это именно она ночевала в тот день в гостинице под именем Регины Никоновой и вытащила у Воробьева пистолет. Выстроит очередную версию. А потом окажется, что Светлана всего лишь провела веселую ночку у своего милого. Как это частенько и бывает, когда есть муж и желание сделать его рогатым.

Нет, наверное, стоит все силы бросить на организацию ловушки для убийцы. «А что, если он так умен, — подумал Стас, — что сразу догадается о ловушке? И не придет?» Для того чтобы план сработал, Настя должна сыграть очень достоверно. Ни одной фальшивой нотки в голосе, ни одной подозрительной интонации, ни одной плохо срежиссированной паузы не должно у нее возникнуть во время беседы с каждым из подозреваемых.

Настя оказалась на высоте. Она была потрясена смертью подруги, и истерические нотки в ее голосе были самыми что ни на есть настоящими.

— Ничего, скоро все кончится. Я перестану прятаться, Руслан снимет охрану. Все идет к концу! — говорила она Горянскому. — Тогда я снова выйду на работу и все тебе расскажу в подробностях. Дело в том, что мы тут обнаружили одного свидетеля. Мальчика-инвалида. Понимаешь, он целый день сидел возле окна...

— Знаешь, что у меня происходит? — спрашивала она трагическим голосом Ольгу Свиридову, которая в последнее время активно набивалась ей в подруги. — Мой последний парень решил дознаться, почему умер Леша Самсонов. Вдруг это было убийство, подумал он, и нанял частных сыщиков. Тут такое началось!

— Светку убили, — сообщила она Степану Фокину. — И милиция, и Никита думают, что это был несчастный случай. На самом деле все не так. Ты-то в курсе того, что все начиналось с фамильного проклятия. А теперь выяснилось, что тут действовал убийца, самый настоящий. И у нас есть свидетель, который может его опознать. Представляешь?

Завершив звонки, Настя убедила Стаса, что ей нужно возвратиться к бабушкам.

— Они обе уже старенькие. Мое бегство — это стресс для них, понимаешь?

Стас понимал. Он довез ее до дому, возвратился в агентство, сел на диван и под разговоры шефа с Тагановым неожиданно задремал. В этой дреме приходили к нему разные люди, с которыми он встретился за последние две недели, они что-то говорили, объясняли, доказывали. Ольга Свиридова, забавно морща курносый носик, даже рассказала всю правду о преступлениях. Стас во сне так обрадовался этой правде, что, когда очнулся, никак не мог сообразить, откуда эта радость. Потом вспомнил сон, но без всяких подробностей. В его сознании плавали только неразборчивые голоса и нечеткие образы, и он раздраженно подумал: почему же во сне к нему не пришло озарение, как это иногда случается с великими людьми?

И тут позвонила женщина. Одна из тех, которые должны были дать заинтересованному лицу новый адрес мальчика-инвалида, переехавшего с мамой в другой район.

— Он был у нас, — сообщила она, памятуя о том, что за услугу ей полагается денежное вознаграждение. — Я хорошо его рассмотрела. Лет пятьдесят, близорукий. На нем очки в массивной оправе коричневого цвета. И еще борода. Такая рыжая, в красноту, знаете, как медная проволока.

Приметы Стаса развеселили. Потрясающе устроена человеческая психика! Мы замечаем только внешнее, то, что сразу бросается в глаза. Тем не менее он не стал разочаровывать своего добровольного информатора и обещал подъехать.

— Вы нам очень помогли, — сказал он на прощание.

— Стас, тебе необходимо выспаться, — заметил Саша Таганов. — Вряд ли сегодня ночью убийца явится в квартиру, адрес которой ему подбросили. Ему ведь надо подготовиться. Все разузнать о мальчике и его семье. Ознакомиться с замком на двери и так далее. Что еще требуется для того, чтобы организовать очередной несчастный случай?

Стас первым уехал из агентства, завернул в ресторан и долго там сидел, пытаясь продумать план дальнейших действий. Потом заехал в супермаркет и убил там еще час. После этого возвратился домой, принял душ, прошлепал в спальню и лег, погасив свет. Минут пять он честно пролежал без сна. Потом отключился, не успев додумать хорошей светлой мысли о Насте Шороховой.

Прошло примерно полчаса, и в замке входной двери что-то завозилось и захрюкало. Затем раздался мягкий щелчок и дверь тихонько приоткрылась. На пороге в блеклом свете, падавшем из окна кухни в коридор, выросла мужская фигура. Неизвестный постоял немного, прислушиваясь. Потом так же бесшумно закрыл за собой дверь. В руках у него была небольшая сумка. В ней лежали отмычки и завернутая в материю обувь, которую визитер снял перед дверью. Теперь он был в новых теннисных туфлях. Осторожно ступая, незнакомец двинулся к двери в ближайшую комнату. Приоткрыл ее и долго стоял, вглядываясь в темноту, пока не понял, что внутри никого нет.

Он пошел дальше, в следующую комнату, и здесь обнаружил Стаса. Тот лежал на спине и тихонько похрапывал. Свет фонарей проникал через окна и обливал спящего мутно-желтой жижей. Электронные часы с подсветкой стояли в изголовье кровати. На полке справа горел «глазок» видеомагнитофона. Мужчина в теннисных туфлях достал из кармана леску, намотал оба конца на руки в мягких перчатках и, встав одним коленом на кровать, молниеносным движением накинул леску на шею Стаса, приподняв его голову.

В следующее мгновение кто-то схватил убийцу сзади за горло. Тот инстинктивно вскинул руки, чтобы освободиться. В комнате вспыхнул свет. Стас сидел в кровати, вращая глазами. Волосы его были всклокочены, на шее отчетливо выделялась тонкая белая полоса от лески. Пучков крепко держал незнакомца, Таганов же навел на него короткоствольный пистолет и щурился, будто прицеливаясь и собираясь стрелять.

— Кажется, я заснул, — пробормотал Стас, спуская ноги с кровати. — Господи, он ведь меня чуть не прикончил! Я с самого начала знал, что он сволочь.

Он поднялся на ноги и посмотрел прямо в лицо Захару Горянскому. Тот оскалился и рванулся изо всех сил. Шагнувший вперед Таганов ткнул дулом ему в печенку.

— Стой, гнида, а то прострелю что-нибудь! Стой, сказал!

— Смотри-ка, а где же рыжая борода? А массивные очки? — с преувеличенным удивлением спросил Стас, хватая телефон и набирая номер.

Настя, сидевшая внизу, в машине охранников, через две минуты уже вошла в квартиру.

— Захар? — испугалась она. — Это тебя они поймали?!

— Это ошибка, — тут же заявил Горянский, который при виде Шороховой начисто стер с лица злобное выражение и изобразил оскорбленное достоинство. — Настя, выслушай меня.

— Здесь все записано, яхонтовый ты мой, — ухмыльнулся Таганов, показывая на странного вида устройство, стоявшее на полке. Его яркий «глазок» Горянский принял за глазок видеомагнитофона. — У нас фирма богатая, обзаводимся постепенно всякими фенечками. Не то что ты. Отмычка да леска — вот и вся твоя экипировка, киллер хренов. Мы, как дураки, спрятались, Стас делал вид, что знать о нашем присутствии не знает, — думали, может, у тебя есть какое-нибудь хитрое прослушивающее устройство. Сидели мышками. И, выходит, зря. Лучше бы чаю попили всей компанией.

— У него даже не хватило воображения изобрести еще один несчастный случай, — сказал Стас, с ненавистью глядя на Захара, которого Пучков с Тагановым принялись проворно прикручивать к венскому стулу. — Мог бы связать меня сонного, а потом засунуть в глотку фаршированную оливку. У меня в холодильнике всегда есть баночка. Я бы задохнулся, а ты бы потом веревки развязал — и все, дело в шляпе. Умер при неосторожном употреблении пищи в лежачем положении. Газетку бы сунул мне в руки. Будто я читал на сон грядущий новости и жрал оливки. Что же ты, Захар? Фантазия совсем иссякла?

Горянский уставился на аппарат, который зафиксировал его появление в комнате и все, что происходило в дальнейшем. Чтобы он особо не напрягался, Таганов решил развеять все его сомнения. Вытащил из прибора крохотную кассету, вставил ее в специальный блок и понес к видеомагнитофону. Через пару минут на экране появилась дверь комнаты. Кадры были светлые, словно снимали днем. Вот дверь открылась, и криминальный сюжет пошел своим чередом. Когда Захар набросил на шею спящего леску, Настя вскрикнула и, кинувшись к Стасу, прижалась к нему всем телом, словно хотела защитить.

— Зачем он это сделал? — прошептала она.

— Сейчас разберемся.

Таганов выключил магнитофон и, с усмешкой покрутив перед носом у Горянского кассетой, спрятал ее в нагрудный карман.

— Нет, но я-то какой молодец! — похвалился Пучков, прохаживаясь гоголем по комнате. — Это я нарисовал верный морально-психологический портрет убийцы и спрогнозировал его сегодняшнее покушение на Стаса. А нас с тобой, Саня, наш герой, наверное, поджег бы прямо в офисе. А то слишком много возни, если мочить всех по очереди.

Настя беззвучно открывала и закрывала рот, пытаясь что-то сказать, но так и не справилась с изумлением.

— У парня полетели тормоза, — пояснил Стас, обняв ее за плечи. — Когда ты ему сегодня рассказала про мальчика-инвалида, он решил: прежде чем расправляться с ребенком, надо угробить всех нас, потому что в противном случае мы найдем еще какого-нибудь свидетеля. Милиция ведь его не разыскивала в связи с серией так называемых несчастных случаев. По-настоящему его разыскивали только мы. Только мы представляли для него настоящую угрозу. И еще Руслан Фадеев. Сначала-то он нацелился на одного Руслана, но, когда дело не выгорело, пошел, что называется, вразнос.

— Да уж, — пробормотал Пучков. — Столько бессмысленных убийств! Это надо совершенно чокнуться от страха.

— Захар, — пискнула Настя, обретая дар речи. — Ты — убийца?!

У привязанного Захара была такая серьезная физиономия, словно он пришел на защиту диссертации. Стас не выдержал и рассмеялся. Захар драматически вздохнул и покачал головой:

— Не слушай их, дорогая моя. Эти трое просто параноики, которые не смогли найти настоящего преступника и накинулись на меня.

— Но ты хотел убить Стаса!

— Ничего подобного, — живо возразил тот. — Я просто хотел связать его, вот как меня сейчас связали, и поговорить. Я все это сделал из-за тебя, Настенька! Я ревновал. Хотел заставить его отказаться от тебя! Но я бы не сделал ничего такого.

— Да что ты говоришь! — поцокал языком Стас. — Святая невинность! Ты меня ни с кем не перепутал? Попугать ты хотел Пашу Локтева. Но потом что-то на тебя нашло, затмение какое-то, да, Захар? И ты, вместо беседы по душам устроил маленькое аккуратное убийство. Самое первое и потому самое трудное. Ты думал, что сможешь потом все забыть, но ничего не получилось. Это первое убийство повернуло твои мозги и изменило тебя навсегда. Ты сделался социально опасным типом, что и доказал не так давно в полной мере.

Захар смотрел на Стаса, как смотрит хороший учитель на тупого ученика, — с жалостью во взоре.

— Настенька, ты ему веришь? — спросил он.

— Да, — жестко ответила та. — Ему я верю. А тебе нет.

— Сучка ты, — внезапно произнес Захар без всякого выражения. — Жаль, что мне не удалось тогда тебя прикончить.

Настя вздрогнула, но продолжала молча глядеть на Захара. Таганов с Пучковым замерли, словно зрители в цирке, заслышавшие барабанную дробь. Стас демонстрировал кривую ухмылку.

— И Локтева вашего драгоценного я не убивал, — сообщил Горянский как бы между прочим. — С помощью Чекмарева я засунул его в машину, хотел дождаться, когда он очухается, и напугать. Чтобы отстал от тебя, Настенька. Я ведь любил тебя, да-да. И все это делал из-за тебя. Локтев же был наркоман! Если бы я открыл тебе на него глаза, ты бы мне не поверила. Подумала бы, что это я так некрасиво ревную. — Он обернулся к Пучкову с Тагановым и пояснил: — У Локтева была ангельская внешность, никто не смог бы догадаться, насколько он порочен. Он мастерски дурил головы своим родным и даже близким друзьям.

— Так где же Локтев? — спросил Стас.

— Я похоронил его в лесу, — просто сказал Захар. — Он умер в моей машине, и я чувствовал себя так, словно убил его своими руками. Представляете, какая глупость? Но у меня не было другого выхода! Если бы я заявил о мальчишке, который умер в моей машине от передозировки наркотиков, хорош бы я был, не так ли? Кроме того, у меня имелись мотивы для убийства. Я любил Настеньку, а этот тип собирался на ней жениться.

— Но я бы не вышла за него!

— Кто знает? Я был тогда твердо намерен сохранить свой брак, а тебе, возможно, хотелось замуж. Всем молодым девушкам хочется замуж.

— Почему же ты не хотел разводиться? — спросил Стас, привлекая Настю к себе.

— Ну... Моя жена... Мне было жаль ее. Понимаете? Она такая беззащитная. Я чувствовал за нее ответственность, как за ребенка. Это трудно объяснить...

— Это легко объяснить, — возразил Пучков. — Деньги на открытие фирмы «Экодизайн» дала его жена, Милочка Горянская. Фирма официально принадлежит ей.

— Ах, вот оно что! — воскликнула Настя. — А я-то голову ломала...

— Самсонова ты тоже убил только для того, чтобы он не увел у тебя любимую женщину?

— Это был порыв, — поспешно проговорил Захар. — Порыв в чистом виде. Самсонов в тот день задержался на работе. Мы с ним выпили. По-дружески.

У Насти так сильно застучали зубы, что все услышали. Она и так держалась молодцом — не ахала, не валилась в обморок, не рыдала истерично. Захар тем временем разговорился, и стало ясно, что поток его красноречия уже не остановить, — он расскажет все, что сделал, и обязательно будет мотивировать каждое преступление.

— Я провожал Самсонова до дома. Пьяный, он выбалтывал все, что было у него на душе. Он выбалтывал, а я впитывал. По дороге его совершенно развезло. Пришлось подниматься с ним наверх. И в подъезде Самсонов продолжал разглагольствовать о своих планах относительно тебя, Настенька. Не знаю, зачем я зашел с ним в квартиру? Наверное, это судьба. Он достал сигарету и ринулся на балкон. Вероятно, он курил только на балконе и даже пьяный об этом помнил.

Он не успел ее даже зажечь, эту свою последнюю сигарету. Свесился через перила, приклеив ее к губе, а сам все рассуждал о жизни, о браке, о необыкновенных отношениях... Я слушал и злился. Ведь Настенька была моей, а этот тип говорил так, словно он один имеет на нее право! Тут меня будто что-то под руку толкнуло. Я быстро наклонился, схватил его за ноги и перекинул через перила. Он даже не закричал. Уж не знаю, почему.

— Видите, — сказал Пучков Стасу и Таганову. — На нашем герое тогда не было ни бороды, ни очков. Поэтому он так испугался нашего воображаемого мальчика.

— Хотите сказать, мальчика не было? — удивился Захар. — Надо же, а я поверил... Купили, купили. — Он погрозил троице пальцем. Он вообще вел себя так, будто речь шла не о преступлениях, а о рождественском розыгрыше. — Но это ведь уже не имеет значения, так? — Захар ухмыльнулся. — Так вот, представляете: Самсонов летит вниз, я отступаю в комнату. Оборачиваюсь... И вижу... — Он сделал драматическую паузу. — Вижу Свету Прохорову, завернутую в простыню. Она стоит в дверях комнаты и глядит на меня во все глаза.

— Светлана? — одними губами спросила Настя.

— Ты думала, она твоя подруга с рождения до гроба, да? — хихикнул Захар. — А она спала со всеми твоими ухажерами. Это зависть у нее такая была к тебе. Вот и Самсонова окрутила, как только почувствовала, что у вас все серьезно. Они встречались тайком, как ты понимаешь. А в этот день Света пришла в квартиру своего любовника и поджидала его прямо в постели. Услышав, что он вернулся не один, она затаилась, потому как была в неглиже. Только выглянула в щелку, чтобы посмотреть, кто это. И увидела, как я его... выбросил с балкона. Представляете мое потрясение? Я только что угробил человека и тут же лицом к лицу столкнулся со свидетелем. Света и сама ужасно испугалась. Подумала, что я ее сейчас тут же на месте прикончу. Надо было, впрочем, так и сделать. Все равно пришлось от нее избавиться. Хотя... с другой стороны... Она еще немного покоптила небо. Тоже неплохо для нее, правда ведь?

В глазах Насти застыл ужас. Стас сжал ее руку, призывая к молчанию.

— Что ж... — Если бы не веревки, Захар наверняка закинул бы ногу на ногу. — Я не стал кидаться на нее, она немного успокоилась и объяснила, что убивать ее совершенно необязательно, потому что она будет молчать как рыба. Ведь если меня выдать, объяснила Света, лучшая подруга узнает, что она была в постели Самсонова, а это для нее смерти подобно. И, знаете, я ей поверил. У нее это было своего рода извращением — цеплять мужчин всех своих подруг и знакомых. Так она самоутверждалась. Это позволяло ей быть снисходительной к другим женщинам, придавало ее жизни остроту. А может быть, и смысл. Кто знает?

— Действительно, — пробормотал Таганов. — У нее самой-то уже не спросишь.

— Света взъерепенилась в тот момент, когда узнала, что я хотел отравить Настеньку. Вступилась за тебя, ласточка моя. Начала выдумывать всякие угрозы. Какое-то время я терпел, но потом не выдержал. Вы подбирались к ней все ближе и ближе. Нет, я бы не стал убивать ее за просто так. Ведь она мне потом даже помогала. Кстати, — Захар улыбнулся Стасу. — Света задружилась с твоей женой, сыщик. Они так понравились друг другу, что, по всей вероятности, вскоре стали бы лучшими подругами. Не вмешайся я. Твоя жена познакомила Свету с Воробьевым. И у той мгновенно родился план, как добыть пистолет. Нам ведь было необходимо оружие, чтобы убить Фадеева. Этого кретина, который вообразил, будто способен оплатить мою поимку.

— Почему вообразил? — не согласился Пучков. — Он действительно заплатил за твою поимку. Мы же тебя поймали.

Таганов без стеснения наступил шефу на ногу. Он боялся, что, если Захара перебить, тот собьется с мысли и уже ничего не расскажет. Однако того уже было не остановить.

— Света привыкла манипулировать мужчинами. Она так виртуозно охмурила Воробьева, что я диву давался! Потом мы провернули всю эту операцию с гостиницей. Хотя что это я говорю — мы. На самом деле все придумала и осуществила сама Света. Я только поддерживал ее морально. Она съездила к Никоновой, утащила у нее паспорт и поселилась в «Северной», предварительно договорившись с Воробьевым о дне первого свидания. Он, дурак, стремился к ней, как мотылек к лампе. И сгорел, конечно. Ночью Света вытащила у него пистолет и потом передала мне. Она правильно все рассчитала — Воробьев молчал как рыба. А я-то, я-то как облажался! Стрелял в Фадеева и не убил его! Нет, ну не кретин? Меня бы никогда не поймали. Без денег вы бы свое расследование тотчас же свернули бы. Вы ведь платные сыщики, а не борцы за идею. Позже мне пришлось кое-что подчистить после Светиной операции с пистолетом...

— Убить Регину Никонову? — спросил Стас.

— Конечно. Она бы вспомнила, кто из знакомых приезжал к ней накануне. Разве не так? Пришлось подсуетиться. Если бы ее поймали, она бы меня как пить дать выдала.

— А эта рыжая борода? Где ты ее добыл?

— В театральном магазине. А очки — в «Оптике». Забавно, правда?

— Безумно, — пробормотал Стас.

— Ну а остальные убийства были просто насущной необходимостью. Во-первых, Чекмарев, который помогал мне тащить Локтева из квартиры. Он мог меня опознать. О ходе расследования мне Света все в подробностях рассказывала. А подробности она узнавала от тебя, Настенька. Естественно, ты ведь доверяла ей, как самой себе.

Настя могла бы возразить, но сочла за лучшее промолчать.

— Воробьев вообще был потенциально опасен, — продолжал разливаться Захар. — И твоя жена — тоже, — кивнул он на Стаса. — Она знала, что Воробьев знаком со Светой. Это навело бы вас на след.

— Послушай, Захар, — звонко спросила Настя. — Если ты ради меня убил Самсонова, а всех остальных — как свидетелей, то почему вдруг нацелился на меня? Ты ведь пробрался ко мне в квартиру и включил газ!

— А ты разве не помнишь, как отшила меня? В присутствии Степки Фокина и этого... — он зыркнул на Стаса. — Отшила бесчеловечно, зло, не оставив надежды, не оставив ни одного шанса на возобновление романа? Естественно, я разозлился.

— Естественно? — переспросил Стас. — Да, кстати, Захар, а как же Ольга Свиридова?

— Ольга Свиридова? — эхом откликнулась Настя. — А что Ольга?

Захар надулся. Потом немного подумал и заявил:

— Ольга не в счет. Она просто прилепилась ко мне. Я почти не обращал на нее внимания.

— Кажется, наш герой привык использовать женщин так же, как Светлана Прохорова использовала мужчин.

— Она и меня использовала, — поежилась Настя.

— Ну, тебя она все-таки жалела, — возразил Захар. — Когда узнала про мою проделку с газом, верещала, как зарезанная. Достала меня. Она по моим глазам видела, что рискует, но не хотела остановиться. Потом все-таки успокоилась. Тут-то я ее и приговорил.

— Как? — тихо спросила Настя.

— Знаете, я ее обманул, — с детской радостью сообщил

Захар. — Разыграл страсть. Сделал вид, что неравнодушен к ней. А она на этом деле повернута была, я вам уже рассказывал. Мы с ней провели па-атрясающий час наедине, потом она полезла в ванну, а я надел перчатки, взял фен и бросил его прямо в воду.

— Наверное, было весело, — не удержался от реплики Таганов.

— Безумно, — признался Захар. — Она думала, что умнее меня, что имеет на меня влияние. Я доказал ей, что она ошибалась.

— Только она об этом уже не узнает, — пробормотал Стас.

— Ничего, когда встретимся там, — Захар показал глазами на потолок, — я ей все расскажу.

— Туда, — Стас повторил его движение глазами, — ты точно не попадешь. Только туда. — Он потопал ногой по паркету, намекая на преисподнюю. — Но сначала ты попадешь на зону.

«Или в психушку», — подумала про себя Настя, запоздало пугаясь, что все это время жила рядом с безумцем.

Захар озабоченно нахмурился. То ли он до сих пор не думал о наказании, то ли считал, что разговор у них почти что дружеский, который может закончиться самое большее мордобоем.

— Что ж, — сказал Пучков, — пора нашего мастера разговорного жанра выводить на большую сцену. — Сдадим его, болезного, в ментовку. Там люди опытные, серийных убийц раскалывают, как арбузы, — сначала доводят до спелости, а потом одним несильным ударом, ребром ладони...

— Ерунда, — сказал Захар. — Милиция не станет действовать по вашей указке. У них там все смерти запротоколированы как несчастные случаи. Кроме выстрела в Фадеева, конечно. Но пистолет не мой, отпечатков нет, свидетелей нет... И мотив у меня несерьезный. Любовь к женщине! Это ведь смешно.

— Вот вы там, в милиции, и посмеетесь. — Пучков стал отвязывать Захара от стула.

— Может быть, лучше позвонить, чтобы его забрали прямо отсюда? — засомневался Стас.

Пучков посмотрел на дело рук своих и головой покачал:

— Да ведь со стороны кажется, будто мы его тут пытали. Куча мужиков привязала одного бедолагу к стулу... А, впрочем, что уж там... Позвоню.

Стас двумя руками прижал Настю к себе.

— Эй, приятель, — сказал Пучков, — не вздумай смыться. Во-первых, ты хозяин квартиры. Во-вторых, это на тебя напал наш мистер Несчастный Случай. Все равно тебя будут искать, так что не создавай сложностей.

— Ладно, я все понимаю, — кивнул Стас. — Мы с Настей спустимся вниз, посидим в машине. Надеюсь, вы не против?

Никто не был против, кроме Захара. Он скорчил им вслед кислую гримасу. Пучков с Тагановым подошли к окну и с любопытством наблюдали за влюбленной парочкой. Сначала они смотрели на луну, которая неожиданно вывалилась из-за туч, потом принялись самозабвенно целоваться.

Пучков почесал макушку и с некоторым сомнением сказал Саше Таганову:

— Надеюсь, Стасу нечего опасаться.

— Что ты имеешь в виду? — удивился Саша

— Ну... Фамильное проклятие, естественно. Этот тип, — он мотнул головой в сторону обмякшего Горянского, — возможно, действительно послан высшими силами, чтобы это проклятие исполнить.

— Надо найти бабку, — понизив голос, сказал Таганов. — У меня в Тульской области родственники живут, так вот сестра рассказывала мне...

— А может, ну его к черту, это проклятие? — перебил его Пучков. — Не обращать на него внимания — и весь сказ.

Поднявшийся за окном ветер отмел тучи в сторону, и по небу рассыпались звезды.

— Волшебство, — сказал Пучков, стесняясь собственной сентиментальности. — Что ж, пусть все будет не как в триллере, а как в сказке. Волшебный поцелуй разрушит злые чары.

— Да-да, — подхватил Таганов. — Тем более злого волшебника, — он через плечо показал на Горянского, — мы, надо думать, обезвредили.

СОДЕРЖАНИЕ

Литературно-художественное издание

Донцова Дарья Аркадьевна

ЖАБА С КОШЕЛЬКОМ

Ответственный редактор *О. Рубис*
Редактор *Т. Семенова*
Художественный редактор *В. Щербаков*
Художник *А. Сальников*
Компьютерная обработка оформления *И. Дякина*
Технический редактор *Н. Носова*
Компьютерная верстка *Т. Комарова*
Корректор *Г. Титова*

ООО «Издательство «Эксмо».
127299, Москва, ул. Клары Цеткин, д. 18, корп. 5. Тел.: 411-68-86, 956-39-21.
Интернет/Home page — www.eksmo.ru
Электронная почта (E-mail) — **info@eksmo.ru**

*По вопросам размещения рекламы в книгах издательства «Эксмо»
обращаться в рекламное агентство «Эксмо». Тел. 234-38-00.*

Оптовая торговля:
109472, Москва, ул. Академика Скрябина, д. 21, этаж 2.
Тел./факс: (095) 745-89-16.
Многоканальный тел. 411-50-74. E-mail: reception@eksmo-sale.ru

Мелкооптовая торговля:
117192, Москва, Мичуринский пр-т, д. 12/1. Тел./факс: (095) 411-50-76.

Книжные магазины издательства «Эксмо»:
Супермаркет «Книжная страна». Страстной бульвар, д. 8а. Тел. 783-47-96.
Москва, ул. Маршала Бирюзова, 17 (рядом с м. «Октябрьское Поле»). Тел. 194-97-86.
Москва, Пролетарский пр-т, 20 (м. «Кантемировская»). Тел. 325-47-29.
Москва, Комсомольский пр-т, 28 (в здании МДМ, м. «Фрунзенская»). Тел. 782-88-26.
Москва, ул. Сходненская, д. 52 (м. «Сходненская»). Тел. 492-97-85.
Москва, ул. Митинская, д. 48 (м. «Тушинская»). Тел. 751-70-54.
Москва, Волгоградский пр-т, 78 (м. «Кузьминки»). Тел. 177-22-11.

**Северо-Западная Компания представляет
весь ассортимент книг издательства «Эксмо».**
Санкт-Петербург, пр-т Обуховской Обороны, д. 84Е.
Тел. отдела реализации (812) 265-44-80/81/82.

Сеть книжных магазинов «БУКВОЕД». Крупнейшие магазины сети:
Книжный супермаркет на Загородном, д. 35. Тел. (812) 312-67-34
и Магазин на Невском, д. 13. Тел. (812) 310-22-44.

Сеть магазинов «Книжный клуб «СНАРК» представляет самый широкий
ассортимент книг издательства «Эксмо».
Информация о магазинах и книгах в Санкт-Петербурге по тел. 050.

Всегда в ассортименте новинки издательства «Эксмо»:
ТД «Библио-Глобус», ТД «Москва», ТД «Молодая гвардия»,
«Московский дом книги», «Дом книги в Медведково», «Дом книги на Соколе».

*Весь ассортимент продукции издательства «Эксмо»
в Нижнем Новгороде и Челябинске:*
ООО «Пароль НН», г. Н. Новгород, ул. Деревообделочная, д. 8. Тел. (8312) 77-87-95.
ООО «ИКЦ «ДИС», г. Челябинск, ул. Братская, д. 2а. Тел. (3512) 62-22-18.
ООО «ИнтерСервис ЛТД», г. Челябинск, Свердловский тракт, д. 14. Тел. (3512) 21-35-16.

Книги «Эксмо» в Европе — фирма «Атлант». Тел. + 49 (0) 721-1831212.

Подписано в печать с готовых монтажей 15.01.2004.
Формат 84x108¹/₃₂. Гарнитура «Таймс». Печать офсетная.
Бумага газетная. Усл. печ. л. 22,68. Уч.-изд. л. 24,2.
Доп. тираж 7000 экз. Заказ № 0307053.

Отпечатано на MBS в полном соответствии
с качеством предоставленного оригинал-макета
в ОАО «Ярославский полиграфкомбинат»
150049, Ярославль, ул. Свободы, 97.